KALTE
ANGST

KALTE
ANGST
(COLD FEAR)

TONI ANDERSON

Übersetzt von
MARTIN WICK

DEUTSCHE BÜCHER VON TONI ANDERSON

Romantische Krimis

Kalte Gerechtigkeit Serie
Ein kalter, dunkler Ort (A Cold Dark Place)
Kalte Jagd (Cold Pursuit)
Kaltes Morgenlicht (Cold Light of Day)
Kalte Angst (Cold Fear)
Kalte Schatten (Cold in the Shadows)
Kaltes Herz (Cold Hearted)
Kalte Geheimnis (Cold Secrets)
Kalte Bosheit (Cold Malice)
Eiskaltes Versprechen (A Cold Dark Promise)
Kaltblütig (Cold Blooded)

Kalte Gerechtigkeit – die Verhandler Serie
Kalt und tödlich (Cold & Deadly)
Kälter als die Sünde (Colder Than Sin)
Kalte böse Lügen (Cold Wicked Lies)
Kalter grausamer Kuss (Cold Cruel Kiss)
Eiskalt (Cold as Ice)

DEMNÄCHST ERHÄLTLICH …
Kalte Stille (Cold Silence)
Tödliches Spiel (The Killing Game)

Andere deutsche Titel
Im Sog Der Gefahr
Wogen Des Zorns

Auf meiner Website findest du alle deutschen Übersetzungen
meiner Bücher:
toniandersonauthor.com/german

Melde dich für meinen deutschsprachigen Newsletter an und
erhalte zwei kostenlose, exklusive „Kalte Gerechtigkeit"-
Kurzgeschichten sowie Informationen darüber, wann meine
nächste deutsche Übersetzung verfügbar ist.

Für Mom.
Meine Inspiration.

ERSTES KAPITEL

Helena Cromwell ließ sich bereitwillig bis zur höchsten Stelle der größten Düne am nördlichen Ende von Crane Island mitziehen.

„Wo willst du hin?", fragte sie.

„Wirst du schon sehen. Komm schon, du Schisser." Jesse Tyson, Quarterback des Football-Teams der High School, war seit über einem halben Jahr Helenas Schwarm. Er musste brüllen, um gegen das Tosen des Sturms anzukommen.

„Es ist zu dunkel, um irgendetwas zu sehen." Das war eine Lüge. Es war stockfinster, aber ihre Augen hatten sich an die Dunkelheit gewöhnt, und der Vollmond tauchte die Welt jedes Mal in ein silbriges Licht, sobald die Wolken für ein paar Sekunden aufrissen.

Ein Schatten huschte in ihrem Augenwinkel vorüber. Sie fuhr herum und blieb wie angewurzelt stehen.

„Hast du das gesehen?", rief sie.

Jesse versuchte, sie weiterzuziehen, aber Helena grub ihre Füße in den Sand. War noch irgendjemand hier draußen? Ein Schauer lief ihr den Rücken hinunter. Sie blinzelte angestrengt in die Nacht, aber als der Mond wieder zum Vorschein kam, sah sie nur aufgewirbelten Sand und das Strandgras, das wild hin und her geweht wurde.

„Hier ist niemand. Komm schon, Helena", drängte Jesse.

Natürlich war hier niemand. Es musste eine Täuschung

aufgrund des Mondscheins gewesen sein, oder der Sturm ließ ihre Nerven hüpfen wie mexikanische Springbohnen. Sie ließ sich von Jesse noch ein paar Schritte weiterziehen. Niemand wäre verrückt genug, bei diesem Wetter hier draußen zu sein, vor allem nicht an Silvester – sie verdrehte die Augen. Das war eine blöde Idee, und wenn ihr Vater herausbekäme, dass sie hier draußen war, oder dass sie gelogen hatte und heute Abend nicht bei Kit übernachtete, dann würde er sie umbringen.

„Wo bleibt denn deine Abenteuerlust?", zog Jesse sie auf.

„Genau da, wo auch deine ist, wenn unsere Eltern herauskriegen, wo wir sind und was wir machen", grummelte Helena.

„Wir haben doch noch gar nichts gemacht." Jesses Augen funkelten in der Dunkelheit.

Ihr Herz tat einen kleinen Sprung, und sie musste schlucken. *Oh, Mann.* Genau deswegen war sie hier draußen in den Dünen, auch wenn sie es eigentlich besser wusste.

Dass sie beide Alkohol getrunken hatten, würde auch nicht gerade gut ankommen. Nicht, dass ihr Dad es jemals herausbekommen würde. Er würde ihr für ein ganzes Jahr Hausarrest erteilen, und zwar nicht nur, weil sie ihn angelogen hatte und mit einem Jungen hier draußen war. Niemand durfte die Dünen hier am Parson's Point betreten. Ihr Dad arbeitete für das Landschaftsmanagement der Umweltbehörde und verstand bei einem so groben Verstoß gegen die Vorschriften keinen Spaß. Die Gegend hier war Teil eines Versuchs, die Dünenlandschaft zu stabilisieren, und die Inseln der Outer Banks vor weiterer Erosion zu schützen.

Sie kannte den ganzen Sermon auswendig. Wenn er es herausbekäme, würde es keinen Unterschied machen, dass sie seine Tochter war. Im Gegenteil, es würde die Bestrafung nur noch härter ausfallen lassen. Die Hand, die sie vorwärts zog, war stark und entschlossen und ließ nicht zu, dass sie es sich anders überlegte und davonlief. Helena begann, im losen Sand zurückzurutschen, aber Jesse hielt ihre Hand noch fester und zog sie mit sich. Sie konnte nichts dagegen tun, diese herrliche Kraft beeindruckte sie einfach zu sehr.

Zusammen stolperten sie über den Kamm der Düne und rutschten auf der anderen Seite wieder hinunter. Der Sand flog in alle Richtungen. Sie schrie vor Aufregung, als sie am Fuß der Düne ankam. Dann musste sie hysterisch kichern.

„Idiot." Sie boxte gegen seinen Arm.

Jesse nahm ihre Hände, und sie konnte spüren, wie er sie in der Dunkelheit anstarrte. Für einen Augenblick dachte sie, er würde sie küssen, aber er grinste sie nur breit an – mit diesem Grinsen, dem alle Mädchen in der Schule verfallen waren – und zog sie auf die Füße. Sie kletterten die nächste, etwas kleinere Düne hinauf und ließen sich auf dem Kamm fallen, lagen nebeneinander im Sand. Etwas bohrte sich in ihr Bein, und Helena rutschte zur Seite, näher an Jesse heran.

Der Wind heulte und sie begann zu zittern.

„Frierst du?"

Es war jetzt offiziell Januar, und über ihnen heulte ein ordentlicher Sturm. „Ein bisschen."

Jesse wand sich aus seiner Daunenjacke und legte sie ihr um die Schultern.

„Was ist mit dir?" Seine breiten Schultern berührten ihre, als er nur mit den Achseln zuckte. Achtzehn Jahre alt und ein Star auf dem Football-Feld, mit einem rot karierten Hemd über einem strahlend weißen T-Shirt und Jeans. „Ich hab' dich hier raus geschleppt, und ich will nicht, dass du vor Kälte stirbst, bevor ich dich küssen konnte.“

Helena warf ihm einen skeptischen Blick zu. In den letzten Monaten hatte sie ihn ein paarmal dabei erwischt, wie er sie angestarrt hatte, aber er war die ganze Zeit mit einem Mädchen vom Festland zusammen gewesen. Das Mädchen hatte schließlich über Social Media mit ihm Schluss gemacht – Schlampe –, und kurz vor Weihnachten hatte er Helena gefragt, ob sie mit ihm zur Silvesterparty seines Freundes gehen würde. Sie war die gesamten Weihnachtsferien über gleichermaßen aufgeregt und nervös gewesen. Und jetzt war sie hier. Eng an ihn gedrückt, während er vom Küssen sprach. Ihre Wangen glühten, sie wollte sich am liebsten Luft zufächeln, wollte aber auch nicht wie ein kompletter Idiot aussehen.

Aber sie *war* ein kompletter Idiot.

Jesse griff nach vorne, teilte die scharfen Blätter des Strandgrases, das ihnen den Blick versperrte, und machte die Sicht auf den endlosen Strand und auf Meilen über Meilen von brechenden Wellen frei.

Gott, es war wunderschön. Genau wie Jesse.

Das Meer vereinte sich mit dem Himmel zu einem pechschwarzen Abgrund. Das gelegentliche Aufblitzen des Leuchtturmlichts schnitt durch die ansonsten undurchdringliche Finsternis. Jesse legte seinen Arm um sie, seine Hand griff nach ihrer Hüfte, und er zog sie näher an sich. Helenas Mund wurde so trocken wie der Sand, auf dem sie lag. Verlangen vermischte sich mit den zwei Tequila, die sie auf der Party gekippt hatte, bevor er sie hierhergebracht hatte. Ihre Nerven knisterten. Sie konnte an nichts anderes denken als an seine Hand, die auf ihrer Hüfte lag, und an seinen festen Körper, der sich gegen sie drückte.

Würde er versuchen, sie zu küssen? Würde sie es ihm erlauben? Wie weit würde sie gehen? Sie presste ihre Oberschenkel zusammen, ein bisschen schockiert von sich selbst, dass sie überhaupt daran dachte, mit Jesse Tyson rumzuknutschen.

Sie hatte noch nie einen Freund gehabt, es sei denn, man zählte Händchenhalten in der dritten Klasse dazu. Helena war keines der „beliebten" Mädchen an der Schule. Jesse machte sie nervös, weil sie ihn mochte und weil sie nicht wie ein oberflächlicher Trottel dastehen wollte, weil sie mit dem bestaussehenden Jungen der Schule ausging.

Warum wollte er, dass sie mit ihm zu dieser Party ging? War das eine Mutprobe? So hübsch war sie nicht. Ihre beste Freundin Kit war viel hübscher als sie, und schlauer. Dachte Jesse vielleicht, dass sie leicht rumzukriegen war? Hatte er sie deshalb hier herausgebracht? Sie zog eine Grimasse.

Helena schob ihre Zweifel zur Seite. Kit sagte ihr immer wieder, wie hübsch sie war, dass sie sich entspannen und Spaß haben sollte, dass sie ein bisschen Selbstvertrauen haben sollte. Vielleicht sollte sie zur Abwechslung mal auf ihre Freundin hören.

Helenas Atem stockte, als eine sechs Meter hohe Welle am Ufer brach und die Möwen kreischend die Flucht ergriffen. Stürme machten sie nervös. Sie war damit aufgewachsen, aber in ihr lauerte immer eine unterschwellige Angst, dass das Meer ihr Haus davon schwemmen könnte und sie alle im Schlaf ertrinken würden. Das kam davon, dass ihr Dad bei jedem Familienessen die drohende Umweltapokalypse herauf beschwor.

Diesmal hatten sie Glück gehabt. Der Sturm hatte die beiden Carolinas größtenteils gemieden und war nun auf dem

Weg nach Maine und Neufundland. Ein weiterer Sturm lauerte zwar am Horizont, aber es war eben die Jahreszeit für Stürme. Jesses warme Hand rutschte ein Stückchen weiter ihre Hüfte hinunter und fand die Stelle, an der ihr T-Shirt in die Hose gesteckt war. Seine Finger spielten mit ihrem Hosenbund, als ob er nach ihrer nackten Haut suchte.

Wie war das überhaupt passiert? Sie auf einem Date mit dem High School-Quarterback?

„Wie findest du es?" Er musste brüllen, damit sie ihn trotz des heulenden Windes und der brechenden Wellen hören konnte. Nicht gerade romantisch, aber sein Lachen war so ansteckend, dass sie einen Moment brauchte, um zu verstehen, dass er vom Sturm sprach, und nicht von ihrer Verabredung.

„Es ist Furcht einflößend", gab sie grinsend zu. „Aber", sie sah zu, wie eine weitere Welle am Ufer brach, „es ist auch aufregend – aufwühlend. Das hat so eine Energie…"

„Ja, nicht wahr?" Sein Arm schloss sich enger um ihre Hüfte. „Als ob die Luft voller Elektrizität wäre. Das Meer ist so rau, man weiß genau, dass man da nicht mehr lebend rauskommen würde."

„Und das findest du aufregend?" Vielleicht war der Kerl verrückt. Vielleicht hatte er sich deshalb mit ihr verabredet.

„Diese Kraft." Er sah sie an und beugte sich näher zu ihr hin, sodass ihre Lippen nur wenige Zentimeter voneinander entfernt waren. „Weißt du, was ich richtig aufregend finde?"

Helena zog unbeeindruckt eine Augenbraue hoch, was er in der Dunkelheit wahrscheinlich nicht sehen konnte. Wenn er ihr jetzt eine kitschige Plattitüde servieren würde, wäre es gelaufen.

„Kiteboarding." Sein warmer Atem streifte ihre Lippen – dann küsste er sie.

Der Wind heulte schaurig um sie herum, aber sie achtete nicht mehr aufs Wetter. Ihr Herz schlug gegen ihre Rippen wie auf eine Trommel. Jesse drehte sie zu sich, damit sie sich ansehen konnten, und nahm ihr Gesicht zärtlich in seine Hände. Dann küsste er sie wieder, nicht übermäßig selbstbewusst, aber seine Lippen waren fest und warm, nicht nass und schlabbernd, und sie tasteten an ihrem Mund entlang, als ob sie nach etwas suchten.

Er schmeckte ganz leicht nach Bier, aber auch nach Minze. Neugierig öffnete sie ihre Lippen und ließ den Kuss intensiver werden. Dann berührten sich ihre Zungen, und Helena zuckte zusammen.

„Sorry." Sie grinste, als sie ihre Lippen von seinen löste.

Ein seltsames, schnaubendes Geräusch ließ sie herumfahren. Sie stieß einen erstickten Schrei aus, als sie die dunkle Gestalt sah, die plötzlich über ihnen aufragte. Angst ließ ihr Herz so sehr zusammenfahren, dass der Schmerz bis in ihren Arm zuckte.

„Was zum Teufel?", rief Jesse.

Bevor ihr durchgefrorener Körper reagieren konnte, hob die Gestalt etwas über ihren Kopf und ließ es mit voller Wucht niederfahren. Das krachende Geräusch, mit dem es auf Jesses Kopf aufschlug, war grauenhaft.

„Jesse!" Helena schrie auf. Sie zog an seinem Hemd, aber er lag schlaff und schwer da. Sie versuchte, dem Angreifer die Beine unter dem Körper wegzuziehen, aber er war so viel größer und stärker als sie. *Lauf!* Sie stolperte die Düne hinunter, versuchte um Hilfe zu rufen, aber der Mann schwang den Gegenstand durch die Luft wie eine Axt, dann traf das flache Ende seitlich ihren Kopf.

Ein Schrei durchriss die Nacht, und sie erkannte, fast wie

in einem surrealen Traum, dass sie es war, die schrie. Todesangst explodierte in ihr, als sie kopfüber zu Boden fiel. Sie konnte weitere Schläge hören – oh, Gott, der Mann hörte nicht damit auf, immer wieder auf Jesse einzuschlagen, obwohl er schon längst leblos dalag.

Sie versuchte, auf die Beine zu kommen und blickte den Angreifer an. „Lass ihn in Ruhe!"

Die Gestalt drehte sich um und starrte sie an. *Oh, verdammt.* Sie achtete nicht mehr auf den pochenden Schmerz in ihrem Kopf oder auf die Orientierungslosigkeit, die ihr das Gefühl gab, ihr Kopf wäre vom Rest ihres Körpers getrennt. Sie rannte einfach los, den Weg zurück, den sie hergekommen waren. Sie war flink und behände. Die Leute unterschätzten sie, weil sie klein war, aber sie war schnell. Der Sand rutschte und ließ sie kaum vorankommen, als sie auf Händen und Füßen die Düne hinaufkletterte, die ihr plötzlich unendlich hoch vorkam. Sie stemmte ihre Füße gegen die Schräge, griff verzweifelt nach dem scharfkantigen Gras, das ihre Finger aufschnitt. Dann spürte sie eine Hand, die ihren Knöchel umschloss, und fiel mit dem Gesicht in den Sand, während der Mann sie rückwärts die Dünen hinunterzog. Helena versuchte zu schreien, aber ihr Mund und ihre Augen waren voller Sand. Sie war am Ersticken, prustete, versuchte, die Sandkörner aus ihrem Mund und ihrer Nase zu bekommen und zu atmen.

Dunkelheit legte sich über ihr Bewusstsein. Der Drang zu atmen, blendete alles andere aus. Der Angreifer drehte sie grob auf den Rücken, und sie lag würgend und keuchend da. Als sie endlich die Sandkörner aus ihrem Mund gespuckt hatte, hatte der Mann auch Jesse zu ihr hinuntergezogen und wühlte durch seine Taschen. War das ein Raubüberfall? Atmete Jesse noch? Oder gab er nur vor, ohnmächtig zu sein, um diese

Bestie zu überraschen und sie beide zu retten?

Helena versuchte, aufzustehen und erstarrte, als der Angreifer sich wieder zu ihr herumdrehte. Er war groß, über einsfünfundachtzig. Sie konnte sein Gesicht nicht erkennen, aber seine Silhouette schien ihr vage vertraut. Es war dunkel, und er hatte seine Mütze tief ins Gesicht gezogen. Er kniete sich neben ihr hin, legte seine behandschuhte Hand an ihren Hals – und drückte zu. Sie griff nach seinem Unterarm und rang nach Luft. Sein Griff wurde fester. Nach ein paar Momenten panischen Ringens erstarrte sie, und er ließ locker.

Eine Warnung.

Sie schluckte ängstlich und nickte.

Okay.

Seine andere Hand tastete nach ihrem Gürtel, er öffnete die Schnalle und riss ihre Jeans auf. Angst ließ ihr Herz schneller schlagen, als sie es je für möglich gehalten hätte. Sie lag im kalten Sand, der Sturm heulte über ihr, Jesse lag blutend und bewusstlos neben ihr, vielleicht war er sogar tot. Sie zitterte am ganzen Körper. Helena wusste, was jetzt passieren würde, auch wenn ihr Verstand mit aller Kraft „Nein!" schrie. Ihre Zähne klapperten, als der Mann den engen Denimstoff über ihre Beine nach unten zog. Sie wollte sich wehren, wollte kämpfen, aber sie lag nur völlig erstarrt da, während er ihre Hüfte hochhob und sie weiter auszog. Sie wehrte sich nicht. Wenn sie sich nicht wehrte, wenn sie einfach nur da lag, würde er vielleicht einfach tun, was er tun wollte, und sie dann gehen lassen. Weil sie ein Feigling war. Sie war schwach und verängstigt.

Der eisige Sand berührte ihren nackten Hintern und ihre Beine, scheuerte ihre Haut auf. Sie war noch nie in ihrem Leben so bloßgestellt worden. Hatte sich noch nie so hilflos gefühlt. Das war es, wovor ihre Eltern sie ihr Leben lang gewarnt hatten – geh nicht allein weg... aber sie war ja nicht allein gewesen. Ihre Augen suchten nach Jesse.

Bitte stirb nicht.

Die Kälte begann, sie zu betäuben, und das war ihr nur recht. Große Hände fassten sie an. Betatschten sie. Bohrten sich in sie. Machten, was immer sie wollten, während er leise stöhnte, bis sie würgen musste.

Der Mond kam hinter den Wolken hervor, und sie starrte plötzlich in sein Gesicht. Ihr Mund stand ihr vor Überraschung offen, aber seine Finger legten sich wieder um ihren Hals und drückten zu, bis kein Ton mehr herauskam. Sie begann, das Bewusstsein zu verlieren.

„Was siehst du?", fragte er und lockerte seinen Griff ein wenig.

Grauen und Ekel stiegen in ihr auf, und sie stemmte sich mit aller Kraft dagegen. Sie wollte nicht daran denken, was gerade passierte. Wollte nicht an Jesse denken. An diesen Mann. Oder daran, dass er sie auf diese Weise anfasste. Sie wollte das überstehen. Sie wollte überleben.

Er fragte sie immer wieder, was sie sah, aber ihre Gedanken entglitten ihr. Sie suchte mit ihren Fingern nach Jesse und bekam sein Bein zu fassen. Es war warm, aber sie bezweifelte, dass er noch lebte. Tränen stiegen ihr in die Augen, und sie versuchte, sich vorzustellen, wie sie Hand in Hand mit dem Jungen, in den sie seit Monaten heimlich verliebt war, den Strand entlanglief. Sie stellte sich vor, wie sie sich verstohlen küssten und sich Sorgen darüber machten, was ihre Eltern wohl sagen würden.

Ihr Blick verschleierte sich und wurde dunkel, als dieses Monster ihr direkt in die Augen sah. Es war, als ob er nach ihrer Seele suchen würde. All diese Jahre, in denen sie gewarnt worden war, nicht mit Fremden zu sprechen, vorsichtig zu sein, auf ihre Sicherheit zu achten... all die Jahre war das Monster direkt unter ihnen gewesen.

ZWEITES KAPITEL

I ZZY CAMPBELL SCHAUTE dem Ball hinterher, der über den harten Sand sprang, während ihr Flat Coat Retriever ihm hinterherjagte. Es war Ebbe. Der starke Wind trieb den Ball weiter den meilenweiten Strand entlang. Barney raste über den Sand was das Zeug hielt, seine Zunge hing ihm aus dem Maul, die Beine strotzten vor Kraft, sein Atem stieg wie Rauch hinter ihm auf. Er erwischte den Ball in der Luft, drehte sich ohne innezuhalten um, und brachte ihn ihr stolz zurück. Silbrige Speichelfäden hingen um seine Schnauze.

„Herrlich", sagte Izzy grinsend.

Er ließ das Ding vor ihr auf den Boden fallen und sah erwartungsfroh zu ihr auf, bereit, weiterzuspielen.

Diesmal trat sie den Ball mit dem Fuß weg. Barney jagte los, völlig begeistert davon, draußen zu sein, ohne den unnachgiebigen Wind oder die ständig sprühende Gischt des wilden Meeres zu beachten. Sie beobachtete ihn, wie er den Ball fing und sich dann in die Brandung legte, um sich abzukühlen. Auch wenn es erbärmlich war, war Barney ihr bester Freund auf der ganzen Welt. Wer brauchte einen Mann, wenn man auch einen Hund haben konnte?

Izzy gähnte ausgiebig. Einen Mann kennenzulernen, war gerade ihre geringste Sorge. Sie hatte eine Siebzehnjährige, um die sie sich kümmern und die sie durch Schule und College bringen musste. Als ehemaliger Captain in der Armee hatte sie gelernt, die scheinbar unüberwindbaren Herausforderungen des Lebens eine nach der anderen anzugehen, während sie immer auf die nächste Katastrophe gefasst war. Ein Mann in ihrem Leben würde eine bereits komplizierte Situation nur noch komplizierter machen. Nicht jeder fand die große Liebe oder ein Happy End.

Dieser Gedanke ließ sie sich herumdrehen und die Hügel der Dünen am oberen Ende des Strands betrachten. Eine Welle der Reue wusch über sie. Alte Erinnerungen blitzten wie ein Gewitter in ihr auf und erinnerten sie an diese eine herzzerreißende Nacht voller Angst und Schrecken. Seitdem hatte sie viele solcher Nächte erlebt, zu viele, um sie zu zählen, aber diese erste Nacht war anders gewesen. Es war die entscheidende Nacht ihres Lebens gewesen. Und die einzige Person, die noch davon wusste, war tot.

Warum musste sie immer und immer wieder zu diesem Ort an der Küste zurückkommen? Zur Strafe? Als Selbstkasteiung? Ihr Mund wurde schmal. Vielleicht. Oder waren diese Inseln wirklich ihr Zuhause?

So fühlte es sich nicht an. Izzy fühlte sich hier wie ein Außenseiter. Wie ein Eindringling. Wie eine gottverdammte Fremde.

Was sie vor all diesen Jahren getan hatte, war unverzeihlich gewesen, aber damals hatte sie das Gefühl gehabt, keine Wahl zu haben. Mit dem Alter kam auch ein wenig Einsicht, aber die Fehler, die sie begangen hatte, konnte sie nicht einfach mit einer Entschuldigung oder einem Zwölf-Schritte-Programm wieder gut machen. Sie hatte Scheiße gebaut, und sie wusste nicht, wie sie das wieder in Ordnung bringen sollte, ohne noch weitere Leben zu zerstören, einschließlich ihres eigenen. Sie drehte sich um. Das war längst Vergangenheit. Niemand würde es je erfahren.

Der Wind wehte ihr die Haare ins Gesicht, und für einen Augenblick konnte sie nichts sehen. Izzy drehte sich in Richtung Meer, strich sich die Strähnen aus ihren Augen, drehte sie in einen lockeren Knoten und steckte sie unter ihre Mütze. Sie zog die Mütze tief ins Gesicht, ohne sich um den Druck auf ihren Schläfen zu kümmern.

Während sie gestern Nacht gearbeitet hatte, war ein ordentlicher Nor'Easter-Sturm an den Ufern der Outer Banks entlanggezogen, glücklicherweise ohne seine ganze Zerstörungswut zu entfalten. Ein weiterer Sturm braute sich gerade im Atlantik zusammen und versprach noch mehr Spaß, je nachdem, welche Richtung er einschlagen würde.

Stürme und Hurrikans waren eine ständige Bedrohung für diese Inseln. Die Bewohner machten sich nur Sorgen, wenn es wirklich sein musste, und in diesem Moment war sie dafür ehrlich gesagt einfach zu müde. Sie hatte die Nachtschicht im örtlichen Krankenhaus übernommen und war die ganze Nacht über wach gewesen. Sobald Barney genug Auslauf bekommen hatte, würde sie für ein paar Stunden schlafen, bevor sie wieder zurück ins Krankenhaus fuhr, um ihre nächste Schicht anzutreten. Sie war für ein paar Kollegen eingesprungen, die über die Feiertage ihre Familien besuchten. Izzy hoffte, ihre Schwester würde sich daran erinnern, nicht zu viel Lärm zu veranstalten, wenn sie später von ihrem Besuch bei Helena zurückkam, aber sie wollte nicht darauf wetten.

Sie pfiff ihren nassen, sandigen Hund zurück und ging in Richtung der Uferpromenade, die durch die abgeriegelten Dünen führte. Auf der Straße dahinter sah sie einen Wagen der Umweltbehörde hinter einem weinroten Viertürer parken, der schon dort gestanden hatte, als sie vorhin hier angekommen war. Gott stehe der armen Seele bei, wenn Duncan Cromwell ihn in die Finger bekam. Der Kerl war vom Schutz der Dünen besessen. Ihr eigener Geländewagen stand ein paar hundert Meter weiter entfernt, in der Nähe des Leuchtturms. Barney trottete neben ihr den Pfad entlang, den widerlichen Ball fest im Maul, und sie befestigte die Leine an seinem Halsband.

Barney begann zu winseln, und ein paar Sekunden später konnte auch sie die Sirenen hören.

„Alles in Ordnung, Junge." Sie streichelte seinen Hals, öffnete den Kofferraum ihres Wagens und ließ den Hund hineinspringen, bevor sie sich umdrehte, um zu sehen, was dort passierte. Ein Krankenwagen kam mit kreischenden Bremsen hinter dem Wagen der Umweltbehörde zum Stehen.

Verdammt.

So müde sie auch war, sie konnte nicht ignorieren, dass dort womöglich jemand ihre Hilfe brauchte. Sie setzte sich hinters Steuer und fuhr zu den anderen Autos vor. Izzy parkte hinter dem Krankenwagen und ließ genug Abstand für die Trage.

„Bleib, Barney." Izzy stieg aus und schlüpfte durch den dünnen Drahtzaun, dann folgte sie den Fußspuren der Sanitäter. Entsetzen stieg in ihr auf, als sie bemerkte, wohin genau sie lief. *Pech gehabt, Izzy.* Ihre Muskeln brannten, als sie die steile Düne hinaufkletterte, aber sie wurde nicht langsamer. Als sie auf dem Kamm der Düne angekommen war und das Bild sah, dass sich ihr bot, zuckte sie zusammen. Galle stieg ihr auf, aber sie schluckte sie hinunter. Während sie die Dünen hinunterrutschte, rief sie: „Was ist passiert?"

Duncan Cromwell hatte seinen Mantel über seiner Tochter Helena ausgebreitet, die regungslos neben ihm im

Sand lag. Er führte eine Mund zu Mund-Beatmung durch.

Izzy schob Duncan zur Seite und fühlte an Helenas Hals nach ihrem Puls. Ihre Haut war eiskalt. Ihre Augen waren getrübt, ihr Körper schon leicht steif, aber Izzy konnte keine Totenflecken entdecken. Sie zog ein frisches Taschentuch aus ihrer Tasche und wischte damit über Helenas Hornhaut. Das Mädchen blinzelte nicht. Izzy legte ihre Hände mehrere Sekunden lang über Helenas Augen. Als sie sie wegnahm, zeigten Helenas Pupillen keinerlei Reaktion auf das Licht.

Gottverdammt.

„Tun Sie doch was!" Cromwell riss so heftig an Izzys Arm, dass sie zusammenzuckte. Sie befreite sich aus seinem Griff.

„Sie ist tot, Duncan." Kalte Angst raste durch ihren Körper, als sie das tote Mädchen ansah. Ihre Schwester war gestern Abend bei den Cromwells gewesen. Panisch suchte Izzy die Umgebung ab. „Wo ist Kit?"

„Genau das wollte ich Sie auch gerade fragen", blaffte Duncan grimmig. „Helfen Sie mir mit der Wiederbelebung."

Izzy zwang die Tränen zurück, die ihr in die Augen traten, und verschanzte sich hinter einem Panzer der Professionalität. „Helena ist tot, Duncan. Sie können nichts mehr tun."

„Nein." Er schob sie zur Seite und begann erneut damit, seine Tochter zu beatmen. Izzy und einer der Sanitäter warfen sich einen Blick zu, sie kannte ihn aus dem Krankenhaus, und sie verstanden sich ohne Worte. Der Mann war völlig kopflos, und wer konnte es ihm verübeln. Sie drehte sich um, um das andere Opfer zu untersuchen. Ein junger Mann, sie kannte ihn. Jesse Tyson, der Sohn des Chiefs der örtlichen Polizei. Sein Kopf war blutverschmiert, seine Nase sah aus, als wäre sie gebrochen. Im Gegensatz zu Helena war er komplett bekleidet. Seine Haut unter dem getrockneten Blut war strahlend weiß, wie Alabaster. Izzy berührte seinen Hals, konnte aber keinen Puls spüren. Seine Haut war weich, kein Anzeichen von Totenstarre. Sie runzelte die Stirn und hob seine Augenlider hoch. Seine Pupillen waren klar und reagierten auf das Licht. Sie kontrollierte seine Atemwege, riss sein Hemd auf und tastete seinen Brustkorb ab. Keine offenen Wunden oder Hämatome. Ohne die richtige Ausrüstung würde es schwierig sein, ihn auf Pneumothorax und Hämothorax zu untersuchen, aber sie tat, was möglich war. Sie knöpfte seine Jeans auf und suchte an seiner Leiste nach dem Femoralispuls. Die ganze Zeit über beobachtete sie seinen Brustkorb und wartete auf ein Anzeichen, dass er atmete.

Bewegte er sich? Oder war das der Wind, der an seinem Hemd riss?

Es war so kalt hier draußen, dass sogar sie selbst zitterte. Und dann bewegte sich sein Brustkorb tatsächlich, kaum sichtbar, aber gleichmäßig auf beiden Seiten, sie war sich sicher. Und an ihren Fingerspitzen spürte sie einen unglaublich schwachen Puls. Sie bedeutete den Sanitätern, die Trage herüberzubringen. „Er lebt. Stellen Sie sicher, dass seine Wirbelsäule stabilisiert ist, bevor Sie ihn bewegen. Decken Sie ihn mit allen Decken zu, die Sie in ihrem Wagen haben." Ihr Kopf brummte, während sie die Schritte zur Behandlung von lebensbedrohlicher Unterkühlung durchging. „Bewegen Sie ihn nur ganz vorsichtig. Wenn Sie ihn zu abrupt bewegen, kann das zu Herzrhythmusstörungen führen. Gehen Sie außen um die Düne herum." Sie untersuchte Jesse nach Knochenbrüchen, aber bei dem Grad an Unterkühlung war es das Wichtigste, ihn so schnell und so vorsichtig wie möglich ins Krankenhaus zu bringen. Sie rief in der Notaufnahme an. Mit dem Auto brauchte man etwa fünfzehn Minuten bis zum

Krankenhaus. „Bereiten Sie sich auf einen Patienten mit hochgradiger Unterkühlung vor, nur wenige Punkte auf der Glasgow-Koma-Skala, mit ausgeprägten Kopfverletzungen." Dort würden sie ihn mit warmen Matratzen, heißen Isolationsdecken und erhitzten Infusionen behandeln – aber sie mussten behutsam vorgehen und jeden Schritt genauestens kontrollieren. „Er braucht ein komplettes CT, ebenso ein großes Blutbild. Rufen Sie Chief Tyson an und sagen Sie ihm, dass er uns im Krankenhaus treffen soll." Izzy legte auf.

„Was ist mit Helena?", schrie Duncan sie im Sand kniend an.

Izzy starrte ihn an. Er zitterte am ganzen Leib und versuchte, seine Gefühle unter Kontrolle zu halten. Seine Augen waren voller Panik, die Sehnen in seinem Hals angespannt, während ihn die Verzweiflung durchfuhr. Wer konnte es ihm verdenken?

Seine Tochter war die beste Freundin von Izzys Schwester. Sie konnte die Verantwortung auf ihren Schultern spüren, schwer wie ein Zementblock. Was, wenn sie falsch lag? Wenn Helena noch gerettet werden konnte? Sie hatte von solchen medizinischen Wundern gehört, vor allem, wenn es Patienten mit schwerer Unterkühlung betraf. Niemand war tot, solange er nicht warm und tot war.

„Wir nehmen sie mit." Sie legte ihm die Hand auf den Arm. „Aber Duncan… machen Sie sich keine großen Hoffnungen."

„Ich habe nichts außer meiner Hoffnung." Er schüttelte ihre Hand ab, bevor er davonrannte, um eine zweite Trage zu holen.

Izzy holte ihr Handy aus der Tasche und wählte die Nummer ihrer Schwester. Jedes unbeantwortete Klingeln fachte die Angst in ihr wie ein Lauffeuer an. Die Knöchel ihrer Finger schmerzten, so fest hielt sie das Telefon. Ihr Kiefer fühlte sich an, als ob jemand die Knochen verdrahtet hätte.

„Was is' los?" Es war Kits benommene Stimme.

Der eiserne Griff um Izzys Hals löste sich, und sie atmete erleichtert und heftig ein. „Oh, mein Gott. Bis du in Ordnung?"

„Ja. Warum?" Kit klang müde, mürrisch, aber nicht beunruhigt. Sie hatte offensichtlich keine Ahnung davon, was Helena passiert war.

„Wo bist du?", fragte Izzy.

„Zu Hause. Ich hab' es mir anders überlegt und bin gestern Nacht noch zurückgekommen. Warum?"

Izzy hatte nicht im Zimmer ihrer Schwester nachgeschaut, als sie Barney vorhin abgeholt hatte, aber sie hatte Kits Auto nicht gesehen. Sie war davon ausgegangen, dass Kit noch unterwegs war. „Ich wollte nur sichergehen, dass alles in Ordnung ist." Sie konnte Kit nicht am Telefon von Helena erzählen. „Hör zu. Ich muss dir etwas erzählen. Zieh dich an, ich hole dich in zehn Minuten ab."

„Was? Warum?" Kits Benommenheit wich der Skepsis.

Izzy wollte keine Diskussion anfangen. „Mach es einfach. Ich liebe dich." Sie legte auf. Sie würde ihrer Schwester Hausarrest aufbrummen bis Kit achtzehn war, vielleicht auch für den Rest ihres Lebens, um sie zu beschützen. Duncan tauchte wieder am Kamm seiner geliebten Dünen auf und rutschte den Hügel hinunter. Der Sand spritzte in alle Richtungen, und Izzy hielt sich schützend die Hand vor die Augen. Zusammen hoben sie Helena behutsam auf die Trage, aber Izzy machte sich für das Mädchen keine Hoffnungen. Das Herz wollte ihr brechen, aber sie schob ihre Gefühle zur Seite, um zu funktionieren. Langsam arbeiteten sie sich mit der Trage um den größten Hügel herum. Obwohl Helena kaum etwas wog, hatte Izzy Mühe, die Trage an ihrem Ende hochzuhalten.

„Wir müssen die Polizei anrufen", rief sie Duncan über den heulenden Wind zu. Ihr Magen drehte sich um beim Gedanken daran, was sie womöglich finden würden, aber Helenas Tod musste untersucht werden.

„Ich habe sie schon angerufen", erwiderte Cromwell.

Izzy nickte und wünschte sich, sie hätte nicht das Bedürfnis, davonzurennen und sich zu verstecken. Sie war ein Feigling. Sie war schon immer ein verdammter Feigling gewesen. Der Mantel, der Helena bedeckte, rutschte zur Seite, und Izzy konnte ihren nackten Körper sehen. An ihren Beinen klebte Blut, und jeder Gedanke an ihre eigenen Probleme verschwand. Dann bemerkte sie ein Schmuckstück an Helenas schmalem Handgelenk. Die feinen Haare auf ihren Armen stellten sich auf. „Ich wusste gar nicht, dass Helena ein Notfallarmband trägt."

„Das ist nicht ihres." Duncans Stimme klang tief und rau. „Sie hatte es um, als ich sie gefunden habe."

Benommen stapfte Izzy weiter, so schnell sie konnte. Es konnte nicht dasselbe Armband sein. Das konnte nicht sein. Aber tief in ihrem Inneren wusste Izzy, dass es so war. Auch wenn es unmöglich schien, irgendwer kannte ihr Geheimnis. Ein Mörder kannte ihr Geheimnis.

LINCOLN FRAZER SAß an seinem Schreibtisch und starrte auf ein weiteres Ersuchen um Mithilfe, diesmal im Fall einer Reihe von Vergewaltigungen, die in Portland, Oregon, stattgefunden hatten. Er überflog die Einzelheiten und schickte eine E-Mail an Darsh Singh, in der er ihn anwies, sich vor der nächsten Teamsitzung am Montag mit der Akte vertraut zu machen. Es war der erste Januar, aber als Leiter der Fallanalyseeinheit, Abteilung 4, die mit der Untersuchung von Verbrechen an volljährigen Opfern betraut war, hatte er keine Zeit für Urlaub. Erst vor einer Woche hatte er dabei geholfen, einen unschuldigen Mann zu entlasten, der vor einigen Jahren wegen Verrats verurteilt worden war. Aber vor lauter Bürgerwehren, Anforderungen des Präsidenten, internationalen Terrorzellen, Attentätern, Geheimagenten sowie dem allgemeinen Amtsmissbrauch im Rechtswesen kam er in seinem eigentlichen Job kaum noch hinterher.

Weihnachten war nur so vorbeigerauscht. Er hatte sein Apartment seit Tagen nicht zu Gesicht bekommen. Er duschte und aß nur noch im Büro, dankbar für die Ruhe in dem beinahe menschenleeren Gebäude. Frazer hoffte, dass sich die Dinge im neuen Jahr wieder normalisieren würden, und er in seine geordnete Welt der Serientäter zurückkehren konnte.

Das Telefon auf seinem Schreibtisch klingelte. „Frazer", meldete er sich.

„Woher habe ich nur gewusst, dass Sie im Büro sind?" Die Stimme von Agent Mallory Rooney verriet einen Anflug von Sarkasmus.

„Das liegt an Ihrem messerscharfen Verstand." Daran, und an der Tatsache, dass Alex Parker vermutlich sein Handy orten ließ. „Kein Wunder, dass ich Sie aus der Anonymität gerissen und eingestellt habe."

„Na klar, Boss, Sie haben mich aus der Anonymität gerissen." Das Verdrehen ihrer Augen, das diese Bemerkung begleitete, kam klar und deutlich bei ihm an. Er grinste, wohl wissend, dass sie ihn nicht sehen konnte.

„Hat Parker die Hintergrunduntersuchungen zu Madeleine Florentine abgeschlossen?", fragte Frazer, bevor Mallory etwas sagen konnte. Die Gouverneurin von Kalifornien war die erste Wahl von Präsident Hague für die Neubesetzung des Postens des Vizepräsidenten, und er wurde langsam etwas ungeduldig.

„Jep, hat er gestern Abend fertiggestellt. Florentine scheint soweit in Ordnung zu sein." *Gott sei Dank.* „Aber deswegen rufe ich nicht an. Hören Sie", fuhr sie fort und ließ ihm keine Chance, dazwischenzufragen, warum sie sich dann erst jetzt meldete. „Ich habe einen Anruf von einem alten Bekannten bekommen, Agent Lucas Randall aus Charlotte. Er hat den Meacher-Fall geleitet." Frazer hatte die Personalakten schon aufgerufen, während sie noch sprach. Er erinnerte sich an den Kerl. „Er wurde zu einem Fall auf den Outer Banks in North Carolina dazu gerufen und möchte, dass ich dorthin fahre und ihm helfe."

Frazer durchsuchte das Internet nach den neusten Meldungen aus dieser Region. „Ein Mord mit einem Opfer?" Er hatte einen riesigen Berg von ungelösten Fällen auf seinem Schreibtisch liegen, ganz abgesehen davon, dass er einem gewissen Geheimagenten klammheimlich dabei helfen wollte, die Attentäterin dingfest zu machen, die letzten Monat den Vizepräsidenten ermordet hatte. Und für all das brauchte man deutlich mehr Kompetenzen, als um einen Kleinstadtmord aufzuklären. „Das soll die örtliche Polizeibehörde selbst regeln." Sein abgebrühter Tonfall ließ ihn erschaudern. Das kam davon, wenn Berichte über unvorstellbare Grausamkeiten tagtäglich auf dem eigenen Schreibtisch landeten.

Rooney ignorierte ihn. „Zwei Teenager waren letzte Nacht am Strand, um in Ruhe rumzuknutschen, und wurden Opfer eines brutalen Angriffs. Beide wurden als tot zurückgelassen, aber einer von den beiden hat wie durch ein Wunder überlebt. Aber deswegen hat Randall mich nicht angerufen."

Ein Schauder lief Frazer den Rücken hinunter. Er wusste, dass ihm nicht gefallen würde, was als nächstes kam.

„Das weibliche Opfer trug ein Notfallarmband."

„Und?" Spannung braute sich in ihm zusammen.

„Es war nicht ihres." Frazer hörte ein Murmeln, wahrscheinlich Alex Parker, der Mallory sagte, sie solle endlich auflegen und den Feiertag genießen. „Das Armband gehörte einer Frau namens Beverly Sandal."

„Woher kenne ich diesen Namen?" Er tippte den Namen in die Datenbank. „Verdammt."

„Ganz genau."

Frazer ordnete laut seine Gedanken zu dieser Information. „Ferris Denker soll nächste Woche hingerichtet werden."

„Ich weiß."

„Es könnte ein Nachahmungstäter sein, der ihm im letzten Moment Aufschub gewähren will."

„Ich weiß."

„Das war Hanrahans erster großer Fall – wussten Sie das auch?" Er kniff die Augen zusammen. Natürlich wusste sie das. Rooney war ein ebenso übler Workaholic, wie er selbst. *Gottverdammt.* Die Verurteilung war wasserdicht. Denker war mit der Leiche einer jungen Frau im Kofferraum erwischt worden, als die Polizei ihn wegen einer Verkehrswidrigkeit angehalten hatte. Er hatte eine Reihe an Morden gestanden, auch wenn manche der Leichen nie gefunden worden waren. Die Verurteilung war rechtskräftig, aber das letzte, was er oder

Rooney oder Parker jetzt brauchten, war eine Untersuchung, die in den alten Fällen ihres ehemaligen Vorgesetzten herumschnüffelte. „Ich will, dass Sie so schnell wie möglich da runter fahren…"

„Das geht nicht."

Frazer richtete sich auf. Irgendetwas stimmte nicht.

Eine andere Stimme klang durch die Leitung. „Was Agent Rooney zu erwähnen vergessen hat, ist, dass sie gerade im Krankenhaus ist." Alex Parker hatte Rooney offenbar das Handy abgenommen. „Sie, ähm…" Er räusperte sich. „Mallory hatte letzte Nacht leichte Blutungen, und die Ärzte wollen weitere Tests durchführen und sie hierbehalten. Womöglich verordnen sie ihr für ein paar Wochen Bettruhe. Sie müssen das ohne uns durchziehen."

Sorge um die junge Frau schnitt durch Frazers Körper wie ein Messer. Rooney war mit Parkers Baby schwanger. Für gewöhnlich ging Frazer mit seiner Zuneigung vorsichtiger um, aber seine Freundschaft mit der jungen Agentin und dem traumatisierten Attentäter hatte unter außergewöhnlichen Umständen begonnen. Ihre Beziehung war fest wie Stahl, und nur der Tod würde sie entzweien können – eine sehr reale Option, sollte irgendjemand ihre Geheimnisse erfahren. „Ist sie in Ordnung?", fragte er vorsichtig.

„Das wird sie sein."

Mallory Rooney war eine der Besten. Wenn irgendwer sie beschützen konnte, dann Alex Parker. Aber nicht einmal Parker hatte einen medizinischen Notfall unter Kontrolle. Frazer konnte sich vorstellen, was ihm jetzt durch den Kopf gehen musste. Schuldgefühle. Angst, dass das aus irgendeinem Grund seine Schuld war. Verzweiflung und Panik, dass er dieses Problem nicht lösen konnte, so sehr er auch wollte.

Frazer verstand das, weil er genau das Gleiche spürte. Er atmete tief aus. „Sagen Sie ihr, dass sie sich alle Zeit der Welt nehmen soll."

„Habe ich schon", antwortete Parker knapp.

„Ja, aber sagen Sie ihr, dass ich es gesagt habe. Auf mich hört sie." Frazer fuhr seinen Computer herunter. „Ich will, dass sie fit und gesund bleibt, damit sie ihren Job hier machen kann, auch wenn das bedeutet, dass sie die nächsten neun Monate im Bett liegt. Ich habe noch Urlaubstage, die ich ihr überschreiben kann." Und es gab noch weitere Agenten, die das Gleiche für eine Kollegin tun würden, die in Schwierigkeiten war. Das FBI war eine Familie. Sie kümmerten sich umeinander.

Frazer steckte einen Arm durch den Jackenärmel, klappte seinen Laptop zu und steckte ihn in die Tasche. Die Vorstellung, dass Rooney und Parker ihr Baby verlieren könnten, schnürte ihm die Kehle zu und erinnerte ihn daran, warum es immer besser war, Distanz zu wahren. Dafür war es jetzt zu spät. „Sie sollten es nach mir benennen, wissen Sie, in Anbetracht der Umstände." Umstände, die bis zu den abgelegenen Wäldern West Virginias und der Konfrontation mit einem weiteren Serienmörder zurückreichten.

„Mallory will ihn nach meinem Großvater benennen, wenn es ein Junge wird, und nach meiner Mutter, wenn es ein Mädchen ist." Parkers angespannte Stimme gab Frazer zu verstehen, dass der Kerl verrückt vor Sorge war.

Frazer spürte, wie der Kloß in seinem Hals größer wurde. *Mist.* „Passen Sie auf sie auf, Alex. Ich kümmere mich um die Sache in North Carolina."

„Rufen Sie mich an, wenn Sie etwas brauchen. Ich kann mich auch von hier mit dem Fall beschäftigen." Parker war unter anderem Experte in Sachen Cybersicherheit und konnte Hinweise im Schlaf verfolgen.

„Werde ich tun."

„Frohes neues Jahr, Linc."

„Noch ist es das nicht."

„Was Sie nicht sagen." Parker klang verärgert.

„Es ist meine Schuld, wissen Sie. Weil ich mir gewünscht habe, die Dinge würden endlich wieder normal laufen."

„Sie haben sich Serienmörder gewünscht?"

„Ja. Ich bin wohl genauso abnorm wie die."

„Niemals", nuschelte Parker. „Sie sind noch viel verrückter als diese Arschlöcher."

Ein zögerliches Lächeln umspielte Frazers Mundwinkel. „Passen Sie einfach auf Mallory auf, Alex. Für uns beide." Dann legte er auf und verließ sein Büro.

Frohes neues Jahr.

FERRIS DENKER BEOBACHTETE die Kakerlake, die ziellos über den Boden huschte. Er stellte ihr einen Fuß in den Weg und das Vieh änderte die Richtung. Er versperrte ihr erneut den Weg und der Käfer versuchte nun, unter der Gummisohle seiner Leinenschuhe hindurch zu kommen. Arme, missverstandene Kreatur. Ferris hob die Kakerlake hoch und ließ sie über seine Hände krabbeln. Die Beine des Tiers fühlten sich hart, aber zerbrechlich an, ihre Füße versuchten in den Furchen und Falten seiner Handfläche Halt zu finden.

Ferris drehte seine Hand um und die Kakerlake fiel zu Boden, ihr dünner Panzer klackte dumpf, als sie aufschlug. Sie drehte sich auf den Bauch und das Spiel begann von Neuem.

Händels Concerto Grosso op. 6 klang aus den Lautsprechern in seiner Zelle – eine willkommene Abwechslung zum Lärm der Weihnachtslieder, die in den letzten Wochen ununterbrochen durch den Todestrakt geschallt waren. Er versuchte, sich nicht zu beschweren. Die Jungs in diesem Höllenloch der Verzweiflung konnten ein bisschen Aufheiterung gebrauchen.

„Hey, Ferris." Eine vertraute Stimme zischte aus der nächsten Zelle herüber. Billy Painter. Der Kerl hatte eine junge Frau vergewaltigt und ermordet und dann genau das Gleiche mit ihrer achtzigjährigen Großmutter gemacht.

Was hatte die Jury damals geheult.

Der Junge saß nun seit fünf Jahren hier ein und ging gerade das zweite Mal in Berufung.

Ferris ging zu seiner Zellentür. Die obere Hälfte der Tür bestand aus Gitterstäben. „Was gibt's, Billy?"

„Hast du schon was von deinem Anwalt gehört?"

Billy hätte es mitbekommen, wenn Ferris irgendwelche Neuigkeiten erhalten hätte, aber die Tatsache, dass er nachfragte, bildete die Basis seines Berufungsverfahrens. Billys IQ-Punkte entsprachen seiner Schuhgröße. Er mochte noch so große Füße haben, er war einfach dumm wie Brot.

„Bis jetzt noch nicht, Billy." Der Vollstreckungsbefehl für seine Hinrichtung lag auf dem mickrigen Schreibtisch in seiner Zelle. Der Wärter hatte ihm das Schreiben am Heiligabend überreicht, was eine nette Geste für einen verkappten Sadisten war, wie Ferris fand. Auch wenn er sich seit Jahren darauf vorbereitet hatte, zitterten ihm nun doch die Knie, wenn er daran dachte, dass er am 25. Januar sterben würde – aber natürlich würde er das nie zugeben. Sie würden ihn für die Hinrichtung nach Columbia verlegen, auch wenn diese letzte Reise von hundert Meilen das letzte war, was er tun wollte.

„Tut mir leid, Mann." Billy ließ die Schultern hängen und lehnte sich an die Gitterstäbe seiner Zellentür. Sein Ausdruck war düster. „Dachte, du hättest was gehört."

„Danke, Mann." Ferris verzog den Mund. Er hatte sich das selbst eingebrockt. Er hatte zu viel gestanden, bevor sein Anwalt aufgetaucht war. Hatte wie ein Kind damit geprahlt, bevor er eine Absprache zur Strafminderung unterschrieben hatte. Die Frau in seinem Kofferraum war noch nicht kalt, als die Polizei ihn wegen eines kaputten Bremslichts aus dem Verkehr gezogen hatte, eine Ordnungswidrigkeit, aus der er sich hätte herausreden können, wenn er nicht völlig zugedröhnt gewesen wäre. Nein, die Bullen hatten ihn astrein hochgenommen, und er hatte gesungen wie ein Vögelchen.

Aber er hatte noch nicht vor, zu sterben.

Das Leben im Todestrakt war eine üble Existenz. Selbst diejenigen, die es verdient hatten, zu sterben, hatten eine solche Folter nicht verdient. Er hatte seine Opfer besser behandelt als der Staat die Häftlinge behandelte. Sicher, sie hatten für ein paar Stunden geschrien und gebettelt, aber danach hatte er sie von ihren Qualen erlöst. Er hatte vielleicht grausame und unverhältnismäßige Methoden angewandt, aber er war schnell und effizient gewesen, ganz anders als das Rechtssystem.

Recht?

War das gerecht?

Er sah sich in seinem Zellentrakt um. Kriegsveteranen, die an posttraumatischer Belastungsstörung litten. Männer, die fast noch Kinder waren, als sie ihre Verbrechen begangen hatten. Durch falsche Freunde und widrige Lebensumstände dazu angestachelt. Jeder von ihnen waren genauso gut Opfer wie Täter. Männer wie Billy, die kaum zwischen Recht und Unrecht unterscheiden konnten und keine Chance mehr hatten, sobald Drogen und Alkohol ins Spiel kamen.

Die Gesetze zur Todesstrafe waren in jeder Hinsicht fehlerhaft – die Kosten für den Staat, die Tatsache, dass die Todesstrafe als Abschreckungsmaßnahme nichts taugte, die Tatsache, dass immer wieder unschuldig zum Tode verurteilte Männer entlastet wurden, weil plötzlich neue Beweise auftauchten.

Nein.

Es war ein dummes System. Und Ferris verabscheute Dummheit.

Er hatte nie behauptet, unschuldig zu sein, und er hatte keine Chance, einen niedrigen IQ als Entschuldigung anzubringen, denn beim letzten Test hatte er 140 Punkte erzielt. Aber er wollte nicht sterben, und er wollte nicht den Rest seines Lebens in diesem elenden Höllenloch verrotten. „Bete für mich, Billy."

Der junge Mann nickte ihm eifrig zu. „Wir hatten dieses Jahr schon ein Wunder, ich kann für noch eines beten."

Ferris musste grinsen. Er hatte sich immer ein wenig über die Kameradschaft unter den Häftlingen im Todestrakt amüsiert, aber auch er konnte sie spüren. Ferris hatte das Gefühl, hier als der Mann akzeptiert zu werden, der er wirklich war, nicht als der, den andere Leute in ihm sahen.

Das war ein Geschenk. Er hatte so etwas schon einmal erlebt, und er hoffte, dass die Kraft dieser Beziehung sich jetzt bewähren würde.

Einer der Wärter kam in den Zellentrakt, vermutlich um einen der Häftlinge für seine tägliche Stunde Sport und den Gang an die frische Luft abzuholen. Ferris schnaubte verächtlich. Von einem Käfig in den nächsten. Und doch waren sie alle ganz versessen darauf, aus ihren verdammten Zellen herauszukommen. Er trat einen Schritt zurück und hörte ein Knirschen, schaute nach unten und sah den schwarzgrünen Schleim der toten Kakerlake auf dem Betonboden. *Verdammt.*

Ferris beugte sich hinunter und wischte den Dreck mit einem Taschentuch auf. Dann schüttelte er eine weitere Kakerlake aus einem Einmachglas. Das Spiel ging gerade erst los.

DRITTES KAPITEL

DER LEUCHTTURM STAND am Ende einer Landzunge und war umrandet von Strandhafer, der vom Wind hin und her geweht wurde. Weißer Sand traf in der rauen Brandung auf den bleiernen Himmel. Ein Holzzaun führte an der Straße entlang und sollte eigentlich die Leute vom Strand fernhalten, brachte aber nicht viel. Frazer kletterte ohne Mühe darüber hinweg. Diese Gegend war abgeriegelt, weil die nationale Behörde für Naturschutzgebiete zusammen mit der Umweltschutzbehörde versuchte, die Gegend durch Minderung der Umwelteinflüsse zu stabilisieren. Aber in Anbetracht der Tatsache, dass sie es mit dem Atlantik zu tun hatten, war das alles andere als einfach.

Das war in etwa so, als wollte man versuchen, den unentwegten Strom des Bösen, der die Menschheit durchströmte, mit nur einer Handvoll engagierter Agenten der Strafverfolgung in Schach zu halten.

Eine tolle Vorstellung.

Frazer betrachtete die karge Landschaft dieser entlegenen Inseln und kletterte durch die Dünen zum Tatort. Er war nach Norfolk geflogen, von dort hatte er einen Helikopter nach Elizabeth City erwischt, wo er ein Auto gemietet hatte. Es wurde spät. Nur noch ein paar Stunden bis Sonnenuntergang.

Er erklomm den Kamm der Düne und blickte sich um. Das hier war der perfekte Ort für alle, die in Ruhe ihren perversen Neigungen nachgehen wollten – vor allem nachts und während eines Wintersturms. Jeder Schrei würde vom Wind verweht, jeder Hilferuf von der Landschaft verschluckt werden.

Es war der perfekte Ort, um einen Mord zu begehen. Der perfekte Ort, um eine Leiche zu entsorgen.

Diese Gegend war eigentlich dafür bekannt, sicher zu sein. Eine niedrige Kriminalitätsrate. Nur wenige Einwohner während der Wintermonate. War es ein Einheimischer gewesen? Das konnte er noch nicht sagen. Die Leute glaubten immer, ein Mörder würde auffallen, aber das war selten der Fall, es sei denn, er war psychotisch. Dann waren sie in der Regel einfach zu finden, man musste nur dem wilden Blick und den Blutspuren folgen.

Frazer schlug den Kragen seines FBI-Anoraks hoch, aber das half kaum, um den eisigen Wind abzuhalten. Sein dunkelblauer, dreiteiliger Wollanzug mochte vielleicht für das Büro taugen, aber er war nicht dafür gemacht, einem Wintersturm standzuhalten. Als er heute Morgen aus dem Haus gegangen war, hatte er nicht mit einem Ausflug auf diese windgepeitschte Insel gerechnet.

Das Leben war eben voller Überraschungen.

Das Bild, das sich ihm bot, war ein Paradebeispiel dafür, wie man einen Tatort nicht sichern sollte, und er bemühte sich nicht, sein Stöhnen zu unterdrücken. Soweit er wusste, hatten sie nicht einmal Fotos gemacht. Um acht Uhr heute früh hatte ein Beamter der örtlichen Umweltbehörde einen unrechtmäßig geparkten Wagen am Straßenrand entdeckt und war nachschauen gegangen. Der Beamte hatte den nackten Körper seiner eigenen, siebzehnjährigen Tochter und einen übel zugerichteten jungen Mann vorgefunden. Er hatte erfolglos versucht, seine Tochter wiederzubeleben. Als die Sanitäter eingetroffen waren, hatten sie beide Opfer in die Notaufnahme gebracht, in der Hoffnung, sie noch retten zu können. Wie durch ein Wunder hatte der Junge überlebt. Das Mädchen war jedoch bei der Ankunft im Krankenhaus für tot erklärt worden.

Frazer schob sein Mitgefühl für den Mann zur Seite. Was geschehen war, ließ sich nicht ungeschehen machen, und nichts, was er sagte, würde den Schmerz des Mannes lindern. Er konnte helfen, indem er seine Arbeit machte, aber diese Arbeit bedeutete auch, den Vater als potenziellen Täter nicht auszuschließen.

Der Vater, die Sanitäter, die örtlichen Polizeibeamten und leider auch das Wetter hatten den Tatort vollkommen unbrauchbar gemacht, was seinen Job unendlich erschwerte. Das einzige, was er vorfand, war aufgewühlter Sand, ein Paar auf Links gedrehte Jeans, Unterwäsche, ein T-Shirt, Socken, ein offenes Portemonnaie, eine Daunenjacke und eine Schaufel. All diese Dinge lagen nicht mehr auf ihren ursprünglichen Positionen, aber sie mussten nichtsdestotrotz eingetütet, katalogisiert und als Beweismittel verbucht werden, damit sie zumindest von den Forensikern analysiert und bei einem Gerichtsverfahren verwendet werden konnten, falls es dazu kommen sollte.

Frazers Aufgabe war es, dafür zu sorgen, dass es dazu kommen würde.

Ein bleierner Himmel hing über ihm, unheilvolle Wolken brauten sich mit unterdrückter Energie zusammen. Regen würde nur noch mehr Beweise fortspülen, und sie hatten schon jetzt kaum etwas in der Hand. Kriminaltechniker fotografierten jeden Zentimeter des Tatorts. Die Kleider und die Autopsie des Mädchens würden hoffentlich Klarheit darüber verschaffen, wer den beiden Teenagern das angetan hatte, aber es war mit Sicherheit nicht Ferris Denker gewesen. Der verrottete in einer Zelle im Todestrakt von Ridgeville in South Carolina, mehr als sechshundert Kilometer von hier entfernt.

Vielleicht würde Jesse Tyson den Angreifer oder die Angreifer identifizieren können, wenn er aufwachte, die Ermittlungen damit einen großen Schritt voranbringen und den Täter davon abhalten, noch weitere Menschen zu töten. Natürlich immer vorausgesetzt, der Junge hatte keinen Hirnschaden davongetragen oder lag nicht im Koma.

Auch ohne dass er die Körper gesehen hatte, konnte sich Frazer vorstellen, was für ein Grauen die beiden Teenager durchlebt haben mussten. Er betrachtete die Kleidung des Mädchens. Ihm war mitgeteilt worden, dass es Anzeichen für eine Vergewaltigung gab, aber erst nach der Autopsie würde er mehr wissen. Der Täter hatte die beiden wie Abfall behandelt, nichts weiter als Spielzeuge für seine persönliche Befriedigung. Die Naturgewalten hatten sie umbringen sollen, das war der Plan des Bastards gewesen.

Die Leute bezeichneten solche Täter immer als Monster, aber sie waren auch nur Menschen – Menschen, die unmenschliche Dinge taten. Psychopathen, die es besser wussten, es aber trotzdem taten.

Was würde es für den unbekannten Täter bedeuten, dass eines seiner Opfer überlebt hatte?

Frazers Augen wurden schmal. Der Junge würde Polizeischutz brauchen, bis sie das klärten, aber sie konnten es für sich nutzen. Er musste mit dem Jungen sprechen, sobald er aufwachte. Der Angriff würde seine Spuren hinterlassen haben. Was für Spuren, das kam auf den jungen Mann selbst an. Als er fünfzehn gewesen war, war Frazers eigene Welt zusammengebrochen, als seine beiden Eltern bei einem Einbruch in ihr Haus umgebracht worden waren. Er war nach diesem Tag nicht mehr derselbe Junge gewesen. Wenn Jesse Tyson auch nur ein wenig Ähnlichkeit mit Frazer hatte, dann würden die Erlebnisse der vergangenen Nacht sein ganzes Leben beeinflussen.

War das Schicksal?

Wenn es so war, dann war Schicksal das Letzte. Frazer ging völlig in seiner Arbeit auf, aber er würde sie im Handumdrehen aufgeben, wenn er dadurch die Vergangenheit ändern könnte. Er schob diese Gedanken fort, dachte kaum noch an den Mord an seinen Eltern. Frazer ehrte ihr Andenken, indem er sich daran erinnerte, wie sie gelebt hatten, und nicht daran, wie sie gestorben waren. Und er ehrte ihr Andenken, indem er Mörder jagte und sicherstellte, dass nicht noch mehr Menschen verletzt wurden.

Der Anblick des Kriminaltechnikers, der die Unterhose des jungen Mädchens aufhob und eintütete, kratze an einer tief vergrabenen Stelle in seinen Erinnerungen. Er beachtete es nicht. Mit Sentimentalität löste man keine Verbrechen. Logik und akribische Ermittlungen erledigten das. Dass gefährliche Täter oft auf die gleiche, peinlich genaue, emotionslose Art und Weise vorgingen, entging ihm nicht. Es war nicht so, dass er keine Gefühle hatte, aber er schob sie zur Seite, wenn er eine Aufgabe zu erledigen hatte – und tat sein Bestes, sie nie wieder hochkommen zu lassen.

Emotionale Objektivität war etwas, was er den anderen Agenten seiner Einheit immer wieder einzuprügeln versuchte, allen voran seinem Freund, Agent Jed Brennan, der ihm damals im Chaos des Afghanistankriegs dabei geholfen hatte, seinen ersten Serienmörder zu schnappen. Der Punkt war, sobald sie sich emotional in ihre Fälle verstrickten, würden sie ihre Anzugjacken gegen Zwangsjacken eintauschen müssen.

Die Gesichter der Opfer raubten ihm schon jetzt den Schlaf. Das war der schnellste Weg in den Burnout, und er hatte nicht vor, diesen Weg einzuschlagen. Mit den Albträumen kam er klar, was ihm zu schaffen machte, war die Trauer.

Der grelle Schrei einer Möwe riss ihn aus seinen Gedanken. Ein abgelegener Strand. Die Inseln der Outer Banks. Erster Tag in einer Mordermittlung. Check.

Ein anderer FBI-Agent kam ihm entgegen, und Frazer stolperte die Düne hinunter, um ihn zu begrüßen.

FBI-Agent Lucas Randall war im Büro in Charlotte stationiert, und Frazer hatte ihn während des Meacher-Falls kennengelernt. Randall war früher beim Militär gewesen, seine Augen wirkten gleichermaßen scharf und müde. Falls er überrascht war, den Leiter der Fallanalyseeinheit hier anzutreffen, versteckte er es gut.

„ASAC Frazer." Randall hielt ihm seine Hand hin. „Freut mich, dass Sie es hergeschafft haben."

„Agent Randal." Frazer nickte ihm zu und schüttelte seine Hand. „Ist das Notfallarmband echt?" Das Armband war der springende Punkt. Der Grund, weshalb er hier war.

„Sieht so aus." Randall zog die Plastiktüte mit dem Beweismittel aus seiner Tasche und reichte sie ihm.

Frazer betrachtete das Armband durch das Plastik hindurch. Dicke Edelstahlglieder und ein massiv wirkender Anhänger mit einer eingefrästen Telefonnummer. Eine Liste mit Erkrankungen. In manchen der Kettenglieder steckten

Sandkörner, Anzeichen von Rost und Verfall verfärbten das Metall. Es sah aus, als ob das Armband lange Zeit im Sand vergraben gewesen war, aber das Mädchen war vor nicht einmal zwölf Stunden umgebracht worden.

Der verurteilte Serienmörder Ferris Denker hatte gestanden, Beverley Sandal vor siebzehn Jahren umgebracht zu haben. Also wie zur Hölle konnte ihr Armband an einer frischen Leiche gefunden werden?

„Das Armband war das Einzige, was das Opfer, Helena Cromwell, trug, als sie gefunden wurde. Ihr Vater wusste, dass es nicht ihr gehörte, und der Chief der örtlichen Polizei hat es eingetütet. Aber sein Sohn ist der junge Mann auf der Intensivstation, also hat er seine Beamten und die Kriminaltechniker hier weitermachen lassen und mich angerufen. Das Mädchen liegt in der Leichenhalle des Krankenhauses und soll demnächst in die Gerichtsmedizin transportiert werden."

„Kennen Sie den Polizeichief persönlich?"

Randall kniff die Augen gegen den pfeifenden Wind zusammen. „Wir haben vor Jahren zusammen in der Armee gedient und seitdem Kontakt gehalten." Randall hatte den Ruf, seine Arbeit gewissenhaft zu erledigen und ein angenehmer Kollege zu sein. Was auch immer die Leute über Frazer sagten, es war mit Sicherheit nicht, dass er ein angenehmer Kollege war.

Aber dank Randalls Ermittlungen in dem Fall und seiner Verbindung zu Rooney hatten sie einen entscheidenden Vorteil. Und Frazer würde diesen Vorteil nutzen.

„Ich will, dass der Gerichtsmediziner hierherkommt, um eine vorläufige Autopsie durchzuführen." Frazer verzog das Gesicht. „Oder noch besser, sagen Sie ihnen, dass ich Simon

Pearl persönlich dafür anfordere. Rufen Sie sie an. Überzeugen Sie sie. Er kann mich anrufen, wenn er will. Und es sollen so schnell wie möglich Blut- und Gewebeproben des Mädchens entnommen werden. Der Toxikologe soll den Promillewert überprüfen und ob ihr KO-Tropfen verabreicht worden sind.

Randall zog erstaunt die Augenbrauen hoch.

Wenn das Armband nicht wäre, dann würde er denken, dass Helena ihren Mörder gekannt hatte, oder dass irgendeine schreckliche Gruppenvergewaltigung furchtbar schiefgegangen war – nicht, dass Gruppenvergewaltigungen jemals gut gingen. Frazer drückte mit den Fingern auf seinen Nasenrücken und versuchte, die aufsteigenden Kopfschmerzen abzuwehren. Eine Gruppenvergewaltigung würde das Ganze im Gegensatz zur Alternative deutlich einfacher für ihn machen, und diese Erkenntnis ließ ihn seine Gefühle noch tiefer vergraben und sich auf die Fakten konzentrieren. Es war pervers. *Akzeptiere es.* „Gibt es irgendwelche Hinweise darauf, dass Ferris Denker jemals hierhergekommen ist?"

Randall schüttelte den Kopf. „Soweit ich weiß, nicht."

Als er Frazers fragenden Blick sah, fuhr er fort. „Ich habe einen Bekannten in Columbia gebeten, mir eine Kopie von Denkers Akte zu schicken. Habe ihm gesagt, ich hätte ein persönliches Interesse an dem Fall. Die Agenten, die Denkers Fall betreuen, hatten immer angenommen, dass er das Festland nie verlassen hat."

Annahmen waren immer gefährlich. „Ich brauche eine Kopie dieser Akte." Frazer konnte sich natürlich auf offiziellem Weg darum kümmern. Zum Teufel, vermutlich konnte er sogar Hanrahan um seine Aufzeichnungen zu dem Fall bitten, aber für diesen Schritt war er noch nicht bereit. Denker hatte eine Verabredung mit einer Giftspritze, und

Frazer würde alles in seiner Macht Stehende dafür tun, dass er zu dieser Verabredung auch auftauchte. „Haben Sie Denker oder Beverly Sandal in Anwesenheit des Polizeichiefs erwähnt?"

Randall schüttelte den Kopf. „Sobald ich die Nummer auf dem Armband durchs System gejagt und den Namen wiedererkannte hatte, war mir klar, was das bedeutet. Ich habe Rooney angerufen, weil ich sicher war, dass die Fallanalyse an der Sache beteiligt sein wollen würde."

„Haben Sie schon mit Ihrer Vorgesetzten gesprochen?"

Randall schüttelte mit zusammengekniffenen Augen erneut den Kopf. „Nein. Aber ich werde ihr bald etwas erzählen müssen."

Sein Boss, SSA Petra Danbridge, sah ebenso gut aus, wie sie einem das Leben schwer machen konnte. „Haben Sie schon eine Akte für den Fall angelegt?"

Wieder schüttelte Randall den Kopf. Die Fallanalytiker standen den Ermittlern in diesen Fällen nur beratend zur Seite. Sie hatten keine Weisungsbefugnis, was Frazer in eine unangenehme Lage brachte.

„Warten Sie damit so lange wie möglich ab. Sie können Danbridge später zur Not erzählen, ich hätte Ihnen Befehle erteilt."

Randall verzog den Mund. „Tun Sie das nicht gerade?"

„Allerdings." Frazer starrte den anderen Mann an, um zu sehen, ob er ein Problem damit hatte.

„Dann ist ja alles klar." Randall nickte und sah sogar erleichtert aus. Womöglich wusste Randall viel besser Bescheid, als Frazer ihm zutraute. Den Informationsfluss und somit die Presse unter Kontrolle zu halten, war entscheidend für ihre Ermittlungen. Randall fuhr fort. „Polizeichief Tyson wohnt erst seit ein paar Jahren hier auf den Outer Banks, er weiß also nichts darüber, ob Denker angeblich hier war oder nicht. Der ehemalige Polizeichief ist im Ruhestand und lebt jetzt in Roanoke."

„Wir müssen mit ihm sprechen. Wir müssen wissen, ob irgendjemand jemals zu Protokoll gegeben hat, Denker hier auf den Outer Banks gesehen zu haben."

„Was glauben Sie?", fragte Randall.

Frazer schaute sich langsam um. Es war ruhig hier. Abgelegen. Ungestört. Der perfekte Ort, um eine Leiche loszuwerden. „Denker hat den Mord an Beverley Sandal zugegeben, aber ihre Leiche wurde nie gefunden."

„Sie glauben, er hat sie hier irgendwo vergraben?"

Frazer zuckte mit den Schultern. „Das könnte eine Erklärung dafür sein, warum ihr Notfallarmband bei einem neuen Opfer gefunden wurde."

„Aber wo ist dann Beverleys Leiche?" Randalls Blick schweifte über die Dünen, Frazer tat es ihm gleich. Frazer wusste, wo er eine Leiche verstecken würde, die niemals gefunden werden sollte.

Randall vergrub seine Hände tiefer in den Taschen und fluchte. „Vielleicht hat jemand Denkers Souvenir gefunden und wollte sich einen Spaß mit der örtlichen Polizei erlauben. Vielleicht hält Denker die Fäden in der Hand. Vielleicht hofft er, dass seine Hinrichtung aufgeschoben wird, wenn Zweifel an seiner Verurteilung aufkommen?"

Frazer nickte. Er bezweifelte nicht, dass dieser sadistische Psychopath seine Finger im Spiel hatte. „Tatsache ist allerdings, dass Denker im Gefängnis sitzt, und eine junge Frau ermordet wurde. Unabhängig vom Motiv haben wir es also dennoch mit einem neuen Mörder zu tun." Und zwar mit einem, der nicht unerfahrenen war. Zwei Opfer auf einmal? Beide jung und fit? Das war nicht die Tat eines Anfängers, der gerade erst sein Handwerk erlernte.

Die unzähligen Abdrücke im Sand, das Durcheinander von Fußabdrücken, die sich in jede Richtung verliefen, bedeutete, dass es unwahrscheinlich war, hier brauchbare Hinweise zu finden. Abgesehen von der Schaufel. Gelbes Isolierband war in einem auffälligen Muster um den Stiel geklebt. Vielleicht würde irgendjemand das Ding wiedererkennen, oder sie würden einen DNA-Treffer in der Datenbank landen.

Frazer begann, laut nachzudenken. „Wer auch immer dem Mädchen das Armband angelegt hat, hat auf die gleiche Art gemordet wie Denker. Ein blitzartiger Überfall, vermutlich mit Vergewaltigung, gefolgt von Strangulation. Aber er – oder sie – hat die Opfer liegen lassen, damit wir sie finden, wohingegen Denker seine Opfer immer zu verstecken versucht hat." Das war nicht das Einzige gewesen, was Denker mit seinen Opfern getan hatte.

„Vielleicht wurde er gestört?"

„Vielleicht", stimmte Frazer zögernd zu. „Aber abgesehen davon wollte der Täter eine Nachricht hinterlassen, die Beverley Sandal und Ferris Denker betrifft. Das Timing ist zu präzise, als dass es ein Zufall sein könnte. Die Verbrechen sind sich zu ähnlich." Frazer gab Randall die Tüte mit dem Armband zurück. „Schicken Sie das zusammen mit der Schaufel in die Zentrale nach Quantico, mit der Bitte um umgehende Bearbeitung. Schreiben Sie meinen Namen auf das Antragsformular und sagen Sie ihnen, dass es dringend ist."

Frazer machte mit seinem Handy Fotos von der Schaufel.

„Sie glauben doch nicht etwa, dass Denker unschuldig ist,

oder?"

„Der Kerl ist schuldiger als die Sünde selbst."

„Dann glauben Sie, er hatte einen Partner?" Randalls Blick wurde schärfer.

„Oder einen Nachahmer. Nach der Autopsie wissen wir mehr." Vor siebzehn Jahren war Denker des Mordes an sieben Prostituierten und drei weiteren jungen Frauen für schuldig befunden worden. Frazer hegte keinen Zweifel daran, dass der Kerl das ganze Ausmaß seiner Verbrechen verheimlichte, und jetzt, nachdem jeder Versuch der Berufung erfolglos geblieben war, versuchte er es mit einem neuen Katz-und-Maus-Spiel, um mehr Lebenszeit auf diesem Planeten herauszuschlagen. Frazer hatte nicht vor, diesem Kerl seine gerechte Strafe vorzuenthalten.

Sein Mentor, SSA Hanrahan, hatte den Bericht geschrieben, der Denker an die Wand genagelt hatte. Seine Beschreibung von Denker war lupenrein gewesen, angefangen bei seiner Familienstellung als ältestes Kind bis hin zu seiner kleinen Schuhgröße. Frazer war sich sicher, dass die Verurteilung wasserdicht war, aber nach dem, was Anfang Dezember in den Wäldern von West Virginia vorgefallen war, konnte er es überhaupt nicht gebrauchen, dass jemand zu tief in Hanrahans Fällen herumschnüffelte.

Sein ehemaliger Boss hatte den Fehler begangen, vertrauliche Informationen an eine mächtige, Selbstjustiz verübende Gruppierung namens „The Gateway Project" weiterzuleiten. Diese Gruppe jagte und eliminierte Pädophile und Serienmörder, noch bevor sie überhaupt im Justizsystem auftauchten. Hanrahans Komplizenschaft war im Beisein eines hinterhältigen Serienmörders aufgeflogen, der daraufhin damit gedroht hatte, nicht nur die Selbstjustizgruppierung, sondern auch die Fallanalyseeinheit des FBI zu Fall zu bringen. Frazer hatte den Kerl zur Strecke gebracht und damit den Ruf des FBI und das Leben der Mitglieder des Gateway Project gerettet, ganz zu schweigen von Millionen Dollar aus den Taschen der Steuerzahler. Seitdem hatten er, Rooney und Alex Parker alles darangesetzt, um sicherzugehen, dass das Gateway Project ein für alle Mal ruhiggestellt wurde, aber ein letztes loses Ende gab es noch.

Frazer war Bundesbeamter geworden, um diejenigen zu beschützen, die sich nicht selbst schützen konnten. Rechtlich betrachtet war es falsch gewesen, was er getan hatte – ethisch betrachtet, hatte er kaum Gewissensbisse. Der Serienmörder, den er erschossen hatte, hatte ein neunjähriges Mädchen aus seinem Schlafzimmer entführt und für fast achtzehn Jahre eingesperrt. Als sie schließlich starb, hatte der Kerl eine Mordserie begangen, immer auf der Suche nach dem perfekten Ersatz. Die zerschlagenen Gesichter der Frauen tauchten noch immer in Frazers Träumen auf.

Er hatte der Welt einen Gefallen getan, als er den Kerl erschossen hatte. Unter den Umständen hatte er keine wirkliche Wahl gehabt, aber der Preis, den er zahlen musste, war ein dunkler Fleck auf seiner Seele, und die Erkenntnis, dass er nicht so rechtschaffen war, wie er immer geglaubt hatte. Das Rechtssystem war nicht immer gerecht. Vielleicht hatte sich Hanrahan deswegen auf dem Weg zwischen Gut und Böse verirrt, aber er hatte auch Frazer in eine unhaltbare Lage gebracht.

Art Hanrahan war der Grund, weshalb Frazer überhaupt zum FBI gegangen war. Zu behaupten, der ältere Mann habe ihn enttäuscht, wäre untertrieben.

Denkers Hinrichtung sollte in wenigen Wochen

stattfinden, das Zeitfenster für einen neuen Mörder, Aufsehen zu erregen, war also sehr kurz. Wenn dieser Täter Morde beging, um Zweifel an Denkers Verurteilung zu säen, mussten sie sich auf weitere Opfer gefasst machen. Frazer versuchte, nicht darüber nachzudenken. Er würde sich zuerst um dieses Opfer kümmern, bis er handfeste Hinweise hatte, mit denen er arbeiten konnte.

Die Kriminaltechniker sammelten gerade die Kleidungsstücke ein. Frazer und Randall hielten schützend ihre Hände vor die Augen, um den vom Wind aufgewirbelten Sand abzuhalten. Eine Spurensicherung würde hier unmöglich sein. Sollte der junge Mann im Krankenhaus keine hilfreichen Hinweise liefern, dann waren ihre nächstbesten Chancen DNA-Spuren, Blut oder Sperma. Vielleicht noch ein vereinzelter Fingerabdruck auf der Schaufel oder auf dem Körper des Mädchens – immer vorausgesetzt, sie hatten Trefferdaten in ihrem System.

Der sandige Wind polierte Frazers Haut. „Rooney hat mir erzählt, Sie waren als Kinder befreundet. Muss ganz schön enttäuschend für Sie gewesen sein, als ich hier aufgetaucht bin und nicht sie."

„Die korrekte Antwort darauf ist natürlich: Nein, Sir. Es ist eine Ehre, mit Ihnen zu arbeiten, Sir." Randall musterte Frazer, er versuchte einzuschätzen, ob er die Wahrheit vertragen konnte. „Aber ganz ehrlich, ich kenne Rooney schon eine Ewigkeit, und wir haben in Charlotte gut zusammengearbeitet. Sie ist eine verdammt gute Agentin." Er betrachtete den Horizont. Ein Fischerboot mühte sich im Pamlico Sound durch das aufbrausende Meer. „Es ist einige Wochen her, dass wir miteinander gesprochen haben. Parker hält sie derzeit an einer kurzen Leine."

„An der Leine?", fragte Frazer scharf.

Randall knurrte etwas.

Obwohl sie angeblich befreundet waren, schien er nicht zu wissen, dass sie im Krankenhaus war, und Frazer würde es ihm nicht verraten. „Wir hatten ziemlich zu tun in letzter Zeit." Frazer verzog verächtlich den Mund. Serienmörder, Terroristen, russische Spione. Rooney und Parker hatten sich ihren Weihnachtsurlaub wirklich verdient, aber im Krankenhaus zu liegen, zählte seiner Meinung nach sicher nicht als Freizeit. Die Sorge um seine Agentin schlängelte sich durch Frazers Magengrube wie abgestandener Rauch. „Ich dachte, Sie wären auch mit Alex Parker befreundet?" Er vergrub sein Gesicht im Kragen seiner Jacke.

Randall schaute auf seine Armbanduhr, als hätte er es plötzlich furchtbar eilig. Offensichtlich war ihm die Richtung, in die die Unterhaltung lief, unangenehm. „Wir haben zusammen in der Armee gedient, und ich habe ihn bei Fragen zur Cybersicherheit um Hilfe gebeten. Der Kerl ist ein verdammtes Genie, aber das wissen Sie schon, sonst hätten Sie ihn nicht in Ihr Team geholt."

Die genauen Umstände, unter denen Frazer den ehemaligen Attentäter in seine Abteilung berufen hatte, waren nur einer Handvoll Leuten bekannt, und keiner von ihnen würde sie preisgeben. Eine Möwe landete in ihrer Nähe im Sand und schaute Frazer an, als wäre er eine Zielscheibe. „Klingt so, als ob Sie ein Problem mit ihm hätten", merkte Frazer vorsichtig an.

Randall zuckte mit den Schultern und drehte sich im Kreis, vielleicht, um sich in der Kälte aufzuwärmen. Oder um der Frage auszuweichen.

„Was ist passiert?", bohrte Frazer nach.

Randall musterte ihn, als ob er ihm nahelegen wollte, sich um seine eigenen Angelegenheiten zu kümmern. „Agent Rooney ist wie eine Schwester für mich."

„Sie glauben, er ist nicht gut genug für sie?" Seltsamerweise, trotz allem, was er über ihn wusste, war Frazer der Meinung, dass Alex Parker perfekt zu Rooney passte.

„Sie ist durch die Hölle gegangen." Randall stieß den Atem aus. „Parker hat Geld, aber…"

„Sie ist nicht an seinem Geld interessiert." Frazer schaute Randall prüfend an. „Sind Sie sicher, dass Sie nicht ein bisschen mehr als nur ein brüderliches Interesse an ihr haben?"

„Was? Nein, verdammt." Randall schüttelte leugnend den Kopf. Er hielt einen Moment inne und zuckte mit den Schultern. „Ich schätze, ich war überrascht, als ich von ihrer Beziehung gehört habe. Rooney und ich waren über ein Jahr lang Kollegen. Und nur einen Monat, nachdem sie aus Charlotte weg ist, ist sie unsterblich verliebt in einen Mann, den sie kaum kennt? In einen Mann, den ich ihr vorgestellt habe?"

„Sie sind ein gutes Team." Alex würde sterben, um sie zu beschützen, oder seine Seele verkaufen, wenn sie ihn darum bat. „Sie haben nichts zu befürchten…" Beinahe hätte er gesagt, dass er noch nie zwei Menschen gesehen hatte, die so sehr verliebt waren, aber in den letzten zwei Monaten war in Frazers Einheit eine regelrechte Romantik-Epidemie ausgebrochen. Es hatte den Anschein, dass sie ansteckend war, und möglicherweise unheilbar, aber bisher schien noch niemand daran gestorben zu sein.

Frazer hatte kein Interesse daran, sich das auch einzufangen. Hatte er alles schon zur Genüge gehabt, er hatte die Scheidungspapiere als Beweis.

Er entdeckte eine Person auf einer anderen Düne, etwa dreihundert Meter weit entfernt, die mit einem Teleobjektiv Fotos schoss. Angewidert schüttelte er den Kopf und bedeutete den Polizisten, sich um den Kerl zu kümmern. Geier.

„Haben die beiden Teenager die Schaufel mitgebracht, oder gehört sie dem Täter? Wenn er sie mitgebracht hat, war sie dann eine Waffe oder ein Werkzeug? War diese Tat geplant oder sind sie nur zufällig Opfer geworden?" Frazer stellte laut die Fragen, die ihn beschäftigt hatten, seit er angekommen war. „Ist das die Tat eines einzelnen Täters – oder nicht?" Der Tatort zeigte widersprüchliche Hinweise. „Könnte das Armband ein Versuch sein, uns vom eigentlichen Motiv für Helena Cromwells Vergewaltigung und Ermordung abzulenken?"

Er konnte es sich nicht erlauben, irgendwelche Hinweise unbeachtet zu lassen.

Randall sagte nichts, ließ ihn unbeirrt weiterdenken.

Frazer blickte über die unendlichen Dünen. „Irgendwas sagt mir, dass der Täter hierherkam, um nach etwas zu graben. Daher die Schaufel." Was einen organisierten Täter nahelegte.

Randalls Augen flackerten. Der offensichtliche Hinweis war Beverley Sandals Armband, was bedeutete, dass Beverley Sandal womöglich selbst irgendwo hier in der Nähe war.

„Ich denke, wir müssen den Tatort ausweiten", sagte Frazer. „Der Täter wurde vielleicht gestört. Oder vielleicht hat er die beiden Teenager entdeckt, als er mit dem Graben fertig war, und hat ihnen zugeschaut. Dann hat ihn seine Lust oder sein Kontrollverlust übermannt, er konnte sich nicht zurückhalten und hat sich genommen, was er wollte." Helena

Cromwell.

„Was einen unorganisierten Täter nahelegt", folgerte Randall.

Frazer verzog den Mund. „Möglicherweise. Aber er war organisiert genug, um die größte Bedrohung zuerst zu beseitigen." Jesse. „Das sind widersprüchliche Signale, typisch für die meisten Mörder." Aber Frazers Instinkt sagte ihm, dass sie es mit einem erfahrenen, psychopathischen Sexualmörder zu tun hatten, der extrem fähig und bestens organisiert war, wenn es um Mord ging.

„Also was nun?", fragte Randall.

„Wir ermitteln. Unauffällig." Frazer schwächte den Befehl etwas ab. „Ich will nicht, dass die Medien diesen Fall mit Ferris Denker in Verbindung bringen. Wir lassen die örtliche Polizeibehörde die Ermittlungen und die Rasterdurchsuchung der Dünen leiten. Sie sollen nach frischen Spuren von Aufgrabungen Ausschau halten, nach jedem noch so kleinen Hinweis. Wenn sie nichts Offensichtliches finden, sollen sie Metalldetektoren und Radarsysteme einsetzen."

„Sie suchen nach weiteren Leichen?"

Frazer starrte in die seichte Kuhle zwischen den Dünen, in der ein junges Mädchen gestorben war. „Ja."

Randall fluchte leise.

„Die örtliche Polizei kennt die Gegend und die Leute hier. Ich will, dass sie sich in die Ermittlungen einbringen und es persönlich nehmen. Und Sie rekonstruieren die letzten Stunden der beiden Opfer." Detaillierte Informationen über die Opfer waren der Grundpfeiler für ein brauchbares Täterprofil. Die Befürchtung, dass sie nicht viel Zeit hatten, lag zentnerschwer auf seinen Schultern. Der Mörder war ihnen einen Schritt voraus, und Frazer musste ihn verdammt noch mal schnappen, bevor noch weitere Menschen starben.

VIERTES KAPITEL

IE GINGEN ZURÜCK zur Straße. Frazer wollte nicht, dass
dutzende FBI-Agenten oder die Bundespolizei sich in den
Fall einmischten. Noch nicht. Zunächst musste er mehr über
das Verbrechen herausbekommen, es vielleicht sogar lösen,
bevor die Presse Wind von dieser pikanten Geschichte rund
um einen verurteilten Serienmörder und einen frischen
Mordfall bekam. Er musste die Leiche des Mädchens sehen
und den Gerichtsmediziner sprechen, Hanrahan kontaktieren,
möglicherweise Denker verhören, mit Jesse sprechen, sobald
der Junge aufwachte, und mit dem Vater des Mädchens reden,
der als einziger den ungestörten Tatort gesehen hatte.

Das würde ein Vergnügen werden.

Vor allem, weil er ihn noch nicht von der Liste der
potenziellen Täter streichen konnte. In den meisten Fällen
wurden Morde von Freunden oder Familienmitgliedern des
Opfers begangen. Vermutlich sollte Frazer dankbar sein, dass
er kaum Familie hatte, auch wenn er sich im Laufe der Zeit
genug Feinde gemacht hatte, um diese Lücke zu füllen.

Ein silberner Geländewagen parkte hinter dem Polizei-
wagen am Straßenrand. Eine Frau stieg aus, sie trug hohe
Stiefel, schwarze Jeans und eine Bluse aus Chambray-Stoff. Sie
war groß. Nordisch. Anfang dreißig. Der Wind spielte mit
ihren langen, rotblonden Haarsträhnen, die unter einer grauen
Wollmütze hervorschauten. Sie ging um den Wagen und

öffnete die Beifahrertür, dann beugte sie sich ins Wageninnere, um etwas herauszuholen. Frazer beobachtete Randall, der den Hintern der Frau begutachtete und riss sich zusammen, um nicht die Augen zu verdrehen. Die Frau richtete sich wieder auf und kam mit einem Getränkehalter mit vier dampfenden Kaffeebechern darin zum Vorschein. Frazer lief das Wasser im Mund zusammen.

Er würde für einen Kaffee töten.

Randall und er gingen hinüber zu dem Polizisten, der sich mit der Frau unterhielt. Der Kerl reichte jedem von ihnen einen Becher.

„Ich weiß das zu schätzen. Vielen Dank." Frazer prostete der Frau zu. Sie nickte, schien aber seinem Blick auszuweichen.

„Das ist Izzy Campbell. Ihre Schwester ist...", Officer Wright räusperte sich, „ähm, war die beste Freundin des Opfers."

Die Frau zuckte zusammen. Sie hatte elfenbeinfarbene Haut und ein paar verstreute Sommersprossen auf ihrer Nase. Hohe Wangenknochen, ein großer Mund. Ihre Augen waren weich und salbeifarben, dieselbe Farbe wie der Strandhafer, der die Dünen hinter ihr bedeckte. Der Wind hatte eine leichte Röte auf ihre Wangen gezaubert, aber ihre Lippen waren blutleer, und der kleine Leberfleck, der direkt links über ihrem Mund zu sehen war, wurde dadurch noch unterstrichen.

Dieser Schönheitsfleck überraschte ihn. Er konnte nicht sagen, warum. Es war einer von diesen sogenannten Makeln, die Schönheit hervorhoben, anstatt davon abzulenken.

Sie stand steif da, stemmte sich gegen die Windböen, die stark genug waren, um sogar ihn umzuwehen.

Randal schüttelte ihre Hand, und Frazer streckte ebenfalls

seine Hand aus, als sie sich vorstellten. Ihre Finger waren warm, ihr Griff kräftig. Sie blickte ihm endlich in die Augen, aber ihr Gesicht trug eine Maske der Distanz, die seine eigene spiegelte. Ihre zusammengekniffenen Lippen ließen ihn wissen, dass sie sich dessen bewusst war, dass er sie genauestens analysierte – und dass ihr das nicht gefiel. Das gefiel kaum jemandem.

Sie hob ihre schmalen Augenbrauen, denn er hatte noch immer nicht ihre Hand losgelassen. Sie zog sie nicht zurück, aber er konnte spüren, wie sich die Muskeln in ihren Fingern anspannten. „Ich muss mit Ihrer Schwester sprechen, Ms. Campbell." Er beobachtete sie genau, aber sie reagiert nicht, außer mit einem Nicken.

„Doktor Campbell", korrigierte ihn der Polizist.

Frazer ließ ihre Hand los.

„Izzy arbeitet in Teilzeit im örtlichen Krankenhaus. Sie war heute Morgen mit ihrem Hund hier am Strand und hat Jesse das Leben gerettet."

Sie verzog den Mund. „Der Rettungsdienst war schon da, und in der Notaufnahme haben sie den Großteil übernommen. Ich bin froh, dass ich helfen konnte."

Der Polizist hatte einen ausgeprägten Dialekt, rund und gedehnt. Sie nicht.

Etwas an ihr weckte Frazers Interesse. Es war nicht unbedingt ihr Aussehen. Sie hatte etwas nicht Greifbares an sich, das ihn für gewöhnlich schnurstracks die Flucht ergreifen ließ, aber sie wirkte weder zerbrechlich noch zart. Ihre konfrontierende Körperhaltung, zusammen mit ihrer skandinavischen Erscheinung, der aufrechten Haltung und ihrem leicht genervten Ausdruck faszinierten ihn. Er beobachtete sie genau. Sie trug keinerlei Make-up, und unter ihren Augen waren dunkle Ringe zu erkennen. Sie machte sich keine Mühe, die Aufmerksamkeit von Männern auf sich zu ziehen, aber sie tat es dennoch. Sowohl der Polizist als auch Randall waren von weitaus mehr fasziniert als nur von ihrem Augenzeugenbericht.

„Was ist Ihr Fachgebiet?", fragte Frazer.

„Ich arbeite in der Notaufnahme, wenn Bedarf ist."

„Dr. Campbell war Notärztin in einer Sanitätseinheit der US Army. Hat in sämtlichen Krisenherden weltweit gedient." Der Polizist grinste breit. „Wir sind alle sehr stolz auf unsere Izzy."

Der Kerl war mehr als nur stolz, er war verzaubert, und die beiden schienen sich nahezustehen, wenn sie ihm Kaffee vorbeibrachte.

„Wo haben Sie gedient?"

„Ich war hauptsächlich in Texas stationiert, in Fort Hood, habe aber Touren nach Deutschland und Afghanistan gemacht."

„Landstuhl?", fragte Randall nach.

Sie nickte.

„Ich habe im Jahr 2000 sechs sehr unglückliche Monate auf der Ramstein Air Base verbracht", sagte Randall.

„Ich dachte, Sie waren in der Armee?", fragte Frazer.

„Ganz genau", erwiderte Randall.

„Bagram?" Frazer wandte sich wieder der Frau zu.

Sie nickte ihm knapp zu.

„Ich bin mir sicher, Sie haben im Laufe Ihrer Karriere einige interessante Erfahrungen gemacht, Dr. Campbell."

„Genauso wie Sie, Agent Frazer." Ihr Ausdruck war teilnahmslos, aber ein kleines Funkeln in ihren grünen Augen verriet, dass die Teilnahmslosigkeit nur eine Fassade war.

Er nickte. Sie hatte seine Frage nicht wirklich beantwortet. „Was können Sie mir über die Ereignisse der letzten Nacht berichten?"

Ihre Gelassenheit löste sich in Luft auf, ein Zittern durchfuhr sie. „Ich habe während der Feiertage die Nachtschichten übernommen und hatte auch gestern Abend wieder Dienst. Meine Schwester hat mir erzählt, dass sie bei Helena übernachtet – das ist das Mädchen, das umgekommen ist." Isadora Campbells Stimme brach, aber sie schluckte die Gefühle, die hervorbrechen wollten, hinunter. Sie musste einen ähnlichen Verteidigungsmechanismus haben wie er, eine Methode, sich von ihren Gefühlen abzuschotten, ansonsten wäre sie nicht in der Lage, ihre Arbeit zu erledigen. Manche Menschen glaubten, das sei Arroganz oder Abgehobenheit. Für ihn war es eine Überlebensstrategie. Izzy schlang einen Arm um ihren Oberkörper, in der anderen Hand hielt sie ihren Kaffee, den sie langsam trank. „Helena hat ihren Eltern erzählt, dass sie die Nacht bei Kit verbringt – das ist meine Schwester. Aber stattdessen sind sie beide zu einer Party gegangen, von der ich nichts wusste." Aus ihrem Gesichtsausdruck sprudelten die elterlichen Schuldgefühle geradezu heraus. War sie der Vormund ihrer Schwester?

Die Mädchen hatten sich verhalten wie typische Teenager. Das war nichts, wofür sie mit ihrem Leben bezahlen sollten.

„Die Party hat im Cirencester's Hotels stattgefunden. Ein Familienbetrieb hier im Ort." Officer Wright meldete sich zu Wort. Er hatte auf der Motorhaube seines Wagens gesessen, nun stand er auf. „Die Eltern des Cirencester-Jungen sind gerade nicht auf der Insel und wussten von nichts. Es waren jede Menge junge Leute da. Die Eltern sind auf dem Weg zurück hierher. Ich habe die leise Vermutung, dass Franky für das ganze nächste Jahr Hausarrest bekommen wird."

„Haben Sie irgendeine Ahnung, warum Jesse Tyson und Helena Cromwell mitten im Sturm hier heraus gekommen sind?", fragte Randall.

Der Polizist rieb sich mit der Hand über den Nacken. „Laut Franky, der Jesses bester Freund ist, wollte Jesse den Sturm beobachten, und hat Helena gefragt, ob sie mitkommen wollte. Er mochte sie. Es sind vernünftige Kinder, aber sie hatten ein paar Drinks intus…"

Ein Mädchen war gestorben. Die Party war Frazer völlig egal, solange sie nicht direkt mit dem Tod von Helena Cromwell in Verbindung stand.

„Ich will, dass alle verfügbaren Beamten eine Rastersuche hier in den Dünen durchführen, so bald wie möglich – über dreihundert Meter auf beiden Seiten des Tatorts", ordnete Frazer an. Sie verloren wertvolle Zeit. „Erweitern Sie den Radius um weitere hundert Meter, wenn die erste Suche nichts ergibt."

Der Polizist betrachtete die dunklen Wolken. „Wonach halten wir Ausschau?"

„Nach allem. Egal was." Er behielt seine Vermutung für sich. „Anzeichen, dass gegraben wurde, Kleidungsstücke, Müll, Kondome."

Dr. Campbell wurde blass.

Der Polizist beäugte erneut den Himmel. „Ich kümmere mich darum. Bin nur nicht sicher, ob wir so weit sind, bevor es dunkel wird. Ist vielleicht besser, wenn wir es für morgen organisieren, direkt zu Sonnenaufgang."

Obwohl er frustriert war, nickte Frazer. Sie konnten es sich nicht erlauben, in der Dunkelheit irgendetwas zu übersehen. Und sie mussten beten, dass es nicht regnen würde.

„Klingt nach einem Plan. Die Gegend muss über Nacht bewacht werden. Können Sie sich auch darum kümmern?", fragte Frazer.

Der Polizist nickte.

„Lügt Kit Sie oft an?" Frazer drehte sich um und schaute die Ärztin an. Ein plötzlicher Angriff war die beste Art und Weise, um eine ehrliche Reaktion hervorzurufen.

Der Hauch einer Emotion flackerte über ihr Gesicht. Dieser mikroskopisch kleine Gefühlsausbruch war in der nächsten Sekunde schon wieder verschwunden, aber Frazer war sich sicher, dass das Nächste, was sie sagte, eine Lüge sein würde.

„Kit ist ein gutes Mädchen." Sie trat einen Schritt zurück. „Ich muss zu ihr. Sie war ziemlich aufgewühlt, als ich mit ihr telefoniert habe."

„Sie haben sie noch nicht gesehen?"

„Heute früh." Eine weitere Haarsträhne befreite sich von ihrer Mütze. Unerklärlicherweise wollte er sie ihr aus dem Gesicht streichen. Das war eine ganz andere Art von Untersuchung, und keine von der Sorte, auf die er sich während einer Mordermittlung einlassen würde. „Nachdem wir Helena und Jesse entdeckt hatten, habe ich meinen Hund nach Hause gebracht, und Kit ist mit mir ins Krankenhaus gefahren. Als Helena für tot erklärt wurde, war Kit völlig zerstört und ist nach Hause. Ich bin bei Jesse geblieben, bis ein Spezialist vom Festland eingetroffen war. Auf dem Weg zurück habe ich einen Kaffee geholt und mir gedacht, dass Sie sicher auch einen gebrauchen können. Ich muss jetzt nach Hause und nach Kit sehen, bevor ich wieder zur Arbeit muss."

Aus Nettigkeit? Oder war der Kaffee nur ein Vorwand gewesen, um sich in die Ermittlungen einzumischen?

„Wie geht es Jesse?", fragte Officer Wright.

„Seine Temperatur ist wieder normal, aber er war noch nicht wieder aufgewacht, als ich ging. Er war auf dem Weg ins CT."

„Warum kommen wir nicht einfach direkt mit, um gleich jetzt mit ihrer Schwester zu sprechen? Dann hat sie es hinter sich", schlug Randall vor.

Frazer schaute auf seine Uhr. Es war später Nachmittag, und er hatte am Tatort alles gesehen, was es zu sehen gab. „Können Sie eine Unterkunft in der Nähe empfehlen, wo wir für heute Nacht unterkommen können?"

„Was ist mit deinem Strandhaus?" Der Polizist wandte sich an die Ärztin. „Du beschwerst dich doch immer, dass es im Winter leer steht."

Dr. Campbell klappte ihren Mund auf und zu, offensichtlich überhaupt nicht glücklich über diesen Vorschlag.

Warum? Fühlte sie sich in ihrer Gegenwart unwohl, oder war sie einfach nur müde? „Ich brauche mindestens eine Stunde, um das Haus herzurichten."

„Das können Sie doch erledigen, während wir mit Ihrer Schwester sprechen. Agent Randall spricht mit den anderen Teenagern, die gestern Abend auf der Party waren." Randall warf Frazer einen grimmigen Blick zu, offensichtlich nicht glücklich über seine Aufgabe. „Zunächst braucht er die Adresse des Cirencester Hotels." Frazer sah Officer Wright abwartend an.

„Sie verdächtigen doch nicht etwa Kit?" Dr. Campbells Kiefer spannte sich an.

„Wir würden unsere Arbeit nicht sehr gut machen, wenn wir nicht alle Personen verhörten, die das Opfer kannten und es zuletzt gesehen haben."

„Izzy, wir müssen herausfinden, was gestern Abend passiert ist. Kit würde Helena nichts antun." Der Polizist legte ihr seine Hand auf den Arm, aber sie trat einen Schritt zurück und wich der Berührung aus. Also kein Paar. Freunde. Interessant. „Wir wissen doch alle, dass Jugendliche mehr erzählen, wenn die Eltern – oder die Erziehungsberechtigten – nicht dabei sind. Du erinnerst dich, wie es war, siebzehn zu sein, oder?"

Izzy lachte trocken auf. „Ich habe es gehasst. Braucht sie einen Anwalt?"

„Entspann dich, Izzy. Sie braucht keinen Anwalt." Officer Wright stemmte die Hände in die Hüften und lächelte sie galant an. „Du musst es positiv sehen. Du kannst den beiden hier den Höchstpreis berechnen." Er versuchte offensichtlich, zu helfen, und Frazer wusste das zu schätzen, aber Wrights Sinn für Humor schoss bei der Ärztin immer etwas am Ziel vorbei.

„Hat ihr Strandhaus zwei Schlafzimmer?", fragte Randall. Das Flehen in seiner Stimme war laut und deutlich zu hören.

Dr. Campbell nickte und ging zu ihrem Auto. „Die ersten beiden Häuser auf der rechten Seite, das sind unsere." Sie deutete auf der Route 12 Richtung Norden. „Ich wohne in dem blauen Haus, direkt neben dem Strandhaus. Kommen Sie vorbei, sobald Sie hier fertig sind. Ich bereite alles für Ihren Aufenthalt vor."

„Machen Sie sich nicht zu viele Umstände. Ich bezweifle, dass wir dort viel Zeit verbringen werden." Randall schenkte ihr ein charmantes Grinsen.

Der Polizist starrte ihn düster an.

Frazer vermutete, dass der Officer bis zu diesem Moment nicht damit gerechnet hatte, dass er einen Rivalen um die

Aufmerksamkeit der Frau haben könnte. Zum Glück war die Ärztin nicht sein Typ. Außen perfekt. Zusammengehalten von einem einzigartigen Starrsinn. Er kannte diese Sorte Mensch. Einer davon sah ihm jeden Tag aus dem Spiegel entgegen.

WÄHREND SIE DIE Route 12 entlangfuhr, wurde Izzy der Horror dessen, was Helena zugestoßen war, erst wirklich bewusst. Und auch ein anderes, weniger willkommenes Gefühl bahnte sich seinen Weg – Erleichterung. Erleichterung, dass es nicht ihre kleine Schwester gewesen war, die in den Dünen vergewaltigt und ermordet worden war, dass ihre Schwester nicht tot auf einem Tisch im Leichenschauhaus lag.

Ihr Hals schmerzte vor unterdrückten Tränen. Vorhin hatte sie sich zusammenreißen können, weil sie keine Wahl gehabt hatte, aber Helena war ein liebes Mädchen gewesen, nett zu jedem, und eine gute Schülerin. Sie hatte einen guten Einfluss auf Kit gehabt, zu einer Zeit, als ihre Schwester es dringend gebraucht hatte. Izzy presste eine Hand auf ihr Brustbein und zwang sich dazu, sich nicht zu übergeben. Sie durfte jetzt nicht die Kontrolle verlieren.

Dass ein Mörder frei herumlief, war schlimm genug. Dass er womöglich wusste, was sie getan hatte…

Vielleicht hatte er das Armband am Strand gefunden? Vielleicht hatte Helena selbst es gefunden und angezogen, bevor sie gestorben war – als eine Art verfluchter Talisman. Izzy trat aufs Gaspedal und kämpfte gegen den Wind an, der sie von der Straße abzudrängen drohte. Sie musste zu Kit, ihre Schwester in den Arm nehmen und fest an sich drücken, um sich zu vergewissern, dass ihr wirklich nichts zugestoßen war.

Es war noch eine Meile bis zu ihrem Haus, das am Rand von Rosetown stand. Normalerweise mochte sie die Ruhe der Inseln in den Wintermonaten, die verlassenen Strände und die brechenden Wellen, die Stille, die Einsamkeit, keine Touristen. Aber jetzt fühlte sich die Leere bedrückend an und bekräftigte sie nur in ihrem Vorhaben, das Haus zu verkaufen und fortzuziehen, sobald Kit mit der Schule fertig war. Die schlechten Erinnerungen überwogen bei Weitem. Die Schuld fraß sie von innen heraus auf.

In der Ferne tauchten die ersten Häuser auf. Das Ferienhaus stand ein wenig näher am Strand als ihr eigenes Haus. Beide standen auf Holzpfeilern, waren in weichen Blau- und Grüntönen gestrichen und hatten Veranden, die ringsherum führten. Sie hatte erst letzten Sommer eigenhändig die weiße Farbe der Verkleidungen aufgefrischt, ohne Kit zu erzählen, weshalb. Wie jeder Bewohner der Outer Banks versuchte auch sie, der Erosion entgegenzuwirken. Sie hatte Angst, die Häuser würden womöglich an Wert verlieren, wenn das Meer zu sehr die Überhand gewann, aber im Moment waren die beiden Häuser in hervorragendem Zustand, und das würde sie ausnutzen. Die Häuser verkaufen, Kit aufs College schicken und herausfinden, was sie mit dem Rest ihres Lebens anfangen wollte.

Klang nach einem Plan.

Izzy bog in ihre Einfahrt ein, parkte und griff nach ihrer Tasche. Sie stieg aus dem Auto und rannte die Stufen zur Veranda hoch. Die Tür war nicht abgeschlossen, im Haus war alles dunkel, die Fensterläden geschlossen. Barney begrüßte sie mit wedelndem Schwanz und einer feuchten Schnauze. Sie umarmte ihn und gab ihm einen Kuss.

„Kit?", rief sie und ließ ihre Tasche zu Boden fallen. Keine

Antwort. Angst durchfuhr sie. „Kit!"

„Was?" Eine Stimme fuhr sie vom Sofa aus an.

Izzys rasender Puls beruhigte sich etwas, sie machte das Licht an, ging zu ihrer Schwester und zog sie in ihre Arme. Sie umarmte sie so fest, dass es wehtun musste. Sie war so wütend, dabei hatte Kit nur über eine Party gelogen, etwas, was die meisten Teenager irgendwann einmal machten.

Izzy unterdrückte ein Schluchzen. Die Grausamkeit der Welt hatte nun also auch in Kits Realität Einzug gehalten, und Izzy konnte nichts mehr dagegen tun.

„Das FBI ist auf dem Weg hierher, um sich mit dir über gestern Abend zu unterhalten."

Kit schreckte zurück und atmete heftig ein. Alles Blut war aus ihrem Gesicht gewichen, ihre feuchten Augen wurden riesig groß. „Was?"

Normalerweise hätte Izzy sich schuldig gefühlt, diese Informationen so unverblümt zu vermitteln, aber die Ereignisse des Tages und die schlaflose Nacht hatten ihr jegliche Energie für Feingefühl geraubt. Wenn sie nicht bald ein wenig Schlaf nachholen konnte, wäre sie ein Risiko und keine Hilfe mehr. Dabei war das Krankenhaus unterbesetzt und auf sie angewiesen.

„Ich habe Hank auf dem Heimweg einen Kaffee vorbeigebracht. Er war immer noch am Strand. Dort habe ich zwei FBI-Agenten getroffen."

Kit schluchzte, und Izzy nahm sie wieder in den Arm, streichelte ihr über den Rücken. Sie war in der Hoffnung zum Strand gefahren, Hank würde ihr sagen, dass sie den Mörder bereits gefasst hatten, und dass sie heute Nacht alle ruhig schlafen konnten. Aber das wäre zu einfach gewesen.

„Einer von den Agenten kommt hierher, um mit dir über

Helena zu sprechen." Der gutaussehende Blonde, der sie gemustert hatte, als hätte sie etwas zu verbergen. „Er wird jeden Augenblick hier sein." Izzy schauderte. Er hatte ihr mit seinen scharfen Augen, die jeden noch so finsteren Winkel ihrer Seele zu durchleuchten schienen, ein bisschen Angst eingeflößt.

„Das ist alles meine Schuld, Izzy." Kits Worte überschlugen sich geradezu. „Wenn ich dich nicht angelogen hätte wegen der Party, dann wäre Helena noch am Leben."

Ihre Schwester wurde erneut von Schluchzern geschüttelt, die Tränen rannen ihr über das Gesicht. Izzys Herz brach fast bei dem Anblick. Sie strich Kit über die feinen Haare und wünschte sich, sie könnte ihr diese Last abnehmen. „Ich würde mir wünschen, du hättest mich nicht angelogen, aber das ist nicht der Grund, weshalb Helena tot ist."

Helena war tot, weil irgendeine Bestie sie grausam ermordet hatte. Ein Monster, dem ein Menschenleben und die Gefühle anderer einen Dreck wert waren. Izzy kämpfte fast jeden Tag um das Leben von Menschen. Ihr Beruf war der einzige Grund, weshalb sie mit ihrer Vergangenheit leben konnte. Ihr Magen drehte sich um, als sie an Helenas nackten Körper dachte. Die Blutergüsse um ihren schmalen Hals. Das Blut an ihren Beinen.

Wie viele Monster gab es auf der Welt? Wie konnte man ihnen entgegentreten?

Sie musste daran denken, wie entschlossen die FBI-Agenten in ihren schwarzen Jacken am Strand gestanden hatten. Sie bekämpften diese Monster. Das war ihre Aufgabe. Sie stieß den Atem aus. Kein Wunder, dass die Augen des Agenten so kalt gewesen waren. In seinen Adern musste Eis fließen, um diesen Job zu machen.

„Warum kommt das FBI hierher?", flüsterte Kit. „Ich dachte, die kümmern sich nur um große Fälle?"

Das war eine gute Frage, und Izzy hatte keine Antwort darauf. In ihr stieg der furchtbare Verdacht auf, dass es mit dem Armband zu tun hatte, das Helena getragen hatte, und dieser Gedanke drehte ihr den Magen um.

„Sie wollen dich wegen gestern Abend befragen. Wer alles auf der Party war, vielleicht. Wann Helena gegangen ist."

„Du meinst, jemand von der Party hat sie umgebracht?" Wieder begann Kit zu weinen. Izzy versuchte, das junge Mädchen zu beruhigen, das ihr manchmal vorkam, wie eine Fremde. Und dann wieder fühlte sie sich ihr viel näher als einer Schwester. Als ihre Mutter letztes Jahr gestorben war, hatte Izzy ihren Job aufgegeben und war nach Hause zurückgekommen, damit Kit weiter auf ihre Schule gehen konnte. Aber die Dinge waren nicht gerade glatt gelaufen. Sobald Kit mit der Schule fertig war, würde auch Izzy hier verschwinden. Vielleicht würde sie sich wieder verpflichten. Oder sie würde in einem belebten Krankenhaus in einer Großstadt anfangen, wo ihre Fähigkeiten gefragter sein würden. Es gab noch eine weitere Möglichkeit. Eine Möglichkeit, deren Vorstellung ständig an ihr nagte.

Kits Schluchzen verstummte, und sie wischte sich die Augen. Sie war so hübsch und so klug. Izzy hatte sie geliebt und beschützt, noch bevor sie geboren worden war, und sie wünschte sich, sie könnte sie in Watte packen und für immer beschützen. Aber je mehr man versucht, Leute zu beschützen, umso mehr rebellierten sie. Die Welt war kein sicherer Ort. Ihre Schwester musste die Augen öffnen und die sehr reale Gefahr erkennen, die im Leben herrschte. Dass die beste Freundin von einem Mörder umgebracht worden war, war ein verdammt guter Weckruf.

„Es ist gut, dass sich die Bundesbehörden um Helenas Mordfall kümmern. Das bedeutet hoffentlich, dass sie den Täter erwischen, bevor er wieder zuschlägt." Izzy schob die Angst zur Seite, die sie nur wahnsinnig machen würde. Sie war kein hilfloser Teenager. „Die Beamten mieten das Strandhaus, solange sie hier sind, ich muss es also herrichten, bevor ich wieder zur Arbeit muss."

„Was?" Kit klang entsetzt.

„Hank hat es vorgeschlagen." Izzy zog eine Grimasse. Hank Wright war ein guter Freund ihres Onkels. „Glaub mir, wir können das Geld gebrauchen, aber mir wäre lieber, er hätte sein loses Mundwerk gehalten."

„Du musst zur Arbeit?" Kits Augen waren groß und flehend.

„Das Krankenhaus ist noch bis morgen unterbesetzt." Sie konnte das Krankenhaus nicht einfach ohne Belegarzt hängen lassen. „Danach habe ich frei und wir können ein bisschen Zeit miteinander verbringen. Es sind nur noch ein paar Stunden. Du solltest ins Bett gehen und dich ausruhen, sobald der FBI-Agent fort ist. Wo bist du gestern nach der Party noch hingegangen?"

„Hierher."

Ihre Schwester musste die unausgesprochene Frage doch wohl gehört haben. Ohne Helena? Izzy beugte sich vor, um Kit einen Kuss auf die Stirn zu geben, aber diese zog sich zurück.

So viel dazu.

Izzy stieß einen Seufzer aus und ging zum Schrank, in dem sie die Bettwäsche für das Ferienhaus aufbewahrte. „Ich muss das Haus auf Vordermann bringen. Leistest du mir Gesellschaft?"

Kit umarmte ein Sofakissen und schüttelte den Kopf. Überraschung. „Ich will nicht mit denen sprechen. Ich will mit niemandem sprechen. Ich kann nicht glauben, dass Helena tot ist. Sie ist meine beste Freundin – wie konnte ich sie nur allein weggehen lassen?"

Die Vorstellung, dass auch Kit hätte umgebracht werden können…

Izzy griff sich Bettwäsche, Handtücher und Decken, ging zur Tür und zwang die Galle zurück, die in ihr aufstieg. Kits Schluchzen stieß ihr die Trauer wie Nägel in ihr Herz, aber sie ging weiter. Izzy war an stressige Situationen gewöhnt und bewältigte sie, indem sie sich beschäftigte. Vielleicht war die Notfallmedizin deshalb eine logische Entscheidung für sie gewesen. Maximales Chaos, minimale Zeit, um nachzudenken.

Sie nahm die Schlüssel zum Strandhaus vom Schlüsselbrett neben der Tür. „Wenn das FBI dabei helfen kann, Helenas Mörder zu fassen, dann ist das gut. Erzähl ihnen alles, was du weißt."

„Aber ich weiß doch überhaupt nichts", schluchzte Kit.

Bis auf eine einzige Ausnahme war Izzy immer dafür, die Regeln zu befolgen. Deshalb war sie so eine verdammt gute Soldatin gewesen. Als sie die Haustür öffnete, stand ASAC Frazer vor ihr.

Er war einer von der Sorte Menschen, die so absurd gut aussahen, dass man sie kaum anschauen konnte. Und was noch schlimmer war, er wusste es.

„Kit!", rief sie ins Haus hinein, „Das FBI ist da, Baby."

Barney kam angetrottet, um den Neuankömmling zu begrüßen. Izzy hatte erwartet, dass der Typ zu selbstgefällig sein würde, um den Hund zu beachten, aber Frazer ging in die Hocke und gab Barney eine ausführliche Streicheleinheit.

Nach ein paar Augenblicken stand er auf. Das Blau seiner Krawatte passte zum Meer in seinen Augen. „Wie heißt er?“

„Barney – oder Blödmann, je nach Tagesform.“ Izzy hielt Frazers Blick stand, und er nahm die Herausforderung an. „Sie können allein mit Kit sprechen, aber wenn sie nicht mehr mit Ihnen sprechen will, dann muss sie das nicht.“ Sie rief über ihre Schulter. „Hast du das gehört, Kit? Ich bin im Strandhaus. Wenn du dich unwohl fühlst mit Agent…“ Sie drehte sich wieder zu ihm. „Entschuldigung, wie war noch mal Ihr Name?“

„ASAC Lincoln Frazer,“ Seine Augen funkelten. Er war es offensichtlich nicht gewöhnt, dass Frauen solche Details vergaßen. Oder ihm war klar, dass sie nur so getan hatte, um sich ein wenig mehr Macht über ihn zu verschaffen.

„Wenn du nicht mehr mit ASAC Frazer sprechen möchtest, kommst du zum Strandhaus und sagst mir Bescheid, okay?“

Kit murmelte etwas, das alles von „geht klar“ bis „leck mich“ heißen konnte. Aber ganz sicher nicht „Danke“ oder „Ich liebe dich“.

Die nicht vorhandene Dankbarkeit und die allgemeine Selbstgerechtigkeit ihrer Schwester waren atemberaubend, und Izzy schluckte ihre Verletzung und den damit einhergehenden Groll hinunter. Ihre Mutter hatte das Mädchen verzogen, und Kits Mangel an Rücksicht gegenüber anderen trieb Izzy in den Wahnsinn. Auch ein Grund, weshalb sie so selten zu Hause war.

Den scharfen Augen Frazers war ihre augenblickliche Fassungslosigkeit natürlich nicht entgangen. Sie verbat sich eine Reaktion, eine Fähigkeit, die sie schon immer beherrscht hatte, und die sie während ihrer Zeit in der Armee zu einer undurchdringlichen Maske geformt hatte. Es war ein verdammt unterhaltsames Pokerspiel. „Verärgern Sie meine Schwester, und Sie finden bald heraus, wo ich meine Waffe verstecke."

Seine Augen wurden unmerklich schmaler, aber er konnte ihr keine Sekunde etwas vormachen. „Schulterholster links, also sind Sie Rechtshänderin. Sieht aus wie eine Glock-17, aber dafür müsste ich sie mir genauer anschauen." Sein Blick schweifte unbeteiligt über ihre Brust, aber ihr wurde plötzlich klar, dass auch das ein Spiel war. Eine Fassade. Sein eigener Schutzmechanismus.

Jetzt fiel sein Blick auf ihren Mund, auf den Leberfleck, der direkt links über ihrer Oberlippe saß. Sie widerstand dem Impuls, befangen ihr eigenes Gesicht zu berühren. Ihr wurde warm und sie spürte, wie sie rot wurde. Als Ärztin und ehemalige Soldatin war Rotwerden nicht gerade ihr Standard. Sie drückte sich mit rasendem Herzen an ihm vorbei auf die Veranda.

Die Gefühle lagen bei ihnen allen gerade blank, das war alles. Sie stand nicht auf ihn. Eher würde sie mit Hank ausgehen, und der hatte es vor Monaten aufgegeben, sie zu fragen. Ihr Hund blieb im Haus, und sie ließ die drei allein. Sie wollte, dass ASAC Frazer den Mörder fasste und sie in Ruhe ließ. Sie hatte schon genug Probleme, ohne dass ein großer, gutaussehender Bundesbeamter auch noch mit ins Spiel kam.

FÜNFTES KAPITEL

I ZZY LIEF DEN Pfad zwischen den beiden Häusern entlang. Sie bog um die Ecke des Strandhauses und hätte beinahe aufgeschrien, als sie mit einem Mann zusammenstieß. „Heilige Scheiße, Onkel Ted! Du hast mich zu Tode erschreckt.“

Der Bruder ihrer Mutter lächelte sie schuldbewusst an. „Tut mir leid. Ich dachte, ich komme vielleicht mal vorbei und schaue nach, wie es dir geht. Habe von Helena gehört. Schätze, Kit ist ziemlich aufgelöst?“

Izzy bedeutete ihm mit einem Kopfnicken, dass sie vorbei wollte. Sie hatte den Arm voller Bettwäsche. „Das ist sie. Aber sie ist gerade beschäftigt, und ich muss mich um die Wohnung kümmern.“

„Bekommst du Gäste?“

Sie hörte seine schweren Tritte hinter sich auf der Treppe. „Zwei FBI-Agenten, die hier wohnen, solange sie in dem Fall ermitteln. Hank hat vorgeschlagen, dass sie das Haus mieten.“ Sie verdrehte die Augen, obwohl ihr Onkel es nicht sehen konnte.

„FBI? Donnerwetter.“ Ted pfiff beeindruckt. „So ist Hank. Denkt immer ans Geld. War ihm wohl nicht klar, dass du schon genug zu tun hast.“

Izzy kam am Ende der Treppe an und legte die Wäsche auf der schweren Holzbank ab, die auf der Veranda stand. Zügig öffnete sie den Verschlag an der Tür, und Ted half mit, indem er die Fensterläden aufriss.

Sie nahm die Bettwäsche hoch, steckte den Schlüssel ins Schloss und stellte fest, dass die Tür nicht abgeschlossen war. Kit.

Izzy trat einen Schritt ins Haus und wurde von einer Wolke aus Grasgeruch empfangen. *Gottverdammt.* Deshalb hatte ihre Schwester so erschrocken ausgesehen als sie gehört hatte, dass die Agenten hier wohnen würden. Sie musste gestern Abend nach der Party ohne Helena hierhergekommen sein – auch wenn Izzy bezweifelte, dass sie allein gewesen war.

Ted schnüffelte vorsichtig in der Luft. „Wann warst du das letzte Mal hier?"

„Vor über einem Monat." Ihr Tonfall war bitter. „Wenn das FBI nicht hier wäre, würde ich sie eigenhändig umbringen." Als ihr ihre Wortwahl bewusst wurde, zuckte sie zusammen.

Ted kicherte und begann, die Fenster aufzureißen.

Sie würden verdammt viel Raumduft versprühen müssen, um diesen Geruch zu verdecken. „Wenn sie einen Freund hat und hierherkommt, um Sex zu haben..." Izzy ballte die Fäuste vor lauter Frust über all die Dinge, die sie nicht unter Kontrolle hatte.

„Sie ist siebzehn, Iz-Biz. Hattest du etwa keinen Freund, als du siebzehn warst?"

Diese Bemerkung schnitt ihr direkt ins Herz. Sie warf ihm einen wütenden Blick zu, aber er war sich keiner Schuld bewusst. „Und sieh dir an, wie das geendet hat." Shane war siebzehn gewesen, als er sein Auto gegen einen Telefonmast gefahren hatte – Alkohol am Steuer und überhöhte Geschwindigkeit. Eine weitere schmerzhafte Erinnerung, der sie verzweifelt zu entkommen versuchte.

Sie schüttelte den Gedanken ab. Es war lange her. Sie war müde und wütend und unglücklich. Sie warf die Bettwäsche auf die Couch und wühlte unter der Spüle nach Gummihandschuhen und der Sprühflasche mit Reiniger. Anderen Menschen ging es noch viel schlechter, ermahnte sie sich.

Sie musste an Duncan Cromwells vergeblichen Versuche denken, seine Tochter Helena von den Toten zurückzuholen. *Lieber Gott.* Ihr Herz zuckte zusammen. Dass ihre Schwester heimlich auf Partys ging, Gras rauchte und rebellierte, schien in Anbetracht dessen nur noch halb so wild. Aber nichtsdestotrotz würde sie sich darum kümmern müssen. Im Moment allerdings hatte sie dazu weder die Energie noch die Expertise.

Izzy besprühte sämtliche Oberflächen mit dem Reiniger und begann, sie abzuwischen.

„Brauchst du Hilfe?", fragte Ted.

„Ich komme schon klar."

„Dann steh ich einfach weiter hier rum und schaue dir zu." Ted steckte die Hände in seine Jackentasche und lehnte sich gegen die Wohnzimmerwand.

Sie murrte, dann holte sie ein weiteres Paar Gummihandschuhe unter der Spüle hervor und warf es ihm zu. „Meinetwegen. Du kannst im Badezimmer anfangen. Im Waschschrank müsste Desinfektionsmittel sein."

Ted grinste sie an. „War das so schwer?"

Es fiel ihr nicht leicht, um Hilfe zu bitten. Im Krankenhaus zu delegieren, das war etwas anderes. Jeder dort hatte seine zugewiesene Rolle. Jeder hatte seine Aufgaben, für die er ausgebildet war und bezahlt wurde. Sie schaute auf ihre Armbanduhr. „Hör zu. Ich muss in gut anderthalb Stunden wieder im Krankenhaus sein. Ich muss den Grasgeruch aus der Wohnung kriegen, die Betten beziehen und alles sauber genug für zwei FBI-Agenten machen. Hilf mit, oder lass mich in Ruhe. Ich habe keine Zeit für Small Talk."

Ted lachte in sich hinein und ging Richtung Bad. „Du warst schon immer eine Süßholzrasplerin, Isadora Campbell. Ein Wunder, dass die Männer nicht Schlange stehen, um dich auszuführen."

Izzy richtete sich auf, um Ted eine Beleidigung an den Kopf zu werfen, verkniff es sich aber. Er hatte recht, warum also streiten. Sie schmierte niemandem Honig ums Maul. Sie war eine Realistin. Pragmatisch. Sie schmeichelte keinem Ego oder verschwendete ihre Zeit mit Tratsch. Sie war nicht auf der Jagd nach Informationen, es sei denn, es ging um ihre Arbeit oder ihre Schwester, und ganz offensichtlich war sie auch nicht besonders gut darin, denn sie wusste nur sehr wenig über Kits Leben.

Im Militär war es Izzy leichtgefallen, sich in das System einzugliedern und ein wesentlicher Teil der Maschinerie zu werden. Im Zivilleben allerdings schien sie die Leute zu verunsichern, vor allem die Männer. Oder sie hatte kein Interesse an denjenigen, die mutig genug waren, sie auf eine Verabredung einzuladen. Hank zum Beispiel. Sie war auch nicht der Typ Frau, die sich durch wiederholtes Fragen erweichen ließ. Sie war von Natur aus eigensinnig, und das war gut so.

Sie kam wunderbar allein zurecht.

Izzy zog eine Grimasse, als sie sich zu erinnern versuchte, wann sie das letzte Mal eine Verabredung gehabt hatte. Während der Zeit in der Armee, so viel war sicher. Also vor über einem Jahr. Und was Sex anging... sie schnaubte verächtlich und wischte über die Arbeitsfläche unter dem Toaster. Wenn es an ihr hinge, wäre der Homo Sapiens längst am Aussterben. In den letzten Jahren hatte sie eine Reihe von Beziehungen gehabt, und Sex war eine ideale Methode, um Stress abzubauen, was nicht unwichtig war, wenn die ganze Welt auf dem Weg in die Hölle zu sein schien. Aber die ständigen Versetzungen und die Vorschriften des Militärs gegen jede Art von Fraternisierung hatten all ihre Beziehungen zunichte gemacht.

Was nicht bedeutete, dass sie nicht ab und zu einsam war.

Sie schob den Gedanken an den FBI-Agenten zur Seite, der sich in diesem Moment nebenan in ihrem eigenen Zuhause befand. Er wirkte arrogant und abgehoben, aber sie konnte nicht leugnen, dass er heiß war. Sie lächelte in sich hinein, als sie sich ihn in ihrem Zuhause mit den femininen Sofas und der entspannten Strandatmosphäre vorzustellen versuchte. Es gelang ihr nicht. Er passte nicht hierher. Sie konnte sich ihn nackt unter der Dusche vorstellen, und ihre ausgeprägte Kenntnis der menschlichen Anatomie brachte ihre Fantasie zum Durchdrehen. Nasses, zurückgestrichenes Haar, lange Wimpern, harte Muskeln, die unter warmer, wasserbenetzter Haut hervortraten. Ein Schatten aus goldenen Haaren, die sich von der Brust hinunterzogen bis… Ha. Sie warf einen Blick auf ihre Gummihandschuhe und schüttelte den Kopf. Wem wollte sie etwas vormachen? Selbst, wenn sie an solch einem Mann interessiert wäre, er würde sie nicht beachten. Er war für schwarze Seide und Spitzenunterwäsche gemacht. Sie trug Gummihandschuhe und weiße Baumwolle. Er war wie kostbarer Brandy, sie war Meister Propper. Er arbeitete in der Strafverfolgung – ein Kloß begann sich in ihrem Hals zu formen – sie nicht.

Sie schob den Gedanken an ihn beiseite. Sie konnte sich nicht erlauben, ihr Schutzschild fallen zu lassen, nicht einmal in ihren Tagträumen.

Im Zimmer nebenan begann Ted zu pfeifen, und sie zuckte zusammen. Sie hatte für einen Augenblick vergessen, dass sie nicht allein war. Ted und Kit waren die einzige Familie, die sie noch hatte. Kit mochte ein wenig wild sein, aber sie tat nichts, was Izzy nicht auch mit siebzehn gemacht hatte. Sie würde sich darum kümmern. Sie würde mit Kit reden. Sie zurück auf den Weg in Richtung Schulabschluss und auf ein gutes College bringen.

Izzy versuchte, nicht an Jesse Tyson zu denken, der bewusstlos im Krankenhaus lag. Und sie wollte auf keinen Fall an die arme Helena und ihre untröstliche Familie denken. Sie verstaute die Putzlappen unter der Spüle und holte den Wischmopp hervor. Je schneller diese Agenten den Bastard erwischten, umso besser, selbst wenn das bedeutete, dass sie selbst im Gefängnis landete.

FRAZER STAND KIT Campbell in der Mitte des verdunkelten Raumes gegenüber. Eine jüngere, weniger verkrampfte Version ihrer Schwester, die dort zusammengesunken auf der Couch saß. Beide hatten rotblondes Haar, und auch Kit besaß die gleiche mühelose Schönheit wie die Ärztin. Er wollte wetten, dass sich die Jungs an der Schule regelrecht überschlugen, um ihre Aufmerksamkeit zu erwecken, und dass sie das wahrscheinlich nicht einmal mitbekam.

Die Skepsis in ihrem Blick war ihrer Jugend geschuldet, nicht ihrer Lebenserfahrung. Das Mädchen hatte die Hände zu

Fäusten geballt. Sie sah verängstigt und abwehrend aus, was nie hilfreich war, wenn man Informationen aus dem Gegenüber herausbekommen wollte. Wenn ihre Schwester nicht so überfürsorglich wäre, hätte er Hypnose vorgeschlagen, aber das konnte er auf einen späteren Zeitpunkt verschieben.

Vielleicht könnte er versuchen, sie mit seinem Charme zu überzeugen, für den er in manchen Kreisen berüchtigt war. „Zieh dir eine Jacke über, dann gehen wir mit dem Hund zum Strand, was meinst du?"

Kit runzelte die Stirn und zog hörbar die Nase hoch. „Ich dachte, sie wollten über Helena reden."

„Ich hätte nichts dagegen, mir ein wenig die Beine zu vertreten. Und ja, ich möchte mehr über deine Freundin erfahren. Das ist ein wesentlicher Bestandteil, um die Person zu fassen, die ihr das angetan hat."

Riesige, todtraurige blaue Augen trafen seinen Blick – als ob sie endlich verstanden hätte, dass es hier nicht um sie ging. Sie nickte und stand auf, dann verschwand sie im Flur, vermutlich, um sich warme Sachen anzuziehen.

Der Hund stupste ihn nachdrücklich mit der Schnauze. Frazer war schon immer ein Tierfreund gewesen. Seine Ex-Frau hatte ihren Hund mitgenommen, er war zu viel im Büro, um sich um ihn kümmern zu können. Um nicht weiter an sie und alles, was sie sonst noch getan hatte, denken zu müssen, streichelte er den Hund ausgiebig. Er hatte keine Zeit für ein Haustier, weil seine Arbeitszeiten vollkommen wahnsinnig waren, aber er vermisste diese unkomplizierte Zuneigung.

Er schaute auf und fragte sich, wo das Mädchen blieb. Das schummrige Licht im Zimmer war deprimierend. Er ging zur Terrassentür, trat auf die Veranda und öffnete die Verschläge.

Obwohl die Sonne bereits unterging, verdrängte das natürliche Licht die Schatten im Raum. Barney wedelte anerkennend mit dem Schwanz.

Frazer nutzte die Zeit allein, um sich umzusehen. Der Fußboden war aus Hartholz, farbenfrohe Teppiche lagen überall verteilt. Ein halbhoher künstlicher Weihnachtsbaum stand in der Ecke, aber die elektrischen Lichter waren nicht eingeschaltet. Ein blassblaues Sofa war übersät mit spitzenbesetzten, weißen und blumigen Kissen, ein weißer Ohrensessel stand daneben, was ihm mit einem Hund im Haus riskant vorkam. Barney folgte ihm überall hin, als wäre er sein neuer bester Freund, und schien darauf zu warten, dass er etwas Spannendes machte. Ein pinkfarbener Weihnachtsstern stand auf dem Esszimmertisch, pastellfarbene Blumentöpfe säumten die Fensterbänke. Alles war voller Pflanzen. Jede Menge gesund aussehende Pflanzen.

Seine Ex-Frau hatte gesagt, dass nicht einmal eine Pflanze seine Nachlässigkeit überleben würde. Jetzt war sein ganzes Büro voll davon. Nicht, dass er verbittert war.

Er hatte immer genau gewusst, was er mit seinem Leben anfangen wollte, etwas, was seine Ex-Frau nicht verstanden hatte, obwohl er es ihr von Anfang an erklärt hatte. Strafverfolgung klang viel glamouröser, als es in Wirklichkeit war. Die meisten Ehen hielten dem Druck nicht stand – noch eine weitere beschissene Statistik über einen Job, der genauso viel abverlangte, wie er zurückgab. Aber er würde es für nichts in der Welt eintauschen. Es waren ihm deutlich besser bezahlte Stellen angeboten worden, die er alle ohne Bedauern abgelehnt hatte. Seine Aufgabe war es, Mörder zu jagen.

Das ganze Haus wirkte weich, warm, sogar beruhigend. Ein sehr femininer Ort, der scheinbar im Widerspruch zu Dr.

Campbells unnahbarer Persönlichkeit stand – nicht, dass sie nicht weiblich war, sie war definitiv weiblich, aber… Er schaute sich angestrengt um, versuchte, genauer zu verstehen, was ihn an diesem Widerspruch störte. Hatte er militärische Kargheit erwartet? Möglicherweise.

Diese Frau war ein reizvolles Mysterium und er hatte eine Schwäche für Rätsel. Aber warum zum Teufel dachte er jetzt an eine Frau, wenn er an ein ermordetes Mädchen denken sollte?

Frazer betrachtete die Fotos auf dem Kaminsims. Viele Fotos von Kit in verschiedenen Entwicklungsstufen. Ein paar mit einer älteren Frau, die fast genauso aussah, wie die beiden Schwestern – ihre Mutter? Wahrscheinlich. Ein Foto von Isadora Campbell in ihrer Armeeuniform erregte seine Aufmerksamkeit. Die Haare straff zurückgebunden. Dieser verdammte Schönheitsfleck, der seinen Blick auf ihre Lippen lenkte. Sie sah geschniegelt und gebügelt aus und strahlte wie eine neue Münze, aber über ihren Augen schien ein Schatten zu liegen. Sie hatte etwas zu verbergen, er wusste nur nicht, was es war und ob es ihn kümmern sollte.

Leute, die sich dem Dienst für ihr Land verpflichteten, verdienten immer seinen Respekt, aber das bedeutete nicht, dass er ihnen bedingungslos vertraute. Er musste ihr Alibi überprüfen und ihre Armeeakte durchsehen. Wer weiß, was Parker noch aufstöbern würde. Er schaute auf seine Uhr – siebzehn Uhr – und entschied, Parker später anzurufen. Er und Rooney hatte gerade ganz andere Sorgen, und Frazer war sich nicht sicher, warum ihn Dr. Campbell überhaupt interessierte. Es war unwahrscheinlich, dass sie eine mögliche Verdächtige im Mordfall war, und was das Persönliche betraf – er würde in ein paar Tagen abreisen und vermutlich nie wieder an Dr. Isadora Campbell denken.

Er lachte leise über sich selbst. So viel dazu, dass sie nicht sein Typ war. Attraktiv und nur vorübergehend, das war genau sein Typ. Aber er hatte zu tun. Kein Grund, die Dinge unnötig kompliziert zu machen.

Frazer betrachtete weiter die Fotos, suchte nach mehr Hinweisen über die beiden Schwestern. Ganz hinten, als wäre es fast vergessen worden, stand ein Foto, das die Mutter und einen dunkelhaarigen Mann in Hochzeitskleidung zeigte.

„Das ist mein Dad." Kit war lautlos zurückgekommen und beäugte ihn vorsichtig. Sie hatte eine andere graue Jogginghose und einen Kapuzenpulli aus Fleece angezogen. „Er ist gestorben, bevor ich geboren wurde."

„Das tut mir leid."

Sie zuckte mit den Schultern. „Ich habe ihn nie kennengelernt, ist also nicht weiter tragisch." Was vermutlich nicht stimmte. „Mom ist letzten Mai gestorben. Izzy hat die Armee verlassen, um sich um mich zu kümmern."

„Es ist nicht einfach, beide Eltern zu verlieren, wenn man so jung ist." Er wusste, wovon er sprach. „Du hast Glück, dass sich deine Schwester um dich kümmert."

Kit zuckte mit den Schultern, als ob es keine große Sache wäre. Ihre Schwester hatte eine vermutlich erfolgreiche Karriere aufgegeben, um sich um sie zu kümmern, aber das Mädchen glaubte, es sei ihr verdammtes Recht. Sie hatte keinen blassen Schimmer, wie viel Glück sie hatte.

„Ich bin fertig, wenn Sie immer noch raus wollen." Sie klang ungeduldig.

Frazer hob irritiert die Augenbrauen, aber sie schien es nicht zu bemerken. Er wollte wetten, dass die gute Frau Doktor einen weiteren Einsatz in der Armee der Erziehung einer Siebzehnjährigen vorgezogen hätte. Sein Respekt für diese Frau wuchs ins Unermessliche.

Kit ging zur Tür, ohne sich um eine Leine für den Hund oder die Haustürschlüssel zu kümmern. Sie ließ Barney hinaus und folgte ihm auf die Veranda, die Tür ließ sie sperrangelweit offen.

„Du solltest dir vielleicht angewöhnen, abzuschließen", schlug Frazer vor und versuchte, einen sanftmütigen Tonfall anzuschlagen.

Ihre Augen wurden groß, als sie sich zu ihm umdrehte. „Sie glauben doch nicht etwa, dass der Mörder noch hier herumläuft, oder?"

Niemand wollte je glauben, dass ein Mörder aus dem eigenen Ort kam oder gar jemand war, den man kannte. Unbekannte Mörder waren viel einfacher zu ertragen, aber in Wirklichkeit machten sie nur einen geringen Teil aller Mordfälle aus. „Solange die Polizei niemanden verhaftet hat, ist Vorsicht besser als Nachsicht."

Sie scherte sich auch jetzt nicht darum, die Tür abzuschließen. Als sie seinen Gesichtsausdruck sah, zog sie eine Grimasse. „Izzy ist doch direkt nebenan." Dann ging sie die hölzernen Stufen der Treppe hinunter.

„Der Mörder soll also sie zuerst angreifen?"

Das Mädchen lachte schnippisch auf. „Der Kerl wäre bescheuert, Izzy zu überfallen. Sie würde ihn fertig machen."

War sie wirklich so töricht? Oder nur kaltschnäuzig? „Ich bin mir sicher, Jesse Tyson hat das auch geglaubt."

Kits Kinnlade klappte herunter, als sie das hörte, und sie versuchte offensichtlich, eine Erwiderung zu formulieren. Frazer winkte sie vorwärts, bemüht, seine Ungeduld zu kaschieren. Der Hund rannte voraus und schnüffelte im

Strandgras. Es war Ebbe, und das Meer lag weit entfernt, Strandläufer pickten mit ihren scharfen, dünnen Schnäbeln im Sand nach Würmern, während die Dämmerung langsam hereinbrach.

„Was kannst du mir über gestern Abend erzählen?", fragte er.

Kit schaute an ihm vorbei zum Strandhaus.

Frazer folgte ihrem Blick, konnte aber niemanden entdecken. Er runzelte die Stirn. „Ich bin einzig daran interessiert, die Person zu finden, die Helena umgebracht hat. Ich werde deiner Schwester nichts von dem verraten, was du mir im Vertrauen erzählst." Er erinnerte sich an seine Zeit in der High School. Das Einzige, was ihm wichtig gewesen war, waren gute Noten gewesen und nicht von der Schule geschmissen zu werden, damit er ein Stipendium fürs College bekam. Nichts anderes zählte.

Irgendetwas ließ ihn vermuten, dass das nicht Kits Version von High School war.

„Was wollen Sie wissen?" Das Mädchen schnaubte und ging in Richtung Meer davon. Dank der Ebbe konnten sie bis zum benachbarten Strand spazieren, ohne nasse Füße zu bekommen.

„Du hast deiner Schwester erzählt, dass du bei Helena übernachten wolltest?", fing er an zu bohren. Er hatte schon Verhöre mit Psychopathen geführt, die einfacher verlaufen waren.

Das Mädchen nickte und begann endlich zu reden. „Helena wollte zu Franky Cirencesters Party. Jesse hatte sie eingeladen – das war eine Riesensache für Helena. Sie war seit Monaten verknallt in ihn." Sie legte das Gesicht in die Hände und begann, zu weinen. „Ich kann einfach nicht glauben, was passiert ist. Ich warte die ganze Zeit darauf, dass sie mich anruft und mir von ihrem Date erzählt. Das ist alles wie ein beschissener Horrorfilm."

Nur, dass Helena am Ende der Szene nicht mehr aufstehen würde. Sie würde keinen weiteren Atemzug tun. Sie war tot. Keine Schauspielerei. Keine zweite Chance.

„War das ihre erste Verabredung mit einem Jungen?"

Kit nickte.

„Ist Jesse beliebt in der Schule?"

Wieder nickte Kit.

„Und Helena war es nicht?" Er sprach in der Vergangenheitsform, was noch mehr Tränen hervorrief.

„Bitte, Gott, lass das doch alles ein riesiges Missverständnis sein." Sie schluckte schwer und begann, zu hyperventilieren.

Ihre Trauer schlug ihm auf den Magen. Ein winziger Teil in ihm wusste, dass er sie trösten sollte, aber so arbeitete er nicht. Distanz war seine Methode. Und aus gutem Grund. Es half ihm, das große Ganze im Auge zu behalten. „Halte dir deine hohlen Hände vor den Mund und versuche, langsam zu atmen", wies er sie an. Wenn ihre Schwester kollabieren sollte, würde Isadora Campbell ihn an seinen Eiern aufknüpfen.

Kit bekam sich langsam wieder unter Kontrolle. „Helena war keines der beliebten Mädchen. Sie war schlau und hübsch und viel zu nett für diese verdammten Läster-Cliquen."

Seine Augen wurden schmal. Hörte er da einen Selbstvorwurf heraus? „Und was ist mit dir? Bist du eine der beliebten Schülerinnen?"

Ihre Augen funkelten, und sie stieß ein verbittertes Lachen aus. „Bin ich eine von den Miststücken, meinen Sie wohl." Sie nickte. „Ja, kann ich sein, wenn ich will. Helena war das Beste an mir." Ihr Blick verfinsterte sich. „Ich glaube, deshalb hat Jesse sie eingeladen. Sie war die netteste Person, die ich kenne. Wird Jesse überleben?" Ihre Stimme war voller Sorge. Sie kam ihm weniger wie ein Miststück und mehr wie ein gedankenloser Teenager vor.

„Er lebt, vermutlich dank der Expertise deiner Schwester." Der junge Mann war noch immer nicht aufgewacht, aber es war noch früh. Er hatte eine schwere Kopfverletzung erlitten. Ein Hirnschaden war immer noch nicht ausgeschlossen. Bis der Junge aufwachte und den Mund aufmachte, würden sie nichts Näheres wissen. „Du warst auf der Party. Was ist da passiert?"

Sie verschränkte die Arme und schaute weg. „Es waren super viele Leute da. Wir haben alle zusammen rumgesessen. Getanzt. Gegessen – jeder sollte etwas mitbringen." Sie starrte finster auf ihre Füße. „Dann wurden irgendwelche dämlichen Spiele gespielt." Sie sah verärgert aus. „Das hat mich genervt, und ich bin zum Hotelpool gegangen."

„Um wie viel Uhr war das?"

„Kurz nach Mitternacht."

Während Frazer und Kits Schwester gearbeitet hatten, versucht hatten, die Welt zu retten. Er wollte keine Parallelen zwischen Isadoras Persönlichkeit und seiner eigenen ziehen, aber sie waren unmöglich zu übersehen.

„Bist du allein schwimmen gegangen?"

Kit presste die Lippen zusammen und schüttelte den Kopf. Frische Tränen traten ihr in die Augen.

Seine Ungeduld drohte, ihn mitzureißen. „Mit wem warst du zusammen?"

Sie rieb sich mit den Händen über die Arme. „Mit einem Typen."

Frazer wartete.

„Er ist neu an der Schule. Sein Name ist Damien Ridgeway. Ich, ähm, war mit ihm schwimmen."

Frazer fragte nicht nach, ob Badebekleidung optional gewesen war. Sie war nicht seine Schwester. „Hast du gesehen, wie Helena mit Jesse fortgegangen ist?"

Kit nickte. „Sie kam zum Pool und hat gefragt, ob ich mit ihnen zum Strand kommen will. Ich hab' sie ausgelacht." Ihre Augen waren rot und geschwollen, und sie tupfte sie mit einem Taschentuch ab. „Das war das letzte Mal, dass ich sie gesehen habe. Ich habe sie ausgelacht und sie angeschaut, als wäre sie irre. Auf keinen Fall hätte Jesse gewollt, dass ich mich an die beiden dranhänge." Sie griff nach seinem Jackenärmel. „Wenn ich mitgekommen wäre, würde sie noch leben, habe ich recht? Niemand würde drei Leute gleichzeitig angreifen."

„Es ist unwahrscheinlich, dass jemand drei Personen angreift, es sei denn, er ist bewaffnet. Aber Mord ist keine exakte Wissenschaft, also ist es gut möglich, dass er auch dich umgebracht hätte."

Ein Schauder schüttelte Kits Körper. „Sie war so ein guter Mensch." Kit stand vor ihm und starrte ihn aus wilden, blauen Augen an. „Wurde sie vergewaltigt?"

Er hielt ihrem Blick stand. „Wir wissen es noch nicht genau, und alles, was ich dir jetzt sage, ist streng vertraulich. Das hier ist kein Schultratsch." Es war riskant, zu spekulieren, aber er hatte in genug Fällen ermittelt, um zu wissen, dass es wahrscheinlich so war. Er musste Kit Campbells Vertrauen gewinnen, denn er musste über jeden Bereich von Helenas Leben genau Bescheid wissen, einschließlich der High School. „Sie wurde wahrscheinlich vergewaltigt." Frazer musste Kit auffangen, als ihre Knie nachgaben. Ihr Schmerz und ihre

Trauer hallten durch den Wind. Barney kam angelaufen, um nachzuschauen, was los war, aber Kit beruhigte sich und ihre Schreie wurden zu Schluchzern, während sie sich an ihn klammerte und ihre Tränen sein Hemd durchnässten.

„Das ist nicht fair. Das ist verdammt noch mal nicht fair. Helena hat auf jemand besonderen gewartet, und dieses Arschloch hat ihr das genommen." Sie schlug mit ihrer Faust gegen seinen Brustkorb. „Er hat ihr das gestohlen, als ob er das Recht dazu hätte."

Frazer hielt Kits Ellenbogen fest und versuchte, sie aufrecht hinzustellen. Er wünschte sich, er hätte Randall mit dieser Befragung beauftragt. Teenagerdrama war überhaupt nicht sein Ding, auch wenn er zugegebenermaßen vielleicht ein bisschen mehr Mitgefühl zeigen könnte. Sie hatte gerade ihre beste Freundin verloren. „Sie war noch Jungfrau?"

„Ich weiß nicht einmal, ob sie schon mal jemanden richtig geküsst hat." Ihre Augen waren so rot, sie sahen aus als würden sie bluten. „Sie war die netteste Person der Welt. Wie kann ich mit dem Wissen darüber, was ihr passiert ist, einfach so weiterleben?"

Sie warf sich regelrecht in seine Arme, und Frazer beobachtete sich dabei, wie er einen Arm um das Mädchen legte, um sie zu stützen. Er schluckte schwer. Es hatte ein paar Momente gegeben, in denen auch er sich gefragt hatte, wie er nach dem Tod seiner Eltern weiterleben sollte, aber er hatte seine Berufung gefunden. Es war Kits Aufgabe, ihre Berufung zu finden. Er schaute zu den Häusern. Dort stand Isadora Campbell auf der Veranda des Ferienhauses und beobachtete sie, ein unlesbarer Ausdruck auf ihrem Gesicht.

Er hatte selbst keine Erfahrung mit Geschwistern, aber er verstand die Dynamiken aus einem psychologischen

Blickwinkel. Ältere Geschwister neigten dazu, verantwortungsbewusster zu sein als die Jüngeren. Sie waren Kümmerer, keine Abenteurer.

Schließlich machte sich Kit von ihm los und er ließ sie bereitwillig gehen.

„Ist noch jemand zur gleichen Zeit wie Helena und Jesse von der Party verschwunden?", fragte er.

„Ich kann mich nicht erinnern." Sie klang niedergeschlagen. „Ich bin im Pool geblieben. Hab noch ein bisschen Bier getrunken und mit Damien rumgeknutscht. Das habe ich gemacht, während meine beste Freundin am Parson's Point vergewaltigt und ermordet wurde." Sie wischte sich mit dem Ärmel ihres Fleece Pullis über ihr verquollenes Gesicht.

„Wo bist du danach hin?"

Ihre Augen wurden groß. „Wie meinen Sie das?"

„Du hast deiner Schwester erzählt, dass du bei Helena übernachtest. Helena hat ihren Eltern erzählt, dass sie bei dir ist. Also wo bist du danach hingegangen? Was hast du gemacht?"

„Ich bin nach Hause gekommen." Sie verschränkte die Arme vor der Brust und wich seinem Blick aus. „Mir ist kalt. Ich will zurück ins Haus."

Frazer starrte sie lange an. Sie hatte etwas zu verbergen. Nach all den Jahren, nach Tausenden von Ermittlungen und Befragungsprotokollen, die auf seinem Schreibtisch gelandet waren, waren es manchmal die seltsamsten Kleinigkeiten, die unwahrscheinlichsten Zufallstreffer, die einen Fall knackten. Gute Polizeiarbeit bedeutete, auch die Fragen zu stellen, die niemand beantworten wollte. Frazer verstand das Bedürfnis nach Diskretion und Geheimhaltung – genau deswegen schaute er immer in den dunklen Ecken nach. Er entschied sich, diese dunkle Ecke vorerst nicht zu beleuchten, nickte, und ging mit Kit zurück in Richtung der Häuser. Barney kam hinterhergetrottet.

„Kannst du dir vorstellen, dass irgendjemand Helena oder Jesse wehtun wollte?"

Sie schüttelte den Kopf. „Nein. Niemals. Helena war nicht auf dem Radar der Leute, und jeder mochte Jesse…" Ihr Mund verzog sich. „Bis auf Jesses Ex-Freundin. Sie hat letzte Nacht einen Kommentar zu einem Foto geschrieben, das Jesse von sich und Helena auf der Party gepostet hatte. Sie hat Helena als Nutte beschimpft." Wieder traten ihr Tränen in die Augen. „Ich würde ihr dafür am liebsten ins Gesicht schlagen." Sie drehte sich zu ihm. „Glauben Sie, sie hat etwas damit zu tun?"

Aufgrund des Notfallarmbands, der Vergewaltigung und der Tatsache, dass zwei Opfer gleichzeitig angegriffen worden waren, bezweifelte Frazer stark, dass ein eifersüchtiger Teenager den Mord begangen hatte. „Bisher kann ich noch nichts ausschließen." Außer Ferris Denker, der in seiner Zelle saß und auf die Hinrichtung wartete. „Wir gehen allen Hinweisen nach, und sollte seine Ex-Freundin etwas damit zu tun haben, dann werde ich sie zur Verantwortung ziehen, verstanden? Keine Schläge in irgendwelche Gesichter, okay?" Nicht, dass er im Namen der Justiz nicht schon Schlimmeres getan hätte.

Sie nickte zögernd, dann blickte sie ihn an. „Versprechen Sie mir, dass sie herausfinden, wer das getan hat?"

Frazer blickte zu Isadora, die sie von der Veranda aus beobachtete, und musste an das unschuldige, junge Mädchen denken, dessen Zukunft zunichtegemacht worden war. Er machte keine Versprechungen, die er nicht halten konnte. „Ich werde alles in meiner Macht Stehende tun, um die Person zu fassen, die das getan hat, Kit. Aber du musst mir versprechen, dass du mir alles erzählst, was du weißt, alles, was du vielleicht von deinen Mitschülern dazu hörst. Du brauchst niemandem zu erzählen, dass du mit mir sprichst, aber ich will jeden Klatsch und Tratsch und alle Gerüchte erfahren. Abgemacht?"

Er hielt ihren Blick, bis sie widerstrebend nickte. „Abgemacht."

SECHSTES KAPITEL

D IE LICHTERKETTE, DIE er um das Fenster gehängt hatte, blinkte vor sich hin, als er es sich mit einem Bier und einer Tüte Chips auf dem Sessel bequem machte, um die Nachrichten im Fernsehen zu schauen. „Das erste Tötungsdelikt des Jahres", das war die Eröffnungsschlagzeile. Er richtete sich auf. Daran hatte er gar nicht gedacht, aber wie auch immer, das war ein neuer Rekord.

Die Reporterin war eine dieser vorlauten blonden Frauen, mit schmalen, roten Lippen und nicht vorhandenen Brüsten, die glaubten, sie seien etwas Besonderes. Das war sie nicht. Im Hintergrund erschien ein Bild der Outer Banks, aber es war ein Foto von Cape Hatteras, nicht vom Leuchtturm auf Crane Island.

Was zum Teufel? Konnten die sich nicht einmal so viel Mühe geben, ein Team dorthin zu schicken, um aktuelle Aufnahmen zu machen? Sie benutzten einfach die alten Aufzeichnungen, die sie für die Berichterstattung über den Sturm tags zuvor gedreht hatten.

Unbekannter Täter. Ein Todesopfer. Ein anderes Opfer hatte wie durch ein Wunder überlebt. Blablabla. Sein Mund verzog sich. Dieses Arschloch von Sportskanone sollte eigentlich tot sein. Er hatte dem Bastard den Schädel so derartig eingeschlagen, dass sein Hirn Brei sein müsste, aber offensichtlich war das nicht genug gewesen.

Er grinste. Er hatte sich genommen, was der Junge gewollt hatte, und es war fantastisch gewesen. Der Junge konnte ihn nicht identifizieren, er hatte keinen verdammten Schimmer. Wahrscheinlich würde er vollkommen verwirrt wieder aufwachen und ab jetzt seine Nahrung durch einen Strohhalm zu sich nehmen. Das würde den Polizeichief und die örtlichen Polizisten lange genug ablenken. Das war ohnehin ein Haufen Idioten. Er nahm einen Schluck von seinem Bier. Würde sich das FBI klüger anstellen? Nein. Er verstand es, seine Spuren zu verwischen, und er war schon länger davongekommen, als die meisten von denen in der Strafverfolgung arbeiteten.

Er erinnerte sich an den Augenblick zurück, als der Mond hinter den Wolken hervorgekommen war, und er tief in Helenas Augen geschaut hatte. Dass sie ihn erkannt hatte, hatte einen Blitz der Lust durch ihn hindurch geschossen. Die Erinnerung daran ließ seinen Schwanz hart werden. Es hatte sich gut angefühlt, dass endlich jemand erkannt hatte, wer er wirklich war, und dass er sie alle hinters Licht geführt hatte.

Die Polizei würde morgen eine größer angelegte Suche durchführen. Er verdrehte die Augen. Wurde aber auch Zeit. Was brauchten sie noch, eine schriftliche Einladung? Jemand würde sich auf eine unangenehme Überraschung einstellen müssen. Mehrere Jemande, wenn er genauer darüber nachdachte.

Der Nachrichtensprecher berichtete jetzt über eine Reihe von Einbrüchen in den Häusern, die über die Feiertage leer standen.

Er setzte sich auf. Was zur Hölle?

Das war alles?

Mehr nicht?

Er knallte das Bier auf den Tisch und starrte den

Bildschirm an, wartete auf mehr. Aber die Nachrichten endeten ohne ein weiteres Wort über Helena Cromwell oder Beverley Sandal. Er saß wie vom Blitz getroffen da.

Das war alles an Sendezeit, die er verdient hatte? Und ihm wurde nachgesagt, er sei abgebrüht. Seine Aufregung verwandelte sich in Wut. Was war mit dem Armband? Sie mussten doch über das Armband berichten, verdammt noch mal. Aber vielleicht hatten sie die Verbindung noch nicht erkannt. Nein, so bescheuert konnten sie doch nicht wirklich sein?

Denker saß in seiner Zelle im Todestrakt und machte sich in die Hosen, während seine letzte Stunde immer näher rückte. Wie sich herausstellte, hatte der Schisser Angst davor, zu sterben. Schon lustig, wenn man darüber nachdachte. Diese ganzen Schlampen, die ihn Jahre zuvor um Gnade angefleht hatten, ohne dass er sie erhört hatte. Er glaubte nicht wirklich an Karma, aber das fand er doch ziemlich amüsant. Aber Denker war sein Freund. Wahrscheinlich sein einziger echter Freund, denn er verstand ihn und seine Bedürfnisse und stellte sich deswegen nicht an.

Sie waren zusammen auf der Schule gewesen, hatten ihren ersten Mord zusammen begangen. Irgendein Mädchen, dass nachts getrampt war und ihnen wie ein Geschenk vorgekommen war. Sie war ihnen praktisch in den Schoß gefallen. Sie hatten angehalten, sie mitgenommen, und ohne darüber zu sprechen, hatten die beiden sie in ein abgelegenes Waldstück gezerrt. Sie hatte geschrien wie am Spieß, bis er ihr so fest ins Gesicht geschlagen hatte, dass er ihr den Schädel brach.

Das Mädchen war nie gefunden worden.

Manchmal hatten sie zusammen getötet. Manchmal handelten sie wieder allein. Beide hatten unterschiedliche

Bedürfnisse und Vorlieben, und es gab genug Frauen, wenn man wusste, wo man suchen musste. Prostituierte und junge Mädchen, die von zu Hause abgehauen waren, waren so gut wie unsichtbar. Von Junkies wurde regelrecht erwartet, dass sie tot aufgefunden wurden. Er und Denker hatten sie alle verschwinden lassen.

Ferris war ein guter Freund gewesen. Sie hatten viel voneinander gelernt. Hatten experimentiert. Hatten Gedanken ausgetauscht, wie sie am besten den Gesetzeshütern entkommen konnten. Als das Leben sie in verschiedene Richtungen geführt hatte, war der Kontakt abgebrochen. Nachdem Denker mit einem kaputten Bremslicht und einer Leiche im Kofferraum erwischt worden war, hatte er den Verlust des Freundes bedauert, sich aber gleichzeitig totgelacht. Ferris hatte sich immer für den klügeren der beiden gehalten. Oh, wie ironisch.

Dank Ferris' Geständnis waren die Bullen nicht mehr hinter ihm her, aber es kränkte ihn, dass sein Freund so viele der Opfer für sich beansprucht hatte. Vor Kurzem hatte Ferris einen Brief aus dem Gefängnis herausgeschmuggelt und ihn darin um Hilfe gebeten. Sie hatten sich ein paar unerwartete Wendungen überlegt, die die Polizisten verwirren und das Unvermeidbare verzögern würden.

Er selbst hatte keine Angst vor dem Sterben – er freute sich darauf. Aber dass sein Geheimnis entdeckt werden könnte… das gefiel ihm nicht.

Der Plan war simpel genug, und er hatte nichts dagegen, dem armen Kerl ein bisschen Hoffnung zu verschaffen. Vor allem, weil er sich so wieder nehmen konnte, was rechtmäßig sein war. Die Behörden auflaufen zu lassen, war auch ein Spaß, aber er wollte nicht erwischt werden.

Er ging in das Gästezimmer seiner Wohnung und öffnete den Kleiderschrank. Dann starrte er die Reihen von Schuhen an, die er dort aufbewahrte. Rote Pumps, Sandalen, Ballerinas. Er hob einen der schmalen Turnschuhe hoch, die er gestern Nacht mitgenommen hatte – wischte den Sand von der Schuhspitze und spürte, wie sein Schwanz steinhart wurde.

Als er den Strand verlassen hatte, war er mit Adrenalin vollgepumpt gewesen. Seine vollbrachte Tat hatte ihm unglaubliche Genugtuung beschert. Er hatte es intensiv genossen, etwas getan zu haben, was er sich schon zu lange verwehrt hatte. Um seine Lust zu stillen war er immer aufs Festland gefahren, auf den Inseln hatte er sich unter Kontrolle. Der Ort hier war zu klein und abgeschottet, vor allem im Winter, und er wollte nicht riskieren, dass zu viele Fragen aufkamen oder Vermutungen angestellt wurden.

Er hielt den kleinen Schuh in seinen großen Händen, rieb mit seinem Daumen über die harte Gummisohle. Es fühlte sich so gut an.

Zum ersten Mal seit Monaten fühlte er sich wirklich lebendig. Herausgefordert. Siegreich. Befriedigt.

Er hatte eine solide Vermutung gehabt, wo Beverley vergraben war, aber er hatte trotzdem über eine Stunde mit dem Metalldetektor suchen müssen, bevor er das Armband ausgraben konnte. Sein ursprünglicher Plan war es gewesen, heute aufs Festland zu fahren und den Bullen ein passendes Geschenk an genau dem richtigen Ort zu offerieren, aber dann hatte er die Teenager in den Dünen entdeckt. Diese Möglichkeit hatte er sich einfach nicht entgehen lassen können.

Die Schaufel... Scheiße.

Kalter Schweiß brach ihm aus, als er seinen Fehler bemerkte. Er hatte sie liegengelassen... Er hatte Handschuhe getragen, während er gegraben hatte. Aber er hatte sie ausgezogen, als er sich über das Mädchen hergemacht hatte. Um ihre Haut zu berühren. Um ihr weiches Fleisch aufzusaugen. Sie war so verdammt perfekt gewesen. So erstaunlich gefügig. Es war eine Schande, dass er sie so schnell hatte umbringen müssen. Er hatte sie immer gemocht.

Danach hatte er sich so schnell es ging aus dem Staub gemacht, aus Sorge, dass noch weitere Teenager auftauchen würden, um nach den beiden zu suchen. Überstürzt, das wurde ihm jetzt bewusst. Er hätte sich einen Moment Zeit nehmen sollen, um zu überprüfen, dass er nichts zurückgelassen hatte. Er war sich relativ sicher, dass sie die Schaufel nicht direkt mit ihm in Verbindung bringen würden. Er hatte sie danach zurückbringen wollen, und er hatte keine Handschuhe getragen, als er sie organisiert hatte. Aber würde irgendjemand das Ding erkennen?

Fuck.

Seine Stimmung wurde verdrießlich.

Natürlich würde Izzy die Schaufel erkennen. Und die Bullen würden sie nach Fingerabdrücken untersuchen, und bevor er es sich versah, würde er wie Denker in einer Zelle sitzen. Es war dumm gewesen, sie überhaupt mitzunehmen, aber er hatte der Symbolik nicht widerstehen können.

Er warf einen Blick aus dem Fenster auf die stürmische Abenddämmerung. *Verdammt.* Er hatte heute Abend eigentlich nicht noch einmal hinausgehen wollen. Er wollte zu Hause bleiben und Bier trinken. Nach all der harten Arbeit und der schlaflosen Nacht hatte er sich das verdient.

Erinnerungen blitzten auf und seine Hände begannen, zu zittern. Dieser Blutrausch. Dieses verdammte High, dass ihm das Gefühl gab, unbesiegbar zu sein. Er lag auf dem Bett und holte sein Handy hervor, schaute die Fotos an, die er geschossen hatte. Er hielt den Turnschuh gegen seine Brust gedrückt, erinnerte sich an die Angst, den Schmerz. Das Mädchen war noch Jungfrau gewesen, und er wünschte sich, er könnte es noch einmal tun. Sie war zu einfach gestorben, hatte ihm nichts von dem gesagt, was er hören wollte. Die riesige Lust, die diese Erinnerungen in ihm auslösten, ließen ihn tief Luft holen und seine Augen schließen, während er sich seine Hand in die Hose schob.

Ferris tat ihm leid – ihm wurde das Gefühl echter Lust seit Jahren verwehrt. Hatte er die Nachrichten gesehen? War er eifersüchtig? Er stöhnte, als er sich an jedes noch so kleine Detail erinnerte. An jedes Luftschnappen. An jedes Zusammenzucken. Ihre schönen braunen Augen. Das lange, seidige Haar.

Wie konnte man ohne das leben? Er könnte das nicht. Und deswegen musste er seinen kleinen Fehler wieder gutmachen, bevor irgendjemand dahinterkam. Er versuchte, jetzt nicht daran zu denken. Er würde sich später darum kümmern, wenn es vollkommen dunkel war. Und vielleicht würde er auf das nächste Mal nicht so lange warten. Oder vielleicht würde er sie länger leben lassen und sich selbst genug Zeit geben, das Erlebnis voll und ganz auszukosten. Aber das war riskant. Er musste für ein paar Stunden einen ungestörten Ort finden. Einen Ort, an dem ihn niemand stören würde, während er tat, was er tun musste.

„EIN METER ACHTUNDFÜNFZIG groß. Gewicht, fünfundvierzig Kilogramm." Der Gerichtsmediziner Simon Pearl schaute von seinen Notizen auf. „Kein Gramm zu viel auf den Knochen. Sie war winzig.“

Frazer nickte. Die siebzehnjährige Helena Cromwell lag nackt und in eine Plastikfolie eingehüllt auf einem Untersuchungstisch aus Edelstahl. Sie war zierlich. Schmale Knochen. Dünne Finger. Kaum Brüste. Kleine Füße. Ihre Haut war weiß, bis auf die Stellen, an denen sich das Blut gesammelt hatte. Sie war kaum mehr als ein Kind, aber ihr Alter war dem Mann egal gewesen, der mit seinen Händen ihren Hals zugedrückt hatte.

Frazer war bewusst, dass Helena nie gewollt hätte, dass ein Fremder sie so sieht. Eine Autopsie war eine unerhörte Invasion in die Privatsphäre.

Scham stieg in ihm auf. Als Rooney ihn wegen eines Mordfalls mit einem einzigen Opfer angerufen hatte, hatte er den Fall als unter seiner Würde betrachtet. Ihm wurde übel, als er erkannte, dass ihm das Attentat auf einen mächtigen Mann wichtiger erschienen war als die Zerstörung solcher Unschuld. Helenas Lieblichkeit, all das Gute, das sie verkörperte, war seine Zeit so viel mehr wert als das Übel, das ein korrumpierter Politiker repräsentierte, der seine Macht als Waffe benutze und sich einen Dreck um diejenigen kümmerte, die ihm in dem Weg kamen.

Das hier war seine Stärke. Er war da, wo er hingehörte. Kein Geplauder mit Präsidenten, sondern Ermittlungen in Mordfällen. Verbrecher festzunehmen, bevor es noch weitere unschuldige Opfer gab. Leider war sein Job durchdrungen von Politik, und wenn er sich weigerte, mitzuspielen, würden das andere für ihn übernehmen.

So sehr er sich auch bemühte, emotionale Distanz zu wahren, der Anblick von toten Opfern machte es ihm unfassbar schwer. Fotos von Tatorten machten ihm nicht so sehr zu schaffen. Aber tote, nackte, siebzehnjährige Mädchen, wie das, das hier vor ihm lag, schon. Sie war jetzt seine Verantwortung, und er würde alles in seiner Macht Stehende tun, um die Person zu fassen, die ihr Leben ausgelöscht hatte. Dann wäre seine Schuldigkeit getan.

„Ihre Kleidung und andere Beweismittel wurden eingetütet und katalogisiert, nehme ich an?", fragte Simon Pearl.

„Sie war nackt, als sie gefunden wurde. Die Beweismittel sind auf dem Weg nach Quantico." Aber er wurde das ungute Gefühl nicht los, dass er etwas Wichtiges übersehen hatte und die Liste der Beweismittel unbedingt noch einmal überprüfen musste, sobald er die Möglichkeit dazu hatte.

Der Gerichtsmediziner kräuselte die Lippen, seine Augen waren düster und wütend. „Wonach genau soll ich suchen? Warum schicken Sie sie nicht direkt nach Raleigh für eine umfassende Autopsie?" Der Gerichtsmediziner war ein fünfzigjähriger Veteran, sie hatten schon früher zusammengearbeitet. Genauer gesagt hatte der Kerl Denkers Opfer untersucht. Frazer brauchte seinen unvoreingenommenen Blick für diesen Fall. Er verschränkte die Arme vor der Brust und sagte nichts.

Simon Pearl atmete tief aus. „Sie wissen, dass ich verheiratet bin, oder? Dass ich eine Frau habe, die zu Hause auf mich wartet? Die ganz schön sauer sein wird, weil ich mir nicht freigenommen habe, wie ich es ihr versprochen habe? Vielleicht sollten auch Sie ab und an mal eine Pause einlegen…"

„Es ist wichtig", sagte Frazer nur.

Der Gerichtsmediziner grunzte und starrte ihn noch einen Moment lang an. Frazer hatte Jahre damit verbracht, Leuten

Gefallen zu tun, und in den letzten Monaten schien es, als ob er diese Gefallen nun einforderte. Und allem Anschein nach, war er noch nicht fertig damit.

Simon schüttelte seinen Missmut ab und schaltete das Diktiergerät wieder ein. Dann sprach er in das Mikrofon. Er vermerkte Alter, Größe, Gewicht, Geschlecht, Haarfarbe und Augenfarbe. Helenas Ernährungszustand. Narben – eine kleine Narbe an ihrer Schulter, die von einem gebrochenen Schlüsselbein herzurühren schien. Keine Tätowierungen. Der Gerichtsmediziner betrachtete ihre Zähne – sie hatte das perfekte Lächeln. Dass sie nie wieder Lächeln würde, ließ in Frazer den dringenden Wunsch aufsteigen, jemanden zu schlagen, aber er schluckte den Wunsch hinunter und zwang den Gedanken fort. Er wurde nicht wütend. Er verlangte Gerechtigkeit.

Simon machte Fotos, während er sich Schritt für Schritt vorarbeitete. Ein Bluterguss auf der rechten Schädelseite, wo sie von einer stumpfen Waffe getroffen worden war. Frazer wollte wetten, dass es die Schaufel gewesen war. Ein DNA-Abgleich würde das bestätigen.

Rote Quetschungen und dunkle Blutergüsse übersäten ihren Hals. Der Gerichtsmediziner hob ihre Augenlider hoch. „Punktuelle Einblutungen in den Augen legen nahe, dass sie erstickt ist. Anzeichen manueller Strangulation. Näheres kann ich erst sagen, wenn die Autopsie abgeschlossen ist." Er vermerkte weitere Abdrücke und Schürfwunden. „Keine offensichtlichen Verteidigungswunden. Ich vermute, sobald der Angreifer sie erwischt hatte, war sie völlig überrumpelt von seiner Kraft und ihrer eigenen Angst."

„Keine Anzeichen, dass sie betäubt oder gefesselt oder mit einem Taser ruhiggestellt wurde?" Der Mann, der Mallory

Rooneys Schwester umgebracht hatte, hatte einen Elektroschocker benutzt, um seine Opfer ruhigzustellen, bevor er sie in seinen Unterschlupf gebracht hatte. Frazer war froh, dass dieser Serienmörder tot war, aber er war immer noch nicht froh darüber, dass er selbst es gewesen war, der dem Bastard eine Kugel in den Schädel gejagt hatte.

Simon schüttelte den Kopf. „Ich habe Gewebeproben für eine Untersuchung genommen, und ich sehe keine offensichtlichen Anzeichen für einen Elektroschocker." Er wandte sich wieder seiner Aufgabe zu. Frazer versuchte, nicht zu reagieren, als Simon die Beine des jungen Mädchens spreizte und das Blut auf ihren Oberschenkeln fotografierte. „Anzeichen für sexuelle Aktivität. Ich kann das Kondom riechen." Er drehte sich um, um ein Abstrichset zu holen. „Was zum…?" Der Mann verstummte.

Jeder Muskel in Frazer zog sich zusammen.

Der Gerichtsmediziner beugte sich näher über den Körper, nahm eine lange Pinzette und griff etwas damit, das in dem Mädchen steckte. Langsam zog er das Objekt hervor. Es war eine Muschelschale.

Für einen Augenblick konnte Frazer nichts hören, außer dem Blut, das in seinen Ohren dröhnte. Er traf den Blick des Gerichtsmediziners, der ihn mit weit aufgerissenen Augen anstarrte.

„Ist das ein verdammter Scherz?" Simons Stimme bebte vor Wut. „Hat Ferris Denker einen Nachahmer?"

„Oder einen Partner, den wir nie erwischt haben." Frazer trat zu ihm. Die Tatsache, dass Denker immer etwas in die Vagina seiner Opfer gesteckt hatte, war nie öffentlich gemacht worden, weder in Pressekonferenzen noch im Gerichtsverfahren. Das bedeutete, dass der Mörder in enger

Verbindung mit Denker stand – eng genug, um selbst intime Details seiner Vorgehensweise zu kennen. Denker hatte es außerdem gemocht, so viel Zeit wie möglich mit seinen Opfern zu verbringen, um ihnen größtmögliche Angst und sich selbst größtmögliche Lust zu verschaffen. Frazer konnte nicht sagen, ob der jetzige Mörder Denkers Vorliebe für Folter teilte oder nicht. Helena war nicht verstümmelt worden, aber ihr Mord schien gehetzt gewesen zu sein. Als ob sie ein Zufallsopfer gewesen war, und nicht Teil eines geplanten Mordes. Die Möglichkeit, ihnen eine Nachricht zu schicken und zeitgleich seinen perversen Hunger zu stillen. Frazer war sich nicht sicher, ob er diesen Täter unabhängig von Denker betrachten konnte.

War das Denkers Handschrift? Was trieb ihn an?

Frazer sprach leise. Er wollte nicht, dass irgendjemand mithörte. „Das Mädchen trug ein Notfallarmband ums Handgelenk, das einer gewissen Beverley Sandal gehört hat." Er nickte in Richtung von Helena. „Beverley Sandal war eine der Frauen, deren Ermordung Denker gestanden hat, als er geschnappt wurde, aber ihre Leiche wurde nie gefunden." Die beiden Männer starrten sich an. Beide waren stinksauer, aber in Simons Augen lag eine Spur Vergebung und Verständnis. Er verstand jetzt, warum Frazer ihn persönlich angefordert hatte. Er verstand, warum er ihn aus seinem warmen Haus und aus dem Schoß seiner Familie fortgerissen hatte.

Frazer wünschte, er hätte sich geirrt. Wünschte sich, das alles wäre nur ein wahnwitziger Zufall, auch wenn das Armband ein unmissverständliches Zeichen war. Ein den Behörden vor die Füße geschleuderter Fehdehandschuh.

„Lassen Sie sie nach Raleigh bringen, Sie haben Ihr Soll

erledigt." Frazer hielt eine Beweismitteltüte für die Muschel auf, und Simon ließ sie hineingleiten. Frazer hatte alles erfahren, was er wissen wollte, und war zufrieden über die Entwicklungen, die die Ermittlung genommen hatte. „Ich schicke das ebenfalls zur Analyse nach Quantico. Wer weiß, vielleicht haben wir Glück. Vielleicht hat er Fingerabdrücke oder Haare oder was auch immer darauf hinterlassen."

Die beiden Männer sahen Helenas Körper an, der auf dem Tisch lag. Der Tod wurde nie einfacher, aber er war umso schlimmer, wenn das Opfer so jung war. „Diese Information darf auf keinen Fall an die Öffentlichkeit gelangen."

„Die Presse würde sich überschlagen", stimmte ihm Simon zu. „Ich werde es für mich behalten. Ich will, dass der Bastard bekommt, was er verdient, und auf direktem Weg zur Hölle fährt."

Frazers Handy vibrierte in seiner Tasche. Er schaute auf den Bildschirm und kniff die Lippen zusammen. „Sieht so aus, als gäbe es gute und schlechte Neuigkeiten. Jesse Tyson ist aufgewacht und spricht. Die schlechte Nachricht ist, dass er nach Helena fragt."

———

ES WAR SCHON nach zweiundzwanzig Uhr. In der Notaufnahme war es ruhig. Nur noch wenige Minuten, bis Izzy nach Hause fahren und eine ganze Woche lang schlafen konnte. Das letzte Mal, dass sie sich so ausgelaugt gefühlt hatte, war in einem Feldlazarett in Afghanistan gewesen, nachdem sich die Einladung zu einem Stammestreffen als eine Falle herausgestellt hatte. Sie hatten an dem Tag zwei Soldaten verloren, und einem weiteren jungen Mann mussten beide

Beine unterhalb der Knie amputiert werden. Dass diese Männer und Frauen in den Krieg zogen, um ihre Freiheit zu verteidigen, machte sie demütig, insbesondere, weil die Behörden ihr diese Freiheit ganz schnell wegnehmen würden, wenn sie wüssten, was sie vor siebzehn Jahren getan hatte. Aber ihr Können einzusetzen, um Menschenleben zu retten, das war ihre Art, Buße zu tun, und es war ohne Frage besser, als im Gefängnis Däumchen zu drehen – das war es, was sie sich selbst immer wieder sagte.

Hatte der Mord an Helena mit dem zu tun, was vor all den Jahren passiert war? Izzy schloss ihre Augen und massierte ihre Schläfen. Sie wusste es nicht. Wie sollte das sein? Es war eigentlich unmöglich, aber die Zweifel schlichen sich in ihre Gedanken, scharf wie Glasscherben. Morgen würden sie den Strand absuchen. Ihre Hände zitterten, während sie ihre Berichte schrieb. Sie musste bereit sein. Sie musste sich auf das gefasst machen, was sie finden würden.

Ihr wurde übel bei dem Gedanken, dass eine junge Frau misshandelt und ermordet worden war, von der Vorstellung, dass es auch Kit hätte sein können – zum Teufel, dass es sogar sie selbst hätte sein können. Aus Vergnügen zu töten, das war das absolute Gegenteil von allem, woran sie glaubte. Sie würde alles tun, um den Kerl zu fassen, aber sie betete auch, dass er längst über alle Berge war, und sie nie wieder von ihm hören würden.

Izzy schrieb ihren Bericht zu Ende und richtete sich auf. Sie fuhr zusammen, als sie einen Mann direkt neben sich stehen sah.

„Tut mir leid, ich wollte Sie nicht erschrecken."

„Polizeichief Tyson." Izzy hielt sich am Tresen fest, um ihr Gleichgewicht wiederzugewinnen, und versuchte, sich daran zu erinnern, wann sie das letzte Mal etwas gegessen hatte. Es war eine Weile her.

Das Gesicht des Mannes war eingefallen. Tiefe Furchen zogen sich über seine Stirn, seine Augen waren gerötet und aufgedunsen vor Müdigkeit. Normalerweise war er ein gutaussehender Kerl, aber die Ereignisse der letzten Nacht hatten auch bei ihm Spuren hinterlassen. Sie bezweifelte, dass sie selbst viel besser aussah. „Wie geht es Jesse?", fragte sie.

„Er ist aufgewacht und spricht. Er weiß, wer er ist und wer wir sind", erwiderte Tyson.

„Kein Schwindelgefühl oder Schmerzen?"

Tyson schüttelte den Kopf.

Eine zentnerschwere Last fiel von ihren Schultern. „Das sind großartige Neuigkeiten. Das freut mich sehr."

Lee Tyson rieb sich das Gesicht. „Ich denke die ganze Zeit, ich sollte da draußen sein und in dieser Sache ermitteln, herausfinden, wer sie angegriffen hat." Der gequälte Ausdruck auf seinem Gesicht machte ihr das Herz schwer.

„Das FBI ist vor Ort. Sie werden die Person finden, die das getan hat", antwortete sie. „Sie müssen sich um Ihren Sohn kümmern."

Er nickte. „Da haben Sie wohl recht. Dr. Bengali ist optimistisch, dass er durchkommt. Ich musste für einen Augenblick da raus. Und ich wollte mich bei Ihnen bedanken, für das, was Sie heute Morgen getan haben."

Verlegen durch so viel Anerkennung, wies sie seinen Dank zurück. „Ich habe nur meinen Job gemacht, Chief. So wie Sie es jeden Tag tun. Freut mich, dass es ihm besser geht. Hat er schon etwas über den Angriff erzählt?"

Tyson schüttelte den Kopf. „Er erinnert sich an nichts von gestern Nacht – Verlust des Kurzzeitgedächtnisses, sagt der

Arzt.“

Dissoziative Amnesie war üblich nach einer traumatischen Verletzung wie dieser, vor allem, wenn es sich um eine Kopfverletzung handelte. Sie hatte das häufig bei verletzten Soldaten gesehen. „Das kann wiederkommen.“ Oder auch nicht. Sie zog eine Grimasse. Der arme Junge.

Tyson blickte über seine Schulter. „ASAC Frazer hat vorgeschlagen, wir sollten es morgen früh mit Hypnose versuchen, um auf diesem Wege an seine Erinnerungen zu kommen – vorausgesetzt, Jesses Gesundheitszustand lässt es zu.“

Izzys Augen wurden groß. „Hypnose?“ Das hatte sie nicht von Frazer erwartet. „Naja, ich schätze, es kann nicht schaden. Es sei denn…“

Tysons Blick verdunkelte sich. „Es sei denn, mein Sohn findet auf diese Weise heraus, dass Helena während ihrer ersten gemeinsamen Verabredung umgebracht wurde.“

Gottverdammt.

„ASAC Frazer ist einer der besten Verhaltensanalytiker des FBI. Er wird genau wissen, was er tut.“

Izzy war nicht überrascht. Frazer hatte auch sie von Anfang an analysiert. Dem Typen entging nichts, sein Verstand war scharf wie ein Skalpell.

Tyson stemmte die Hände in die Hüfte. „Ich bleibe heute Nacht hier. Jetzt, wo Jesse einigermaßen stabil ist, will ich, dass Charlene nach Hause zu Ricky fährt, unserem Jüngsten. Ihre Mutter ist gerade noch bei ihm.“ Er hielt inne und schaute sie nachdrücklich an. „Ich könnte einen meiner Männer bitten, sie nach Hause zu bringen, aber sie sind alle entweder im Dienst oder müssen im Morgengrauen raus, um den Strand abzusuchen. Eine der Schwestern hat erwähnt, dass Sie demnächst Feierabend haben?" Er räusperte sich.

Endlich verstand Izzy, worum er sie bat.

„Sie wollen, dass ich Charlene mitnehme?", fragte sie. Die Tysons wohnten am anderen Ende von Rosetown, sie würde auf dem Weg nach Hause also direkt an ihrer Haustür vorbeikommen. „Kein Problem." Sie sah auf ihre Armbanduhr. „Ich bin seit einer Minute im Feierabend. Ich melde mich ab und hole meine Sachen, dann komme ich bei Jesses Zimmer vorbei und hole Charlene ab."

„Ich weiß das zu schätzen."

Das war das Mindeste, was sie tun konnte. Zehn Minuten später stand sie vor Jesses Zimmer. Seine Werte schienen gut, soweit sie das aus den Angaben auf den Monitoren ablesen konnte. Die größte Sorge zu diesem Zeitpunkt waren mögliche Blutungen unterhalb des Schädelknochens, die eine Schwellung des Hirnstamms und schließlich einen Druckaufbau auf das Rückenmark auslösen konnten. Izzy ging davon aus, dass Jesse das Gröbste hinter sich hatte, wenn er die Nacht überstand. Im Vergleich dazu, wie sie ihn heute früh vorgefunden hatte, war sein jetziger Zustand schon ein Wunder. Sie lehnte sich an den Türrahmen, um nicht im Weg zu stehen. Jesses verbundener Kopf lag auf mehreren Kissen, aber seine Hautfarbe war frisch und er schien tatsächlich über etwas zu lächeln, was sein Vater sagte. Würde er immer noch lächeln, wenn er sich daran erinnerte, was gestern Nacht passiert war? Es war wichtig, dass sie diese Erinnerungen so lange es ging von ihm fernhielten, aber die Polizei brauchte Antworten.

Frazer, der gutaussehende Agent mit den eisblauen Augen, stand neben Polizeichief Tyson und ließ sich nichts entgehen. Die Erinnerung daran, wie er Kit heute Nachmittag am Strand im Arm gehalten hatte, schickte einen Stich durch ihre Brust. Sie wollte für Kit da sein, aber sie war sich nicht sicher, ob sie ihrer Schwester die Unterstützung bieten konnte, die sie brauchte. Frazer blickte in ihre Richtung, und für einen langen, unbehaglichen Augenblick starrten sie sich gegenseitig an. Etwas Unerwartetes passierte zwischen ihnen. Sie sah den gewaltigen Schmerz in ihm, und vom Blick in seinen Augen zu urteilen, wollte er sich mit seinem Schmerz ebenso wenig befassen, wie sie sich mit ihrem eigenen. Aber sie konnten beide nicht verleugnen, dass er da war.

Sie hielt kurz den Atem an.

Charlene Tyson lockerte die Situation auf, indem sie quietschend ihren Stuhl zurückschob und aufstand. Sie küsste ihren Sohn auf die Stirn. „Bist du sicher, dass ich nicht auch hierbleiben soll?"

Ihr Ehemann stand auf, nahm ihre Hand und küsste ihre Finger. „Er wird durchkommen, Liebes. Die Schwestern lassen nur eine Person hier übernachten, und das bin ich."

Die Hand des Polizeichiefs tastete für einen Augenblick nach seiner Waffe. Izzy warf Frazer einen Blick zu. Er beobachtete sie, fast als wollte er überprüfen, dass sie das mitbekommen hatte. Der Mörder hatte nicht geplant, dass Jesse überlebt. Sein Vater blieb über Nacht, weil er sein Vater war, aber auch, weil er sein Bodyguard war.

Eine Vorahnung schoss durch ihre Adern, und ihr Puls schnellte in die Höhe. Dort draußen lauerte noch immer Gefahr. Und die Gefahr war sehr real. Izzy drückte sich vom Türrahmen weg. Sie musste nach Hause und nachschauen, ob es Kit gut ging.

Der Polizeichief und seine Frau gingen aus dem Zimmer, und ASAC Frazer folgte ihnen.

„Kann ich Sie für einen Augenblick sprechen?", fragte Frazer sie.

Seine Hand landete auf ihrem unteren Rücken, als er sie von den Tysons wegführte. Sie zuckte zusammen, als er sie berührte. Seine Pupillen wurden groß, und er presste für eine Sekunde die Lippen zusammen, bevor er seine Hand zurückzog.

Gut zu wissen, dass sie nicht die einzige war, die so reagierte.

„Ihre Schwester scheint nicht gerade Wert auf ein gesichertes Zuhause zu legen."

Sie wusste nicht, was sie von ihm erwartet hatte, aber das ganz sicher nicht. „Ich bin mir nicht einmal sicher, ob sie weiß, wie man eine Haustür abschließt."

„Bringen Sie es ihr bei." Die eisblauen Augen brannten vor Nachdrücklichkeit.

„Sie glauben, der Mörder läuft noch da draußen herum, oder?" Ein kalter Schauder lief ihr den Rücken hinunter. Sie hatte seit Jahren auf die ein oder andere Art mit Angst gelebt – Angst um ihre Mutter, Angst, dass irgendjemand ihr Geheimnis herausfinden könnte, Angst um ihre Patienten, Angst davor, was der nächste Krieg bringen würde. Diese Angst fühlte sich anders an. Sie saß tief in ihrem Innersten und war lebensbedrohlich.

Das Feuer in seinen Augen erlosch. „Sie müssen anfangen, ihre Haustür abzuschließen."

Sie nickte. „In Ordnung. Ich sage es ihr." Und sie betete, dass Kit auch zuhören würde.

Charlene Tyson hatte ihren Mantel angezogen und wartete am Tresen bei den Krankenschwestern.

„Ich muss los."

„Eine Sache noch", sagte Frazer.

Sie schaute ihn wortlos an.

„Ich bräuchte alle Ersatzschlüssel zu Ihrem Strandhaus."

Ihr Gesicht verriet keine Regung. „Vertrauen Sie mir nicht?"

„Warum sollte ich?" Seine Stimme war süß wie Honig und sie spürte, wie sich die Härchen auf ihren Armen aufstellte.

Ihr entfuhr ein trockenes Lachen. „Guter Punkt. Und woher wollen Sie wissen, dass ich nicht einen Schlüssel einbehalte?"

„Weil ich Sie wegen Behinderung von bundespolizeilichen Ermittlungen festnehmen würde, wenn Sie das täten und ich Sie erwischen würde."

Sie sah ihn amüsiert an. Aber sie wollte natürlich, dass er seine Arbeit machen konnte und den Mörder fasste. Nichts anderes zählte. „Ich bringe sie Ihnen später vorbei. Wann sind Sie zurück?"

„Morgen früh reicht völlig. Sie sind offensichtlich total erschlagen."

Weil sie völlig fertig aussah. Sie grinste. Großartig. „Ich kann sie heute Abend noch vorbeibringen, je nachdem, wann Sie zurück sind. Nicht, dass Sie sich Sorgen machen müssen, ob ich nicht heimlich nachts ins Haus geschlichen komme, während Sie schlafen. Ich muss etwas essen und runterkommen, das dauert ein paar Stunden."

Das Funkeln in seinen Augen wandelte sich von distanziertem Interesse zu Hunger – und nicht von der sexuellen Sorte. „Was essen Sie?"

„Ich hole was vom Chinesen. Habe eine Bestellung abgegeben, bevor ich hier angefangen habe."

Er schaute auf seine Armbanduhr. „Rufen Sie da an und

verdreifachen Sie die Bestellung. Ich brauche noch etwa eine Viertelstunde, um mit Tyson zu sprechen. Danach hole ich Randall von der Polizeistation ab, und wir fahren zum Strandhaus, um uns für ein paar Stunden hinzulegen, bevor morgen früh die Suche am Strand beginnt."

Izzy zog erwartungsvoll die Augenbrauen hoch.

Frazer räusperte sich. „Bitte", fügte er kleinlaut hinzu. Er sah plötzlich peinlich berührt aus, als ob ihm gerade erst aufgefallen wäre, dass sie nicht für ihn arbeitete.

Sie war an Alphatiere gewöhnt, aber sie war auch eine Chirurgin und Captain in der Armee gewesen und hatte selbst jede Menge Alpha zu bieten. Dennoch, sein Vorschlag war praktisch, und Izzy war eine Meisterin in praktischen Dingen. „Schön. Womit schlägt sich Ihr Kumpel gerade herum?"

Frazer sah amüsiert aus, als sie den Ausdruck „Kumpel" benutzte. „Steckt bis über beide Ohren im Teenie-Drama fest."

Izzy schüttelte sich übertrieben und hielt abwehrend die Hände hoch. „Da ist mir die Notaufnahme doch tausendmal lieber. Ich sehe Sie später am Strandhaus. Das Essen schlage ich einfach auf Ihre Rechnung auf."

Sie drehte sich um, um zu gehen, aber er griff nach ihrem Handgelenk und zog sie zu sich. Ihr Herz schlug so schnell, sie fühlte sich wie ein Kaninchen, das in der Falle saß. Frazer flüsterte leise in ihr Ohr und ihr wurde klar, dass er jeden hypnotisieren konnte, wenn er nur wollte.

„Ich weiß, Sie tragen eine Waffe", sagte er sehr leise, „aber seien Sie dennoch vorsichtig."

Sie schüttelte sich, um zu sich zu kommen. Sie konnte ihm nicht erlauben, sie durcheinander zu bringen. Seine Sorge war nichts Persönliches, er machte nur seine Arbeit. Und vielleicht wusste er, dass sie etwas zu verbergen hatte. Sie ging davon und spürte seine Augen in ihrem Rücken, aber sie weigerte sich, sich umzudrehen und ihn in seinem Anstarren zu bestätigen. Sie erreichte das Ende des Flurs und lächelte Charlene Tyson an, die dort geduldig gewartet hatte.

„Es hat etwas gedauert, tut mir leid. Alles in Ordnung bei Ihnen?", fragte sie sanft. Die Frau nickte ihr zu, auch wenn sie erschöpfter aussah, als Izzy sich fühlte. Sie blickte über ihre Schulter und begegnete Frazers Blick, der sie noch immer anschaute. Er lächelte leicht. Verdammt, er sah heiß aus.

Hitze stieg ihr ins Gesicht, das zweite Mal an diesem Tag. Nur weil sie sich von ihm angezogen fühlte, hieß das nicht, dass sie sich ihm nähern würde. Sein Aussehen war einwandfrei, aber der Kerl selbst? Rechthaberisch und bestimmend. Nie im Leben. Er war zu schlau, als dass sie sich auf ihn einlassen würde, auch wenn sie das Gefühl beschlich, dass es fantastisch wäre, sich auf ihn einzulassen. Sie war schon mit anderen Männern zusammen gewesen, die zwar gut aussahen, aber davon, eine Frau zu befriedigen, so viel verstanden wie ein Fisch vom Fahrradfahren.

Und sie hatte etwas gemeinsam mit dem Fisch auf dem Fahrrad – beide konnten sie ganz ohne Hilfe kommen. Kein attraktiver FBI-Agent erforderlich.

SIEBTES KAPITEL

FRAZER BLICKTE AUF, als Lucas Randall in der Tür stand, eine Reisetasche in einer Hand, eine Tüte mit Essen in der anderen. Er schnüffelte. „Haben Sie etwa gekifft?"

„Genau, das war ich." Frazer streckte sich, bis seine Knochen knackten.

Randall trat ein. „Erinnert mich irgendwie an mein Studentenwohnheim."

Der Kieferduft des Reinigers vermischte sich mit dem Grasgeruch auf eine nicht unangenehme Weise. Frazer hatte sämtliche Fenster aufgerissen und die Heizung voll aufgedreht. Die frische Luft blies auch ihm den Kopf ordentlich durch, denn wegen Passivrauchen von Cannabis beim Drogentest durchzufallen war nichts, worauf er scharf war. „Ich schätze, die Schwester von Dr. Campbell hat hier gestern Nacht noch ihre eigene Party gefeiert. Das würde erklären, warum sie heute früh ihre Freundin nicht vermisst hat, und weshalb sie keine Auskunft über den weiteren Verlauf ihres Abends geben wollte."

„Wie alt ist sie genau?" Randall warf ein Bündel Ersatzschlüssel auf das Regal neben der Tür.

„Siebzehn", antwortete Frazer und hoffte, dass das wirklich alle Schlüssel zum Strandhaus waren.

Randall stellte die Tüte mit dem Essen auf dem großen Couchtisch ab, dann brachte er seine Tasche auf sein Zimmer.

Der Geruch des chinesischen Essens ließ Frazer das Wasser im Mund zusammenlaufen.

„Die anderen Kids sagen, dass sie mit einem Jungen namens Damien Ridgeway abgezogen ist, etwa gegen zwei Uhr nachts. Glauben Sie, sie ist hierhergekommen?"

Frazer nickte. „Sieht ganz so aus. Haben Sie mit Ridgeway gesprochen?"

„Nein, noch nicht. Was genau ist das mit Izzy und ihrer Schwester? Wo sind die Eltern?" Randall fragte in seiner Funktion als Agent, aber er konnte sein persönliches Interesse nicht verbergen. Der Anflug des Verlangens, der durch Frazer hindurchgeschossen war, als er Isadora Campbell vorhin im Krankenhaus für einen Augenblick berührt hatte, war genug, um ihn ganz großen Abstand wahren zu lassen. Aus diesem Grund hatte er auch Randall das Essen abholen lassen.

„Die Mutter ist letzten Mai an Bauchspeicheldrüsenkrebs verstorben. Captain Campbell hat ihr Offizierspatent bei der Sanitätstruppe aufgegeben und ist hierher zurückgekommen, um sich um ihre Schwester zu kümmern. Kit hat mir erzählt, dass der Vater noch vor ihrer Geburt gestorben ist, aber ich habe es noch nicht überprüft." Frazer schaute durch die Behälter mit Essen und griff sich das Rindfleisch mit schwarzer Bohnensauce. Er machte sich mit den mitgelieferten Essstäbchen völlig ausgehungert darüber her. Seit über vierundzwanzig Stunden hatte er nichts mehr gegessen und es völlig verdrängt, bis Isadora von Essen gesprochen hatte.

Isadora. Was für ein absurd schöner Name. Er hatte schon immer eine Schwäche für schöne Namen und Schönheits-flecken gehabt.

„Ziemlich großer Altersunterschied für Geschwister", bemerkte Randall von der Küchenzeile her.

„Siebzehn Jahre – die Ärztin ist genau doppelt so alt wie Kit. Da frage ich mich, ob sie vielleicht verschiedene Väter haben. Oder ob Isadora sogar Kits Mutter sein könnte."

„Warum sollten sie das verheimlichen?", fragte Randall.

Frazer zuckte mit den Schultern. Das unterstellte den Campbells ein etwas prüdes Verhalten, aber er spekulierte auch nur.

Randall hatte sich seiner Krawatte und seines Jacketts entledigt und griff nach einem der Essensbehälter. „Unfälle passieren, selbst in glücklichen Ehen." Er sprach mit vollem Mund. „Ich bin um einiges jünger als meine älteste Schwester und war definitiv nicht geplant. Mein Vater hat immer gesagt, dass ich das Ergebnis einer sehr guten Flasche Gin war."

„Großartig." Es war schwer, diesen Kerl nicht zu mögen. Und da Alex Parker kurz zuvor angerufen hatte, hatte sich auch die schreckliche Anspannung in Frazer ein wenig gelöst. Rooneys Zustand hatte sich stabilisiert, auch wenn die Ärzte darauf bestanden, dass sie noch ein paar Tage im Krankenhaus blieb. Ihr und dem Baby ging es gut, Parker war weiterhin bei ihr. Es würde schon ein SEAL-Team brauchen, um den ehemaligen CIA-Agenten von ihrer Seite fortzureißen. Frazer war klug genug, es gar nicht erst zu versuchen.

Er respektierte Liebe und Treue genauso wie jeder andere, auch wenn es für ihn selbst nicht funktioniert hatte.

Er und seine Ex-Frau waren beide unerträgliche Alleingänger gewesen.

Für Frazer war die Vorstellung, jede Stunde des Tages mit einem anderen Menschen zu verbringen, widerlich und einengend. Ständige Gesellschaft bereitete ihm Kopfschmerzen. Die Aussicht auf ein regelmäßiges Sexleben mochte das womöglich ein wenig aufwiegen, aber Frazer liebte seine Freiheit, die mentale ebenso wie die körperliche. Und jetzt dachte er plötzlich an Sex, obwohl er das die ganze Zeit zu vermeiden versucht hatte, seit Isadora Campbell sich zu ihm umgedreht hatte und so hübsch rot geworden war, als er sie dabei erwischt hatte.

Die gute Nachricht war, dass sie an ihm ebenso wenig Interesse haben wollte, wie er an ihr. Oder vielleicht war das auch die schlechte Nachricht, wenn man die Tatsache bedachte, dass sie beide den Kampf gegen die primitivste aller Anziehungen zu verlieren schienen.

Glücklicherweise war er ein Experte darin, nicht nur seine eigenen Bedürfnisse und Wünsche zu ignorieren, sondern auch die von anderen.

Er nickte in Richtung der Tafel mit den Ermittlungspunkten, die er sich von der Polizeistation ausgeliehen und an die Wand des Esszimmers gelehnt hatte. Auf der Tafel klebten Fotos von Helena, Jesse, den Dünen, Helenas Vater, der Schaufel und dem Armband, das Unmengen an Komplikationen für den Fall bedeutete. Komplikationen, die er gar nicht aufschreiben wollte, aber musste. „Was haben Sie von den anderen Teenagern erfahren?"

Randall verschluckte sich an einer Nudel. „Sagen wir einfach, dass ich mich nicht daran erinnern kann, dass die Dinge so weit... fortgeschritten... waren, als ich zur High School gegangen bin. Oder vielleicht war ich auch nur viel unschuldiger als mir bewusst war."

„Drogen?", fragte Frazer.

„Sex, Drugs und Rock'n'Roll. Ein paar der Schüler haben zugegeben, dass Aufputschmittel die Runde gemacht haben, aber nichts ‚Großes'." Er malte mit den Fingern Anführungszeichen in die Luft und wandte sich dann wieder dem Essen zu, das er geradezu inhalierte. Für einen Moment kaute er still vor sich hin. „Es gab Alkohol ohne Ende. Der Cirencester-Junge hat Glück, wenn seine Eltern deswegen nicht ihre Schankerlaubnis verlieren und ihn aufknöpfen." Er deutete mit seinen Stäbchen auf Frazer. „Was mich wirklich umbläst – bitte beachten Sie meine Wortwahl – ist das Spiel, das sie gespielt haben, bei dem alle Jungs ihre Handys in eine Schüssel geworfen haben und wessen Handy gezogen wurde, hat einen Blowjob von einem der Mädchen gewonnen."

„Na dann, frohes neues Jahr", erwiderte Frazer ironisch. „Wer hat gewonnen?"

„Damien Ridgeway."

Frazer zog eine Grimasse „Und war Kit das Mädchen, das den Preis vergeben hat?"

Randall zuckte mit den Schultern. „Anscheinend. Die beiden sind zusammen verschwunden."

„Zum Pool?"

Randall nickte.

Frazer hatte Kit versprochen, dass er ihre Geheimnisse ihrer Schwester nicht verraten würde, aber das bedeutete nicht, dass auch alle anderen ihren Mund halten würden. Das war natürlich nicht sein Problem, aber er konnte nichts dagegen tun, dass es ihm leid für Isadora tat und ihn ärgerte, dass ihre Schwester so rebellisch war. Viele Leute würden sie dafür verantwortlich machen, aber wenn er es geschafft hatte, sein Leben mit fünfzehn in den Griff zu kriegen, dann konnte man das mit siebzehn erst recht schaffen.

Nicht sein Problem. „Wie ist die allgemeine Meinung über Helena?"

„Nettes Mädchen – vielleicht ein bisschen zu nett. Keine Drogen, kein Ärger. Hervorragende Schülerin, hat sich immer viel Mühe gegeben. Tänzerin. Überfürsorgliche Eltern, vor allem der Vater."

Frazer musste an Helenas schmale Füße und ihre langen Zehen denken. Es passte, dass sie getanzt hatte.

Die „überfürsorglichen" Eltern ließen bei ihm sämtliche Alarmglocken läuten, aber Eltern gehörten in jeder Mordermittlung zunächst zu den Verdächtigen. „Ich werde die Familie morgen befragen. Polizeichief Tyson hat mir erzählt, dass beiden Eltern Beruhigungsmittel verabreicht werden mussten, und dass eine Polizistin heute Nacht bei ihnen geblieben ist. Sie ist eine Freundin der Familie." Was auch hilfreich war, solange sie zuallererst der Wahrheitsfindung verpflichtet war. „Was ist mit Jesse? Was haben sie über ihn erzählt?"

„Niemand hat auch nur ein schlechtes Wort über den jungen Mann verloren. Ein Ass in der Schule, Captain der Footballmannschaft, aber kein Arschloch. Die Mädchen wollten mit ihm gehen, die Jungs mit ihm abhängen." Randall zuckte mit den Achseln. „Was nun? Mein Boss will einen Bericht. Ich kann sie nicht ewig hinhalten."

Frazer rieb sich die Schläfen. Petra Danbridge war ehrgeizig und außerdem verärgert, dass die Fallanalyseeinheit Rooney eingestellt hatte und nicht sie. Zum Glück kannte sie die Gründe für diese Entscheidung nicht, aber auch in Anbetracht dessen musste Frazer zugeben, dass er tagtäglich lieber mit Rooney zu tun hatte als mit der Agentin aus Charlotte. Hanrahan hatte eine verdammt gute Entscheidung getroffen, aus verdammt schlechten Gründen. Frazer war zwar kein Fallagent, aber er hatte einen höheren Rang als sie und kannte die richtigen Leute. Solange er es vermeiden konnte, wollte er lieber nicht zu viele Beziehungen spielen lassen und somit Aufmerksamkeit auf die Vorfälle hier unten ziehen.

„Ich brauche noch vierundzwanzig Stunden, dann kann sie ihren Bericht haben.“ Aber auch das würde nicht ausreichen. Entweder würde Danbridge Randall vom Fall abziehen, weil ein Mordfall mit nur einem Opfer kein Fall für die Bundesbehörden war, oder sie würde noch mehr Ermittler auf den Fall ansetzen und die Verbindung zu Denker herausbekommen.

„Ich werde mein Bestes geben, aber wenn ich eine Abmahnung bekomme…“ Randall sah nicht überzeugt aus.

„Ich kümmere mich darum“, versprach Frazer. „Der Gerichtsmediziner hat in der Vagina des Opfers eine Muschelschale gefunden.“

Randall erstarrte, die Stäbchen auf halbem Weg zum Mund. Dass Denker gerne Objekte in seinen Opfern hinterlassen hatte, stand in den Akten. Randall wusste, was das bedeutete. „Also ist der Täter entweder ein alter Bekannter oder ein neuer Freund von Denker. Wie auch immer, sie müssen kommuniziert haben.“

Frazer nickte. „Ich habe im Gefängnis angerufen und um Kopien seiner E-Mails und die Aufzeichnungen seiner Anrufe gebeten. Bisher habe ich noch keine Rückmeldung. Ich bin sicher, dass er etwas vorhat, und ich möchte bereit sein.“ Er hatte außerdem Parker beauftragt, so viel wie möglich über Denker herauszufinden, ohne über die offiziellen Kanäle zu gehen. Es gab keine Geheimnisse im Cyberspace, es sei denn, man war der König der Datenmanipulation.

„Glauben Sie, Denker wird plötzlich ‚nicht schuldig‘ plädieren? Behaupten, dass sein Geständnis erzwungen war?“

„Ich bezweifle es – ich meine, das Opfer war in seinem

Kofferraum und das Kondom, das er bei ihrer Vergewaltigung benutzt hat, war zusammen mit ihren Kleidern in einer Plastiktüte. Und nicht nur das, sein Ego würde es auch nicht ertragen, wenn er plötzlich zugeben müsste, dass er nicht der schlimme Serienmörder ist, sondern ein armes Würstchen, das zu dumm ist, um ,unschuldig‘ zu plädieren. Das einzige, worauf er hoffen kann ist, dass seine Strafe in Lebenslang ohne Bewährung umgewandelt wird.“

„Da würde ich mir eher die Kugel geben.“

„Ja, aber Sie stehen auch nicht dem unmittelbaren Tod gegenüber. Und Denker ist vollkommen selbstverliebt. Er würde alles dafür tun, um nicht in die Hinrichtungszelle zu spazieren.“ Und das würde Frazer um jeden Preis verhindern.

Er schaute wieder auf die Tafel mit den Ermittlungspunkten. Er hatte einen Pfeil vom Foto des Armbands zu dem Namen „Beverley – 1998“ gezogen. Gott, das war das Jahr, in dem Helena Cromwell geboren worden war. Darüber hatte er ein Kästchen gemalt, darin die Initialen „FD“. Er wollte nicht, dass irgendjemand herumschnüffelte und Ferris Denkers Name an die Presse weitergab.

Beverley war im Februar verschwunden. Denker war im Sommer verhaftet worden. Frazer musste seine Verbindung zu den Outer Banks herausbekommen.

„Wie finden wir heraus, ob der neue Täter ein alter Bekannter ist oder ein Nachahmungstäter?“

Frazer schluckte den letzten Bissen seines Abendessens hinunter und stellte den leeren Behälter auf dem Tisch ab. Er hatte über die Jahre in tausenden von Mordfällen ermittelt und immer auf die gleiche Weise begonnen. „Wir schauen uns das Opfer und die Beweise an. Erstellen anhand von Indizien und den daraus resultierenden Schlussfolgerungen ein

Täterprofil. Stellen so wenige Vermutungen wie möglich an, bis wir sie beweisen können. Im Moment wissen wir nicht einmal mit Sicherheit, dass es sich bei dem Täter um einen einzelnen Mann handelt. Wir brauchen so schnell wie möglich die Ergebnisse der Forensik. Denker ist nur ein Aspekt des Falls. Lassen Sie sich davon nicht ablenken.“

Randall nickte, sah aber nicht überzeugt aus.

„Haben Sie eine Liste der gesammelten Beweisstücke?“, fragte Frazer.

Randall holte seine Notizen hervor und reichte sie ihm. Frazer musste die Liste zweimal durchgehen, bevor er begriff, was er übersehen hatte. „Was zum Teufel ist mit Helenas Schuhen passiert?“

IZZY LAG IN ihrem Bett und starrte auf die fahlen Schatten an der Schlafzimmerdecke, während sie dem rhythmischen Brechen der Wellen zuhörte. Ein Bild blitzte in ihrer Erinnerung auf – ein kleines Mädchen, das am Strand herumsprang, ihr Vater, der jeden ihrer Schritte beobachtete und aufpasste, dass sie nicht von einer Welle erfasst wurde, während sie lachend durch den Sand lief, und der sie schließlich auf den Arm hob.

Ihr Hals schmerzte. Es war lange her, seit sie sich das letzte Mal an etwas Schönes aus ihrer Kindheit erinnert hatte, an etwas, das nicht von anderen Erinnerungen verdunkelt wurde. Sie rutschte unruhig unter ihrer Bettdecke hin und her, unfähig zur Ruhe zu kommen, während Vergangenheit und Gegenwart aufeinanderprallten.

Sollte sie gestehen?

Verdammt. Sie hatte nur aus dem Grund die Armee verlassen und war heimgekommen, damit Kit nicht in eine Pflegefamilie musste. Ein Geständnis abzulegen würde bedeuten, dass dieses Opfer sinnlos gewesen war. Ihre Schwester würde die Wahrheit erfahren – und zusätzlich zum Verlust ihrer besten Freundin würde Kit sich auch noch mit allem allein auseinandersetzen müssen, in eine Pflegefamilie kommen und wahrscheinlich die Schule abbrechen oder das letzte Jahr wiederholen müssen. In Anbetracht des Wegs, auf dem sie sich schon jetzt zu befinden schien, war sich Izzy sicher, dass das keine gute Idee war.

Sie musste nur so lange abwarten, bis Kit ihren Abschluss hatte. Wen kümmerte es überhaupt noch, nach all den Jahren?

Das Geräusch des Windes, der an den Fensterläden rüttelte, war gleichermaßen Furcht einflößend und seltsam vertraut. Die Melodie des Meeres beruhigte sie, und für gewöhnlich schlief sie beim Klang der Wellen immer sofort ein. Heute Nacht allerdings nicht. Das Meer war das Einzige gewesen, was sie in all den Jahren vermisst hatte, in denen sie nicht hier gewesen war. Weder ihre Mutter, noch ihre kleine Schwester. Sie hatte sie regelmäßig besucht, wenn auch selten, aber sie hatte sie nicht vermisst. Nicht so, wie sie es hätte tun sollen. Die beiden waren eine Einheit gewesen, und sie hatte sich wie ein Außenseiter gefühlt.

Das hatte ihre Schuldgefühle nur noch verstärkt, nachdem ihre Mutter gestorben war. Sie war keine sehr gute Tochter gewesen. Ein weiterer Grund dafür, dass sie jetzt tat, was sie tun musste. Aber in dieser Stadt zu leben, in der sie aufgewachsen war, war nicht einfach.

Es fühlte sich klaustrophobisch an, in einer Gemeinde zu leben, in der jeder glaubte, sie zu kennen, nur weil sie ihre

Verwandtschaft kannten. Die dreckigen Geheimnisse ihrer Familie würden die Leute hier erschaudern lassen, und Kit würde augenblicklich ausgestoßen werden. Sie schob die Gedanken daran zur Seite. Kit durfte es niemals erfahren – vielleicht war Unwissenheit das einzig Gute, was sie ihrer Schwester mitgeben konnte.

Izzy warf sich frustriert im Bett hin und her. Sie war so müde gewesen, als sie nach Hause gekommen war, hatte kaum ihre Augen aufhalten können. Und jetzt rasten ihr die Gedanken nur so durch den Kopf. Ein Dielenbrett knarrte, und sie erstarrte. Dann begriff sie, dass es Barney sein musste, der durch das Haus tapste.

Als sie vorhin zurückgekommen war und das Essen zum Warmhalten in den Ofen gestellt hatte, hatte sie mit gezogener Waffe das Haus durchsucht, hatte in jeden Schrank geschaut, hinter den Duschvorhang, unter alle Betten. Keine Monster. Nicht heute. Kit hatte schlafend in ihrem Bett gelegen, Kopfhörer auf den Ohren, mit laufendem Fernseher.

Gerade als Izzy sich beruhigt hatte, hatte Agent Randall an die Tür geklopft und ihr beinahe einen Herzinfarkt verpasst. Sie hatte ihm das Essen überreicht, zusammen mit sämtlichen Ersatzschlüsseln und der klaren Ansage, dass sie ein Wörtchen mit seinem Boss reden würde, sollte irgendetwas im Strandhaus kaputtgehen. Er hatte ihr zugezwinkert und versprochen, ein artiger Junge zu sein, hatte sie völlig schamlos angeflirtet.

Lucas Randall war genau der Typ Mann, dessen Lächeln eine Frau wie sie erwidern sollte. Er war gutaussehend, intelligent, hatte Humor und war herrlich zugänglich. Er hatte einen hübschen Namen, ein hübsches Gesicht und einen Körper, der aussah als ob es sich lohnen würde, genauer unter dem seriösen Businessanzug nachzuschauen.

Aber wenn sie ihre Augen schloss, war es nicht Lucas Randall, den sie sah.

Sie schlug mit der Faust in ihr Kissen.

Das entfernte Geräusch von Metall, das auf Metall rieb, ließ sie auffahren. Was zum Teufel war das? Izzy schlug die Bettdecke zurück, ging zum Fenster und schaute hinaus. Ihr Zimmer lag nach Süden und blickte auf Strandhafer, Sand und das Meer. Sie zog ein Paar Jogginghosen unter ihrem übergroßen, olivfarbenen „Go Army"-T-Shirt an, das sie zum Schlafen trug. Sie nahm die Glock 17 von ihrem Nachttischchen und kontrollierte, ob eine Kugel im Lauf war. Sie hielt die Waffe auf den Boden gerichtet, darauf achtgebend, nicht auf ihren immer begeisterungsfähigen Hund zu zielen, für den jeder ihrer Schritte ein neues mögliches Abenteuer versprach. Durch das nach Norden zeigende Fenster im Wohnzimmer konnte sie fahle Lichter im Strandhaus erkennen, als ob dort noch jemand im Wohnzimmer saß oder vergessen hatte, das Licht auszumachen. Es sah ruhig aus, friedlich.

Es war unwahrscheinlich, dass das Geräusch von ihren Gästen gekommen war. Ein weiteres schabendes Geräusch ließ sie angestrengt in die Dunkelheit lauschen. Sie versuchte, die Richtung, aus der das Geräusch kam, genauer zu bestimmen. Es klang, als käme es von *unter* der Veranda.

Waschbären? Ponys? Der Geist ihres Vaters?

„Verdammte Scheiße." Izzy schlüpfte in ein Paar Flipflops und hielt mit der Hand auf dem Türknauf inne. Sie könnte Barney hinauslassen, damit er verjagte, was auch immer die Geräusche verursachte. Aber wenn ihn ein wildes Tier biss oder trat, würde aus dieser Aktion von fünf Minuten eine nächtliche Tour zum Tierarzt werden. Und was, wenn es der Mann war, der Helena letzte Nacht umgebracht hatte? Er hätte sicher keine Skrupel, auch ihrem Hund Schaden zuzufügen.

Warum sollte er unter der Veranda sein, Dummkopf?

Aber was, wenn er es war? Izzy erschauderte.

Sie hielt ihre Pistole fest an ihr Bein gedrückt, was sie beruhigte. Sie war bewaffnet und schreckte nicht davor zurück, ihren Gegenüber zu konfrontieren, vor allem nicht mit zwei FBI-Agenten im nächsten Haus. Sie war keine verletzliche Siebzehnjährige. Ehrlich gesagt, war sie das auch nie gewesen. Wenn es der Mann war, der Helena umgebracht hatte, dann würde die Sache jetzt und hier ihr Ende nehmen. Das FBI würde abreisen, und ihr Geheimnis würde ein Geheimnis bleiben.

Sie griff nach der Taschenlampe, die hinter der Gardine auf der Fensterbank stand. „Bleib", befahl sie Barney, als sie die Tür zur Veranda vorsichtig aufschob, hinausschlüpfte und sie vor seiner Nase wieder zuzog, bevor er die Chance ergriff und hinausrannte. Wenn es ein Tier war, dann würde es davonrennen, sobald es sie sah. Wenn es ein Mensch war, dann war sie bewaffnet und vorbereitet, und das FBI war nebenan. Sie konnte schießen, sie konnte sich verteidigen und sie konnte verdammt noch mal um Hilfe rufen. Auf der Veranda hielt sie inne und schaute hinüber zum Strandhaus. Nichts rührte sich.

Wenn es nur ein Waschbär war, wollte sie nicht mit einer gezogenen Waffe erwischt werden. Sie war nicht gerade darauf aus, zur Lachnummer für das FBI zu werden.

Es war dunkel, aber der Himmel war klar. Plötzlich bemerkte sie, wie ihr Herz schlug, der Puls dröhnte mit ohrenbetäubender Intensität in ihrem Schädel. Es war verdammt irritierend.

Komm schon Izzy, wo ist dein Rückgrat? Wo bleibt dein Training? Sie versuchte, Mut zu fassen und schlich die Stufen der Holztreppe hinunter. Sie wusste nicht, ob sie den Eindringling – wer oder was auch immer es war – verjagen oder stellen wollte. Ihre Hände umklammerten den Griff ihrer Pistole. Ihr Finger lag über dem Abzug.

Am Fuße der Stufen angekommen, schaltete sie die Taschenlampe ein, nur um festzustellen, dass sie einen kritischen Fehler begangen hatte. Der Schalter klackte nur nutzlos, aber nichts passierte. Ein Schauder der Beunruhigung durchfuhr sie, und sie spürte sofort, wie sich eine Gänsehaut über ihre Arme legte. Das Gefühl der Bedrohung wuchs in der anhaltenden Stille immer weiter an. Dunkle Schatten bedeckten den Bereich unter dem Haus, Angst schnürte ihr den Hals zu. Sie schüttelte die Taschenlampe, schlug sie gegen ihr Bein, als ob das helfen würde. Sie klapperte nur sinnlos vor sich hin. *Scheiße.*

„Wer ist da?" Sie kam sich vor wie ein Idiot, wie sie so mit den Schatten sprach, aber sie versuchte, ihre Stimme so bestimmend wie möglich klingen zu lassen. Nichts bewegte sich, bis auf das Meer hinter ihr und den Wind, der durch das Strandgras zischte wie eine Schlange.

Ein plötzliches Kreischen ließ sie laut aufschreien und einen Schritt zurücktreten. Ihr Finger legte sich auf den Abzug, als ein großer Kater an ihr vorbeiraste und in Richtung des anderen Hauses davonlief. *Oh, mein Gott.* Ihr Herz schlug wie verrückt. Sie atmete schwer aus und ließ die Waffe sinken, ließ sich gegen das Geländer fallen und drehte sich um, um das Tier davonrennen zu sehen. Eine Katze. Sie hätte beinahe eine verdammte Katze erschossen.

Im nächsten Augenblick wurde ihr Kopf gegen das Geländer geknallt. Ein greller Blitz leuchtete hinter ihren Augen auf, lief ihren Rücken hinunter und ließ ihren ganzen Körper vor Schmerzen explodieren. Izzy zielte mit der Glock in den Sand und betätigte den Abzug, während sie auf die Knie sank. Der Schuss hallte ohrenbetäubend über den Strand bis zum Meer. Sie hörte ein gedämpftes Fluchen, dann Schritte, die sich schnell entfernten. Sie versuchte, sich aufzurichten. Übelkeit stieg in ihr auf, Blut rann ihr aus einer Kopfwunde über die Stirn.

Ein paar Sekunden später hörte sie eine Tür auffliegen und weitere Schritte, die die Treppe des Strandhauses hinuntergepoltert kamen.

„Dr. Campbell? Ist alles in Ordnung?" Es war ASAC Frazer.

Was für eine Freude, ihn zu sehen. Er nahm ihr die Glock aus den Fingern, und sie ließ es ohne Proteste geschehen.

Agent Randall tauchte neben ihm auf, sich gerade noch damit abmühend, ein T-Shirt über seinen wirklich beeindruckenden Oberkörper zu ziehen.

Izzy konnte sich ein Grinsen nicht verkneifen, auch wenn sie nur so hin und her schwankte. Immerhin war sie anscheinend nicht so schwer verletzt, dass sie ein Sixpack nicht angemessen würdigen konnte. Das war ein gutes Zeichen. „Jemand war unter der Veranda und hat meinen Kopf gegen das Geländer gestoßen, als ich ihn überrascht habe." Ihre Stimme krächzte, aber sie zog sich am Geländer hoch und zählte bis zehn, um ihr Gleichgewicht zu finden. „Ich konnte einen Schuss in den Sand abgeben, dann hat er die Flucht ergriffen."

„Wohin ist er gerannt?", fragte Frazer. Er sah aus, als

wollte er hinterherrennen, war aber gezwungen, bei ihr zu bleiben.

„Zur Straße. Machen Sie schon. Mir geht's gut." Das Geräusch eines Kleinmotors, der angelassen wurde, zerriss die Nacht – ein Geländemotorrad vermutlich. Randall rannte los. Frazer stand unentschlossen da und starrte sie an, als ob sie verrückt wäre. „Was genau ist passiert?"

Sie berührte vorsichtig ihre Schläfe. Alles, was sie wollte war, die Augen zuzumachen, damit das Schwindelgefühl aufhörte. Sie stütze sich mit beiden Händen auf ihren Oberschenkeln ab, atmete tief in den Schmerz hinein und wünschte sich, sie hätte einfach die Polizei gerufen. Eigensinnig beschrieb sie nicht einmal ansatzweise. „Ich habe ein Geräusch von hier unten gehört. Wollte nachschauen." Sie räusperte sich. „Eine Katze kam herausgerannt, und ich habe mich nach ihr umgedreht. Ich dachte, sie hätte die Geräusche gemacht. Ich war unvorsichtig." Sie presste die Lippen zusammen, offensichtlich verärgert über sich selbst. „Irgendetwas hat mich von hinten erwischt."

„Haben Sie etwas sehen können? Ein Gesicht?"

„Grelles Licht und zwitschernde Vögelchen." Sie machte sich keine Mühe zu überprüfen, ob er ihren Humor zu schätzen wusste. Izzy biss die Zähne zusammen und versuchte, sich aufrecht hinzustellen, schwankte nur noch ein wenig, obwohl ihr Blick verschwommen war. „Ich habe nichts gesehen, womit man jemanden identifizieren könnte. Es war ein Mann, aber mehr kann ich nicht sagen."

„Woher wissen Sie, dass es ein Mann war?"

Izzy verzog das Gesicht. „Die Größe seiner Hand an meinem Kopf hat sich angefühlt wie ein Mann. Er war größer als ich, und ich bin nicht gerade zierlich." Sie blinzelte.

„Möglicherweise habe ich ein Paar schwarze Stiefel gesehen?"

Frazer machte seine Taschenlampe an und leuchtete unter die Veranda. Die Tür zu ihrem kleinen Werkzeugschuppen stand einen Spalt weit offen.

„Was zum Teufel?" Izzy machte einen Schritt auf die Tür zu, aber Frazer legte seinen Arm um ihre Schulter und hielt sie zurück. Vielleicht spürte er, wie kurz vor dem Umfallen sie wirklich war. „Warum würde irgendjemand in meinen Schuppen einbrechen wollen?"

„Warten Sie." Frazers Augen wurden schmal, als er sich der Szene näherte. Izzy hasste, wie sehr sie die Kraft in seinem Arm wahrnahm, die Wärme seiner Finger. „Können Sie mir sagen, ob irgendetwas gestohlen wurde?"

Wieder wollte sie einen Schritt vorwärts machen, aber er hielt sie noch fester, zwang sie, genau dort stehenzubleiben, wo sie war. Sie schaute auf. „Von hier aus?"

Er nickte.

Sie hielt sich an ihm fest, weniger sicher auf den Beinen als ihr bewusst gewesen war. Sie wandte ihre Aufmerksamkeit wieder dem Schuppen zu und versuchte, ihren verschwommenen Blick durch wiederholtes Blinzeln scharfzustellen. Rasenmäher, Rasenkantenschneider, Hammer, Heckenschere, Schraubenschlüssel, vertrocknete Blumenzwiebeln, leere Blumentöpfe. Die Pflanzkelle. Ein halbleerer Sack Erde. „Sieht aus, als ob alles da ist."

„Sind Sie sicher?"

Der Nachdruck in seiner Frage sorgte dafür, dass sie sich noch einmal alles genau ansah. *Okay, Mist. Konzentriere dich.* Es sah alles in Ordnung aus... Ihr Blick fiel auf einen leeren Haken an der Wand. Ein bedrohliches Gefühl schlich sich zwischen ihre Rippen und machte ihr das Atmen schwer. „Die Schaufel. Die Schaufel fehlt." Izzy glaubte, ihre Knie würden nachgeben, aber Frazer hielt sie fest.

Wenn er ihr Unwohlsein bemerkte, ließ er es sich nicht anmerken. Er holte sein Handy hervor und wischte durch eine Handvoll Fotos, dann hielt er ihr den Bildschirm vors Gesicht. „Ist das Ihre Schaufel?"

Izzys Augen wurden groß, als sie den Tatort vom vorherigen Morgen wiedererkannte. Die Dünen, wo Helena gestorben war. Eine Schaufel lag im Sand. *Ihre* Schaufel – ganz leicht wiederzuerkennen an dem gelben Isolierband, das ihre Mutter vor Jahren um den Stiel geklebt hatte. Sie hatte gestern Morgen nicht darauf geachtet, sie war völlig auf die beiden Teenager konzentriert gewesen. Aber das war ihre Schaufel, und sie war benutzt worden, um Jesse damit den Schädel einzuschlagen.

„Ja." Sie schwankte, das Blut dröhnte in ihren Ohren. Sie musste den Halt verloren haben, denn plötzlich zog Frazer sie fest an sich. Izzy klammerte sich mit geschlossenen Augen an ihm fest und legte ihren Kopf auf seine Brust, nur für einen Augenblick, damit die Welt endlich aufhörte, sich so rasend schnell zu drehen.

Er roch nach warmem Leinenstoff und dem schwachen Duft von Aftershave.

Er hatte beide Arme um sie gelegt, und sie krallte ihre Finger fest in sein Hemd. Wann hatte sie sich das letzte Mal so an jemanden angelehnt? Sie wusste es nicht. Erinnerte sich nicht mehr. Sie atmete ein paar Mal tief ein und aus, um ihren Puls zu beruhigen und sich unter Kontrolle zu bekommen. Nach einem Augenblick wurde ihr bewusst, dass es sein Duft war, den sie tief einatmete, und dass sie von Kopf bis Fuß fest gegen seinen Körper gedrückt war.

Mist.

Sie drückte sich wacklig von ihm ab. „Ich bin okay, Danke.

Ich muss mich hinsetzen."

„Fassen Sie nichts an", warnte er sie. Seine blauen Augen strahlten vor allem kühle Autorität aus und weniger warme Fürsorge, was genau der Weckruf war, den sie brauchte, um sich daran zu erinnern, wer er war und was er hier tat. Sie nickte und ging dann langsam in Richtung Strand davon, wo sie sich in den trockenen Sand fallen ließ. Ihr ganzer Körper zitterte. Der Mann, der Helena umgebracht hatte, war heute Nacht hier gewesen, direkt unter ihrem Haus. Er hatte ihre Schaufel gestohlen und damit auf Jesse eingeschlagen. Dann war er zurückgekommen – warum? War sie sein nächstes Ziel? Oder Kit? Es ergab keinen Sinn – und doch ergab es auf die furchtbarste Art überhaupt Sinn.

Jeder Muskel in ihrem Körper war angespannt. Das konnte einfach kein Zufall sein. Er wusste, was sie getan hatte und folterte sie nun mit diesem Wissen.

Izzy stand unsicher auf. Sie sollte dem FBI alles erzählen, was sie wusste, aber sie würden sie verhaften, und auf keinen Fall würde sie ihre Schwester schutzlos zurücklassen. Ihre Hände waren zu Fäusten geballt. Sie konnte die panischen Schreie ihrer Mutter fast hören, die durch ihre Erinnerung hallten.

Sie würde alles tun, was sie tun musste, aber sie würde nicht zulassen, dass dieser kranke Hurensohn auch nur in die Nähe von Kit kam, auch wenn das bedeuten sollte, dass sie das FBI eiskalt anlügen musste. Dass sie den Kerl anlügen musste, der ihr Innerstes zum Schmelzen brachte, sobald sie ihn ansah. Und was noch schlimmer war, er vermittelte ihr ein Gefühl der Sicherheit, ein Gefühl des Schutzes, aber sie wusste, dass er sich augenblicklich von ihr abwenden würde, wenn er die Wahrheit wüsste. Das durfte sie niemals zulassen.

ACHTES KAPITEL

L INCOLN FRAZER WAR stinksauer, und das kam selten genug vor.

Was hatte sich diese Frau dabei gedacht, allein in der Dunkelheit herumzuschnüffeln, einen Tag, nachdem eine brutale Vergewaltigung und ein Mord nur wenige Meilen entfernt verübt worden waren?

Aber was sollte sie auch machen, jedes Mal die Polizei anrufen, sobald sie ein seltsames Geräusch hörte? Das würde sehr schnell langweilig werden. Isadora Campbell war Soldatin gewesen. Sie war bewaffnet. Sie war keine einfältige Idiotin, aber er war trotzdem stinksauer. Er war kein sexistisches Arschloch. Er war der Meinung, dass jeder und jede bereit sein sollte, sich selbst zu verteidigen, denn die Polizei konnte nicht überall gleichzeitig sein. Männer wie Frauen sollten Selbstverteidigung erlernen. Kinder sollten lernen, sich zu verteidigen. Also was war sein Problem?

Die Vorstellung, wie Isadora Campbell in einem Leichenschauhaus lag, war sein verdammtes Problem.

Sie hatte sich geweigert, ins Krankenhaus zu fahren, also hatte Frazer darauf bestanden, dass sie stattdessen ins Bett ging. Ärzte waren wirklich die schlimmsten Patienten. Sie hatte müde und mitgenommen ausgesehen, und er konnte die Ablenkung nicht gebrauchen. Dass sie zu einer Ablenkung wurde, war noch ein weiterer Grund, weshalb er sauer war.

Als sie sich vorhin beim Schuppen an ihn geklammert hatte und ihre weichen Kurven und langen Glieder an ihn gedrückt hatte, hatte er sie nicht festgehalten, um sie zu stützen, sondern weil sie sich in seinen Armen so fantastisch angefühlt hatte.

Er ballte seine Hände zu Fäusten. Andere Leute überschritten Grenzen. Er zog sie.

Als er vorhin beobachtet hatte, wie sie nach draußen ging, hatte er sich absichtlich abgewandt. Er hatte sich gesagt, dass sie wahrscheinlich den Hund nach draußen lassen wollte und hatte seinem Instinkt nicht genug vertraut, um ihr auf den mondbeschienenen Strand zu folgen.

Stattdessen war sie dem Mörder von Helena Cromwell direkt in die Arme gelaufen und seine „Gefühle" hätten sie umbringen können. Dass der Mörder so nah gewesen war, war sowohl frustrierend als auch sonderbar. Frazer schaute der Kriminaltechnikerin zu, die den Schuppen und die Gartengeräte auf Fingerabdrücke untersuchte. Randall war mit einem anderen Kriminaltechniker an der Straße, um die Reifenabdrücke des Motorrads zu fotografieren, mit dem der Täter entkommen war.

Izzy hatte die Schaufel, die gestern Nacht bei dem Mord verwendet worden war, einwandfrei identifizieren können, was ihm ein paar Dinge verriet.

Der Mörder kam vermutlich von hier. Und er hatte einen Fehler gemacht.

Hatte er die Schaufel der Campbells nur geklaut, weil ihr Haus am Rand der Stadt stand und er einfach in den Schuppen einbrechen konnte? Vielleicht hatte er gewusst, dass die Ärztin an Silvester Nachtschicht hatte und nicht zu Hause sein würde. Frazer hatte die Vermutung, dass der Täter gar nicht vorgehabt hatte, die Schaufel am Tatort zurückzulassen, was ihnen nützliche Hinweise verschaffen konnte.

Der Typ hatte sich vertan, als er heute Nacht hierher zurückgekommen war. Frazer wollte diesen Fehler ausnutzen. Konnte es sein, dass eine der beiden Campbell-Frauen involviert war? Sie hatten beide Alibis, keine von beiden hatte ein Motiv, und sie waren außerdem nicht stark genug, gleichzeitig zwei Opfer zu überwältigen.

Aber Kits neuer Freund war ein unbekannter Faktor…

Frazer musste Kits und Ridgeways Bewegungen in der Nacht, bevor sie zum Kiffen zurück ins Strandhaus gekommen waren, genau aufschlüsseln. Ridgeway hätte vielleicht Mittel und Wege gehabt, das Verbrechen zu begehen. Und selbst wenn er nicht der Mörder war, hatten er oder Kit vielleicht etwas Brauchbares gesehen. Sie mussten so schnell wie möglich mit den beiden sprechen und für alle drei umfangreiche Hintergrundchecks durchführen.

Vermutlich war der Mörder hierher zurückgekommen, weil er sich Sorgen machte, jemand könnte die Schaufel erkannt haben, und weil er sämtliche Spuren, die er womöglich im Schuppen hinterlassen hatte, verwischen wollte. Das wandte den Verdacht von Izzy und Kit ab. Es war ihre Schaufel, ihr Schuppen. Sie mussten nicht so tun, als ob sie sie nie berührt hatten.

Die Kriminaltechnikerin trat einen Schritt zurück. „Da klebt Blut an dem Geländer hinter Ihnen", bemerkte sie.

Frazer warf einen Blick hinter sich. „Von Dr. Campbell. Aber Sie sollten dennoch eine Probe nehmen." Sie hatte einen ordentlichen Schlag auf den Kopf abbekommen, sich selbst mit Klammerpflastern verarztet und erklärt, es ginge ihr „prima".

Eigensinnig.

Er machte den Weg für die Technikerin frei. Isadoras Glock steckte noch immer in seiner Tasche. Wenn sie nicht bewaffnet gewesen wäre, hätten die Chancen nicht schlecht gestanden, dass sie nun tot wäre. Die Vorstellung, was hätte passieren können, nur ein paar Meter entfernt von der Stelle, wo er gesessen und versucht hatte, nicht an sie zu denken, war mehr als beunruhigend. Deshalb ließ er sich nicht persönlich auf seine Fälle ein. Es vernebelte sein Urteilsvermögen, er verlor den Fokus auf den Mörder, indem er sich um das Opfer sorgte – aber war das nicht der ursprüngliche Grund, weshalb er diese Arbeit machte? Weil er sich um die Opfer sorgte?

„Ich bin fertig hier." Die Kriminaltechnikerin packte ihre Sachen zusammen und nickte ihm zu, als sie zurück zu ihrem Auto ging. Hoffentlich würde sie etwas finden, womit sie den Kerl festnageln konnten. Damit sie diese Sache zu Ende bringen konnten.

Die gute Nachricht war, dass Frazer nun jede Menge Informationen zu verarbeiten hatte, mit denen er ein Täterprofil erstellen konnte. Das war kein leichter Prozess und hatte nichts mit Zauberei zu tun. Um beim Täterprofil richtigzuliegen, konnte man nicht einfach richtig raten. Er musste Indizien auswerten, wobei er auf jahrelang gesammelte Daten und Untersuchungen zurückgriff, und dann fundiert argumentieren. Das Problem bei indizienbasierten Profilen war, dass sie auf Beispielen schon verhafteter Straftäter basierten, was eine automatische Belastung der Daten durch Voreingenommenheit bedeutete. Es setzte außerdem eine Beständigkeit im Verhalten der Täter voraus – dass ein Täter sich über den gesamten Zeitraum, in dem er verschiedene Verbrechen beging, immer gleich verhielt – sowie die

Vermutung der Homologie – dass es eine Ähnlichkeit zwischen Tätern gab, die ähnliche Verbrechen begangen hatten.

Nichts davon konnte bewiesen werden.

Aber Frazer war sich ziemlich sicher, dass er zumindest schlussfolgern konnte, dass das Ego des Täters riesig war. Fantasien spielten sicherlich ebenfalls eine große Rolle darin, wie er seine Morde ausübte und verfeinerte. Der Mörder war durchschnittlich bis überdurchschnittlich intelligent. Sexuell potent. Vermutlich das ältere Geschwisterkind oder aber ein Einzelkind.

Herleitende Beweisführung war genauer, nahm aber für den Aufbau einer brauchbaren Argumentation auch deutlich mehr Zeit in Anspruch. Gesunder Menschenverstand spielte ebenfalls eine Rolle. Der Täter war offensichtlich fit genug, durch die Dünen zu wandern, eine Schaufel zu schwingen und ein Geländemotorrad zu fahren, was den Personenkreis der Verdächtigen etwas einschränkte.

Jetzt, da er bemerkt hatte, dass Helenas Schuhe fehlten, konnte er mit der Suche in der ViCLAS-Datenbank beginnen, um herauszufinden, ob es in dieser Hinsicht Verbindungen zu anderen Verbrechen gab. Dann würde er Felicitas Barton bitten, unter Berücksichtigung des Entfernungsgesetzes ein geografisches Profil zu erstellen, und zu überprüfen, ob sie anhand dessen auf den Wohnort des Täters schließen konnten.

Intuition und Instinkt, die er über Jahre im Dienst entwickelt und verfeinert hatte, waren die weitaus weniger greifbaren Aspekte seiner Methode der Profilerstellung. Frazer glaubte nicht daran, dass dieser Täter einfach zu fassen sein würde. Er hatte das ungute Gefühl, dass dieser Mörder seit

Jahren außerhalb ihres Radars operiert hatte.

Was hatte Ferris Denker mit diesem Fall zu tun? Wenn sie Kumpels waren, platzierte das den Mörder im oberen Alterssegment – vierzig bis sechzig –, was eher alt für einen Serienmörder war, der nie gefasst worden war. Aber wenn der Täter ein Schüler oder Nachahmungstäter war, dann war alles offen, auch wenn er dann vermutlich jünger und leichter beeinflussbar war.

Frazer mochte es nicht, Vermutungen anzustellen. Er mochte Fakten und wollte sich auf das konzentrieren, was er wirklich wusste.

Er steckte seine Hand in die Tasche und berührte die Pistole der Ärztin. Er sollte sie besser zurückgeben, bevor er wieder ins Bett ging. Frazer stieg die hölzernen Stufen zu ihrer Veranda hoch und trat durch die Tür. In der Ecke leuchtete eine Stehlampe. Barney kam angetrottet, und er kraulte ihn hinter den Ohren. Das Rascheln einer Decke ließ ihn aufschauen, als sich jemand auf dem Sofa aufsetzte. Isadora.

„Wo ist Kit?", fragte Frazer leise. Er war davon ausgegangen, dass das Mädchen auch hier sein würde. Als Anstandsdame, sozusagen.

„Sie hat Kopfhörer auf und ist nicht wach geworden. Ich habe sie schlafen lassen."

Frazer presste die Lippen zusammen. Das Mädchen musste verstehen, was passiert war, und sie zu verhätscheln, war nicht der richtige Weg. Kit von der Wahrheit abzuschotten, war gefährlich für sie beide. Er würde morgen selbst mit ihr sprechen.

„Haben Sie irgendetwas Brauchbares gefunden?" Izzy wurde von einem Gähnen übermannt und streckte sich. „Sorry", sagte sie und hielt sich die Hand vor den Mund.

„Die Proben sind auf dem Weg ins Labor. Sie und Kit müssen Fingerabdrücke und DNA-Proben abgeben, damit wir Sie ausschließen können."

Sie nickte. „Was passiert jetzt?"

Sie klang nachdenklich. Er sah sie an, sah sie *wirklich* an. Sie hatte dunkle Ringe unter den Augen. Trotz ihrer ausgeprägten Wangenknochen sah sie zerbrechlich aus. Wann hatte sie das letzte Mal geschlafen? Sie hatte letzte Nacht gearbeitet und hatte heute keine Gelegenheit gehabt, den Schlaf nachzuholen. „Sie sollten sich ausruhen."

Sie wollte den Kopf schütteln, also griff er ihre Hand, zog sie auf die Füße und ignorierte ihr Sträuben.

„Ab ins Bett."

Izzy lachte heiser, es klang falsch und sollte ihn offensichtlich von der Tatsache ablenken, dass sie nicht ins Bett wollte. „Sie sind ein bisschen zu forsch für mich, Agent Frazer."

Es war interessant, dass sie ihn permanent degradierte. Sie verstand das Konzept von Dienstgraden und der damit zusammenhängenden Befehlsgewalt. Wollte sie ihn ärgern? Falls ja, musste er sie enttäuschen. Dienstgrade bedeuteten ihm nichts, außer der Befähigung, Befehle zu erteilen – was er voll und ganz ausnutzte. Das Wichtigste für ihn war, seine Arbeit zu Ende zu bringen. Auch der Beste zu sein, war wichtig, aber nicht wegen seines Egos. Es war wichtig, damit er sein Versprechen gegenüber den Opfern und den Menschen dieses Landes halten konnte. An alles andere dachte er so gut wie nie.

Ihr Lachen traf ihn mehr. Dieser tiefe Laut, der über seine Haut kratzte wie Fingernägel, die sich in seinen Körper krallten.

Nicht dran denken!

Er schob sie vor sich den Flur entlang, versuchte, nicht auf die Kurven ihres Hinterns und ihrer Hüften zu starren. Normalerweise hielt er seine Gedanken sicher verschlossen – einschließlich der gelegentlichen Fälle von aufflammender körperlicher Anziehung, die ihm bei seiner Arbeit unterkamen. Zum Glück war Parker nicht hier, dachte er. Der würde einen völlig falschen Eindruck bekommen. Frazer hatte den Ruf, aus Eis zu sein, nicht aus Feuer und Leidenschaft. Es war ironisch, dass er sich von einer Frau angezogen fühlte, die genauso war wie er. Nicht jemand, der bei Gefahr zusammenbrach und weinte, sondern jemand, der sich zusammenriss, sich aufrichtete, ihm in die Augen schaute und versicherte, dass es nicht wehtat.

Aber es brannte auch ein Feuer unter Isadora Campbells kalter und distanzierter Fassade.

Verdammt.

Er hasste es, dass er das in ihr sah. Er wusste, warum er andere Menschen auf Distanz hielt. Was war ihre Entschuldigung dafür? Und wie wäre es, wenn sie beide ihre Hüllen für nur eine Nacht fallen ließen?

Das konnte er nicht gebrauchen. Sie konnte das auch nicht gebrauchen. Er war für One-Night-Stands gemacht, und sie war zudem Teil einer Ermittlung. Keiner von ihnen beiden hatte für irgendetwas anderes Zeit, als den Mörder zu schnappen.

Die Tür zu ihrem Schlafzimmer stand sperrangelweit offen. Er hielt ihr ihre Pistole hin, dann das Magazin, und schob sie ins Zimmer. Er deutete auf ihr Bett. „Sie müssen schlafen. Ich schließe ab, wenn ich gehe."

Izzy legte die Glock und die Munition in die Schublade des Nachtschranks, zog sich die ausgebeulten Jogginghosen aus, legte sie nachlässig zusammen und warf sie auf einen Stuhl neben ihrem Bett. Er glaubte nicht, dass sie sich vor ihm auszog, um ihn zu verführen, vielmehr tat sie es, weil sie es gewohnt war, sich vor anderen Leuten umzuziehen, und ihrem Körper in diesem Moment keine Beachtung schenkte.

Aber noch nie hatte ein olivfarbenes T-Shirt so gut ausgesehen. Es reichte ihr bis zur Hälfte ihrer Oberschenkel und gab den Blick frei auf zwei lange, schlanke Beine. Vorhin hatte er es geschafft, seinen Blick nur auf ihr Gesicht zu richten. Jetzt, als sie am Saum des T-Shirts zog und es eng über ihren Brüsten lag, stachen ihre Nippel hervor wie zwei Leuchttürme.

War ihr kalt, oder dachte sie an das, woran er dachte?

Er riss seinen Blick von ihrem perfekt aussehenden Körper fort, als sie unter die Bettdecke schlüpfte. Sexuelle Energie knisterte durch die Luft.

Sie räusperte sich und schaute überall hin, nur nicht zu ihm. „Danke, dass Sie sich um die Kriminaltechniker gekümmert haben.“

„Das ist mein Job.“

Bei seinem harten Tonfall zuckte sie zusammen.

Mist. Er hatte ihr ein ungutes Gefühl gegeben. Er drehte sich um, um zu gehen.

„War das der Mörder von Helena, der sich heute Nacht unter meiner Veranda versteckt hat?“

Frazer zögerte. Plötzlich lag eine ganz andere Spannung in der Luft. „Wahrscheinlich.“

„Warum hat er meine Schaufel gestohlen?“ Ihre Augen bohrten sich in seinen Rücken, aber er hatte keine Antwort auf ihre Frage. „Sind wir in Gefahr? Kit und ich? Wird er zurückkommen?“ Ihr Blick fiel auf die Nachttischschublade mit der Glock.

„Es ist sicher ratsam, wachsam zu sein." *Mann.* Er klang genau wie das kaltschnäuzige Arschloch, das er war.

Sie atmete hörbar ein und schlang ihre Arme um die Knie. „Die meisten dieser Mörder haben einen bestimmten Typ, oder?"

Frazer drehte sich wieder zu ihr. „Ich weiß nicht genug über den Täter, um das genau sagen zu können." Noch nicht.

Sie nickte und verzog das Gesicht, berührte vorsichtig die Beule auf ihrer Stirn. „Hoffentlich erwischen Sie ihn, bevor er jemand anderen attackiert."

Ein subtiler Hinweis darauf, dass er seinen Job nicht richtig gemacht hatte. „Wir waren direkt nebenan – warum haben Sie uns nicht einfach angerufen?" Vielleicht war es das, weshalb er so sauer war. Sie hatte ein Geräusch gehört, aber anstatt ihn um Hilfe zu bitten, war sie auf eigene Faust losgezogen und war verletzt worden.

„Ich wollte nicht wie ein Idiot aussehen, wenn es nur ein Waschbär gewesen wäre."

„Sie wollen lieber ihre Würde behalten als ihr Leben?" Er trat einen Schritt zurück ins Zimmer.

Sie lachte. „Nicht meine Würde…"

„Ihre Unabhängigkeit? Ich bin FBI-Agent."

„Und ich war Soldatin", entgegnete sie brüsk.

„Das bedeutet aber nicht, dass Sie alles allein machen müssen." Frazer setzte sich auf die Bettkante, strich ihr eine Haarsträhne aus der Stirn und begutachtete die Platzwunde. Ihre Haare waren weich und hatten im Schein der Nachttischlampe eine Farbe wie gesponnene Sonnenstrahlen. Er stieß einen Seufzer aus, der all seine Frustration verdeutlichte.

Sie hielt seinem Blick stand. „Tun Sie nicht so, als wären Sie anders als ich."

Ihn durchfuhr ein Schrecken als ihm bewusstwurde, dass sie dasselbe in ihm sah, was er in ihr erkannte. Er vergrub es, so tief er konnte.

„Rufen Sie mich das nächste Mal an." Er legte eine seiner Visitenkarten auf das Tischchen.

Ihr Kinn schob sich vor, aber sie nickte. Dann schluckte sie nervös. Er konnte sehen, wie sich ihr Hals bewegte, und seine Augen folgten der Bewegung bis ganz nach unten. Ihr Schlüsselbein war das hübscheste, das er je gesehen hatte. Wenn sie sich unter anderen Umständen getroffen hätten, würde er verdammt noch mal tun, was er konnte, um sie dort zu schmecken.

Frazer hob seinen Blick, um ihr in die Augen zu schauen. Er war sich sicher, noch nie zuvor jemanden mit so weichen, grünen Augen getroffen zu haben. Ein warmes, tiefes Grün, ohne die geringste Spur von Braun oder Hasel. Eine schwere Stille legte sich zwischen sie. Eine Stille, die vor unausgesprochenen Fragen nur so vibrierte. Wie würde sie schmecken? Was für Geräusche würde sie machen, wenn er sie küsste?

Er stand auf. Das waren gefährliche Gedanken, die nie Wirklichkeit werden durften. „Haben Sie was gegen die Kopfschmerzen genommen?"

Sie fuhr sich mit der Zunge über die Lippen, und er spürte es bis in seinen Schwanz.

„Ich nehme nicht gerne Schmerzmittel."

„Natürlich nicht", gab er trocken zurück.

„Was soll das bedeuteten?" Ihre Augen funkelten ihn an.

Er trat einen weiteren Schritt zurück, etwas beunruhigt,

dass er auf einen Streit mit ihr aus zu sein schien, um ein wenig Distanz zu erzwingen. Distanz war für gewöhnlich überhaupt kein Problem für ihn. „Nichts. Versuchen Sie, zu schlafen. Wir sehen uns morgen früh." Er zog die Tür hinter sich und ihrem verärgerten Gesichtsausdruck zu und atmete erleichtert aus, dass er diese Begegnung überstanden hatte, ohne eine Dummheit zu begehen.

Nicht seine übliche Vorgehensweise.

Er vertraute Dr. Isadora Campbell nicht einmal vollkommen, und ganz sicher würde er nicht auf die Anziehung zwischen ihnen eingehen. Er verriegelte die Verandatür von innen, dann nahm er einen Schlüssel vom Brett neben der Haustür und schlüpfte hinaus. Am Strand krachten die Wellen auf den Sand. Ihm gefielen die Entwicklungen der Nacht nicht, weder auf persönlicher, noch auf beruflicher Ebene.

Und schlimmer als die Tatsache, dass er sich mit Isadora Campbell beschäftigen musste war, dass er es nicht länger aufschieben konnte, seinen alten Boss anzurufen.

Der ehemalige SSA Art Hanrahan war kurz vor Weihnachten in den Ruhestand getreten, und sie waren im Bösen auseinandergegangen. Frazer presste die Lippen zusammen. Das musste er jetzt hinunterschlucken, denn Hanrahan war der Experte in Sachen Ferris Denker und dessen Verbrechen. Er würde wissen, ob der Kerl jemals die Schuhe seiner Opfer als Trophäen mitgenommen hatte. Er würde die Kandidaten kennen, die als Komplizen am ehesten in Frage kämen.

Der Mond ging schon unter, und er musste bei Sonnenaufgang am Parson's Point sein. Da konnte er auch genauso gut noch eine Stunde weiterarbeiten. Er musste Berichte lesen und E-Mails von seinem Team beantworten. Er wollte nicht länger als unbedingt nötig hier draußen bleiben müssen, wenn es schon genug Sachen gab, die in Virginia passierten…

Das Bild von Helena Cromwells blasser Leiche blitzte in seiner Erinnerung auf – sie war eine von Hunderten, vielleicht von Tausenden. Frazer wusste schon jetzt, dass sie ein Opfer war, das ihn lange begleiten würde. Vielleicht, weil sie gerade am Übergang vom Mädchen zur Frau gestanden hatte und ihr das auf so brutale Weise gestohlen worden war. Oder vielleicht, weil sie aussah wie seine Mutter.

Er biss die Zähne zusammen. So befriedigend es auch war, einen Mörder zu schnappen, er wünschte sich dennoch, dass dieser Erfolg nicht in dem Wissen errungen werden musste, für das erste Opfer immer zu spät gekommen zu sein. Er würde alles dafür geben, um diese erste Person retten zu können. Sein Hals wurde trocken, als er an seine Eltern dachte, und er schob die Gedanken an sie fort. Plötzlich war der Gedanke an all die Dinge, die er mit einer nackten Isadora Campbell anstellen würde, gar kein schlechter Zeitvertreib mehr. Er war zumindest verdammt noch mal besser als an seine zerstörte Kindheit zu denken.

———

EIN PAAR STUNDEN später stand Lincoln Frazer am Strand und ließ seinen Blick über die Dünen von Parson's Point schweifen. Seine Arbeit war zu hässlich für Poetik, aber es gab diese seltenen Momente, in denen er den Reiz eines Augenblickes schätzen konnte. Momente, in denen er in seiner Jagd nach Verbrechern lange genug innehalten konnte, um Schönheit zu erkennen. Manchmal war das etwas nicht

Greifbares, ein Gefühl, eine Empfindung – wie die Liebe, die er zwischen Rooney und Parker hatte wachsen sehen. Manchmal war es der Glaube an ein Ideal – wie Scarlett Stones absolutes Vertrauen in ihren Vater, einen Mann, den die Welt schon vor langer Zeit abgeschrieben hatte. Manchmal war es etwas Konkretes – Isadora Campbell beispielsweise, und ihr verdammter Schönheitsfleck.

In diesem Augenblick war es der Landstrich, der vor ihm lag, halb vom Meer bedeckt. Das helle Gold der Sonnenstrahlen spiegelte die Honigfarbe des Strands. Die Pink- und Pfirsichtöne des Sonnenaufgangs vermischten sich mit dem Ozean. Der Wind hatte sich gelegt und die Luft fühlte sich beinahe warm an.

Die Inseln besaßen eine zerbrechliche Schönheit, die mit einem einzigen wütenden Schlag des Meeres fortgespült werden konnte, aber ihre Stärke war ihre Anpassungsfähigkeit.

Vielleicht hatten die Menschen, die hier lebten, etwas begriffen. Der Sand in Frazers Schuhen erinnerte an Familienurlaube und Entspannung. Kinder, die barfuß in der seichten Brandung spielten, wilde Pferde, die den Strand entlang galoppierten. Er blickte über die Dünen. Es war eine Schande, dass seine Welt so brutal hier eingedrungen war, die Hässlichkeit im Schlepptau, die seine Arbeit darstellte. Er hatte die schreckliche Vermutung, dass es erst schlimmer werden würde, bevor es besser wurde.

Er stand in einer langen Reihe mit den anderen Männern, entlang der Strandpromenade, die zwischen zwei geschützten Dünen verlief, und wartete auf das Startsignal für die Rastersuche. Ein Ruf ertönte und sie begannen, sich langsam vorwärtszubewegen. Es waren ungefähr zwanzig Polizisten zu jeder Seite von ihm. Officer Wright stand auf der höchsten

Düne in der Nähe der Straße und leitete die Suche. Für den Moment war das Frazer nur recht. Er lief ruhig durch den Sand und suchte den Boden zu seinen Füßen systematisch ab.

Er hatte Randall losgeschickt, um den Ridgeway-Jungen zu befragen. Da er schon mit den anderen Jugendlichen gesprochen hatte, würde er am ehesten bemerkten, wenn die Aussage keinen Sinn ergab. Frazer hatte allerdings schon ein paar Informationen über den neuen Schüler gesammelt. Er hatte an seiner alten Schule Ärger gemacht, Disziplinprobleme, war bei einer alleinerziehenden Mutter aufgewachsen, die zutiefst fromm war – ihren monatlichen Spenden nach zu schließen. Ridgeway sollten sie sich auf jeden Fall genauer anschauen.

Ein weiterer Ruf ertönte rechts von ihm und sie hielten inne. Ein Kriminaltechniker kam angelaufen, machte Fotos und sammelte ein, was auch immer gefunden worden war. Alles und nichts. Sie setzten sich wieder in Bewegung. Was als gerade Reihe aus Polizisten begonnen hatte, waren nun von der Landschaft unterbrochene Grüppchen. Manche Beamten standen oben auf den Dünen, andere waren in den Kuhlen versunken.

Hin und wieder ertönten Rufe, und alle kamen zum Stillstand, während Beweismittel fotografiert und ein-gesammelt wurden. Er bezweifelte, dass diese Müllfetzen im Strandgras irgendetwas zu bedeuten hatten oder als Beweismittel zugelassen werden würden, aber er wollte seine Karten noch nicht zeigen und verraten, was er heute hier zu finden vermutete.

Die Sonnenstrahlen legten lange Schatten über den Sand. Sie erreichten die Stelle, an der Helena und Jesse angegriffen worden waren. Der Platz war jetzt leer, bis auf die Fußspuren, die jeden Zentimeter des Sandes aufgewühlt hatten. Vielleicht lagen Helenas Schuhe noch irgendwo hier herum. Er musste an ihr zartes Gesicht und ihre trüben Augen denken. Die Blutergüsse an ihrem Hals. Sein Kiefer verkrampfte, er zwang sich, nicht mehr daran zu denken. *Denk nicht an Helena. Denk an ihren Mörder.*

Warum warst du hier?

Ich glaube, ich weiß es.

Frazer stieg eine weitere Düne empor, stapfte durch ineinander übergehende Sandhügel, dann über einen weiteren Kamm, bis er schließlich entdeckte, wonach er gesucht hatte. Er wurde ruhig, hob seine Hand und ging in die Hocke. Er betrachtete den Boden vor ihm. Ein Ruf ertönte und alles wartete. Eine Kriminaltechnikerin kam angelaufen, dieselbe Frau, die er in der Nacht an Isadoras Schuppen getroffen hatte.

„Wir müssen aufhören, uns so zu treffen." Ihre Stimme war heiser von dem ganzen Gerenne während der Suche. Er lächelte sie an, spürte aber, dass seine Augen kalt blieben. Sie schaute nervös weg.

„Können Sie die Stelle hier für mich fotografieren?" Er zeigte vor sich.

„Sicher." Die Beamtin ging neben ihm in die Knie und begann, Fotos zu machen.

„Kann ich mal sehen?", fragte er.

Sie hielt ihm die Kamera hin, und er kontrollierte die Aufnahmen. Sie bestätigten, was er gesehen hatte. Eine Vertiefung im Sand, in der Größe eines Grabes und fast nicht zu erkennen, es sei denn, man suchte danach. Er rief Officer Wright herüber.

„Lassen Sie diesen Teil der Düne absperren, aber machen Sie darum herum mit der Suche weiter." Er deutete zu den

Hügeln neben ihnen. „Ich brauche hier jeden verfügbaren Kriminaltechniker."

Wright hakte seine Hände in den Gürtel. Dann kratzte er sich am Nacken. „Und was genau sollen sie hier machen?"

Die Kriminaltechnikerin richtete sich mit einem angespannten Ausdruck auf ihrem Gesicht wieder auf. „Graben. Wir werden graben."

Sie hatte dasselbe wie Frazer entdeckt.

Frazer nickte.

Wright nahm seine Mütze ab und wischte sich den Schweiß von der Stirn. „Heilige Scheiße."

Frazer sah auf die Uhr. „Fangen Sie an. Die Gerichtsmedizin hat einen Hubschrauber auf Abruf bereitstehen, falls Sie etwas finden, das nach menschlichen Überresten aussieht."

„Wo wollen Sie hin?", fragte ihn Wright und sah angepisst aus.

„Rufen Sie mich an, sobald Sie irgendetwas finden." Er würde Jesse hypnotisieren und mit dem Mann sprechen, der die Leiche gefunden hatte. Er würde herausbekommen, ob ein Vater seine eigene Tochter vergewaltigt und ermordet hatte. Es gab Tage, da nahm der Spaß kein Ende.

NEUNTES KAPITEL

BIS IZZY SICH am nächsten Morgen aus dem Bett gewälzt hatte, war Kit schon längst aus dem Haus. Izzy hatte sie angerufen und ihr eine Nachricht auf der Mailbox hinterlassen, mit der Warnung, vorsichtig zu sein, denn das FBI ginge davon aus, dass Helenas Mörder noch auf der Insel sei. Izzy würde Kit die genauen Details und die Ereignisse der letzten Nacht erzählen, sobald sie sie sah.

Anstatt sich zu erholen, hatte Izzy sich damit beschäftigt, zum Supermarkt zu fahren und die Dinge zu besorgen, die sie in der Woche, als sie gearbeitet hatte, verbraucht hatten. Sie hatte eine Einkaufsliste geschrieben und Kit gebeten, sich darum zu kümmern, aber sie hätte genauso gut Chinesisch mit ihr sprechen können. Izzy musste herausfinden, was sie mit ihrer Schwester falsch machte. Sie selbst wäre jedenfalls nie damit durchgekommen, ihre Hausarbeiten nicht zu erledigen oder die ältere Generation nicht zu respektieren.

Izzy hob die Einkaufstüten mit den Lebensmitteln in den Kofferraum ihres Geländewagens, als sie ein Klopfen hörte. Sie drehte sich um und entdeckte ihren Onkel Ted im Diner neben dem Supermarkt, der mit seinen Kumpels in einer der Sitzecken saß. Er klopfte an die Fensterscheibe und Izzy fluchte lautlos. Das Klopfen wurde lauter und insistierender. Sie seufzte und schlug den Kofferraumdeckel zu.

Sie betrat das Diner und zog den Reißverschluss ihrer

Jacke auf, als sie von einer Wand aus Hitze und dem Geruch von gebratenem Speck empfangen wurde. Kit arbeitete hier zweimal in der Woche. Es war ein Laden im Retro-Stil, mit schwarz-weiß karierten Tischen und Bänken mit roten Bezügen aus Vinyl. Im Winter war es Izzys Lieblingsrestaurant. Im Sommer kam man kaum durch die Tür.

„Wie geht's dir, Izzy?", fragte Mary Neville, die Kellnerin. Sie hatte eine jüngere Schwester, die mit Izzy in einer Klasse gewesen war. Es erinnerte sie daran, dass sie hier in der Gegend noch Wurzeln hatte, die Jahrzehnte zurückreichten. Aber Wurzeln hatten auf einer versandeten Insel nicht viel zu bedeuten.

„Nur einen Kaffee, bitte, Mary."

„Setzen Sie sich zu uns!" Pastor Rice winkte sie zum Tisch ihres Onkels. Er war ein dünner Mann mit sandfarbenem Haar, das allmählich grau wurde. Er war ein gutaussehender Mann und erinnerte sie ein wenig an Kevin Costner.

Sie setzte ein höfliches Lächeln auf, zog die Schultern zurück und ging zu ihnen. Vom Nachbartisch borgte sie sich einen Stuhl.

„Ted hat uns erzählt, dass es die beste Freundin Ihrer Schwester war, die ermordet worden ist?" Das Lächeln des Pastors verschwand. „Das tut mir sehr leid. Bitte richten Sie Ihrer Schwester mein Beileid aus, und lassen Sie sie wissen, dass sie immer mit mir reden kann, wenn sie möchte."

„Wieder auf der Jagd nach neuen Schäfchen?" Seth Grundy saß am Fenster, auf der Bank gegenüber. Er war der Inhaber der Autowerkstatt hier im Ort und hatte ihr immer einen fairen Preis für alle nötigen Reparaturen gemacht. Er hatte eine Glatze, buschige, schwarze Augenbrauen und braune Augen, denen nichts entging.

„Ich verbreite nur die frohe Botschaft unseres Herrn, Grundy. Würde euch auch mal ganz guttun, wieder in die Kirche zu kommen.“

„Ich war mal Katholik. Ich esse meine Schuldgefühle schon zum Frühstück.“

„Entschuldigung, aber ich gehe in die Kirche“, beschwerte sich Mr. Kent, der in der Mittelstufe Izzys Physiklehrer gewesen war. Hank Wright war normalerweise das fünfte Mitglied dieses bunten Haufens, aber heute hatte er zu tun. Abgesehen von Hank waren alle Freunde ihres Onkels Anfang fünfzig oder sogar älter. Meistens waren sie samstagmorgens im Diner anzutreffen und nicht freitags, aber da heute ein Feiertag war, schienen sie eine Ausnahme zu machen. Samstagabends trafen sie sich immer bei Bert’s, der Kneipe an der Hauptstraße, und einmal in der Woche fand reihum ein Pokerspiel statt. Wenn man ihrem Gejammer Glauben schenken konnte, gewann keiner von ihnen jemals.

Mary brachte Izzy ihren Kaffee und füllte die leeren Tassen der Männer auf. Sie sammelte die leeren Teller ein und ging wieder. Izzy bemerkte, wie Mr. Kent Marys Hintern betrachtete, während sie sich entfernte, und der Pastor ihn mit dem Ellenbogen anstieß, dass er fast seinen Kaffee verschüttete.

„Was ist?“, entrüstete sich Mr. Kent. Auch wenn es Jahrzehnte her war, dass sie in seinem Klassenzimmer gesessen hatte, war er für Izzy doch immer noch Mr. Kent.

„Du weißt genau, was ist“, erwiderte der Pastor.

Izzys alter Physiklehrer zuckte mit den Schultern. „Man wird doch wohl noch mal schauen dürfen.“

„Warum bittest du sie nicht um eine Verabredung“,

schlug der Pastor vor, „anstatt nur zu schauen?“

„Sei doch nicht albern.“

„Warum ist das albern?“, fragte Ted.

Mr. Kent trat ein feiner Schweißfilm auf die Stirn, und er traf Izzys Blick. „Sie war meine Schülerin.“

„Das ist doch eine Ewigkeit her.“ Pastor Rice schüttelte den Kopf. „Und sie ist gerade frisch geschieden“, raunte er ihm über den Tisch gebeugt zu.

„Es fühlt sich falsch an.“ Mr. Kent stierte in seinen Kaffee.

„Wenn du sie nicht fragst, macht es jemand anderes“, stichelte Seth.

Mr. Kent warf ihm einen strengen Blick zu. „Lass die Finger von ihr, Grundy.“

„Ich sag’ ja nur.“ Seth grinste. Onkel Ted erzählte immer, dass Seth einen Schlag bei den Frauen hatte.

Mr. Kent schaute ihn grimmig an, dann stand er langsam auf und ging zum anderen Ende des Diners, wo Mary gerade die Tische abwischte. Ein paar High School-Schüler saßen an einem Tisch und waren kichernd über ihre Handys gebeugt. Ein älteres Ehepaar, das Izzy von ihren Spaziergängen mit Barney wiedererkannte, und ein Physiotherapeut, den sie aus dem Krankenhaus kannte, waren ebenfalls anwesend.

Mary schaute auf, als Mr. Kent bei ihr ankam, und einen Moment später wurde sie rot. Izzy drehte sich zurück zu ihrem Tisch, um ihnen ein bisschen Privatsphäre zu geben.

„Ich habe gehört, es gab gestern Nacht einen Vorfall bei dir?“ Ted blickte sie eindringlich an. Es war der gleiche unnachgiebige Blick, den auch ihre Mutter gehabt hatte. Diese Ähnlichkeit hatte sie immer nervös gemacht. Wahrscheinlich, weil sie auch ihrer Mutter nie etwas hatte vormachen können.

„Warum hast du mich nicht angerufen?“, fragte er.

Daran hatte sie überhaupt nicht gedacht. „Jemand ist in den Schuppen eingebrochen." Sie zuckte mit den Achseln. „Irgendwelche Jugendlichen vermutlich. Das FBI war direkt nebenan." Ihr Pony und die graue Wollmütze, die sie trug, verdeckten die Wunde an ihrem Kopf. Niemand musste ihretwegen in Aufregung geraten. Sie trug die Glock unter ihrer Jacke verborgen bei sich und würde auch in nächster Zeit nirgendwo ohne sie hingehen.

„Was glaubten die, was sie in deinem Schuppen finden würden?", fragte Ted sie mit zusammengezogenen Augenbrauen.

„Gras?" Seth grunzte.

Izzy warf ihm einen eisigen Blick zu. Wusste er, dass Kit Gras rauchte, oder war das nur eine dumme Bemerkung?

„Ich weiß es nicht." Sie trank ihren Kaffee. Das FBI würde nicht wollen, dass die Sache mit ihrer Schaufel, mit der Jesse und Helena angegriffen wurden, an die Öffentlichkeit gelangte. Sie war keine Idiotin.

„Die Jugendlichen heutzutage klauen alles, was nicht festgeschraubt ist", steuerte Mr. Kent bei, der zum Tisch zurückgekommen war und einen Zettel in seiner Jackentasche verschwinden ließ. Er trug immer ein Sakko und sah auch in den Ferien wie ein Lehrer aus.

„Erfolg gehabt?", fragte der Pastor mit hochgezogenen Brauen.

Mr. Kent versuchte, ein Lächeln zu unterdrücken, aber das Leuchten in seinen Augen ließ keinen Zweifel zu. „Ich führe sie morgen zum Abendessen aus."

„Vermassel' es besser nicht, sonst müssen wir das wieder ausbaden." Seth fuhr sich mit der Hand über seinen rundlichen Bauch.

„Deine Wampe würde es mir danken."

„Meiner Wampe geht's bestens, danke der Nachfrage."

„Wir wissen doch alle, wie gut es ihm geht, wenn er eine Extraportion Speck bekommt", steuerte Ted leise bei.

„So lange es keine Extrawurst ist", erwiderte der Pastor entschieden und alle brachen in Gelächter aus.

Izzy kam sich vor wie an einem Tisch mit lauter Schuljungen. Sie trank ihren Kaffee und wünschte sich, er wäre nicht so kochend heiß damit sie sich schneller wieder aufmachen konnte.

Ted wandte sich ihr wieder zu. „Wurde etwas gestohlen?"

„Nein." Sie wich seinem durchdringenden Blick aus und zuckte mit den Schultern. „Es war keine große Sache. Teenager, die Blödsinn gemacht haben. Komm vorbei und schau es dir selbst an, wenn du mir nicht glaubst."

Die vielsagenden Blicke die die Männer sich zuwarfen entgingen Izzy nicht.

„Hattest du deine Waffe dabei?", fragte Ted.

Izzy gefiel es nicht, dass sie alle an ihren Lippen hingen wie Hunde, die auf ein Leckerli warteten. „Ja."

„Hast du ihnen ordentlich Angst eingejagt?", bohrte Ted weiter. Sie konnte seine Sorge um sie und Kit spüren.

„Glaube schon." Sie zwang sich ein Lächeln aufs Gesicht. In Wirklichkeit war es genau andersherum gewesen. Der Angreifer hatte sie zu Tode erschreckt. „Aber ich versuche immer, an meinen freien Tagen niemanden zu erschießen. Es ist eine Riesensauerei, die wieder zusammenzuflicken, und mein Boss hat was gegen Interessenkonflikte."

Die Männer lachten, und die Stimmung entspannte sich. Würde sie dieses Gemeinschaftsgefühl vermissen, wenn sie von hier fortzog? Ein bisschen bestimmt, aber nicht genug, um hierzubleiben. Als sich die Unterhaltung erneut um den Mord an Helena drehte, wurde sie an all die Gründe erinnert, derentwegen sie hier verschwinden musste.

„Ich kann nicht glauben, dass jemand einer jungen Frau so etwas antut", murmelte der Pastor. „Und den Sohn des Polizeichiefs angreift."

„Dafür muss man ganz schön Eier in der Hose haben", stimmte Seth zu und schlürfte seinen Kaffee.

„Hat das FBI schon eine Vermutung geäußert, wer es gewesen sein könnte?", fragte Pastor Rice Izzy.

Sie schaute ihn amüsiert an. „Glauben Sie ernsthaft, das FBI vertraut mir solche Informationen an?"

„Nun ja, Sie sind Ärztin, und die beiden Agents wohnen bei Ihnen."

„Sie mieten die Ferienwohnung nebenan, sie kampieren nicht auf meinem Wohnzimmerfußboden."

„Vielleicht können Sie einen Blick auf die Beweise erhaschen, wenn Sie in der Ferienwohnung putzen?" Die Augen ihres ehemaligen Physiklehrers funkelten bei dem Vorschlag auf.

Und *deshalb* hatte Frazer alle Ersatzschlüssel haben wollen.

„Ich denke nicht." Izzy bezweifelte, dass das FBI lange hier sein würde. Die Gruppe von Männern im Diner waren schlimmere Klatschweiber als tausend frische Rekruten. „Wenn ihr Kerle so interessiert an dem Mord seid, warum helft ihr dann nicht bei der Suche aus?" Ihre Hände zitterten, als sie ihre Kaffeetasse zum Mund hob. Arme Helena.

„Sie wollten unsere Hilfe nicht", entgegnete Seth und schmollte.

Also hatten sie ihre Hilfe angeboten. Hätte sie sich denken

können.

„Die haben gesagt, nur Beamte der Strafverfolgung sind zugelassen." Mr. Kent spielte abwesend mit einem Zuckertütchen.

Die Vorstellung daran, was heute womöglich am Strand gefunden werden würde, drehte Izzy den Magen um, weshalb sie sich weiter ablenken musste. Ihre Gedanken spielten ihr übliches Versteckspiel mit ihrem Gewissen.

„Wie geht es Kit?", fragte Ted.

Und damit brach sich der Grund für ihr Schweigen mit aller Kraft bahn und trat ihr ordentlich in den Hintern. Ganz egal, dass Kit vielleicht die High School schmiss, sie war vor allem der Gefahr eines Mörders ausgesetzt. Nicht nur das, Kit würde auch die Wahrheit über ihre Eltern herausfinden. Das konnte Izzy ihr nicht antun. Das tat zu sehr weh. „Nicht so gut", gab sie zu. „Sie kann nicht aufhören, zu weinen."

„Die Arme." Die blauen Augen des Pastors glühten vor Mitgefühl. Sie hatte keinen Zweifel daran, dass er für spirituelle Begleitung zur Verfügung stehen würde.

„Glaubst du, das wird die Touristen fernhalten?", fragte Ted.

„Das? Du meinst, der brutale Mord an einer unschuldigen jungen Frau?" Izzy biss die Zähne zusammen. Die Leute hier waren in erster Linie pragmatisch.

„Ich meinte nur…"

„Hey. Da ist Hank", unterbrach ihn Mr. Kent.

Officer Wright kam durch die Tür des Restaurants und sprach leise mit Mary, reichte ihr eine Thermoskanne und kam zum Tisch. Er quetschte sich schwerfällig auf die Kante der Bank neben Mr. Kent.

„Ich habe nur zehn Minuten. Hole heißen Kaffee für die

Jungs am Strand." Hank legte seinen Arm auf den Tisch, um die Balance zu halten. Er saß unbequem da, sein Gesicht war blass.

„Habt ihr was gefunden?", fragte Mr. Kent und rührte den Zucker in seinen Kaffee.

Ein leichter Anflug der Panik schoss durch Izzys Brust.

„Die Forensiker legen gerade etwas frei, das wie ein Grab aussieht."

Izzy stieg die Galle auf, aber sie zwang sie wieder hinunter und wusch den Geschmack mit einem großen Schluck Kaffee fort. *Nicht reagieren. Nicht reagieren.*

Dem Pastor klappte die Kinnlade herunter. „Sie gehen davon aus, dass noch jemand dort draußen umgebracht wurde?"

„Es ist niemand als vermisst gemeldet." Hank pickte sich mit dem Nagel seines kleinen Fingers zwischen den Zähnen herum und zuckte mit den Schultern. „Aber das FBI will jetzt Bodenradar einsetzen."

Izzy stand abrupt auf.

„Du gehst?", fragte Ted. Er sah enttäuscht aus, genauso wie Hank, aber sie konnte nicht länger hier sitzen und der Unterhaltung zuhören, ohne sich zu übergeben.

„Ich muss die Einkäufe nach Hause bringen, bevor mir die Tiefkühlsachen auftauen."

„Das ist dein erster freier Tag seit Wochen. Ist das deine Vorstellung von Entspannung?" Ted faltete nervös seine Hände.

„Denkst du, es ist entspannender, den ganzen Tag mit euch Typen hier herumzusitzen und zu tratschen?" Sie hob eine Augenbraue, dann versuchte sie, die Stichelei etwas abzudämpfen. „Ich muss mit Barney raus. Laufen gehen.

Vielleicht Yoga machen. Und dann werde ich die Weihnachtsdeko abnehmen. Die passt jetzt nicht mehr."

Ted sah geknickt aus. „Du hast recht. Tut mir leid. Ich wollte dich nur ein bisschen aufheitern, Iz-Biz."

Izzy schaute in Hanks düsteres Gesicht und spürte, wie der Druck auf ihrer Brust so schwer wie ein Mühlrad wurde. Helenas Tod und das, was das FBI am Strand ausgraben würde, beuteten, dass es heute nichts gab, was sie aufheitern konnte. Was sie daran erinnerte, dass sie mit Kit über gestern Nacht und über ihren Graskonsum reden musste. Der Tag wurde immer besser, aber sie musste das Schlimmste hinter sich bringen, damit sie sich darauf konzentrieren konnte, was als Nächstes zu tun war. Sie würde mit dem Beratungslehrer der Schule sprechen und ein Gespräch mit ihm und Kit vereinbaren.

Sie musste an all die Versprechen und Aussichten denken, die das neue Jahr noch vor kurzen sechsunddreißig Stunden bereitgehalten hatte. Bis jetzt war der Januar eine einzige Scheiße.

HELENA CROMWELLS MUTTER Lannie saß ihrem Mann gegenüber auf einem Küchenstuhl mit hoher Lehne. Sie hatte langes, glattes Haar und große braune Augen, die vermutlich sehr schön gewesen waren, bevor ihre Welt zusammengebrochen war. Sie erinnerte Frazer an seine eigene Mutter, diese natürliche, frische Schönheit, die gleichzeitig alterslos und schlicht war. Die Erkenntnis, wie schnell Schönheit im Angesicht des Todes verblassen konnte, traf ihn mit voller Wucht. Er wandte seine Aufmerksamkeit wieder der

Umgebung zu, damit die Mutter seine Gedanken nicht lesen konnte.

Das Haus der Familie war warm und gemütlich, mit einer etwas veralteten Küche und einem großen Kalender an der Wand, der vollgeschrieben war mit bunten Erinnerungen und Terminen. Eine große, flauschige Katze strich um die Tischbeine. Ihr Fressnapf war leer. Jemand hatte vergessen, sie zu füttern. Ein lautes Miauen durchbrach die Stille, aber niemand kümmerte sich um das arme Tier.

„Was hat sie in den Dünen gemacht?", fragte Helenas Vater Duncan plötzlich. „Sie weiß, wie wichtig es ist, nicht in die Dünen zu gehen. Sie weiß besser als sonst irgendjemand, dass man da nicht hineingehen darf. Ich habe es ihr *eingebläut*." Der Mann ballte seine Hände zu Fäusten, er redete sich in Rage. „Wie oft habe ich sie mitgenommen, wenn ich kontrolliert habe, dass niemand in den Dünen ist? Wie viele Diskussionen haben wir darüber geführt, wie wichtig es für den Erhalt der Inseln ist, die Dünen zu schützen? Ich dachte, sie hätte es verstanden. Wie konnte sie nur so *dumm* sein?"

„Herrgott nochmal. Das ist doch egal!" Seine Frau blaffte ihn an, als ob sie ihn hasste. „Niemanden kümmern deine bescheuerten *Dünen*. Helena ist tot, und alles, woran du denken kannst, sind deine Dünen? Sie ist *tot*."

Trauer zeigte sich auf unterschiedliche Weise. Frazer wusste, was er zu erwarten hatte – dass er sich auf das Unerwartete gefasst machen musste. Er schaute die beiden genau an, durfte nichts übersehen. Jede Nuance. Jede Interaktion.

Sie standen offensichtlich noch unter Schock. Der Druck auf ihre Ehe war immens und würde nur noch schlimmer werden. Eltern ermordeter Kinder hatten oft Schwierigkeiten, zusammenzubleiben. Wenn es vorher schon Brüche in der Beziehung gegeben hatte, dann würden daraus jetzt Abgründe werden, nicht zuletzt, weil beide Elternteile als mögliche Verdächtige unter die Lupe genommen werden mussten. Die beiden anderen Kinder der Cromwells, vierzehn und zwölf Jahre alt, saßen im Wohnzimmer und schauten Fernsehen. Ein schreckliches Alter, um so einen vernichtenden Verlust zu erfahren. Sie waren alt genug, um zu verstehen, was passierte, und waren verärgert darüber, ausgeschlossen zu werden, vor allem der Teenager. Der würde wie ein Erwachsener behandelt werden wollen.

Frazer würde den Kindern genau erklären, was los war, ihnen aber die grausamsten Details vorenthalten. Es gab nicht immer einen Zusammenhang zwischen dem Alter eines Kindes und seiner Fähigkeit, mit der Realität umgehen zu können. Kinder waren viel widerstandsfähiger als ihre Eltern es ihnen oft zutrauten, aber es war schließlich ihre Schwester, die so brutal ums Leben gekommen war. Er würde ihnen genug Informationen geben, um die Ereignisse zu verstehen, damit sie vorbereitet waren, wenn die anderen Kinder in der Schule grausame Dinge zu ihnen sagten. Aber Frazer hatte keine Kinder, also was wusste er schon.

„Wo waren Sie am Silvesterabend?", fragte er.

„Im Bett, um elf." Duncan Cromwell schaute ihn an. „Wir sind nicht gerade Partylöwen."

Seine Frau schaute weg, als ob sie den Anblick ihres Mannes nicht ertrug. „In manchen Jahren versuchen wir, aufzubleiben, aber als die Kinder klein waren, haben wir uns das abgewöhnt, und jetzt..." Jetzt war sie händeringend auf der Suche nach dem Sinn in ihrem Leben.

Frazer konnte die Stille mit dem Messer schneiden.

Sie drehte sich wieder zu ihm. „Wurde sie vergewaltigt?" Ihre Augen flehten ihn an, die Frage zu verneinen.

Aber er würde nicht lügen. „Es ist wahrscheinlich."

Neue Tränen traten in ihre Augen. „Mein armes Baby."

„Woher wollen Sie wissen, dass sie nicht mit diesem Jungen Sex gehabt hatte? Jesse Tyson?" Duncan Cromwell spuckte die Worte nur so aus. „Woher wollen Sie wissen, dass er sie nicht vergewaltigt hat?" Sein Hass war greifbar. War er in den Dünen gewesen? Hatte er gesehen, wie Helena und Jesse Sex hatten und sie in blinder Raserei angegriffen? Es war Frazers Aufgabe, das herauszufinden.

„Im Moment kann ich nichts mit hundertprozentiger Sicherheit sagen, weshalb ich Ihnen weitere Fragen stellen muss. Zum Beispiel darüber, wie Sie sie gefunden haben. Sie wussten nicht, dass Helena mit Jesse Tyson verabredet war?"

Sie schüttelten beide die Köpfe. „Sie hat es uns nie erzählt." Lannie Cromwell presste ihre Hand auf den Mund.

„Sie hat Ihnen gesagt, dass sie bei Kit Campbell übernachtet?"

Duncans Augen wurden schmal. „Warum hat Izzy nicht aufgepasst, wie sie es hätte tun sollen?"

„Sie hatte Nachtschicht und dachte, Kit wäre hier bei Helena." Frazer gab dem Bedürfnis nach, sie zu verteidigen.

„Ist sie nie auf die Idee gekommen, nachzuschauen?", fragte Duncan bitter.

„Haben Sie nachgeschaut?", schoss Frazer zurück.

Duncan wich seinem Blick aus. „Ich habe Helena vertraut. Sie wäre überhaupt nie auf den Gedanken gekommen, mich anzulügen, bis sie anfing, mit dieser Kit Campbell rumzuhängen. Sie wäre nie im Leben mit einem Jungen unterwegs gewesen, wenn diese kleine Schlampe sie nicht dazu angestachelt hätte.“

„Es scheint Sie sehr wütend zu machen, dass Helena einen Freund hatte“, bemerkte Frazer vorsichtig.

„Sie war zu jung dafür. In dem Alter sind die Jungs nur hinter einer Sache her.“

„Und Helena wusste, dass Sie so dachten?“

Duncan nickte.

„Deshalb hat sie uns angelogen“, fauchte Lannie.

Duncan fuhr sich aufgebracht durch sein schütteres Haar. „Hör zu, ich weiß, dass ich Fehler gemacht habe, aber ich war nicht der einzige. Das wichtigste ist, den Bastard zu finden, der Helena das angetan hat.“ Der verzweifelte Blick in den Augen des Mannes erinnerte Frazer an zerborstenes Glas. Teile von ihm waren scharf, andere zersplittert. Er war innerlich am Zerbrechen.

Serienmörder begannen ab einem gewissen Zeitpunkt oft, durchzudrehen. Dasselbe galt für trauernde Eltern.

Frazer übernahm die Führung. „Wir stehen noch am Beginn unserer Ermittlungen. Ich würde sehr gerne mit Ihnen über den Schauplatz sprechen, den Sie gestern Morgen vorgefunden haben, Mr. Cromwell. Idealerweise würde ich Sie gerne hypnotisieren, um auch Ihre unterbewussten Erinnerungen hervorzuholen.“

Die Augen des Mannes wurden so groß, dass Frazer das Weiß darin erkennen konnte, und der Mund stand ihm offen. Er schaute immer wieder zu seiner Frau. „Ich kann nicht.“ Er schüttelte den Kopf. „Nicht vor Lannie.“

„Ich will alles wissen.“ Ihre Stimme war ein kehliges Knurren. „Ich muss es wissen.“

Von sich selbst schockiert, schaute sie in Richtung der

Glastür, hinter der ihre beiden anderen Kinder vor dem Fernseher saßen. Aus dem anderen Zimmer klangen keine Geräusche herüber.

„Es ist keine schlechte Idee, Ihre Erfahrungen mit Ihrer Frau zu teilen, Mr. Cromwell. Ich verstehe, dass die Trauer und der Schrecken noch frisch sind, aber die Fantasie kann noch schlimmer sein."

„Nein. Nein. Nichts ist schlimmer als das, was ich gesehen habe. Nichts." Duncan Cromwell presste die Handballen gegen seine Augen und stand auf. Die Katze sprang zwischen seine Beine und er stolperte. „Verdammt!"

Frazer hielt den Atem an.

Duncan beugte sich zu der Katze, hob sie hoch, presste sie gegen seine Brust und vergrub sein Gesicht in ihrem strahlend weißen Fell. „Ich kriege ihr Bild nicht aus meinem Kopf, Lannie. Jedes Mal, wenn ich meine Augen schließe, sehe ich sie da im Sand liegen wie ein zerbrochenes Spielzeug. Ich will nicht, dass du das auch siehst. Ich will nicht, dass du auch so leiden musst." Seine Stimme brach und klang wie ein Herz, das zersprang.

„Ich leide doch schon. Ich muss wissen, was Helena passiert ist. Ich muss alles wissen."

Und abwägen, wie sehr sie ihre Tochter im Stich gelassen hatte. Frazer kannte die Schritte.

Der Mann starrte seine Frau an, die Niederlage war ihm in jeder Furche seines Gesichts anzusehen. Frazer half ihm, sich wieder hinzusetzen. „Atmen Sie tief ein. Halten Sie den Atem kurz an. Und jetzt atmen sie langsam aus." Frazer führte ihn durch einige weitere Atemübungen und bemerkte, dass Lannie Cromwell ebenfalls mitmachte. Die meisten Leute taten das. Es schadete nicht. „Entspannen Sie sich", sagte er zu Duncan

Cromwell. „Schließen Sie Ihre Augen." Frazer missbrauchte das Vertrauen, das für eine Hypnose notwendig war nicht, auch wenn er einmal versucht hatte, eine Antwort aus Rooney herauszukitzeln, während sie angeblich in Trance war. Sie war ihm sogar dabei auf die Schliche gekommen.

Die Katze zappelte und wand sich und versuchte, Cromwells festem Griff zu entkommen. Er ließ sie zu Boden springen.

Am liebsten hätte Frazer den Kerl dazu ermuntert, sich bequem hinzulegen. Hätte irgendwelche New Age Musik abgespielt, um eine künstliche Atmosphäre zu schaffen – eine sichere Atmosphäre. Aber das waren Extras, keine Notwendigkeiten. Das Wichtigste war, dass sich seine Gedanken beruhigten und er sich auf das konzentrierte, wohin Frazer ihn lenken wollte.

„Arbeiten Sie immer an Feiertagen?"

Seine Frau lachte schnaubend auf.

Ein trauriges Lächeln formte sich auf Cromwells Lippen. „Ich arbeite immer. Es gibt immer Dinge, die noch erledigt werden müssen. Recherchen, die kontrolliert werden müssen. Berichte, die ich schreiben muss. Daten, die gesammelt werden müssen."

„Lieben Sie Ihre Arbeit?"

„Ich wollte das schon immer machen, seit ich ein kleiner Junge war. Das Land beschützen. Nicht nur darüber reden, wie diese Ökofreaks, sondern wirklich etwas verändern."

„Es war ein stürmischer Morgen. Raue See. Warum sind Sie raus zum Parson's Point gefahren?"

„Ich wurde benachrichtigt, dass ein toter Seehund am Strand von Rodanthe angespült worden war. Das wollte ich mir ansehen. Ich habe ein Auto gesehen, das dort am

Straßenrand in der Nähe des Leuchtturms parkte."

Jesse Tysons Auto. Es war in die Kriminaltechnik überführt worden.

Cromwell atmete tief und ruhig. „Also habe ich angehalten, um sicherzugehen, dass niemand in den Dünen ist."

„Was haben Sie zuerst gesehen, als Sie ankamen?"

„Viele verschiedene Fußspuren, die durch den Sand führten. Ich erinnere mich, dass ich wütend war. Die Leute hier beschweren sich gerne über die Erosion, aber die meisten von ihnen können ein ‚Nicht betreten'-Schild nicht lesen, egal wie groß es ist. Ich erinnere mich, dass ich meine Jacke aufgemacht habe, weil mir vor lauter Ärger ganz heiß war."

Dieselbe Jacke, die er über den nackten Körper seiner Tochter gelegt hatte. Dieselbe Jacke, die nun in der Forensik darauf wartete, untersucht zu werden, ebenso wie der Rest von Cromwells Kleidern. „Was passierte dann?"

„Ich bin oben auf den Vordünen angekommen, ich war bereit, jemandem die Hölle heiß zu machen. Ich stand oben und habe runtergeschaut..." Er schluckte hörbar. „Es hat keinen Sinn ergeben."

„Können Sie mir die Szene im Detail beschreiben? Beschreiben Sie alles, was Sie sehen."

Frazer dachte, der Kerl würde aus seiner Trance aufschrecken, aber nach ein paar flachen Atemzügen lehnte Cromwell sich wieder schwer in dem hölzernen Stuhl zurück. „Ich habe zuerst den Jungen entdeckt, Jesse. Er lag auf seinem Rücken, den Kopf zur Seite geneigt. Blut war in den Sand gesickert. Einen Bruchteil später habe ich den nackten Körper einer jungen Frau gesehen – ihre Beine waren angewinkelt und auseinandergespreizt. Sie lag", er atmete schwer und tief,

„vollkommen…. vollkommen gespreizt.“

Ihre Vagina zur Schau gestellt. Für den Schockeffekt inszeniert. Noch mehr gedemütigt, als es ohnehin schon der Fall war. Dass der Vater die Leiche gefunden hatte, war vielleicht ein zusätzlicher Lustgewinn für den Täter. Furchtbar mit anzusehen, wichtig zu wissen.

Die Mutter hielt sich mit beiden Händen den Mund zu. Tränen füllten ihre Augen.

„Etwas in mir dachte, ich hätte zwei Leute beim Sex überrascht, aber sie waren so unfassbar *still*… es sah nicht normal aus. Ich habe die ganze Zeit versucht, es zu begreifen.“ Duncan Cromwell schwankte ein wenig auf seinem Stuhl hin und her, aber seine Gefühle waren tief in seinem veränderten Bewusstseinszustand vergraben. „Ich erkannte, dass es Helena war. Ich hatte das Gefühl, als ob mich jemand mit einem Ziegelstein niedergeschlagen hätte… diese Erkenntnis… Ich rannte los…“ Tränen liefen das Gesicht des Mannes hinunter, nichts Ungewöhnliches bei Hypnose oder Trauer.

„Wo waren Helenas Hände?“

„Sie lagen auf ihrem Bauch. Dann habe ich das Armband entdeckt.“ Er wurde immer aufgewühlter. Er war nicht sehr tief in der Trance, aber die Details waren da, und Frazer wollte es nicht darauf ankommen lassen.

„Trug sie noch anderen Schmuck, als sie am Abend losgegangen war?“

Die Mutter nickte heftig, aber Frazer hob seine Hand, damit sie nichts sagte.

„Sie trug goldene Sterne als Ohrringe. Ihre Mutter hatte sie ihr geschenkt, nachdem sie in ihrer Matheprüfung letztes Jahr die beste Note geschrieben hatte.“

„Waren ihre Augen offen oder geschlossen?“

„Offen. Weit offen. Ich habe die ganze Zeit darauf gewartet, dass sie blinzelt. Als ich näherkam, konnte ich sehen, dass sie blutunterlaufen und trübe waren. Da waren Abdrücke auf ihrem Hals und Blut auf ihren Oberschenkeln." Er biss sich auf die Lippe. „Ich kann nicht fassen, dass ihr jemand so etwas angetan hat. Helena. Man würde kein Tier so schlecht behandeln."

Helena war glimpflich davongekommen, im Vergleich zu manch anderen Opfern – insbesondere Denkers Opfer –, aber wenn das nicht der traurigste Gedanke des Tages war, dann wusste Frazer nicht, was das noch toppen sollte.

Cromwell fuhr fort. „Ich habe meine Jacke ausgezogen und sie damit zugedeckt. Dann habe ich den Notruf angerufen und mit der Mund-zu-Mund-Beatmung begonnen."

Lannie streckte ihrem Mann eine Hand entgegen, aber er sah sie nicht. Frazer sah, wie sich ihre Finger krümmten und sie die Hand langsam zurückzog und wieder auf den Schoß legte. „Die Sanitäter kamen. Dann tauchte Izzy Campbell auf, aber sie hat nicht mal versucht, Helena zu retten." Sein Tonfall wurde bösartig.

„Helena war schon tot, Mr. Cromwell." Unterbewusst hatte Duncan Cromwell das begriffen, er hatte sogar erwähnt, dass ihre Augen getrübt waren.

„Es war eisig kalt, und sie hat es nicht mal versucht." Cromwells Wut hatte ein neues Ziel gefunden, was Frazer beunruhigte.

„Sie hat geholfen, Jesse Tyson das Leben zu retten", erklärte er behutsam.

„Na herzlichen Glückwunsch auch." Verbitterung klang aus jeder Silbe seiner Worte, und er öffnete die Augen. Frazer hielt seinem Blick stand, bohrte aber nicht weiter nach.

Cromwell litt. Sein Kind war tot und Isadora Campbell war ein einfacher Sündenbock. Vernunft war nicht immer eine bewusste Entscheidung.

Frazer wiederholte die Atemübungen, um Cromwell wieder etwas zu beruhigen, und machte weiter. Er musste ein klares Bild des Tatorts bekommen. „Helena lag also auf ihrem Rücken. Wo lag Jesse, bezogen auf die Position Ihrer Tochter?"

„Er lag seitlich von ihr, in einem Winkel. Seine Stiefel etwa auf Höhe ihrer Hüften."

Frazer wünschte sich, er hätte es selbst sehen können. Es klang so, als ob der Mörder die Körper der beiden Teenager auf eine bestimmte Weise drapiert hatte. „Sah der Junge aus, als ob er bewegt worden war?"

Der Vater blinzelte. „Ja, er wurde bewegt. Da waren Schleifspuren die ganze Düne hinunter." Er verzog das Gesicht, starrte das Bild in seiner Erinnerung an. „Aber nicht Helena. Ich habe keine Schleifspuren um sie herum gesehen."

Es gab Anzeichen für einen überstürzten Täter. Der Ausbruch von Aggression, das Fehlen jeglicher Selbstkontrolle, die Tatsache, dass die Körper in voller Sicht dort liegengelassen wurden, wo sie niedergeschlagen worden waren – alles Merkmale eines sogenannten unorganisierten Täters. Aber für Frazer vermittelte der Tatort selbst ein hohes Maß an Kontrolle. Der Mangel an Beweisstücken – auf dem Opfer waren keinerlei Spuren von Haaren, Blut oder Sperma gefunden worden. Der Gerichtsmediziner hatte Stichproben von ihrer Haut genommen, um mögliche Kontakt-DNA zu finden. Der Angreifer mochte die Teenager überraschend angegriffen haben – hatte Jesse mit der Schaufel ausgeschaltet. Dann hatte er sich mit seinem Übergriff auf Helena Zeit gelassen, sie war sein eigentliches Ziel gewesen. Sie hatte sich nicht gewehrt, daher gab es auch keine Verteidigungswunden. Der Mörder hatte das Armband um ihr schmales Handgelenk gelegt, um Denkers Botschaft zu überbringen. All das in der Annahme, dass Jesse nicht Teil des Angriffs gewesen war. Für eine Beteiligung Jesses gab es keinerlei Anhaltspunkte, aber Frazer war momentan noch nicht bereit, irgendetwas auszuschließen. Das Armband legte den Schluss nahe, dass andere Faktoren eine Rolle spielten. Er ging in Gedanken das Szenario durch. Wenn Jesse beteiligt gewesen war, warum wurde er dann niedergeschlagen und seinem Tod überlassen? Nein, die beiden waren angegriffen worden. Jesse war die größere Bedrohung gewesen, also musste er zuerst ausgeschaltet werden, schnell und gründlich. Was hatte Helena dann getan?

„Sie ist weggerannt", sagte Frazer.

„Und er hat sie gefangen." Die Mutter sah aus, als müsste sie sich übergeben.

„Jesses Portemonnaie lag neben ihm im Sand. Ich konnte Geldscheine darin sehen. Warum holt jemand das Portemonnaie des Jungen aus seiner Tasche und nimmt dann das Geld nicht mit?" Duncans Blick war düster, so als ob er am Strand stand und die Szene beobachtete – genau das, was Frazer von ihm brauchte.

„Ich werde seine Bankkarten kontrollieren lassen." Aber Frazers Gedanken waren ganz woanders. Hatte der Täter in dem Portemonnaie nach etwas anderem gesucht? Nach etwas, was sogar Frazer immer dabei hatte, für den unwahrscheinlichen Fall, dass er eines Tages wie durch ein Wunder in den Genuss von Sex kommen würde. Wenn das der Fall gewesen war, war dieses Verbrechen garantiert nicht geplant gewesen, denn erfahrene Vergewaltiger waren clever genug, ein Kondom dabei zu haben. „Haben Sie am Tatort eine Schaufel gesehen?", fragte Frazer.

Duncan schloss seine Augen. „Ja. Links neben den beiden, wenn man in Richtung Meer schaut. Ich habe ihr keine Beachtung geschenkt. Ich habe Helenas Kleider überall verstreut gesehen und gedacht, wie kalt es in der Nacht gewesen war. Sie muss so gefroren haben." Seine Schultern bebten, während ihm die Tränen über das Gesicht liefen.

Lannie Cromwell hielt sich mit einer Hand den Bauch, mit der anderen bedeckte sie ihr Gesicht.

„Wussten Sie, dass Helena mit dem Tyson-Jungen ging?" Frazer wiederholte seine frühere Frage, denn so arbeiteten Ermittler.

„Sie ist nicht mit ihm gegangen." Das Leugnen des Vaters klang beinahe verzweifelt. Er wollte nicht glauben, dass sein kleines Mädchen ihn angelogen hatte. „Dieses Campbell-Mädchen hat einen schlechten Einfluss auf Helena." Duncan Cromwells Augen wurden groß. „Hatte. *Hatte* einen schlechten Einfluss." Seine Stimme wurde unglaublich dünn. „Ich glaube, ich werde mich nie daran gewöhnen, das zu sagen."

„Seit wann waren die beiden befreundet?"

„Sie fingen an, sich öfter zu sehen, nachdem Kits Mutter letztes Jahr gestorben war. Helena fühlt – fühlte – sich zu Leuten hingezogen, denen es schlecht ging."

„Klingt, als hätte sie eine gute Seele gehabt."

„Sie war leicht zu beeinflussen", blaffte Cromwell. „Sie wäre nie auf diese Party gegangen, wenn Kit Campbell sie nicht dazu gebracht hätte, uns anzulügen."

„Wussten Sie, dass sie Alkohol trank?", fragte Frazer. Nach Aussagen der anderen Jugendlichen hatte sie ein paar Tequila getrunken.

„Das würde sie nie tun…“ Duncan verstummte. Dann schüttelte er den Kopf. „Offensichtlich kenne ich meine Tochter nicht sehr gut.“

„Nach allem, was ich gehört habe, war sie ein tolles Mädchen. Sie können sehr stolz auf sie sein.“

„Sie hat uns angelogen, hatte heimlich einen Freund, hat Alkohol getrunken und weiß Gott was sonst noch alles. Und Sie denken, sie war ein gutes Mädchen? Ich kenne diese Person nicht, die Sie als meine Tochter beschreiben, ASAC Frazer.“

„Die Mädchen haben gelogen, weil sie auf eine Party wollten. Teenager machen so was. Niemand konnte ahnen, was passiert.“ Er hätte es ahnen können. Der jahrelange Anblick von Mordopfern bedeutete, dass, sollte er je Kinder haben, er sie rund um die Uhr überwachen würde. Weiß der Teufel, wie Alex Parker und Mallory Rooney damit umgehen würden. Er tippte auf einen elektronischen Überwachungssender.

„Sie haben am Abend des Mordes an Helena das Haus nicht verlassen?“ Frazer ließ Duncan nicht aus den Augen.

„Nein. Ich wünschte, ich hätte es getan. Wenn ich an den Dünen gewesen wäre, hätte ich das verhindern können.“ Er stand auf und lief aufgewühlt hin und her. „Wo war Kit Campbell, als Helena angegriffen wurde? Sie waren doch angeblich Freundinnen. Sie hätten zusammen sein sollen. Wo war die kleine Schlampe?“

Wow.

„Es ist auch nicht Kit Campbells Schuld, Mr. Cromwell.“ Seine Worte schienen nicht zu dem Mann durchzudringen. Trauer war eine hässliche Kreatur.

Die Katze begann wieder mit ihrem Betteln und Cromwell ging zum Küchenschrank, zog eine Box mit Katzenfutter heraus und schüttete es in den leeren Napf. Die Katze begann laut schmatzend zu fressen. Cromwell blickte auf. „Das ist Helenas Katze. Sie füttert sie für gewöhnlich."

Er schaute Frazer an, und die Erkenntnis, dass Helena nie wieder zurückkommen würde, um ihre Katze zu füttern, übermannte ihn erneut. Sie würde sie jeden Tag mit aller Gewalt treffen, für gewöhnlich nur wenige Sekunden, nachdem sie morgens ihre Augen öffneten.

„Wann können wir sie beerdigen?", fragte Lannie.

Frazer sah die Kraft in ihrem Blick. Er hoffte, sie würde ausreichen, um die Familie durch diese Zeit zu tragen.

„Es kommt darauf an, ob eine zweite Autopsie für nötig gehalten wird."

Diese Vorstellung schien die Mutter zu entsetzen. Es war schlimm genug, dass Helena einmal dieser Demütigung ausgesetzt wurde, aber zweimal? Oder vielleicht verblasste auch alles andere bis zur absoluten Bedeutungslosigkeit, wenn das eigene Kind ermordet worden war. Vielleicht konnte nichts je schlimmer sein als das.

„Ich verspreche, dass ich sie auf dem Laufenden halte und tun werde, was ich kann, damit die Leiche Ihrer Tochter so bald wie möglich freigegeben wird."

„Danke." Sie nickte ihm steif zu. Lannie Cromwell wirkte zugleich stärker und zerbrechlicher als ihr Mann.

„Besitzen Sie zwei Autos?"

„Eines." Duncan schüttelte den Kopf. „Ich nutze ein Dienstfahrzeug, und die Familie hat einen Minivan."

„Irgendwelche Fahrräder oder Motorräder?"

„Nein. Naja", er runzelte die Augenbrauen, „das stimmt

nicht. In der Garage stehen Fahrräder. Die Kinder benutzen sie." Er deutete mit seinem Kinn zur Garagentür. „Aber ich und Lannie sind seit dem Sommer nicht mehr Fahrrad gefahren."

„Und Helena?"

Duncans Blick verdüsterte sich. „Sie ist überall mit Kit Campbells VW herumgefahren. Hat ihr Rad seit Monaten nicht angerührt."

Frazers Handy vibrierte in seiner Tasche, aber er ignorierte es. Er war sich ziemlich sicher, dass Duncan Cromwell ihm alles erzählt hatte, was seine Erinnerung für den Moment hergab. Er war noch nicht aus dem Schneider, aber Frazer würde zunächst die Beweise auswerten, bevor er mit Cromwell weitermachte. Das war kein gewöhnlicher Mord mit Vergewaltigung, nicht wenn Ferris Denker involviert war. „Die örtliche Polizeibehörde hat eventuell noch weitere Fragen an Sie." Er hatte nicht erwähnt, dass dies nicht offiziell seine Ermittlung war, aber er war ein hochrangiger FBI-Agent und es war unwahrscheinlich, dass jemand ihn wegen solcher Details zur Rede stellen würde.

Er stand auf, um zu gehen, dann hielt er auf der Türschwelle inne. „Ich weiß, dass es schwierig ist, aber Sie sollten mit Ihren anderen beiden Kindern über Helenas Ermordung sprechen."

„Sie sind zu jung, um das zu verstehen." Cromwell schüttelte den Kopf.

Frazer schaute dem Mann in die Augen. „Ich sage nicht, dass Sie ihnen alle Details erzählen sollen, aber erzählen sie ihnen genug, damit sie es verstehen – denn wenn Sie es ihnen nicht erzählen, werden das die anderen Kinder in der Schule übernehmen. Und die werden sich nicht zurückhalten, sie werden grausam sein." Er schob eine Visitenkarte in Duncan Cromwells Hand. „Das ist die Karte einer Psychologin, die ich zur Trauerbewältigung empfehlen kann. Rufen Sie sie um Ihrer Kinder Willen an. Rufen Sie sie Ihretwillen an. Aber rufen Sie sie an."

Frazer trat nach draußen und las die Nachricht auf seinem Handy.

Die Kriminaltechniker hatten am Strand menschliche Überreste freigelegt. Parson's Point war nun offiziell ein Abladeplatz für Leichen.

ZEHNTES KAPITEL

N ACHDEM SIE DIE Einkäufe verstaut und die Weihnachtsdeko abgenommen hatte, entschied Izzy, dass es an der Zeit war, mit Kit zu sprechen. Sie bog auf die Einfahrt neben dem kleinen Haus, das direkt neben der St. Olafs-Kirche am nördlichen Ende von Rosetown stand. Der alte VW Käfer ihrer Mutter parkte am Straßenrand. Er gehörte jetzt Kit.

Pastor Rices Haus stand auf der anderen Straßenseite, gegenüber der Kirche. Hinter dem malerischen roten Backsteingebäude mit dem weiß gestrichenen, hölzernen Glockenturm erstreckte sich ein kleiner Friedhof. Dort lag ihre Mutter begraben.

Izzy öffnete die Autotür. Barney schaute ihr vom Kofferraum aus interessiert und mit gespitzten Ohren zu. „Zehn Minuten", informierte sie ihn. Weil er jedes Wort verstand und auch noch das Konzept von Zeit begriff. Sie öffnete eines der Fenster einen spaltbreit. Es war ein kühler Tag, und sie würde nicht lange brauchen.

Sie schaute nach links und rechts, bevor sie die Straße überquerte, aber es war nicht viel Verkehr. Es war der zweite Januar, ein Freitag. Manche Leute arbeiteten wieder, aber die meisten hatten sich den Tag freigenommen und genossen das lange Wochenende.

Das Häuschen, auf das sie zuging, gehörte der Kirche, die

es für einen symbolischen Preis an bedürftige Familien vermietete. Es war frisch gestrichen, in hellem Weiß, die Fensterläden in himmelblau, und auch die Dachziegel waren erneuert worden, seit sie das letzte Mal hier gewesen war – am Tag, als der Grabstein ihrer Mutter gesetzt worden war. Sie klopfte an die Haustür. Kein Geräusch von drinnen.

Sie wartete, aber niemand antwortete. Kits Auto war hier, also würde Izzy nicht einfach wieder fahren, ohne genauer nachzuschauen. Sie ging um das Haus herum und klopfte an die Hintertür. Der Rasen war hochgewachsen, aber nicht völlig außer Kontrolle. Izzy blickte zur offenen Garage am Ende der Einfahrt. Ein verbeulter Chevy-Van nahm beinahe den gesamten Raum in der Garage ein, aber ein schwarzes Geländemotorrad lehnte an einer der Seitenwände. Ein prickelndes Gefühl lief Izzys Rücken hinunter. Immer noch keine Antwort aus dem Haus.

Ging Kit ihr aus dem Weg? Das war durchaus möglich. Aber es war ebenso gut möglich, dass ihre Schwester in Gefahr war. Izzy holte ihr Handy hervor und wählte Kits Nummer. Der Fetzen eines Klingeltons wehte über den Zaun aus Richtung des Friedhofs herüber. Und ein weiteres Geräusch – Stimmen. Die Stimmen wurden lauter. Zwei Leute schienen sich zu streiten, und einer der beiden klang sehr nach Kit.

Izzy griff in ihre Jackentasche und umfasste ihre Glock, dann rannte sie den Weg zurück, den sie gekommen war. Am Friedhofstor angekommen versuchte sie, ruhig zu bleiben. Die Erinnerungen an Helenas tote Augen ließen sie nicht in los und feuerten ihre Angst an, bis sie zur blanken Panik wurde. Sie zwang sich, langsamer zu laufen, dann presste sie sich an die Kirchenmauer und spähte um die Ecke. Irgendein großer, schlaksiger Typ hielt Kits Arm fest, in seiner anderen Hand baumelte eine Zigarette. Er beugte sich zu Kit und schrie ihr ins Gesicht. „Es war nicht meine verfickte Idee. Die Bullen machen mich fertig, wenn sie das rauskriegen."

Wow.

Der junge Mann hatte glatte, pechschwarze Haare und ein hartes, schmales Gesicht. Izzy kannte ihn nicht. Sie hielt ihre Pistole mit beiden Händen fest und richtete sie auf den Boden, stellte aber sicher, dass sie nicht zu übersehen war, als sie um die Ecke bog und auf die beiden Teenager am Ende des aufgesprungenen Betonwegs zuging.

„Lass sie los", presste Izzy hervor.

Kits Mund klappte auf, und sie sah Izzy entgeistert an. „Oh, mein Gott. Verschwinde, Izzy. Das hier hat nichts mit dir zu tun!"

Izzys Ausdruck verriet nichts, als sie die wenig freudige Begrüßung ihrer Schwester hörte. *Na toll.*

„Lass meine Schwester los, habe ich gesagt", wiederholte Izzy. Die Bemerkung des Widerlings über die Polizei ließen all ihre Alarmglocken schrillen. Was hatte er getan, dass die Polizei ihn fertigmachen würde?

Er schnaubte nur verächtlich und sagte zu Kit: „Das ist deine Schwester? Du hast recht, die ist ein richtiges Miststück."

Izzy zuckte zusammen, ihr Mund wurde trocken. Der Typ schien sie nicht zu erkennen, was bedeutete, dass er nichts von ihren vergangenen Vergehen wusste, falls er der Täter war.

Kit befreite ihren Arm aus dem Griff des Jungen. „Halt den Mund, Damien." Sie drehte sich zu Izzy. „Was machst du überhaupt hier? Warum hast du deine verdammte Pistole in der Hand?"

„Ich habe gesehen, wie er dich angegriffen hat."

Damien verdrehte die Augen und schüttelte den Kopf. Kit sah aus, als würde sie wie eine Zweijährige am liebsten mit dem Fuß aufstampfen.

„Verdammt nochmal, Izzy, wir haben uns gestritten. Wenn du jeden erschießen willst, den ich anschreie, dann fang am besten direkt mit dir selbst an."

Autsch. Izzy ignorierte den Stich, den ihr diese Bemerkung versetzt und steckte die Waffe zurück ins Holster, ließ aber den Verschluss offen.

„Also gut. Worüber habt ihr gestritten?"

„Geht dich nichts an", murmelte Kit.

Izzys Augen wurden schmal und sie starrte die beiden an. „Na schön. Warum fügen wir nicht noch Folgendes zur Liste potenzieller Themen hinzu: Wenn ihr je wieder auf meinem Grundstück Drogen nehmt, bekommst du", sie zeigte auf den Jungen, der wohl Damien Ridgeway sein musste, „Besuch von der Polizei."

Er grinste sie verächtlich an. „Aber nicht Ihre reizende Schwester?"

„Um Gottes willen, werde verdammt noch mal erwachsen. Sie wird auch eine Unterredung mit der Polizei haben, allerdings sie ist nicht diejenige, die das Zeug beschafft." Izzy ließ Kit nicht aus den Augen. „Außerdem wird sie bis zum Ende des Schuljahres Hausarrest bekommen."

Kit verschränkte die Arme vor der Brust. Sie trug mehrere langärmelige T-Shirts und so enge Jeans, dass Izzy ihre Kniegelenke erkennen konnte. „Du kannst mir keinen Hausarrest aufbrummen, Izzy. Du bist nicht meine Mutter."

„Gott sei Dank." Izzy setzte ihr professionelles Lächeln auf. „Aber ich bin deine Erziehungsberechtigte und kann dir dein Taschengeld so weit kürzen, dass du dir nicht mal mehr das Benzin für dein Auto leisten kannst, ganz zu schweigen von Cannabis.“

„Dann gibt Sal mir eben mehr Schichten im Diner.“ Kit grinste sie verschlagen an. „Und außerdem muss ich mir das Gras gar nicht *kaufen*. Ich kann alles kriegen, wenn ich nur nett frage.“

Damien grinste den Boden an.

Kits Gebrauch des Wortes „fragen“ war zweifellos in sexuellem Zusammenhang zu sehen.

„Mein Gott, Kit, du bist siebzehn. Mach dir doch nicht jetzt schon dein Leben kaputt, bevor es überhaupt richtig angefangen hat.“

Kit schüttelte den Kopf. „Warum bin ich die einzige an meiner Schule, die dafür angemacht wird, dass sie normal ist? Alle machen das. Warum musst du so verdammt streng sein?“

„Helena hat keine Drogen genommen“, bemerkte Izzy.

Kits blaue Augen begannen zu flackern. „Helena ist tot, Iz. Danke, dass du mich daran erinnerst.“

„Und willst du so ihr Andenken ehren? Indem du völlig entgleist?“

Kits Augen füllten sich mit Tränen. „Das ist doch egal. Sie wird es nie erfahren!“

Izzy war klar, dass sie in dieser Situation alles falsch machte. Wenn sich jemand das Bein brach, war sie mehr als in der Lage, diese Verletzung wieder zu reparieren. Aber wenn es um chaotische Gefühle wie Liebe oder Schuld ging, dann kam sie kaum mit ihren eigenen Problemen zurecht, geschweige denn mit denen eines pubertierenden jungen Mädchens, das gerade innerhalb eines Jahres seine Mutter und seine beste Freundin verloren hatte. Etwas in ihr wollte Kit in den Arm nehmen und sie bemuttern, der andere Teil in ihr wollte die

Vernunft nur so in sie hineinprügeln.

Kit war besser als das, auch wenn sie es verdammt gut verstand, den Verlierer zu mimen. Die Regierung wäre gut beraten, den verpflichtenden Zivildienst wieder einzuführen, damit diese Jungspunde verstehen lernten, was harte Arbeit, Verzicht und Dienst für das Gemeinwohl bedeuteten. Dass Izzy diese Teenager gerade als Jungspunde bezeichnet hatte, gab ihr das Gefühl, steinalt zu sein.

Damien trat von einem Fuß auf den anderen und zog Izzys Aufmerksamkeit wieder auf sich.

„Wo warst du gestern Nacht, Damien?", fragte sie ihn.

Er antwortete nicht. War er es gewesen, der in ihren Schuppen eingebrochen war? Hatte er die Schaufel gestohlen? Er war zu jung, um sie vor all den Jahren am Strand beobachtet zu haben, aber hatte er Helena umgebracht? Izzy wurde nicht schlau aus ihm. „Wo ist deine Mutter?"

„Das geht Sie nichts an."

„Wie ich sehe, hast du ein Geländemotorrad."

Er zog die Augenbrauen zusammen. „Na und?"

Izzy drehte sich zu Kit, denn Damien würde ihr kein verdammtes Sterbenswörtchen verraten. *Diese miese kleine Ratte.* „In der Nacht der Party, als ihr zum Strandhaus gekommen seid – hast du da irgendjemanden draußen gesehen, bei unserem Haus?"

Kits Ausdruck änderte sich, dann schüttelte sie den Kopf. „Ich habe nichts gesehen, Izzy. Ich war so zugedröhnt, ich hätte niemanden bemerkt, es sei denn, er hätte mich in den Hintern gebissen."

Damien Grinsen gefiel Izzy ganz und gar nicht. Sie schaute ihn strafend an, worauf das Grinsen verschwand. „Was ist mit dir? Hast du etwas gesehen?"

„Ich war zu sehr damit beschäftigt, Kits Hintern anzuschauen, anstatt aus dem Fenster zu sehen."

Izzy stürzte sich auf den Kerl und schob ihn gegen die Backsteinmauer der Kirche. Seine Augen wurden groß, sein Gesicht aschfahl. „Willst du, dass ich der Polizei erzähle, dass du eine Siebzehnjährige mit Gras versorgst?"

Kit schrie sie an, sie solle ihn loslassen, und Izzy stieß ihn grob von sich weg.

Damien sagte nichts, aber seine Augen glühten vor Wut. Nach einem angespannten Moment der Stille nahm er einen tiefen Zug von seiner Zigarette, warf die Kippe zu Boden und trat sie mit seinem Stiefelabsatz aus. „Ich fürchte, Sie kennen ihre reizende Schwester nicht so gut, wie sie meinen, Schlampe."

Bei dem Wort „Schlampe" biss Izzy die Zähne zusammen. Es war nicht das erste Mal, dass sie so genannt wurde. Würde wahrscheinlich auch nicht das letzte Mal sein. Und dass sie Kit nicht besonders gut kannte, war nun wirklich nichts Neues.

„Wir reden später, Kit." Er drehte sich um und ging den Zaun entlang zu einem Gartentor, das Izzy erst jetzt auffiel.

Kit schaute Izzy entnervt an und marschierte dann den Pfad hinunter. „Ich kann nicht glauben, dass du das gerade gemacht hast."

„Er hat dir wehgetan, als ich ankam."

Kit rieb sich den Arm. „Er hat meinen Arm festgehalten. Meine Güte. Ich hätte ihm ordentlich eine verpasst, wenn er irgendwas versucht hätte."

Und dann hätte er sie grün und blau prügeln können, so wie das Arschloch es mit Helena und Jesse getan hatte. „Damien könnte der Mörder sein."

„Er ist ein Freund von mir", verteidigte Kit ihn.

„Sah für mich nicht gerade freundschaftlich aus."

„Das liegt daran, dass du keine Freunde hast, Izzy. Du bist dir zu gut für die Leute hier."

Izzy zuckte zusammen, aber jetzt war nicht der Zeitpunkt für Selbstmitleid. Nicht, wenn ein Mörder frei herumlief. „Letzte Nacht ist jemand in unseren Werkzeugschuppen eingebrochen und hat mich niedergeschlagen, als ich nachgeschaut habe."

Absolutes Entsetzten machte sich auf Kits Gesicht breit. „Wann?"

„Gegen zwei Uhr."

„Warum hast du mich nicht geweckt?"

„Als der Schuss aus meiner Waffe dich nicht aufgeweckt hat, bin ich davon ausgegangen, dass du völlig erledigt bist und deinen Schlaf brauchst."

„Du hast jemanden erschossen?" Kits Mund stand offen.

Izzy schüttelte den Kopf. „Nur in den Sand, um das FBI nebenan zu alarmieren."

„Aber du hast mich nicht geweckt?"

„Du hattest deine Kopfhörer auf…"

„Und du wunderst dich, dass ich dir nichts erzähle?" Zur Abwechslung war es nun Kit, die enttäuscht von ihrer Schwester aussah, statt andersherum.

Eine Welle der Scham rollte über Izzy hinweg. Kit hatte recht, sie hätte sie wecken sollen, aber es war zu spät, um es ungeschehen zu machen. Sie war daran gewöhnt, sich allein um die Dinge zu kümmern. Izzy drängte weiter, denn was sie zu sagen hatte, war gerade wichtiger als die Probleme mit ihrer Schwester. „Die Sache ist die, als ASAC Frazer und ich im Schuppen nachgeschaut haben, habe ich bemerkt, dass unsere Schaufel fehlt und…" Sie musste schlucken, um die nächsten

Worte über die Lippen zu bringen. „Er, also ASAC Frazer, hat mir ein Foto der Schaufel gezeigt, die benutzt wurde, um Jesse neulich nachts niederzuschlagen und… es war unsere Schaufel." Sie trat einen Schritt auf Kit zu, damit ihre Unterhaltung nicht vom Wind weitergetragen wurde. „Wer auch immer letzte Nacht in unseren Schuppen eingebrochen ist, war mit einem Geländemotorrad unterwegs. Ist es möglich, dass sich Damien irgendwann in der Silvesternacht weggeschlichen hat – während du schliefst vielleicht?"

Kit starrte sie an.

„Was ich sagen will ist, traust du ihm zu, dass er das getan haben könnte? Helena anzugreifen?", brachte Izzy unbeholfen hervor.

Kit öffnete die Lippen und schüttelte den Kopf. „Ich glaube nicht."

Wirklich? „Warum hat er dann gesagt, dass die Bullen ihn fertigmachen würden, wenn sie es herausfinden würden? Was herausfinden?"

Kit drehte sich um und lief zum Grab ihrer Mutter. Izzy folgte ihr mit etwas Abstand. Am Grabstein ihrer Mutter lagen frische Blumen und ein winziger Weihnachtsbaum – vermutlich von Kit oder Onkel Ted.

„Es ist nicht das, was du denkst, Iz." Kit hob ihre Tasche auf, die neben dem Grab lag. „Damien hatte schon mal Ärger mit der Polizei. Wenn sie rauskriegen, dass er Gras raucht, wird er von der Schule geworfen. Und er will die High School abschließen, damit er einen ordentlichen Job bekommt." Sie sah auf, ein flehender Blick lag in ihren Augen. „Ich wäre nie im Leben mit ihm zusammen, wenn ich denken würde, dass er Helena etwas angetan hat."

Nach einem Augenblick nickte Izzy. Was konnte sie schon

tun. „Versprich mir nur eines."

Ihre Schwester schloss die Augen. „Was?"

„Wenn du Sex mit ihm hast – was du nicht solltest, aber du wärst weiß Gott nicht die erste Siebzehnjährige, die Sex hat –, bitte, bitte, verhütet." Sie hob abwehrend die Hände, als Kit protestieren wollte. „Ich will nichts weiter hören, als dass du mir das versprichst. Jetzt."

„Ich bin ja nicht blöd." Der Ausdruck auf dem Gesicht ihrer Schwester zeigte, dass sie dicht machte. „Klar. Ich verspreche es." Kit kniete neben dem Grab und rupfte die längeren Grashalme aus. Sie kniete für einige Minuten so da, während sich die Wut und die Trauer der letzten Tage langsam aufzulösen schienen. „Ich wünschte, Mom und Dad wären nebeneinander begraben."

Ein Schauder durchfuhr Izzy bei dieser Vorstellung.

„Sie hat immer erzählt, wie sehr sie ihn geliebt hat."

Izzy schloss die Augen und ballte ihre Hände zu Fäusten, um die Gefühle zurückzuhalten, die in ihr aufstiegen. Sie hatten ihn beide vergöttert.

„Ich bin froh, dass sie das jetzt nicht miterleben muss."

Izzy nickte. Sie war auch froh darüber, aber aus ganz anderen Gründen.

Kit ordnete die Blumen, dann nahm sie den kleinen Weihnachtsbaum und stand auf. „Helena hat den vor Weihnachten ans Grab gestellt." Sie schniefte weinerlich, nicht mehr der launische Teenager, sondern eine trauernde, junge Frau. „Wir sollten ihn besser wegnehmen, nicht dass uns das noch Unglück bringt."

Tränen rannen Kit über das Gesicht. Und jetzt liefen sie auch Izzy über die Wangen.

„Es tut mir so leid, dass ich sie nicht retten konnte, Kit."

Kit schenkte ihre ein zitterndes Lächeln. „Mir auch."

Izzys Handy vibrierte, und sie wischte sich die Tränen aus den Augen, um den Bildschirm zu erkennen. Ein Gefühl der Furcht überkam sie. Der Polizeichief musste sie sprechen. Dringend.

ER FUHR ÜBER den Highway, den er nicht mehr entlanggekommen war, seit Ferris Denker gefasst worden war. Er pfiff zu einem Song, der gerade von irgendeinem Classic Rock-Sender gespielt wurde, und fühlte sich so glücklich wie seit Ewigkeiten nicht mehr. Er musste lachen, als er daran dachte, was für einen Schrecken ihm Izzy Campbell letzte Nacht eingejagt hatte. Ihm war geradezu das Herz in die Hose gerutscht. Erst war ihm diese Katze um die Beine gestrichen, als er seine Fingerabdrücke von Tür und Vorhängeschloss abgewischt hatte, dann war Izzy mit gezogener Waffe nach draußen gekommen. Gott sei Dank hatte sie sein Gesicht nicht gesehen.

Wenn sie den Schuss nicht abgegeben hätte, hätte er sie womöglich mitgenommen. Die Vorstellung, Izzy Campbell könnte ihm voll und ganz ausgeliefert sein, war verlockend. Sie direkt unter der Nase des FBI wegzuschnappen? Elektrisierend. Izzy war etwas Besonderes. Er bewunderte sie. Sie war intelligent und hübsch. Aber unter ihrem kühlen Äußeren verbarg sie ein köstliches, dunkles Geheimnis. All die Jahre hatte er die Familie beobachtet und sich gefragt, ob der Tag jemals kommen würde, an dem er offenbaren konnte, was sie getan hatte. Es war also nicht weiter schlimm, dass er sie letzte Nacht nicht mitgenommen hatte. Dann wäre die Show vorbei und es war einfach ein zu großes Vergnügen, als dass er es schnell beenden wollte.

Er fuhr sich mit der Zunge über die Lippen, spürte, wie er immer erregter wurde, und schaute über die Schulter in den hinteren Teil des Vans. Er hatte eine Hure mitgenommen. Hatte ihr etwas Koks verabreicht und sie so fest gefesselt, dass sie furchtbare Schmerzen haben würde, falls sie lebend wieder aufwachte. Sie war nicht tot. Die Vorfreude machte ihn ganz verrückt, aber er durfte sich keine Fehler erlauben. Er war nicht irgendein Amateur, der sich nicht unter Kontrolle hatte – nun ja, bis auf Helena Cromwell, und das war völlig glimpflich für ihn verlaufen. Sein Kumpel Ferris Denker verließ sich auf ihn, und es gefiel ihm ausgesprochen gut, dass er hier draußen war und die Dinge inszenierte, obwohl Ferris sich immer für das Mastermind ihres kleinen Clubs gehalten hatte.

Nach weiteren dreißig Minuten auf dem Highway sah er die Abfahrt. Das Schild war so verwittert und ausgeblichen, dass er es nicht hätte lesen können, hätte er nicht gewusst, was dort stand. „Knabenschule St. Joseph".

Er bog auf die von Spurrinnen durchzogene, zugewachsene Straße ab, und die Karosserie des Wagens klapperte und hüpfte nur so über den unebenen Untergrund. Er fuhr an dem verfallenen roten Backsteingebäude mit dem Uhrenturm entlang. Die Schule war vor dreißig Jahren geschlossen worden, aber die Gebäude waren schon lange davor vernachlässigt worden. Die meisten der Fensterscheiben waren zerbrochen und im Erdgeschoss mit Bretterverschlägen versehen, um Einbrüche zu verhindern. Warum sie sich die Mühe gemacht hatten, war ihm unbegreiflich. Es gab Fledermäuse im Glockenturm, Ratten im Keller und feuchten Schimmel auf jedem Stockwerk dazwischen. Ein Brand hatte einen Flügel des Gebäudes komplett zerstört, ein paar Jahre, nachdem sie ihren Abschluss gemacht hatten. Das war der Tropfen, der das Fass zum Überlaufen gebracht hatte, und die Schule schloss für immer ihre Türen. Vielleicht hatte Ferris das Feuer selbst gelegt.

Er wünschte sich, er wäre zuerst darauf gekommen.

Er fuhr weiter, an den Tennisplätzen vorbei und über den zugewucherten Sportplatz. Sein Magen drehte sich um, als er an all die Jungs in kurzen Hosen dachte, mit ihren dünnen Beinen und knochigen Knien. Die Umkleidekabinen waren vor Jahren abgebrannt. Ferris und er hatten selbst dafür gesorgt, hatten Gras geraucht und in die Flammen gepisst.

Er wünschte, der Sportlehrer wäre noch am Leben, damit er ihn eigenhändig umbringen konnte. Seine Hände zitterten vor Wut über das, was dieser Mann ihnen angetan hatte. Ferris hatte immer gesagt, der Kerl hätte sie letzten Endes befreit, hätte ihnen dazu verholfen, diejenigen zu werden, die sie wirklich waren. Aber er glaubte ihm nicht. Er war durch die perverse Lust eines Mannes erschaffen worden, und was aus ihm geworden war, war die Strafe dafür, dass er allen scheißegal gewesen war.

Es war ein überstrapaziertes Klischee, dass aus missbrauchten Kindern selbst Täter wurden, aber das hier war seine Schule, und er war ein guter Schüler gewesen.

Als er am Waldrand ankam, hielt er an. Er hielt nach dem Pfad Ausschau, aber er war so zugewachsen, dass er ihn nicht entdecken konnte. *Mist.* Ferris hatte ihm aufgetragen, die Leiche mit Beverleys Armband direkt über der Stelle zu drapieren, an der sie ihr allererstes Opfer vergraben hatten, direkt unter den Nasen der Lehrer. Offensichtlich hatte er den Plan etwas abändern müssen, als Helena ins Spiel gekommen war, aber das hier würde auch funktionieren. Ehrlich gesagt waren zwei Morde sogar noch viel besser als einer, wenn man Aufmerksamkeit erregen wollte. Er zog die Handbremse an und stieg aus, teilte die wilden Brombeerbüsche dort, wo er den Pfad vermutete. Dornen verfingen sich in seinen Kleidern, aber er riss sie mit seinen dicken Handschuhen fort. Er mühte sich durch die Büsche und entdeckte schließlich die Hütte, die über dem Brunnen gestanden hatte. Da war sie.

Er grinste, ging zurück zum Van, öffnete die Heckklappe und zog die Plane zur Seite.

Die Hure rollte auf ihren Rücken, wand sich in ihren Fesseln hin und her, ihre riesigen Pupillen verrieten, dass sie noch immer high war. Er griff ihr Fußgelenk und zog sie grob zu sich hin, beugte sich zu ihr hinunter, um sie sich über die Schulter zu werfen. Sie war eine Prostituierte, die er aufgegabelt hatte, mit einem Mikrorock, schwarzem Leder- bustier und verzweifelten Augen. Ihre Lederpumps hatten hell in der Sonne geleuchtet und seine Aufmerksamkeit erregt. So hatte er sie ausgewählt. So hatte er gewusst, dass sie die Richtige war.

Er stiefelte mit der Frau über seiner Schulter durch das dichte Gestrüpp, bahnte sich mit einer Hand den Weg durch die Dornen. *Zum Teufel damit.* Der ganze Platz war so gut wie überwuchert. Verrückt, wie schnell das ging. Sein Herz schlug schneller, als er daran dachte, was als Nächstes passieren würde. Seine Erektion drückte gegen den Reißverschluss seiner Hose, während die Frau sich gegen ihn zu stemmen versuchte. Die Wirkung des Koks ließ nach. Sie begann zu begreifen, dass das hier nicht irgendein mieser Drogentrip war. Das hier war echt.

Er lief an dem Brunnen vorbei. Dahinter stand eine riesige

amerikanische Eiche, die vermutlich noch vor der Revolution gepflanzt worden war. Er bog nach rechts ab, kämpfte sich durch Büsche und Triebe. Dort, endlich, kam die Lichtung mit den großen Steinen, die einen Kreis von etwa drei Metern Durchmesser bildeten. Er warf die Frau zu Boden.

Ihre angsterfüllten Augen schauten zu ihm auf, ihr Blick war klarer als in dem Moment, als sie ihm ihren Preis genannt und ins Auto gestiegen war. Sie war den Preis nicht wert, aber er hatte auch nicht vor, sie zu bezahlen. Er nahm seine Handschuhe ab, holte ein Kondom aus seiner Gesäßtasche und zog es sich über. Der Cocktail aus DNA, der in ihrer Fotze herumschwamm, würde die Bullen ein ganzes Jahr lang auf Trab halten. Es würde einigen Freiern interessante Besuche von der Polizei bescheren, so viel war sicher. Er steckte die Kondomhülle sorgsam in seine Westentasche und zog den Reißverschluss zu. Er hatte sich am ganzen Körper rasiert, um keine Haare zu hinterlassen. Diesmal würde er keine Fehler machen. Er zog seine Handschuhe wieder an, wünschte, er könnte sie so berühren, wie er es wollte, wusste aber, dass das unmöglich war. Sie war ein Symbol, ein billiges Geschenk für Ferris. Sein Hunger wurde stärker, als ob die Kontrolle, auf die er immer so stolz gewesen war, dadurch zerstört worden war, dass er sich erlaubt hatte, sich Helena zu nehmen.

Das würde vorbeigehen.

Ferris steckte in Schwierigkeiten, und er hatte seinem Monster noch ein bisschen Freiheit geschenkt. Er würde es bald wieder einsperren. Es in Ketten legen und in die Unterwerfung zwingen, damit er nicht wie Ferris in einer Zelle landete.

Er beugte sich hinunter und riss ihr das Panzerband vom Mund.

Es war ihm egal, ob sie schrie. Sie waren meilenweit die einzigen Personen in der Nähe.

Sie schrie, und er schlug sie. Seine Erregung wuchs, als sie sich gegen ihn wehrte. Vielleicht hatte das Koks sie aufgeputscht, jedenfalls hatte sie mehr Feuer in sich als er erwartet hatte. Der Anblick dieser Pumps, die sich in den Untergrund stemmten, war zu viel für ihn, sein ganzer Körper schrie bereits vor Verlangen.

Sie kämpfte und kämpfte, aber es dauerte gar nicht lange.

„Kannst du es sehen?", fragte er sie.

Der Augenblick, als das Licht in ihren Augen zu schwinden begann, war der Augenblick, in dem er explodierte. Und er machte weiter, erinnerte sich daran, wie gut es sich angefühlt hatte, zu sterben. Erinnerte sich an das grelle weiße Licht und das Rufen der Engel, wünschte sich, er hätte bei ihnen bleiben können.

Er brachte es zu Ende. Der Atem rasselte rau durch seine Brust und er wünschte, es müsste nicht aufhören, aber das musste er. Er wischte ihr eine Haarsträhne aus der Stirn. Sie hatte es jetzt besser. Er hatte ihr einen Gefallen getan. Er wusste, es gab ein Leben nach dem Tod, er hatte es selbst gesehen – eine Welt von solcher Schönheit, ein Tunnel aus Licht und ein Gefühl von Ruhe und Frieden und Gelassenheit, wie er es auf Erden nie erlebt hatte.

Es war eine Art Tauschhandel. Indem er sich mit brutaler Gewalt nahm, was er wollte, wurde der Sex Millionen Mal befriedigender. Dafür brachte er sie an einen besseren Ort.

Ferris musste seine Opfer foltern, um so viel Schmerz wie möglich aus ihnen herauszuquetschen, er hingegen wollte sie einfach nur sterben sehen.

Er räumte den Platz auf, packte ihre Kleider und das Seil

weg. Das Panzerband. Er drapierte sie, eher als Geste für Ferris als aus eigenem Antrieb. Obwohl er nicht leugnen konnte, dass er sich gerne die Dinge anschaute, die ihm gehörten. Für gewöhnlich musste er die Früchte seiner Arbeit verstecken, Wurde nie bewundert und, viel wichtiger, nie erwischt, so wie der arme Ferris. Das war es wert, aber dennoch genoss er diese kurze, explizite Spieleinheit, um seinem alten Kumpel auszuhelfen.

Er beugte sich hinunter und schob etwas in ihren Körper, in voller Sicht für jeden, der danach suchte. Es machte ihm Spaß, auch wenn es nicht sein Wahnsinn war, den er hier nachstellte. Ferris hatte immer gesagt, er könne sie nicht von seiner DNA bedeckt zurücklassen. Er konnte sie nicht mit diesen Erinnerungen weiterleben lassen, also markierte er sie immer mit etwas anderem. Mit etwas Greifbarem.

Dann hob er mit zitternden Händen die schwarzen Lederpumps auf und presste sie zärtlich gegen seine Brust. Er wusste nicht, warum er sie mitnahm. Der Sportlehrer hatte sie immer gezwungen, an der Tür ihre Schuhe auszuziehen – scheinbar mochten sogar Pädophile einen sauberen Fußboden. Aus irgendeinem Grund erinnerten ihn die Schuhe an jede seiner Taten der absoluten Macht. Er musste die Schuhe nur berühren und konnte sich zurückversetzen in den Augenblick, in dem sie davonglitten und sein ganzer Körper von Lust erfüllt war.

Es fühlte sich echt an, wieder und wieder.

Er musste sie bald loswerden, das wusste er. Auch die Fotos. Das waren alles Beweisstücke, die ihn mit dem Mord in Verbindung brachten. Er war ja kein Idiot.

Er inspizierte jeden Zentimeter des Platzes genau, kontrollierte seine Taschen auf Schlüssel und Portemonnaie.

Er hatte sein Handy im Auto gelassen, Akku und SIM-Karte herausgenommen, sobald er von den Inseln herunter war. Er hatte jede Vorsichtsmaßnahme getroffen.

Überzeugt, dass er alles hatte verschwinden lassen, stand er auf und bewunderte sein Werk. Sie war im Leben nicht besonders hübsch gewesen, aber jetzt war sie wunderschön.

„Schlaf gut, mein Engel."

Er lächelte.

ELFTES KAPITEL

D IE RUNDE WÖLBUNG des halb vergrabenen Schädels war vom Sand völlig blank gescheuert. Eine Möwe kreischte über ihnen, abwartend, ob an den Überresten der Leiche noch ein einfaches Fressen abzustauben war.

Nicht, solange er hier war.

Frazer stand mit verschränkten Armen da und betrachtete die Ausgrabungsstätte.

Direkt, nachdem sie den ersten Knochen entdeckt hatten, hatte er die Rechtsmedizin hinzugerufen. Simon Pearl hatte eine seiner Assistenten geschickt, da er selbst noch mit der Autopsie von Helena Cromwell beschäftigt war. Als die Rechtsmedizinerin die fortgeschrittene Verwesung der Leiche erkannt hatte, hatte sie zusätzlich einen forensischen Anthropologen angefordert, der sie im Labor treffen würde. Die Leiche war schon lange von den Würmern und Insekten im Sand bis auf die Knochen abgenagt worden. Es war nicht mehr viel übrig, außer ein paar Fetzen grauen Materials, vermutlich Panzerband. Die Kriminaltechniker arbeiteten sich sorgfältig Zentimeter um Zentimeter durch den losen Sand, siebten jede Schaufel nach möglichen Beweisstücken durch.

Randall kam vom Strand herübergelaufen. Er und Frazer gingen ein paar Schritte zur Seite.

Frazer achtete darauf, leise zu sprechen. „Ich will, dass keine Hinweise über die mögliche Identität des Opfers weiterverbreitet werden, bis wir nicht hundert Prozent sicher sind, wer es ist. Wir müssen Zähne und DNA im Eilverfahren abgleichen, bevor wir die Familie informieren."

Das einzig Gute daran, die Leiche einer geliebten Person zu finden war, dass es ungleich besser war als nie zu wissen, was mit ihr passiert war. Dazu musste man nur Mallory Rooney fragen.

Randall nickte. Sie hatte es beide befürchtet, als sie den Namen auf dem Armband wiedererkannt hatten. Der Denker-Fall war wieder in den Schlagzeilen, weil seine Hinrichtung kurz bevorstand. Die Gegner der Todesstrafe waren in vollem Angriffsmodus, jammerten herum, wie unfair alles gegenüber den verurteilten Insassen war. Sie hätten es anders gesehen, wenn ihre Liebsten ermordet worden wären, und es hatte nie auch nur ein Zweifel bestanden, dass Denker zu hundert Prozent schuldig war. Aber das war nicht Frazers Problem.

Gut oder schlecht, die Todesstrafe war Teil der Gesetzgebung in einigen der Bundesstaaten, und Frazer würde alles dafür tun, dass das Gesetz auch befolgt wurde. Das war womöglich ein wenig scheinheilig, hatte er doch selbst schon das Gesetz in die eigene Hand genommen, aber wenn er Gut und Böse abwog, richtig und falsch, dann hatte er ein reines Gewissen.

„Haben Sie schon mit Damien Ridgeway gesprochen?", fragte Frazer.

Randall schüttelt den Kopf. „Ich habe heute Nachmittag einen Termin mit ihm, zusammen mit seiner Mutter. Der Junge wurde von seiner letzten Schule geschmissen, weil er mit Drogen gedealt hat. Und er besitzt ein Geländemotorrad."

Er hatte die Gelegenheit gehabt, aber kein eindeutiges Motiv für den Mord, es sei denn, er hatte irgendwelche

Berührungspunkte mit Denker. „Er ist achtzehn?"

Randall nickte.

„Überprüfen Sie seine Eltern und finden sie mehr über ihn heraus, bevor Sie ihn befragen. Wiegen Sie ihn in Sicherheit. Lassen Sie sich nicht in die Karten schauen." Ridgeway stand definitiv auf der Liste der Verdächtigen, und Frazer war noch nicht bereit, irgendjemanden von dieser Liste zu streichen, es sei denn, sie hatten ein wasserfestes Alibi.

Isadora Campbell hatte die Nacht mit einer Gruppe von Ärzten und Schwestern verbracht, die das neue Jahr mit Kaffee und Brownies eingeläutet hatten. Sie hatte eine Reihe von Notfällen behandelt, einschließlich eines Babys mit hohem Fieber, einer dreißigjährigen mit Blinddarmentzündung und einem Partygänger, der ein bisschen zu viel gefeiert und sich auf dem Weg zwischen zwei Bars den Knöchel gebrochen hatte. Das alles noch vor zwei Uhr morgens. Es war unmöglich, dass sie in all dem Chaos für vierzig Minuten hätte verschwinden können – nicht, ohne vermisst zu werden.

Er sah zu, wie einer der Kriminaltechniker den Schädel behutsam aus dem Sand hob und in eine mit sterilen Plastiktüten ausgelegte Kiste legte. Dieser Strand war nicht die schlechteste letzte Ruhestätte, auf die man hoffen konnte. Das Meer verströmte eine Art Friedlichkeit, die angebracht für jemanden schien, der vermutlich unsagbares Grauen erlebt hatte, bevor er gestorben war.

War es Beverely Sandal? Die Hoffnung ihrer Eltern musste nicht unnötig geweckt werden, nur um sie dann womöglich wieder zunichte zu machen, sobald die Ergebnisse der forensischen Untersuchung vorlagen. Sie war seit siebzehn langen Jahren verschollen. Ein paar Tage mehr würden keinen Unterschied machen. Manche Mörder spielten sadistische

Spielchen mit den Angehörigen der Opfer, und er würde es dem Mann im Gefängnis nicht erlauben, die Familie noch mehr zu quälen, als er es schon getan hatte.

Die Kriminaltechniker verpackten nun auch die restlichen Knochen vorsichtig in Kartons.

Die Gerichtsmedizinerin stand auf und streckte sich. Frazer konnte einen kleinen Babybauch ausmachen, der ihn an Rooney erinnerte – der es verdammt noch mal gut gehen würde. Er hatte mit Parker telefoniert, und die Ärzte hatten eine Schwangerschaftsvergiftung sowie eine Reihe anderer ernster Diagnosen ausschließen können. Die Gerichtsmedizinerin sah ihn an, als hätte er ihr gerade Weihnachten ruiniert. Das passierte ihm häufiger.

Sie kam langsam zu ihnen gelaufen und streckte ihren Rücken durch. „Sie sind nicht zufällig einer von den Männern, die glauben, schwangere Frauen könnten ihre Arbeit nicht mehr ordentlich ausführen oder, ASAC Frazer?"

„Nein, ich habe generell Zweifel an den Fähigkeiten aller Leute, bis sie mir das Gegenteil beweisen – egal ob schwanger oder nicht." Vor allem war er nicht scharf auf das Gefühl der zusätzlichen Verantwortung, das sich für ihn einstellte, wenn ein ungeborenes Kind an einem Tatort auftauchte. Ihm wurde plötzlich bewusst, wie verletzlich sie waren, diese winzigen Menschen, völlig abhängig vom Wohlergehen der Frauen, die sie in sich trugen. „Können Sie mir schon etwas über das Opfer sagen?" Er wechselte das Thema.

Einer ihrer Mundwinkel zuckte, und sie legte ein schiefes Grinsen auf. „Wenn ich einen Dollar für jedes Mal bekommen hätte, dass mich die Gesetzeshüter das fragen, ich wäre eine reiche Frau."

Frazer wartete schweigend ab.

„Habe schon gehört, dass Sie keinen Sinn für Humor haben."

Er zog eine Grimasse. „Ich habe Humor."

Randall schaute zur Seite.

„Nein." Sie schüttelte den Kopf. „Haben Sie nicht."

Frazers kniff die Augen zusammen. Vielleicht hatte sie recht. Es war ihm egal.

„Wir haben eine weibliche Leiche, von der Größe ihrer Knochen und der Form der Hüfte zu schließen, aber meine Kollegen im Labor werden das eindeutiger bestimmen können."

„Irgendeine Vorstellung davon, wie lange sie vergraben war?"

Sie hob die Augenbrauen, als ob sie „Wollen Sie mich verarschen?" sagen wollte, blieb aber still.

„Eher Jahre als Monate?"

Sie seufzte. „Das ist schwer zu sagen."

Natürlich war es das.

„Sicherlich eher Monate als Tage."

Großartig. Bis jetzt hatte sie ihm nichts gesagt, worauf er nicht auch selbst hätte kommen können. „Aber ich bin der ohne Humor", murmelte er leise.

Ein Ruf tönte von der Grabungsstätte herüber.

„Was haben Sie gefunden?", fragte die Rechtsmedizinerin und stapfte über den Pfad zurück, den sie mittlerweile in die Dünen getreten hatten. Duncan Cromwell würde ausflippen, wenn er die Zerstörung sah, die sie hier angerichtet hatte. Vorausgesetzt, er wurde nicht vorher schon wahnsinnig vor Trauer.

Frazer und Randall gingen der Rechtsmedizinerin hinterher. Alle drei starrten sie in die flache Kuhle, mehr als nur ein bisschen erschrocken, als ihnen ein weiterer Schädel entgegenblickte.

„Scheiße." Randall sprach aus, was Frazer dachte.

War das hier ein Massengrab? Eine Welle der Trauer überkam ihn. Hoffentlich war auch die DNA des zweiten Opfers in ihrer Datenbank. Wenn es ein weiteres von Denkers Opfern war, würden sie den Angehörigen vielleicht einen Abschied ermöglichen können, wenn sie es am meisten brauchten – bevor der Täter seine Geheimnisse mit ins Grab nahm. Aber wenn es ein unbekanntes Opfer war…

Ein neuer Fall würde die Verschiebung der Hinrichtung von Denker und eine Wiederaufnahme der Ermittlungen wahrscheinlich machen, ganz unabhängig davon, dass Denker ein sadistischer Mörder war und kein unschuldiger Mann. Das Justizsystem schien darauf ausgelegt, diese Mörder so lange wie möglich leben zu lassen, unabhängig von Beweisen oder dem Leid, das sie den Familien der Opfer zugefügt hatten.

Er unterbrach sich. Das waren genau die Gedankengänge, die das Gateway Project ins Leben gerufen hatten. Er hatte diese Organisation stillgelegt und glaubte größtenteils auch weiterhin an das Justizsystem, einschließlich der Todesstrafe, so fehlerhaft sie auch sein mochte. Das erinnerte ihn daran, dass sein Freund, CIA-Agent Patrick Killion, angerufen hatte, um ihm mitzuteilen, dass er eine Spur zu der Attentäterin des Vizepräsidenten verfolgte. Nachdem Frazer Helena Cromwells zerbrechliche Leiche gesehen hatte, schien ihm das nicht mehr so wichtig, vor allem, wenn sie die Attentäterin sowieso nicht verhaften konnten. Sie konnten nur sichergehen, dass das Gateway Project ein für alle Mal stillgelegt war und dass sie überwacht wurde. Sie mussten sie nur zuerst finden.

Aber diese Leute, Serienmörder, die andere Menschen aus

Vergnügen töteten – das waren die Leute, die er bis zu ihrer Ausrottung jagen würde. Um diese Leute zu vernichten, würde er bis in den Tod gehen.

Die Gerichtsmedizinerin hockte sich neben den zweiten Schädel, um ihn genauer zu betrachten. Frazer hatte eine Verabredung im Krankenhaus, wollte hier aber noch nicht weg.

„Sieht so aus, als ob es ein langer Tag werden würde." Sie lächelte, aber ihre Augen waren müde. Er wollte ihr sagen, dass sie eine Pause machen sollte, aber er wusste, sie würde ihn zur Schnecke machen, wenn er das vorschlug.

„Sie wissen, dass das hier Blackbeards Territorium war, richtig?", fragte sie.

Ein weiterer sadistischer Serienmörder.

Frazer zeigte keine Regung. „Lassen Sie mich wissen, wenn sie eine Augenklappe finden."

Sie verzog das Gesicht und er versteckte ein Grinsen.

Sein Handy klingelte, und er warf einen Blick auf die Nummer. Sein Mund wurde trocken. „Entschuldigen Sie mich, ich muss drangehen." Er drehte sich um und ging davon. Vor dieser Unterhaltung hatte ihm gegraut, seit Rooney ihn das erste Mal wegen dieser Ermittlung angerufen hatte. „Hanrahan? Danke für den Rückruf. Hören Sie, ich brauche Ihre Hilfe."

„ICH WEIß NICHT, ob ich Ihnen helfen kann, Chief. Ich habe keinerlei Erfahrung mit Hypnose." Izzy rieb ihre Ellenbogen. Kit hatte Barney mit nach Hause genommen und angeboten, mit ihm rauszugehen. Ihre Schwester hatte tatsächlich versprochen, mehr auf ihre Sicherheit zu achten und in Zukunft die Haustür abzuschließen. Die sehr reale Gefahr schien endlich auch bis zu ihr durchzudringen, auch wenn Kit es nicht wahrhaben wollte, dass Damien Ridgeway etwas mit Helenas Tod zu tun haben konnte.

Sie standen im Flur der Intensivstation, ein paar Meter von Jesses Zimmer entfernt. Polizeichief Tyson beugte sich zu ihr, damit niemand mithören konnte. „Dr. Bengali ist auf Visite und hat vorgeschlagen, dass ich Sie anrufe." Seine Augen schienen mitfühlend, zeigten aber immer noch den harten Funken von Autorität, auf den sie automatisch reagierte. Die Jahre im Militär ließen sie die Schultern durchdrücken und ihr Kinn heben.

„In Ordnung, aber Sie sollten es zuerst mit dem FBI abklären."

„Habe ich schon." Tyson nickte über ihre Schulter.

Izzy drehte sich um. ASAC Frazer kam den Flur entlang geschritten, er trug den dunkelblauen Anzug aus feiner Wolle, darüber den FBI-Anorak, genau wie gestern, als er am Strand aufgetaucht war. Sie war wieder einmal umgeworfen von der harten Schönheit dieses Mannes. Er schien nur aus hohen Wangenknochen und schlanken Linien zu bestehen. Blaue Augen, die sie von oben bis unten musterten, dann weiter schweiften. Sie war aus dem Schneider.

Gott sei Dank.

Die sexuelle Energie, die gestern Abend zwischen ihnen geflirrt hatte, war hinter einer Mauer aus eisiger Indifferenz verborgen, aber sie wusste, dass sie auch jetzt da war, unter der Oberfläche hin- und herglitt wie ein Weißer Hai. Izzy versuchte sich einzureden, dass sie nicht automatisch gebissen werden musste, nur weil Haie im Wasser waren.

„Wie geht es Ihrem Sohn heute Morgen?", fragte Frazer den Polizeichief.

„Er will wissen, was los ist. Er will Helena sehen", berichtete ihm Tyson grimmig und mit leiser Stimme.

„Es ist an der Zeit zu sehen, ob wir seine Erinnerung zurückholen können. Ich will Ihnen nichts vormachen – das wird eine beschissene Erfahrung für Ihren Jungen. Es wird sich anfühlen, als ob alles jetzt in diesem Augenblick passiert, weshalb es ratsam ist, ihn medizinisch zu überwachen." Der Blick, den er Izzy zuwarf, schien zu sagen, dass sie die beste Wahl aus vielen schlechten Optionen war.

„Normalerweise ist das ein Eins-zu-eins-Prozess. Unter diesen Umständen können Sie natürlich beide dabei sein, aber Sie dürfen absolut nichts sagen, egal was Sie hören werden. Und Sie müssen außerhalb seines Sichtfeldes sitzen, für den Fall, dass er die Augen öffnet."

Der Polizeichief nickte und betrat das Zimmer seines Sohnes. Izzy wollte ihm hinterhergehen, aber Frazer hielt ihren Arm fest. Seine Finger berührten versehentlich die Seite ihrer Brust. Sie zuckte zusammen. Er verschob seinen Griff, ließ sie aber nicht los. Die Stelle, an der er sie berührte, begann zu glühen.

„Was auch immer Jesse gleich erzählen wird, Sie dürfen nichts davon weitererzählen."

Die Tatsache, dass er sie so einfach aus der Fassung brachte und sie dann so gründlich beleidigte, machte sie stinksauer. Hatte er es darauf abgesehen? Das Funkeln in seinen Augen verriet nichts. Sie zerrte ihren Arm aus seinem Griff.

Es war offensichtlich, dass er ihr nicht zutraute, ihre Arbeit zu machen, und das war der Bereich in ihrem Leben, in dem sie absolutes Vertrauen in ihre Fähigkeiten hatte. „Ich weiß, was ärztliche Schweigepflicht ist."

„Aber hierbei wird es auch um Ihre Schwester gehen. Egal was Jesse sagt, Sie dürfen nicht darüber reden, nicht einmal mit Kit." Das Eis in seinen blauen Augen schien ein wenig zu schmelzen. „Ich verstehe, dass es für Kit und für Sie nicht leicht ist, aber das hier ist eine polizeiliche Ermittlung, und es geht um Jesses persönliche Angelegenheiten. Seine Aussage wird womöglich für das Gerichtsverfahren gebraucht."

Izzy trat einen Schritt zurück. „Ob Sie es glauben oder nicht, ich bin kein Idiot."

„Das habe ich nie geglaubt." Ein Lächeln zuckte in seinem Mundwinkel. „Die andere Sache ist die, dass die Pressemitteilung, die wir veröffentlichen, womöglich nicht mit dem übereinstimmt, was heute hier passiert. Ich muss mich darauf verlassen können, dass Sie keine widersprüchlichen Angaben zu dem machen, was über die offiziellen Kanäle veröffentlicht wird."

Sie runzelte die Augenbrauen. „Sie wollen den Täter manipulieren?"

Er nickte. Sie hätte sich nicht derart zu ihm hingezogen fühlen sollen, aber scheinbar waren Intelligenz und gutes Aussehen immer reizvoll, sogar wenn seine herrische Persönlichkeit oder ihr möglicher Freiheitsverlust mit im Spiel waren.

Sie biss sich auf die Lippe. „Damien Ridgeway besitzt ein Geländemotorrad", stieß sie plötzlich hervor.

„Ich weiß."

„Oh, okay." Sie blinzelte ernüchtert. „Gut." Frazer wandte sich zum Gehen, und diesmal war sie es, die seinen Arm festhielt und so tat, als ob es ihr nichts ausmachte, ihn zu berühren. „Ich habe außerdem mitgehört, wie er mit Kit gestritten hat. Er hat gesagt, dass die Bullen ihn fertigmachen würden, wenn sie es herauskriegen."

„Was herauskriegen?"

Sie ließ seinen Arm los. „Ich weiß es nicht. Er hat es nicht gesagt, und Kit wollte es mir auch nicht verraten."

„Wann haben Sie ihn gesehen?" Frazer sprach nun in einem leisen Murmeln und kam nah genug an sie heran, dass sie spüren konnte, wie sein Körper die Luft zwischen ihnen erwärmte.

„Vorhin. Ich habe Kit gesucht. Sie war bei seinem Haus – also eher auf dem Friedhof nebenan."

Eine Augenbraue hob sich fragend.

„Unsere Mutter ist dort beerdigt. Kit ist oft dort und pflegt das Grab. Wie auch immer, ich dachte, das sollten Sie vielleicht wissen."

„Gut." Mit dieser einsilbigen Antwort drehte sich Frazer um und betrat das Krankenzimmer. Izzy verdrehte die Augen bis zur Decke und stieß einen tiefen Atemzug aus. Sie folgte ihm langsam und machte die Tür hinter sich zu. Sie warf Jesse ein aufmunterndes Lächeln zu und kontrollierte die Monitore, um sicherzugehen, dass seine Werte stabil waren. Auch wenn er keine Schwindelgefühle hatte, und sie Schmerzen und Übelkeit im Griff hatten, würde sie ein weiteres CT anordnen – vermutlich, weil es ein absolutes Wunder war, dass er so glimpflich davongekommen war. Sie checkte seine Vitalkurve – Blutdruck und Sauerstoffsättigung waren gut. Sein Puls regelmäßig. Sie hob ihre Hand, um ASAC Frazers Aufmerksamkeit zu erregen und deutete auf die Tür zum Nebenzimmer. Sie wollte sichergehen, dass ein Anästhesist in Bereitschaft stand und mit Beruhigungsmittel aushelfen konnte, wenn es haarig wurde. Frazer nickte, ohne seine Unterhaltung mit Jesse zu unterbrechen. Izzy huschte aus der Tür und sprach mit einem Kollegen, der ihr eine kleine Dosis Beruhigungsmittel gab und versprach, in der Nähe zu bleiben, sofern kein Notfall hereinkam. Izzy nutze weitere dreißig Sekunden, um ihre Jacke in ihrem Spind aufzuhängen und ihren weißen Kittel und ein Stethoskop zu greifen. Derart professionell gerüstet, schlüpfte sie zurück ins Zimmer.

Der Raum war nun dunkel, bis auf das Leuchten der Monitore. Das Deckenlicht war ausgeschaltet, die Rollläden heruntergelassen. Das Geräusch von Vogelzwitschern und Wellen wehte durch das Zimmer. Sie fühlte sich augenblicklich an den Strand versetzt. Izzy sank in einen Stuhl in der Zimmerecke, neben ihr saß der Polizeichief, der seinen Sohn beobachtete wie eine Grizzlybärmutter ihr Junges.

Frazer saß auf einem Stuhl direkt neben Jesses Bett. Jesse sah ihn an. Frazers Stimme war ein ruhiges Murmeln, das bis in ihre Knochen zu dringen schien und sie von innen wärmte.

Dann führte er Jesse durch verschiedene Atemübungen. Er hatte seinen Anorak und seine Anzugjacke ausgezogen, seine Krawatte gelockert und die oberen zwei Knöpfe seines Hemds geöffnet. Irgendetwas an seinem Aussehen zog bei ihr, aber sie vermutete, dass er auf die meisten Frauen so wirkte.

„Wir machen eine einfache Übung, bei der ich von fünf herunterzähle, und du dich an den Silvesterabend zurückerinnerst." Frazer begann. „Wo bist du, Jesse?"

„Bei Franky zu Hause. Seine Mom und sein Dad sind nicht da, und er hat so ziemlich die ganze Schule zur Party eingeladen. Seine Eltern haben keine Ahnung. Es wird mega werden."

Er klang so aufgeregt, dass Izzy die ganze Sache auf der

Stelle abbrechen wollte, damit Jesse in seliger Ahnungs-losigkeit weiterleben konnte. Aber das wäre nicht auf Dauer, und vielleicht wusste er tatsächlich etwas, was dabei helfen konnte, den Täter zu schnappen.

„Frankys Eltern wussten wirklich nichts?"

„Wir haben es vor allen Erwachsenen geheim gehalten. Seine Eltern oder mein Vater hätten uns nie im Leben erlaubt, eine unbeaufsichtigte Party zu veranstalten." Jesse lachte auf, sein jungenhafter Charme war unverkennbar.

Polizeichef Tyson schlug die Beine übereinander und Izzy spürte, wie die Anspannung durch ihn hindurchwallte.

„Du klingst aufgeregt?"

„Ich habe Helena Cromwell eingeladen." Die Aufregung in Jesses Stimme traf sie wie ein Messer ins Herz. Sie ballte die Hände zu Fäusten.

„Ist sie hübsch?"

Jesses Lächeln wurde größer. „Oh, mein Gott, sie ist wunderschön. Aber vor allem ist sie nett. Ich habe gelernt, den zickigen Mädchen aus dem Weg zu gehen, egal wie heiß sie sind."

Izzys Herz zog sich zusammen.

„Meine letzte Freundin war – also, lassen Sie uns einfach sagen, dass sie *nicht* nett war. Aber Helena ist etwas ganz Besonderes. Ich konnte kaum glauben, dass sie noch keinen Freund hat."

Izzys Herz schien zu zerbrechen. *Herrgott nochmal.*

„Da gebe ich dir recht. Meine Ex-Frau war von außen total perfekt, aber ich musste nur einmal nicht bemerken, dass sie beim Friseur oder der Maniküre gewesen war, und sie hat mir das Leben eine Woche lang zur Hölle gemacht. Das Leben ist zu kurz, um sich mit so einem Mist herumzuschlagen."

„Kein Scheiß", stimmte Jesse zu. Seine Stimme war ruhiger geworden. Erinnerte er sich?

„Kannst du mir erzählen, was du gemacht hast, als du auf der Party ankamst?"

„Für eine Weile hat es Spaß gemacht, aber dann haben einige der Mädchen angefangen, irgend so einen abgefuckten Mist zu veranstalten. Sie haben eines dieser bescheuerten Spiele gespielt, bei dem sie das Handy eines Jungen aus einer Schüssel ziehen, und wer gezogen wird, der kriegt von einem Mädchen einen geblasen. Aber sie haben es absichtlich gedreht, um den neuen Typen reinzureiten."

„Also hat der neue Junge den Blowjob gewonnen? Und welche glückliche Dame hatte die Ehre?"

„Kit Campbell."

Izzy schoss Frazer einen Blick zu, aber er ignorierte sie. Deshalb hatte er sie gewarnt, nichts weiterzuerzählen. Sie biss die Zähne zusammen, um sich nicht einzumischen.

„Hatte Kit ihre Finger mit im Spiel?"

„Nein. Die ‚beliebten' Mädchen mögen sie nicht besonders." Jesse runzelte die Augenbrauen. „Warum nennen alle diese Mädchen ‚beliebt', wenn niemand sie leiden kann?"

„Das ist ein spezielles High School-Phänomen. Was hat Kit dann gemacht?"

„Sie hat den Bluff durchschaut und ist mit dem Typ zum Pool abgezogen." Jesse wurde rot. „Aber ich weiß nicht, was da passiert ist. Helena hat gesagt, Kit käme allein klar."

Izzys Blick verdüsterte sich. Helena hatte Kit einfach gehen lassen? Dann dachte sie an ihre Schwester – man ließ Kit gar nichts machen. Sie tat es einfach.

„Was ist dann passiert?" Frazers sanfte, ruhige Stimme hatte eine seltsame Wirkung auf ihr Innerstes. Sie besänftigte ihre Unruhe. Verlangsamte ihren Herzschlag. Vielleicht hatte er sie auch hypnotisiert – ein furchterregender Gedanke.

„Ich wollte weg da. Es wurde zu laut. Ich wollte den Sturm beobachten. Und ich wollte mit Helena allein sein. Ich habe sie gefragt, ob sie Lust auf einen Spaziergang hat." Er hielt plötzlich inne, als ob ihn etwas erschrocken hätte.

„Du bist mit ihr zu den Dünen?"

„Ich weiß, dass wir das nicht dürfen. Mr. Cromwell bringt uns um, wenn er das herausfindet, und wenn er es nicht tut, dann mein Dad." Das hallte in dem kleinen Zimmer nach wie ein Schuss. Frazer traf für einen Sekunde Izzys Blick. Konnte Helenas Vater in den Mord verwickelt sein? Izzy schob den Gedanken fort. Er war am Boden zerstört gewesen, aber sie wusste aus Erfahrung, dass manche Menschen überzeugende Schauspieler waren.

„Es war nicht Helenas Idee, das ist alles auf meinem Mist gewachsen." Der Junge übernahm die Verantwortung für mehr als ihm bewusst war. „Ich will nicht, dass sie Ärger bekommt."

„Hast du sie geküsst?"

Röte stieg in Jesses Wangen. Die Knöchel des Polizeichiefs wurden weiß vor Anspannung. Er musste wissen, dass Jesse sich in den nächsten Augenblicken sehr wahrscheinlich selbst belasten würde, sollte er Helena umgebracht haben – und womöglich sein ganzes Leben zerstören würde.

„Ich habe sie geküsst."

„Hattet ihr Sex?"

„Nein." Jesses Antwort war entschieden. „So ist Helena nicht. Sie ist ziemlich behütet. Ich glaube nicht mal, dass sie vorher schon jemanden geküsst hatte."

Mit seiner nächsten Frage schlug Frazer einen ganz

anderen Weg ein, als Izzy erwartet hatte – offensichtlich dachte sie extrem linear. „Wie viel Geld hattest du dabei?"

Jesse runzelte die Stirn. „Ungefähr fünfzig Dollar, glaube ich. Ich wollte genug dabeihaben, falls Helena Hunger bekommen sollte und wir was zu Essen besorgen würden."

„Was war sonst noch in deinem Portemonnaie?"

„Eine Kreditkarte für den Notfall, die mir meine Eltern letztes Jahr gegeben haben und die ich auf keinen Fall benutzen darf." Er lachte. „Schülerausweis, Führerschein, alte Kassenbons, ein Kondom."

Die Füße des Polizeichiefs zuckten unruhig.

„Du hattest ein Kondom dabei, aber du hattest nicht vor, Sex zu haben?"

Jesse schüttelte den Kopf. „Franky hat mir das ins Portemonnaie gesteckt, als ich mit Jessica zusammen war."

Jesse und Jessica? Oh, Mann.

„Er hat mir erzählt, dass sie mit ihrem Ex-Freund Sex gehabt hatte, und er wollte nicht, dass ich sie schwängere oder mir direkt irgendwas einfange, wenn ich das erste Mal ‚eine flachlege'. Frankys Wortwahl, nicht meine."

„Hattest du mit Jessica Sex?"

Frazer hatte recht. Das hier waren ausschließlich Jesses Angelegenheiten.

Der Junge lachte beschämt auf. „Puh, das ist eigentlich nichts, worüber ich rede, aber…" Er stieß einen tiefen Seufzer aus, als ob er ein schreckliches Geheimnis preisgeben würde. „Ich warte auf jemanden Besonderen. Deshalb hat Jessica mit mir Schluss gemacht."

„Weil du keinen Sex mit ihr haben wolltest?"

Izzy spürte, wie sich Chief Tysons Anspannung löste. Ihre Blicke trafen sich. Tränen füllten seine Augen, und sie drückte kurz seine Hände, die noch immer zu Fäusten geballt waren.

Jesses Gesicht glühte. „Ziemlich dämlich, oder?"

Frazer schaute ihn einen Augenblick geduldig an. „Nein, ehrlich gesagt ist das sogar ziemlich clever. Sex kann jede Menge Ärger zwischen zwei Leuten verursachen."

Das klang wie eine Warnung. Izzy saß vollkommen still da, damit er ihre Reaktion nicht erneut analysierte.

„Glauben Sie, man sollte dazu verliebt sein?" Es lag ein Anflug von Sehnsucht in Jesses Stimme.

Frazers Mund wurde schmal. „Ich glaube, dass man volljährig sein sollte, bei vollem Verstand, und ehrlich damit, was man möchte und wie man es möchte, wenn man Sex hat. Niemand sollte sich genötigt fühlen. Manchen Menschen ist Liebe wichtig", räumte er ein.

Aber nicht ihm.

Das machte ihn in ihren Augen noch attraktiver. Izzy verstand ihn. Es war schwer, sich zu verlieben, wenn man niemanden an sich heranließ. Sie hoffte, eines Tages eine Verbindung zu jemandem aufzubauen, mit dem sie wirklich sie selbst sein konnte. Aber die Vorstellung, sich einer anderen Person ganz und gar zu öffnen, machte ihr Angst.

Frazer hatte es offensichtlich einmal versucht, daher die Ex-Frau.

Sie wusste, dass er sich von ihr angezogen fühlte, es war schwer zu übersehen, wie er manchmal ihren Mund betrachtete, auch wenn ihr klar war, dass der Schönheitsfleck an ihrer Lippe ablenkend war. Aber die Art und Weise, auf die er gestern Abend ihren Körper gemustert hatte, war unmöglich misszuverstehen. War er immer so kalt den Frauen gegenüber, die ihn anzogen? Oder verhielt er sich so, weil er ein Profi war, der eine Ermittlung leitete?

„Glauben Sie, man sollte warten, bis man verheiratet ist?", fragte Jesse.

„Ich glaube nicht, dass man verheiratet sein muss, um Sex zu haben, aber man sollte ehrlich sein." Seine rasierklingenscharfen Augen trafen eine Sekunde lang auf ihre, und ein elektrischer Blitz fuhr durch jede ihrer Zellen. Hatte sie ihn tatsächlich für kalt gehalten? Dieser Mann war nicht kalt. Er konnte nur das, was er fühlte, unter Kontrolle halten, wohingegen sie völlig losgelöst über ein Meer aus Emotionen zu treiben schien.

„Wer wusste noch, dass du ein Kondom dabei hattest?", fragte Frazer.

„Niemand. Also, Franky natürlich, aber ich glaube nicht, dass er es jemandem erzählt hat. Warum sollte er? Meinen Eltern habe ich es nicht erzählt. Dad ist meistens cool, aber Mom würde ausflippen. Sie denkt immer noch, ich wäre elf." Jesse grinste. Ihm war in diesem Moment ganz offensichtlich nicht bewusst, dass sein Vater sich im Zimmer befand. Izzy war überrascht, wie gut Frazers Hypnosetechnik funktionierte.

Gerade als sie geglaubt hatte, alle Dinge erkannt zu haben, vor denen sie sich in Acht nehmen musste.

„Könnte es irgendjemand gesehen haben, wenn du dein Portemonnaie offen hattest?"

„Klar. Es steckt bei den Geldscheinen." Er zog eine Grimasse. „Die meisten Jungs in meiner Stufe haben eines dabei, auch wenn die meisten von ihnen null Chancen auf Sex haben. Ich schätze, irgendjemand kann es gesehen haben, aber das ist ja kein Verbrechen, oder?"

„Nein, das ist es nicht. Es ist sogar ziemlich vernünftig. Du hast Helena also geküsst. Kannst du mir erzählen, was dann passiert ist?", fragte Frazer.

Der Junge wurde still. „Da war ein Geräusch." Jesse fuhr sich mit der Zunge über die Lippen und starrte ins Nichts.

Oh, Gott. Izzy saß auf ihren Händen und machte sich auf das Schlimmste gefasst. Der Polizeichief drückte ermutigend ihre Schulter. Vielleicht hielt er sich auch nur an ihr fest. Sie war sich nicht ganz sicher, aber sein Griff war eisern.

„Du bist in Sicherheit, Jesse. Ich passe auf, dass dir nichts passiert. Versprochen." Frazers Stimme war leise und ruhig. „Erzähl mir genau, was du gehört hast."

Jesses Puls wurde schneller. Izzys war schon jetzt am Rasen. „Der Wind hat geheult, und die Wellen waren riesig, sie sind nur so auf den Strand gekracht. Ich habe Helena geküsst, aber dann war da dieses verwehte Geräusch, als ob jemand auf uns zu rennen würde. Wir haben aufgehört, uns zu küssen, und haben hochgeschaut." Sein Blutdruck war bei einhundertzwanzig zu neunzig und stieg weiter. Jesses Beine zuckten vor Anspannung, als ob er aus dem Bett springen und davonrennen wollte. „So ein Typ hatte einen Baseballschläger oder so was über seinen Kopf gehoben." Izzy hörte, wie er vor Schrecken nach Luft schnappte, als er sich daran erinnerte. „Er hat mich geschlagen. Fuck! Er hat nicht aufgehört, mich zu schlagen. Warum hat er das gemacht?"

Die Finger des Polizeichiefs bohrten sich schmerzhaft in ihre Schulter.

Jesses Puls stieg weiter, und Izzy tastete in ihrer Tasche nach der Ampulle mit dem Beruhigungsmittel.

„Helena hat ihn angeschrien, dass er aufhören soll, aber er hat immer weiter gemacht. Dann ist sie weggerannt. Ich hab versucht, aufzustehen, aber es ging nicht. Ich glaube, ich bin ohnmächtig geworden." Er sah verwirrt aus.

„Bist du wieder aufgewacht?"

Jesse schüttelte den Kopf, dann hielt er plötzlich inne. „Ich habe gespürt, wie er mich die Düne runtergezogen hat. Der Sand hat über meinen Rücken gekratzt. Und er hat meine Taschen durchsucht."

„Kannst du dich an irgendetwas an dem Mann erinnern? Einen Geruch? Wie er aussah?"

Der Junge schüttelte wieder den Kopf, seine dunklen Locken fielen ihm auf die Stirn. „Schatten. Ich habe nur Schatten gesehen." Jesse sah sich im Zimmer um, als ob er nach Antworten suchte. Tränen liefen sein Gesicht hinunter. „Wo ist Helena? Konnte sie entkommen?" Er versuchte, sich aufzusetzen. Izzy stand auf.

Als ihm niemand antwortete, wurde er noch aufgewühlter. „Sie ist nicht entkommen, oder? Was hat er mit ihr gemacht? Sagen Sie es mir, bitte." Die Stimme des Jungen wurde kräftiger. „Wo ist sie? Ist sie verletzt?"

„Du erinnerst dich an nichts anderes, nachdem er dich die Dünen hinuntergezogen hat?"

Jesse antwortete lange nicht. „Ich habe etwas gehört."

Ein Schauer lief Izzys Rücken hinunter.

„Was hast du gehört?"

„Es war ein Keuchen, als ob jemand… es getan hat." Seine Augen waren vor Entsetzen geweitet. „Als ob jemand Sex hatte. Und er hat was gesagt. ‚Kannst du es sehen?'. Das hat er gesagt. Glaube ich. Dann muss ich wieder ohnmächtig geworden sein."

Izzy versuchte, ihre Tränen wegzublinzeln und wünschte sich, sie könnte professioneller damit umgehen, und dass nichts von all dem sie berühren würde. Aber sie war zu tief in die Sache verstrickt. Sie kannte alle Beteiligten. Und wusste, welche Tragödie am Ende stattfinden würde.

„Hast du die Stimme erkannt?“, fragte Frazer.

„Nein. Nein.“ Eine lange Pause. „Aber… sie war mir irgendwie vertraut. Als ob ich ihn erkennen *müsste*.“

Frazer murmelte etwas in Jesses Ohr und plötzlich erwachte der junge Mann aus seiner Hypnose.

„Wo ist Helena?“, fragte er eindringlich.

„Jesse“, begann sein Vater und stand auf.

„Sagt es mir, verdammt!“ schrie Jesse sie an. Sein Puls auf dem Monitor raste, sein Blutdruck war bei einhundertfünfzig zu einhundertzehn, und er sah aus, als ob er in der nächsten Sekunde aus dem Bett springen würde. Frazer sah verärgert aus, als Izzy eine Spritze mit dem Beruhigungsmittel aufzog, nickte aber, als ob es seine Entscheidung wäre und nicht ihre.

„Jesse, der Mann, der dich angegriffen hat“, Tyson räusperte sich, „er hat Helena umgebracht.“

Er nahm die Hand seines Sohnes, und Izzy nutzte die Ablenkung, um das Beruhigungsmittel über Jesses Infusion zu verabreichen. Jesse begann zu schluchzen. „Nein, nein. Das kann nicht wahr sein. Ich war doch da! Oh, mein Gott. Er hat sie vergewaltigt, oder?“

Izzy entsorgte die Kanüle und alarmierte ihren Anästhesie-Kollegen, dann stand sie über den nächsten Tresen gebeugt da und wartete darauf, dass das Mittel Jesse ausknockte. Er stieß ein langes, heulendes Geräusch aus, das Izzys Herz in tausend kleine Teile zerspringen ließ. Alles, was er verloren hatte. Alles, was Helena verloren hatte. Sie konnte es nicht ertragen.

Nach ein paar Sekunden wurde das Weinen im Zimmer ruhiger und Jesse Puls sank wieder auf einen regulären Rhythmus ab. Sein Blutdruck war normal, seine Atmung gleichmäßig.

ASASC Frazer kam aus dem Zimmer und stand neben ihr. „Tut mir leid, dass sie das mithören mussten", sagte er leise.

„Muss es nicht." Sie wischte sich mit der Hand die Tränen fort, von denen sie nicht gemerkt hatte, dass sie ihr über das Gesicht gelaufen waren. Sie blickte zu Jesse, der bewusstlos und ruhig dalag. „Ich hatte mir gewünscht, er hätte etwas Brauchbares gesehen, aber ich bin auch froh, dass er ohnmächtig war, als dieser Bastard…"

Frazer nickte und fuhrwerkte mit seiner Jacke herum, offensichtlich auf dem Weg zum nächsten Termin in dieser Ermittlung.

„Erzählen Sie Kit nichts davon."

Izzy schnappte sich ein Taschentuch und schnäuzte sich die Nase. Kit nicht davon zu erzählen, dass sie wusste, dass ihre kleine Schwester wie eine Hure versteigert worden war, um einem Typen einen zu blasen, auf einer Party, auf der sie nicht einmal hätte sein dürfen. Großartig. Was für ein fantastischer Vormund sie doch war. „Damien Ridgeway ist achtzehn. Vermutlich war es das, worüber sie vorhin gestritten haben."

„Ich habe Wichtigeres zu tun, als mir um das Sexleben von Teenagern Gedanken zu machen."

Izzy zuckte zusammen. *Verdammt.* Das war ihre Verantwortung.

Chief Tyson trat zu ihnen. Er sah erschöpft aus.

„Lassen Sie die örtliche Polizei eine Pressemitteilung veröffentlichen, dass es einen Zeugen gibt, der hilfreiche Informationen für die Ermittlung hat."

„Sie wollen den Täter aus der Deckung locken." Tyson nickte. „Aber was, wenn er dann auf Jesse Jagd macht? Ich kann nicht rund um die Uhr hier sein, um ihn zu beschützen.“

„Ich habe Leute, die ich dafür abstellen kann. Ich habe schon unter ähnlichen Umständen mit ihnen zusammengearbeitet.“

Das Gesicht des Polizeichiefs war hart. „Die örtliche Polizeibehörde kann keine privaten Bodyguards finanzieren. Das Budget ist ohnehin schon knapp.“

„Das FBI kann Mittel zusteuern.“ Frazer starrte den Mann an, als ob er ihn dazu zwingen wollte, zuzustimmen.

Tyson wischte sich mit einer Hand über die Stirn. „Gut. Wenn es dabei hilft, diesen Hurensohn zu fassen und meinen Sohn zu beschützen, tun Sie es. Ich nehme eine Hypothek auf mein Haus auf, wenn es sein muss.“

„Sie müssen über das Ausmaß an Jesses Erinnerung beide Stillschweigen bewahren.“

„Oder den Mangel an Erinnerungen“, sagte sie. „Er ist nur ein Köder.“

Frazer verneinte es nicht. „Das ist eines der wenigen Dinge, die wir im Moment in der Hand haben, und je schneller wir den Täter fassen, umso sicherer werden wir alle sein.“

Izzy nickte. Frazer hatte recht. Natürlich hatte er recht. Aber er war auch ein rücksichtsloser Agent, bereit, einen verletzten und weiterhin verletzlichen Jungen für seine Zwecke zu benutzen. Der Mörder allerdings war noch schlimmer. Izzy musste davon ausgehen, dass Frazer wusste, was er tat.

„Danke, dass Sie an ihrem freien Tag hergekommen sind“, sagte er plötzlich.

Wie hätte sie diese Bitte ausschlagen können? Ein Mädchen war umgebracht worden. Nicht irgendeine Fremde, sondern ein Mädchen, das unzählige Male in ihrem Haus gegessen und übernachtet hatte. Izzys Brust zog sich zusammen. Wenn sie noch tiefer einatmete, würde ihr Brustkorb zerbersten.

„Wir können einen Termin ausmachen, wann ich Sie hypnotisiere und Sie mir erzählen, was sie letzte Nacht gesehen haben."

„Ich denke nicht." Sie trat einen Schritt zurück.

„Warum nicht?" Seine Augen beobachteten sie wie ein Falke seine Beute.

„Ich will nicht, dass Sie in meinem Kopf herumstöbern", antwortete sie ehrlich.

„Angst davor, was ich entdecken könnte?"

„Ja." Sie ließ ihm keine Zeit, zu reagieren. Izzy ging den Flur hinunter und wünschte, Kit und sie könnten die Inseln einfach verlassen. Sie wünschte, sie wüsste nichts über Mord und Tod. Als sie an der Tür ankam, schaute sie zurück. Jesse schlief und Frazer und Tyson waren in ein Gespräch vertieft. Ein Teil von ihr wollte, dass er hier verschwand und in sein Büro nach Virginia zurückkehrte. Etwas anderes in ihr wusste, dass sie ihn vermissen würde – die Chance, ihn näher kennenzulernen, vermissen würde. Er war kompliziert genug, um interessant zu sein, und so gutaussehend, dass eine Frau schon tot sein müsste, um nicht neugierig zu werden.

Sie war nicht tot, aber sie war klüger als das. Das musste sie sein.

ZWÖLFTES KAPITEL

FRAZER KAM MIT Stillstand nicht besonders gut zurecht, und für gewöhnlich nutze er die Flauten in Ermittlungen, um auf dem Schießstand zu trainieren oder ins Fitnessstudio zu gehen. In diesem Augenblick joggte er am Strand entlang, Schweiß rann ihm den Rücken hinunter, trotz des eisigen Windes, der vom Atlantik herüberwehte. Das war das Schlimmste an jeder Ermittlung. Das Warten. Es half, dass er so viele Agenten unter sich hatte und so viele Fälle, über die er den Überblick behalten musste, aber die meisten seiner Kollegen waren noch im Urlaub. Darsh Singh arbeitete an einem Fall von Serienmorden in Washington DC, Moira Henderson war nach Alaska geflogen, um bei der Autopsie mehrerer Leichen vor Ort zu sein, die womöglich die Opfer eines Serienmörders waren, der letztes Jahr in Haft verstorben war. Jed Brennan spielte Vater-Mutter-Kind und erholte sich von seinen Schusswunden. Matt Lazlo versuchte seit ein paar Wochen, das Chaos zu ordnen, das die fälschliche Verurteilung des ehemaligen FBI-Agenten Richard Stone mit sich gebracht hatte, während er sich gleichzeitig um seine neue Freundin und – sofern Frazer das richtig beurteilte – um seine zukünftige Schwiegermutter kümmerte. Richard Stone erhielt nun endlich die beste Behandlung gegen seinen Krebs. Alles, was sie tun konnten war, dafür zu beten, dass er lange genug lebte, um in den Genuss seiner Freisprechung zu kommen.

In der Fallanalyseeinheit hörte der Spaß nie auf.

Rooney war immer noch zur Überwachung im Krankenhaus, aber es sah gut aus. Alex Parker hatte bei ihrer letzten Unterhaltung deutlich entspannter geklungen – weniger wie *Ich-kann-Sie-auf-vierzig-verschiedene-Arten-umbringen-und-es-jedes-Mal-wie-einen-Unfall-aussehen-lassen* und mehr nach *Ich-bin-ein-millionenschwerer-Experte-für-Cybersicherheit-sagen-Sie-mir-also-nicht-wie-ich-meine-Arbeit-machen-soll-Arschloch.*

Wenn man bedachte, dass Frazer und er sich bei ihrem ersten Treffen beinahe geprügelt hätten, war es erstaunlich, wie schnell sie Freunde geworden waren. Es gab niemanden, mit dem er in diesem Augenblick lieber zusammenarbeiten wollte.

Frazer wusste nichts über Computer, abgesehen von den Grundlagen. Parker jagte gerade Handydaten durchs System und hatte sich in den Server des Gefängnisses gehackt, um Mitteilungen der letzten Zeit zwischen Denker und irgendjemandem auf den Outer Banks ausfindig zu machen. Sämtliche E-Mails wurden an das Gefängnis geschickt, nicht an die individuellen Sträflinge. Dennoch, es gab genug Wege, um Nachrichten zu übermitteln, wenn man nur wusste wie.

Frazer hatte Hintergrundinformationen über jeden Gefängniswärter angefordert, ebenso über den Anwalt und die Groupies, die sich an diesen gewalttätigen Verbrecher geworfen hatten. Parker kontrollierte zudem die Querverweise seiner ViCLAS-Suche, prüfte alle Berichte über Vergewaltigungen und/oder Morde, bei denen die Schuhe des Opfers mitgenommen worden waren, und versuchte herauszufinden, ob es irgendwelche zusätzlichen Faktoren gab, die eine Verbindung zwischen den Verbrechen herstellten. Die

Sache mit den Schuhen wurde dadurch verkompliziert, dass so viele der Opfer nie gefunden worden waren, während diejenigen, die gefunden wurden, oft komplett nackt gewesen waren – ein Mörder mit einem Schuhfetisch oder ein Mörder, der die Schuhe als Souvenir mitnahm, um seine Fantasie und seine Verbrechen erneut durchleben zu können, war also nicht unmittelbar erkennbar.

Die Identitäten der beiden Opfer, die am Strand geborgen worden waren, herauszufinden, war im Augenblick die höchste Priorität. Die Beweisspuren von Helenas Körper waren als Nächstes an der Reihe. Er versuchte, nicht an sie zu denken – wieder einmal. Sobald Frazer mehr Informationen hatte, konnte er weitere Beamte mit einbeziehen, um ein geografisches Profil zu erstellen. Im Moment allerdings konnte er nichts anderes tun, als abzuwarten. Daher der Schweiß auf seiner Stirn und seine brennenden Lungen.

Für morgen früh um neun Uhr war eine Pressekonferenz anberaumt, aber er würde nicht hingehen. Seine Anwesenheit würde nur die Gerüchteküche anfeuern. Frazer hatte seinen Freund Robin Greenberg kontaktiert, der ein Medienkonglomerat besaß, und hatte ihm eine Stellungnahme zukommen lassen, zusammen mit der Bitte, seine Redakteure möchten die Ermittlungen herunterspielen. Frazer hatte dem Kerl vor ein paar Jahren das Leben gerettet, und Robin hatte ihm damals versprochen, alles für ihn zu tun, um sich zu revanchieren. Darauf verließ sich Frazer nun. Das Tolle an Robin war, dass er regelrecht Freude daran hatte, Mörder zu manipulieren, damit die Polizei sie festnageln konnte. Und wenn Frazer und das FBI dieses Entgegenkommen mit einem exklusiven Interview oder ein paar heißen Insider-Tipps zu gegebener Zeit vergelten konnten, war das doch schließlich im Sinne des

Gemeinwohls.

Von Frazers Seite aus ging das in Ordnung.

Nachdem er Jesse Tyson hypnotisiert hatte, hatte er versucht, ein wenig Schlaf nachzuholen, aber sobald er die Augen schloss, erschien ihm das Bild von Helena Cromwell, das sich mit den Bildern all der anderen Opfer vermischte, denen er nie zu Gerechtigkeit hatte verhelfen können.

Scheiße. Wann hatte er das letzte Mal eine nackte Frau gesehen, die nicht tot war?

Er lief schneller, bis seine Lungen fast platzten. An manchen Tagen hatte er das Gefühl, dass es egal war, wie viel er arbeitete, wie viele Verbrecher er hinter Gitter brachte, es warteten immer schon die nächsten, um ihren Platz einzunehmen. Dieser Fall hatte als Schadensbegrenzung begonnen, aber nun wurde er wieder daran erinnerte, warum er diese Arbeit machte.

Um Menschen zu beschützen.

Um Verbrecher hinter Gitter zu bringen.

Nicht um mit Präsidenten oder hohen Tieren zu verkehren.

Dass er diese mächtigen Leute benutzte, sollte ihn ein gewisses Maß an Schuld empfinden lassen, aber seine Absichten waren ehrlich. Und er hatte das Leben von einigen eben dieser Leute gerettet, weil er gut war in dem, was er tat. Es war eben ein Geben und Nehmen.

Aber etwas an Helenas Geist, ihre Gutherzigkeit und Unschuld, berührte ihn, erinnerte ihn daran, dass es nicht immer die Reichen und Mächtigen waren, die seine Hilfe am meisten brauchten. Es waren die Schwachen, diejenigen ohne Stimme.

Zusätzlich zu der Verbindung zu Denker musste er alle

anderen üblichen Verdächtigen in ihrem Mordfall in Erwägung ziehen. Das Alibi ihres Vaters war schwach, denn alle anderen Personen in seinem Haus hatten geschlafen. Der Täter hatte ein Kondom benutzt, vermutlich eines, das er aus Jesses Portemonnaie gestohlen hatte. Frazer erinnerte sich daran, dass er Randall beauftragen musste, Franky Cirencester nach seiner bevorzugten Marke zu fragen, damit sie die Rückstände abgleichen konnten.

Die meisten Serienvergewaltiger hatten immer ein Kondom dabei, also war der Angriff auf Helena nicht geplant gewesen. Polizeichief Tyson überprüfte derzeit sämtliche männlichen Einwohner der Insel auf Verhaftungen wegen Einbruchs, Voyeurismus, Stalking und sexueller Gewalt. Alles, was ihnen einen ersten Anhaltspunkt für die Ermittlungen geben konnte.

Nach einer weiteren Meile drehte er um und lief zurück zum Strandhaus.

Randall hatte Damien Ridgeway überprüft. Der junge Mann hatte eine längere Vorgeschichte, was das Dealen von Drogen an seiner alten Schule betraf. Zu Vergewaltigung und Mord wäre es ein ziemlicher Sprung, aber es war nicht unmöglich. Sein Alibi für die Zeit von Helenas Ermordung war Kit, die nach ihren eigenen Angaben völlig zugedröhnt gewesen war. Aber sie konnten bisher keine Verbindung zwischen Ridgeway und Ferris Denker herstellen, und diese Verbindung war der Schlüssel, um diesen Fall zu knacken.

Die Agenten, die damals in den Neunzigern im Denker-Fall ermittelt hatten, waren nie davon ausgegangen, dass er einen Partner gehabt hatte, und das war womöglich das Erschreckendste in diesem Fall. Dass irgendein Komplize die letzten siebzehn Jahre über ungehindert gemordet hatte, ohne dass die Behörden je etwas vermutet hatten.

Frazers Atem rasselte rau durch seine Kehle. Nach sieben Meilen begannen die Muskeln in seinen Beinen zu brennen.

Randall stellte gerade eine Liste der Besitzer von Geländemotorrädern zusammen. Bisher hatte der Agent seine Vorgesetzte hinhalten können, aber Frazer würde sich irgendwann in den nächsten Stunden mit ihr auseinandersetzen müssen. Vielleicht sollte er die Staatspolizei anfordern? Hanrahans Ermittlungen waren solide gewesen, die Verurteilung von Denker wasserfest. Die Sache war die, dass er keine anderen Agenten bei den Ermittlungen dabeihaben wollte. Frazer wollte die Kontrolle nicht abgeben und zurück nach Virginia fahren. Er wollte die Kontrolle behalten. Er wollte diesen Fall lösen. Helena Gerechtigkeit widerfahren lassen. Vielleicht – nach all dem, was er in den letzten Monaten durchgemacht hatte – wollte er sich auch endlich wieder beweisen können.

Und wenn das kein Gott-Komplex war, dann wusste er nicht mehr, was es sonst sein sollte.

Es war nicht nur die Ermittlung, die ihn körperlich und mental anstrengte. Die unerwünschte Anziehung, die er zu Isadora Campbell verspürte, ging ihm gehörig gegen den Strich. Der einzige Trost war, dass sie ebenso unglücklich darüber schien, was zwischen ihnen beiden vorging, wie er. Sie war nicht irgendein romantischer Dummkopf, der von einem Happy End träumte – als ob er sich jemals in so eine Frau verlieben würde. Sie waren beide Pragmatiker, zu beschäftigt mit ihrer Arbeit und ihrem Leben, um sich zu sehr zu verstricken. Er konnte diese Ablenkung nicht gebrauchen. Aber sie faszinierte ihn, mit den Geheimnissen, die ihre Augen verrieten, mit ihrem Engagement für ihr Land und für den undankbaren Teenager in ihrer Obhut, und mit diesem verdammten Schönheitsfleck, der seinen Blick immer wieder auf ihre Lippen lenkte, wenn er doch eigentlich an Serienmörder denken sollte.

Ein metallenes Klimpern neben ihm ließ ihn hinunterschauen. Izzys Hund, Barney, war angerannt gekommen und leistete ihm nun für die letzten Meter seines Laufs Gesellschaft. Mit dem Hund kam er klar. Es war die Frau, die er besser auf Abstand hielt. Er musste trotz der Anstrengung grinsen, als er auf den Stadtrand von Rosetown zulief.

Die Frau, an die er nicht zu denken versuchte, saß auf einer Yogamatte im Sand, eine kleine Kühlbox neben sich. Barney lief schnurstracks auf sie zu und begrüßte sie mit einem feuchten Kuss, was ihm Frazer verdammt übelnahm. Izzy lachte und schob den Hund zur Seite.

„Igitt." Sie wischte sich den Mund ab.

Frazer blieb ein paar Meter entfernt stehen, stützte sich mit den Händen auf den Oberschenkeln ab und versuchte, wieder zu Atmen zu kommen. Der Hund tapste zu seinem Wassernapf davon. Frazer deutete mit einem Kopfnicken auf Izzys Wasserflasche und hob fragend eine Augenbraue.

„Bitte." Ihr Ausdruck war ruhig, aber der Blick in ihren Augen war bedeckt. „Angeblich zieht wieder ein Sturm auf." Sie deutete auf das Meer. „Würde man nicht vermuten, bei diesem Slick Cam.

„Slick Cam?" Sie schauten beide auf die ruhige Meeresoberfläche.

„So nennen die Einheimischen dieses totenstille Meer." Ihr Lächeln ließ ihre Augen aufleuchten. „Das ist eine ganz andere Sprache hier draußen. Pizer bedeutet Veranda. Wopperjawed heißt, irgendwas ist nicht ganz gerade. Und Sie sind, was man hier als einen Dingbatter bezeichnen würde.“

Sein Atem ging nun endlich langsam genug, um mehr als zwei Worte herauszubekommen. „Will ich wirklich wissen, was das bedeutet?“ Er nahm einen großen Schluck aus der Wasserflasche und wischte sich den Mund mit seinem Handrücken ab.

„Ein Name, den sie allen geben, die nicht von hier sind“, führte Izzy aus.

„Sie sagen ‚sie‘, als ob Sie sich hier auch nicht zugehörig fühlen.“

Isadora zuckte mit den Schultern, was die Kuhlen über ihrem schmalen Schlüsselbein unterstrich – Stellen, die er wahnsinnig gerne schmecken wollte. „Ich war lange weg.“

Und manche Menschen kamen nirgendwo an, egal wo sie geboren waren oder wie lange sie blieben.

„Wie machen Sie das?“, fragte sie plötzlich.

„Was?“ Er trank das Wasser aus.

„Mörder jagen.“

Die Anspannung, die Helenas Ermordung ausgelöst hatte, begann sich in dunklen Ringen unter ihren Augen und den weiß hervortretenden Knöcheln ihrer Finger, die sich um ihre Knie klammerten, Ausdruck zu verschaffen.

Er zuckte mit den Schultern. Das wurde er oft gefragt. „Ich mag es, Verbrecher aufzuhalten.“

„Und warum empfinden manche Menschen Spaß daran, andere Menschen umzubringen? Ist ihnen das Böse angeboren? Ist es genetisch bedingt?“ Sie legte ihren Kopf auf die Knie.

„Die letzten wissenschaftlichen Erkenntnisse legen nahe, dass es Gene gibt, die damit in Verbindung stehen, einen Mord zu begehen.“

Izzy blickte erschrocken auf.

„Das bedeutet nicht, dass jeder mit diesem Gen automatisch zu Mörder wird." Er setzte sich neben sie in den Sand, machte es sich bequem. Es fiel ihm leicht, darüber zu sprechen, was einen Mörder ausmacht – es war viel einfacher, als darüber nachzudenken, wie schön Isadoras Haare im Sonnenschein aussahen. „Hirnscans von verurteilten Mördern zeigen eine verminderte Aktivität im Präfrontalen Cortex…"

„Das Zentrum für die Kontrolle emotionaler Impulse."

Er lächelte, denn sie war intelligent, und er mochte Intelligenz. „Und eine erhöhte Aktivität in der Amygdala, dem Bereich, in dem Emotionen generiert werden."

„Also ist das allgemein akzeptiere Bild vom soziopathischen Mörder, der keine Emotionen empfindet, nicht ganz richtig?", fragte sie.

„Ich bin nicht sicher, ob es mittlerweile schon so weitreichende Studien gibt, um für alle untersuchten Mörder eine klinische Diagnose zu treffen. Aber nein, die Studie legt nahe, dass Mörder in der Regel ein höheres Maß an Wut und Zorn fühlen, diese aber deutlich schlechter kontrollieren können." Er setzte sich auf. „Die Forscher haben ein Gen entdeckt, das ein Enzym produziert, das wiederum die Neurotransmitter reguliert, die in die Impulskontrolle involviert sind – wenn es einem Menschen fehlt, oder es eine Variante mit niedriger Aktivität ist, ist die Veranlagung für gewalttätiges Verhalten gegeben. Dieses Gen mit verminderter Aktivität findet sich in etwa einem Drittel der männlichen Bevölkerung."

„Aber ein Drittel der männlichen Bevölkerung ist nicht automatisch gewalttätig, oder?"

Er betrachtete ihre langen Beine unter den engen Leggings

„Die Theorie ist, dass bei Männern mit dieser Auffälligkeit, die Opfer von Kindesmissbrauch waren, und bei denen dementsprechend mit höherer Wahrscheinlichkeit eine strukturelle Veränderung des Gehirns stattgefunden hat, gewalttätiges Verhalten schneller ausgelöst wird. Psychische Gesundheit ist ein weiterer möglicher Faktor."

Frazer sah, wie sie erschauderte. Sie fuhr langsam mit den Fingern durch den trockenen Sand zwischen ihnen.

„Die Mörder können also nichts dafür?", fragte sie.

Er presst die Lippen zusammen und starrte aufs Meer. „Man kann die Gene dafür verantwortlich machen oder eine miese Kindheit. Aber sie treffen letzten Endes trotzdem selbst die Entscheidung, andere Menschen umzubringen, obwohl sie wissen, dass es falsch ist. Meine Aufgabe ist es, sie aufzuhalten. Und ich mache meine Arbeit gut, denn wenn nicht, sterben Menschen."

Ihre Blicke trafen sich. Diese weichen, grünen Augen voller Verständnis und Mitgefühl. Er streckte die Hand aus und berührte ihre Finger. Sie ließ zu, dass sich seine Finger um ihre schlossen, und drückte seine Hand. Ein Blitz von ungeahnter Bedeutsamkeit schoss durch ihn hindurch. Und so, wie sich ihre Augen verdunkelten, spürte sie es ebenfalls.

Und dann fiel ihm plötzlich etwas ein. „Kennen Sie zufällig jemanden, der einen Metalldetektor besitzt?"

———

IZZY HIELT FRAZER ein kaltes Bier aus der Kühlbox hin, die sie aus dem Haus mitgebracht hatte. Der Tag heute war dazu da, zu entspannen und zu versuchen zu vergessen, dass dort draußen irgendwo ein Mörder herumlief. Ihre Pistole hatte sie natürlich in der Tasche, die direkt neben ihr lag.

„Danke." Sie stießen an, und Frazer trank in großen Schlucken, genau wie er es mit dem Wasser getan hatte. Es war unmöglich, nicht zuzusehen, wie der Adamsapfel an seinem starken Hals auf und nieder hüpfte. Schweiß hatte sein blondes Haar dunkel gefärbt. Sein T-Shirt und seine Sporthose waren ebenfalls durchgeschwitzt, und Izzy beäugte ihn hungrig. Sein Körper war definiert und straff, lange Beine, die von feinen blonden Härchen bedeckt waren. Kräftig aussehende Oberschenkel und ein flacher Bauch, der so aussah, als ob kein zusätzliches Gramm Fett an ihm war. Sie hatte geglaubt, es wäre der elegante blaue Anzug gewesen, der ihn so verdammt perfekt hatte aussehen lassen, aber selbst durchgeschwitzt und in Sportklamotten war rein gar nichts an ihm auszusetzen.

Sie wendete ihren Blick ab, setzte sich im Schneidersitz hin und trank langsam ihr Bier, obwohl sie es am liebsten in einem großen Schluck ausgetrunken hätte. „Warum wollen Sie wissen, ob jemand hier einen Metalldetektor besitzt?"

„Tun Sie mir den Gefallen." Frazer streckte sich in voller Länge neben ihr im Sand aus.

Izzy reichte ihm eine Decke, damit er nicht erfrieren würde, wenn er sich nach seinem Lauf abkühlte.

„Naja, ich habe keine Inventurliste", Frazer zog amüsiert die Augenbrauen hoch, „aber es gibt hier tatsächlich eine Gruppe, die auf Schatzsuche geht, oder so was in der Art. Das weiß ich, weil ich den Mitgliedern regelmäßig Tetanusspritzen geben muss, wenn sie sich mal wieder an irgendwelchen rostigen Coladosen geschnitten haben. Pastor Rice hält sich für einen richtigen Experten auf dem Gebiet, allerdings ist er am liebsten allein unterwegs. Er sagt, die anderen Leute lenken ihn ab, und er führt bei der Suche immer gerne Gespräche mit Gott. Onkel Ted hat einen, den meine Mutter ihm gekauft hat, als er in den Ruhestand gegangen ist. Sie hatte gehofft, es würde ihm etwas anderes zu tun geben, als sich nur um sie zu kümmern."

„Sie haben einen Onkel?" Er nahm einen weiteren Schluck aus der Bierflasche. Izzy versuchte, nicht der Schweißperle nachzuschauen, die von seiner Stirn die Schläfe hinunterrann. Sowas sollte eigentlich nicht sexy aussehen, tat es aber.

„Der Bruder meiner Mutter. Meine Eltern sind in den Achtzigerjahren wieder hierhergezogen, aber die Familie meiner Mutter wohnt seit Generationen hier auf den Outer Banks."

„Also ist das hier wirklich Ihre Heimat?"

Izzy verzog das Gesicht. „Das sollte es zumindest sein." Sie blickte über ihre Schulter, aber Kit war nicht zu Hause. Der Inhaber des Diners hatte angerufen und sie gebeten, eine Schicht zu übernehmen. Vielleicht würde die Arbeit Kit helfen, sich von ihrer Trauer abzulenken. Izzy hielt das für eine gute Idee. Oder vielleicht würde sie andere Freunde treffen, mit denen sie ihren Verlust teilen konnte.

„Ich hatte nie das Gefühl, hierher zu gehören. Ich wollte immer fort von hier." Sie sah ihn an, wie er dort so nah neben ihr lag. Sie konnte die grauen Sprenkel in seinen Augen erkennen. Das machte seine Augen so eisig blau. Das, und die Tatsache, dass er jeden Bullshit sofort durchschaute. „Nein, das stimmt so, ehrlich gesagt, nicht ganz."

Er schaute sie prüfend an, als ob sie ihm gleich ein wichtiges Geheimnis verraten würde – das würde natürlich nie passieren, aber dieser Moment war dennoch intim, viel intimer als sie es üblicherweise zuließ. „Als ich sechzehn war, hatte ich einen Freund, der bei einem Autounfall ums Leben kam. Nachdem er gestorben war, hatte ich das überwältigende Bedürfnis, hier zu verschwinden." Izzy umklammerte ihre Knie und rollte sich zu einem Ball zusammen.

Frazer sagte nichts. Es gab nichts zu sagen.

„Das war ein hartes Jahr." Und Shane zu verlieren, war die kleinere der beiden Tragödien gewesen.

Frazer beugte sich näher zu ihr, und sie konnte seinen warmen, herben Geruch wahrnehmen. Er starrte ihren Mund an, als wollte er sie küssen. Diese Vorstellung ließ ihre Brustwarzen augenblicklich steinhart werden und unter ihrem T-Shirt hervorstehen. Sie hoffte, er würde dem eisigen Atlantikwind dafür die Schuld geben.

„Sind Sie deshalb Ärztin geworden?"

„Zum Teil bestimmt, schätze ich." Eine Welle der Nostalgie wusch über sie hinweg, als sie an Shane dachte. Er war so jung gewesen – in Kits und Helenas Alter. Tot, bevor sein Leben richtig begonnen hatte. Dumm. Unschuldig. „Er hatte getrunken und ist gegen einen Telefonmast gerast. Es war seine eigene Schuld, aber es hat Stunden gedauert, bis sie ihn aus dem Wrack befreien konnten." Sie scheute vor dieser Erinnerung zurück, denn sie war dort gewesen und hatte seine Hand gehalten, als er starb. Sie hatte ihn angefleht, nicht zu sterben, sie nicht zu verlassen.

„Weil Sie ihn nicht retten konnten, haben Sie sich entschieden, die Welt zu retten?"

Das war Küchenpsychologie, ihre wahren Gründe waren ein bisschen komplizierter. Sie war vor ihren Sünden davongelaufen und versuchte seither, dafür zu sühnen. Sie zuckte mit den Schultern. „Was ist mit Ihnen?"

„Mit mir?" Ein schmales Kräuseln verzog diese perfekten Lippen.

„Ja, mit Ihnen. Warum versuchen Sie, die Welt zu retten?"

Seine blauen Augen sahen in dem Licht fast aus, als läge eine Eisschicht über ihnen. Das war sein Abwehrmechanismus, wurde ihr klar. Der distanzierte Beobachter, nie wirklich involviert, der sich niemandem je öffnete. Aber er wandte seinen Blick nicht ab, wie sie erwartet hatte. Stattdessen sagte er leise: „Meine Eltern wurden ermordet."

„Ermordet?", fragte sie jäh.

„Ein Einbruch, als ich fünfzehn war."

„Oh, Scheiße. Sie waren dabei." Sie konnte die Erinnerung über sein Gesicht flackern sehen, auch wenn er sicherlich glaubte, nichts zu verraten.

„Ja."

„Sie haben gesehen, was passiert ist." Ihr Hals war so trocken, dass sie die Worte kaum hervorbrachte.

Sein Mund wurde schmal.

Shane sterben zu sehen, war schlimm genug gewesen, aber sie wusste, wie sich Mord anfühlte. Es fühlte sich an wie alle Dämonen der Finsternis zusammen.

Und er hatte diese Dämonen in sein Leben gelassen.

„Ich bin FBI-Agent geworden, damit *ich* die Fragen stellen kann. Diesmal bin *ich* an der Reihe."

Izzy rührte sich nicht. Er würde sie zu ihrem Vater befragen. Hatten sie die Skelette am Strand identifiziert? Bei der Vorstellung daran wollte sie sich übergeben.

Wie konnte sie diesen Mann anlügen, nach allem, was er ihr gerade erzählt hatte? Wie konnte sie ihn nicht anlügen?

Ihr Herz hämmerte in ihrer Brust. Er sah, wie ihr Puls unter der Haut an ihrem Hals pochte. Würde er glauben, dass der Grund dafür Angst oder Verlangen war? Sowohl Angst als auch Verlangen schossen in diesem Augenblick geradezu durch ihren Körper.

Er lehnte sich näher zu ihr hin, und für eine Sekunde glaubte sie, er würde sie küssen. Dann bimmelte ihr Handy und riss sie beide aus dem Augenblick. Sie schaute auf den Bildschirm und ihr Mund klappte auf.

Ein Foto erschien. Eine junge Frau kniete vor einem Typen, der mit gespreizten Beinen in einem Sessel saß, den Kopf in den Nacken gelehnt. Beide waren angezogen. Ihre Gesichter waren nicht zu erkennen. Aber ihre Stellung verriet alles, was man wissen musste. Die Nachricht, die das Foto begleitete, drehte ihr den Magen um.

„Kit Campbell bläst einen Typen, während ihrer besten Freundin der Schädel eingeschlagen wird. Arme, kleine Helena. Deine beste Freundin ist eine Schlampe. KC ist zum Kotzen."

Izzy ließ das Handy fallen.

Als sie es hochheben wollte, hatte Frazer es schon in der Hand. Er schaute das Bild einen Moment lang an, dann tippte er etwas in ihr Handy und schickte es ab. Danach löschte er die Nachricht und das Foto, während Izzy ihm fassungslos zuschaute.

„Ich lasse das Foto zu der Person zurückverfolgen, die Ihnen das geschickt hat. Ich schlage vor, Sie finden Ihre Schwester und vergewissern sich, dass sie es noch nicht gesehen hat."

Herrgott. Das würde Kit zerstören.

Wieder klingelte ihr Handy. Diesmal war es Polizeichief Tyson. Frazer rutsche so nah an sie heran, dass sich ihre Schultern berührten, als er versuchte, mitzuhören – was sie komplett aus der Fassung brachte. Nach der knappen Nachricht von Tyson beendete sie das Gespräch und stand auf. „Kit ist auf der Polizeistation. Verhaftet wegen Körperver-letzung."

DREIZEHNTES KAPITEL

POLIZEICHIEF TYSON ERWARTETE sie am Haupteingang der Polizeistation von Rosetown.

„Wo ist sie?" Izzys Wut drückte sich durch einen bitteren Geschmack in ihrem Mund aus. Der arme Mann hatte schon genug Ärger. Helena war umgebracht und sein Sohn fast zu Tode geprügelt worden. Diese Sache mit Kit war gleichermaßen frustrierend und beschämend, und unterstrich einmal mehr ihr Versagen als Vormund.

„Kommen Sie mit, ich bringe Sie zu ihr." Er hielt ihr die Schwingtür des Tresens auf und sie ging ihm voran hindurch.

„Ist bei Jesse alles in Ordnung?", fragte sie leise.

„Der Personenschutz ist vor ein paar Stunden eingetroffen. Charlene und Ricky sind auch gerade bei ihm." Er warf ihr einen Blick zu. „Ich wollte das hier persönlich übernehmen. Ich bin Ihnen was schuldig."

„Sie sind mir gar nichts schuldig." Izzy wollte sich vor Scham verkriechen, richtete sich aber stattdessen umso aufrechter auf. „Aber ich weiß es zu schätzen. Können Sie mir sagen, was passiert ist?"

„Eine Gruppe von Mädchen saß im Diner und hat Kit wegen eines Fotos verspottet."

„Haben Sie das Foto gesehen?", fragte sie.

Er presste die Lippen zusammen und nickte.

„Jemand hat es mir aufs Handy geschickt." Izzy bekam

kaum Luft. „Haben Sie gelesen, was sie dazugeschrieben haben?"

Seine Lippen waren mittlerweile blutleer. Er deutete mit einem Kopfnicken auf eine Tür. „Sie ist da drin. Sie können mit ihr sprechen. Ich werde mich mit den Eltern des Mädchens unterhalten, dem sie einen Faustschlag verpasst hat."

„Einen Faustschlag?" Izzy verzog das Gesicht.

„Sie hat ihr die Nase gebrochen", führte Tyson weiter aus.

„Oh…" *Scheiße. Gottverdammt.*

„Ich werde herausfinden, ob das Mädchen immer noch Anzeige erstatten will, wenn ihr klar wird, dass sie sich dann auch wegen der Verbreitung von Kinderpornografie verantworten muss." Mehr sagte Chief Tyson nicht, aber das Funkeln in seinen Augen machte Izzy Hoffnung.

Plötzlich flog die Tür hinter ihnen auf. ASAC Frazer erschien, mit nassen Haaren und den frischen Duft eines Zitrusduschgels verströmend, weshalb sie ihn am liebsten auf der Stelle einatmen wollte. Sein blauer Anzug saß wieder an Ort und Stelle, darunter ein weißes, frisches Hemd und eine rot-grau gestreifte Krawatte – perfekt geknotet, aber leicht verrutscht. Wie er all das in der kurzen Zeit geschafft hatte, war ihr unbegreiflich.

„Ich habe Ihnen doch gesagt, Sie sollen auf mich warten." Seine Augen waren schmal und erinnerten sie daran, dass er es gewohnt war, das Sagen zu haben.

Sie stützte die Hände auf die Hüften. „Sieht so aus, als ob Sie mich eingeholt haben, also was ist das Problem?"

Seine blauen Augen wurden eisig vor Missbilligung.

Izzy legte die Hand auf die Türklinke.

„Warten Sie." Seine Fingerspitzen berührten ihren Arm.

Bruchstücke von etwas Dunklem, Sinnlichem jagten durch ihre Nervenbahnen. Sie war so verdutzt, dass sie tat, was er sagte.

Frazer wandte sich an Tyson. „Ich habe jemanden darauf angesetzt, die Quelle des Fotos ausfindig zu machen. Wir werden Anzeige erstatten, sobald wir die Person gefunden haben. Lassen Sie alle Beteiligten wissen, dass es sich hierbei um eine Straftat handelt. Ich will, dass die Jugendlichen das Bild löschen und nicht überall im Netz weiterverbreiten."

„Dafür ist es womöglich ein bisschen spät." Tyson nickte. „Aber ich stelle sicher, dass die Botschaft ankommt, danach fahre ich zurück zum Krankenhaus." Er hielt inne. „Hat das irgendetwas mit dem Mord an Helena zu tun?"

„Ich weiß es nicht", antwortete Frazer. „Ehrlich gesagt, bezweifle ich es."

Warum war er dann hier? Izzy drückte die Türklinke herunter und trat in das Befragungszimmer. Dort saß Kit auf einem Plastikstuhl und starrte sie an. Ihre Augen waren gerötet, frische Tränen strömten ihr über das Gesicht. Izzy bezweifelte, dass sie für mehr als eine Stunde aufgehört hatte zu weinen, seit sie von Helenas Tod erfahren hatte.

„Hast du es gesehen?" Kit sah kein bisschen beschämt aus. Sie sah wütend aus.

Izzy nickte.

„Ich vermute du denkst, sie haben recht. Dass ich eine Schlampe bin." Sie wollte mir ihren Worten provozieren, aber es lag genug Unsicherheit in ihnen, um Izzys Ärger verfliegen zu lassen.

Izzy schüttelte den Kopf und setzte sich neben Kit, zog sie in ihre Arme und ließ ihren Kopf auf ihrer Schulter ruhen. „Ich wünschte, ich wäre in der Silvesternacht zu Hause gewesen. Ich wünschte, ich hätte mich bei den Cromwells erkundigt, was eure Pläne sind." Wenn sie die Zeit zurückdrehen und alles anders machen könnte, sie würde es tun.

„Wir werden herausfinden, wer das Foto gemacht und wer es über die sozialen Medien verbreitet hat", erklärte Frazer.

„Das ist doch egal. Es ist schon längst im Internet verbreitet." Kits Worte klangen verbittert. „Ich sollte einfach Schluss machen."

„Womit Schluss machen?", fragte Izzy scharf.

Die jungen, blauen Augen ihrer Schwester blitzten auf. „Schule. Leben."

„Red nicht so", ermahnte sie Izzy, während die blanke Angst durch ihre Adern schoss.

„Meine beste Freundin ist tot. Und wer wird mich jetzt noch irgendwo einstellen? Irgendein perverser alter Mann, der glaubt, ich hole ihm einen runter, während ich seine Anrufe beantworte? Alle werden das Foto sehen und denken, dass ich eine Hure bin. Das Foto wird ewig die Runde machen."

„Und wessen Schuld ist das?", schnappte Izzy zurück.

Kit verzog die Lippen zu einem abfälligen Grinsen. „Und jetzt wissen wir, wie du in Wirklichkeit empfindest."

„Ich finde, du solltest Verantwortung für das Foto übernehmen. Du hättest das von vorneherein nicht machen sollen." Izzys Stimme wurde lauter. Sie wollte ihre Schwester gleichzeitig trösten und sie in die Schranken weisen.

Kit schob ihr Kinn vor. „Jetzt ist es also meine Schuld?"

„Natürlich ist es deine Schuld!" Aber es war auch ihre Schuld. *Verdammt.* „Heutzutage, wo jeder ein Handy mit Kamera hat! Was hast du dir nur dabei gedacht?"

„Ich hab jedenfalls nicht gedacht, dass irgendein

Arschloch es online stellt, noch dazu mit solchen Kommentaren über Helena", stieß Kit wütend hervor. „Es war eine Mutprobe, also habe ich es gemacht. Scheiß auf sie alle."

„Nein." Izzy rammte beide Fäuste in ihre Taschen. „Du bist die, die Scheiße gebaut hat. Ganz offensichtlich." Sie stand auf, lief durch das Zimmer und wünschte sich, sie wüsste, was jetzt zu tun war. Sie wollte nicht den Richter über Kit spielen, aber die Sache war einfach nicht in Ordnung. Izzy atmete ein paarmal tief ein und aus und versuchte, sich zu beruhigen. Der Vormund einer Siebzehnjährigen zu sein, war wirklich kein Zuckerschlecken, aber ebenso schlimm war es, die Mutter und die beste Freundin zu verlieren – niemand wusste das besser als Izzy. Dieser Gedanke beruhigte ihr rasendes Herz. Kit brauchte jetzt ihre Unterstützung, nicht ihren Tadel.

Frazer stand neben dem Fenster und schaute den beiden Schwestern zu. Analysierte ihre Beziehung. Analysierte Izzy.

„Ich finde nur, du bist zu jung, um *das* da zu tun – vor allem auf einer Party, auf die du gegangen bist, ohne es mir zu sagen." Izzys Innerstes erstarrte, als sie daran dachte, was ihrer Schwester hätte passieren können.

Kit lächelte sie so höhnisch an, wie es nur Teenager hinbekommen. „Vielleicht solltest du lernen, wie man Typen vernünftig einen bläst, dann müsstest du auch nicht jeden Abend allein zu Hause rumsitzen wie eine verdammte Jungfrau."

„Eine verdammte Jungfrau. Das würde ich gerne sehen." Teds Stimme ließ Izzy auf ihrem Stuhl herumfahren. Ihr Onkel schloss die Tür hinter sich und schüttelte Frazer die Hand. „Ted Brubaker. Ich bin der Onkel von Izzy und Kit."

Izzys Wangen brannten, aber nicht vor Scham – es war Wut.

Frazer nickte und stellte sich vor. „Isadora hat mir von Ihnen erzählt."

Izzy hob eine Augenbraue, als sie seinen Tonfall hörte. Als ob sie Geheimnisse ausgetauscht hätten.

„Woher wusstest du, dass wir hier sind?", fragte sie Ted.

Er wurde blass. „Jemand hat Pastor Rice das Foto geschickt, in der Hoffnung, er könne Kits unsterbliche Seele noch retten. Er hat mich angerufen. Ich habe Hank angerufen, und der hat mir erzählt, dass Kit verhaftet wurde."

„Also haben es deine Kumpels auch alle gesehen?" Kits Augen wurden groß, und sie verschränkte die Arme vor der Brust. „Oh, mein Gott."

„Was hast du erwartet? Dass du dir aussuchen kannst, wer dich anglotzt?" Izzy knallte ihre Hand so hart auf den Tisch, dass Kit und Ted zusammenzuckten. Frazer hingegen zuckte nicht einmal mit der Wimper. Er sah sie aufmerksam an. Dann piepte sein Handy.

„Würde es Ihnen etwas ausmachen, draußen zu warten?", fragte Frazer Ted höflich. Aber es war keine Frage.

Ted murmelte etwas von „will doch nur helfen", und verließ das Zimmer.

„Wer ist der Kerl auf dem Foto, Kit?", fragte Frazer und setzte sich ihr gegenüber an den Tisch.

Kit verschränkte die Arme und starrte ihn herausfordernd an.

„Du hast versprochen, mir zu erzählen, was abgeht. Du hast versprochen, mir alle Gerüchte und jeden Tratsch zu berichten", fuhr er fort.

Kit hatte ihm ein Versprechen gegeben? Und keiner der beiden hatte sich die Mühe gemacht, ihr das mitzuteilen? Izzy versuchte angestrengt, ihren Ärger unter Kontrolle zu bekommen, denn so sehr sie auch das Gefühl hatte, die Kontrolle zu verlieren, hier ging es nicht um sie.

„Wer ist der Kerl auf dem Foto?", wiederholte Frazer.

„Damien Ridgeway." Jede Silbe des Namens klang herausgepresst.

„Ich kann dir helfen", sagte Frazer, „aber ich glaube, wir müssen noch mal über die Spielregeln sprechen." Er beugte sich vor, seine Stimme war so kalt, dass Izzy ein eisiger Schauder den Rücken hinunterlief. „Du erzählst mir *alle* Gerüchte, *jeden* Schultratsch, und im Gegenzug finde ich heraus, wer Helena umgebracht hat. Verstanden?"

Kit wandte ihren Blick ab und ließ ihn ziellos über den Fußboden schweifen.

„Ich bin also der Meinung, dass du zuerst mich hättest anrufen sollen, nachdem du das Foto gesehen hast, anstatt das mit deinen Fäusten zu regeln." Er lehnte sich in seinem Stuhl zurück.

Kit starrte ihn zornig an.

„Ich will die Wahrheit darüber wissen, was in der Silvesternacht passiert ist. Warst du betrunken?"

Kit zögerte, dann nickte sie.

„Und nach der Party bist du mit Damien zurück zum Strandhaus gekommen, wo ihr Gras geraucht habt?"

Izzy hatte den Geruch also doch nicht so gut entfernt, wie sie gehofft hatte.

Frazer warf ihr einen Blick zu, der ihr wohl mitteilen sollte, dass sie mehr als eine Flasche Reiniger brauchen würde, um ihm etwas vorzumachen.

Wieder nickte Kit und sah elendig dabei aus.

„Wie seid ihr zum Strandhaus gekommen?"

Kit rutschte noch ein bisschen tiefer in ihren Stuhl. „Ich

hab' hinten auf seinem Motorrad gesessen."

Izzy wollte ihre Schwester schütteln. Deshalb hatte sie Kits Auto am Morgen nicht gesehen.

„Ist es möglich, dass Damien das Strandhaus zu irgendeinem Zeitpunkt in der Nacht verlassen hat?"

Kit presste die Lippen zusammen. „Ich habe nicht mitbekommen, dass er gegangen ist."

„Wäre es möglich?"

Kits schmale Schultern zuckten auf und nieder. „Vielleicht. Ich weiß es nicht." Das erste Anzeichen von Unsicherheit.

Frazer nickte. „Ich lasse das Foto zurückverfolgen, Kit, aber ehrlich gesagt wird es schwierig werden, Anzeige zu erstatten. Denn so eindeutig das Foto auch zu sein scheint, es zeigt keine nackten Körper, keine intimen Körperteile." Er holte sein Handy hervor und betrachtete es mit zur Seite geneigtem Kopf. „Es sieht für mich sogar so aus, als ob es nur gestellt ist. Wie etwas, das eine verärgerte Siebzehnjährige einfädeln würde, um sich an den anderen Mädchen auf einer Party zu rächen. Aber der Plan ist nach hinten losgegangen, als Helena umkam."

Kit warf ihm einen Blick zu, der sowohl dankbar als auch widerstrebend beeindruckt war. Er war nicht auf ihren Trick hereingefallen und hatte sie nicht von vorneherein verurteilt, so wie Izzy.

Izzys Mund stand offen. „Du hast ihm also gar keinen…"

Kit sprang aus ihrem Stuhl. „Um Gottes Willen, Izzy. Du kannst es ja nicht mal aussprechen. Herrgott nochmal. Blowjob. Fellatio. Mit diesem Wort kommst du vielleicht besser klar, ist immerhin Latein."

„Du hast es nicht getan", wiederholte Izzy wie eine Idiotin.

Warum sie sich wegen dieser Information besser fühlte, konnte sie nicht sagen.

Kit sah sie finster an. „Vielleicht habe ich es ja wirklich getan, nachdem wir das Gras geraucht haben."

Aber das hatte sie nicht. Izzy war sich sicher. „Ich hätte mir das Strandhaus mit einem Hochdruckreiniger vornehmen sollen", sagte sie stattdessen.

Kit lachte höhnisch auf. „Du solltest es mal ausprobieren. Nennt sich Spaß haben. Ich habe nicht erwartet, dass daraus eine Internetsensation wird, ich wollte nur, dass diese Schlampen ein bisschen ausrasten, bevor ich ihnen das andere Foto zeige. Und beweise, was für Idioten und fiese Arschlöcher sie alle sind." Kit hielt ihnen ihr Handy mit einem weiteren Foto hin, auf dem die Szene von der Seite zu sehen war, mit Damiens ganz offensichtlich zugeknöpfter Hose und Kit, die ihn unschuldig anlächelte. Die gleiche Pose, aber eine Million Mal weniger pornografisch. „Nachdem Helena umgekommen war, habe ich die blöden Fotos völlig vergessen. Dann wurde ich stinksauer wegen dem, was sie geschrieben haben. Verdammte Schlampen." Kit rieb sich die Augen und nahm ihren Mantel. „Kann ich jetzt gehen?", fragte sie Frazer.

„Wer hat die Fotos gemacht?"

„Franky. Jesses Freund. Aber ich glaube nicht, dass er sie irgendjemandem geschickt hat. Nicht, nachdem das mit Helena und Jesse passiert ist. Er ist kein Arschloch."

Der Kerl hatte schon jetzt Riesenärger. Izzy bezweifelte, dass er eine weitere Gesetzesübertretung zugeben würde.

„Das ist ein erster Anhaltspunkt. Das ist alles, was ich brauche." Frazer sah aus, als ob er das Problem umfassend gelöst hätte. Er tippte etwas in sein Handy, dann las er seine Nachrichten. „Chief Tyson hat das Mädchen, das du geschlagen hast, davon überzeugt, keine Anzeige zu erstatten. Aber du *musst* dich entschuldigen."

„Einen Scheiß muss ich."

Frazer schaute Kit einen Moment lang an, als ob er zu verstehen versuchte, warum sie sich nicht gemäß der allgemeinen Gesetze der Logik verhielt.

Willkommen in meiner Welt.

„Tu es für Helena. Du kannst noch eine Nacht darüber schlafen, aber wenn du dich dagegen entscheidest, sitzt du morgen früh wieder hier, und Miranda und ihre Eltern werden Anzeige wegen Körperverletzung erstatten."

Der wütende Blick aus Kits schmalen Augen hätte das Blut in ihren Adern gefrieren lassen können. „Na schön, egal. Ich entschuldige mich bei der Schlampe. Und ich werde ihr dabei direkt in ihr bescheuertes Gesicht mit den winzigen Augen und ihrer beknackten Scheißnase schauen."

KIT MARSCHIERTE AUS dem Zimmer in Richtung des Wartebereichs, der glücklicherweise bis auf Ted leer war. Izzy folgte ihr direkt auf den Fersen.

Als er sie sah, stand Ted auf. „Ich fahr dich nach Hause, Kit-Kat, was meinst du?"

„Ich übernehme das", widersprach Izzy.

„Ich bin kein Kind mehr, ich kann selbst fahren." Kit war kurz davor, zutiefst beleidigt davon zu rauschen.

Izzy atmete tief ein, suchte nach ihrer inneren, flüchtigen Ruhe. „Ich will nicht, dass du Auto fährst, wenn du so aufgebracht bist."

„Warum? Angst, dass ich dich blamiere?"

„Nein. Angst, dass du von der Straße abkommst oder mit einem anderen Auto zusammenstößt, weil du dich nicht richtig konzentrieren kannst.“

„Mir egal“, spuckte Kit hervor.

Izzy öffnete den Mund, um zu diskutieren, aber Frazer war schneller. „Du fährst mit deinem Onkel, Kit. Ich lasse dein Auto nach Hause bringen.“ Er hielt seine Hand auf und wartete auf ihre Autoschlüssel.

„Gut. Ich fahre mit Ted.“ Kit schleuderte ihre Auto-schlüssel in Frazers Hand, behandelte ihn mit derselben Verachtung wie jeden anderen.

Normalerweise wäre Izzy dieses Verhalten unglaublich unangenehm gewesen, aber sie war zu abgestumpft von den Ereignissen der letzten Tage. Sie verließ langsam die Polizeistation und das Gefühl völligen und absoluten Versagens überkam sie, während Kit zu Teds Truck marschierte, ohne sich noch einmal umzudrehen.

Izzy verschränkte die Arme vor der Brust. „Sie hasst mich.“

„Sie trauert.“

„Und ich habe sie zur Weißglut gebracht. Anstatt sie zu unterstützen, habe ich sie verurteilt.“

„Sie verhält sich wie eine verzogene Göre, aber sie ist alt genug, um es besser zu wissen“, sagte Frazer missmutig. „Jedem Vormund, der seinen minderjährigen Zögling beim augenscheinlichen Oralsex sieht, steht ein wenig Verärgerung zu. Ich würde mir Sorgen machen, wenn Sie nicht so reagiert hätten.“

„Warum hat sie zugelassen, dass ich das Schlimmste von ihr denke?“ Izzy begriff es nicht.

„Ich vermute, es hat damit zu tun, sich selbst zu bestrafen, nachdem sie Helena, ihrer Meinung nach, im Stich gelassen hat.“

Izzy sah ihn erschrocken an. „Und anstatt über ihre Gefühle zu sprechen, hat sie einfach jeden denken lassen, sie hätte mit Damien rumgemacht, während Helena starb?“

„Sie *hat* mit Damien rumgemacht, während Helena umgebracht wurde – was nicht bedeutet, dass es ihre Schuld war. Aber sie will, dass alle das Schlechteste von ihr denken, weil sie selbst so über sich denkt. Und sie braucht eine Entschuldigung dafür, die anderen Leute angehen zu können, Sie miteingeschlossen, sobald sie in der Lage ist, das Gegenteil zu beweisen.“

„Woher wussten Sie, dass sie lügt?“

Einer seiner Mundwinkel zuckte nach oben. Es lag ein Funkeln in seinen Augen, das Izzy den Atem anhalten ließ. „Sagen wir einfach, ich hatte ein wenig Hilfe von einem Kerl, der mit Technik umgehen kann.“

Sie sah zu, wie Ted und Kit davonfuhren. Kit schaute sie nicht an. Izzy wollte sich am liebsten die Augen zuhalten und die Welt verschwinden lassen, aber das war lächerlich und schwach und kein Drang, dem sie nachgeben würde. „Haben Sie Kinder?“, fragte sie stattdessen.

Frazer schüttelte den Kopf und starrte auf den Pamlico Sound der hundert Meter hinter dem roten Backsteingebäude der Polizeistation begann. „Keine Kinder. Niemanden.“

„Nicht einmal einen Hund?“ Er liebte Hunde. Sie wusste nicht, was sie ohne Barney machen würde.

Seine Augen wurden hart. „Meine Ex hat meinen Hund mitgenommen. Nach etwa einer Woche ist er aus ihrem Garten davongelaufen und wurde von einem Auto überfahren.“ Seine Schultern waren steif, sein Gesicht bestand aus nichts als harten Linien.

„Glauben Sie, sie hat ihn absichtlich rausgelassen?", fragte Izzy. Sie hatte die Verbitterung in seiner Stimme hören können, als er mit Jesse gesprochen hatte.

„Wie dem auch sei, ich hatte danach zumindest überhaupt kein Problem mehr, die Scheidungspapiere zu unterschreiben."

Ein Kloß formte sich in Izzys Hals. Mehr sagte er nicht, aber sie verstand, dass es wehgetan hatte. „Das mit Ihrem Hund tut mir leid."

Sein Blick blieb unergründlich. „Es ist lange her. Hat Ihr Onkel schon immer hier auf der Insel gelebt?"

Sie nickte, und sie begannen, zu Izzys Auto zu gehen. „Er war für etwa fünfzehn Jahre sogar Bürgermeister. Er hat das Amt aufgegeben, als meine Mutter krank wurde. Hat mitgeholfen, sich um sie zu kümmern. Sie hatte Krebs."

„Sie haben sie nicht gepflegt?"

Ihr Körper spannte sich an. „Ich war bei der Armee im Einsatz." Und dankbar dafür. „Bin gerade rechtzeitig zurückgekommen, kurz bevor sie starb. Ted hat sich um Kit gekümmert, bis ich aus dem Dienst befreit war."

„Warum sind Sie zum Militär gegangen?"

„Zuerst nur aus rein praktischen Gründen. Die Armee hat mein Medizinstudium bezahlt, was ich mir sonst nicht hätte leisten können." Die Meeresbrise spielte mit ihren Haarsträhnen. „Aber es war mir eine Ehre, meinem Land zu dienen." Das war keine hohle Redewendung. Es war ein Privileg gewesen, zu dienen, die Truppen zu unterstützen, die ihre Hilfe brauchten. „Und mir hat das Armeeleben gelegen. Ich fand es gut, keine Entscheidungen darüber treffen zu müssen, was ich mit meinem Leben anfangen soll."

Frazer hob eine Augenbraue. „Das ist eine sehr ehrliche Einschätzung, auch wenn Sie mir nicht gerade vorkommen wie jemand, der Schwierigkeiten damit hat, Entscheidungen zu fällen.“

„Es sind nicht die alltäglichen Dinge, die mir schwerfallen – was ich zum Abendessen kochen will oder ob ich Sport machen soll oder nicht. Und ich weiß sehr genau, was ich tue, wenn es um meine Patienten geht.“ Sie warf ihm einen verstohlenen Blick zu, dann schaute sie wieder weg. „Aber zu entscheiden, wo ich am hilfreichsten sein kann? Wo ich am meisten gebraucht werde? Dass ich auch mal Urlaub machen muss? Diese Entscheidungen macht die Armee einem leicht.“

„Sie scheinen mir nicht wie eine Frau, die gerne gesagt bekommt, was sie tun soll.“

„Tue ich auch nicht, außer in bestimmten Situationen.“ Und plötzlich hatte sie schlüpfrige Gedanken, und zum dritten Mal in weniger Tagen wurde ihr Gesicht feuerrot. „Ich meinte nicht im Schlafzimmer.“ Denn ob er interessiert war oder nicht, dieses Missverständnis wollte sie nicht zwischen ihnen wissen. Der Moment, in dem jemand sie an die Bettpfosten fesselte, wäre der Moment, in dem sie ihm den Kiefer brach. „Aber ich mag Regeln, ich mag Struktur, Organisation, Standardprozeduren. Alles, was Teenager für gewöhnlich hassen.“

Die Stille zwischen ihnen ließ Izzy an die Worte denken, die ihr Kit entgegengeschleudert hatte. *Vielleicht solltest du lernen, wie man einem Typen vernünftig einen bläst, dann müsstest du auch nicht jeden Abend allein zu Hause rumsitzen wie eine verdammte Jungfrau*

Verdammt nochmal. Es sollte ihr nichts ausmachen, was

ihre verkorkste kleine Schwester über sie dachte. „Was ist mit Ihnen?"

„Mit mir?"

„Das FBI muss doch aus nichts als Regeln bestehen."

Frazer lachte, und seine gesamte Ausstrahlung veränderte sich. Für einen Augenblick fiel die Steifheit von ihm ab und er sah jünger aus. Der geschwungene Bogen seiner Lippen zog sie an und verführte sie mit seiner Fülle. „Das FBI liebt Regeln, allerdings." Er zuckte mit den Schultern. „Es ist ein Vorteil, ASAC zu sein – weniger Leute, die mir Befehle erteilen. Aber es fällt mir von Natur aus schwer, Befehlen zu folgen. Sie haben vielleicht bemerkt, dass ich ziemlich viel herumkommandiere." Das Leuchten in seinen Augen schien „im Büro ebenso wie im Schlafzimmer" sagen zu wollen. Aber vielleicht war das auch nur ihre Fantasie, die mit ihr durchging.

Der Wind zerzauste seine feuchten Haare. „Sie stehen ziemlich weit oben auf der Karriereleiter, um hier unten vor Ort einen Fall zu betreuen."

Er zuckte mit den Schultern und rückte seine Krawatte zurecht. „Die Agentin, die den Fall übernehmen sollte, ist schwanger, und es gab Komplikationen. Ich habe für sie übernommen."

„Geht es ihr gut?" Hatte er deshalb so angespannt und verärgert ausgesehen, als er hier angekommen war?

„Ja, es wird alles gut werden." Sein Ausdruck zeigte ihr, dass diese Frau ihm wichtig war. Vorhin hatte er gesagt, dass er niemanden in seinem Leben hatte, aber das musste nicht automatisch bedeuten…

„Es ist nicht meins."

„Wie bitte?"

„Das Baby. Ich kann Ihnen Ihre Gedanken ansehen. Sie denken, Agent Rooney ist von mir schwanger. Aber glauben Sie mir, sie ist mir vielleicht wichtig, aber nicht auf diese Art." Er murmelte etwas vor sich hin. „Dafür ist mir mein Leben zu lieb."

Wenn er so einfach ihre Gedanken lesen konnte, dann war sie in Schwierigkeiten. Sie trat einen Schritt zurück und stieß gegen ihr Auto. „Es geht mich auch nichts an."

Er kam auf sie zu. Izzy sah ihn an, fasziniert von der Intensität seines Blicks.

„Ich habe gemeint, was ich gesagt habe. Es gibt niemanden in meinem Leben. Keine Verpflichtungen. Keine Bindungen."

Die Luft wich aus ihren Lungen, als sie das Angebot in seinen blauen Augen begriff.

„Aber meine erste Priorität ist diese Ermittlung." Er neigte seinen Kopf zur Seite und sah sie an. Ihm war ganz offensichtlich klar, dass sie sich von ihm angezogen fühlte, und dass sie auf der Hut war. Leider war es seine Arbeit, die ihr Todesangst einflößte – und seine scharfe Beobachtungsgabe.

Sie schaute sich selbst dabei zu, wie sie plötzlich einatmete und ihr Herz raste.

Frazer richtete sich zu voller Größe auf, gute zwölf, fünfzehn Zentimeter über ihren einsachtundsechzig. Nicht so groß, dass sie sich nicht auf die Zehenspitzen stellen und ihn küssen könnte, wenn sie wollte. Sie ließ sich nichts anmerken, selbst als sie ihre Finger zu Fäusten ballte, um ihn nicht an seinem Jackenaufschlag an ihre Lippen zu ziehen.

„Sie sollten nach Kit sehen."

Seine Worte rissen sie aus ihrer Träumerei, und sie wühlte nach ihren Autoschlüsseln. Sie sollte nicht darüber nachdenken, diesen Typen zu küssen. Sie musste einem

Teenager Hausarrest erteilen. Izzy räusperte sich und fragte: „Glauben Sie wirklich, dass Sie das Foto unter Kontrolle behalten können?"

„Ich nicht, aber ein Freund von mir."

Als sie ihr Auto aufgeschlossen hatte, schaute sie ihn wieder an. „Ich weiß nicht, wie ich Ihnen danken soll. Aber ich bin wirklich dankbar."

„Sie haben vorhin etwas von Essen erwähnt." Er grinste sie an, als er ihre Überraschung sah, und sie erhaschte einen weiteren Blick auf den Mann hinter der Dienstmarke. „Ich schaffe es nicht zum Supermarkt. Irgendetwas Essbares im Strandhaus wäre Dank genug für mich – und wenn es nur ein Brot und ein Liter Milch wären."

Er hielt ihr die Autotür auf und stand dicht genug neben ihr, dass sie die Wärme seines Körpers spüren konnte. Sein Blick fiel auf ihren Mund. Sie starrte ihn an, ihr Herz hüpfte, als sie daran dachte, wie es wäre, wenn einer von ihnen beiden die Grenze überschritt und den anderen mitriss. Plötzlich verschloss sich sein Blick, als ob ihm bewusst geworden war, dass sein Gesicht seine Gedanken verriet.

Frazer blickte sie ernst an. „Passen Sie ein bisschen auf ihre Schwester auf. Sie sollten sie für heute Abend besser nicht die sozialen Medien nutzen lassen. Es wird für eine Weile ziemlich übel werden. Die gute Nachricht ist, dass Kit eine dicke Haut hat, aber zusammen mit Helenas Tod..."

„Ich passe auf." Die aufrichtige Besorgnis in seiner Stimme wärmte sie tief in ihrem Inneren. Sie stieg ins Auto und er schloss die Tür, dann ging er zügig davon, ohne sich noch einmal umzudrehen.

Sie musste die Distanz wahren, erinnerte sie sich. Auch wenn sie sich von dem Kerl angezogen fühlte, sie durfte sich nicht darauf einlassen. ASAC Frazer hatte gerade zwei Leichen am Parson's Point ausgegraben. Leichen, die sie vor siebzehn Jahren zu vergraben geholfen hatte.

ES WAR SCHON fast sieben Uhr abends, als Izzy mit einem Topf voller Hühnchencurry in beiden Händen und einer Plastiktüte mit ein paar Grundnahrungsmitteln darin, die an ihrem Handgelenk baumelte, zum Strandhaus ging. Sie wäre beinahe die Treppe ihrer Veranda hinuntergefallen, als Barney an ihr vorbeigerannt war, um eine Möwe zurück zum Strand zu jagen, die sich zu nah an seinen Wassernapf gewagt hatte. Sie fand ihre Balance und atmete tief ein. Die Möwe flog davon, und Barney warf Izzy ein *Bin-ich-nicht-clever*-Grinsen zu.

„Blödmann." Sie lachte leise.

Barney folgte ihr die Treppe zum Strandhaus hinauf und saß wartend auf der Veranda, während sie den Topf abstellte und an die Tür klopfte. Sie sagte sich, dass die Vorstellung, Frazer zu sehen, ihren Puls nicht beschleunigen würde. Aber das war eine Lüge.

Die Tür wurde fast augenblicklich aufgerissen, und ein aufgewühlter Agent Randall stand vor ihr, sein Handy ans Ohr gepresst. Er streckte seinen Zeigefinger in die Luft, um ihr zu bedeuten, einen Moment zu warten, aber Barney war schon im Haus und machte es sich gemütlich. Izzy kam sich ein wenig albern vor, mit einem Topf voller Curry vor der Tür zu stehen, aber sie hatte Essen versprochen, und das war das Mindeste, was sie tun konnte, nach allem, was Frazer für Kit getan hatte.

Randall beendete das Gespräch und fuhr sich mit der Hand durch die Haare, bis sie kreuz und quer abstanden.

„Entschuldigen Sie, das war eine Freundin. Eine von Frazers Kolleginnen aus der Fallanalyse. Ich habe gerade erfahren, dass sie die letzten Tage im Krankenhaus war und es nicht für nötig gehalten hat, mich zu informieren."

Seinem zusammengepressten Kiefer und dem Funkeln in seinen Augen nach zu urteilen, war das eine ziemlich große Sache. Randall riss sich zusammen und zwang sich ein Lächeln ab. „Was haben Sie da?"

„Ich habe mich in der Küche ausgetobt und genug gekocht, um den Gefrierschrank vollzuladen. Ich hatte ASAC Frazer versprochen, Ihnen beiden etwas zum Abendessen vorbeizubringen. Hier sind außerdem noch Milch, Eier und Butter, weil ich mir vorstellen kann, wie beschäftigt Sie sind." Sie hielt ihm den Topf samt Topflappen entgegen.

„Riecht fantastisch, vielen Dank." Er schüttelte den Kopf und räusperte sich, als ob er seine schlechte Laune von eben abschütteln wollte. „Möchten Sie hereinkommen und mitessen?"

„Nein, danke. Ich habe schon mit Kit gegessen." Sie wühlte in ihrer Jackentasche und brachte eine kleine Packung Reis zum Vorschein, die sie Randall in seine Jacketttasche steckte, weil er die Hände voll hatte. Sie und Kit schienen sich für den Augenblick ausnahmsweise einmal zu verstehen, und das wollte sie so gut es ging ausnutzen.

„Ich nehme an, ASAC Frazer", *Mann, ich kenne nicht einmal seinen Vornamen,* „hätte Ihnen von Ihrer Freundin erzählen sollen?" Es musste die Agentin sein, von der Frazer vorhin erzählt hatte.

Randall zog eine Grimasse. „Ich schätze, er bewahrt nur Stillschweigen über ihr Privatleben, aber sie hat mich selbst zu dieser Ermittlung dazu gerufen. Wir kennen uns seit Jahren.

Da würde man doch denken..." Wieder schüttelte er den Kopf. „Ist auch egal, ich bin nur am Jammern."

„Frazer muss seine Gründe gehabt haben. Vielleicht hat Ihre Freundin ihn gebeten, es für sich zu behalten?" Lucas Randall schien ein wahnsinnig netter Kerl zu sein – genau die Sorte Mann, mit dem sie ausgehen sollte, wenn sie hoffte, je einen Mann für eine Beziehung zu finden. Warum fand sie seine Augen und sein Lächeln nur nicht anziehend?

Izzy warf einen Blick über seine Schulter und sah eine große, weiße Tafel, die an der Wand lehnte. Sie konnte nicht genau erkennen, was darauf angebracht war, aber die Realität dessen, womit sich diese Männer tagtäglich beschäftigten, traf sie mit voller Wucht. Sie trat einen Schritt zurück. „Wie auch immer, ich sollte zurück zu Kit. Sie ist mittlerweile in der Heißhungerphase der Trauer angekommen, also nutze ich das aus und lasse sie Kekse backen."

„Danke für das Essen. Ach so, warten Sie..." Er nahm einen Schlüssel von der Kommode. „Kits Auto steht hinter dem Strandhaus. Es wird noch Stunden dauern, bis Frazer heute Abend zurückkommt, wenn überhaupt, aber ich werde dem Bastard was übriglassen." Er grinste, um die Beleidigung abzumildern.

Die zwei kleinen Worte „wenn überhaupt" ließen einen Anflug von Panik in ihr aufsteigen. Sie erinnerten Izzy daran, dass die Agenten nur vorübergehend hier waren. Für kurze Zeit. Izzy wollte fragen, wo Frazer war, aber es ging sie nichts an.

„Tun Sie mir einen Gefallen und schließen Sie Ihre Fenster und Türen heute Nacht sorgfältig ab." Randalls braune Augen fielen auf den Umriss ihrer Waffe, die sie unter ihrer Jacke trug. „Lassen Sie die nicht aus den Augen."

Seine Worte bereiteten ihr erneut Unbehagen. „Gibt es etwas, was Sie mir nicht erzählt haben?", fragte sie ihn.

Er schüttelte den Kopf, aber plötzlich glaubte sie ihm nicht mehr. Es kam ihr vor, als ob es ein standardmäßiges FBI-Prozedere war, Leuten nicht alles zu erzählen, was sie wissen mussten – auch wenn sie in dieser Hinsicht nicht gerade ein Unschuldslamm war. Sie verabschiedete sich und ging nach Hause.

Wie lange würde es noch dauern, bis jemand an ihre Tür klopfte, um ihr mitzuteilen, dass die Leiche ihres Vaters am Parson's Point gefunden worden war? Nicht lange, das war verdammt sicher.

VIERZEHNTES KAPITEL

ZUM MILLIONSTEN MAL starrte er auf das Foto auf seinem Handy und fragte sich, warum es so eine Wirkung auf ihn hatte.

Er hatte hunderte, sogar tausende Bilder gesehen, die expliziter gewesen waren. Die Frauen waren normalerweise nackt. Titten und Muschis in voller Sicht, während sie sich über irgendeinen Kerl beugten und seinen Schwanz lutschten. Dieses Bild war vergleichsweise zahm. Das Mädchen trug einen kurzen Rock, zeigte aber weder Haut noch Unterwäsche. Sie trug nur eine Nylonstrumpfhose, keine Schuhe. Ihre Haare waren zu einem losen Pferdeschwanz zusammengebunden.

Das Foto war regelrecht unschuldig, wenn man den seligen Ausdruck auf dem Gesicht des glücklichen Bastards nicht mitzählte, dessen Schwanz sie lutschte.

Auch wenn er wusste, wer das Mädchen war, wurde er jedes Mal steinhart, wenn er das verdammte Bild ansah – und das, obwohl er sich bereits so oft einen runtergeholt hatte, dass sein Schwanz ganz wund war. Er rutsche auf dem Sitz des weißen Vans hin und her, um eine bequeme Position zu finden.

Als das Mädchen, auf das er es abgesehen hatte, endlich aus dem Haus kam, rutschte er noch tiefer in seinen Sitz. Sie lebte in Roanoke. Sie hatte dunkle Haare und sorgfältig gezupfte Augenbrauen. Sie joggte los, er startete den Motor, fuhr an ihr vorbei, dann etwa eine halbe Meile bis zum Parkplatz am Park, in dem sie – ihren Social Media-Beiträgen zufolge – regelmäßig früh morgens laufen ging.

Es war Samstag, aber es war nichts los.

Er wartete, bis er sie im Seitenspiegel auf sich zukommen sah. Er stieg aus und öffnete die Seitentür des Vans. Ein kleiner Hund schoss aus dem Auto, seine Leine flog hinter ihm her.

„Topper! Verdammt, Topper!", rief er dem Hund hinterher.

Das Mädchen lächelte und griff nach dem Ende der Leine, als das kleine Pelzknäuel aufgeregt um sie herumrannte. Sie hob das Hündchen hoch, kam auf ihn zu und hielt ihm das Tier hin.

„Der ist ja niedlich." Sie lachte und schloss die Augen, als der Hund ihr das Gesicht ableckte.

Er schlug ihr mit voller Kraft ins Gesicht, seine Faust traf ihren Kiefer wie eine Abrissbirne und schleuderte sie zu Boden. Sie ließ den Hund fallen, der jaulend davonsprang. Er riss das Mädchen hoch und warf sie auf die Rückbank des Vans, stieg hinter ihr ins Auto und knallte die Tür zu. Dann kniete er sich auf ihren Rücken, stopfte ihr den Knebel in den Mund und zog ihn fest. Sie versuchte ihn abzuwerfen, aber er war gute hundert Pfund schwerer. Er drehte ihr beide Arme auf den Rücken und fesselte sie mit Panzerband. Dann griff er ihre beiden Fußgelenke und band mit einem Seil zusammen, sodass ihre Hände und Füße sich beinahe berührten.

Sie rollte hin und her, aber sie konnte nicht entkommen. Ihr Gesicht war vor Angst und Schrecken verzerrt, Blut und Rotz verschmierten ihre Wangen.

Jetzt sah sie gar nicht mehr so cool aus. *Miese, kleine*

Schlampe.

Er nahm ihr Handy aus der Halterung an ihrem Gürtel und entfernte den Akku. Er hatte einen Plan für sie. Er würde sich Zeit mit ihr lassen. Ein bisschen Rache üben. Sie hatte es verdient, denn sie hatte sich mit jemandem angelegt, der ihm wichtig war. Er kletterte auf den Fahrersitz und startete das Auto, dann fuhr er vom Parkplatz. Der kleine Hund, den er heute Morgen herrenlos durch die Straßen laufend gefunden hatte, rannte in den Park. Es war alles gelaufen wie am Schnürchen. Ein Kinderspiel.

FÜNFZEHNTES KAPITEL

F RAZER UND HANRAHAN gaben ihre Dienstwaffen ab und ließen einen Sicherheitscheck über sich ergehen, bevor sie durch die ersten Metalltüren und Sicherheitsschleusen von vielen traten. Als Frazer an Heiligabend ein Hochsicherheitsgefängnis in Colorado besucht hatte, war er nicht davon ausgegangen, sich so schnell wieder hinter Gittern zu befinden. Sie folgten dem Wärter, der ihnen zugewiesen worden war, zum Verhörraum. Dieses Gefängnis war älter als die Hochsicherheitsanlage in Colorado, kleiner, dreckiger und lauter. Es stank nach ungewaschenen Körpern und verstopften Abflussrohren, nach hunderten, auf kleinstem Raum eingeschlossener Männer. Das Gefängnis hatte ein weniger fortschrittliches Sicherheitssystem als der Komplex in Colorado, aber dennoch konnte hier niemand entkommen, ohne ein militärisches Eingreifen auszulösen – oder ohne einen ausgesprochen raffinierten Plan.

Demonstranten für und gegen die Todesstrafe hatten sich mittlerweile in der Nähe des Haupteingangs versammelt und hielten ihre Plakate und Banner in die Höhe. Das kam jedes Mal vor, wenn eine Hinrichtung anstand, und die Wärter waren geübt darin, jedes Anzeichen von Ärger frühzeitig zu erkennen.

Nachdem er sich auf dem Parkplatz der Polizeistation von Isadora verabschiedet hatte, hatte Frazer den Anruf erhalten, auf den er gewartet hatte. Ferris Denker hatte ein Gespräch mit Hanrahan gefordert. Was vielleicht gut so war, denn Frazer war kurz davor gewesen, mit der heißen Ärztin von nebenan eine Dummheit zu begehen. Stattdessen hatte er den Abstand zwischen ihnen erhöht, war von den Outer Banks aufgebrochen, die Nacht durchgefahren und hatte ein paar Stunden Schlaf in einem Motel nachgeholt, bevor er Hanrahan am Flughafen von Columbia aufgesammelt hatte. Ihr Wiedersehen war steif verlaufen. Hanrahan hatte die ganze Fahrt über nichts gesagt, war in Gedanken versunken seine Notizen zu dem Fall durchgegangen.

Jetzt fragte er plötzlich: „Wer übernimmt die Führung?"

„Sie machen das. Ich melde mich zu Wort, wenn es sein muss", antwortete Frazer. Hanrahan brauchte niemanden, der ihm die Hand hielt. Alles, was Frazer über die Verhöre von Serienmördern wusste, hatte er von diesem Mann gelernt. Erinnerungen an die Wälder von West Virginia versuchten, sich in seine Gedanken zu schleichen, das vertraute Gefühl von Verrat im Schlepptau, aber Frazer ignorierte sie. Sie hatten beide Fehler gemacht. Er entschuldigte nicht, was Hanrahan getan hatte, ebenso wenig, wie er seine eigenen Handlungen entschuldigte. Aber er würde seine Sünden nicht preisgeben, um wie diese Sträflinge im Todestrakt zu enden – und viel wichtiger, er würde die Menschen, die ihm wichtig waren, nicht verraten oder eine Institution zerstören, an die er glaubte. In der Fallanalyseeinheit bewahrten sie aus Loyalität zueinander Stillschweigen – und aus dem Wissen heraus, dass sie mit ihrer Arbeit das Leben von unschuldigen Menschen retten konnten.

Auf Hanrahan wütend zu sein, war scheinheilig und half nicht weiter.

„Ich will, dass er sich wichtig fühlt. So wichtig, dass einer der besten Fallanalytiker des FBI seinetwegen aus dem Ruhestand zurückkommt, um mit ihm zu sprechen."

Hanrahan zuckte zusammen.

„Sie waren der Beste, Art." Frazer sprach leise, hielt dann aber inne. Es war an der Zeit, loszulassen. „Was Sie getan haben, ging gegen jedes Ideal, das Sie mir vermittelt haben, aber es liegt in der Vergangenheit. Es ist vorbei." Das war keine Entschuldigung, aber Hanrahan schien zu verstehen, dass ihm eine Art Waffenstillstand angeboten wurde.

Hanrahan warf ihm einen Blick zu, der Bände sprach. „Sie mussten meinetwegen alles aufs Spiel setzen, und ich weiß, was Sie das kostet."

„Ich habe meine eigenen Entscheidungen getroffen. Das tue ich immer." Frazers Antwort war direkt. Er strebte nach Perfektion und erwartete von anderen das Gleiche.

Hanrahan bremste ihren zögerlichen Fortschritt ab. „Ich habe eine ganze Reihe wirklich bösartiger Menschen hinter Schloss und Riegel gebracht, Linc. Aber der größte Erfolg meines Lebens war es, Sie aus diesem Zimmer in Ohio zu zerren – nicht nur, weil ich ein Kind retten konnte, sondern wegen all dem Guten, das Sie in Ihrer Karriere erreicht haben. Wegen all der Menschenleben, die *Sie* gerettet haben."

Die Erinnerung an diese längst vergangene Nacht war tief in Frazers Erinnerung verschlossen. Sie kam nicht oft zum Vorschein. „Ihr zweitgrößter Erfolg war es, eine Kugel in den Kopf des Mannes zu jagen, der meine Eltern umgebracht hat." Und der ihn fünf lange Tage gefangen gehalten hatte. „Wenn Sie das nicht getan hätten, wäre ich an einem Ort wie diesem gelandet, denn ich hätte ihn gejagt und ich *hätte* ihn umgebracht. Interpretieren Sie das, wie Sie wollen." Überreste dieses wütenden, fünfzehnjährigen Jungen wollten immer wieder frei brechen, aber Frazer hielt sie standhaft zurück. Er tat es jeden verdammten Tag.

„Das macht Sie menschlich."

„Das ist nicht gut genug", blaffte Frazer.

„Ich habe Sie…" Hanrahan brach ab. Diese Worte würden niemals laut ausgesprochen werden. „Ich weiß, ich habe letztes Jahr einen fatalen Fehler gemacht. Wenn ich es wieder gut machen könnte, würde ich es tun. Aber Sie haben die richtige Entscheidung getroffen."

„Ich hatte *keine Wahl.*" Für einen Moment brach seine Wut hervor. Frazer deutete Hanrahan an, vorweg zu gehen. „Aber es raubt mir nicht den Schlaf. Keines der Monster, die diese Welt verlassen haben, raubt mir noch den Schlaf, also lassen Sie uns sicherstellen, dass Denker ihnen nachfolgt. Und lassen Sie uns zusehen, dass wir seinen Partner erwischen, bevor noch jemand sterben muss."

Sie kamen an einem Raum mit einer Stahltür an. Der Wärter öffnete sie und winkte sie hinein. Hanrahan ging vor. Frazer folgte ihm und lächelte den Mann, der in Fesseln an einem mit dem Boden verschraubten Tisch saß, unsicher an. Er zog seinen Stuhl mit einem metallischen Kratzen zurück und setzte sich, dann ordnete er übertrieben genau die Akten, die er mitgebracht hatte, als ob er sich vergewissern müsste, dass er alles dabeihatte.

„Agent Hanrahan. Freut mich, Sie zu sehen. Ich würde Ihnen ja die Hand geben, aber wie Sie sehen können, sind mir die Hände ein wenig gebunden." Denkers Grinsen offenbarte die Lachfalten um seine Augen, als er seine gefesselten Hände hob. „Sie sehen gut aus. Der Ruhestand muss Ihnen zusagen."

Der Kerl verfolgte also die Nachrichten. Das taten die

meisten Serienmörder, wenn es ihren Fall oder ihr Leben betraf.

„Der Ruhestand sagt mir in der Tat zu. Ich habe ihn mir redlich verdient." Hanrahan ließ sich schwer auf seinen Stuhl fallen und stieß einen Seufzer aus. „Ich habe gehört, Sie kommen hier gut zurecht, Ferris. Der Wärter hat mir erzählt, Sie haben Ihr Theologiestudium abgeschlossen?"

Ferris nickte. „Ich dachte, es wäre vielleicht besser, ein bisschen mehr über Himmel und Hölle herauszufinden, bevor ich mich auf den Weg dorthin mache." *In den Himmel?* Der Kerl machte sicher Witze. „Glauben Sie an die Macht der Buße, Art?"

„Nun ja." Hanrahan fuhr sich mit der Zunge langsam über die Lippen, bevor er antwortete. „Es ist einfach zu sagen, man tut Buße, Ferris. Ich denke, man muss auch wirklich daran glauben, damit es zählt."

Ein schmales Grinsen legte sich auf Denkers Lippen. Hanrahan hatte im Gerichtsverfahren ausgesagt, dass Denker unfähig war, Emotionen wie Empathie oder Reue zu empfinden. Er sah seine Opfer – wie alle Dinge auf der Welt – als Mittel für seine persönliche Befriedigung. „Sie glauben also, dass meine Buße einem christlichen Gott nicht viel bedeuten wird? Sie glauben, ich komme in die Hölle?"

„Ich glaube, wir kommen alle in die Hölle, Ferris", antwortete Hanrahan und verzog müde das Gesicht.

Denkers Augen wurden schmal. „Manche schneller als andere."

Das konnte Frazer nur hoffen.

„Also, worüber wollten Sie mit mir sprechen?" Hanrahan ließ seinen Blick durch den Raum schweifen, als ob er unglaublich gelangweilt wäre. *Hören Sie auf, meine Zeit zu verschwenden. Erzählen Sie mir etwas Interessantes.*

Denker ignorierte Hanrahan und wandte seine Aufmerksamkeit Frazer zu. „Wer ist der Junge?"

Frazer war sich durchaus bewusst, dass er gute zehn Jahre jünger aussah, als er tatsächlich war. Er nutzte diese Tatsache zu seinem Vorteil. Er beugte sich über den Tisch und reichte Denker ungelenk seine Hand, zwang sich, die feuchtkalten Finger des Mannes trotz der Handfesseln zu greifen. „Lincoln Frazer." Er würde nicht verraten, dass er auf der Karriereleiter über Hanrahan stand. Er wollte im Hintergrund bleiben und beobachten, zumindest vorerst.

Denker blinzelte, als ob er in seinen Erinnerungen wühlte. „Ihr Name kommt mir bekannt vor."

Frazer lächelte, scheinbar geschmeichelt, dass der Kerl von ihm gehört hatte. „Ich habe die Aufgaben von SSA Hanrahan übernommen, als er in den Ruhestand getreten ist. Ich freue mich, dass wir uns treffen können, bevor Sie, ähm… hm." Frazer hustete nervös. Als ob er um das Treffen gebeten hätte und nicht andersherum. „Ich, äh, hatte gehofft, Ihnen ein paar Fragen stellen zu können, um sie für meine Vorträge über Kriminalpsychologie zu verwenden."

Denker sah sowohl geschmeichelt als auch irritiert aus. Er ignorierte Frazer. So selbstverliebt Denker auch war, er hatte eine Mission, und diese Mission war es, seinen Arsch zu retten. Er glaubte nicht, dass Frazer ihm dabei helfen konnte. Sein Fehler.

„Sprechen Sie mit dem Gouverneur, Art. Sehen Sie zu, dass die Todesstrafe ausgesetzt wird, und ich werde sogar Hausaufgaben für aufstrebende Agenten machen." Er nickte in Frazers Richtung, als ob Linc ein Vollidiot wäre. Als ob Frazer seine Expertise in Sachen abnormes Verhalten benötigte, wo der Typ doch ein Täter war, wie er im Buche stand: narzisstisch, berechnend, manipulativ. Kein Mitgefühl, keine Reue, kein Gewissen.

Frazer verstand längst, wie Ferris Denker tickte. Frauen in seine Gewalt bringen, wo sie ihm hilflos ausgeliefert waren. Ihnen Schmerzen zufügen, bis er allein vom sadistischen Vergnügen, das er dabei empfand, kam. Denker glaubte, weil er beim Töten und Foltern klassische Musik hörte, sei er ein gebildeter Mörder. Die musikalische Begleitung war Frazer egal, er wollte nur Gerechtigkeit für die Opfer – und, wenn möglich, ein bisschen Rache.

Hanrahan schüttelte traurig den Kopf. „Sie wissen, dass wir nicht so viel Macht haben, Ferris." Er hielt entschuldigend die Hände auf. „Der Richter hat sein Urteil gefällt, und der Berufungsprozess ist abgeschlossen. Es ist an der Zeit, dass Sie Ihre Strafe erhalten."

Denker schaute sie abwechselnd an, dann senkte er seinen Blick auf seine eigenen Finger die er wieder und wieder aneinander rieb, auf eine Art und Weise, bei der sich Frazers Nackenhaare aufstellten. „Was, wenn es noch andere Verbrechen gibt?"

Hanrahan schüttelte den Kopf und lehnte sich über den großen Tisch. „Sie hatten Ihre Chance, alles zu gestehen. Es ist vorbei."

„Was, wenn ich Ihnen erzähle, wo die Leichen vergraben sind?", fragte Denker scharf. „Sie haben nur fünf gefunden. Ich habe zehn Morde gestanden."

Frazer neigte seinen Kopf zur Seite. „Wir haben Ihren Abladeplatz gefunden, Mr. Denker."

Ferris' Augen blitzten vor Wut auf. Etwas an seinem kleinen Vorhaben war nicht ganz nach Plan gelaufen.

Interessant. „Sie haben *eine* von ihnen gefunden“, erklärte er knapp.

„Wissen Sie, wen wir gefunden haben?“, fragte Frazer neugierig. Wie viel würde der Kerl zugeben? Könnte er es darauf abgesehen haben, wegen Verschwörung zum Mord angeklagt zu werden und somit am Leben zu bleiben, bis der andere Mörder gefasst und verurteilt war? War das Denkers Plan? Falls ja, würde er seinen Komplizen verraten? Und würde der andere Täter das bemerken?

Frazers höchste Priorität war es, Mörder hinter Gitter zu bringen.

„Ich weiß, wo Sie gesucht haben. Ich schaue die Nachrichten.“ Wieder wandte sich Denker Hanrahan zu und beachtete Frazer nicht weiter.

Vielleicht war er noch nicht so weit, seinen Komplizen zu verraten. Vielleicht gab es wirklich so etwas wie Ehre unter Serienmördern, oder vielleicht wusste Denker auch einfach rein gar nichts.

„Wie viele gibt es noch?“, fragte Hanrahan nachdrücklich.

Denkers Augen flackerten nach links. „Mindestens noch drei weitere Orte.“ Er sagte die Wahrheit.

Frazer verbarg seinen Ekel. Wenn Denker das sah, würde er es ausnutzen.

„Wie viele weitere Opfer sind da draußen vergraben, Ferris? Wo sind sie vergraben?“, fragte Hanrahan.

Denker zuckte mit seinen knochigen Schultern. Es war schwer vorstellbar, dass dieser Mann stark genug war, all diese Frauen zu überwältigen, aber das war er. War er dabei allein vorgegangen? War der aktuelle Mörder ein ehemaliger Komplize? Ein Schüler? Parker musste zaubern und herausbekommen, wie sie kommunizierten.

„Wir brauchen mehr als nur Ihre vagen Andeutungen, dass da draußen irgendwo noch weitere Leichen vergraben sind", sagte Hanrahan ungeduldig. „Weder der Staatsanwalt noch der Gouverneur werden sich von vagen Versprechungen überzeugen lassen. Sie sind keine Idioten, und South Carolina setzt keine Hinrichtungen aus, es sei denn, es geschieht ein Wunder. Das wissen Sie."

„Na schön." Denker setzte sich in seinem Stuhl auf. Er konnte seinen Gewinn schon riechen. „Bringen Sie mir eine Karte. Ich zeige Ihnen, wo eine von ihnen vergraben ist – als Zeichen des guten Willens."

„Ich bin nicht sicher, ob Sie es durch die Himmelspforten schaffen, wenn sie sich mit den Leichen ermordeter Frauen zusätzliche Zeit auf der Erde erkaufen", murmelte Hanrahan.

„Eine Karte von was?", fragte Frazer und ignorierte Hanrahans Kommentar.

„North Carolina. Von den Wäldern in der Nähe von Maysville."

Frazer nickte dem Wärter zu, der die Karte holen ging. Ein weiterer Wärter stand an der Tür.

„Wie oft waren Sie auf den Outer Banks, Mr. Denker?"

Der Kerl grinste, weil er dachte, er würde bekommen, worauf er aus war. „Ziemlich oft. Ist eine schöne Gegend."

„Haben Sie die Route 6 direkt bis nach Ocracoke genommen?"

Denker nickte mit rasselnden Fesseln.

Ocracoke konnte man nur mit der Fähre erreichen. In Frazers Kopf begannen die Alarmglocken zu schrillen, aber ein paar Fehler in Geografie bewiesen noch gar nichts. Er wollte weiter nachforschen, konnte es aber nicht riskieren, sich in die Karten schauen zu lassen. „Haben Sie Freunde dort?"

Denkers Augen blickten Frazer scharf an. „Es gab eine Zeit, da hatte ich jede Menge Freunde."

Denker war beliebt gewesen. Viele Freundinnen, viele Saufkumpane. Sie waren alle schockiert gewesen, als seine Verbrechen herausgekommen waren.

„Hat Sie einer von Ihren vielen Freunden jemals hier drinnen besucht?", fragte Frazer.

Denker lehnte sich zurück und lachte höhnisch auf. „Ich kann verstehen, warum dieser Kerl den Job bekommen hat, Hanrahan. Er hat begriffen, dass Leute wie ich tatsächlich Besuch bekommen. Zur Hölle, er sollte mal meine Fanpost lesen. Ich habe zwei Heiratsanträge bekommen, seit ich hier drin bin. Hatte überlegt, einen anzunehmen, aber hier sind keine ehelichen Besuche erlaubt, also… wozu?" Wieder dieses Grinsen „Aber das wussten Sie schon alles, oder?"

Nun ließ auch Frazer ein kleines, bösartiges Grinsen über sein Gesicht huschen. „Vermissen Sie es, Ferris? Macht es Sie nicht völlig fertig zu wissen, dass dort draußen noch andere Männer wie Sie herumlaufen, nur dass die klüger sind als Sie, und erfolgreicher? Die nicht wegen einem kaputten Bremslicht angehalten wurden? Tut es nicht weh, dass diese Männer sich immer noch vergnügen können, während Sie sich hier drin zusammen mit den anderen Verlierern einen runterholen müssen?"

Denkers Augen wurden hart, schwarz. Kleine, bösartige Kreise.

Das Böse machte Frazer keine Angst. Er mochte es, es in Handschellen zu legen und wegzusperren, damit es in einer Zelle verrottete. Für manche von diesen Männern war der Tod einfacher als in einem Höllenloch wie diesem zu leben, und auch damit hatte Frazer kein Problem.

„Ich habe ein paar schöne Erinnerungen, die mir die Zeit versüßen", erwiderte Denker und zuckte mit den Schultern.

„Lebhafte Fantasie, was? Muss ziemlich brennen, dass Sie sie nicht ausleben können."

Ein Zucken arbeitete sich durch Denkers Kiefer und verriet seine zunehmende Anspannung. Der Wärter kam mit der Landkarte zurück und breitete sie auf dem Tisch aus. Denker warf ihm einen Blick zu, und Frazer erkannte, dass Denker nun endlich verstanden hatte, dass er nicht der Vollidiot in dieser Runde war. „Sie müssen mir die Fesseln abnehmen." Er deutete auf seine gefesselten Hände.

Frazer nickte dem Wärter zu.

Er betrachtete Denker eingehend, aber der Kerl war keine Bedrohung für sie. Er würde vielleicht einen Fausthieb austeilen können, aber Frazer war größer und hatte keinerlei Skrupel, sich zu wehren. Denker mochte Opfer, die er kontrollieren und dominieren konnte. Unterwürfige Frauen, die er ohne Angst vor Vergeltung foltern konnte. Und zudem würde er es nicht riskieren, Bundesbeamte oder Wärter anzugreifen, denn das würde jedes Gnadengesuch zunichtemachen. Den Bastard zu einem Fehler hinzureißen, war das Mindeste, was Frazer tun konnte.

Denker schüttelte seine Handgelenke aus und nahm den Stift, den der Wärter mitgebracht hatte.

„Sie haben nie erwähnt, als Kind misshandelt worden zu sein. Das hätten Sie als Teil ihrer Verteidigung nutzen können", schlug Frazer vor.

Hanrahan warf ihm einen warnenden Blick zu, aber Denker war dazu verurteilt, in zweiundzwanzig Tagen zu sterben, und die Zeit wurde knapp. Für ihn.

„Ich wurde nicht misshandelt. Ich bin so geboren

worden“, murmelte Denker.

„Ich glaube Ihnen nicht.“

Denkers Augen funkelten. „Was wissen Sie schon davon? Waren Sie so ein armer kleiner Junge, dessen Daddy nachts seine Finger nicht von seinem Hintern lassen konnte?“

Frazer blickte ihn leicht amüsiert an. „Ich weiß, dass es nicht Ihr Vater gewesen ist, denn der ist gestorben, als Sie noch klein waren. Ich meine, er kann es natürlich gewesen sein, aber…“

„Mein Vater war ein guter Mann!“

Frazer hob die Augenbrauen. „Dann vielleicht ein Onkel? Ein Gruppenleiter bei den Pfadfindern? Ein Lehrer?“

Bei Frazers letztem Wort reagierten Denkers Augen beinahe unmerklich.

Ein Lehrer. „Haben Sie dort Ihren Kumpel kennengelernt? Ihren Komplizen, der clever genug war, kein kaputtes Auto zu fahren?“

Denkers Grinsen wurde widerlich, er genoss es ganz offensichtlich, etwas zu wissen, das Frazer nicht wusste. Er spielte Psycho-Spielchen, aber mehr nicht. „Ich bin offenbar nicht der einzige mit lebhafter Fantasie.“

Frazer lehnte sich über den Tisch. Denker starrte konzentriert auf die Karte, als ob er den exakten Ort suchte, von dem er sprach.

„Wenn Sie mir Ihren Komplizen nennen, spreche ich mit dem Gouverneur“, erklärte Frazer ruhig.

„Ich habe keinen Komplizen.“ Denker schaute noch immer nicht auf.

„Warum ist es Ihnen so wichtig, ihn zu beschützen? Ist es der Mann, der Sie missbraucht hat? Sie brauchen keine Angst mehr vor ihm zu haben, Ferris.“

Als Denker endlich reagierte, brannten seine Augen vor Wut. *Interessant.* „Ich habe vor niemandem Angst."

„Wie auch immer, Sie beschützen ihn jedenfalls nicht aus Freundschaft oder Liebe – Sie sind ein Psychopath, Sie wissen nicht, was Liebe ist, und Ihre Vorstellung von Freundschaft ist wahrscheinlich, jemanden nicht auf sadistische Art und Weise zu Tode zu foltern."

Hanrahan schien jeden Muskel in seinem Körper anzuspannen.

Denker wurde ruhig, dann lächelte er sein schlangenhaftes Lächeln. „Sie würden sich wundern."

Er stach mit seinem Finger auf die Karte. „Hier. Ich habe ihren Namen vergessen. Sie war meine Erste, und ich habe viele Fehler gemacht. Sie ist nicht einfach gestorben, aber es hat verdammt viel Spaß gemacht. Betrachten Sie sie als ein Geschenk." Seine Lippen waren schmal vor Reue. „Richten Sie dem Gouverneur aus, dass ich Ihnen verrate, wo sämtliche meiner Opfer vergraben sind, wenn meine Strafe zu lebenslänglicher Haft umgewandelt wird."

Frazer zog die Karte über den Tisch zu sich hin. „Sollten wir dort etwas finden, mache ich einen Termin mit dem Gouverneur. Aber Sie wissen ja, wie beschäftigt diese Leute sind."

Ein Grinsen huschte über Denkers Gesicht, bei dem sich Frazers Magen zusammenzog. „Ich würde vorschlagen, lieber früher als später."

IZZY KAM GERADE aus der Dusche, nachdem sie mit Barney am Strand laufen gewesen war, als Kit ohne anzuklopfen in ihr

Schlafzimmer marschierte. Izzys nasse Haare waren in ein Handtuch gewickelt, das von ihrem Kopf zu rutschen drohte, während sie sich ihre Jeans anzog. Das Herz schlug ihr bis zum Hals, so sehr hatte Kit sie erschreckt. Zum Glück hatte sie nicht nach ihrer Waffe gegriffen.

„Nachdem ich mich bei dieser Schlampe Miranda entschuldigt habe", Kits Stimme war voller Verachtung, „will ich Jesse im Krankenhaus besuchen. Danach habe ich eine Schicht im Diner."

„Bist du sicher, dass du heute arbeiten willst?", fragte Izzy überrascht.

Kits Gesicht war ernst. Jegliche Verletzlichkeit, die sie gestern Abend gezeigt hatte, war verschwunden. „Ich muss ständig an Helena denken. Ich glaube, sie würde wollen, dass ich das mache. Mit Jesse spreche, meine ich. Mich nicht klein kriegen lasse. Diese bescheuerten Prinzessinnen ignoriere. Die Schule zu Ende mache und dann diese verdammte Insel verlasse, so wie du. Ich habe nie begriffen, warum du gegangen bist. Jetzt verstehe ich es."

Izzy hoffte, Kit würde die ganze Wahrheit nie erfahren.

„Ich fahre dich zur Polizeistation und ins Krankenhaus, dann bringe ich dich zum Diner. Deine Schicht ist um zehn zu Ende, oder?" Izzy sprach schnell. „Ich hole dich nach der Arbeit ab. Ich will, dass du in Sicherheit bist."

„Ich dachte, dafür hättest du die Ortungs-App auf meinem Handy installiert?"

Izzy zog eine Grimasse. Erwischt.

„Hör zu", sagte Kit geduldig. „Ich weiß die Geste zu schätzen, aber ich bin siebzehn, und ich muss anfangen, mich um mich selbst zu kümmern. Ich parke direkt vor dem Diner und bitte Sal, mich nach der Schicht zum Auto zu begleiten."

Sal war der Inhaber des Diners.

„Was, wenn Sal der Mörder ist?" Izzy hasste es, diesen Gedanken auszusprechen, aber warum sollte sie diese Möglichkeit außer Acht lassen?

„Wenn er es ist, dann hat er den gesamten Nachmittag und Abend Zeit, sich auszutoben. Außerdem werde ich ihm erzählen, dass ich das FBI darüber informiert habe, dass er mich zum Auto bringt. Das ist fast so gut, wie echten Personenschutz zu haben."

Izzy öffnete ihren Mund, um mit Kit zu diskutieren.

„Du kannst mir nicht immer überall hin folgen", bemerkte Kit. „Ich kann dir auch nicht überall hin folgen, und trotz dieser Waffe", ihr Blick fiel auf die Glock auf Izzys Nachtschrank, „bist du nicht unbesiegbar."

Es irritierte Izzy, dass ihre Schwester recht hatte. „Gut. Aber ich fahre dich zur Polizei und ins Krankenhaus. Und du rufst mich an, wenn du später am Diner losfährst." Izzy wappnete sich für das nächste Thema. „Was ist mit dem Foto?"

„Damien hat das zweite, saubere Foto auf seinen Social-Media-Kanälen gepostet und dazu geschrieben, dass wir einen Beitrag über Online-Mobbing für unseren Gesellschafts-kundeunterricht geplant hatten. Über Wahrheit und Wahrnehmung, aber dass diese ‚Schlampen' uns zuvorgekom-men sind. Ich schätze, er hatte am meisten zu verlieren." Kit zuckte mit den Schultern.

Izzy verbarg ihre Überraschung. Sie traute dem Kerl noch immer nicht.

„Ich habe nicht mitbekommen, dass heute irgendjemand diese explizite Version geteilt hat, und alle, die ich kenne, haben das Foto auch gelöscht. Wie auch immer, was kann ich schon machen? Mich für das nächste Jahr verkriechen? Ich denke nicht. Mir ist es egal, was die anderen denken – bis auf Jesse. Ich will, dass er die ganze Wahrheit erfährt. Wenn ich noch mehr Probleme kriege, sage ich der Polizei Bescheid." Sie sah ungeduldig auf ihre Uhr. „Wie lange brauchst du noch?"

Izzy rubbelte mit dem Handtuch über ihre nassen Haare. „Fünf Minuten."

„Warum fahre ich nicht selbst zur Polizeistation und du kannst…"

„Nein", sagte Izzy entschieden. „Ich komme mit zur Polizei und ins Krankenhaus. Jesse will dich vielleicht nicht sehen, und ich möchte nicht, dass du heute noch jemanden verärgerst, falls das der Fall ist."

Kit grinste sie unerwartet an. „Fest entschlossen, mich aus allen Schwierigkeiten rauszuhalten, Iz? Mom wäre so stolz."

Izzy wandte sich ab und schaltete den Föhn auf die höchste Stufe. Ein Kloß steckte in ihrem Hals, und sie schluckte die Worte hinunter, die herauswollten – dass es ihr schon seit Jahren egal gewesen war, was ihre Mutter dachte. Seit dem Augenblick, als ihre Mom ihren eigenen Mann mit einem Schraubenzieher erstochen und Izzy dazu gezwungen hatte, die Leiche zu vergraben. Sie hatte ihr gedroht, sonst ihrem ungeborenen Kind etwas anzutun.

Das war nichts, was Kit je wissen durfte. Ihre Mutter war schuld an der Lage, in der Izzy sich jetzt befand, und sie hasste sie dafür.

SECHZEHNTES KAPITEL

EINE STUNDE SPÄTER traten sie aus der Polizeistation. Hank Wright war dort gewesen und hatte Miranda Hutchens und ihren Eltern das zweite Foto gezeigt, zusammen mit der Nachricht über die Gefahren von Online-Mobbing. Wie sich herausstellte, war Kit nicht die einzige, die sich entschuldigen musste.

Kit hatte ihr Auto am Diner stehen lassen und war mit Izzy mitgefahren. Auch wenn sie Kit noch so sehr bemuttern wollte, Izzy war klar, dass es unpraktisch und vermutlich unnötig war. Es war schwer vorstellbar, dass ein Mörder jetzt noch jemanden angreifen würde, da alle in höchster Alarmbereitschaft waren. Kit hatte versprochen, sie anzurufen, wenn sie am Diner losfuhr, und auf direktem Wege nach Hause zu kommen.

Sie betraten das Krankenhaus, und Izzy war überrascht, Agent Randall und Polizeichief Tyson vor Jesses Zimmer angeregt miteinander sprechen zu sehen, als wären sie alte Freunde.

Die beiden schauten auf, als Izzy und Kit auf sie zukamen.

„Kit würde gerne für ein paar Minuten mit Jesse sprechen", sagte Izzy zu Chief Tyson. „Aber nur, wenn es für Sie beide in Ordnung ist?"

Die beiden Männer runzelten die Stirn, dann sahen sie sich an. Randall zuckte mit den Schultern. Tyson fuhr sich mit der Zunge über die Lippen und nickte dann. Er wandte sich an Kit. „Sprich mit ihm nicht über den Angriff. Stelle ihm keine Fragen über die Silvesternacht. Er erinnert sich an wenig, nachdem er niedergeschlagen wurde, und hat immer noch ziemlich starke Schmerzen, sobald die Medikamente nachlassen." Seine Augen wurden kühl. „Wenn du ihn aufregst, lasse ich dich verhaften, verstanden?"

Kit nickte zahm. „Ich will ihn nicht aufregen. Ich dachte, er will vielleicht mit jemand über Helena sprechen, der sie kannte und geliebt hat." Tränen traten in ihre Augen, aber sie blinzelte sie weg. Sie schien endlich begriffen zu haben, dass es hier nicht um sie ging.

Der Polizeichief öffnete die Tür zu Jesses Zimmer und ließ sie hinein. Jesses Mutter kam mit besorgtem Gesichtsausdruck aus dem Raum.

„Soll ich mit hinein?", bot Izzy an, obwohl sie das nicht wirklich wollte.

„Nein", antwortete Tyson. „Jesse fängt an, unruhig zu werden. Es wird ihnen guttun, ein bisschen Zeit miteinander zu verbringen. Sie können zusammen anfangen, zu trauern."

„Ich muss nach Hause. Meine Mutter hat um vier ein Treffen der Kirchengemeinde." Charlene Tyson schaute auf ihre Uhr. Izzy hatte am letzten Abend erfahren, dass Charlene Epileptikerin war und nicht Auto fahren durfte.

„Ich würde Sie ja nach Hause fahren, aber ich muss Kit um fünf beim Diner vorbeibringen."

„Glauben Sie, das ist eine gute Idee?", fragte Tyson.

Izzy breitete die Arme aus, als ob sie sagen wollte, dass das nicht ihre Entscheidung war. Aber sie verstand das Bedürfnis, sich in Arbeit zu vergraben. „Sie will versuchen, so normal wie möglich weiterzuleben. Das scheint mir vernünftig."

„Ich fahre sie zum Diner", erklärte Tyson. „Dann werden die Leute auch daran erinnert, dass ich mit dieser ganzen Foto-Geschichte nicht besonders glücklich bin."

Izzy warf Agent Randall einen Blick zu. „Haben Sie schon herausfinden können, wer diese schreckliche Nachricht geschickt hat?"

Er nickte. „Ja und nein. Ein Freund von mir hat das Foto zurückverfolgt. Es ist auf den meisten Seiten gelöscht worden. Ursprünglich wurde es mit Franky Cirencesters Handy gemacht, aber er sagt, er hätte es niemandem geschickt. Er glaubt, dass irgendjemand auf der Party sein Handy in die Finger bekommen haben muss, als er nicht darauf geachtet hat. Allen Angaben zufolge war er ziemlich betrunken."

„Also wem wurde es geschickt?", fragte Izzy.

Randall schaute sie skeptisch an, versuchte einzuschätzen, wie viel er preisgeben konnte. „Jesses Ex-Freundin, Jessica Tuttle. Sie ist diejenige, die es am nächsten Tag zusammen mit dem Kommentar verschickt hat. Ihre E-Mail-Adresse stand auf etwa der Hälfte der ursprünglichen Nachrichten, und sie hat es auch in den sozialen Medien gepostet. Es war nicht gerade schwer, sie ausfindig zu machen."

Izzy schüttelte den Kopf. Charlene stand der Mund offen.

„Gott sei Dank ist sie seine Ex-Freundin", bemerkte der Chief und zog eine Grimasse. „Ich vermute, sie kann belangt werden?"

Randall nickte. „Frazer hat das in die Hand genommen. Er spricht mit ein paar Leuten, um die beste Vorgehensweise zu erörtern."

Tyson nickte. „Ich will über die Fortschritte informiert werden." Er stemmte die Hände in die Hüften. „Was sie über Kit und Helena geschrieben hat, war schlichtweg bösartig."

Ein tiefes Gefühl der Dankbarkeit stieg in Izzy auf. Die Tatsache, dass sie sich nicht allein um diese Sache kümmern musste, war eine große Erleichterung. „Vielen Dank“, sagte sie zu Tyson und Randall. „Vielen Dank für Ihre Hilfe in dieser Sache.“

Der Polizeichief lächelte sie schief an. „Sie haben sowieso schon alle Hände voll zu tun mit ihr.“

Charlenes Augen füllten sich mit Tränen, die sie schnell wegblinzelte. „Keiner von uns gewinnt gerade irgendwelche Preise für Kindeserziehung.“

Chief Tyson legte seiner Frau den Arm um die Schulter. „Hey, sie sind auf eine Party gegangen, ohne uns davon zu erzählen.“ Sein Ausdruck wurde traurig. „Wir haben in ihrem Alter doch genau das Gleiche gemacht. Das ist normal. Niemand sollte deswegen sterben müssen.“

„Warum fühle ich mich dann wie eine Versagerin?“, fragte Izzy und stieß einen Seufzer aus.

„Weil Sie einen Teenager erziehen müssen.“ Charlene lächelte müde. „Und wir haben noch Glück gehabt.“

Mit diesem ernüchternden Gedanken verließen Izzy und Charlene das Krankenhaus. Izzy fragte sich, wo ASAC Frazer war, und war stolz auf sich, dass sie nicht versucht hatte, es aus Randall herauszubekommen. Sie glaubte nicht, dass er letzte Nacht zum Strandhaus zurückgekommen war. Vielleicht war er für immer abgereist? Die Vorstellung erfüllte sie gleichermaßen mit Erleichterung und Beunruhigung.

Die beiden Frauen gingen schweigend zum Auto. Die Last dessen, was vorgefallen war, war erschöpfend. Izzy begriff nicht, wie Polizisten damit klarkamen. Sie fragte sich immer noch, ob die Identität der beiden Skelette, die gestern am Strand gefunden worden waren, mittlerweile ermittelt worden war. Die Tatsache, dass sie den Beamten die Identitäten mitteilen könnte, bedeutete, dass sie die Zeit der Beamten vergeudete. Zeit, die sie damit verbringen könnten, den Mörder zu jagen. Obwohl sie natürlich auch dann immer noch die DNA durch die Datenbanken jagen mussten, fiel ihr ein. Sie würden sie nicht einfach beim Wort nehmen.

„Ist das Ihr Auto, Izzy?" Charlene griff nach Izzys Arm.

Izzy riss sich aus ihren Gedanken und sah auf. *Oh, Scheiße.* Jedes Fenster ihres Geländewagens war eingeschlagen. Gott sein Dank war Barney zu Hause geblieben.

Verdammt. Angst und Verletzung rangen um ihre Aufmerksamkeit – die Verletzung gewann. Warum tat jemand so etwas? Sie atmete tief ein und versuchte, sich zu beruhigen, bevor sie sprach. „Ich schätze, Sie müssen sich jemand anderen suchen, der Sie nach Hause fährt, Charlene." Sie schaute auf ihre Uhr. „Ich rufe in der Werkstatt an, damit sie mich abschleppen."

„Und ich rufe Lee an." Ihr Mann. „Er muss sich das anschauen."

Izzy schüttelte den Kopf. „Er hat Wichtigeres zu tun."

Charlenes Finger krallten sich in Izzys Arm. „Was, wenn es zusammenhängt? Wenn es dieselbe Person war, die Jesse und Helena angegriffen hat?"

Alles in Izzy erstarrte, als blanker Horror in ihr aufstieg. Es klang abwegig, aber die Outer Banks waren eigentlich eine Gegend mit einer sehr niedrigen Kriminalitätsrate. So etwas passierte hier einfach nicht.

„Sie haben recht, natürlich. Sie haben recht. Rufen Sie ihn an." Denn irgendjemand hatte es auf sie abgesehen, und bis dieser Bastard sein Gesicht zeigte, tappten sie im Dunkeln.

———————

„DENKER WEISS GENAU, was los ist", bemerkte Frazer grimmig, als sie das Gefängnis verließen. Er sah auf die Karte. „Er manipuliert jeden kleinsten unserer Schritte, und irgendjemand hilft ihm dabei. Jetzt müssen wir noch mehr Leute in diesen Zirkus involvieren."

Er und Hanrahan stiegen in seinen Mietwagen. Frazer gab den Standort, den Denker ihnen genannt hatte, in das GPS-Gerät ein. Er aktivierte das Bluetooth, damit er während der Fahrt telefonieren konnte. Dann holte er sein Handy hervor und rief den SAC des FBI-Büros von North Carolina in Charlotte an, um die Suche nach dem Grab und den menschlichen Überresten zu organisieren. Sein Handy klingelte, bevor er wählen konnte. Es war Randall.

„Irgendwelche Fortschritte?", fragte Frazer. Der Kerl war ziemlich angefressen gewesen, weil Frazer ihm nicht erzählt hatte, dass Rooney im Krankenhaus war. Das war ihre Sache.

„Ich habe gerade einen Anruf erhalten. Eine weitere Leiche. Diesmal auf dem Festland. Eine Prostituierte, die gestern in Greenville als vermisst gemeldet wurde. Ihre Leiche wurde etwa eine Stunde südlich von hier abgeladen, auf einem ehemaligen Schulgelände."

„Wer hat sie gefunden?"

„Ein paar Kinder, die heute Morgen mit ihrem Hund im Wald unterwegs waren."

Das muss eine üble Überraschung gewesen sein. „Woher wissen wir, dass es mit unserem Fall zusammenhängt?" Die Ermordung einer Prostituierten würde normalerweise nicht viel Aufmerksamkeit erregen.

„Ganz einfach. Sie haben meine Visitenkarte mit meiner

direkten Durchwahl bei ihr gefunden." Er hielt inne. „*In ihr.*"

Herr im Himmel. „Ich schätze, Sie wissen nicht mehr, wem Sie genau diese Karte gegeben haben?"

„Nein." Es schien ein Anflug von Aufregung in Randalls Stimme zu liegen. „Aber ich habe einen neuen Stapel Karten drucken lassen, weil sich meine Durchwahl geändert hat. Diese neuen Karten habe ich bisher nur im Helena Cromwell-Fall verteilt."

Also war der Mörder auf der Insel. Frazer hatte das schon vermutet.

„Schicken Sie mir die Adresse des Tatorts. Dorthin fahre ich als Nächstes. Gibt es schon Rückmeldungen hinsichtlich der Skelette vom Strand? Oder DNA von Helena oder der Schaufel?"

„Quantico lässt die DNA noch durch die Datenbank laufen. Die Rechtsmedizin hat sich bisher noch nicht gemeldet. Hat Ihr Besuch bei Denker irgendwas ins Rollen gebracht?"

„Er war irritiert, aber ich würde nicht behaupten, dass er ins Wanken kam. Er hat uns die Koordinaten eines Ortes in North Carolina genannt, an der er ein Opfer abgeladen hat. Jetzt muss ich Ihren SAC in Charlotte anrufen, um ihn auf den neusten Stand zu bringen. Sie können Danbridge anrufen und sie informieren, bevor er das tut – das wird Ihnen ein paar Pluspunkte verschaffen. Danke, dass Sie sie so lange hingehalten haben." Die Worte klangen seltsam aus seinem Mund. Wenn er sich bedankte, klang es immer seltsam.

„Wo ist die Stelle in North Carolina, die Denker Ihnen genannt hat?", fragte Randall.

„In der Nähe eines Ortes, der Maysville heißt."

Randall stieß einen tiefen Seufzer aus. „Raten Sie mal, wo

das letzte Opfer gefunden wurde?"

„Maysville." Frazer biss die Zähne zusammen.

„Genau. Auf dem Grundstück der Knabenschule St. Joseph." Randall ratterte die Adresse herunter.

„Irgendwas sagt mir, dass diese Typen noch mehr Spielchen und Enthüllungen in petto haben. Bitten Sie die örtliche Polizei auf der Insel, die Bewohner dazu anzuhalten, zusätzliche Sicherheitsvorkehrungen zu treffen, bis wir diesen Kerl erwischt haben." Frazer wollte gerade auflegen, als er sich dabei erwischte, wie er sagte: „Und haben Sie ein Auge auf die beiden Campbell-Frauen, bis ich wieder zurück bin."

„Halten Sie sie für verdächtig?", fragte Randall vorsichtig.

„Nein. Ich glaube, der Mörder hat ihre Schaufel gestohlen, weil er mit ihnen vertraut ist, mit ihrem Haus, mit ihren Sachen. Ich denke, es gibt da eine Verbindung."

„Die Windschutzscheibe und die Fenster am Wagen der Ärztin wurden heute Nachmittag eingeschlagen. Irgendjemand hat sich mit einem Baseballschläger daran zu schaffen gemacht, direkt auf dem Parkplatz des Krankenhauses."

„Keine Zeugen oder Aufnahmen auf Überwachungskameras?", fragte Frazer und versuchte, nicht zu besorgt zu klingen. Warum hatte sie ihn nicht angerufen? Andererseits: Warum hätte sie das tun sollen?

„Niemand hat irgendetwas gesehen. In diesem Teil des Krankenhausgeländes gibt es keine Überwachungskameras."

Warum hatte es jemand auf sie abgesehen? „Geht es ihr gut?"

„Sie war nicht vor Ort, als es passierte. Zum Glück. Sie hatte sich gerade mit Polizeichief Tyson und mir unterhalten, weil Kit Jesse besuchen wollte. Es geht ihr also gut, aber sie ist ein bisschen aufgewühlt." Ein berechnender Tonfall schlich sich in Randalls Stimme. „Kommen Sie heute Abend nach Rosetown zurück?"

Der Typ würde Frazers Abwesenheit dafür ausnutzen, sich an Isadora Campbell ranzumachen. Eifersucht schoss in einer hässlichen Welle durch Frazers Adern. Aber warum? Er hatte keinerlei Absichten, irgendwas zwischen sich und Dr. Campbell vorfallen zu lassen, zumindest nicht während der laufenden Ermittlungen.

Aber wie wäre es danach?

Was, wenn sie vorher jemand anderen treffen würde? Jemand, der gut aussah, charmant war, wie dieser verdammte Lucas Randall? Jemand, der nicht manipulativ war, kein kontrollierendes Arschloch, das alles und jeden dazu benutze, einen Fall zu knacken?

Was sollte schon sein? Er brauchte keine Frau in seinem Leben.

„Ich komme zurück, aber es wird spät werden." Frazer musste seinen Medienkontakt erreichen. Der Fund von vier Leichen sowie die Ausgrabung eines weiteren möglichen Fundortes war nichts, was er noch länger geheim halten konnte. Er sollte den Fall einfach an jemand anderen aus seiner Einheit abgeben und sich wieder auf seinen Job als Abteilungsleiter konzentrieren. Die Verbindung zu Denker war kurz davor, ihnen komplett um die Ohren zu fliegen. Wenn nicht ihretwegen, dann wegen des Anwalts, dieses Arschlochs. Aber er wollte die Sache noch nicht loslassen. Er wollte den Mörder von Helena finden. Er wollte Isadora Campbell noch ein letztes Mal sehen.

„Ich muss ein paar Anrufe tätigen. Was machen Sie jetzt?", fragte Frazer.

„Ich bin auf dem Weg, um den pensionierten Polizeichief

in Roanoke zu treffen. Außerdem versuche ich, an Aufnahmen der Überwachungskameras auf der Insel zu kommen und herauszukriegen, ob irgendjemand die Insel, in den Stunden verlassen hat, bevor die Prostituierte verschwunden ist. Die Informationen können wir dann mit den Verkehrskameras zwischen hier und Greenville abgleichen.“

„Gute Idee.“ Das würde ihn für ein paar Stunden beschäftigen. „Lassen Sie mich wissen, wenn Sie etwas finden.“ Er legte auf und rief Parker an. „Wie geht es Rooney?“

Hanrahan schien aufzuhorchen, als ihr Name fiel. Er war es gewesen, der Rooney in die Fallanalyseeinheit berufen hatte, aus Gründen, die zu dem Zeitpunkt noch unklar erschienen. Jetzt waren sie glasklar.

„Eine Fehllage der Plazenta scheint nicht gegeben. Alles andere sieht auch gut aus. Sie wird also morgen entlassen, sofern sie sich benimmt.“ Parkers Stimme wurde streng, offensichtlich sprach er direkt mit der Frau.

Erleichterung machte sich in Frazer breit, als er die Neuigkeiten hörte. „Gut. Das ist gut. Ich weiß, es ist Wochenende, aber die Dinge hier unten entwickeln sich rasend schnell. In Maysville wurde eine ermordete Prostituierte gefunden, die nichts außer einer Visitenkarte trug, von der Lucas Randall sicher ist, sie auf den Outer Banks verteilt zu haben. Und in einem netten Twist hat Ferris Denker mir und Hanrahan den Ort eines seiner Opfer verraten. Möglicherweise die gleiche Stelle, an der die Prostituierte gefunden wurde.“

„Sie wollen wissen, wie Denker mit seinem Komplizen kommuniziert?“

„Ja. Aber ich vermute, dass sie glauben zu clever zu sein, um eine deutliche Spur zu hinterlassen. Randall überprüft die

Sicherheitskameras und Datenbanken mit den automatisch erfassten Nummernschildern, um herauszufinden, wer zur Zeit des letzten Mordes gestern die Insel verlassen hat. Das betrifft leider eine Menge unterschiedlicher Zuständigkeitsgebiete, kann also eine Weile dauern, das zu entwirren und alle an Bord zu holen."

„Sie wollen, dass ich die Wärter und die anderen Angestellten des Gefängnisses überprüfe?"

„Alle", bestätigte Frazer. „Einschließlich aller Besucher. Ich weiß, das ist eine große Bitte, wenn Rooney ans Bett gefesselt ist…"

„Was? Nein, das ist kein Problem. Dann hat sie wenigstens etwas zu tun, anstatt die Schwestern und mich in den Wahnsinn zu treiben."

Frazer konnte Rooneys unverschämten Kommentar hören. Es war offensichtlich, dass es ihr viel besser ging, wenn Parker sie aufzog und sie arbeiten ließ.

Er hielt die Daumen gedrückt.

Frazer musste lächeln, weil er immer noch die gleichen abergläubischen Gesten wie seine Mutter benutzte.

„Denker bleiben nur noch zweiundzwanzig Tage auf dieser Erde. Er will, dass seine Strafe in lebenslängliche Haft umgewandelt wird. Und er ist bereit, dafür die Gräber seiner Opfer preiszugeben. Er hat mich gebeten, mit dem Gouverneur zu sprechen", berichtete Frazer.

„Und dieser neue Mörder wird die Öffentlichkeit dazu bringen, Fragen über einen Komplizen oder einen möglichen Nachahmungstäter zu stellen. Vielleicht beginnen sie, die Verurteilung anzuzweifeln. Die Familien der Opfer brauchen einen Abschied, bevor er diese Informationen mit ins Grab nimmt", sagte Parker. „Der Gouverneur wird möglicherweise keine Wahl haben, außer die Hinrichtung zu verschieben, wenn auch nur für kurze Zeit."

Frazer und Parker hatten beide miterlebt, was Mallory Rooneys Familie hatte durchmachen müssen, um ihre verschwundene Schwester zu finden. Andere Familien waren genauso verzweifelt.

„Ich versuche, es nicht an die Presse gelangen zu lassen, aber mit dem zweiten Mord und dem Fund der menschlichen Überreste…"

„Gefolgt von einer weiteren Ausgrabung? Die Presse wird sich wie die Bluthunde darauf stürzen."

Und damit begann der Druck.

„Die Vorstellung, dass Denker der Todesstrafe entkommen könnte, macht mich rasend", gab Frazer zu.

„Wem sagen Sie das, Kumpel. Aber ein Leben im Gefängnis wäre kein so schlechter Tausch, wenn er uns verrät, wo er die Leichen vergraben hat."

„Er wird sie niemals alle verraten."

„Versuchen wir, das meiste aus ihm herauszuquetschen und zu hoffen, dass er gegrillt wird."

Frazer spürte, wie sich gegen seinen Willen ein Lächeln auf seinen Lippen formte. „Ich muss mich darauf konzentrieren, den anderen Mörder zu schnappen, damit Denker ein Ass weniger im Ärmel hat." Und damit niemand mehr sterben musste. Frazer verabschiedete sich und beendete den Anruf.

„Sie und Alex Parker klingen ziemlich freundschaftlich, unter diesen Umständen", bemerkte Hanrahan leise.

Frazer erwiderte nichts.

„Warum fahren Sie zurück auf die Outer Banks?", fragte Hanrahan.

„Dort ist der Mörder."

„Sind Sie sicher?"

Frazer warf seinem ehemaligen Mentor einen Blick zu. „Er war in der Silvesternacht da. Er hat einer Familie aus dem Ort eine Schaufel geklaut und eine weitere Frau verletzt, als er in der Nacht darauf zurückkam, um seine Spuren zu verwischen und mögliche Beweise verschwinden zu lassen."

„Wenn es wirklich jemand aus dem Ort war, dann hätte er seine eigene Schaufel mitgebracht", gab Hanrahan zurück. „Haben die nicht alle eine im Auto, für den Fall, dass sie zum Strand fahren?"

„Wir glauben, er war bei den Morden an Silvester mit einem Geländemotorrad unterwegs." Aber plötzlich war sich Frazer über seiner Theorie nicht mehr so sicher. Was, wenn der wirkliche Grund für seine Rückkehr auf die Outer Banks die rotblonde Frau mit den salbeigrünen Augen war? Die Vorstellung erschütterte ihn. Nichts kam jemals zwischen ihn und seine Arbeit. Dann erinnerte er sich an etwas anderes und atmete auf. „Der Mörder hat Agent Randalls Visitenkarte beim letzten Opfer hinterlassen – eine Visitenkarte, die er nur während der Ermittlungen zu Helena Cromwells Mord verteilt hat. Der Täter ist aus dem Ort oder befindet sich zumindest in der Gegend. Ich lasse eine Liste mit Besitzern von Geländemotorrädern auf der Insel zusammenstellen."

„Müssen Sie nicht in Maysville bleiben?", drängte Hanrahan.

„Maysville ist wichtig. Denker behauptet, dass es der Tatort seines ersten Mordes sei. Ich muss jemanden dazu holen, der mit dem Fall vertraut ist, um mit der örtlichen Polizei zusammenzuarbeiten. Jemand, dem ich vertrauen kann."

Hanrahan lachte auf. „Warum glauben Sie, dass ich Ja sage?"

„Ich weiß, dass Sie Ja sagen werden."

Hanrahan grunzte. „Ich dachte, Sie wären noch lange nicht damit fertig, mich zu bestrafen?"

„Bin ich auch nicht." Frazer wusste, dass sein Lächeln sehr schmal war. Er schaute auf eine Nachricht, die gerade gekommen war. „Petra Danbridge wird uns dort treffen."

„Herr im Himmel."

„Das trifft's ganz gut. Die Schule, auf deren Grundstück das letzte Opfer gefunden wurde, ist die Knabenschule St. Joseph."

Hanrahans braune Augen wurden groß, er runzelte die Stirn. „Dort ist Denker zur Schule gegangen."

Frazers Hände umklammerten das Lenkrad. „Wir müssen an die alten Schulakten kommen. Herausfinden, mit wem er befreundet war."

Aber Hanrahan schüttelte den Kopf. „Wurde alles vor Jahren bei einem Brand zerstört."

„Haben Sie mit irgendwelchen ehemaligen Lehrern oder Angestellten gesprochen? Irgendjemand, der sich an Denker erinnert? Und daran, mit wem er damals zu tun hatte?"

„Es gab nie einen Grund, zu irgendjemandem von der Schule Kontakt aufzunehmen. Die Beweislage war eindeutig, und wir sind nie von einem Komplizen ausgegangen."

„Dann ist das unsere höchste Priorität." Ein herleitendes Täterprofil zu erarbeiten, nahm viel Zeit in Anspruch, und dieser Fall entwickelte sich gerade mit rasender Geschwindigkeit. Hinweise aus der Vergangenheit kollidierten mit frischen Morden. Er musste das letzte Opfer sehen, musste Denkers Verbindung mit St. Joseph nachgehen. Wieder klingelte sein Handy. Randall. Er ging ran, während er darüber nachdachte, wo er kurzfristig einen Hubschrauber und einen Piloten auftreiben konnte.

„Wir haben noch ein vermisstes Mädchen." Randall hatte keine Zeit mehr für Nettigkeiten.

Scheiße. Frazer wechselte auf die Lautsprecherfunktion, denn Hanrahan musste das hier hören.

„Jessica Tuttle ist heute früh gegen sechs Uhr joggen gegangen. Ist nicht wieder nach Hause gekommen."

„Wir sprechen von Jessica Tuttle, Ex-Freundin von Jesse Tyson?", versicherte sich Frazer. „Das Mädchen, das das Foto von Kit Campbell überall im Internet gepostet hat?"

„Genau die."

„Wo war Kit zu dem Zeitpunkt, als Jessica verschwunden ist?"

„Kit hatte Glück, dass ich sie gesehen habe, wie sie mit Barney am Strand spazieren war, ungefähr um zwanzig nach sechs. Sie hätte es nie im Leben in so kurzer Zeit nach Roanoke und zurück geschafft."

Frazer verwarf den Gedanken, dass Randall womöglich die Nacht mit Isadora Campbell verbracht hatte und deshalb diese praktische Beobachtung hatte machen können.

Mit wem sie die Nacht verbrachte, war nicht seine Angelegenheit – aber es könnte zu seiner Angelegenheit werden. Er wusste, dass es seine Angelegenheit werden konnte, sollte einer von ihnen beiden endlich die Nerven aufbringen, den ersten Schritt zu tun. Keine Nerven zu haben war ihm noch nie nachgesagt worden.

Er konzentrierte sich auf die Straße vor ihm und auf die Ermittlungen, nicht auf die Frau, die er nackt ausziehen und verschlingen wollte. „Ist es schon öfter vorgekommen, dass

Jessica abgehauen ist, ohne ihren Eltern Bescheid zu sagen?"

„Sie ist nicht gerade die zuverlässigste aller Teenagerinnen, deshalb lassen ihre Eltern ihr Handy orten. Es wurde zu ziemlich genau dem Zeitpunkt ausgeschaltet, zu dem Jessica vermutlich verschwunden ist. Die Polizei organisiert einen Suchtrupp und befragt die Nachbarn, auch wenn sie noch keine vierundzwanzig Stunden verschwunden ist. Helenas Ermordung hat alle in Aufregung versetzt."

Und aus gutem Grund. Verdammt nochmal. „Ich rufe Sie an, wenn ich kurz vor den Outer Banks bin. Wir treffen uns in der Polizeistation, es sei denn, sie wird bis dahin gefunden."

„Was ist mit Maysville?", fragte Randall.

„Ich fahre kurz vorbei, um mir alles anzuschauen, aber Art Hanrahan kommt für diese Ermittlung wieder zurück an Bord und wird unser FBI-Kontakt in Maysville sein. Wir werden noch jede Menge Leute auf diesen Fall ansetzen müssen."

„Wir brauchen Verstärkung."

„Allerdings. Halten Sie mich über die Suche nach Jessica Tuttle auf dem Laufenden." Frazer beendete das Gespräch. Ein vermisstes Mädchen würde den Fall zum Überkochen bringen. Und wenn dieser Fall sich viral verbreitete, was würde das dann für das Foto von Kit Campbell und Damien Ridgeway bedeuten? Trotz Kits vermeintlicher Tapferkeit wollte er nicht, dass sie daran zerbrach, wenn die nationalen und internationalen Medien davon Wind bekamen. Er rief noch einmal bei Parker an. „Ich muss Sie um einen weiteren Gefallen bitten, eigentlich mehrere Gefallen. Ehrlich gesagt, brauche ich die Unterstützung Ihres gesamten Cybersicherheitsteams, und uns bleibt nicht viel Zeit."

———————

DIE POLIZISTEN HATTEN die Türgriffe ihres Geländewagens auf Fingerdrücke abgesucht, und Seth Grundy hatte den Wagen in seine Werkstatt in Whalebone abschleppen lassen. Agent Randall konnte derzeit nicht sagen, ob es der gleiche Täter gewesen war, der Helena umgebracht hatte, oder ob es ein Akt willkürlicher Zerstörungswut gewesen war. Niemand hatte irgendetwas gesehen, und Izzy wusste nicht, warum jemand es auf diese Art und Weise auf sie abgesehen haben sollte. Selbst wenn der Täter wüsste, was sie vor siebzehn Jahren getan hatte, ergab es doch überhaupt keinen Sinn, ihre Autoscheiben einzuschlagen, es sei denn, er wollte sie einfach nur verärgern. Sollte das der Fall sein, funktionierte seine Strategie.

Ted hatte ihr in der Vergangenheit unzählige Male versichert, dass sie seinen Truck benutzen könnte, ohne ihn erst fragen zu müssen, falls sie ein Auto benötigen sollte. Aus Gründen, die nur er kannte, besaß er drei fahrtüchtige Autos. Izzy beschloss, zu seinem Haus zu gehen, anstatt ihn darum zu bitten, das Auto herzubringen. Barney konnte den Auslauf gebrauchen, und sie musste herunterkommen. Es war später Nachmittag. Ted lebte ein paar Meilen nördlich von Rosetown in dem kleinen Haus, in dem er und ihre Mutter aufgewachsen waren, am südwestlichen Ende von Bodie Island. Sie legte Barney seine Leine an und ging durch Rosetown, dann über die Bonner Bridge, die die beiden Inseln verband. Offiziell waren Fußgänger auf der Brücke nicht erlaubt, aber es war nicht viel Verkehr, und Izzy ging davon aus, dass die Polizei gerade Besseres zu tun hatte als ihr einen Strafzettel zu verpassen. Das Meer der Oregon-Bucht unter ihr war ruhig.

Auf der anderen Seite der Brücke verließ sie die Straße und lief auf einem Pfad weiter, der durch die Marschlandschaft bis zu einem dichten Unterholz führte. Das hier war nicht die Gegend für Ferienwohnungen, und es gab auch keine Ortschaften oder Hotels in der Nähe. Es war abgelegen und ruhig, und Izzy hatte sich oft gefragt, wie es gewesen sein musste, an so einem einsamen Ort aufzuwachsen. Nach einer Weile kam sie an den ersten kleinen Bäumen vorbei, Virginia-Eichen, Traubenkirschen, Sanddorn und Stechpalmen. Für gewöhnlich mochte sie diesen Teil der Insel, aber die dunklen Schatten unter diesem Tunnel aus Bäumen versetzten jeden ihrer Sinne in Alarmbereitschaft. Plötzlich schienen jeder Baumstumpf und jeder Busch eine mögliche Gefahr zu verbergen.

Sie stolperte über einen Stein und fluchte. Die größte Gefahr war die Angst selbst. Sie brachte die Leute dazu, nicht mehr rational zu denken und zu handeln. Sie hatte eine Waffe und einen Hund, sie war fit und nicht zu stolz, davonzurennen, wenn es sein musste.

Wie groß waren wohl die Chancen, dass irgendein Buhmann ihr im Wald nachstellen würde, wenn sie niemandem von ihren Plänen erzählt hatte?

Ein Geräusch rechts von ihr ließ sie zusammenfahren und sich umdrehen, um der Bedrohung zu begegnen. Ihr Herz schlug wie verrückt, sie versuchte, im trüben Licht etwas zu erkennen, aber es war unmöglich, es sei denn sie würde den Pfad verlassen und nachschauen. Sie nahm Barneys Leine in die linke Hand, damit sie mit der rechten ihre Waffe greifen konnte. Barney winselte, normalerweise würde sie ihn frei laufen lassen. Er kannte den Weg zu Teds Haus, und diese Gegend war im Winter normalerweise menschenleer. Heute aber hielt sie ihn kurz angeleint.

Der Wind wurde stärker, und zusätzlich zu allem anderen,

was gerade passierte, hatte sich ein weiterer Nor'Easter, ein Sturm aus Nordosten, vor der Atlantikküste angekündigt, der sich gerade zu entscheiden versuchte, ob er nach Norden abdrehen oder die Carolinas überrollen wollte.

Stürme waren hier Teil des Lebens, aber ein wirklich großer Sturm wie Hurrikan Irene im Jahr 2011 konnte die Brücken zwischen den Inseln zerstören und sie für Wochen oder sogar Monate komplett von der Außenwelt abschneiden. Die Vorstellung, zusammen mit einem Serienmörder hier auf der Insel festzusitzen, drehte ihr den Magen um.

Sie beschleunigte ihren Schritt und Schweißperlen traten ihr auf die Stirn, als ein weiteres Rascheln tief im Wald ertönte. *Verdammt.* Wahrscheinlich war es ein blödes Eichhörnchen, aber als sie Teds Haus zwischen den Bäumen entdeckte, rannten sie und Barney schon beinahe. Sie kamen aus dem Wald gehetzt wie zwei Irre.

Teds Haus stand auf einem freien Platz, daneben befanden sich ein Hochbeet und ein Schuppen, der fast so groß wie das Haus selbst war. Alle Bäume im Umkreis waren gefällt worden, damit sie bei den häufigen Stürmen nicht aufs Haus stürzen konnten. Das zweigeschossige Haus war hellgrau gestrichen, hatte weiße Umrandungen und eine Veranda, die einmal rundherumführte. Die Sturmverschläge an den Fenstern im oberen Stockwerk waren immer noch geschlossen. Ted hatte sich noch nicht die Mühe gemacht, sie zu öffnen, seit der letzte Sturm in der Nacht des Mordes an Helena hier durchgezogen war. Ihr Onkel hatte die Tendenz, sehr wirtschaftlich bei seiner Arbeit zu sein, und da sein Schlafzimmer im Erdgeschoss lag, und ein weiterer Sturm im Anmarsch war, machte es für Izzy Sinn, dass er die Verschläge noch nicht geöffnet hatte. Barney bellte aufgeregt und sie ließ ihn von der Leine. Sie wusste, er würde sich nicht weit vom Haus entfernen. Dann eilte sie die Stufen zur Veranda hoch und klopfte an die Tür.

Als niemand antwortete, drehte sie den Knauf und erwartete, dass die Tür offen war, aber ihre Schulter krachte gegen die Holztür. Abgeschlossen.

„Na sowas", murmelte sie. Sogar Ted machte sich anscheinend Sorgen um seine Sicherheit.

Sie ging die Stufen hinunter, zurück auf den Hof, dann schaute sie in seinen Truck. Keine Schlüssel im Zündschloss oder unter der Sonnenblende. *Mist.*

Sein Geländewagen parkte neben dem Schuppen, den er auch als Werkstatt nutzte. Sie ging hinüber, öffnete die Fahrertür und lehnte sich in den Wagen, um nach den Schlüsseln zu suchen.

„Wie geht's, Iz-Biz?"

Izzy zuckte so sehr zusammen, dass sie sich den Kopf am Türrahmen stieß. „Um Gottes Willen, Ted!" Sie rieb sich die entstehende Beule an ihrem Hinterkopf. „Du musst aufhören, dich immer so anzuschleichen. Ich hätte dich erschießen können."

„Du klaust gerade mein Auto", bemerkte er mit einem schiefen Lächeln.

„Ich wollte deinen Truck ausleihen. So, wie du es mir schon Millionen Mal angeboten hast – ‚du musst nicht fragen'. Aber das Haus war abgeschlossen und die Schlüssel nicht im Wagen. Machst du dir endlich Gedanken um deine Sicherheit, nachdem du über sechzig Jahre lang so getan hast, als ob der Rest der Welt nicht existiert?"

Er wühlte in seiner Gesäßtasche, zog einen Schlüsselbund hervor und gab ihn ihr. „Ich dachte, wenn jemand einem so netten Mädchen wie Helena etwas antut, wer weiß, was sie dann mit einem alten Sack wie mir machen würden. Alles voller Dingbatters hier. Die Inseln gehen den Bach runter. Apropos Dingbatters, wie kommt das FBI bei der Suche nach Helenas Mörder voran?"

„Ich habe keine Ahnung. Sie besprechen das nicht mit mir." Izzy schloss die Finger um den Schlüsselbund, der noch warm von Teds Körper war. Sie schaute ihn genau an. „Du siehst ziemlich schnieke aus. Neue Jacke?" Sie berührte das leichte, feste Material seiner schwarzen Jacke.

Ted zuckte mit den Schultern und vergrub die Hände in den Taschen. „In Manteo gab es einen Schlussverkauf. Wir haben alle eine gekauft." Er schaute ein wenig verlegen aus.

„Du, Seth, der Pastor, Hank und Mr. Kent? Seid ihr jetzt eine Gang, oder wie?", zog sie ihn auf.

Er lachte und schüttelte den Kopf. „Wir dachten, es würde vielleicht cool aussehen, wenn wir zum Bowling gehen oder so – Seths Idee."

„Bist du auf dem Weg zur Bar?" Sie schaute auf die Uhr. Er traf sich fast jeden Samstagabend mit seinen Kumpels, aber es war noch ein bisschen früh dafür.

„Nein, heute nicht. Carl führt Mary aus, also dachte ich, ich fahre ins Kino nach Corolla. Willst du mitkommen?"

„Wer ist noch dabei?"

„Ich und Kenny. Seth und Hank müssen beide arbeiten." Er runzelte die Stirn und schaute sie eingehend an. „Wo ist dein Auto?"

Izzy war überrascht, dass die Gerüchteküche diesmal nicht zu funktionieren schien. „Jemand hat meine Autoscheiben eingeschlagen, als mein Auto auf dem Parkplatz des Krankenhauses stand. Es ist in Seths Werkstatt und wird repariert."

„Deswegen ist er wohl beschäftigt. Er hat es allerdings nicht erwähnt."

„Das sind nicht gerade interessante Neuigkeiten..." Sie verstummte. Es machte sie immer noch stinksauer.

Ted presste die Lippen zusammen. „Warum passiert das, Izzy? Normalerweise haben wir hier nicht so einen Ärger."

„Ich habe nicht den geringsten Schimmer." Sie vergrub sich in ihrer Jacke und wünschte, sie hätte die Antwort darauf und könnte sich wieder sicher fühlen. Dass ihre Schaufel geklaut worden war, sie angegriffen wurde und jetzt die Geschichte mit ihrem Auto, all das kurz nach Helenas Ermordung, gab ihr das Gefühl, dass es etwas Persönliches war. „Seth hat gesagt, dass er die Scheiben heute Abend geliefert bekommt und das Auto bis morgen Vormittag repariert ist. Ist es okay, wenn ich den Truck so lange ausleihe?"

„Natürlich. Du kannst mir sogar einen Gefallen tun und ihn bei Seth stehen lassen, wenn du dein Auto abholst. Er muss zur Inspektion, und im Winter bekomme ich von Seth immer einen Rabatt."

„Geizhals." Izzy küsste ihn auf seine raue Wange. „Danke." Sie pfiff Barney zu sich, der wie besessen aus dem Wald gerannt kam. Dann öffnete sie die Fahrertür, und ihr Hund sprang auf den Beifahrersitz, als ob er nie woanders gesessen hätte.

„Pass auf dich auf. Sie zu, dass deine Waffe immer geladen ist und du deine Haustür abschließt." Ted schob die Hände in seine Jackentaschen und starrte ins Unterholz. „Irgendwas stimmt hier nicht."

„Ich passe auf." Sie blickte in seine müden Augen, die sie

so sehr an ihre Mutter erinnerten.

„Ein Sturm kommt auf“, warnte er.

Sie konnte es spüren.

Ted trat zu Seite, und Izzy wendete den Truck. Sie rollte das Fenster herunter und sagte: „Pass du auch auf, Onkel Ted. Ich mache mir Sorgen um dich, so ganz allein hier draußen.“

„Mach dir um mich keine Sorgen, Iz-Biz. Pass auf dich und deine Schwester auf. Ihr seid es, die wirklich wichtig sind.“

SIEBZEHNTES KAPITEL

LINCOLN FRAZER KONNTE sich nicht erinnern, wann er das letzte Mal länger als zwei Stunden geschlafen hatte, und er begann zu glauben, dass eine Zombie-Apokalypse vielleicht keine so schlechte Idee war – er wäre wie gemacht dafür. Er saß in seinem Mietwagen und fuhr auf der Interstate 40 Richtung Westen nach Beaufort in North Carolina.

In Maysville hatte er Petra Danbridge besänftigen und sie auf den neusten Stand der Ermittlungen bringen müssen. Offiziell war nun die Abteilung aus Charlotte für den Fall auf dem Festland verantwortlich, und Polizeichief Tyson ermittelte im Fall auf den Inseln – Frazer und Randall standen ihm beratend zu Seite.

Nachdem er vierzig Minuten damit verschwendet hatte, SSA Danbridge zu versichern, dass er kein hinterhältiger Eindringling war, der den ganzen Ruhm für sich allein wollte, hatte er die örtlichen Polizeibeamten überzeugen müssen, mit Spürhunden nach weiteren Leichen zu suchen, sobald sie mit der Abfertigung des ersten Tatorts fertig waren – und all das, weil ein verurteilter Serienmörder es behauptet hatte.

Er brauchte einen ordentlichen Drink, tröstete sich aber mit einer Flasche Wasser und ein paar Kopfschmerztabletten. Als er in Maysville fertig geworden war, war es zu spät gewesen, um noch zum Leichenschauhaus zu fahren, und Simon Pearl hatte sich auf seine Anrufe nicht zurückgemeldet.

Frazer wusste nicht, ob das gute oder schlechte Neuigkeiten bedeutete.

Die alte, verlassene Schule war ein sehr passender Ort gewesen, um eine Leiche zu finden. Das Gebäude hatte wie eine typische, von Geistern bewohnte Anstalt gewirkt, einschließlich des unheimlichen Nebels, der wie der Rauch eines längst erloschenen Feuers um die schiefe Spitze des Uhrenturms gehangen hatte. Verrammelte Fenster hatten düster und verzweifelt in die Welt geschaut. Frazer war überrascht, dass die Schule nicht schon vor Jahren abgerissen worden war. Das Grundstück gehörte der katholischen Kirche. Vielleicht war es angemessen, dass es jetzt ein Friedhof war.

Dichtes Unterholz umgab die Lichtung im Wald, auf der Elaine Pattersons Leiche gefunden worden war. Frazer hegte die Vermutung, dass Denker oder sein Komplize gehofft hatten, das FBI selbst würde die tote Frau entdecken. Sie war auf erniedrigende Weise ausgestellt worden, um den größtmöglichen Schockeffekt zu erzielen. Die Narben auf ihrem Arm bestätigten, dass sie drogenabhängig gewesen war, zusätzlich dazu war sie in Greenville wegen Prostitution auffällig geworden. Für den Mörder war sie nichts weiter als Abfall gewesen, etwas, was er benutzen und wegwerfen konnte, ohne sich um die menschliche Würde Gedanken zu machen.

Ihre Schuhe fehlten, aber auch alle anderen Kleider und persönlichen Dinge. Waren Schuhe seine Sache? Waren sie seine Perversion, oder seine Trophäen? Oder beides?

Lag hier noch eine weitere Leiche begraben, oder trieb Denker seine Spielchen mit ihnen?

Bodenradar konnte auf der Lichtung selbst eingesetzt werden, aber auch das gesamte Schulgelände musste nun mit

Spürhunden abgesucht werden, was Tage gründlichster Polizeiarbeit erfordern würde. Hanrahan brachte sein Können am Tatort zum Einsatz und beeindruckte alle vor Ort mit seinem legendären Ruf. Solange er seine Arbeit machte, sollte das Frazer recht sein. Er ließ nicht zu, dass sich irgendjemand auf seinen Lorbeeren ausruhte. Nicht einmal er selbst.

Alex Parker und sein Team für Cybersicherheit konnten keine Spur von Jessica Tuttles Handy finden. Das waren sehr schlechte Neuigkeiten, denn das Mädchen war immer noch verschwunden. Die gute Nachricht war, dass sie das Foto von Kit und Damien von jedem Server, auf dem es gespeichert worden war, und von jedem Handy, auf das es geschickt worden war, entfernt hatten. Natürlich bestand immer noch die Möglichkeit, dass jemand es auf einer privaten Festplatte oder einem USB-Stick gespeichert hatte, sodass es jederzeit wieder auftauchen konnte. Aber sie hatten getan, was sie konnten, um den Schaden für die beiden Teenager so gering wie möglich zu halten.

Es war ein kleiner Sieg in einem Sumpf von Verlusten.

Damien Ridgeway stand immer noch auf seiner Liste von Verdächtigen, und er würde den jungen Mann morgen früh in die Mangel nehmen. Jetzt war er auf dem Weg zu Mildred Houch, der ehemaligen Sekretärin der Knabenschule St. Joseph. Parker hatte sie für ihn ausfindig gemacht. Frazer hatte sie nicht angerufen und hoffte inständig, dass sie zu Hause war und er nicht gerade seine Zeit verschwendete.

Für Jessica Tuttle lief die Zeit ab, auch wenn es durchaus möglich war, dass sie schon tot gewesen war, bevor sie überhaupt als vermisst gemeldet wurde.

Frazer passierte das Ortsschild von Beaufort. Sein Navi führte ihn in Richtung des Wassers. Er beäugte die riesigen

Villen, die von Unmengen von Weihnachtslichtern erleuchtet wurden, und fragte sich, warum irgendjemand mit weniger als einem Dutzend Kindern freiwillig in so einem weitläufigen Mausoleum wohnen wollte. Er bog rechts ab, dann direkt noch einmal. Die Häuser in dieser Straße waren deutlich bescheidener, wurden aber durch große Gärten voneinander getrennt. Er parkte vor der Hausnummer neunzehn und sah, dass im Haus Licht brannte und ein Fernseher flackerte. Er stieg aus dem Auto und wählte Mildred Houchs Telefonnummer.

Während er zuhörte, wie es klingelte, sah er die Silhouette einer Person die Vorhänge zuziehen. Eine Frau nahm ab und nannte ihre Telefonnummer.

„Mein Name ist Frazer, Assistant Special Agent in Charge beim FBI. Spreche ich mit Mrs. Mildred Houch?"

„Das ist korrekt." Sie klang älter und zerbrechlich, aber interessiert.

„Ich hatte gehofft, Sie könnten mir bei meinen Ermittlungen helfen. Hätten Sie wohl einen Augenblick Zeit für mich?"

„Oh, ich bin nicht sicher, wie ich dem FBI helfen kann…"

„Es wird nur einen Moment dauern, Mrs. Houch."

„Oh", wiederholte sie. „Nun, ich schätze, das könnte ich schon tun… wann würde es Ihnen denn passen?"

Frazer klopfte an ihre Haustür. „Jetzt wäre es perfekt, Ma'am."

Durch die Leitung konnte er hören, wie sie erschrocken nach Luft schnappte, dann legte sie auf. Sie öffnete die Haustür einen Spaltbreit, die Sicherheitskette ließ sie geschlossen. Er hielt ihr seine Dienstmarke hin. „Tut mir leid, dass ich Sie so spät noch störe, Ma'am."

Sie schlug ihm die Tür vor der Nase zu, und für einen Moment dachte er, sie würde doch nicht mit ihm sprechen wollen. Dann hörte er, wie sie die Kette beiseiteschob. Sie öffnete die Tür und winkte ihn hinein. „Sie sollten besser reinkommen."

Sie war groß und hatte graues Haar. Ihre gebeugte Haltung erinnerte ihn an einen Kranich. Sie betrachtete ihn durch dicke Brillengläser. „Kann ich ihnen etwas Heißes zu trinken anbieten, Agent Frazer? Es ist eiskalt heute Abend."

„Danke, nein. Ich brauche Ihre Hilfe hinsichtlich der Knabenschule St. Joseph."

Etwas in ihrem Ausdruck veränderte sich. „Sie sind wegen Ferris Denker hier." Sie wickelte ihren schmalen, hochgewachsenen Körper fest in ihre Strickjacke ein und ging ins Wohnzimmer. Dort setzte sie sich in einen Sessel, der neben einem elektrischen Kamin stand, dann nahm sie die Fernbedienung und schaltete den Fernseher aus. Die plötzliche Stille hing bleiern über ihnen.

„Ich würde gerne wissen, woran Sie sich bei ihm erinnern?"

Ein amüsiertes Lächeln spielte über ihr Gesicht. „Das ist ein bisschen spät, oder? Es sei denn, sie schreiben seinen Nachruf."

Sie hatte recht. „Ich vermute, Sie standen ihm nicht nahe?"

Sie verzog den Mund und schaute ihn neugierig an. „Er war nicht schlimmer als manche von den anderen."

Frazer runzelte die Stirn. „Das ist eine seltsame Art, es zu formulieren."

„Die Knabenschule St. Joseph war ein Internat für auffällig gewordene Jugendliche, Agent Frazer. Die Jungs, die zu uns kamen, haben vielleicht im Kirchenchor gesungen, aber sie waren keine Engel.“

„Haben Sie irgendeine Vorstellung, warum Denker auf der Schule gelandet ist?“

Sie sah ihn skeptisch an, als ob sie sich wunderte, warum er diese Fragen jetzt stellte. Auch damit hatte sie recht. Diese Fragen hätten vor Jahren gestellt werden müssen. „Er hatte die Nachbarn verärgert. Es gab Gerüchte, dass er mit dem kleinen Nachbarsmädchen herumgespielt hat.“

„Herumgespielt?“ Frazers Stimme wurde leise.

Sie zuckte mit den Schultern. „Ich glaube nicht, dass es irgendwelche Beweise gab. Niemand hat Anzeige erstattet. Aber er wurde zu uns geschickt, und soweit ich gehört habe, ist die Nachbarsfamilie kurz darauf weggezogen.“ Sie blickte ihn über den Rand ihrer Brille an. „Das ist öfter vorgekommen als man denkt. Nicht jeder will, dass gleich die Polizei eingeschaltet wird, wenn sich die eigenen Kinder danebenbenehmen.“

Das war nichts Neues für Frazer, aber sein Magen drehte sich um, wenn er an die vielen Opfer dachte, die keine Fürsprecher hatten.

„Hat er an der Schule für Ärger gesorgt?“

„Wie ich schon sagte, er war nicht besonders auffällig. Er hatte gute Noten. War musikalisch begabt. Kein besonders guter Sportler.“ Sie öffnete ihren Mund, dann schloss sie ihn wieder.

„Was?“, drängte Frazer.

Ihr Blick schweifte nervös hin und her. „Ich weiß nicht, ob es stimmt, aber ein paar der Jungs haben behauptet, dass sie von einem der Lehrer missbraucht worden waren, etwa zur gleichen Zeit, als Ferris auf der Schule war.“ Sie senkte ihren Kopf. „Der Sportlehrer, Mr. McManus.“ Ihre Wangen wurden feuerrot. „Ich habe gehört, wie einige der Jungs ganz unanständige Namen für ihn benutzt haben."

„War Denker einer der Schüler, die behauptet hatten, missbraucht worden zu sein?"

„Nein." Sie wedelte mit der Hand, als ob das eine völlig absurde Vorstellung wäre.

Frazer zog die Augenbrauen hoch. „Wurde jemals Anzeige gegen den Lehrer erstattet?"

Sie schüttelte den Kopf. „Die Anschuldigungen waren vermutlich nicht begründet. Er war ein netter Mann mit einer Frau und Kindern."

Das waren viele Pädophile. „Wurden irgendwelche der Jungen, die diese Anschuldigungen erhoben haben, jemals von einem Arzt untersucht?"

Ihre Ohren begannen zu glühen. „Natürlich, wir hatten einen Schularzt. Er hat gesagt, dass es keine blauen Flecken oder andere Anzeichen für Missbrauch gab." Ihre Stimme wurde leise, als ob sie ihm ein Geheimnis verriet. „Dr. Rabon hat vermutet, dass manche der Jungen vielleicht miteinander sexuelle Handlungen vollzogen haben, was natürlich gegen die Schulregeln war." Sie spitzte die Lippen. „Er deutete darauf hin, dass manche der älteren Jungs sich *womöglich* an den jüngeren vergangen hatten." Sie wendete den Blick ab. „Es war ein Jungeninternat." Sie zuckte mit ihren knochigen Schultern. „Diese Dinge sind vorgekommen."

Ein schmales Rinnsal der Wut floss durch Frazers Venen. Er war selbst auf eine Jungenschule gegangen. Seine Mutter war vor ihrem Tod Lehrerin an seiner Schule gewesen. Wenn ein Schüler zu ihr gekommen wäre und berichtet hätte, dass er missbraucht worden sei, sie hätte alles darangesetzt, die Wahrheit herauszufinden. Es war die Aufgabe der Schule, die schwächeren Schüler vor möglichen Tätern zu schützen.

Seine Schule hatte ihn nach dem Tod seiner Eltern weiterhin als Schüler behalten. Er hatte ein wenig Geld geerbt, aber er hätte sich die Schulgebühren ohne das Entgegenkommen der Schule niemals leisten können. Sie hatten ihm Schulgebühren, Verpflegung und Unterkunft erlassen, und es war ihm bewusst gewesen, wie viel Glück er gehabt hatte. Er hatte sich den Hintern aufgerissen, musste in allem der Beste sein, um seine Eltern stolz zu machen und sich bei der Schule für die Großzügigkeit erkenntlich zu zeigen. Seit er gerettet worden war, hatte er ganz genau gewusst, was er mit seinem Leben anfangen würde. Und um das zu erreichen, brauchte er ein Stipendium und einen Universitätsabschluss.

Schon mit fünfzehn war ihm klar, was er für den Rest seines Lebens machen würde – und hier saß er nun und tat genau das, hörte zu, wie schwache Menschen die Entschuldigungen wiederholten, die sie sich selbst erzählten, und die den Monstern ihre Erfolge verschafften. Er konnte es sich nicht leisten, seine Verachtung und seine Geringschätzung offen zu zeigen, aber das bedeutete nicht, dass er sie nicht spürte. „Erinnern Sie sich, ob Denker irgendwelche besonderen Freunde hatte?"

Sie runzelte ihre stahlgrauen Augenbrauen. „Es gab zwei andere Jungen, mit denen er die meiste Zeit verbracht hat, aber ich erinnere mich nicht an ihre Namen."

„Stehen die Namen in den Schulakten?"

Sie wurde blass. „Alle Akten wurden 1985 bei einem Brand zerstört. Die Schule musste schließen. Ich bin in den Vorruhestand gegangen."

Verdammte Scheiße. „Lebt der Sportlehrer noch?" Das war ein loses Ende, dem er nachjagen und das er verknoten konnte.

„Nein. Gerry starb an einem Herzinfarkt auf dem Footballfeld – vor den Augen der Schüler. Es war schrecklich. Es war der zweite Todesfall an der Schule in jenem Jahr."

Wenn die Anschuldigungen stimmten, dann vermutete Frazer, dass manche der Jungs eher vor Freude auf der Seitenlinie getanzt hatten.

„Was war der andere Todesfall?"

„Ein paar der Jungen waren im Teich schwimmen, auch wenn sie das nicht durften. Einer von ihnen ist ertrunken. Ein anderer wurde wiederbelebt, aber es war knapp."

„Können Sie sich an die Namen der beiden erinnern?"

Sie verzog das Gesicht und sah aufgewühlt aus.

Das hier brachte Frazer nicht weiter. „Ich lasse Ihnen meine Karte hier. Bitte melden Sie sich, wenn Sie sich an irgendetwas erinnern. Egal, an was. Wissen Sie, was aus den anderen Lehrern geworden ist?"

Sie schüttelte den Kopf, ihre großen Augen schauten hinter diesen dicken Brillengläsern hervor. „Nein, tut mir leid." Sie krallte ihre Finger ineinander. „Ich hatte geglaubt, sie würden kommen und uns Fragen stellen, damals, als Ferris diese schlimmen Verbrechen begangen hat. Aber niemand ist je gekommen."

Vielleicht konnten sie anhand alter Steuerinformationen und Sozialversicherungsnummern herausfinden, wer an der Schule gearbeitet hatte, aber es würde ein langwieriger Prozess werden. Frazer schritt durch das Zimmer und sah sich um. An der Wand hing ein gerahmtes Foto, auf dem eine deutlich jüngere und hübschere Mrs. Houch auf den Stufen eines roten Backsteingebäudes saß.

Es war die Schule, erkannte er. Er nahm es von der Wand.

Sie war wirklich hübsch gewesen. „Sie müssen an einer Jungenschule ganz schön für Aufregung gesorgt haben."

Mrs. Houch lachte. „Oh, ich hatte meine Momente, Agent Frazer. Aber ich war mit einem wundervollen Mann verheiratet, der für eine Versicherungsagentur gearbeitet hat. Er ist früh gestorben, aber ich habe nie jemanden gefunden, der an seine Stelle hätte treten können." Sie deutete auf das Hochzeitsfoto, das ebenfalls an der Wand hing. Ihr fortgeschrittenes Alter war offensichtlich, als sie mit ihrer faltigen Hand ein Foto auf dem Kaminsims zurechtschob, aber ihre Augen funkelten voller glücklichen Erinnerungen.

„Ich sehe mich immer noch als die Frau auf dem Foto", sagte sie traurig. „Es ist eine Erinnerung daran, dass das Leben kurz ist, selbst wenn man so steinalt wird wie ich." Ihre Augen wurden traurig. „Ich weiß nun, dass ich mich den Jungs gegenüber nicht gut verhalten habe, als sie diese Anschuldigungen gegen Mr. McManus vorgebracht haben." Ihr Mund wurde schmal. „Ich habe Regeln befolgt. Ich bin nie aus der Reihe getanzt. Ich habe erwartet, dass die Verantwortlichen sich um alles kümmern würden, so wie es sich gehört." Sie betrachtete die vielen eingerahmten Fotos. „Ich war keine große Hilfe, oder?" Sie runzelte die Brauen. „Aber ich habe eine große Schachtel voller Fotografien, manche mit Sicherheit von der Schule. Wollen Sie…"

„Ja."

Seine Abruptheit brachte sie zum Lächeln. „Ich weiß es zu schätzen, wenn ein Mann weiß, was er will, und dieser Sache nachjagt. Mein Harry war genauso. Und er hätte das Richtige getan." Ihr Gesicht sah plötzlich jünger aus. „Kommen Sie, Sie müssen mir helfen, die Schachtel vom Kleiderschrank zu holen." Sie marschierte davon, kicherte vor sich hin, aber

Frazer stand reglos da, denn er war ganz sicher nicht der Sache nachgejagt, die er wollte. Nicht, wenn es um irgendetwas anderes als um seine Arbeit ging. Er wollte Isadora Campbell. In seinem Bett. Er wollte ihre Haare in seinen Fäusten und den Geschmack ihrer Haut auf seinen Lippen, während er in ihr kam.

Über sich selbst den Kopf schüttelnd, folgte er Mildred Houch durch den Flur. Er war müde. Unleidlich. Konnte nicht mehr klar denken. Er würde bestimmt keine Ratschläge, die sein Sexleben betrafen, von einer achtzigjährigen Frau annehmen – aber auch sie war einmal jung und schön gewesen, also warum zur Hölle nicht?

Er vergaß alles andere, als er eine große Schachtel vom Kleiderschrank der alten Dame hievte. Frazer unterdrückte ein Stöhnen, denn es würde Stunden dauern, dieses Chaos zu ordnen.

Dann bekam er eine Nachricht und wusste, dass die Zeit abgelaufen war.

DAS FOTO LIEß Ferris steinhart werden. Er starrte auf die ausgestreckten, blassen Gliedmaßen. Auf die geheime Mitte einer Frau. Die langen, dunklen Haare, die über milchweiße Brüste mit straffen, pinken Brustwarzen gelegt waren, in die er hineinbeißen wollte. Sein Verlangen war so teuflisch, dass er alles in seiner Zelle in tausend Stücke zerschlagen wollte. Was würde er dafür geben, ihren warmen Körper zu berühren. Ihren Duft und den Gestank ihrer Angst einzuatmen. Sie schreien und betteln zu hören, während sie ihm gab, was er wollte.

Er starrte das köstliche Bild mit Heißhunger an und hasste und liebte die Person, die es ihm geschickt hatte, gleichermaßen. Er musste das wieder tun können. Musste die Bestie in sich wieder füttern. Morgen würde er mit seinem Anwalt sprechen. Versuchen, einen Weg aus diesem grauenhaften Ort zu finden, an dem seine Menschenwürde so wertlos war wie die Frauen, die er umgebracht hatte.

Er schaltete das Handy aus und entfernte SIM-Karte und Akku, dann schob er es zurück in das Loch, das er in seine Matratze geschnitten hatte.

Seine Erektion pulsierte in den verschwitzten Baumwollhosen, die er zum Schlafen trug, und er berührte sich, wohl wissend, dass es nicht befriedigend sein würde. Aber es war besser als nichts. Er durchforschte seine Erinnerungen nach jemandem, der wie das dunkelhaarige Mädchen auf dem Foto aussah. Dann erinnerte er sich an eine Frau, die er von einem Wanderweg in Tennessee weggeschnappt hatte. Er schloss die Augen, griff in seiner Fantasie zum Messer und machte sich an die Arbeit.

FRAZER STAND RUHIG da und betrachtete die Wellen, die nur ein paar Zentimeter vor Jessica Tuttles Zehen ans Ufer schwappten. Das Wasser kam näher, als ob das Meer sie für sich einfordern wollte, sie reinwaschen und in seiner Tiefe umarmen wollte.

Er hatte einen Piloten auftreiben können, der ihn mit einer kleinen Maschine von Beaufort bis zum First Air Strip geflogen hatte – dorthin, wo die Gebrüder Wright ihr allererstes Flugzeug geflogen hatten. Sein Pilot war qualifiziert, aber auch irre gewesen, denn es schien ihm geradezu Freude zu bereiten, mitten in der Nacht auf einer unbeleuchteten Landebahn zu landen. Chief Tyson hatte die Scheinwerfer seiner Einsatzwagen nutzen müssen, um das Rollfeld zu beleuchten. Frazer hatte überlebt. Jessica Tuttle nicht.

Gestern war er noch wütend auf diese junge Frau gewesen. Heute war sie ein weiteres seiner Opfer.

Sie lag nackt auf der Erde an einer Stelle, die wie ein Strand aussah, was aber, so hatte man ihn informiert, ein Abschnitt der Route 12 in diesem Teil von Currituck war. Sie war ebenso zur Schau gestellt worden wie Helena und Elaine, aber diesmal steckte ihr Handy in ihrem Mund, und anders als die anderen beiden Frauen war sie brutal geschlagen worden.

Dieser Mord schien viel persönlicher zu sein. Die Wut des Mörders war offensichtlich. Er hatte seine Freude daran gehabt und sich Zeit gelassen, denn sie wies schon diverse Hämatome in unterschiedlichen Schattierungen von rot und blau auf. Sie war vergewaltigt und anal penetriert worden. Das hier war sehr persönlich.

Frazer fühlte sich plötzlich überwältigt von seiner Unfähigkeit, die Menschen zu beschützen. Vielleicht war die Vorstellung, dass er einen Unterschied machte, nur in seinem Ego und seinem Wahnsinn begründet, die um seine Aufmerksamkeit buhlten. Er klopfte sich doch nur selbst auf die Schulter, um die vielen Überstunden und das endlose Leiden, das er tagtäglich beobachtete, zu rechtfertigen. Er war seit Beginn des Falls an den Ermittlungen beteiligt, und die Morde an den Frauen hörten nicht auf. Jessicas blasse Leiche verhöhnte ihn, wie so viele vor ihr. Er schloss für einen Augenblick die Augen und sah Helena und Elaine. Weitere Frauen, die ermordet oder vermisst wurden, blitzen in schneller Abfolge in seiner Erinnerung auf, bis er die Augen wieder öffnen musste. *Scheiße.*

Alex Parker war der Erste, dem klar gewesen war, dass Jessica Tuttle tot war – abgesehen von ihrem Mörder natürlich. Parker hatte ihre Social Media-Konten beobachtet und hatte es sofort mitbekommen, als mehrere obszöne Bilder von ihrem Handy hochgeladen worden waren. Das erste Bild kam mit dem Kommentar „JT ist zum Kotzen". Das letzte war ein Foto ihres leblosen Körpers, der hier im Sand ausgestellt war, und zu dem der Kommentar „Genug ist genug, Schlampe" geschrieben stand.

Furchtbar. Sehr explizite Fotos. Veröffentlicht, um einzuschüchtern und Angst zu machen. Zu beschämen und zu erniedrigen. Die Polizei zu verspotten und der Öffentlichkeit das Vertrauen zu nehmen. Panik zu schüren.

Parker hatte augenblicklich sämtliche Zugänge zu ihren Konten blockiert und versucht, das Handy zu orten, aber der Mörder war gewieft genug gewesen, den Standort von den Bilddaten zu entfernen. Und nachdem er die Fotos gepostet hatte, hatte der Mörder die SIM-Karte des Handys deaktiviert und den Akku entfernt. Parker hatte einen ungefähren Standort des Funkmasts berechnen können, aber mehr nicht.

Polizeichief Tyson stand neben Frazer und stemmte die Hände in die Hüften. „Suchen wir nach einem Serienmörder, Linc?"

Frazer nickte. „Die Presse wird jeden Moment hier sein. In Scharen." Sie würden eine ohnehin schon schwierige Situation noch schlimmer machen und das Ganze hier in einen verdammten Zirkus verwandeln. Sein Einfluss war nicht endlos, und das war der Moment, an dem er offiziell sein Ende hatte.

„Wir werden Scheinwerfer und ein Zelt benötigen." Frazer betrachtete den Himmel. Noch keine Helikopter, aber in ein paar Stunden würden sie im wortwörtlichen Scheinwerferlicht stehen, und er wollte nicht, dass Jessica Tuttles Eltern ihre Tochter so sehen mussten. Sie hatte einen Fehler gemacht – welcher Teenager machte das nicht? Aber das hier hatte sie nicht verdient.

Das Bild von Blut, das sich in einer Lache um seine Mutter herum ausbreitete, sickerte in seine Gedanken, und er wandte sich ab. Er holte sein Handy hervor und rief erneut Simon Pearl an. Wenn der Gerichtsmediziner sich diesmal nicht meldete, würde er eine Geiselrettungstruppe bei dem Kerl vorbeischicken.

„Ich wollte Sie gerade mit den Ergebnissen des forensischen Anthropologen anrufen", sagte Pearl und klang müde.

Frazer schaute auf seine Uhr. Mitternacht. „Sind Sie immer noch im Leichenschauhaus?"

Pearl lachte auf, aber er klang nicht gerade glücklich. „Meine Frau hat mich genau das Gleiche gefragt. Wenn sie nicht wüsste, wie sehr ich sie liebe, könnte sie meinen, ich hätte eine Affäre."

Wie wäre das, wenn die Person, die man liebt, zu Hause auf einen wartet? Nicht eine Ehefrau, die einem wegen eines verpassten Abendessens die Hölle heißmacht, sondern ein Partner, dem man wichtig ist? Seine Eltern hatten so eine Ehe geführt. Stabil. Stark. Einander unterstützend. Er war immer davon ausgegangen, dass er das auch haben würde. Er hatte sich geirrt.

Und jetzt war er offensichtlich vor lauter Schlafmangel so wahnsinnig, dass er über Heirat nachdachte.

„Was haben Sie für mich?"

„Ich habe gerade den ersten Bericht über Helena Cromwell fertig und ein paar Ergebnisse der Laboruntersuchungen sind zurückgekommen. Sie hatte nur sehr geringe Mengen Alkohol im Blut. Sie hat keinerlei Verhütungsmittel genommen, und es wurden keine Drogen in ihrem Körper gefunden. Es gibt Hinweise auf Sexualverkehr. Es ist unmöglich zu sagen, ob er einvernehmlich war, da ich keine Abschürfungen oder Schnitte gefunden habe. Sie hat sich nicht gewehrt. Keine DNA-Spuren unter ihren Fingernägeln. Die Kondomspuren stimmen mit der Marke überein, die Jesse Tyson laut seinen Aussagen im Portemonnaie hatte. Sie ist erstickt, aufgrund von wiederholter manueller Strangulation."

„Wiederholen Sie das."

„Ich habe Blutergüsse an verschiedenen Stellen ihres Halses gefunden. Ich denke, er hat sie wiederholt fast sterben lassen und dann wieder lockergelassen, bevor er sie endgültig umgebracht hat."

Frazer beugte sich näher zu Jessica Tuttles Körper hinunter und leuchtete mit seiner Taschenlampe auf ihren Hals. Die Blutergüsse waren überall verteilt. „Ich glaube, er hat es wieder getan. Wir haben ein weiteres Opfer."

Pearl fluchte. „Scheiße. Ich bin gerade erst mit Elaine Patterson fertig. Gleiche Vorgehensweise, allerdings hatte sie Kokain im Blut."

Vielleicht hatte er die Prostituierte also mit Drogen unter seine Kontrolle gebracht, bevor er sie außer Gefecht gesetzt hatte. Es war wahrscheinlich, dass er schon früher getötet hatte – Leute wurden nicht einfach über Nacht zu Mördern. Es war eine Entwicklung – zuerst die Fantasie, vielleicht Tierquälerei oder das Verletzen von Kindern, ein bisschen

Voyeurismus, möglicherweise Körperverletzung, Vergewaltigung, ein erster, ungeschickter Mordversuch. Dann, endlich, das volle Programm. Prostituierte und Ausreißer waren diesem Mörder vermutlich schon früher zum Opfer gefallen. Es gab keine direkten Beweise, aber solche Frauen waren einfache Ziele und großartige Übungen, um als Serienmörder mehr Erfahrung zu sammeln.

Pearl seufzte tief. „Einer meiner Assistenten ist auf dem Weg zu Ihnen. Dieser Typ eskaliert viel zu schnell."

Jeden Tag ein neues Opfer, seit drei Tagen. Definitiv zu schnell.

Niemand bekam mehr genug Schlaf, aber sie mussten diesen Kerl fassen, bevor jemand anderes ihnen zuvorkam.

„Denker hat nicht mehr viel Zeit, um sein Ziel zu erreichen, was auch immer das sein mag." Aussetzung der Todesstrafe, Umwandlung in Lebenslänglich? War das wirklich die Leben dieser armen Frauen wert? Für den Mörder mit Sicherheit. Diese Sexualstraftäter waren berüchtigt dafür zu glauben, dass ihre Opfer weniger als Nichts wert waren. Frazer wünschte sich, irgendjemand hätte dem Kerl das Hirn rausgepustet, als sie ihn erwischt hatten, aber das wäre zu einfach gewesen. „Was haben Sie über die Knochen vom Strand herausfinden können?"

„Zwei Skelette. Eines männlich, eines weiblich."

„Männlich?"

„Ja. Und der forensische Anthropologe ist sich ziemlich sicher, dass er erstochen wurde."

Frazer zog die Augenbrauen hoch. Es konnte eine ähnliche Situation wie mit Helena und Jesse gewesen sein, und der Typ war einfach im Weg gewesen. „Konnten Sie ihn identifizieren?"

„Zahnvergleiche haben keine Ergebnisse geliefert. Wir überprüfen derzeit noch die DNA.“

„Und die Identität des weiblichen Skeletts?“

„Beverley Sandal, wie Sie vermutet haben.“

Diese Ergebnisse fühlten sich irgendwie unbefriedigend an. Natürlich war es auf eine Art eine Erleichterung. Das Rätsel darüber, wo sie gewesen war, war gelöst. Art Hanrahan würde sicher mit ihrer Familie sprechen wollen. Er kannte sie seit Langem.

Frazer bedankte sich bei Pearl und verabschiedete sich. Dann rief er Hanrahan an und fragte nach den Fortschritten am Tatort in Maysville. Sie waren immer noch am Graben, aber die Spürhunde hatten deutliche Anzeichen dafür gegeben, dass noch eine weitere Leiche auf der Lichtung vergraben war.

Frazer beendete das Gespräch. Er fühlte sich schwindelig vor Müdigkeit. Hier gab es für ihn nicht viel zu tun, bis der Gerichtsmediziner auftauchte, außer den Tatort zu sichern.

„Erica.“ Er winkte eine Kriminaltechnikerin herüber und wusste, dass er schon zu lange hier war, wenn er sogar die Techniker beim Vornamen kannte. „Können Sie das Handy eintüten? Es muss so schnell wie möglich per Kurier nach Quantico.“

Jessicas Leiche war bereits fotografiert worden. Die Kriminaltechnikerin kam seiner Bitte mit unaufgeregter Effizienz nach. Sie hatte dunkle Ringe unter den Augen, die seinen vermutlich sehr ähnlich waren.

Parker hatte alles zusammengestellt, was er im Internet hatte finden können, aber es war möglich, dass der Täter DNA auf dem Handy zurückgelassen hatte, vielleicht unter der Abdeckung. Es war außerdem möglich, dass das Handy seinen

Körper berührt hatte, oder er sich mit einer behandschuhten Hand selbst berührt hatte, während er dieses arme Mädchen verschandelt hatte – und diese DNA dann auf das Handy übertragen hatte. Hautpartikel konnten sich gelöst haben, Spermaspuren vorhanden sein. Frazer würde keine Zeit verschwenden und darauf warten, dass die nächste Frau starb.

Tyson kam auf ihn zu. Randall war immer noch damit beschäftigt, die Daten der Nummernschilderfassung auszuwerten und nach Autos zu suchen, die die Insel zum ungefähren Zeitpunkt von Elaine Pattersons Ermordung und Jessica Tuttles Entführung verlassen hatten.

Der Polizeichief sprach leise. „Beide Freundinnen meines Sohnes sind tot. Hat das irgendwas mit ihm zu tun?"

Frazer blinzelte ihn an. Es war eine Verbindung, die er bisher nicht bedacht hatte, und das führte ihm deutlich vor Augen, auf welchem Level er gerade funktionierte – er war so gut wie nutzlos. „Hat er irgendwelche Drohungen erhalten? Von irgendwelchen seltsamen Vorkommnissen erzählt?"

Tyson schüttelte den Kopf. „Ehrlich gesagt, der Junge ist ein Goldkind. Jeder scheint ihn zu mögen."

„Manche haben damit vielleicht ein Problem… sein Personenschutz ist immer noch im Krankenhaus, richtig?"

Tyson nickte.

„Ihre Frau. Charlene. Sie kann sich verteidigen?", fragte Frazer und versuchte, den Mann nicht zu sehr zu erschrecken.

Tysons Augen wurden schmal, sein Mund hart. „Das kann sie, aber ich rufe an und warne sie, dass sie vorsichtig sein soll. Das könnte mit jemandem zusammenhängen, den ich verhaftet habe."

Hätte ein Mörder Tyson bis hierher verfolgt, um ihm das Leben zur Hölle zu machen, während er gleichzeitig Denker half? Möglich. Es gab unglaublich perverse Typen auf der Welt.

„Können Sie sich an eine Verhaftung erinnern, bei der der Täter Vergeltung angedroht hat oder bei dem die Angehörigen des Täters verärgert genug gewesen waren, um Sie zu bedrohen?"

Tyson zuckte mit den Schultern. „Ich bin seit Ewigkeiten Polizist. Nicht jeder ist glücklich darüber, wenn ich ihre Liebsten verhafte, aber für gewöhnlich komme ich gut mit den Leuten klar. Ich versuche immer, das Richtige zu tun. Ich habe einen guten Ruf." Das Lächeln in seinen Augen täuschte Frazer nicht darüber hinweg, dass Tysons Hand auf seinem Pistolenholster ruhte. Der Kerl war auf der Hut.

„Schreiben Sie eine Liste Ihrer Verhaftungen, wir sehen nach, ob uns irgendetwas auffällt." Frazer musste an all die Leute denken, die er über die Jahre hinweg verhaftete hatte, an all die Familien, die er im Stich gelassen hatte. Diese Liste war länger, als ihm lieb war, aber er war ständig dabei, sie abzuarbeiten.

Er sah Jessica an, sah die übermäßige Gewalt, die der Täter bei dem armen Mädchen angewendet hatte. Außer dem Sohn des Polizeichiefs gab es noch eine weitere Verbindung.

Frazer kniff seine Augen zu. Er war heute mehr als elf Stunden Auto gefahren und hatte in den letzten vier Tagen nur wenige Stunden geschlafen. Er musste eine Pause machen. „Können Sie mich mit zurück nach Rosetown nehmen?"

Tyson nickte. „Mache ich. Lassen Sie mich kurz mit ein paar meiner Jungs sprechen, damit sie mit der Befragung in der Nachbarschaft beginnen können." Er deutete auf die riesigen Villen, die zum Meer hinaus gingen. Dort brannte allerdings kein einziges Licht. Wahrscheinlich standen sie zu dieser Jahreszeit leer. Direkt nördlich von hier befand sich ein Abschnitt von Brachland, das im weiteren Verlauf zu Virginia Beach wurde. Ein ruhiger Flecken Land, an dem man bequem eine Leiche abladen konnte. Der Täter kannte die Inseln und hatte diesen Fundort ausgewählt, damit zwar die Leiche schnell gefunden wurde, er aber noch genügend Zeit hatte, ungesehen zu verschwinden.

„Einer meiner Männer baut das Zelt auf. Beamte der Polizei von Columbia sind auf dem Weg und haben sich bereit erklärt, mit den Eltern zu sprechen."

Frazers Magen zog sich zusammen. Er hatte zu oft die Todesnachricht überbracht, um es noch zählen zu können. So schlimm es auch war, wenn ein Polizeibeamter auf der Türschwelle stand – dabei zuzusehen, wie eine geliebte Person ermordet wurde, war noch schlimmer. Die Hilflosigkeit. Die ohnmächtige Wut. Die Leere, die sich in der eigenen Seele ausbreitete. Nichts konnte das jemals wieder gut machen.

Frazer schwankte. Die Erinnerungen an die Ermordung seiner Eltern stiegen immer nur dann in ihm auf, wenn er völlig erschöpft war. Darauf konnte er verzichten.

Das war der Grund, weshalb er sich mit Hypnose beschäftigte. Seine unterbewussten Erinnerungen trafen ihn völlig unvorbereitet, wenn er es am wenigsten erwartete, und er wusste, dass es anderen genauso ging, die die Details von traumatischen Erlebnissen weggesperrt hatten. Das Gehirn schützte sich selbst vor dem Grauen, mit dem es nicht umgehen konnte – ein weiterer Überlebensmechanismus, den er sich zunutze machte.

Vielleicht würde er ein paar Meditationstechniken ausprobieren, wenn er zurück zum Strandhaus kam, womöglich würde er dann einschlafen können. Aber zuerst würde er nach den Campbell-Frauen sehen.

Er ging zum Wagen des Polizeichiefs und zog die Schachtel mit Fotos hervor, die ihm Mildred Houch mitgegeben hatte. Er schaltete das Licht im Innern des Wagens ein und begann, die Fotos durchzuschauen, sortierte sie nach privaten Aufnahmen und solchen, die womöglich auf dem Schulgelände gemacht worden waren.

Er nutzte jede freie Minute, um diesen Mörder zu fassen, denn er wusste mit Sicherheit, dass der Kerl nicht aus eigenem Antrieb aufhören würde. Töten war seine Droge, und er war süchtig danach.

ACHTZEHNTES KAPITEL

IZZY LAG ZUSAMMENGEROLLT unter einer dicken Wolldecke auf dem Rattansofa auf ihrer Veranda. Barney lag quer über ihrem Schoß, seine kalte Schnauze presste sich an ihren Hals. Sie hörten den Wellen des Ozeans zu, die stetig lauter wurden, während sich der Sturm vor der Küste zusammenbraute. Die Wettervorhersage hatte ein direktes Auftreffen des Sturms auf den Inseln ausgeschlossen, aber Izzy war erfahren genug, um einen Vorrat an Wasser und Dosensuppen angelegt zu haben. Der Generator hatte genug Treibstoff, und ihr Vorrat an Kerzen reichte ihr bis zum Bauchnabel.

Wie versprochen hatte Kit sie angerufen, als sie das Diner verlassen hatte, und war kurz nach zehn zu Hause gewesen. Ihre Schwester hatte niedergeschlagen gewirkt und war direkt ins Bett gegangen. Sie machte sich Sorgen um sie. Das war nichts Neues.

Izzy konnte nicht schlafen. Nur ein Betäubungsmittel würde sie heute Abend ausknocken, und nie im Leben würde sie so weit gehen, wenn da draußen ein Mörder frei herumlief. Sie hatte ein paar Stunden im Bett gelegen und die Decke angestarrt. Ihre Gedanken rasten immer noch von der Nachricht über Helenas Ermordung und dem vermissten Mädchen aus Roanoke – das zufällig Jesse Tysons Ex-Freundin war. Hatte es irgendjemand auf den armen Jungen abgesehen? Hatte er einen besessenen Stalker? Sie versuchte, nicht weiter daran zu denken, und unabhängig davon, was dieses Mädchen Kit angetan hatte, hoffte sie, dass es ihr gut ging. Sie wollte sich nicht vorstellen, was ihre Eltern gerade durchmachten.

Ihre Gedanken kreisten immer wieder um die beiden Beamten im Strandhaus, und sie fragte sich, ob ASAC Frazer heute Nacht zurückkommen würde, oder ob er endgültig abgereist war. Die Vorstellung, ihn nie wiederzusehen, versetzte ihr einen Stich. Verrückt. An den gutaussehenden Bundesbeamten zu denken hatte ihr auch nicht geholfen, einzuschlafen, also war sie aufgestanden, um ihre Kakaosucht zu befriedigen.

Ihre Muskeln spannten sich an, als sie ein Auto näherkommen und direkt an ihrem Haus langsamer werden hörte. Dann das leise Zuschlagen einer Autotür, bevor der Wagen wieder davonfuhr. Barney sprang vom Sofa, bevor sie sein Halsband greifen konnte, und zog die Decke mit sich, sodass sie der eisigen Luft ausgesetzt war. Sie stand auf und beugte sich über das Geländer der Veranda, um zu sehen, wer angekommen war. Das Außenlicht zwischen den beiden Häusern leuchtete. Sie hatte für den nächsten Tag die Installation von Bewegungsmeldern vereinbart, vorausgesetzt, der Sturm war nicht zu heftig. Nie wieder würde sie zulassen, dass sich jemand im Schatten an sie heranschlich.

Eine Person kam von der Straße herüber. ASAC Frazer, mit einer großen Pappschachtel unter dem einen Arm und einer schweren Tasche unter dem anderen. Ihr Herz machte einen kleinen Sprung, als sie seine Silhouette erkannte. *Mist.* Sie drückte eine Hand auf ihren Bauch und hörte ihn lachen, als Barney seine Pfoten auf Frazers Brust stemmte, um ihm einen Willkommenskuss zu geben.

„Typisch, ich krieg wieder mal den Hund, aber nicht die

Frau."

Seine Worte brachten ihren Puls zum Rasen, und sie zog sich zurück, damit er sie nicht sehen konnte. Gott, was war nur ihr Problem? Dieses unbestimmte Gefühl in ihr wuchs und wallte durch ihre Nervenbahnen. Ihre Brustwarzen zogen sich zusammen, und etwas kribbelte zwischen ihren Beinen. Es waren nicht die Angriffe der letzten Tage, die ihre Schlaflosigkeit verursachten – es war ihr Verlangen nach diesem Mann.

Leise schlich sie die Stufen der Treppe zum Strand hinunter. Ihr Haus war abgeschlossen. Ihre Waffe trug sie unter ihrem linken Arm versteckt. Sie rief ihren Hund. „Barney. Hierher."

Frazer tauchte auf und blieb stehen. Seine Augen musterten sie, von ihrem unordentlichen Haar bis hinunter zu ihren nackten Füßen. Er ließ nichts dazwischen aus. „Dr. Campbell." Er räusperte sich. „Ist alles in Ordnung?"

Izzy biss sich auf die Lippen. War alles in Ordnung? Nicht wirklich. Sie sollte nicht hier sein, aber sie wollte auch nicht gehen. Da lag etwas in seinen Augen – Finsternis, Schmerz, eine versengende Glut, die ihr Innerstes spiegelte. Sie schluckte und versuchte, etwas Feuchtigkeit zurück in ihren Mund zu bekommen.

„Ich habe gehört, Sie haben sich jede Menge Mühe gemacht, um sicherzustellen, dass das Bild von Kit aus dem Internet verschwindet. Sie können nicht ahnen, wie dankbar ich Ihnen dafür bin."

„Es gibt keine Garantie dafür, dass es nicht wiederauftaucht. Aber das Letzte, worauf ich es abgesehen habe, ist Ihre Dankbarkeit." Seine Stimme klang angespannt. Sogar wütend.

„Lassen Sie mich helfen." Sie nahm ihm die Tasche aus der Hand und versuchte, nicht zu reagieren, als sie seine Haut berührte. Er folgte ihr wortlos die Treppe zum Strandhaus hinauf. Vor der Tür blieb Izzy stehen. Ihr fiel ein, dass sie keinen Schlüssel hatte, und sie drehte sich zu ihm um. Jetzt wurde sie nervös, ihr Herz hämmerte in ihrer Brust.

Frazer fischte die Schlüssel aus seiner Tasche, schloss auf und hielt die Tür weit geöffnet. Barney rauschte ins Haus, um sich umzusehen. „Wird das hier jetzt eine schnelle Nummer, Dr. Campbell?"

Izzys Lippen standen ihr vor Überraschung einen Spaltbreit offen. Ihr war bewusst, dass er sehr direkt war, aber dass er so forsch sein würde, hatte sie nicht erwartet. Sie schaute zur Seite, verärgert über sich selbst, dass ihr keine passende Retourkutsche einfiel. Sie spielte keine Spielchen, aber sie wusste, dass sie sich nicht mit diesem Mann einlassen sollte. Izzy verschränkte die Arme vor ihrer Brust. Ihr war klar, wie lächerlich sie wirken musste. Ganz offensichtlich wollte sie ihn, hatte aber zu viel Angst, den ersten Schritt zu tun. „Vielleicht. Ich konnte nicht schlafen."

Er trat ins Haus, stellte die Pappschachtel auf dem Couchtisch ab, ließ seine Tasche fallen und drehte die Tafel mit den Ermittlungsstichpunkten zur Wand um.

„Kommen Sie rein." Er forderte sie dazu heraus, ehrlich darüber zu sein, warum sie hier war.

Izzys Mund war trocken. Ihr Körper schrie nach etwas, das sie die Ereignisse auf der Insel vergessen lassen würde – etwas, das sie so sehr erschöpfte, dass sie endlich schlafen konnte. Sex war gut zur Entspannung. Komplizierter musste es gar nicht werden.

Sie betrat das Strandhaus, ihre Nerven lagen blank. Sie

schaute ihm direkt in die Augen, während sie die Tür schloss. „Ich könnte Ihnen etwas zu essen machen…"

„Ich will nichts essen, Dr. Campbell. Ich will nur Sie."

Oh, Gott. Sie spürte ihr Verlangen nach ihm. Zwischen ihren Beinen. Unter ihren Rippen. In all den kleinen, versteckten Stellen ihres Körpers, der so lange nicht mehr die Berührung eines Mannes gespürt hatte, dass sie sich kaum noch daran erinnerte. Es war an der Zeit, eine Entscheidung zu treffen, und entweder ehrlich zu sein oder hier zu verschwinden.

„Dann, ASAC Frazer, ist es wohl die schnelle Nummer." Ihre Blicke trafen sich. „Aber bevor wir uns ausziehen, will ich Ihren Vornamen wissen."

———

FRAZER HATTE NORMALERWEISE keine One-Night-Stands oder anonyme Treffen. Er fand es schwer, jemandem zu vertrauen. Und Sex beinhaltete für gewöhnlich viel Vertrauen – zumindest sollte es das. In letzter Zeit hatte er so viel unsagbares Grauen gesehen. Er musste diese Bilder vergraben, die Gedanken, die ständig in seinem Kopf kreisten, im Zaum halten, sonst würde er wahnsinnig werden. In den vergangenen Jahren hatte er immer wieder Bekanntschaften gehabt, die auf die gleichen unverbindlichen Beziehungen aus gewesen waren wie er. Aber im letzten halben Jahr hatte er diese Bekanntschaften still und heimlich im Sand verlaufen lassen. Er hatte das Interesse verloren. Sie hatten sich neue Partner gesucht. Es war ihm egal.

Dann hatte er Isadora Campbell getroffen.

Und nun explodierte jede Zelle seines Körpers, auch wenn

er vollkommen still dastand. So viel zu Erschöpfung. Aber wer brauchte schon Schlaf?

„Wo ist Kit?", fragte er.

„Sie schläft. Das Haus ist abgeschlossen."

Er konnte sehen, wie Sorge und Verlangen in ihr rangen. Sie war sich nicht sicher, ob sie die richtige Entscheidung traf. Das verstand er. Aber sie waren lange genug umeinander herumgeschlichen, und er war bereit für Isadora Campbell. Er ging einen Schritt auf sie zu, nahm ihr Gesicht in seine Hände und küsste sie stürmisch. Ihre Lippen öffneten sich verwundert. Ihre Finger griffen seine Oberarme, und für einen Augenblick fragte er sich, ob sie ihn von sich stoßen würde. Das hätte sie tun sollen. Er war fordernd und kompliziert. Die meiste Zeit abgelenkt. Auf den Tod fokussiert. Das einzige, was ihm wirklich wichtig war, war es, das Böse aus der Welt zu schaffen. Er hielt nicht viel von schönen Worten. Auch nicht von Lippenbekenntnissen oder falschen Vorstellungen von Romantik.

Im Moment war es ihm genug, dass seine Lippen ein paar Stunden Zeit mit Isadora Campbells Körper verbringen konnten.

Es war nicht so, dass er nicht an die Liebe glaubte. Das tat er. Seine Eltern hatten sich geliebt bis in den Tod. Aber Liebe und Romantik waren nicht immer dasselbe. Manche Frauen wünschten sich Rosen und Kerzenschein, wohingegen er mehr auf nackte Körper unter einfachen weißen Laken stand.

Sie stieß ihn nicht fort.

Stattdessen öffnete sie ihren Mund und erwiderte seinen Kuss, zog ihn an seinem Jackenaufschlag zu sich hin. Das war alles, was er wissen musste. Er drehte sie um und führte sie rückwärtsgehend den Flur entlang. Ihre Finger begannen, seine Hemdknöpfe zu öffnen, und das Verlangen, das er seit dem Moment spürte, in dem er sie am stürmischen Strand das erste Mal gesehen hatte, nicht wissend, was für eine Wirkung sie auf Männer hatte, brach sich Bahn.

Er musste eigentlich unter die Dusche, aber wenn er sie bitten würde, zu warten, während er sich frisch machte, würde sie womöglich kalte Füße bekommen und es sich anders überlegen. Er würde seinen Vorteil nicht aufgeben, also manövrierte er sie beide ins Badezimmer, zog die Tür hinter sich zu und schloss ab.

Frazer schaltete das Deckenlicht nicht ein, denn das Zimmer wurde durch das Außenlicht in ein indirektes Licht getaucht. Er wollte nicht, dass sie den Ausdruck in seinen Augen sah – er war zu düster, zu verwundet von Tod und Versagen. Das war egoistisch, aber er hoffte, sie würde trotzdem ihren Spaß haben. Er brauchte sie. Ohne ihre Hüfte loszulassen, machte er die Dusche an. Sie schmeckte nach heißer Schokolade. Er küsste sie noch inniger, ließ sich ihre Süße auf der Zunge zergehen, während sie ihr Holster löste und es vorsichtig auf den Boden gleiten ließ. Er zog ihr T-Shirt aus ihrer Hose, und ihre Hände fanden zurück zu seiner nackten Brust. Ihre Finger fuhren über seinen Körper, als ob sie jeden Zentimeter seiner Haut spüren wollte. Daran könnte er sich gewöhnen. Er wand sich aus seiner Jacke und legte seine SIG neben ihre Pistole auf den Fußboden. Er riss sich das Hemd vom Leib und warf es zu Seite. Ihre Finger machten sich an seinem Gürtel zu schaffen, während er ihr T-Shirt über ihren Kopf zog und ihr Yogahose und Slip auszog, sodass sie völlig nackt vor ihm stand. Ihre Finger zitterten, als sie versuchte, die Knöpfe seiner Hose zu öffnen, aber er war zu sehr damit beschäftigt, ihren vom silbrigen Licht umspielten

Körper zu betrachten, als sich mit dem Ausziehen zu beeilen.

„Du bist wunderschön." Er fuhr mit seiner Hand sanft über ihre Schulter und ihren Arm. Sie war kurviger, als er erwartet hatte. Ihre Brüste waren blass und weich und schienen unter seinem Blick anzuschwellen. Kleine Nippel, die zu harten, rosigen Perlen wurden, die er in seinen Mund nehmen wollte. Aber zuerst wollte er sie nur anschauen. Die feine Kurve ihrer Hüfte, ihre langen, schmalen Beine, ihre hübschen Füße mit den niedlichen Zehen. Ihre Haare umspielten ihr Gesicht. Er fuhr mit dem Finger ihre schmale, blasse Augenbraue entlang, über ihre Wange und dann über den Schönheitsfleck über ihrer Lippe.

Sie berührte seine Hand. „Ich hasse diesen Leberfleck."

Er nahm ihre Finger in seine Hand, küsste sie, küsste den Schönheitsfleck. „Ich liebe ihn."

Ihre Augen blitzten in der Dunkelheit auf.

Es war nicht nur ihre körperliche Schönheit, die ihn anzog. Sie hatte eine Integrität, die er bewunderte. Ein Pflichtbewusstsein und eine Selbstlosigkeit, die seinen ähnlich waren. Eine Tiefgründigkeit. Ja, sie war tiefgründig, und er konnte noch nie gut mit oberflächlichen Frauen umgehen, auch wenn er eine von ihnen geheiratet hatte. Isadora Campbell war geheimnisvoll genug, um seinen Verstand ebenso wie andere Teile seines Körpers zu verführen.

Es war selten, dass man beides fand – oder vielleicht erging das nur ihm so.

Izzy biss sich auf die Lippen, vermutlich war sie irritiert darüber, dass er sie anstarrte, als ob er sie verschlingen wollte. Eine Welle der Lust traf ihn. Er öffnete die Knöpfe seiner Hose und ließ sie zu Boden fallen. Frazer kontrollierte die Temperatur des Wassers, damit sie nicht erfroren oder verbrüht werden würden. Dann hob er Izzy hoch. Sie quietschte, als er sie in die Dusche stellte. Er folgte ihr nach und schob sie gegen die kalte, gefliste Wand. Ihre Haare hatte sie lose zusammengebunden, aber einzelne Strähnen klebten auf ihrer feuchten Haut. Sie klapperte mit den Zähnen.

Aber es war nicht kalt.

Er hielt inne. „Hast du es dir anders überlegt?"

„Nein."

„Angst?"

„Nein."

„Gut." Frazer nahm das Duschgel vom Regal und drückte sich einen großen Klecks auf die Hand. Der Duft von Vanille umfing sie. Zuerst wusch er seinen eigenen Körper, entfernte den Gestank und den Dreck des Todes, der in jeder seiner Poren zu stecken schien. Er hielt seinen Kopf unter den Wasserstrahl, um jede Spur von Gefängnissen und Tatorten, Mord und Gewalt wegzuspülen.

Er wollte nur vergessen. Zumindest für einen kurzen Augenblick.

Isadora schaute ihm aufmerksam zu, ihre salbeifarbenen Augen wirkten in der Dunkelheit fast schwarz.

„Du siehst aber auch gut aus." Sie hob die Hände, um ihn zu berühren, aber er trat zur Seite. Nicht, weil er ihre Hände nicht auf seinem Körper spüren wollte, sondern weil er sie zuerst berühren wollte.

Er hielt das Duschgel hoch. „Du bist dran."

Der Dampf des heißen Wassers füllte die enge Duschkabine. Er sah zu, wie ihr Herz ihr bis zum Hals schlug, als sie näherkam. Dann rieb er das Duschgel mit beiden Händen über ihr Schlüsselbein, fuhr mit den Fingern die feinen Knochen entlang, die ihn so faszinierten. Er wusch ihre

Arme, streichelte ihre Ellenbogen, fuhr mit seinen Händen bis zu ihren Fingern hinunter, die er sanft und beteuernd drückte.

Vertrau mir, sagten seine Hände.

Sie erwiderte seine Geste. Sie schienen beide gleichermaßen unsicher darüber, was sie hier taten. Seine Hände fuhren zu ihren Hüften und dann ihren Körper empor, umschlossen ihre Brüste. Er schloss seine Augen, als ob er das Gefühl der harten Nippel und ihrer weichen Haut voll auskosten wollte.

Der Puls in ihrem Hals pochte gegen seine Lippen. Ihr Herz schlug gegen seine Handflächen. Seine Erektion pulsierte, vor allem, als sie ihn berührte, ihn mit ihren Fingern umfasste, ihn rieb. Frazer biss die Zähne zusammen, als ihre kühlen Finger sich um ihn schlossen und zudrückten. Er streifte mit seinem Daumen über ihren Nippel, und sie schnappte nach Luft. Er machte weiter, wusch ihre Oberschenkel, dann drehte er sie mit dem Gesicht zur Wand, während er mit seinen Händen über die schmalen Muskeln an ihrem Rücken, die weiche Fülle ihres Hinterns und bis zu ihren Kniekehlen fuhr. Sie zitterte unter seinen Berührungen.

Er bebte vor Verlangen, aber er wollte sich Zeit lassen. Er wollte sie in einem ordentlichen Bett genüsslich erforschen.

Sex war ein unerhört intimer Akt zwischen zwei Fremden, und auch wenn sie in den letzten Tagen immer wieder Zeit miteinander verbracht hatten, waren er und Isadora Campbell sich doch letzten Endes fremd. Ganz unabhängig davon wollten sie einander trotzdem.

Er drehte das Wasser ab und nahm ein Handtuch vom Stapel neben der Dusche. Er wickelte Isadora darin ein, dann hob er sie hoch und trug sie behutsam in sein Schlafzimmer. Sie legte ihre Arme um seinen Hals und hielt sich an ihm fest.

Er mochte es, sie in seinen Armen zu halten. Ihre Gegenwart. Ihre lebendige Wärme und ihre Schönheit.

Die Gardinen in seinem Zimmer waren komplett offen und ließen genug Licht hereinfallen, dass er sie klar und deutlich sehen konnte, als er sie auf das Bett legte. Das Handtuch ließ er fürs Erste an Ort und Stelle. Als sie etwas sagen wollte, legte er ihr einen Finger auf die Lippen. „Einen Augenblick, ich bin sofort wieder zurück."

Er ging ins Badezimmer, griff ihre Kleider, Waffen und ein Kondom aus seinem Portemonnaie. Randall konnte jeden Augenblick zurückkommen, und auch wenn Frazer keine Regeln brach, war das hier doch seine persönliche Angelegenheit. Er wollte, dass sein Privatleben privat blieb. Er warf alles auf den Sessel in der Ecke des Schlafzimmers, dann starrte er Barney an, der in der Mitte des Bettes neben Izzy saß und ihn mit seinem buchstäblichen Hundeblick anschaute.

„Auf keinen Fall." Frazer deutete auf die Tür. „Raus." Barney zog den Schwanz ein, sprang vom Bett und schlich in den Flur. *Mist.* „Ich liebe Hunde, aber er schaut auf keinen Fall zu."

Isadora lachte auf, ihre Augen funkelten. „Ich habe die schlimme Befürchtung, dass er mitmachen wollen würde."

Er schloss die Tür hinter dem Hund. „Sieht er sonst etwa immer..." *Ach, verdammt.* Normalerweise machte er sich keinen Kopf über heikle Fragen – das war auf gewisse Weise sogar sein Spezialgebiet.

„Ist er sonst immer mit im Zimmer, wenn ich Sex habe?" Isadora grinste ihn an. „Nein. Ich habe ihn erst seit letztem Sommer, und das war während dieser Zeit nie Thema."

Er schaute sie an, wie sie nur mit einem Handtuch

bekleidet auf seinem Bett lag. „Warum nicht?“

„Es gab niemanden, den ich wollte, ASAC Frazer.“

Aber sie wollte *ihn*. Seinem Ego gefiel das. „Ich mag dich, Dr. Campbell.“ Er kam auf sie zu, und sie musterte seinen nackten Körper mit eifrigem Interesse.

„Ich mag dich auch, ASAC Frazer, sonst wäre ich nicht hier.“ Sie war kein bisschen verlegen, trotz ihrer nackten Körper. Keine Scham, kein Bedürfnis nach Bestätigung. Er legte sich auf sie, streckte sich aus, ihre Beine verschränkten sich und er hob ihre Arme über ihren Kopf. Ihre Körper waren nur durch ein dünnes Handtuch getrennt.

„Ich mag dich“, wiederholte er, „aber das hier ist nur Sex.“ Er musste sichergehen, dass sie verstand, dass er nicht der Typ für Rosen und Herzen war.

Sie streckte sich genüsslich unter ihm aus, ihre seidige Haut brachte ihn um den Verstand. „Ich weiß.“ Ihre Stimme klang heiser vor Verlangen.

„Keine Verpflichtungen.“

Ihr Lächeln war voller kühler, weiblicher Weisheit, die ihm die Brust zusammenschnürte. „Sex zwischen zwei Singles, beide bei einigermaßen klarem Verstand, volljährig, die sich gegenseitig wollen. Was ich will und wie ich es will? Ich bin offen für Angebote.“

Das war es, was er Jesse während der Hypnose geraten hatte. Er liebkoste die weiche Haut unter ihrem Ohr. „Gott, ich liebe deinen Körper, aber noch mehr liebe ich deinen Verstand. Ich möchte dich am liebsten verschlingen, Dr. Campbell, jeden Zentimeter von dir.“

Sie legte den Kopf in den Nacken und öffnete ihren Mund „Worauf wartest du?“

Er nahm eine ihrer Hände, dann die zweite, und legte sie

um die Streben des Kopfteils. „Du wirst dich festhalten müssen.“

„Keine Handschellen?“, fragte sie kühl. Sie hob eine Augenbraue, und er wusste, dass sie es hassen würde, wenn irgendwer sie fesselte. Ihm ging es genauso.

„Lass das Bett nicht los, es sei denn, du willst, dass ich aufhöre.“

Ihre Augen weiteten sich etwas, als sie die Autorität in seiner Stimme hörte. Gut. Er wollte, dass sie etwas von ihrer unterschwelligen Coolness abwarf und vor Lust stöhnte. Lust schien in letzter Zeit dünn gesät zu sein, vermutlich für beide von ihnen.

Er begann an ihren Schultern, dem Schlüsselbein, das sich so verführerisch bog, diese Stelle, die er von Anfang an hatte schmecken wollen. Er fuhr mit seiner Hand an der Innenseite ihres Arms entlang, und sie kicherte.

„Kitzelig?“ Ihr Kichern war entwaffnend. Normalerweise war sie niemand, der kicherte.

„Ganz bestimmt nicht“, log sie.

Er lag neben ihr, während er mit seiner Hand ihren Arm entlangfuhr, von ihrem kleinen Finger bis hoch zur Schulter. Sie lachte und ließ die Strebe los.

Mit einem schweren Seufzer zog er seine Hand zurück. Sie biss sich auf die Lippe und griff wieder nach der Strebe. Dieses Mal drückte er fester gegen ihre weiche Haut, und obwohl sie sich hin und her wand, ließ er nicht locker. Er blickte die ganze Zeit in ihr Gesicht. Frazer fuhr am Rand des Handtuchs entlang, über die Kurven ihrer Brüste, dann über ihre Oberschenkel. „Du bist so blass, Dr. Campbell. Ich fange an zu glauben, dass du nur ein Gebilde meiner Fantasie bist.“ Wunderschön. Makellos, bis auf die ein oder andere

Sommersprosse oder ein paar Schönheitsflecke, die er nie als Makel bezeichnen würde – es waren Merkmale. Wie der Schönheitsfleck über ihrem Mund, den er küsste und dabei den Rand ihrer Lippen schmeckte.

„Du willst mich nur necken.“

„Ich *will* dich necken, und ich beabsichtige, meine Versprechen auch einzulösen. Wenn wir schon die Regeln brechen, dann sollten wir es auch richtig tun.“

„Wir brechen Regeln?“

„Meine Regeln.“ Seine Finger fanden den Rand des Handtuchs und zogen es herunter. Er wickelte sie aus wie ein Weihnachtsgeschenk, das gestandene Männer zum Weinen bringen würde.

Sie roch nach Sonne und Wärme. Salzwasser und Vanilleseife.

Er bewegte seinen Finger über ihre Brust und ihren Nippel, sah zu, wie er sich zusammenzog und hart wurde. Er beugte sich hinunter und nahm ihn in den Mund, fuhr mit seiner Zunge über die empfindliche Haut, während er mit seiner Hand ihre andere Brust streichelte. Isadoras Hüften zuckten, und sie spreizte ein wenig die Beine. Er biss zu, und ihre Hüfte hob sich vom Bett. Seine Hand rutschte ihren Körper hinunter und fand die weiche Stelle, an der ihre Oberschenkel auf ihren Körper trafen.

Er ließ ihren Nippel los und küsste wieder die Haut neben ihrem Ohr, leckte mit der Zunge über ihren heißen Puls. „Lass mich rein“, flüsterte er.

Sie kam seiner Bitte nach, und er tauchte seine Finger tief zwischen ihre weiche Haut und in ihre feuchte Wärme. Ihr Rücken krümmte sich, aber sie ließ die Streben noch immer nicht los. Er schob sich tiefer in sie hinein, zunächst einen

Finger, dann zwei, fand den Rhythmus ihrer wogenden Hüften, krümmte seine Finger und presste seinen Handballen gegen ihren Kitzler. Immer und immer wieder, langsam, geduldig, während ihre Hüften immer schneller kreisten, bis sie sich schließlich aufbäumte und ihre Füße in die Matratze stemmte, während sie aufschrie. Er war sich sicher, dass er nie etwas Schöneres gesehen hatte als den Ausdruck von Ekstase auf ihrem Gesicht.

Purer, unverfälschter Genuss.

Nicht irgendeine perverse Lust.

Sein eigenes Herz raste, und er versuchte, seine wilde Lust zu bändigen, indem er sich auf ihren Körper konzentrierte. Auf die feine Kurve ihres Bauchs, die Kuhle ihres Nabels, das tiefe rosa ihrer Brustwarzen. Er spielte, streichelte, liebkoste ihren Körper zurück auf die Erde.

Nach einigen Augenblicken wurde ihr Atem langsamer, und sie ließ die Bettstreben los, um mit ihrer Hand in sein Haar zu greifen und ihn an ihre Lippen zu ziehen. „Ich bin dran", murmelte sie an seinem Mund. „Auf den Rücken und stillgestanden, Frazer."

Ein tiefes Lachen rumpelte durch seine Brust. „Was, wenn ich nicht will?"

Sie zog eine Augenbraue hoch, was ihm zu verstehen gab, wie dumm diese Frage war. Er rollte sich zur Seite, drückte ihr einen Kuss auf den Mund, und kam auf dem Rücken zum Liegen. Dann griff er mit beiden Händen die Streben am Kopfteil.

„Na schön." Er benutzte seinen ‚das wird hoffentlich gut'-Tonfall, aber sie lachte ihn an. Himmel, gefiel ihm das. Es gefiel ihm unendlich, dass sein kühles Auftreten sie nicht beleidigte, wie so viele andere.

Sie kniete neben ihm und strich mit ihren Fingern über seine Brust. „Ich finde, ich sollte deinen Vornamen wissen, selbst wenn ich dich foltern muss, um ihn herauszubekommen."

„Ganz wie du willst, Isadora Jane Campbell."

Sie grinste und beugte sich zu ihm hinunter, um ihn zu küssen. „Ist das eine Herausforderung?" Sie wartete seine Antwort nicht ab. Ihre Lippen wanderten über sein unrasiertes Kinn, dann seinen Hals hinunter. Er musste schlucken, so seltsam intim war ihre Handlung, und versuchte sich zu erinnern, ob ihn jemals schon irgendjemand dort geküsst hatte. Als Nächstes berührten ihre Lippen seine Schultern, aber er war zu abgelenkt von ihrer Hand, die über seinen Bauch strich und immer tiefer rutschte. Ihre Hände waren warm, ihre Finger entschlossen, und er schnappte nach Luft, als ihr Daumen ganz leicht über die Spitze seines Penis' strich.

„Halte noch ein kleines bisschen länger durch", flüsterte sie, und fuhr mit der Zunge den Umriss seines Ohrs nach.

Sie wusste genau, wie sie ihn um den Verstand bringen konnte. Sie liebkoste und streichelte ihn, er verdrehte die Augen, während sie ihn überall mit leichten, tanzenden Fingern berührte, von denen er nicht genug bekommen konnte. Sie begann, das Bett hinunterzurutschen, aber er hielt ihren Arm fest und zog sie wieder zu sich hoch. Er würde nicht länger durchhalten, wenn sie ihn mit irgendetwas anderem als ihren Händen berührte.

Er strich ihr eine Haarsträhne aus der Stirn, schaute sie an. „Linc. Lincoln."

„Passt zu dir." Ein Grübchen erschien auf ihrer Wange. „Irgendwelche zweiten Vornamen, von denen ich wissen sollte?"

„Gott, das wär's." Er erkannte die lustverzerrte Stimme kaum, die aus seinem Mund kam.

Sie setzte sich rittlings auf ihn, und er reichte ihr das Kondom, denn es schien, als ob sie die Führung übernahm, und im Moment gefiel ihm durchaus, was sie tat. Wem wollte er hier etwas vormachen? Ihm würde alles gefallen, was sie mit ihm anstellte, solange sie dabei nackt war.

Sie riss das Kondom auf und rollte es sanft über seine Erektion. Er bebte am ganzen Körper. Als sie sich langsam auf ihn niedersenkte, hielt er ihre Beine fest, dann umgab ihn ein Gefühl der absoluten Vollkommenheit.

Er hatte öfter Sex gehabt als er zählen konnte, aber nie zuvor hatte es sich angefühlt wie nach Hause zu kommen. Dieser Gedanke ließ in innehalten, aber er vermutete, dass sich nach Monaten der Abstinenz jede Frau großartig anfühlen würde.

Wahrscheinlich.

Sie bewegte sich anmutig und selbstbewusst über ihm, krümmte ihren Rücken, als sie tiefer sank, dann hob sie sich wieder höher. Seine Hüften folgten ihren gedankenverloren, er wollte einzig ihre Wärme spüren. Ihre Brüste hüpften auf und ab, und sein Mund wurde trocken, als er ihre sinnlichen Bewegungen über ihm sah.

„Du fühlst dich großartig an", sagte sie.

Gott, wie konnte sie jetzt noch sprechen? Er selbst konnte keinen klaren Gedanken mehr fassen, geschweige denn, einen ganzen Satz formulieren. Sie ritt ihn langsam, dann schneller, er konnte sich nur noch mit größter Mühe zusammenreißen, als sie ihre Finger in seine Brust krallte und ihren Kopf in den Nacken fallen ließ, ihre innersten Muskeln sich zusammenzogen und ihn an den Rand des Wahnsinns trieben. Als sie erneut aufschrie, zog er sie nah zu sich heran und drehte sie vorsichtig zur Seite, bis er auf ihr lag. Dann begann er, sich zu bewegen, härter und schneller, bis er fast glaubte, es wäre zu hart und zu schnell. Aber sie ging mit, passte sich seinem Rhythmus an, bohrte ihre Fingernägel auf eine Weise in seinen Rücken, die sich herrlich hemmungslos anfühlte. Sie schlang ihre Beine um seine Hüften und presste ihre Fersen gegen seinen Arsch, als sie wieder zu kommen begann. Er hielt ihre Hüften fest, während sie sich wand und krümmte – glatte Muskeln und weiche Haut, die sich unter seinen Fingern wie Seide anfühlten.

Seine eigene Erlösung kündigte sich an. Ihre inneren Muskeln drückten ihn auf himmlische Weise, bis er seine Hüften noch einmal gegen sie stieß und diesen Abgrund hinabstürzte, dem blendenden Licht entgegen, das seine pure Lust ihn sehen ließ.

Heilige Scheiße.

Er lag schwer atmend auf ihr, das Schlagen seines Herzens war laut genug, um die Wellen des Ozeans zu übertönen. Langsam öffnete er die Augen. Ihre Gesichter waren sich unglaublich nah, und sie grinste ihn an. Es war ein zufriedenes Grinsen. Sie zog sich noch einmal um ihn zusammen und ließ ihre Fersen auf der Rückseite seiner Beine auf und niedergleiten, bis sie auf seinen Waden zum Liegen kamen. Er war noch immer in ihr.

Er konnte sich nicht bewegen.

„Das kannst du ziemlich gut."

Er zog sich vorsichtig aus ihr heraus, rollte auf den Rücken und streifte das Kondom ab. „Meine Ex-Frau hat immer gesagt, dass ich zwei Sachen gut kann. Das war die eine Sache." Obwohl er ehrlich gesagt nicht mehr getan hatte als sie mit ihm machen zu lassen, was immer sie wollte. Es hatte sich gut angefühlt. Nein, es hatte sich unglaublich angefühlt.

„Was war die andere Sache?", fragte sie neugierig. Isadora Campbell war also offensichtlich eine der wenigen Frauen auf diesem Planeten, die kein Problem damit hatte, wenn er im Bett über eine andere Frau sprach.

Hatte er es deshalb erwähnt? Als eine Art Test? Um sie von sich zu stoßen? Das war kaltblütig, nur wenige Augenblicke nach so heißem Sex.

Er bemerkte, wie er sie angrinste, denn sie verhielt sich nie so, wie er es von ihr erwartete. Er küsste sie. Lange, eindringlich. Er erforschte ihren Mund, er hatte das Gefühl, nicht einmal ansatzweise genug von ihren Lippen zu haben. Dann löste er seinen Mund und sah sie an. „Die andere Sache, von der sie sagte, dass ich sie gut kann, war, sie unglücklich zu machen."

„Autsch." Sie strich ihm die Haare aus der Stirn. „Hast du sie verlassen?"

„Offiziell hat sie mich verlassen." Er zuckte mit den Schultern. Seine Ehe war bereits lange vorher in die Brüche gegangen. „Wir haben uns im College kennengelernt. Ich habe Strafrecht studiert, sie wollte Jura studieren. Ich habe ihr von Anfang an gesagt, was ich mit meinem Leben machen will, wo ich hinwollte. Aber sobald ich angefangen habe, als Streifenpolizist zu arbeiten? Sagen wir einfach, die Angebote der Anwaltskanzlei ihres Daddys wurden immer verlockender, bis sie eines Tages realisiert hat, dass ich tatsächlich meinte, was ich gesagt hatte, und dass ich mich nicht von meinem Weg abbringen lassen würde." Er stieß einen tiefen, schuldbewussten Seufzer aus. „Sie hat behauptet, ich sei ein emotionales Wrack und ein Borderline-Psychopath."

„Autsch. Das Schlimmste, was mir ein Ex je an den Kopf geworfen hat, war ‚kaltherzige Schlampe‘.“ Isadora schob ihn von sich und streckte ihre Arme über dem Kopf aus.

Er sah auf ihre Brüste und wollte sie erneut. „Ich vermute, niemand fühlt sich gerne aufgrund eines Jobs vernachlässigt und unwichtig.“

„Manche Berufe sind nicht einfach nur ein Job. Sie definieren uns nicht, sie sind wortwörtlich ein Teil dessen, wer wir sind – wie unsere Haarfarbe oder wie viele Finger wir an der rechten Hand haben.“

Er nahm ihre Hand und küsste jeden einzelnen ihrer Finger.

Sie lächelte. „Es war ihre Schuld, dass sie das nicht erkannt hat.“

„Es war meine Schuld. Sie dachte, sie würde mich kennen, aber das hat sie nicht.“ Es war ein Fehler gewesen, sie zu heiraten. Denn obwohl er von außen betrachtet glücklich aussah, war er im Innern doch nur ein Chaos aus fehlerhafter Menschlichkeit, das versuchte, seine Familie zu retten, und jedes Mal kläglich versagte. Niemand sollte sich mit einem Mann abgeben müssen, der aus seinem permanenten Gefühl des Versagens heraus völlig von seiner Karriere besessen war. „Ich wusste, dass es nicht funktionieren würde. Aber ich habe sie trotzdem geheiratet.“

Er begann, an ihrem Nacken zu knabbern, überrascht davon, dass er wieder hart wurde. „Was ist mit dir? Warum bist du nicht verheiratet?“ Und warum redete er über Ehe, wenn er gerade mit einer Frau Sex gehabt hatte und neben ihr im Bett lag?

„Du bist nicht der Einzige mit einer wichtigen Karriere, Lincoln Frazer.“ Ihre Augen blitzten humorvoll, aber er wusste, dass sie etwas verbarg. Eine üble Trennung? Unerwiderte Liebe? So was kam vor. Warum sollte sie ihm alles erzählen? Sie hatten einfach ein paar Stunden Spaß miteinander. Gott weiß, sie hatten beide eine Pause von ihrem nie enden wollenden Arbeitspensum verdient.

„Du lässt niemanden an dich ran, oder?", erkannte er. Das tat er auch nicht, aber plötzlich wollte er ihr näher sein, wollte mehr als nur ein paar Stunden. Seine Hand legte sich auf ihre Hüfte, und er nahm einen ihrer Nippel in den Mund. Er bewegte sich über ihr, während sie sich ihm entgegenschob.

„Niemals näher als bis hier, Frazer."

Das war nicht nah genug. Die Stimme in seinem Kopf hätte ihm eigentlich Angst machen müssen, aber ausnahmsweise war Distanz diesmal nicht gut genug für ihn. Oder vielleicht war es Isadoras eigene Zurückhaltung, sich mit ihm einzulassen, die ihm ein Gefühl der Sicherheit vermittelte. Die es ihm erlaubte, mehr er selbst zu sein. Nicht vorgeben zu müssen, perfekt zu sein. Nicht so zu tun, als ob sie heiraten und Kinder bekommen würden. Diese Ehe-Sache hatte für ihn nicht funktioniert, und er wollte sich nie wieder so elendig und unfähig fühlen. Aber vielleicht könnte er es mit einer Beziehung probieren. Auf jeden Fall mit mehr als einem One-Night-Stand. Dieser Gedanke hätte ihm normalerweise Kopfschmerzen bereitet, wenn nicht die Frau, die der Auslöser für diese Überlegungen war, gerade das Bett hinuntergerutscht wäre, um etwas fantastisch Unanständiges mit ihrem Mund zu machen.

Er konnte sich definitiv an mehr davon gewöhnen, wenn mehr bedeutete, diese Frau in seinem Bett zu haben.

ES WAR NOCH dunkel, als Izzy aus Lincoln Frazers Bett schlüpfte. Sie war viel länger geblieben als sie vorgehabt hatte. Er schien ihr nicht ein Typ zum Kuscheln zu sein, aber sie waren zusammen eingeschlafen, ihre Körper ineinander verschlungen und befriedigt.

Eine blonde Haarsträhne fiel über seine Stirn, als er schlafend auf seinem Rücken lag. Sie zog sich leise an, wollte ihn nicht wecken, wollte nicht wirklich gehen, aber sie wusste, dass sie gehen musste. Der Sex war unglaublich gewesen, und sie war an genau den richtigen Stellen wund. Aber sie würde nicht für den unbeholfenen Moment am nächsten Morgen dableiben. Und sie wollte zurück zu Kit.

Verdammt, sie hätte sich nicht so ablenken lassen dürfen, und doch hatte sie diese besondere Ablenkung mehr gebraucht als ihren nächsten Atemzug. Leider hatte der Sex ihre Faszination bezüglich dieses Kerls nicht beendet. Er war direkt, entschlossen, fordernd und ehrgeizig. Das war nicht die unkomplizierteste Persönlichkeit, aber eine sehr interessante, ganz abgesehen davon, dass er ein verdammt guter Partner im Bett war.

Dass sie alles auf Sex reduzierte, verriet ihr mehr darüber, wie sie versuchte, ihre Gefühle für diesen Mann in eine Kiste zu stecken, als ihr lieb war. Er sah großartig aus, war gut gebaut und kämpfte bei seiner Arbeit gegen Monster. Sie war schon halb verliebt in ihn gewesen, bevor überhaupt klar war, dass er ein aufmerksamer und großzügiger Liebhaber war und eine unerwartet verletzliche Seite hatte.

Und er besaß eine Polizeimarke.

Jep. Sie saß ordentlich in der Patsche.

Izzy nahm ihre Glock und presste die Schlüssel in ihrer Tasche gegen ihren Körper, damit sie beim Laufen nicht klimperten. Sie zog vorsichtig die Tür auf. Die Tür zum zweiten Schlafzimmer stand offen, und Barney sprang vom Bett, als sich jemand unter der Decke umdrehte.

Agent Randall. So, wie er sich bewegte, war er wach. Izzys Wangen glühten, denn man musste kein Genie sein, um eins und eins zusammenzuzählen. Sie hoffte, Frazer würde keine Schwierigkeiten bekommen, aber sie wusste auch nicht, was die Regeln hinsichtlich Beziehungen während laufender Ermittlungen besagten.

Sie schlich an der Tafel mit den Ermittlungsstichpunkten vorbei und spürte, wie Schuldgefühle in ihr aufstiegen, bis ihr Kopf zu explodieren drohte. Izzy glaubte nicht, dass sie irgendetwas über die aktuellen Morde wusste, aber sie wusste, wer die Skelette am Strand waren. Sie wusste, wieso sie dort vergraben waren. Lautlos öffnete sie die Tür und ließ ihren Hund hinaus. Sie zog die Tür sachte hinter sich zu, dann eilte sie die Holzstufen der Treppe hinunter und spürte plötzlich die eisige Kälte.

Die Wellen krachten gegen das Ufer, aber es war Ebbe und der Sturm schien noch nicht besonders heftig.

Als sie die Stufen zu ihrer eigenen Veranda hochging, bemerkte sie die Decke, die Barney vorhin mitgezogen hatte. Sie lag nun ordentlich zusammengelegt auf dem Rattansofa. Sie drehte sich zum Strandhaus um und sah Frazers Silhouette im Fenster stehen. Ihr Herz machte einen Sprung, nicht nur, weil er sie davonschleichen sah, sondern auch, weil jeder, der hier gestanden hatte, sie mit Frazer hätte sehen können. Oh Gott, hatte Agent Randall hier gestanden? Oder Kit? Eine Welle aus Scham rollte über sie hinweg, als sie daran dachte.

Was war mit dem Mörder?

Kalte Angst schoss durch ihre Nerven.

Das war albern. Paranoia. Nur, weil jemand die Decke zusammengelegt hatte, bedeutet das nicht, dass er sie und Frazer beobachtet hatte.

Sie schloss ihre Tür auf, und Barney schoss an ihr vorbei zu seinem Fressnapf, in der absurden Hoffnung, dass dort wie von Zauberhand etwas zu Fressen aufgetaucht war. Izzy nahm ihre Glock und ging langsam durch ihr Haus, Zimmer für Zimmer, bis sie Kits Schlafzimmer erreichte. Sie öffnete behutsam die Tür. Dort lag ihre Schwester, zusammengerollt auf der Seite, die Decke bis ans Kinn hochgezogen und leise schnarchend.

Zärtliche Gefühle stiegen in Izzy auf. Dieses Mädchen war eine verzogene Göre und eine Nervensäge, aber sie liebte sie mehr als ihr eigenes Leben. Sie hatte so viel für dieses Kind aufgegeben, schon bevor Kit überhaupt geboren war. Leise schloss sie die Tür.

Sie musste schlafen.

Barney wartete schon in ihrem Schlafzimmer, er hatte die Mitte des Bettes für sich beansprucht. Sie schob ihn ein Stück zur Seite und schlüpfte unter die Decke. Barney legte seinen Kopf auf ihrer Brust ab, das Gewicht seines Körpers war unglaublich beruhigend. Izzy schloss die Augen, und das Bild von Lincoln Frazer, wie er sie anlächelte, sie berührte, ihr von seiner Ex erzählte, blitze in ihrer Erinnerung auf. Aber anstatt sie wachzuhalten, kam der Schlaf über sie, während sie ihn gedanklich an sich zog und festhielt.

NEUNZEHNTES KAPITEL

AM NÄCHSTEN MORGEN rief Izzy bei der Autowerkstatt an, aber niemand nahm ab. Es war noch früh, aber Seth Grundy begann für gewöhnlich schon gegen sieben mit der Arbeit. Izzy ließ Kit schlafen und stieg mit Barney in Teds Truck. Sie würde bei der Werkstatt vorbeischauen, und wenn ihr Auto noch nicht fertig war, würde sie eben weiter nach Currituck fahren, im Tierschutzgebiet nach den wilden Ponys sehen und ein paar Fotos vom Sonnenaufgang machen. Sie vermisste es, die Wildpferde am Strand zu beobachten, so wie sie es als Kind getan hatte, aber dort oben im Schutzgebiet stellten wenigstens die Autos keine Gefahr für sie dar.

Es war noch dunkel.

Und womöglich wollte sie auch den beiden Bundesbeamten, die in ihrem Strandhaus wohnten, nicht über den Weg laufen. Womöglich wollte sie so tun, als ob letzte Nacht nicht passiert wäre. Sex war das Eine. Sex, wenn man ein so ungeheuer großes Geheimnis verbarg wie sie, mit einem Mann, dem seine Integrität alles bedeutete? Mit einem Mann, dem seine Karriere alles bedeutete? Sie hatte einen riesigen Fehler gemacht.

Die ganze Sache war unfassbar egoistisch gewesen, denn Lincoln Frazer hätte sie nicht im Traum angefasst, wenn er die Wahrheit über ihre Vergangenheit gewusst hätte. Dass er sich von ihr angezogen fühlte, war egal. Sie war unter

Vorspiegelung falscher Tatsachen zu ihm gekommen, das war unentschuldbar.

Sie ekelte sich vor sich selbst. Sie würde ihm alles erzählen müssen und darauf vertrauen, dass er Kit vor dem Schlimmsten bewahrte.

Nachdem Izzy jahrelang versucht hatte, vor der dunkelsten Episode in ihrem Leben davonzurennen, wurde ihr klar, dass sie damit aufhören und sich ihrer Vergangenheit stellen musste. Wie hieß es so schön? „Die Wahrheit macht euch frei, aber zuerst wird sie euch wütend machen." Genau auf diese Weise würde sich Lincoln Frazer an sie erinnern.

Seths Werkstatt lag verlassen zwischen niedrigen Büschen am anderen Ende von Whalebone, kurz bevor die Outlet Shopping-Zentren und Minigolfanlagen begannen.

Teds Truck rumpelte über die Spurrillen in der Straße, als sie vom Highway abbog. Izzy war unzählige Male tagsüber hier entlanggekommen, aber im Dunkeln des Morgengrauens war es um einiges gruseliger. Nebel kroch über die Insel, und sie konnte kaum mehr als drei Meter weit sehen. Die Härchen in ihrem Nacken richteten sich auf, und sogar Barney winselte.

Sie parkte vor der Werkstatt, konnte aber kein Licht sehen. Seths Wohnung befand sich direkt darüber. Im Scheinwerferlicht ihres Wagens konnte sie ihren eigenen Geländewagen in der Garage ausmachen, alle Scheiben waren repariert, die Karosserie glänzte. Seth hatte das Auto nicht nur in Rekordzeit repariert, sondern es auch noch komplett gereinigt. Izzy spürte vor lauter Dankbarkeit einen Kloß im Hals.

Wieder winselte Barney, und ihr wurde klar, dass er mal musste. *Klar.* Sie stellte den Motor ab, öffnete die Tür und stieg aus, die Hände tief in ihren Taschen vergraben, während der eisige Winterwind sie beinahe umblies. Barney sprang aus dem Auto und schnüffelte im Gras. Der Nebel umfing ihn und sein unheimlicher Schatten ließ einen Schauer über ihren Rücken laufen. Izzy hatte das Gefühl, von tausend Augen beobachtet zu werden. Der letzte Sturm hatte das Festland südlich der Inseln am heftigsten getroffen, aber auch hier waren die stürmischen Winde und der wilde Himmel zu spüren. Izzy nahm ihre Waffe aus dem Holster und steckte sie in ihre Jackentasche. Sie schloss die Autotür, lautlos, sie wollte Seth nicht wecken, falls er noch schlief, denn der arme Kerl hatte sich offensichtlich die Nacht um die Ohren geschlagen, um ihren Wagen zu reparieren.

Das grelle Geräusch eines Vogelschreis zerriss die Luft, und für eine Sekunde stand Izzy das Herz still. Barney schoss in die Dunkelheit davon. *Verdammt.*

„Barney!", rief sie sachte. Nichts. *Mist.* Sie musste wirklich an seiner Gehorsamkeit arbeiten. Sie schnupperte. Der Geruch von Benzin und verbranntem Gummi hing in der feuchten Luft. Sie schluckte nervös und trat einen Schritt zurück, als sie ein Rascheln im Gebüsch hörte. „Barney!", rief sie noch einmal.

Nichts. Nur das ferne Rauschen des Meeres. Kein Windhauch im Gras oder das Trotten von Pfoten. Ihr Herzschlag klang umso lauter. Und dann hörte sie es – das schrille Aufheulen, das ihr sagte, dass ihr Hund Schmerzen hatte.

„Barney?" Sie bewegte sich in Richtung der Marsch, ging ein paar Schritte auf dem schmalen Pfad entlang und verlor augenblicklich die Orientierung. Wieder winselte Barney und sie fragte sich, ob er vielleicht einem Kaninchen in den Bau nachgejagt war und feststeckte. „Hierher, Barney", rief sie und versuchte, bestimmt zu klingen.

Nichts.

Verdammt nochmal.

Etwas stürzte aus dem Nebel auf sie zu und schleuderte sie kopfüber zu Boden. Schmerz explodierte in ihrem Kiefer, aber jedes Geräusch, das sie hätte machen können, wurde von einem schweren Lederhandschuh erstickt, der ihr die Luft abdrückte. Sie versuchte, in diese Hand zu beißen, wurde aber auf die Füße gerissen, gegen einen schlanken Körper gepresst und in die Luft gehoben. Sie zappelte wie wild, trat um sich, versuchte, ihre Waffe zu greifen, aber ihr Angreifer hatte seinen Arm so fest um ihren Oberkörper geschlungen, dass ihr Arm feststeckte und die Glock sich schmerzhaft in ihren Bauch bohrte.

Ihr Verstand versuchte zu begreifen, was gerade geschah, aber die Schmerzen, ihre Atemnot und der Schock allein ließen ihre Gedanken träge und unscharf werden. Ihre Tritte wurden schwächer, als sie über den sandigen Pfad in die mit Büschen bewachsenen Dünen in der Nähe der kleinen Bucht gezerrt wurde. Barney bellte, und Izzy konnte ihrem Angreifer fest genug gegen das Knie treten, dass er stolperte. Aber anstatt sie loszulassen, fiel er auf sie. Sein Gewicht zerdrückte sie fast. Er presste ihr Gesicht in den Sand, schlug auf ihren Hinterkopf, prügelte mit großen, muskulösen Fäusten auf sie ein.

Oh, Gott.

Sie bekam keine Luft mehr.

Dann begannen die Worte aus ihm herauszubrechen. „Verdammte Hure. Verfickte Schlampe. Nutzloses Stück Scheiße." Eine tiefe, zischende Stimme voller Hass.

Die nicht nachlassende Flut der Schläge brachte ihren Schädel zum Hämmern. Izzy versuchte, ihre Nase vor einem direkten Schlag zu schützen, der sie unmittelbar umbringen konnte, versuchte, ihre Atemwege zu schützen, ihre Augen, ihre lebenswichtigen Organe. Sie hatte vermutlich schon jetzt eine Gehirnerschütterung, und sie wurde das üble Gefühl nicht los, dass der Kerl noch gar nicht richtig losgelegt hatte.

Sie hob den Kopf weit genug, um den Sand in ihrem Mund auszuspucken und ein Geräusch zwischen ihren gelähmten Stimmbändern hervor zu zwingen. Es war kein Schrei. Es war ein jämmerliches Winseln.

Als Izzy sich daran erinnerte, was mit Helena passiert war, schlug ihr Herz für einen Augenblick unglaublich langsam, dann begann es zu rasen. Der Angreifer stand auf, die Erleichterung, sein Gewicht nicht mehr auf sich zu spüren, war enorm. Dann zog er seinen Fuß zurück und trat sie mit voller Kraft in den Bauch. Sein Stiefel traf ihre Pistole, und die Wucht aus Tritt und hartem Metall ließen sie aufschreien und sich auf den Rücken werfen.

Lincoln Frazer wäre nicht besonders glücklich darüber, ihre Leiche zwischen den Büschen zu finden. Er würde sich fragen, warum sie sich nicht gegen den Mann gewehrt hatte, warum sie nicht lauter geschrien hatte. Sie versuchte, Luft zu holen, aber noch immer wollte kein wirkliches Geräusch aus ihrem Mund kommen.

Im Nebel konnte sie einen großen, schlanken Mann erkennen. Er trug eine Sturmmaske, die sein Gesicht verdeckte, aber Izzy konnte den scharfen Geruch von Schweiß und Alkohol riechen, und die Hitze des Hasses, den er verströmte. Ein nicht enden wollender, hasserfüllter Wortschwall stürzte aus ihm heraus, aber seine Worte ergaben für Izzy keinen Sinn – vielleicht sollte sie es auch nicht verstehen. Er trat sie erneut, und sie erbrach sich fast vor

Schmerzen.

Sie konnte nicht glauben, dass sie bewaffnet war und trotzdem völlig hilflos dalag. Sie versuchte wieder, ihre Waffe in die Finger zu bekommen, aber er trat auf ihr Handgelenk, zerquetschte die feinen Knochen und ließen sie schmerzerfüllt aufschreien. Wenigstens konnte sie jetzt ein Geräusch von sich geben, und sie schrie noch einmal, so laut sie konnte. Der Mann schlug ihr seine Faust ins Gesicht, dass sie Sterne sah. Dann zerrte das Arschloch an ihrem Hemd, riss es auf, dass die Knöpfe in alle Richtungen flogen. Eis schoss durch Izzys Adern. Sie wollte nicht vergewaltigt werden. Sie wollte nicht sterben. Sie zwang sich, ihr verletztes Handgelenk zu bewegen, auch wenn sie sich ziemlich sicher war, dass etwas gebrochen war. Weißglühender Schmerz kreischte in jedem ihrer Nerven, aber sie ignorierte ihn und berührte endlich den Griff ihrer Pistole.

Aber plötzlich war dort noch jemand anderes, ihr Angreifer schrie auf und fiel zusammengekrümmt ins Gras. Wer auch immer aus der Dunkelheit erschienen war, um sie zu retten, schlug immer und immer wieder auf den Angreifer ein.

Izzy lag schwer atmend da, dann spürte sie eine kalte Zunge auf ihrem Gesicht, stürmische Küsse, die wie verrückt versuchten, sie ins Leben zurückzuholen.

Barney.

Es ging ihm gut. Als sie ihn neben sich spürte, konnte sie ihre zerschlagenen Sinne wieder zusammensammeln. Sie drückte ihn fest an sich, unendlich froh darüber, dass ihnen beiden nichts passiert war.

Irgendwo im Hintergrund konnte sie Seth Grundy hören, der in sein Handy sprach. „Hank. Du musst sofort hierherkommen. Ich glaube, ich habe euren Serienmörder dabei erwischt, wie er Izzy Campbell angegriffen hat, direkt hier auf meinem Grundstück."

Izzy ließ ihren Kopf zur Seite fallen und konnte den Mann sehen, der neben ihr auf dem Boden lag. Seth beugte sich zu ihm hinunter und riss ihm die Sturmmaske vom Gesicht. Izzy zuckte zusammen.

Es war Duncan Cromwell.

———

FRAZER SAß AUF der Couch und starrte auf die Tafel mit den Ermittlungsstichpunkten. Es war noch immer dunkel draußen, aber er hatte ein paar Stunden schlafen können und wartete nun auf die Berichte aus dem Labor, der Gerichtsmedizin, von Hanrahan, der Polizei von Columbia, Parker und Rooney und Polizeichief Tyson.

Lucas Randall schmollte und schwieg ihn an, aber das kümmerte ihn nicht. Erinnerungsfetzen der letzten Nacht blitzten immer wieder auf, einschließlich des Bildes, wie Isadora sich davongeschlichen hatte wie nach einem betrunkenen One-Night-Stand im College. Was ihn viel mehr irritierte, war die Tatsache, dass er sie hatte abhauen lassen – so getan hatte, als ob er schliefe, obwohl er nichts mehr gewollt hatte, als ihre Hand greifen und sie zurück ins Bett zu ziehen.

Warum hatte er sie nicht aufgehalten?

„Haben Sie schon ein Profil erarbeitet?", fragte Randall schließlich, als er mit einer Schüssel voller Cornflakes aus der Küche kam.

„Ich arbeite dran", sagte Frazer. „Haben die Verkehrskameras irgendetwas ergeben?"

„Ich habe eine Liste mit fünfzig möglichen Fahrzeugen an die Polizei in Maysville geschickt, in der Hoffnung, dass sie einen Treffer in ihrer Datenbank haben, aber bisher kam noch nichts. Das System hat ein paar nicht lesbare Bilder markiert, die ich überprüfen muss."

Der Täter hatte natürlich auch andere Möglichkeiten gehabt, sich fortzubewegen. Per Boot oder sogar mit einem eigenen Flugzeug. Aber einige der Fotos legten nahe, dass Jessica in einem Van angegriffen und getötet worden war. Frazer bemerkte, wie er auf die Namen auf der weißen Tafel starrte. Er hatte Jessica Tuttle zur Liste der Opfer hinzugefügt. Der Junge, Jesse Tyson, war auch in diesem Fall eine Verbindung, und Chief Tyson stellte gerade eine Liste alter Fälle zusammen, die womöglich in persönlichem Groll gegen ihn geendet hatten. Aber es fühlte sich nicht richtig an. Es würde nicht nur bedeuten, dass Denker seine Opfer vor siebzehn Jahren hier vergraben hatte, sondern auch, dass Polizeichief Tyson im Folgenden zufällig in diese Gegend gezogen war. Das war ein Zufall zu viel.

Jesse konnte noch immer die Verbindung sein, aber vermutlich nicht aufgrund der Vergangenheit seines Vaters. Frazer schrieb eine Notiz für Tyson, dass er auch alle Fälle vermerken sollte, die direkt auf den Outer Banks vorgefallen waren. Wenn der Mörder von hier stammte, würde alles mehr Sinn ergeben.

Frazer sah nach draußen. Das erste orange Schimmern des Sonnenaufgangs erleuchtete den Horizont, aber das Wetter war düster und das Meer stürmisch, was zu der unterschwellig angespannten Stimmung im Raum passte. Er entschloss sich, direkt in die Konfrontation zu gehen. „Sie ist zu mir gekommen." Theoretisch.

Randall verzog den Mund. „Soll ich mich deshalb besser fühlen?"

„Es ist mir scheißegal, wie Sie sich fühlen. Ich sage Ihnen nur, dass ich es nicht darauf abgesehen hatte, sie zu verführen. Sie kam zu mir." Er musste sich zwingen, die nächsten Worte laut auszusprechen. „Ich mag sie."

„Sie *mögen* sie? Sie schlafen mit einer intelligenten, mutigen, schwer arbeitenden, wunderschönen Ärztin, die noch dazu ihrem Land gedient hat, und Sie *mögen* sie? Übertreiben Sie mal nicht mit den Gefühlen, Kollege."

„Soll ich Ihrer Meinung nach meine unsterbliche Liebe für diese Frau verkünden, nachdem ich sie gerade mal ein paar Tage kenne?", fragte Frazer trocken. „Das ist nicht meine Art."

Randall starrte ihn einen Moment lang eiskalt an, dann nickte er, anscheinend zufrieden mit dem, was er sah. „Sie scheint ein guter Mensch zu sein. Bauen Sie keinen Mist."

Frazer sah ihn an. „Ihnen ist klar, dass ich Ihr Vorgesetzter bin?"

„Nur höher im Rang." Ein Grinsen huschte über Randalls Gesicht. „Und Sie sind mir etwas schuldig, vor allem in Anbetracht der Tatsache, dass Sie die letzte Nacht mit einer großartigen Frau verbracht haben, während ich mit ihrem Hund Vorlieb nehmen musste."

Randall war ein guter Kerl.

„Ich hätte Ihnen von Rooney erzählen sollen." Frazers Stimme klang heiser. „Ich habe so getan, als ob nichts davon tatsächlich passieren würde, damit ich mir um sie oder das Baby keine Sorgen machen musste." Rooney hatte schon einmal alles riskiert und verdiente nur das Beste. Aber das Leben hielt nicht immer seine Versprechen eines Happy Ends, was Frazer am eigenen Körper hatte erfahren müssen, als T. J.

Knottes in das Haus seiner Familie in Wisconsin eingedrungen war, seinen Vater erschossen und seine Mutter tödlich verwundet hatte, als sie gerade dabei war, in ihrer gemütlichen Küche einen Bananenkuchen zu backen. Bis heute wurde ihm beim Geruch von Bananen speiübel.

„Es ist nicht immer leicht, sich um andere Menschen zu sorgen, ich verstehe das." Randall schlürfte seinen Kaffee. „Wie auch immer, es war meine Schuld. Mallory hat mich weggestoßen, weil ich Alex gegenüber so kritisch war. Sie liebt ihn, und er ist ein guter Kerl. Ich muss diesen überbesorgten Mist sein lassen. Sie bekommt ein Kind von ihm, verdammt nochmal. Die Frau kann auf sich selbst aufpassen."

Ja, das konnte sie. Und auch Isadora Campbell konnte auf sich selbst aufpassen. War sie schon wach? Bereute sie, was sie getan hatten? Würde er sie überzeugen können, es wieder zu tun?

Er erinnerte sich daran, dass er einen Job zu erledigen hatte und räusperte sich. „Die wesentlichen Punkte des Profils sind relativ simpel. Der Täter ist stark genug, um seine leblosen Opfer für kurze Strecken durch unwegsames Terrain zu tragen." Er musste an die arme Elaine Patterson denken. „Er ist wahrscheinlich überdurchschnittlich intelligent, hat aber keine guten akademischen Leistungen erbracht. Er kann sich in die Gemeinschaft einfügen und ist extrem mobil. Unabhängig davon, dass nur zwei Leichen auf den Outer Banks gefunden wurden, legt seine Ortskenntnis nahe, dass er entweder hier wohnt oder in der Vergangenheit erheblich viel Zeit hier verbracht hat. Ich wette, das hier ist sein Heimatterritorium." Frazer griff zu seiner Kaffeetasse und starrte auf die Tafel, wünschte sich, es gäbe weniger Opfer, und wusste gleichzeitig, dass es wahrscheinlich noch viel mehr

Opfer gab. „Die Leichtigkeit, mit der er sich die Frauen schnappt, bedeutet, dass er gesellig ist und sozial kompetent. Er ist außerdem manipulativ und egozentrisch. Er weiß, wie er Leute dazu bringen kann, das zu tun, was er will. Er fährt einen Van oder einen Truck, den er sowohl für die Entführungen als auch den Transport der Leichen benutzt, und in dem er vermutlich die Morde begeht. Außerdem ist er manchmal mit einem Geländemotorrad unterwegs – haben Sie die schon überprüft?"

„Die Zulassungsstelle hat eine Liste geschickt, sie haben aber auch angemerkt, dass man für ein Moped keine zusätzliche Fahrerlaubnis braucht."

Frazer grunzte. „Er ist viel auf dem Festland unterwegs, dort kann er leichter Opfer finden. Er hat einen gewalttätigen Charakter und hegt einen Groll, ist aber ein verdammt guter Schauspieler. Womöglich ist er verheiratet und hat Kinder, oder er hat eine Freundin. Vermutlich wurde er als Kind sexuell missbraucht. Für gewöhnlich sind die Täter in solchen Fällen dominante Frauen, aber aus irgendeinem Grund glaube ich, dass es bei ihm wahrscheinlich ein Mann gewesen ist." Vorausgesetzt, Frazers Vermutung, dass der Täter ein Schulkamerad von Ferris Denker war, würde sich als richtig erweisen. Er war noch nicht bereit, diese Theorie laut auszusprechen. „Ich glaube, dass er die Schuhe seiner Opfer als Trophäen mitnimmt, aber ich bin nicht sicher, ob uns diese Information dabei weiterhilft, ihn zu schnappen, es sei denn, wir finden zufällig einen Typen mit einem ganzen Schrank voller Damenschuhe."

Frazer hob die Schachtel, die ihm Mildred Houch mitgegeben hatte, hoch und kippte den Inhalt auf den Tisch. Den Stapel der Fotos, die er schon aussortiert hatte, legte er zur Seite.

„Was ist das?", fragte Randall.

„Fotografien von Ferris Denkers alter Schule – die zufällig genau der Ort ist, an dem Elaine Pattersons Leiche abgelegt wurde. Ich versuche, Fotos aus der Zeit zu finden, als Denker dort zur Schule ging." Zum Glück hatte Mildred Houch auf die Rückseite von fast jedem Foto eine Jahreszahl geschrieben.

Randall nahm ein Foto hoch, das ganz offensichtlich eine Hochzeit zeigte, und legte es auf den Stapel mit den aussortierten Bildern.

Frazers Handy vibrierte. Tyson. Er nahm den Anruf entgegen.

„Duncan Cromwell hat Izzy Campbell angegriffen, als sie gerade ihren Geländewagen drüben in Whalebone Junction abholen wollte. Er trug eine Maske und hat sie in die Marsch gezerrt", informierte ihn Tyson knapp. „Er hat versucht, sie umzubringen."

Frazer spürte, wie jemand in seinen Brustkorb griff und sein Herz zerquetschte. „Geht es ihr gut?"

„Ja. Zumindest lebt sie. Seth Grundy hat ihre Schreie gehört und sie gerettet."

Frazers Lungen dehnten sich aus, aber er war sich nicht sicher, ob er atmete. „Wo ist sie jetzt?"

„Sie haben sie ins Krankenhaus gebracht. Cromwell ist in Polizeigewahrsam, seine Daten werden gerade aufgenommen. Ich werde sehen, was ich aus ihm herausbekomme, bevor er nach seinem Anwalt verlangt."

„Ich komme sofort bei Ihnen vorbei." Frazer saß vollkommen benommen da. Sie hatte erst vor wenigen Stunden sein Bett verlassen. Um Himmels Willen. Er legte auf und atmete schwer aus. „Sie haben Duncan Cromwell dabei erwischt, wie er Isadora Campbell angegriffen hat."

Randalls Augenbrauen zuckten überrascht in die Höhe.

„Tyson hat es nicht laut ausgesprochen, aber er glaubt, Cromwell ist unser Täter." Frazer griff nach seiner Jacke. Die Vorstellung, dass ein Vater seine eigene Tochter vergewaltigte und umbrachte, war ekelerregend, aber es kam vor. Wie sich erst die Presse auf diese Story stürzen würde. „Ich fahre mit Kit ins Krankenhaus, wir treffen uns in einer Stunde auf der Polizeistation. Bereiten Sie den Durchsuchungsbefehl vor. Er muss Fotografien, Kalender, Computer, DVDs und Schuhe abdecken." Frazer wählte die Nummer von Parker, während er aus der Tür ging. „Ich brauche einen detaillierten Hintergrundcheck von Duncan Cromwell, Helenas Vater, von jetzt bis zu seiner Geburt. Jede Überschneidung mit Denker, die sie finden können, selbst wenn sie nur vor dreißig Jahren einen Schokoriegel im gleichen Laden gekauft haben."

Er legte auf, rannte die Treppe zum Haus der Campbells hinauf und schloss mit dem Schlüssel auf, den er vor ein paar Tagen hatte mitgehen lassen.

„Kit", rief er.

Er hörte einen Seufzer und ging den Flur hinunter. Barney war verschwunden, und er hoffte inständig, dass dem Hund nichts passiert war. „Isadora wurde angegriffen. Sie braucht dich."

Diese Information hatte ein lautes Fluchen und eilige Fußschritte aus Kits Schlafzimmer zur Folge. Siebzig Sekunden später erschien Kit, angezogen, eine Haarbürste in der einen Hand, ihren Mantel in der anderen. „Geht es ihr gut?"

Er hielt ihrem Blick stand. „Finden wir es heraus."

IZZY LAG IM Bett, starrte an die Decke und wollte einfach nur weg. Sie hatten ihren Brustkorb geröntgt und gebrochene Rippen und einen Pneumothorax ausschließen können. Leber, Milz und Nieren sahen auf dem Ultraschall gut aus, und ihr Blutbild – Anzahl der Blutkörperchen, Elektrolyte, Leberfunktion, Gerinnungswerte – war normal. Die Ärzte bestanden auf einem CT, bevor sie sie entlassen wollten. Albern. Abgesehen von ihrem Handgelenk, das schon in einem leichten Gips steckte und geröntgt worden war, hatte sie im Nahkampftraining der Armee schon schlimmere Verletzungen davongetragen – hatte ihr ja verdammt viel gebracht, das Training.

Sie konnte gar nicht glauben, wie leicht er sie überwältigt hatte. *Verdammt.* Außer an ihrem Handgelenk hatte sie keine weiteren Knochenbrüche erlitten, aber sie hatte Schmerzen. Sie schluckte die Schmerzen und das Selbstmitleid hinunter und erinnerte sich an die Soldaten, die auf ihrem Operationstisch gelandet waren – angeschossen, in die Luft gesprengt, mit Explosionstraumata nach Bombeneinschlägen. Er hatte ihr ein paar Schläge verpasst und einen Schrecken eingejagt, na und? Es würde sie daran erinnern, ihrem Umfeld gegenüber in Zukunft aufmerksamer zu sein.

Sie warf einen Blick in den Spiegel, um den sie eine der Schwestern gebeten hatte. Ihre Pupillen sahen normal aus, nicht geweitet, also keine Blutungen unter der Schädeldecke, was hervorragende Neuigkeiten waren. Sie ging in Gedanken die Namen sämtlicher befehlshabender Offiziere durch, unter denen sie je gedient hatte, um sich zu vergewissern, dass ihr Gehirn noch so intakt war, wie heute früh beim Aufstehen. Sie war sich ziemlich sicher, dass sie keine Gehirnerschütterung hatte. Im Prinzip war ihr nichts passiert, sie hatte keine Verletzungen erlitten, die sie nicht mit ein paar starken Schmerzmitteln in den Griff bekommen konnte – bis auf die Demütigung, mit der sie zu leben lernen würde. Aber ihre Kollegen im Krankenhaus waren übereifrig mit ihrer Behandlung. Deshalb auch das CT, obwohl sie keine Schmerzen im Bauch hatte und alle Untersuchungsergebnisse normal gewesen waren.

Weiß Gott, was passiert wäre, wenn Seth nicht aufgetaucht wäre. Sie schwang ihre Beine über die Bettkante und dachte ernsthaft darüber nach, sich einfach selbst zu entlassen. Aber als sie Schritte im Flur vernahm, verzog sie das Gesicht. Selbst nach ihrer so kurzen Bekanntschaft erkannte sie Lincoln Frazers entschlossenen Gang.

Sie kannte ihn immerhin lange genug, um ihn um den Verstand zu vögeln.

Scheiße nochmal.

Sie schlüpfte zurück unter die Decke und wimmerte, als ein spitzer Schmerz von ihrem Hals bis in ihren Schädel schoss. *Verflucht.*

Dann sah sie Frazer, gutaussehend wie immer, auch wenn sein Hemd ein wenig zerknittert war, weil sie es gestern Nacht einfach auf den Badezimmerboden geworfen hatte. Sie vermied seinen Blick und sah stattdessen Kit an. Der Gang ihrer Schwester war gehetzt, ihr Ausdruck verriet Angst und Unsicherheit, während sie sich an Frazers Arm klammerte wie an einen engen Vertrauten. Izzy zog verwundert die Augenbrauen hoch, und er zuckte mit den Schultern, als ob er ihr signalisieren wollte, dass er auch nicht wusste, wie das passiert war. Das war eben Kit. Sie wählte ihre Menschen, nicht andersherum.

„Hey. Ihr hättet nicht herkommen brauchen. Es ist halb so wild." Sie versuchte, die beiden zu beruhigen, aber Kit warf sich an ihre Seite und umarmte sie fest. Izzy unterdrückte einen Schrei und hielt sie fest. Ihre Schwester hatte in den letzten zwölf Monaten schon zu viele Menschen verloren. Der Gedanke, dass auch Izzy etwas zustoßen könnte, bereitete ihr Todesangst. Izzy suchte Frazers Blick und sah, dass er erkannte, wie groß ihre Schmerzen waren.

Izzy umarmte ihre Schwester noch fester. Sie wollte Kit die Haare aus der Stirn streichen. Sie war offensichtlich gerade erst aufgestanden und so schnell sie konnte hergekommen, denn sie hatte noch immer Schlaffalten im Gesicht.

„Wer hat das getan?", heulte Kit und betrachtete die Platzwunde an Izzys Mund, wo Duncan einen Schlag gelandet hatte.

Izzy hatte ihren Augen kaum glauben können, als sie Duncan Cromwell neben sich hatte liegen sehen. „Helenas Dad."

„Was?" Kit setzte sich auf.

Izzy kniff die Augen zusammen, als Kit ihre Rippen anrempelte. Autsch. Es war beschissen, tapfer zu sein. Sie wollte am liebsten einfach in Tränen ausbrechen.

„Hat er Helena umgebracht?"

„Pst." Izzy schaute zur Tür, die weit offenstand. „Ich weiß es nicht", sagte sie leise.

„Hat er dir wehgetan?" Kits Augen waren weit aufgerissen, sie betrachtete Izzy in ihrem Krankenhaushemdchen von Kopf bis Fuß.

„Chief Tyson hat meine Klamotten als Beweismittel konfisziert. Ich wäre sehr dankbar, wenn mir jemand die

Ersatzsachen aus meinem Spind bringen könnte." Je schneller sie etwas zum Anziehen hatte, umso schneller konnte sie hier abhauen.

„Sobald die Ärzte die Entlassung absegnen." Frazers blaue Augen blickten sie entschlossen an.

Herrgott nochmal. Wie konnte er sie schon jetzt so einfach durchschauen?

Ihre Schwester biss sich auf die Lippen. Izzy griff nach ihrer Hand und drückte sie. „Er hat mich windelweich geprügelt, aber er hat mich nicht sexuell misshandelt." Sie sprach weiterhin leise, froh darüber, in einem Zimmer weit entfernt von Jesse zu liegen. Er sollte heute entlassen werden. „Ich bin okay. Versprochen."

„Kit", sagte Frazer plötzlich. „Warum holst du deiner Schwester nicht etwas zu trinken. Bring mir einen Kaffee mit, wenn du schon dabei bist. Schwarz. Kein Zucker." Er hielt ihr einen Zehndollarschein hin. Kit sah ihn einen Augenblick lang verdutzt an.

„Ah, ihr wollt reden. Verstanden. Okay." Sie schaute nervös zwischen den beiden hin und her. „Ich bin in fünf Minuten zurück. Seid brav."

„Zu spät", murmelte Frazer kaum hörbar, als Kit aus dem Zimmer huschte.

Izzy musste lachen und hielt sich vorsichtig die Seite. Frazer setzte sich neben sie auf die Bettkante, viel zu nah. Er hob den Rand ihres Hemdchens hoch, und sie fühlte sich unfassbar bloßgestellt, was absurd war, wenn man bedachte, dass er letzte Nacht jeden Zentimeter ihres Körpers abgeleckt hatte.

„Es sieht furchtbar aus", warnte sie ihn. Sie lehnte sich zur Seite, damit er das Hemd weiter hochheben konnte.

Er hielt inne, als er die Blutergüsse sah, und bedeutete ihr, sich weiter zur Seite zu drehen, damit er ihren ganzen Rücken begutachten konnte. Sie kam seiner Bitte nach, und wusste, dass er ihren nackten Hintern sehen konnte, aber ihr war klar, dass dieser Zug längst abgefahren war. Trotzdem, das hier war ein Krankenhaus, und Neonlicht war lange nicht so schmeichelnd wie Mondschein.

„Wie schlimm war es?" Seine Stimme klang kühl und kontrolliert, aber sie konnte die unterschwellige Wut hören, die er zu verbergen versuchte. Nur weil er keine Gefühle zeigen wollte, hieß das nicht, dass er nichts fühlte.

„Ganz ehrlich?" Sie atmete tief ein. „Ich dachte, ich würde sterben." Sie drehte sich wieder um, damit sie ihn anschauen konnte, und setzte sich auf. Izzy zuckte zusammen, als die spitzen Schmerzen durch ihren Körper zuckten, aber sie war dankbar für jeden einzelnen von ihnen. „Das Frustrierende war, dass ich meine Waffe in der Jackentasche hatte, aber er hat meine Arme so festgehalten, dass ich nicht drankam. Und dann fing er an, mich zu schlagen und mich als Hure zu beschimpfen." Plötzlich stieg der Ekel wieder mit aller Macht in ihr auf.

„Es ist okay, Isadora." Frazer griff ihre Hand und hielt sie an seine Lippen.

„Du musst anfangen, mich Izzy zu nennen, wie alle anderen auch."

„Willst du, dass ich dich so behandele, wie alle anderen es tun?" Seine blauen Augen leuchteten so hell, dass sie ihn kaum anschauen konnte. Als würde sie direkt in die Sonne blicken.

„Ich weiß es nicht", antwortete sie ehrlich. Wie ironisch, dass sie diesen Mann nicht anlügen konnte, aber ein riesiges Geheimnis vor ihm verbarg. „Ich glaube, irgendjemand hat uns letzte Nacht beobachtet.“

„Wie kommst du darauf?“ Er sah sie prüfend an, innerhalb von Sekunden verwandelte er sich vom Liebhaber zum FBI-Agenten.

„Irgendjemand hat die Decke zusammengelegt, die ich auf der Veranda liegengelassen hatte, und von der Stelle aus kann man direkt in dein Schlafzimmer schauen. Und die Vorhänge waren offen“, erinnerte sie ihn.

„Ich erinnere mich.“ Die Glut, die in seinen Augen aufblitze, ließ ihre Haut kribbeln. Dann presste er die Lippen zusammen. „Das heißt aber noch lange nicht, dass uns jemand beobachtet hat. Agent Randall oder Kit können die Decke zusammengelegt haben.“

Izzy schloss entsetzt die Augen. „Ich weiß nicht, was schlimmer wäre, aber ich werde nie wieder bei offenen Vorhängen Sex haben.“

„Ich werde es mir merken.“ Er sah sie offen und direkt an. Offensichtlich erwartete er eine Wiederholung der letzten Nacht.

Ein kurioses Beben machte sich in ihrer Brust bemerkbar.

„Warum hast du dich davongeschlichen?“, fragte er.

„Ich musste zu Kit.“

Seine Augen sagten ihr, dass er ihr nicht glaubte.

„Es war nur Sex, erinnerst du dich? Ich dachte, dass du wahrscheinlich nicht unbedingt auf die peinliche Begegnung am nächsten Morgen scharf wärst, vor allem, wenn du dir die Wohnung mit einem andern FBI-Agenten teilst.“

„Erinnerst du dich daran, wie ich gesagt habe, dass ich dich mag, Isadora Campbell? Das habe ich auch so gemeint.“ Seine Augen wurden schmal. „Ich wäre gerne neben dir aufgewacht, aber ich verstehe, dass du nach Kit sehen wolltest." Er wandte den Blick kurz ab, dann schaute er ihr wieder in die Augen. „Ich wüsste gerne, was passieren würde, wenn die Sache zwischen uns mehr als nur Sex wäre."

Izzys Herz begann, wie wild zu schlagen, und ihr wurde übel. Sie hatte es so unfassbar vermasselt. Sie hätte liebend gerne mehr mit Lincoln Frazer gehabt. Sie würde alles dafür geben, siebzehn Jahre zurückzureisen und die Wahrheit zu erzählen – oder auch nur ein paar Tage zurück, als Helena umgebracht worden war. Jetzt stand diese hässliche Lüge zwischen ihnen, und Izzy glaubte nicht, dass Frazer ein Mann war, der so ein unverhohlenes Versäumnis ohne Weiteres verzeihen würde.

Er verstand ihr Schweigen als etwas anderes. „Es tut mir leid, dass ich der Sache mit deinem Auto gestern nicht weiter nachgegangen bin. Ich habe nicht einmal darüber nachgedacht." Er fuhr sich mit der Hand durch die Haare.

„Es gab wichtigere Dinge, um die du dich kümmern musstest." Als sie seinen gequälten Gesichtsausdruck sah, berührte sie mit ihrer unverletzten Hand seine Finger. „Es ist in Ordnung, Linc. Ich bin keines deiner Opfer. Pack mich nicht mit auf diese Liste."

Er blinzelte sie überrascht an.

„Auch ich habe solche Menschen", erklärte sie. „Die Menschen, die wir im Stich gelassen haben. Die Menschen, die wir nicht retten konnten."

Ihr Freund Shane war der Erste gewesen. Ihr Vater der Zweite, auch wenn sie noch immer nicht wusste, ob er es damals verdient hätte, gerettet zu werden oder nicht.

Sie atmete tief ein und wollte ihm gerade erzählen, was vor all den Jahren passiert war und warum sie nie mit ihm zusammen sein konnte, als Kit hereinkam, hoch konzentriert, um die

Getränke nicht zu verschütten.

„Du weißt schon, dass es in der Kantine auch Deckel für die Becher gibt."

Kits Augen leuchteten verletzt auf, und Izzy erkannte sofort, dass sie das Falsche gesagt hatte. Wieder einmal. *Mist.* „Tut mir leid."

Frazer stand auf, nahm Kit die Becher ab und stellte sie auf den Nachtschrank. Dann beugte er sich zu Izzy hinunter, nahm ihr Gesicht in beide Hände und küsste sie direkt auf den Mund. Für den Bruchteil einer Sekunde sträubte sich Izzy, dann ignorierte sie die Schmerzen in ihrem Körper und schlang ihre Arme um seinen Hals. Sie küsste ihn zurück, erzählte ihm wortlos all die Dinge, die sie nicht laut aussprechen wagte. Dann ließ er sie los, seine blauen Augen sahen sie an. „Bis später, Dr. Campbell."

Kit stand mit offenem Mund da.

„Bis später." Es war ein tonloses Flüstern. *Verdammt.* Was zur Hölle sollte sie jetzt nur tun?

ZWANZIGSTES KAPITEL

FRAZER KAM MIT einem Taxi zur Polizeistation, vor der unzählige Übertragungsfahrzeuge der Presse standen. Er hatte schon bei der Mietwagenfirma angerufen und darum gebeten, dass man ihm so schnell wie möglich ein neues Fahrzeug bereitstellen sollte. Er stellte sich der Masse von Reportern, beantwortete Fragen von einigen der Journalisten, die ihn erkannten.

„ASAC Frazer. Was können Sie uns darüber berichten, dass ein Serienmörder auf den Outer Banks sein Unwesen treibt?"

„ASAC Frazer, können Sie bestätigen, dass eine der Leichen, die hier gefunden wurden, ein Opfer von Ferris Denker ist?"

„Können Sie uns sagen, wen Sie verhaftet haben?"

„Warum ist die Fallanalyseeinheit des FBI in den Fall involviert?"

Der Lärm der Reporter wurde zu einem unverständlichen Dröhnen, das in seinen Ohren rauschte.

„Kein Kommentar." Er bahnte sich mit den Ellenbogen einen Weg durch das Durcheinander aus Reportern und Kameraleuten und hoffte, er konnte das Gebäude durch die Hintertür wieder verlassen.

Ein uniformierter Polizist bewachte den Eingang und verhinderte, dass die Presse sich im Vorraum der

Polizeistation versammelte. Ein weiterer Polizist, der unnötig abgestellt war, und den sie viel besser bei den Ermittlungen gebrauchen konnten. Sobald er im Gebäude war, wurde Frazer nach hinten durchgewunken. Er traf Randall in Tysons Büro an, die beiden Männer waren über einen Haufen Dokumente gebeugt. „Haben Sie den Durchsuchungsbefehl?"

Tyson zog einen Bogen Papier aus dem Faxgerät „Kommt gerade rein. Wie geht es Izzy?" Frazer verdrehte die Augen, als er Tysons arglose Frage hörte und wandte sich an Randall. „Sie haben es ihm erzählt? Sind Sie noch in der High School, oder was?"

„Wir waren zusammen in der Armee." Randall zog eine Grimasse. „Wie auch immer. Ich musste ihm ja sagen, warum Sie noch nicht hier sind, obwohl wir gerade einen mutmaßlichen Serienmörder verhaftet haben."

Frazer schüttelte den Kopf. *Scheiße.* Das war nicht seine übliche Vorgehensweise. Es kam selten genug vor, dass er wegen seines Privatlebens aufgezogen wurde.

„Wie wollen Sie vorgehen?" Tyson kam direkt zur Sache.

„Randall, Sie begleiten die Polizeibeamten zu Cromwells Haus und durchsuchen es. Stellen Sie sicher, dass alles ordnungsgemäß eingesammelt und dokumentiert wird. Wir dürfen keine Fehler machen. Wenn er unser Täter ist, will ich eine absolut wasserdichte Beweisführung gegen ihn. Sie befragen die Ehefrau und finden heraus, was sie weiß. Und wenn Sie an die Kinder rankommen können – tun Sie es."

„Passt Cromwell in das Profil?", fragte Randall.

„In manchen Punkten. Weiß, männlich, stark, mobil. Fährt einen Truck, hat über seine Arbeit Zugang zu einem Van. Überdurchschnittliche Intelligenz. Trägt eine Uniform, aber keine Waffe – vielleicht ein Möchtegern-Polizist, der die

Aufnahmeprüfung nicht bestanden hat. Ehrlich gesagt, hatte ich bisher keine Zeit, mehr als das auszuarbeiten."

Tyson sah nicht gerade beeindruckt aus. Frazer konnte es ihm nicht verübeln. Er war selbst alles andere als beeindruckt, aber es waren auch nicht die Profile, die die Mörder fingen, sondern investigative Polizeiarbeit. Es gab eine Reihe an Hinweisen, denen sie nun nachgehen mussten. Es war eine Frage der Zeit. War Cromwell ihr Mann? Waren die Menschen nun in Sicherheit vor diesem Mörder? Er wusste es nicht. Felicia Barton erstellte zusammen mit Bradley Tate von der Highway-Serienmörder-Initiative ein geografisches Profil. Aufgrund des eingeschränkten Zugangs zu den Inseln waren nicht alle sonst üblichen Prinzipien von geografischen Profilen anwendbar. Allerdings bedeutete der eingeschränkte Zugang auch, dass sie das bevorzugte Transportmittel des Täters womöglich schneller identifizieren konnten.

„Wir müssen Cromwells Bewegungen in den letzten Tagen aufzeichnen, vom Silvestertag bis heute. Ein Kollege von mir überprüft gerade seine Vergangenheit, um herauszufinden, ob Cromwell und Denker sich jemals über den Weg gelaufen sind."

„Glauben Sie wirklich, er hat sein eigenes Kind umgebracht?", fragte Tyson betreten.

„Es ist möglich. Ich will mit ihm sprechen."

Tyson nickte. „Ich begleite Sie."

„Irgendjemand hat der Presse die Verbindung zu Denker gesteckt", bemerkte Frazer bitter.

Die drei Männer starrten finster vor sich hin. Eine Ermittlung im Scheinwerferlicht der Presse zu führen, war in etwa so, als würde man sich anziehen, während man eine Augenbinde trug und dabei nur hoffte, dass einem niemand zusah. Aber sie konnten sich in einem so kleinen Ort nirgendwo verstecken. Jeder Fehler würde sich nur noch gravierender auswirken, jeder Irrtum analysiert werden.

„Lassen Sie uns loslegen. Wenn Cromwell unser Mann ist, dann will ich, dass wir ihn an die Wand nageln." Tyson griff nach seiner Jacke.

„Und wenn er es nicht ist, dann will ich, dass die Leute hier weiterhin in höchster Alarmbereitschaft sind", fügte Frazer hinzu.

„Haben Sie Zweifel?" Tyson runzelte die Stirn.

Frazer grinste ihn grimmig an. „Ich habe immer Zweifel, Tyson. Cromwell hat Dr. Campbell gegenüber viel Feindseligkeit an den Tag gelegt, als ich ihn befragt habe." Ihre Blicke trafen sich. „Es könnte ein persönlicher Angriff sein, ausgelöst durch die Trauer über den Verlust seiner Tochter."

Tyson und Randall sahen ihn zweifelnd an. „Der Angriff hatte eine Menge Parallelen zu den anderen Fällen."

„Dann lassen Sie uns mit ihm sprechen. Sehen wir, ob er bereit ist, auszupacken."

FRAZER BETRAT DAS Zimmer, gefolgt von Tyson. Ihm wurde regelrecht übel bei der Vorstellung, dass Cromwell Isadora angegriffen hatte, aber er war professionell genug, um seine Gefühle für diese Frau von denen für den Verdächtigen vor ihm zu trennen. Er hatte Cromwell einen Becher mit Kräutertee mitgebracht, der ekelhaft roch, laut einem mit der Familie befreundeten Polizeibeamten aber das Einzige war, was Duncan je trank.

„Wie geht es Ihnen, Duncan?", fragte Frazer. Der Mann

sah furchtbar aus. Seine Augenpartie war angeschwollen und blutunterlaufen. Beide Augen würden bis heute Abend schwarz verquollen sein. Seine Nasenlöcher waren blutverkrustet, die Nase vermutlich gebrochen. Seth Grundy hatte dem Kerl ordentlich zugesetzt. Frazer schluckte die Wut, die in ihm aufkeimen wollte, hinunter. Jemand war ihm zuvorgekommen.

„Ich fühle mich scheiße, was glauben Sie denn? Meine Tochter ist tot und Sie tun nichts, um den Täter zu fassen."

Frazer ignorierte Cromwells Gejammer. „Können Sie uns erzählen, was heute früh passiert ist?"

Cromwell kniff den Mund zusammen und starrte ihn hasserfüllt an.

„Ich weiß, dass Sie es gerade nicht leicht haben, Duncan. Ich verstehe, dass Sie leiden." Vorausgesetzt, er war kein kompletter Psychopath. „Helenas Tod muss Sie schwer getroffen haben."

Tränen rannen über das Gesicht des Mannes. Es war möglich, dass er Helena in blinder Wut umgebracht hatte, und dass die Reue, die er nun zeigte, wirklich aufrichtig war. Frazer stellte den Becher mit Tee ab und schob ihn in Cromwells Richtung. „Ich muss Sie dazu befragen, was Sie letzte Nacht getan haben."

Etwas in Cromwells Augen blitzte auf. „Tatsächlich."

„Können Sie mir erzählen, was Sie gestern gemacht haben?"

Cromwell zuckte mit den Schultern. „Ich bin gestern Morgen ins Büro gefahren. Ich musste für ein paar Stunden allein sein. Versuchen, zu vergessen."

Nur ein paar Tage, nachdem seine Tochter umgebracht worden war. „Sicher. Das verstehe ich." Seltsamerweise verstand Frazer das tatsächlich, aber er hatte auch keine Frau und keine Kinder, die ebenfalls einen unbeschreiblichen Verlust erlitten hatten.

„Sind Sie verheiratet, ASAC Frazer?" Es schwang etwas in Cromwells Tonfall mit. Etwas Grausames.

„Geschieden."

Cromwell nickte, sah aber aus irgendeinem Grund enttäuscht aus.

„Wie lang waren Sie im Büro?"

Wieder zuckte Cromwell mit den Schultern. „Eine Stunde. Vielleicht zwei."

„Wo sind Sie danach hingegangen?"

„Ich bin rumgefahren."

„Warum?"

„Weil ich nachdenken wollte", blaffte er zurück.

„Sind Sie am Krankenhaus vorbeigefahren und haben mit einem Baseballschläger die Scheiben an Dr. Campbells Auto eingeschlagen?"

Cromwell starrte ihn trotzig an. Keine Antwort.

„Erinnern Sie sich, wo Sie überall entlanggekommen sind?"

„Ich bin hoch nach Currituck gefahren. Habe mich im Tierschutzgebiet umgeschaut. Wir hatten dort Vorfälle von illegaler Wildschweinjagd."

Frazers Puls beschleunigte sich. Er wollte nach Jessica Tuttle fragen, musste sich dem Thema aber behutsam nähern. „Wie lange waren Sie im Tierschutzgebiet?"

„Etwa eine Stunde oder so. Ich habe nicht auf die Uhr geschaut." Cromwell runzelte die Stirn und sah nach oben, seine Augen zuckten nach links. Der Kerl war Rechtshänder, war also entweder ein begnadeter Lügner oder er sagte die

Wahrheit.

„Hat Sie dort irgendjemand gesehen?"

Er schüttelte den Kopf. „Ich habe mit niemandem gesprochen, den ich kenne, wenn es das ist, was Sie fragen. Es waren ein paar Leute unterwegs, aber ich war nicht gerade auf Gesellschaft aus."

Die Neuigkeiten von Jessicas Tod waren in der Nacht noch nicht veröffentlicht worden. Die Meldung war erst mit den Morgennachrichten rausgegangen. Wenn Duncan behaupten wollte, Jessica nicht umgebracht zu haben, dann baute er sich gerade ein Alibi zurecht, das erklären würde, warum man ihn in Currituck gesehen hatte.

„Sind Sie zum Abendessen nach Hause gefahren?"

Leere Augen starrten auf die Wand. „Ich hatte keinen Hunger."

„Wo sind Sie dann hin?"

Cromwell zuckte mit den Schultern und machte dicht.

Tyson schaltete sich ein. „Wir wissen, dass Sie eine Flasche Whiskey gekauft haben. Haben Sie sich betrunken?"

Cromwell starrte auf den Fußboden. „Ja. Ich habe mich betrunken." Er klang beschämt. „Dann habe ich mich in meinen Truck gesetzt und bin zu Isadora Campbells Haus gefahren. Sie sollte dafür büßen, dass sie nicht auf meine Tochter aufgepasst hat, wie sie es versprochen hatte. Wissen Sie, was ich gesehen habe?" Duncans Blick war voll Höllenfeuer, als er Frazers Blick traf. Er wurde lauter. „Sie. Wie Sie sie gefickt haben. Der Mörder meiner Tochter läuft da draußen irgendwo herum, schlachtet junge Mädchen ab, und Sie sind damit beschäftigt, diese verdammte Schlampe zu nageln. Sie sollten sich schämen."

„Keineswegs." Sein Hass war spürbar, und die Tatsache,

dass Frazer diesen Hass auch noch befeuert hatte, wurmte ihn, aber er würde hier nicht zu Kreuze kriechen. Er hatte genug tatsächliche Sünden auf sein Gewissen geladen, dass sein Sexleben im Vergleich dazu kaum ins Gewicht fiel. Er war offiziell nicht im Dienst gewesen, auch wenn er selten sagen konnte, wann er im Dienst war und wann nicht. „Sind Sie gekommen, als Sie diesen intimen Moment zwischen zwei Liebenden beobachtet haben? Hat es Sie geil gemacht?"

Cromwell sah entsetzt aus. „Nein."

Frazer sah ihn genau an, konnte aber keine Anzeichen der Verstellung entdecken. Die meisten sadistischen Sexualtäter hätten sich vermutlich beim Zuschauen einen runtergeholt. Zur Hölle, das hätten sogar die meisten normalen Typen getan. Das nächste Mal würde er definitiv die Vorhänge zuziehen – vorausgesetzt, es gab ein nächstes Mal. Isadora war nicht gerade in Begeisterung ausgebrochen, als er diese Option vorhin vorgeschlagen hatte. Allerdings war sie auch gerade von diesem Typen angegriffen worden. Er musste dringend an seinem Timing arbeiten.

„Wie lange haben Sie zugeschaut?"

„Nicht lange." Cromwell wandte sich ab.

„Haben Sie und Ihre Frau noch Sex, Duncan?"

Cromwells Kinnlade klappte herunter, und er starrte Frazer an. „Das geht Sie verdammt noch mal nichts an."

„Warum nicht? Sie wissen doch auch über mein komplettes Sexleben der letzten zwölf Monate Bescheid. Da sind Sie mir ein bisschen Entgegenkommen schuldig, finde ich."

„Nein. Was zwischen meiner Frau und mir passiert, ist privat. Darüber spreche ich hier nicht. Nicht mit Ihnen."

„Befriedigt sie alle Ihre Bedürfnisse, Duncan? Sie ist eine

wunderschöne Frau, aber das heißt nicht immer, dass jemand gut im Bett ist."

Tyson saß mit steinerner Miene neben ihm und ließ Frazer die beschissenen Fragen stellen.

„Manchmal braucht man mehr, Sie verstehen schon. Oder ein bisschen was extra. Ich würde es niemandem vorwerfen, wenn man sich das besondere Extra besorgt, das man zu Hause nicht bekommt."

Cromwell schlug seine Beine übereinander, dann setzte er sich wieder breitbeinig hin. „Ich liebe meine Frau. Ich betrüge sie nicht, niemals."

„Warum haben Sie dann heute Morgen versucht, Isadora Campbell das Hemd vom Leib zu reißen? Haben Sie gesehen, was sie zu bieten hat, und wollten auch etwas davon abhaben? Ich weiß, dass es mir so ging. Sie ist heiß."

Cromwells Mund zuckte unsicher. „Ich... Ich wollte keinen Sex mit Dr. Campbell."

Interessant, er sagte *Sex*, nicht *vergewaltigen*, als ob es einvernehmlich gewesen wäre.

„Sie wollten sie schlagen und dann so liegen lassen. Wie Helena?"

„Ja." Cromwell nickte, dann ruderte er zurück. „Ich wollte sie nicht auf diese Weise anfassen."

„Wollten Sie ihr die Kleider vom Leib reißen?", fragte Frazer.

Cromwell schloss seine verschwollenen Augen.

„Sie können mir nicht erzählen, dass Sie keinen Ständer gekriegt haben, als Sie zugesehen haben, wie ich Izzy gestern Nacht gefickt habe." Seine Sprache war vulgär, aber es war die Art Unterhaltung, mit der ein sadistischer Sexualtäter etwas anfangen konnte. Nicht lieben und schätzen, sondern ficken und nageln.

Endlich nickte der Kerl.

„Haben Sie einen Ständer bekommen, als Sie ihr die Kleider vom Leib gerissen haben?“ Er hatte ihr Hemd aufgerissen, nachdem er sie beinahe besinnungslos geprügelt hatte. Das stand im Bericht, den er gelesen hatte. „Sie ist eine wunderschöne Frau.“ Nicht, dass das einen Unterschied machte. Den meisten Vergewaltigern ging es um Macht und Angst, nicht um Anziehung oder Schönheit. „Hat der Übergriff Sie erregt?“

Cromwell schluckte und nickte langsam.

„Aber Sie wollten keinen Sex mit ihr?“ Frazer wollte dem Kerl ins Gesicht schlagen, aber er zwang sich, seine Stimme, gleichgültig klingen zu lassen, worauf der Mann zu reagieren schien.

„Ich wollte sie nackt ausziehen und sie ohnmächtig in der Dunkelheit liegen lassen.“

„So wie Helena.“

Cromwell nickte.

„Helena ist gestorben. Wollten Sie, dass Dr. Campbell auch stirbt? Nackt und verlassen in den Dünen, wie Ihre Tochter?“

„Allein in der Dunkelheit“, wiederholte Cromwell abgeklärt.

„Helena war nicht allein“, sagte Tyson leise. „Mein Sohn war bei ihr.“

Cromwell öffnete die Augen, dann wurden sie schmal. „Und was hat ihr das gebracht?“

„Sie haben Isadora Campbell also angegriffen, um sie zu bestrafen?“, bohrte Frazer weiter.

Cromwell nickte.

„So, wie Sie Helena bestraft haben?", drängte Frazer sachte.

„Was?" Cromwell sah ehrlich schockiert aus. „Sie glauben, dass ich..." Entsetzen legte sich über sein Gesicht, und er sprach sehr langsam. „Sie glauben, ich hätte meine eigene Tochter vergewaltigt und ermordet?"

Aber Frazer konnte kein tatsächliches Abstreiten hören. Also wechselte er das Thema. „Sagt Ihnen die Knabenschule St. Joseph etwas?"

―――――――

MITTAGS WURDE IZZY entlassen. Sie hatte ein paar starke Paracetamol geschluckt, damit die Schmerzen erträglich wurden. Die einzige wirkliche Verletzung war ihr gebrochenes Handgelenk, was sie mehr nervte als dass es ihr wehtat, denn das bedeutete, dass sie die nächsten zwei Wochen nicht Autofahren konnte. Sie hatte in zwei Wochen einen Termin in der Orthopädie. Es hätte so viel schlimmer ausgehen können.

Sie musste sich bei Seth für alles bedanken. Der Mann hatte ihr heute das Leben gerettet.

Kit hatte Jesse besucht, bevor er entlassen worden war. Der Junge war durch den Wind. Er war über seine Ex-Freundin Jessica informiert worden, und obwohl er sie eigentlich nicht mehr mochte, war er sehr schockiert gewesen und hatte eine ordentliche Ladung Schuldgefühle entwickelt. Charlene war in Izzys Zimmer vorbeigekommen und hatte erzählt, dass sie mit Jesse und ihrem jüngeren Sohn für ein paar Wochen die Inseln verlassen würde. Sie erwähnte nicht, wohin sie fuhren, und Izzy fragte nicht nach. Die Bodyguards brachten die Familie nach draußen, ohne dass die Presse Wind davon bekam, was unter den Umständen nur vernünftig war.

Laut der Stationsschwester standen zwischen fünfzehn und zwanzig Übertragungswagen auf dem Parkplatz. Das Letzte, was Izzy wollte, war, im Fernsehen zu landen.

Kit war also allein vom Krankenhaus weggefahren, und die Rettungssanitäter hatten Izzy heimlich in einen Krankenwagen steigen lassen und sie nach Cape Hatteras gefahren, wo Kit sie erwartete. Izzy trug eine Wollmütze, die ihre Haare komplett verdeckte, und eine dunkle Sonnenbrille, die ihr eine der Schwestern ausgeliehen hatte. Schwarze, fingerlose Handschuhe bedeckten den Gips an ihrem Handgelenk, und sie weigerte sich im Moment noch, die Schlinge zu tragen. Sie hatte sie in ihre Tasche gestopft. Sie würde sie später benutzen, falls die Schmerzen im Handgelenk schlimmer würden.

Izzy wollte ihre Waffe zurückhaben. Sie hatte Nachrichten an Chief Tyson und Lincoln Frazer geschrieben und gefragt, ob einer der beiden das für sie organisieren konnte, hatte aber noch keine Antwort erhalten. Die Orthopädin hatte ihr einen beigen Trenchcoat ausgeliehen, der um einiges eleganter aussah als die Goretex-Jacke, die sie für gewöhnlich trug. Das Ergebnis war verdammt überwältigend, und sie sah weniger wie jemand aus, der sich versteckte, sondern viel eher wie eine modische, selbstbewusste Frau.

Als sie aus dem Krankenwagen stieg, bedankte sie sich bei den Sanitätern, und ihr wurde plötzlich bewusst, wie eingeschränkt sie mit einem gebrochenen Handgelenk war, als sie die Tür automatisch mit ihrer verletzten Hand zuschlagen wollte. Autsch.

Kit beugte sich herüber und öffnete die Beifahrertür ihres Käfers. Izzys schob sich vorsichtig auf den Sitz. Ihre Rippen waren nur geprellt, aber jede plötzliche Bewegung erinnerte sie schmerzhaft an ihre morgendliche Begegnung. Sie wollte sich viel lieber an den wahnsinnig unglaublichen Sex mit dem zugeknöpften Bundesbeamten erinnern, als daran, wie ihr die Seele aus dem Leib geprügelt worden war.

Kit sah auf ihr Handy. „Ted hat mir geschrieben. Er ist im Diner und möchte, dass wir auf dem Weg dort vorbeikommen." Izzy wollte etwas erwidern, aber Kit war schneller. „Es ist keine Presse da. Er denkt, du hast vielleicht Zeit für einen Kaffee. Und er hat Barney."

Ihr armer Hund. Ted hatte ihn für eine gründliche Untersuchung zum Tierarzt gebracht, aber er schien in Ordnung zu sein. Es sah so aus, als ob Cromwell ihn nur mit einem Leckerli fortgelockt und mit einem Seil an einem Busch festgebunden hatte. Jeder hatte für gewöhnlich ein Seil dabei, oder? Sie schüttelte sich. „Ist Seth da?"

„Ja."

Izzy nickte. „Okay."

Kit grinste sie an, weil sie so schnell kapituliert hatte, aber noch etwas anderes schwang in ihrem Blick mit. Bisher hatte sie noch nicht nachgefragt, warum ein hochrangiger FBI-Beamter sie vorhin so leidenschaftlich geküsst hatte. Izzy war sich nicht sicher, wie lange diese Stille andauern würde, aber sie würde sie so lange wie möglich genießen.

„Ich fahre später zu Damien." Kit schaute auf die Straße vor ihr, aber Izzy spürte, dass sie auf eine Reaktion lauerte.

Izzy krallte die Finger ihrer guten Hand in ihren Oberschenkel. Sie musste anfangen, Kit wie ein ihr ebenbürtiges Gegenüber zu behandeln. „Er könnte auch später bei uns vorbeikommen", bot Izzy an. Aber würde das nicht eine unbehagliche Situation sein?

„Genau", lachte Kit. „Ich denke eher nicht. Er sagt, seine Mom möchte mich kennenlernen, was vermutlich eine saublöde Idee ist, aber er braucht eine Freundin. Die High School ist in der letzten Zeit zu einer regelrechten Schlangengrube geworden." Sie sah Izzy an und schenkte ihr ein weises Lächeln. „Wir werden auch kein Gras rauchen oder so tun, als ob wir Sex haben. Versprochen."

Izzy schlag die Arme um ihren Oberkörper und stöhnte auf. „Ihr werdet nicht *so tun*, als ob ihr Sex habt. Erschieß mich bitte."

Kit grinste. Sie war eine intelligente, junge Frau und alt genug, um ihre eigenen Entscheidungen zu treffen. Zu schade, dass Izzy erst überfallen werden musste, um das zu begreifen. Sie musste ihren üblichen Argwohn über Bord werfen und Kits Freunden eine Chance geben. Sie hatte nicht mehr viele Freunde, jetzt, wo Helena tot war. „Lass dein Handy an und geh ran, wenn ich anrufe. Wir wissen nicht zu hundert Prozent, ob Duncan Cromwell der Mörder dieser Mädchen ist."

Kit grunzte ungläubig. „Was glaubst du denn, wie viele Irre hier wohnen, Iz?"

„Mehr als du denkst." Izzy presste die Lippen zusammen und dachte an ihren Vater. Ihre Schwester schien die Kurve in Richtung Erwachsensein gekriegt zu haben. Sie schien wieder klar zu denken. Wie würde sie mit den Neuigkeiten umgehen, dass ihr Vater für den Mord an mindestens einer jungen Frau verantwortlich war? Oder dass ihre Mutter ihn mit einem Schraubenzieher erstochen hatte, als sie ihn über die nackte Leiche in seinem Kofferraum gebeugt entdeckt hatte? Dass sie Izzy angefleht hatte, ihr dabei zu helfen, alle Beweise verschwinden zu lassen?

Wie würde irgendjemand damit umgehen?

Izzy hätte sich weigern sollen, ihr zu helfen, hätte sofort zur Polizei gehen sollen, wie sie es eigentlich gewollt hatte. Aber ihre Mutter war im neunten Monat schwanger gewesen und hatte damit gedroht, sich umzubringen, wenn die Wahrheit herauskommen sollte. Die Erinnerungen an diese Nacht waren so lebhaft, die Gefühle so real, dass ihr die Galle aufstieg. Trauer, Schrecken und Angst drehten ihr den Magen um – Gefühle, die sie nie hatte teilen können. Sie grub ihre Fingernägel in die weiche Haut ihrer Handflächen. Sie war diese Schuldgefühle so leid. Sie war Geheimnisse so leid. Izzy wusste, was sie zu tun hatte – sie glaubte nur nicht, dass Kit ihr jemals dafür vergeben würde, ihr diese Unwissenheit entrissen zu haben.

Kit hielt schwungvoll auf dem Parkplatz vor dem Diner, und der Sicherheitsgurt, der sich in Izzys Rippen schnitt, riss sie aus der Vergangenheit. Kit sprang aus dem Auto und lief um den Wagen herum, um die Beifahrertür zu öffnen. Izzy schwang ihre Beine vom Sitz und stützte sich mit der linken Hand ab, um auszusteigen. Sie lockerte ihre Schultern und schaute sich nach Reportern um, dann betrat sie das Diner.

Hitze. Kaffee. Gebratener Speck. Die Gerüche, die sie empfingen, waren vertraut und tröstlich.

Sal steckte seinen Kopf durch die Durchreiche und traf Kits Blick. „Ich bin gleich zurück", sagte Kit. „Ich bringe dir was zu trinken mit. Willst du was essen?"

Nicht einmal der Geruch des gebratenen Specks machte ihr Appetit. „Nur Kaffee. Danke."

Izzy ging zur Sitzecke, in der die üblichen Verdächtigen schon versammelt waren, bis auf Hank, der vermutlich entweder arbeitete oder schlief. Ted stand auf und legte ihr seinen kräftigen Arm vorsichtig um die Schultern. Seth stand auch auf. Sie ging auf ihn zu, stellte sich auf die Zehenspitzen, und drückte ihm einen Kuss auf die Wange. „Du hast mir das Leben gerettet."

Seth grinste seine Kumpels an. „Seht ihr?"

Izzy lachte, setzte sich auf Teds Platz und rutschte neben den Pastor, der ihr ernst zunickte. „Ich bin froh, dass sie noch unter den Lebenden weilen, Miss Isadora."

„Ich auch, Pastor. Ich auch." Kit kam mit einer Tasse Kaffee zurück zum Tisch. Izzy nahm einen Schluck, und der bittere Geschmack brannte ihr bis in den Magen. „Ich muss dich noch für die Reparatur meines Wagens bezahlen, Seth."

„Ich stecke dir die Rechnung in den Briefkasten, wenn ich dir den Wagen vorbeibringe", antwortete Seth.

Seine Kumpels unkten, aber Izzy schaute ihn unverwandt an. „Ich weiß das zu schätzen. Deine Arbeit *und* dass du mich in der Marsch gefunden und Duncan Cromwell windelweich geprügelt hast."

Seth sah zu Boden, aber sie konnte erkennen, wie die Röte in seinem Gesicht aufstieg. Es war ihm unangenehm, aber er genoss den Heldenstatus auch. Sie wandte sich Mr. Kent zu. Sie wollte über etwas anderes sprechen als über ihre Nahtoderfahrung. „Wie ist Ihr Date mit Mary gelaufen?"

Mr. Kent lachte verlegen. „Gut, glaube ich."

Izzy grinste, bis Kit sich zu Wort meldete. „Ich hoffe, Sie haben nicht das Gleiche wie Mary gegessen. Sie hat Sal vorhin eine Nachricht geschickt, dass sie eine Lebensmittelvergiftung hat. Ich soll heute Nachmittag ein paar Stunden für sie übernehmen."

„Mist. Gestern Abend schien sie noch völlig in Ordnung." Mr. Kent holte sein Handy hervor und schaute enttäuscht auf den leeren Bildschirm.

„Arme Mary“, sagte der Pastor.

„Das sollte dir eine Lehre sein, nur die billigsten Restaurants auszusuchen“, lachte Seth. „So kriegst du sie nie ins Bett.“

„Im Gegensatz zu Izzy“, ließ Kit verstohlen vermerken. „Die hatte gestern Abend ein ziemlich eindeutiges Treffen mit dem heißen FBI-Agenten von Nebenan.“

Izzy wurde weiß wie eine Wand. Sie öffnete den Mund, um es abzustreiten, aber es war zu spät. Ihre Überraschung und ihre Verlegenheit waren zu offensichtlich. Sie hatte sich selbst verraten.

„Welcher Agent?“, fragte Ted.

„Der große blonde, der so super seriös wirkt.“

„*Wirklich?*“ Ted riss die Augen auf. „ASAC Frazer. Ich hätte gedacht, sie würde sich für den muskulösen mit den dunklen Augen interessieren, denn der steht ganz offensichtlich auf sie.“

„Lucas ist niedlich“, stimmte Kit zu.

Lucas?

„Aber, wenn du glaubst, dass Frazer nicht auf Izzy steht, dann müsstest du sie mal zusammen in einem Raum erleben, wenn sie so tun, als würden sie sich nicht gerade gegenseitig nackt vorstellen.“

„Kit!“ Es war Izzy unfassbar unangenehm, dass ihre persönlichen Angelegenheiten das Thema dieser Tratschtanten waren – und das in ihrer Anwesenheit. Deshalb mochte sie vermutlich keine Kleinstädte.

„Kommen daher vielleicht deine Porno-Star-Fantasien?“, warf der Pastor ein. „Was?“, fragte er, als ihn alle am Tisch stumm vor Schrecken anstarrten. Er verzog den Mund. „Ihr wisst doch sicher alle, dass sie nur so getan hat – habt ihr das andere Foto nicht gesehen?"

Seth und Mr. Kent schüttelten ihre Köpfe, und der Pastor holte sein Handy hervor und zeigte ihnen das zweite Foto von Kit und Damien, das von der Seite aufgenommen worden war. „Mrs. Ridgeway, die Mutter dieses jungen Mannes, hat es an mich weitergeleitet, weil sie nicht wollte, dass ich sie aus dem Haus werfe, auf das sie so sehr angewiesen sind, nur weil ihr Sohn angeblich so verkommen ist."

„Ich schätze, mein schmutziges Geheimnis ist ans Tageslicht gekommen." Kits Ausdruck verwandelte sich in ein verschämtes Grinsen.

„Ich habe Mrs. Ridgeway erklärt, dass es ein typisches Verhalten ist, immer vom Schlimmsten auszugehen, habe ihr was von ‚nicht den ersten Stein werfen' erzählt, blablabla. Ich habe es heute früh in meiner Predigt benutzt. Nicht das Foto, natürlich", beruhigte er Kit, als er ihren erschrockenen Gesichtsausdruck sah. „Ich habe darüber gesprochen, dass es nicht gerade christlich ist, jemanden nur aufgrund von Gerüchten und ohne dass man alle Fakten kennt, zu verurteilen."

„Ich bin mir sicher, es war eine wundervolle Predigt", sagte Izzy in dem halbherzigen Versuch, die Unterhaltung von dem Foto wegzulenken, von dem sie gehofft hatte, dass es längst in Vergessenheit geraten war. „Schade, dass ich sie verpasst habe."

„Ich bin verdammt froh, dass ich sie verpasst habe", murmelte Seth entschieden.

„Ich auch", flüsterte Ted in Izzys Ohr.

Sie küsste ihren Onkel auf die Wange. Sie war für gewöhnlich nicht besonders herzlich, aber sie würde ihn vermissen, wenn sie hier fortzog. „Wo ist Barney?", fragte sie ihn.

„Im Van. Ich war eine große Runde mit ihm spazieren, du musst also nicht noch mal mit ihm raus, es sei denn, du möchtest."

Sie nickte, trank ihren Kaffee aus und stand auf, um zu gehen.

„Was haben sie über Cromwell gesagt?", fragte Seth.

„Ich habe noch nichts gehört."

Seths Schnurrbart zuckte. „Ich hätte ihm noch mehr zusetzen sollen."

Ein riesiger Kloß steckte in Izzys Hals, und sie konnte nicht mehr antworten. Mit ihrer guten Hand drückte sie Seths Faust. Er hatte ihr heute das Leben gerettet und sie wusste nicht, wie sie ihm jemals angemessen danken konnte.

„Okay. Ich fahre sie nach Hause, wie der Arzt es verschrieben hat." Kit klatschte in die Hände. „Sie sieht so aus, als müsste sie sich gleich übergeben."

„Kit…", beschwerte sich Izzy.

„Dann komme ich zurück und kellnere für ein paar Stunden. Bis später."

Izzy schob sich von der Sitzbank, verabschiedete sich von Ted und seinen Freunden und ging auf den Parkplatz. Teds Van war nicht abgeschlossen, und die Fenster standen für Barney einen Spaltbreit offen. Die kleine, silberne Discokugel, die am Rückspiegel hing, glitzerte im fahlen Sonnenlicht.

Es war ein kalter, stürmischer Tag, und das Meer sah immer noch so aus, als ob es jeden Augenblick seine ganze Macht entfalten wollte. Izzy zog mit einer Hand am Griff der Seitentür, die automatisch aufging. Barney überschlug sich fast vor Wiedersehensfreude und überhäufte sie mit nassen

Küssen. Sie griff nach seiner Leine, bevor er aus dem Auto springen und auf die Straße laufen konnte. Der Hund beugte den Kopf und nahm etwas ins Maul. Izzy nahm ihm das feuchte Etwas ab. *Heilige Scheiße.* Es war eine Damenunterhose, die über und über mit Hundespeichel bedeckt waren. *Igitt.* Sah so aus, als ob sie nicht die einzige war, die ein bisschen Action abbekam, auch wenn ihr Onkel Ted nicht erwähnt hatte, dass er mit jemandem zusammen war. Auch wenn sie das natürlich nichts anging. Ebenso wenig, wie es alle anderen etwas anging, was sie mit Lincoln Frazer machte. Sie warf die Unterhose zurück in den Van. „Komm, Barney. Wir fahren nach Hause."

EINUNDZWANZIGSTES KAPITEL

TROTZ JESSICAS SUPER zickigem Gehabe hatte sie sich als überraschend wenig abenteuerlustig erwiesen, als es um die harten Dinge ging. Weniger vom Schlag „Fick dich" und mehr von der Sorte „Ich mache alles, was Sie sagen, und ich erzähle niemandem, was passiert ist, aber tun Sie mir nicht weh." Also hatte er sie auf die Probe gestellt, hatte sie zu einer Menge üblem Scheiß gezwungen, der sich so gut angefühlt hatte, dass er jetzt noch hart wurde, wenn er nur daran dachte. Und dann hatte er ihren schmalen Hals zugedrückt und nicht nur zugesehen, sondern es tatsächlich *gespürt*, als das Leben seinen letzten klammernden Griff um ihren jungen Körper losgelassen hatte. Er hatte das Flackern in ihren Augen gesehen, als sich ihre Todesangst zu der Erkenntnis gewandelt hatte, was sie dort auf der anderen Seite erwartete. Etwas Wunderschönes. Etwas Herrliches.

Er hatte sich gefühlt wie Gott.

Das Video auf seinem Handy hatte er immer und immer wieder abgespielt, sich dabei angefasst, sich gewünscht, er könnte für immer dableiben und es genießen.

Stattdessen rückte die wirkliche Welt immer näher.

Er hatte seine Schuhsammlung loswerden müssen. Es musste sein, aber verdammt noch mal, es hatte wehgetan. Als er Jessica wieder dabei zusah, wie sie ihren blassen, seidigen Hintern in die Luft streckte, pumpte er seine Hand vor und zurück und erlebte noch einmal die Dinge, die er ihr angetan hatte.

Er hatte Denkers Bedürfnis nach Folter und Verstümmelung nie verstanden, aber die Wirkung eines Frauenschreis auf seinen Schwanz? Besser als jeder Blowjob. Vielleicht war es wirklich so einfach. Denker brauchte eine bestimmte Art von Schrei, um zu kommen – was hieß, dass das Gefängnis siebzehn Jahre Folter für den armen Bastard bedeutet hatte, während er selbst sich nach Lust und Laune bedient hatte.

Er grinste.

Der Kerl tat ihm leid, wirklich, aber auch wenn der Hunger in ihm immer größer wurde, konnte er keinen weiteren Mord riskieren. Nicht hier. Noch nicht. Cromwell musste für seine jüngsten Eskapaden den Kopf hinhalten, genauso wie jemand anderes vor Jahren den Kopf hatte hinhalten müssen. Wenn er nicht selbst in einer Zelle landen wollte, dann musste er für eine Weile die Füße stillhalten.

Die Leute hatten ihm immer nachgesagt, dass er ein Glückspilz war, aber nachdem er vom Tod zurückgeholt worden war, nachdem er einen Blick auf den Himmel hatte erhaschen können, glaubte er ihnen nicht mehr. Jetzt fing er an, sie zu verstehen.

Seine Finger wischten durch die Bilder und blieben bei dem von Kit Campbell stehen, auf dem sie so tat, als würde sie diesem kleinen Arschloch einen blasen. Sie hatte nur so getan, und das gefiel ihm. Trotz all ihrer Frechheit und ihrem Selbstbewusstsein war er sich sicher, dass sie noch Jungfrau war.

Würde sie so laut schreien wie Jessica? Oder so still sein wie Helena? Er rieb sich, aber nichts passierte, nur das anwachsende Bedürfnis nach Erregung schoss unaufhaltsam durch seine Adern wie ein Tier, das in der Falle saß und einen Ausweg suchte.

Er wischte zum nächsten Bild. Izzy.

Dass sie einen FBI-Agenten fickte, war ein harter Schlag gewesen. Aber vielleicht tat sie es, um an Informationen zu kommen, um in Erfahrung zu bringen, ob sie ihrem Geheimnis auf der Spur waren.

Konnte er sie erpressen und zwingen, mit ihm zusammenzuarbeiten? Nein. Trotz ihrer Tat hatte sie immer noch zu starre ‚Prinzipien‘, um sich derart zu kompromittieren. Das war ein weiterer Grund, weshalb er sie mochte – diese unfassbare, moralische Integrität, die ein so hässliches Geheimnis verbarg… Ein herrliches Paradox. Und jetzt war er wieder hart, als er das Bild der lächelnden Izzy betrachtete.

Er fand das Video von Jessica und spielte die Tonspur ab, während er Izzys lächelndes Gesicht betrachtete. Sein Höhepunkt war kein Stöhnen. Er brüllte ihn hinaus.

MIT ZUNEHMENDER BESORGNIS schaute Frazer in der Polizeistation die Mittagsnachrichten. Ferris Denkers Anwalt verlas auf den Stufen des Kapitols in Columbia eine Stellungnahme.

Sämtliche Polizisten hielten in ihren Arbeiten inne und sahen auf den Fernseher, an dem jemand die Lautstärke aufdrehte.

„Nachdem er von der neuen Mordserie auf den Outer Banks erfahren hat, ist mein Klient zutiefst erschüttert, dass ein sogenannter Nachahmungstäter von Mr. Denker nur wenige Wochen vor seinem angesetzten Hinrichtungstermin nun sein Unwesen treibt. Er empfindet nichts als Reue – nicht nur für die Frauen, die er angegriffen und denen er das Leben genommen hat, sondern auch für ihre Familien. Mr. Denker ist sich bewusst, dass er seine Sünden nicht wiedergutmachen kann, aber er ist entschlossen, zumindest die Familien der Opfer zu entlasten, die bis heute nicht gefunden wurden. Obwohl sein letzter Antrag an den Gouverneur, in dem er um die Umwandlung seiner Todesstrafe in lebenslange Haft ohne Aussicht auf Bewährung gebeten hatte, abgewiesen wurde, möchte er sein Angebot erneut unterbreiten, diesmal ohne Forderungen. Er möchte Gott mit reinem Gewissen gegenübertreten. Ich bin hier, um den Gouverneur zu ersuchen, Mr. Denker zu genehmigen, den örtlichen Justizbehörden dabei zu helfen, die Leichen seiner Opfer zu lokalisieren, solange noch Zeit dafür ist. Möge Gott ihre Seelen ruhen lassen.“

Der Anwalt steckte seinen Spickzettel zurück in seine Jackentasche und lief eilig die Stufen hinauf.

Scheiße.

Was hatte Denker vor? Die Familien seiner Opfer ein letztes Mal zu verarschen? Den verzweifelten Menschen diese Hoffnung in Aussicht zu stellen? *Bastard.*

Frazer ließ sich von dieser urplötzlichen Reueerklärung nicht hinters Licht führen. Psychopathen empfanden keine Reue. Die vorherrschenden Charaktereigenschaften von organisierten Serienmördern waren Fantasie, Kontrolle und Macht. Das Einzige, was diesen Bestien wichtig war, war es, ihre Fantasien auszuleben, sie Wirklichkeit werden zu lassen.

Und Frazer wusste, dass Denker nicht sterben wollte.

Hatte Cromwell eine Verbindung zu Denker oder waren

die neuesten Morde nur ein Auslöser und ein Vorwand für den Angriff auf Izzy gewesen? Lief der wahre Mörder noch frei herum?

Der Nachrichtenbeitrag endete mit einer Aufnahme von genau diesem Gebäude und von ihm selbst, wie er sich den Weg durch das Heer von Reportern bahnte und angespannt „Kein Kommentar!" blaffte. Einige der Polizeibeamte warfen ihm skeptische Blicke zu, bevor sie sich wieder an die Arbeit machten. Er ging in Tysons Büro, der gerade am Telefonieren war.

„Es ist nur für ein paar Tage, Liebling." Tyson fuhr sich mit der Hand durch die Haare. „Ihr entspannt euch, und ich versuche währenddessen, diesen Schlamassel hier zu beseitigen." Er schaute Frazer an, dann drehte er ihm den Rücken zu. „Ich muss Schluss machen. Wir reden später weiter. Ich liebe dich, Schatz." Er legte auf.

Randall kam hinter Frazer ins Büro gelaufen. Seine Haare waren unordentlich, seine Jacke zerknittert, die Krawatte hing schräg am Hemdkragen. Er ließ sich in einen Stuhl fallen und stützte den Kopf in die Hände. „Mann, das war vielleicht eine Scheiße."

„Irgendetwas im Haus oder am Arbeitsplatz, was uns weiterbringt? Konnten die Forensiker Spuren von Blut oder Sperma nachweisen?", fragte Frazer.

„Nichts." Randall lehnte sich im Stuhl zurück und starrte an die Decke. „Wir haben einen Metalldetektor gefunden."

Das war immerhin etwas. Der Mangel an DNA-Spuren allerdings war beunruhigend. Vielleicht hatte er Jessica nicht in seinem Van umgebracht. „Können wir die anderen Fahrzeuge überprüfen, zu denen Cromwell bei seiner Arbeit Zugang hatte?"

Randall nickte. „Die Kriminaltechniker sind schon dran. Die Umweltbehörde kooperiert voll und ganz mit den Ermittlungen.“

Wie konnten sie eine Verbindung zu Denker nachweisen? Vielleicht hatte Cromwell das Armband zufällig in den Dünen gefunden. In den Dünen, zu denen er als einer von wenigen offiziell Zugang hatte? Vielleicht hatte er irgendwie herausbekommen, wem das Armband gehörte und daraufhin Denker kontaktiert… Es fühlte sich nicht richtig an, aber es war zumindest theoretisch möglich. Frazers Instinkte hatten bei diesem Fall schon extrem falsch gelegen – so viel zu jahrelanger Erfahrung.

„Wurde das Fahrzeug irgendwo in der Nähe von Jessica Tuttles Zuhause erfasst?“, fragte Frazer.

Randall schüttelte den Kopf. „Noch nicht, aber ich habe die Details durchgeschickt, und sie lassen alles in diesem Moment durchs System laufen. Hat er gestanden?“

„Dr. Campbell angegriffen zu haben? Ja.“

„Sie nennen sie immer noch Dr. Campbell?“ Randall lachte müde.

Frazer sah ihn mit schmalen Augen an. „Hier? Ja. Aber Cromwell gibt nichts hinsichtlich der anderen Morde zu. Und auch nicht, dass er Kontakt mit Ferris Denker hatte.“ Er schaute auf seine Uhr. „Ich fahre zurück zum Strandhaus und schaue die Schachtel mit den Fotografien durch. Hoffen wir, dass ich ein Foto von Denker entdecke.“

Sein Handy klingelte. Parker. „Da muss ich rangehen.“ Er ging auf den Flur. „Was haben Sie für mich?“

„Es werden regelmäßig Handys nach drinnen geschmuggelt oder über die Mauern des Gefängnishofs geworfen. Sobald sie drin sind, gehören sie dem höchsten

Bieter. Ich bin mir ziemlich sicher, dass ich einen der Wärter dabei beobachtet habe, wie er über ein Handy in Denkers Zelle hinweggesehen hat, aber der Kamerawinkel ist schlecht, also kann ich es nicht mit Bestimmtheit sagen."

Parker hatte sich offensichtlich in das Überwachungssystem des Gefängnisses gehackt. „Ich will's gar nicht wissen", sagte Frazer.

„Was wissen?", fragte Parker. „Ich kann die Handynummer von der SIM-Karte oder den Code erst herausbekommen, wenn er das Handy anmacht, und das ist bisher nicht passiert."

„Der Wärter weiß vielleicht die Nummer", erwiderte Frazer.

„Soll ich ihn fragen?" Parkers unaufgeregte Stimme machte Frazer klar, dass der Kerl nichts von seiner Fähigkeit eingebüßt hatte, hinein und heraus zu huschen, wo er wollte, ohne dass es jemand mitbekam.

„Geht es Rooney besser?"

„Viel besser." Frazer konnte die Erleichterung in Parkers Stimme hören. „Aber nun sagt sie, ich mache sie ganz wahnsinnig, von daher wäre ein kleiner Ausflug sicher kein Problem."

Es war ein verlockendes Angebot.

„Ich will nicht, dass er verschreckt wird und Denker dann warnt. Haben Sie die Nachrichten gesehen?"

„Den widerlichen, schmierigen Anwalt? Jep, den habe ich gesehen. Glauben Sie, er wird versuchen, an die Sympathie des Gouverneurs zu appellieren?", fragte Parker.

„Eher an die Sympathien der Familien. Die werden den Gouverneur dann für ihn bearbeiten, was deutlich effektiver sein wird." Frazer kniff die Augen zusammen. Er brauchte definitiv eine Pause, und er wusste ganz genau, wen er in dieser Pause sehen wollte. Nicht Randall und nicht Tyson.

„Der Gouverneur würde ihn nicht rauslassen, damit er sie zu den die Leichen führt, oder?"

Frazer presste die Lippen zusammen. „Möglicherweise. Wenn er davon ausgeht, dass Denker sein Versprechen hält und ihn nicht wie einen Idioten dastehen lassen wird."

„Genau. Gott bewahre, dass ein Politiker jemals wie ein Idiot dasteht", entgegnete Parker trocken. „Diese Familien brauchen einen Abschied, Linc."

Genau wie Rooney und ihre Eltern einen Abschied gebraucht hatten, vor noch gar nicht langer Zeit. *Verdammt.*

„Behalten Sie das Handy im Blick. Ich will wissen, mit wem er telefoniert. Ich will wissen, ob Duncan Cromwell unser Mann ist oder nicht."

„Cromwell und Denker sind beide auf die Universität von North Carolina gegangen."

„Zeitgleich?"

„Haben sich für ein Jahr überschnitten."

„Gut. Suchen Sie weiter. Es muss etwas Hieb- und Stichfestes geben, das wir benutzen können."

„Ich bin dran."

Frazer legte auf und verließ das Gebäude durch eine dankenswerterweise dünner werdende Versammlung von Reportern. Er ignorierte ihre Fragen und fuhr auf direktem Wege zu Isadoras Haus.

„WONACH GENAU SUCHEN wir?" Izzy lag ausgestreckt auf der Couch, ihr Kopf lag auf Frazers Bein. Er hatte die Schachtel mit den Fotografien dabei, die er letzte Nacht mitgebracht hatte. Er hatte Izzy und sich einen Kaffee gemacht und sie um ihre Hilfe gebeten. Da sie sich zu Tode langweilte und aufgrund der Sturmverschläge nicht einmal die Aussicht genießen konnte, war sie dankbar für die Abwechslung. Sie trug ein knielanges, hellblau und weiß gestreiftes Nachthemd mit einer Knopfreihe, einen Slip und dicke Wollsocken. Nicht gerade verführerisch. Nicht einmal niedlich. Sie hatte nicht damit gerechnet, dass sie Besuch bekommen könnte, geschweige denn, diesen bestimmten Besucher.

Nein, sexy war sie nicht. Aber froh, ihn zu sehen.

„Jedes Foto aus den späten Siebzigern oder frühen Achtzigern, mit Jungs auf dem Bild. Zum Glück hat Mrs. Houch die Daten auf die Rückseite geschrieben.“

Izzy verzog das Gesicht. „Hat das mit den aktuellen Ermittlungen zu tun? Bedeutet das, dass Duncan Cromwell nicht der Mörder ist? Obwohl er mich angegriffen hat?“ Sie verstand nicht, warum sie diese Vorstellung so aufregte. Vielleicht, weil sie für Helena und Kits Lüge ebenso wenig verantwortlich war wie er.

Frazer strich ihr über die Haare. „Ich habe viele Fälle gleichzeitig.“ Seine wunderschönen blauen Augen wurden dunkel, und er beugte sich zu ihr hinunter und küsste sie auf den Mund.

„Solltest du nicht bei der Arbeit sein?“, murmelte sie und griff mit ihrer gesunden Hand nach seinem Hemd, damit er blieb, wo er war.

„Ich arbeite immer.“ Es lag eine solche Trostlosigkeit in seinem Blick, dass sie ihn noch inniger küsste.

Der ganze Horror des Morgens vermischte sich mit der brennenden Leidenschaft der letzten Nacht.

„Wann kommt Kit nach Hause?", fragte er heiser.

„Sie arbeitet bis fünf, danach ist sie für ein paar Stunden bei Damien. Hat gesagt, sie ist zum Abendessen wieder hier."

„Gut." Er stellte die Schachtel mit den Fotos auf dem Fußboden ab, den Stapel mit Bildern, die er noch in der Hand hielt, legte er auf den Couchtisch. Dann stand er auf und zog Izzy in seine Arme. Er war vorsichtig, aber ihre Rippen schmerzten noch immer und sie zuckte zusammen. Sie hatte eine weitere Dosis Schmerzmittel genommen, aber sie wirkten noch nicht.

„Keine Sorge." Er küsste ihre Stirn. „Ich werde dir nicht wehtun."

„Ich fürchte, wir werden uns am Ende gegenseitig wehtun."

Anstatt sich dieser furchtbaren Wahrheit zu stellen, presste Frazer seine Lippen auf ihren Mund und ging mit ihr ins Schlafzimmer. Er schlug die Tür vor Barneys Nase zu, der vor Enttäuschung aufjaulte.

„Mein armer Hund." Izzy kicherte.

„Er schläft jede Nacht hier, ich nur…" Er stockte.

Sie wussten beide, dass sie keine Zukunft miteinander hatten. Sie hatten sich gerade erst kennengelernt. Sie hatten beide Berufe, die wichtig waren. Und auch wenn eine leise Stimme in ihrem Kopf ihr sagte, dass sie überall arbeiten konnte, wusste die vernünftige, pragmatische Isadora doch, wie töricht es war, einem Mann sonstwohin hinterherzurennen. Der weiche, verletzliche Teil ihres Herzens erinnerte sie daran, dass er nie mehr verlangt hatte als das hier.

Er stellte sie neben ihrem Bett ab und ging zum Fenster, um sicherzugehen, dass die Vorhänge auch wirklich zugezogen waren. Keiner von ihnen wollte ihr Sexleben gerne in den Abendnachrichten von NBC sehen, auch wenn Izzy keinen blassen Schimmer hatte, warum irgendjemand Interesse daran haben könnte.

Frazer kam zurück und hockte sich hin, um ihr Nachthemd aufzuknöpfen, einen Knopf nach dem anderen. Er entblößte einen schmalen, blassen Hautstreifen und fuhr mit seinem Finger sanft ihren Bauch entlang bis ganz hinunter zu ihrem hellrosa Höschen. Sein Finger hob die Spitze an und sie erschauderte. Er stand auf, beugte sich vor und liebkoste ihren Hals, schob vorsichtig das Baumwollnachthemd von ihren Schultern.

Seine Augen betrachteten die Blutergüsse, und sein Blick wurde unsicher. „Wir sollten das besser nicht tun." Aber sie hatten nicht mehr viel Zeit. Er würde bald abreisen. Sie wussten es beide.

Izzy nahm seine Hand in ihre und biss leicht in den muskulösen Teil seiner Handfläche, dann bedeckte sie sie mit Küssen. „Uns fällt schon was ein."

Sie streifte sich die Socken von den Füßen, und erst jetzt wurde ihr bewusst, dass sie nackt war, bis auf ihre Unterhose und den Gips. „So sehr ich dich auch mit meinen Zähnen entkleiden möchte, das wird vermutlich etwas schwierig werden."

Ein Lächeln spielte im Winkel dieses wunderschönen Munds. Aber er sah sie ernst an, als er sein Holster und seine Waffe abnahm und sie auf die Kommode legte. Er hatte ihr ihre Glock mitgebracht, die wieder im Nachtschränkchen lag. Sie hatte heute früh verdammt noch mal nichts gebracht. Dennoch, eine tödliche Waffe zu tragen, stärkte ihr den Rücken, auch wenn sie jetzt zum Schießstand musste, um ihre schwächere, linke Hand zu trainieren.

Sie sah ihm zu, wie er sein Hemd aufknöpfte und bemerkte, dass er absichtlich langsam machte, sehr langsam. Er genoss es, wie ihre Augen jede seiner Bewegungen hungrig beobachteten.

Sie biss sich auf die Lippe, und er hielt inne. Man brauchte zwei Spieler für dieses Spiel.

Frazer war nicht übertrieben muskulös, weshalb er so gut in einem Anzug aussah. Aber er war trainiert und schlank, goldenes Haar bedeckte seine Brust. Er ließ seine Hose zu Boden rutschen, dann hängte er sie über die Stuhllehne – ganz der korrekte Bundesbeamte. Seine Beine wirkten stark, und seine Erektion spannte den Stoff seiner Boxershorts auf eine Weise, die alles in ihr zusammenzog. Die Vorstellung, wie er sie gegen die Wand nagelte und sie um den Verstand fickte, blitzte durch ihre Gedanken.

„Woran denkst du?", fragte er zurückhaltend.

Sie lächelte „Sex. Gegen die Wand."

„Schreib es auf den Wunschzettel."

„Wunschzettel?"

„Deinen Wunschzettel. Heute arbeiten wir meinen ab."

Es klang, als ob sie die Chance auf eine Zukunft hatten, was nicht der Fall war. Aber Izzy brachte es nicht übers Herz, oder vielleicht hatte sie auch einfach nicht den Mut, ihm die Wahrheit zu sagen.

Frazer bedeutete ihr, sich aufs Bett zu legen, während ihre Füße immer noch den Boden berührten. Er legte sich neben sie.

„Schließ die Augen."

Sie gehorchte. Es war einfacher, wenn sie ihn nicht anschauen musste, in dem Wissen, dass sie diesen Mann entgegen aller Vernunft haben wollte. Er fuhr mit seinem

Finger behutsam über ihren ganzen Körper, fing an ihrer Augenbraue an, dann über ihre Lider, über ihre Nase, ihren Mund. Sie erwischte seinen Finger mit ihren Lippen und lutschte daran. Er schmeckte nach Papier und Tinte. Sie spürte, wie seine Lippen ihren Mundwinkel berührten, diesen dämlichen Leberfleck, den er aus irgendeinem Grund zu mögen schien. Dann bewegten sich seine Hände weiter nach unten, während seine Lippen noch immer über ihrem Mund schwebten. Er liebkoste und streichelte ihre Brüste, spielte mit ihren Nippeln, bis sie ganz fest und empfindlich waren. Erst dann fuhren seine Lippen weiter ihren Körper hinunter, folgten seinen geschickten Händen.

Seine Finger streichelten über ihren Bauch, um ihren Nabel herum, dann hinunter zwischen ihre Beine. Sie streiften ihre Schamlippen, als er mit seiner Hand zur anderen Leiste fuhr. Immer und immer wieder streifte er federleicht ihre empfindliche Wölbung, während seine Hand ihre Kreise zog. Sein Mund saugte an ihren Brüsten und ließ heißes Verlangen bis in ihren Schoß schießen. Ihre Hüften begannen, sich zu bewegen, zu kreisen, folgten seiner Hand, diesen Fingern. Ihre Beine spreizten sich, sie flehten ihn förmlich an, sie tief dort unten zu berühren.

Endlich erhörte er ihren Wunsch. Er schob seine Hand über ihren Slip, rieb den feinen Stoff gegen ihr Fleisch, bis er nass vor Verlangen war.

Sie wollte die Hand ausstrecken und ihn berühren, konnte ihn aber mit ihrer guten Hand nicht erreichen. Izzy stöhnte vor Frustration auf. Wieder küsste er sie, strich ihr die Haarsträhnen aus der Stirn, schaute ihr tief in die Augen. „Das hier ist nur für dich." Dann schob er drei Finger auf einmal tief in sie hinein und sie kam mit einem bebenden Seufzer.

Er küsste sie und lächelte sie an, ließ sich vom Bett fallen und tauchte zwischen ihren Beinen wieder auf. Er hob ihre Beine über sein Schultern, während sein Atem über den feuchten Stoff ihres Slips blies. Seine Zunge berührte sie durch das dünne Material hindurch, und ihre Knie begannen zu zittern. Er leckte mit flacher Zunge immer und immer wieder über ihren Schoß, bis sie es nicht mehr aushielt.

„Bitte", bettelte sie. „Ich will dich in mir spüren."

„Ich werde dir nicht wehtun."

„Die Schmerzmittel fangen gerade an zu wirken. Es tut mir viel mehr weh, dich nicht in mir zu spüren."

„Du bist also high?"

„Nicht high. Glücklich." Sie krallte ihre Finger in seine Schultern. „Glaub mir, der einzige Schmerz, den ich empfinde, ist die unbefriedigte Lust auf deinen unglaublichen Körper."

Er platzierte seine Hände links und rechts neben ihrem Kopf. „Unbefriedigt?", forschte er nach.

„Ein *bisschen* unbefriedigt", stellte sie klar und zog ihn zu sich hin, um ihn auf den Mund zu küssen und sich selbst auf seinen Lippen zu schmecken.

Er zog seinen Kopf zurück, sein Mundwinkel zuckte nach oben. „Unglaublicher Körper also?"

Sie fuhr mit dem Finger die Umrisse seines Gesichts ab. „Großartig."

Er strich ihr mit einer Hand die Haare zurück und sah unsicher aus. „Ich will dir wirklich nicht wehtun."

Sie öffnete die Schublade des Nachtschranks, damit er die Packung mit den Kondomen herausholen konnte. „Ich will dich, Linc. In mir. Solange wir noch die Möglichkeit dazu haben…" Ihre Stimme brach. „Zwing mich nicht, zu betteln."

Seine kühlen Augen funkelten mit heißer Glut. „Meine

Bedingungen.“

Das Knistern einer Kondomverpackung ließ sie vor Erleichterung aufseufzen. Dann zog er ihr den Slip aus und positionierte sich an ihrer Mitte, aber nichts passierte. Sie öffnete die Augen und sah, wie er sie mit einem seltsamen Ausdruck ansah. „Was ist los?“

Er bewegte sich einen Zentimeter weiter vor.

„Oh, mein Gott. Weiter.“ Ihr Rücken wollte sich ihm entgegenbiegen, aber ihre Rippen schmerzten zu sehr.

Sein Lächeln wurde größer. „Nur, wenn du versprichst, dich nicht zu bewegen.“

„Was?“

„Ich mache die ganze Arbeit. Du lehnst dich einfach zurück und denkst an was Schönes.“

„Das schaffe ich.“ Ihre Augen verdrehten sich nach oben, als er sich einen Zentimeter weiter vorschob. Ihre Finger griffen nach der Bettdecke und krallten sich in den Stoff. „Das werde ich dir heimzahlen, das ist dir hoffentlich klar.“

„Das will ich doch hoffen.“ Sein Lächeln erreichte seine Augen. Er beugte sich zurück, hielt ihre Hüften behutsam fest, während er langsam und unaufhaltsam immer tiefer in sie eindrang. Ihre Muskeln hießen sein Eindringen willkommen, dehnten sich, umfingen ihn, wollten ihn. Izzy lag da, brannte vor Verlangen, und Frazer begann, sich unnachgiebig in ihr zu bewegen, hielt sie mit seinen Händen absolut still. Diese wundervolle Empfindung, wie er langsam, behutsam in ihre glatte Feuchtigkeit hinein und hinausglitt, gab ihr das Gefühl, das den ganzen Tag lang machen zu können. Einfach nur hier zu liegen, mit ihm, der sie vollkommen, vorzüglich ausfüllte. Ihr Orgasmus fühlte sich an, als wäre er noch eine Million Meilen entfernt, aber dann überrollte er sie wie ein Hurrikan, der aus dem Nichts kam. Sie atmete heftig und schrie in kurzen Schluchzern auf. Er küsste sie auf den Mund, als sie ins Weltall geschossen wurde.

„Kannst du auf dem Bauch liegen?", fragte er, als sie wieder auf der Erde angekommen war.

Er half ihr, sich umzudrehen, und zog sie vorsichtig das Bett hinunter.

„Ich fühle mich wie eine altersschwache Sex-Besessene", beschwerte sie sich.

„Du bist also immer noch unbefriedigt?", fragte er und klang teilnahmslos, aber er konnte ihr nichts vormachen.

„Drei Orgasmen oder du kannst direkt wieder nach Hause gehen, pflege ich immer zu sagen." Sie lachte, aber etwas in ihr wollte weinen. Er würde tatsächlich bald nach Hause fahren, und sie verstand nicht, warum dieser Gedanke sie so traurig machte.

Sie spürte ihn hinter sich, und für einen Augenblick musste sie an Duncan Cromwell denken, wie er auf sie einschlug und sie mit seinem Gewicht zu Boden drückte. Aber Frazers Berührungen waren leicht wie Federn, er berührte kaum ihre Haut, als er über die dunklen Blutergüsse auf ihrem Rücken strich. Ohne eine Warnung drang er in sie ein, beugte seinen Körper schützend über sie, ließ sie aber kein Gramm seines Gewichts tragen.

Es fühlte sich fantastisch an. Sie hatte das Gefühl, in ihn eingewickelt zu sein, von ihm ausgefüllt zu sein, verzaubert von seinem starken Körper, seinem frischen Duft, seiner heilenden Hitze zu sein.

Wieder hielt er ihre Hüften fest, bewegte sich langsam, behutsam, aber er stieß tief in sie hinein, berührte sie genau an der einen Stelle. Das Gefühl der Verzauberung in ihr wuchs immer weiter, zog sich zusammen, bis nichts mehr von Bedeutung war, außer der Berührung seines Körpers an ihrem. Seine Hand glitt zwischen die weichen Falten ihrer Haut, um sie zu berühren, und sie drehte sich immer schneller, verlor die Kontrolle, explodierte erneut, schoss durchs Weltall, flog und überschlug sich den ganzen Weg bis hin zum Mars. Er schloss sich ihr an, bebte, stöhnte laut auf.

Sie drückte ihr Gesicht in das Kissen, als er sich aus ihr herauszog. Dann drehte er sie auf dem Bett zur Seite und zog sie fest an sich.

So geschlagen und von Schmerzen erfüllt, wie sie auch war, sie hatte noch nie in ihrem Leben so guten Sex gehabt. Sie bezweifelte auch, dass sie jemals wieder so guten Sex haben würde, denn dabei ging es ja nicht nur um Technik oder darum, wie gut ein Mann ausgestattet war. Es ging um die zwischenmenschliche Verbindung. Um den Menschen, mit dem man zusammen war. Und was man für diesen Menschen empfand. Was er ihr bedeutete. Izzy hatte das ungute Gefühl, dass Lincoln Frazer ihr alles bedeutete.

Sein Handy klingelte, und er rollte sich zur Seite, um dranzugehen. „Frazer. Ja. Auf der Lichtung? Sie meinen, *direkt* unter der anderen Leiche? Das ist kein Nachahmungstäter. Es muss ein Komplize sein." Frazers Stimme wurde leiser, als er das Zimmer verließ und ins Bad ging. Sie hörte, wie er die Dusche anmachte und die Worte verstummten, das Gefühl der Dringlichkeit aber hing weiter in der Luft. Sie drehte sich zu ihrer Seite des Bettes und setzte sich langsam auf. Mit einer Hand zog sie sich ein frisches Höschen und ein altes Paar Trainingshosen an. Den BH ließ sie weg, kramte ein viel zu großes T-Shirt aus der Kommode, dann einen Fleece-Pulli.

Sie wusste nicht, warum Frazer so aufgebracht war, aber

sie befürchtete, dass die Ermittlungen in dem Mordfall noch lange nicht vorbei waren. Sie ging ins Wohnzimmer und setzte sich auf die Couch, dann zog sie die Schachtel mit den Fotos zu sich. Schnell sortierte sie die Bilder nach Jahreszahlen. Das undurchschaubare Chaos verwandelte sich innerhalb von wenigen Augenblicken in etwas Machbares. Dinge zu organisieren war etwas, was sie besonders gut konnte. Beschäftigt zu sein, ließ sie den Verstand behalten. Vor allem, als ihr bewusst wurde, dass sie sich in einen Mann verliebt hatte, der sie mit Sicherheit hassen würde, sobald sie den Mut aufgebracht hatte, ihm die Wahrheit über ihre Vergangenheit zu erzählen.

ZWEIUNDZWANZIGSTES KAPITEL

NORMALERWEISE WAR FRAZER niemals länger als zwei Tage nicht im Büro. Die unerledigte Arbeit stapelte sich auf seinem Schreibtisch, seine Agenten brauchten seine Aufmerksamkeit, aber dennoch, er war hier noch nicht fertig. Er hatte das ungute Gefühl, dass er hier niemals fertig sein würde.

Frazer ging ins Wohnzimmer, um nach Isadora zu sehen, die die Fotografien mit militärischer Effizienz in Stapel sortierte. Äußerlich vollkommen gefasst, innerlich geschlagen und verletzt. Er ging zurück ins Badezimmer, um sich anzuziehen. Sie schien sich ihm ein wenig entzogen zu haben – sie wusste, dass er bald abreisen würde. Auch wenn sie sich darauf geeinigt hatten, dass es nur Sex war, glaubte keiner von beiden wirklich daran. Und keiner von beiden glaubte, dass sie eine gemeinsame Zukunft hatten.

Sie verbarg immer noch Geheimnisse, die er erkunden wollte. Zur Hölle, er hatte selbst genug Geheimnisse, düsterer als irgendjemand es sich vorstellen konnte. So sehr er auch wissen wollte, was sie umtrieb, er konnte sich dieses Maß an Ehrlichkeit nicht leisten.

Hanrahan hatte ihn angerufen. Sie hatten die Leiche entdeckt, von der Denker ihnen erzählt hatte. Sie lag nicht nur auf der Lichtung vergraben, sondern direkt unter dem Fundort von Elaine Patterson. Nicht nur das, Elaine war auch in genau der gleichen Art und Weise und in der gleichen Ausrichtung wie das Skelett positioniert worden. Es war extrem unwahrscheinlich, dass das die Tat eines Nachahmungstäters oder eines Schülers war. Der Mörder musste jemand sein, der dabei gewesen war, als die erste Frau vergraben wurde. Jemand, der mitgemacht hatte. Ferris Denker hatte einen Partner.

Hanrahan war unfassbar wütend auf sich selbst, weil es ihm nie aufgefallen war, aber woher hätte er es auch wissen sollen? Sie hatten von diesem Opfer nicht einmal gehört, bis Denker es ihnen erzählt hatte. Wie viele andere Frauen lagen noch irgendwo da draußen begraben? In nicht gekennzeichneten Gräbern, als Geheimnisse eines perversen Serienmörders?

Der Magen zog sich ihm zusammen, wenn er daran dachte, dass es völlig egal war, wie viel er arbeitete, wie unermüdlich er hinter ihnen her war – es gab immer einen nächsten Mörder, der nur auf seine große Chance wartete.

Frazer glaubte nicht, dass Denker ständig mit jemand anderem zusammengearbeitet hatte, aber Denker hatte auch gesagt, dass die Frau auf der Lichtung sein erstes Opfer gewesen war. Vermutlich das erste Opfer für beide Mörder – sie konnten also durchaus Fehler gemacht und belastende Beweise hinterlassen haben. Frazer war sich sicher, dass beide Täter auf die Schule gegangen waren, auf deren Grundstück die Leiche gefunden worden war.

War Duncan Cromwell der Mann, der zusammen mit einem jungen Ferris Denker seine Fähigkeiten verfeinert hatte? Er wusste es nicht, aber er würde es herausfinden.

Als er fertig angezogen war, kam er zurück ins Wohnzimmer. Während er sich den Kopf zerbrochen hatte, hatte

Isadora die gesamten Fotografien in etwa zwanzig verschiedene Stapel sortiert und war nun dabei, aus den einzelnen Stapeln der Siebziger- und Achtzigerjahre die Fotos herauszusuchen, auf denen Schüler abgebildet waren.

Ihre Effizienz holte ihn aus seiner Lethargie zurück.

„Wonach suchst du?", fragte sie und hockte sich auf den Fußboden vor den Tisch. Sie hatte ihren eingegipsten Arm in die Schlinge gelegt, hatte offensichtlich Schmerzen. Er hoffte, das war nicht seine Schuld. Und wenn doch, dann hoffte er, dass es das wert gewesen war.

„Ich hoffe, wir finden ein Foto mit einem jungen Duncan Cromwell darauf."

„Wirklich?" Sie sah überrascht aus.

Sie nahm einen der Stapel mit den Schülerfotos hoch, dann zog sie den Jackpot hervor. Ein Foto mit mehreren hundert Kindern darauf, das offizielle Schulfoto von 1979. Das Problem war allerdings, dass er keine Zeit hatte, die Gesichter auf dem Foto durch ein digitales Alterungsprogramm zu jagen, und auf den ersten Blick konnte er Denker und Cromwell nicht erkennen.

„Hast du einen Scanner?", fragte er.

Sie nickte. „Im Arbeitszimmer. Geh nur." Sie deutete den Flur hinunter.

„Danke." Er zögerte, versuchte sich an die Manieren zu erinnern, die ihm seine Mutter so händeringend einzubläuen versucht hatte. „Ich weiß deine Hilfe sehr zu schätzen."

Isadora lächelte ihn an, aber da war eine Distanz zwischen ihnen, eine Distanz, die er in der Zeit, die er im Moment hatte, nicht überwinden konnte. Später. Später würde er die Zeit dazu finden. Wenn die Ermittlungen abgeschlossen waren und sie über etwas anderes sprechen konnten als nur über Mord.

Sicher. Am Sankt Nimmerleinstag vielleicht.

Gott, er brauchte wieder mal so etwas wie ein Privatleben.

In Isadoras Arbeitszimmer stand ein Stapel Umzugskartons. Er hob den Deckel einer Kiste hoch und sah, dass es Isadoras Sachen waren, so als ob sie noch nicht ganz davon überzeugt war, dass sie hierbleiben würde. Gefiel es ihr hier? War dies der Ort, an dem sie den Rest ihres Lebens verbringen wollte? Oder hasste sie es, hier sein zu müssen und auf einen mehr als rebellischen Teenager aufzupassen?

Hatten sie auch nur die geringste Chance auf eine Beziehung? Er war völlig eingenommen von seiner Arbeit, und sie war Ärztin, es ging ihr also mit Sicherheit ähnlich. Noch vor ein paar Tagen hätten ihn solche Gedanken sofort die Flucht ergreifen lassen, aber jetzt wollte er sie kennenlernen – und herausfinden, wie sie sich weiterhin sehen konnten. Um vielleicht eine Zukunft miteinander zu haben.

Er musste über sich selbst den Kopf schütteln. Nachdem er für die letzten zwei Jahrzehnte jeder Situation, die auch nur ansatzweise nach Beziehung roch, aus dem Weg gegangen war, hatte er sich ausgerechnet in eine Frau verliebt, die die Verantwortung für eine Siebzehnjährige trug, die es faustdick hinter den Ohren hatte. Trotzdem, Kit Campbell war ein gutes Mädchen. Wahrscheinlich.

Man musste keinen Abschluss in Psychologie haben, um zu erkennen, dass seine „Probleme" von seiner Angst vor Ablehnung herrührten. Die meisten Kinder, die ein Elternteil verloren hatten, hatten Angst davor, verlassen zu werden, auch wenn die Eltern keine Wahl dabei gehabt hatten, ob sie gingen oder blieben. Angst vor Ablehnung führte zu emotionaler Distanz, was das Ende seiner desaströsen, kurzen Ehe bedeutet hatte. Frazer hatte Angst davor, irgendjemanden an sich heranzulassen, Angst davor, zu offenbaren, dass sein wahres Ich so viel weniger perfekt war als die Fassade, die er der Welt präsentierte.

Er rieb sich das Kinn und wusste, dass er unbedingt ins Haus nebenan musste, um sich zu rasieren. Er blieb jedoch, wo er war, fuhr den Computer hoch, und fand heraus, wie er den Scanner bedienen musste.

Er hörte, wie im Wohnzimmer der Fernseher anging. Isadora schaute die Nachrichten. Er rief Hanrahan an und sagte ihm, was er von ihm brauchte. Eine Spritztour zu Mildred Houch und eine Engelsgeduld, während sie das alte Schulfoto betrachtete. Er scannte das Foto in der höchstmöglichen Auflösung. Hoffentlich würde Mildred Denker und seine Freunde identifizieren können. Und vielleicht würde sie sich an den Namen Duncan Cromwell erinnern, aber er wollte nicht, dass Hanrahan ihr den Namen schon im Vorfeld nannte. Mal sehen, ob die Dame von selbst darauf kam. Sein ehemaliger Mentor war sehr gut in solchen Dingen. Gut darin, Informationen aus Leuten herauszukitzeln. Der Schlüssel dazu lag darin, die Leute zum Reden zu bringen, ohne dass es ihnen selbst bewusst war, und dann genau zuzuhören. Frazers Stärke war eher das Sticheln und Drängen, bis er eine Reaktion bekam. Verschiedene Methoden für verschiedene Menschen.

Er mailte ihm die Datei mit dem Foto, dann hörte er ein Geräusch aus dem Wohnzimmer. Es klang, als ob Isadora Schmerzen hätte. Seine Hand schoss zu seiner SIG, und er rannte aus dem Zimmer.

Isadora hatte die Augen weit aufgerissen und starrte auf die Nachrichten auf dem Bildschirm. „Der Reporter hat gerade gesagt, es gäbe neue Hinweise darauf, dass Ferris Denker keine der Frauen umgebracht hat. Die Presse fängt an zu spekulieren, ob der Staat womöglich einen unschuldigen Mann hinrichten wird."

Frazer steckte seine Waffe weg und kam auf sie zu. „Ferris Denker versucht, Unruhe zu verbreiten, um sich Zeit zu kaufen und nicht auf den elektrischen Stuhl zu müssen. Er ist so schuldig wie die Sünde selbst."

Sie hatte ihren gesunden Arm um ihren Oberkörper geschlungen. Der Schmerz in diesen salbeigrünen Augen traf ihn tief im Innersten. „Eine der Frauen, für deren Ermordung er verurteilt wurde, war die Leiche, die am Strand gefunden wurde. Beverley Sandal, richtig?"

Er nickte. Diese Information war an die Presse gegangen, aber den Mann, der mit Beverley Sandal vergraben worden war, hatten sie noch immer nicht identifizieren können.

„Und deshalb wird eine Verbindung zwischen Duncan Cromwell und Ferris Denker gesucht – um die alten Fälle mit den neuen Morden zu verbinden." Ihre Knie gaben nach, und sie fiel auf die Couch. Sie zeigte auf die Fotos in der Schachtel. Sie hatte alle aussortierten Bilder zurückgelegt. „Darum geht es hier, oder?"

Frazer nickte. Aber das Gefühl in seinem Bauch war plötzlich nicht mehr Bewunderung oder etwas Undefinierbares. Es war Furcht. Denn diese Augen sagten ihm, dass sie etwas wusste, was er nicht wusste. Etwas, was wichtig für die Ermittlungen war.

Sie rieb ihre Finger, die aus dem Gips hervorschauten. „Was, wenn Denker Beverley Sandal nicht umgebracht hat. Würde das irgendetwas ändern?"

Das Rauschen der Wellen im Hintergrund wurde immer lauter. Der Wind heulte mittlerweile dort draußen. Alles in seinem Kopf begann zu tosen. Sein eigener, persönlicher Sturm. „Denker hat Beverley Sandal als eines seiner Opfer identifiziert."

„Aber was, wenn er gelogen hat?", hakte sie nach. „Was, wenn er wirklich unschuldig ist, und all die Jahre im Gefängnis verbracht hat..." Sie sah aus, als müsse sie sich übergeben.

„Das ist es, was er uns weismachen will. Wenn er Zweifel an seiner Verurteilung säen kann, dann kann er auf eine Aussetzung seiner Hinrichtung durch den Gouverneur hoffen, der berüchtigt für sein hartes Durchgreifen bei verurteilten Serienmördern ist."

Isadora schüttelte den Kopf, und er sah den Ausdruck in ihren Augen. Absolute Verzweiflung. „Ich weiß, dass er sie nicht umgebracht hat", flüsterte sie.

Ein eiskalter Schauer lief ihm den Rücken herunter. „Woher weißt du das?"

„Weil mein Vater es getan hat."

Frazer fühlte sich, als ob er gegen eine Betonwand geschleudert wurde. „Wie meinst du das?"

„Ich muss dir etwas erzählen." Ihre Stimme war zittrig und schwach. „Ich wollte es schon früher erzählen, aber ich habe mir Sorgen um Kit gemacht. Und ich wusste auch ehrlich gesagt nicht, wie ich es sagen sollte. Ich hatte nicht damit gerechnet, dass zwischen uns etwas passiert." Sie biss sich auf die Lippe, und er hatte das Gefühl, innerlich zusammenzuschrumpfen, sich zu entfernen, immer mehr vom Liebhaber zum Bundesagenten zu werden, der er verdammt nochmal auch sein sollte.

Er setzte sich neben sie auf die Couch, berührte sie aber nicht. „Erzähl es mir."

Sie warf ihm einen Blick zu, und er wusste, egal was sie nun sagen würde, es würde ihn zerreißen. Er saß still da, wartete ab.

„Vor etwas über siebzehn Jahren bin ich spät abends von einer Party nach Hause gekommen und habe meine Eltern in der Auffahrt des Strandhauses entdeckt." Sie deutete nach draußen. „Dad war frühzeitig von einer Geschäftsreise zurückgekommen. Ich habe die Lichter gesehen und bin hingerannt, um ‚Hallo' zu sagen."

Das entfernte Rauschen des Sturms, das Ticken der Wanduhr, das leise Summen des Fernsehers, all das waren nur Hintergrundgeräusche. Das einzige, was zählte, waren Izzys Worte. „Als ich ankam, sah ich sie auf dem Boden sitzen. Mom hielt Dad in ihren Armen. Ich habe zuerst gar nicht verstanden, was ich da sah. Ich dachte, er hätte einen Herzinfarkt gehabt oder so."

Frazer hatte das Gefühl, aus Eis zu bestehen. Distanziert. Desolat. Aber er hatte eine Aufgabe, einen Job, und der Job kam *immer* an erster Stelle – etwas, was er mit ihr für einen kurzen Augenblick vergessen hatte. „Okay, warte einen Augenblick. Ich werde dich in diese Nacht zurückbringen, Isadora. Ich will, dass du dich auf die Couch hier legst. Ich werde dich hypnotisieren, und du wirst mir *alles* erzählen." Auf diese Weise war es unwahrscheinlicher, dass sie log oder kleine, wesentliche Details vergaß. „Ist das in Ordnung für dich? Wenn du einen Anwalt brauchst, dann sag es mir jetzt."

„Nein. Keinen Anwalt. Ich will nur, dass es vorbei ist." Ihre Blicke trafen sich, ihre Augen standen voller Tränen, aber das berührte diese Version von Lincoln Frazer nicht. Dieser Lincoln Frazer war auf der Jagd nach Monstern.

Er lächelte. „Du bist in guten Händen. Vertrau mir."

DIE DISTANZ ZWISCHEN ihnen war so groß wie der Ozean, der draußen toste. Sie hatte immer gewusst, dass dieser Moment kommen würde, dass sie es nicht anders verdient hatte. Kälte überkam sie in einer Welle der Trauer. Was auch immer sie mit Frazer gehabt hatte, es war nun für immer verloren. Fort. Tot. Zerstört. Und sie trug die Schuld daran.

„Atme tief ein und aus..." Seine Stimme klang wie ein Eiszapfen, der an ihrer Wirbelsäule entlangkratzte.

Was macht es noch für einen Unterschied? Erzähl es ihm einfach. Bring es hinter dich.

Er hypnotisierte sie mit seiner ruhigen Stimme, die sie von Jesse Tysons Hypnose wiedererkannte. Unpersönlich. Freundlich. Sie hasste diese Stimme, denn sie versteckte sein wahres Ich unter einer kühlen, perfekten Fassade. Von dem Mann aus Fleisch und Blut, der mit ihr geschlafen hatte, als ob es ihm etwas bedeuten würde, war keine Spur mehr zu sehen.

„Entspann dich, Isadora."

Seine Worte machten ihre Lider schwer, und sie schloss die Augen, obwohl sie es nicht wollte. Plötzlich fand sie sich in dieser grauenhaften Nacht vor siebzehn Jahren wieder...

Das Erste, was sie bemerkte, war ein Licht, das im Strandhaus brannte. Sie wollte verdammt nochmal hoffen, dass ihre Mutter nicht dort unten war und putzte, weil sich Last-Minute-Gäste angekündigt hatten. Typisch Dienstleistungsbranche. Harte Arbeit, ständige Unterbrechungen, und abfällige Kunden, die glaubten, man sei ihr Sklave. Izzy schaltete den Motor ab.

Ihre Mutter war mit ihrem vierten Kind schwanger – die beiden Babys, die nach Izzy kamen, hatte sie durch Fehlgeburten verloren, und nach all den Jahren war dieses Kind ein Wunder. Sie war im neunten Monat und alles sah gut aus, aber niemand wollte ein Risiko eingehen. Izzy stieg aus und warf ihre Handtasche vor der Haustür ab, dann ging sie um das Haus herum, um nachzusehen, was los war. Sie lief den Pfad hinunter, der die beiden Grundstücke verband und wurde von einer Reihe von Salbeibüschen verborgen, die sanft im Wind raschelten.

Sie lächelte, als sie den Geländewagen ihres Vaters in der Einfahrt des Ferienhauses parken sah. Er war auf einer Geschäftsreise gewesen und musste früher zurückgekommen sein. Sie runzelte die Stirn, als sie laute Stimmen hörte. Ihr Vater sagte etwas, das wie *„es ist nicht so, wie du denkst"* klang. Ihre Mutter schrie ihn an. Worte, die keinen Sinn ergaben. *Mörder. Sünde. Monster.* Izzys Herz begann, in nervösem Stakkato zu rasen.

Was war los? Ihre Eltern stritten sich nie. Sie waren ein perfektes Paar, aber das hier war offensichtlich eine große Sache. Sie wussten nicht, dass Izzy sie sehen konnte. Izzy war hin und hergerissen, ob sie ihnen ihre Privatsphäre lassen oder sich einmischen sollte, bevor jemand etwas Unverzeihliches sagte oder ihre Mutter vorzeitige Wehen bekam.

Sie begann, schneller zu laufen, als sie einen markerschütternden Schrei hörte, der die Nacht zerriss, gefolgt von einem unbeschreiblichen, gurgelnden Geräusch. Sie blieb einen Moment wie angewurzelt stehen und lief vor Angst fast wieder davon, bevor ihr bewusstwurde, dass ihrer Mutter oder ihrem Vater etwas Schreckliches zugestoßen sein musste.

Sie rannte los, bog um die Ecke und fand ihre Mutter auf

dem Boden kniend vor, der Kopf ihres Vaters lag auf ihrem prallen Bauch und sie wiegte ihn hin und her.

„Oh, Will. Will. Es tut mir so leid…" Tränen strömten über ihr Gesicht und spiegelten das Verandalicht wider.

„Mom?" Aber ihre Mutter hörte sie nicht.

Was in aller Welt geht hier vor?

Izzy sah voller Horror, wie sich ein dunkler Fleck auf dem Hemd ihres Vaters ausbreitete. Er bewegte sich nicht. Er atmete nicht. Eine schreckliche Kälte legte sich über sie und drang bis in ihre Knochen, bis die blanke Panik sie fast zu zerreißen drohte.

„Mom!" Es klang, als ob ihre Stimme von ganz weit wegkam. „Was ist passiert? Was ist mit Dad?" Sie wollte wegrennen und den Notarzt rufen, aber ihre Füße gehorchten ihr nicht.

„Izzy?" Ihre Mutter blinzelte sie an, erwachte plötzlich aus ihrer Benommenheit.

„Was hast du getan, Mom?"

Ihre Mutter sah den Mann zu ihren Füßen an. Ihren Ehemann. Izzys Vater. Dann blinzelte sie und begann zu weinen. „Es war ein Unfall. Ich wollte ihm nicht wehtun. Ich hatte Angst… Ich dachte, er würde mich umbringen."

Ihr Dad war kein gewalttätiger Mensch. Das ergab alles keinen Sinn.

„Ich laufe zum Haus und rufe den Notarzt, okay? Bleib hier und versuche, die Blutung zu stoppen."

„Das kannst du nicht machen. Das darfst du nicht!" Die Augen ihre Mutter waren weit aufgerissen und sie wippte vor und zurück.

„Er stirbt, wenn er keine Hilfe bekommt", rief Izzy scharf. Aber sie spürte, dass es schon zu spät war. Es war zu viel Blut, als dass er noch am Leben sein konnte. Sie stand vor Schreck und Horror wie angewurzelt da. Ihre Mutter hatte gerade ihren Vater umgebracht. Tränen stiegen ihr in die Augen, und sie musste sich mit aller Macht zusammenreißen, um nicht laut loszuschreien. Wenn sie jetzt anfing zu schreien, würde sie nie wieder damit aufhören können.

„Du verstehst nicht, was er getan hat." Ihre Mutter deutete auf das Auto hinter sich.

Izzy ging langsam zum Wagen. Die Heckklappe des Geländewagens stand offen. Im Kofferraum lag ein nacktes Mädchen zusammengekrümmt auf einer Plastikplane, eine Decke war lose über ihrem Körper ausgebreitet. Izzy blinzelte. Sie kam sich vor, als ob sie mitten in einen Horrorfilm hineingeworfen worden war und nicht wusste, was ihr Text war. Die Hände und Füße des Mädchens waren mit Panzertape zusammengebunden. Auch über ihrem Mund klebte ein Streifen Klebeband. Sie war eindeutig tot.

Izzys Beine begannen zu zittern. „Ich… Ich verstehe das nicht, Mom."

„Er ist vor einer halben Stunde nach Hause gekommen. Ich habe schon geschlafen, aber ich habe sein Auto gehört. Ich habe gesehen, wie er hierher zum Strandhaus gefahren ist. Er hatte erwähnt, dass er das Zündlicht des Boilers reparieren wollte, falls wir Last-Minute-Gäste bekommen sollten. Meine Rückenschmerzen haben mich fast umgebracht, und ich dachte, ich gehe ein bisschen spazieren." Sie schluchzte, Tränen liefen ihr über das Gesicht und tropften in die Haare von Izzys Vater.

„Ich habe ihn überrascht, wie er über die arme Frau im Kofferraum gebeugt dastand." Der Atem ihrer Mutter rasselte durch ihre Brust. Izzy konnte das Echo zwischen ihren eigenen

Rippen spüren. „Er hat versucht, es abzustreiten, aber wie kann man so etwas abstreiten?" Ihre Mutter klang schrill, ihre Augen zuckten unruhig hin und her. „Ich habe ihn beschuldigt, der Serienmörder zu sein, den die Polizei auf dem Festland sucht, und er hat mich *ausgelacht*. Dann hat er sich auf mich gestürzt." Und jetzt sah sie Izzy direkt an. „Ich habe ihn hiermit erstochen." Mit der linken Hand wühlte sie im Sand, dann hielt sie einen langen Schraubenzieher hoch. Dunkelrotes Blut bedeckte dessen Griff und Schaft.

Izzys Gedanken schossen wirr durch ihren Kopf, als ob atmosphärische Störungen es ihr unmöglich machten, die Unterhaltung zu verstehen. Aber das musste sie. Sie verstand genau, was passiert war. Ihre Mutter hatte ihren Vater mit einem Schraubenzieher umgebracht, weil sie glaubte, dass er ein Serienmörder war. Sie sah den weiß beleuchteten Körper der Frau im Kofferraum an. Sie trug ein dickes, silbernes Armband am Handgelenk. Ein Notfallarmband.

Izzy stieg die Galle auf und verätzte die weiche Haut ihres Gaumens. Jeder Albtraum, den sie jemals gehabt hatte, verblasste im Vergleich zu dieser neuen, grauenhaften Realität. Sie ging zu ihrem Vater und fühlte an seinem Hals nach seinem Puls. Sie versuchte mehrere Sekunden lang, verzweifelt etwas zu spüren, bevor sie seine leeren Augen als das erkannte, was sie waren. Tot.

Eine Welle allesumfassender Angst überkam sie. „Wir müssen die Polizei rufen, Mom."

„Nein." Ihre Mutter stand schwerfällig auf, hielt ihren Babybauch. „Nein."

„Mom, wir müssen die Polizei benachrichtigen." Abscheu und Trauer stiegen in ihr auf, als sie ihren geliebten Vater ansah. „Sie werden verstehen, dass du aus Selbstverteidigung gehandelt hast. Es war ein Unfall."

„Nein. Sie werden mir mein Baby wegnehmen!" Ihre Mutter trat einen Schritt zurück und schüttelte den Kopf. „Was glaubst du, was passieren wird, wenn sie herausfinden, dass dein Vater ein Mörder war? Denkst du, sie werden uns glauben, dass wir nichts davon gewusst haben? Wir werden ausgestoßen und gemieden werden." Sie streichelte mit der Hand, in der sie den Schraubenzieher hielt, über ihren Bauch. Das Bild war verstörend.

„Wie kann ich nicht gewusst haben, dass ich mit einem Monster verheiratet war? *Oh, Gott.* Ich habe ein Monster *geliebt.* Ein Monster, das jede Nacht in meinem Bett geschlafen hat und der Vater meiner Kinder war."

Izzys Vater war ein Mörder… sie konnte es nicht glauben. Es musste ein Fehler sein, aber das Mädchen im Kofferraum deutete auf etwas anderes hin.

„Wir müssen es der Polizei sagen, Mom", beharrte Izzy. Sie zeigte auf die beiden Leichen. „Was sollen wir sonst machen? Sie in den Dünen vergraben?" Sie war sarkastisch, aber ihre Mutter begann, wie wild zu nicken.

„Ja, genau das werden wir tun."

„Nein. Das ist verrückt." Izzy zuckte zusammen, als ihre Mutter nach ihrem Arm griff und ihre Fingernägel in Izzys Haut grub. Sie wedelte mit dem blutigen Schraubenzieher. „Weißt du, was er mit diesen armen Mädchen gemacht hat? Schau sie dir an." Ihre Mutter drehte sich um und deutete auf den gefesselten Körper des nackten Mädchens. „Er hat sie entführt. Sie vergewaltigt. Und sie dann umgebracht. Glaubst du, sie war die Einzige? Weißt du, was mit uns passieren wird? Ich werde festgenommen und verhört. Ich verliere wahrscheinlich das Baby oder sie wird im Gefängnis geboren werden. Dann musst du dich um sie kümmern. Ist es das, was du willst?"

Izzy schlug ihre zitternden Hände vor ihr Gesicht. Sie wollte nichts von alledem. Ihre Mutter war kurz davor, hysterisch zu werden, was kein Wunder war. Die Leute von Rosetown kannten einander und waren abergläubisch. Tratsch und Spekulationen über das Privatleben anderer gehörte hier zum Tagesgeschäft, aber sie würde damit klarkommen.

„Wir müssen trotzdem zur Polizei, Mom. Die werden schon wissen, was zu tun ist."

Ihre Mutter trat einen weiteren Schritt zurück und hielt ihren Bauch mit beiden Händen. „Wenn du das tust, Izzy, wenn du es irgendjemandem erzählst, dann bringe ich mich um." Der Schraubenzieher bewegte sich zu der weichen Haut an ihrem Hals. „Ich kann nicht mit der Vorstellung leben, dass dein Vater... dass er mich angelogen hat und ich dumm genug war, ihm zu glauben." Ihre Augen weiteten sich.

„Du bist ganz durcheinander, Mom."

Ihre Mutter presste den Schraubenzieher gegen ihren Hals. „Ich meine es ernst Izzy. Ich kann nicht weiterleben, wenn jemand anderes erfährt, was er getan hat. Was *ich* getan habe." Ihr Blick fiel auf den toten Mann am Boden.

Izzy ballte die Hände zu Fäusten. Sie konnte nicht glauben, was gerade passierte. Sie war urplötzlich von einem normalen Teenager, der sich heimlich zu einer Party geschlichen hatte, zu jemandem geworden, der kurz davor stand, alles zu verlieren, was er liebte. Und sie hatte noch nicht einmal den Tod von Shane überwunden. Der Verstand ihrer Mutter hing an einem seidenen Faden. Sie war alles, was Izzy noch hatte, und sie trug ein unschuldiges Baby in ihrem Bauch, das beschützt werden musste.

Der Griff ihrer Mutter um den Schraubenzieher wurde fester.

„Hör auf", sagte Izzy. Sie schluckte mühsam. „Wir machen es so, wie du sagst. Ich bringe das Auto ein Stück näher, damit wir ihn nicht tragen müssen..." Ihre Stimme brach bei diesem unpersönlichen Wort. *Ihn.* Nicht Dad oder Daddy. *Ihn.* Mit einem Tonfall, der Hass und Abscheu widerspiegelte. „Wir können ihn nicht so weit tragen. Streng dich nicht an", warnte sie und dachte an das Baby.

Izzy wuchtete ihren Vater auf die Seite, dann zog sie ihn hoch und legte ihn auf das tote Mädchen in den Kofferraum.

„Wir müssen das Auto loswerden, sobald wir die Leichen vergraben haben", sagte ihre Mutter.

Herr im Himmel. Izzy wollte sich übergeben, als das Blut ihres Vaters in ihr T-Shirt sickerte. Sie konnte nicht glauben, dass sie das wirklich tat. Sie betrachtete das blutbefleckte Nachthemd ihrer Mutter. „Ich hole uns frische Sachen aus dem Haus. Und Gummistiefel. Du holst die Schaufel aus dem Schuppen. Ich bringe dir deinen Mantel mit. Fahr mir mit dem Van hinterher, wir fahren raus zu Parson's Point." Die Umweltbehörde würde die Dünen in den nächsten Tagen zum Naturschutzgebiet deklarieren, die Chancen waren also gering, dass jemand die Leichen entdeckte. Sie musste ihrer Mutter irgendwie durch die nächsten Wochen helfen. Ihr so den Rücken stärken, dass sie ihr Baby auf die Welt bringen konnte. Dann würde Izzy sie überzeugen, zur Polizei zu gehen und die Wahrheit zu erzählen.

Izzy rannte zum Haus. Sie wusste, dass nichts jemals wieder so sein würde, wie es gewesen war. Hoffentlich würde Gott ihr für das vergeben, was sie jetzt tun würde, denn ganz sicher würde sie sich niemals selbst vergeben können.

VORSICHTIG BRACHTE FRAZER Isadora zurück in die Gegenwart, versuchte, sich vorzustellen, wie ihr Geständnis die Dinge beeinträchtigen würde. Die Ermittlungen. Nicht sie beide. Es gab kein sie beide. Hatte er tatsächlich über eine Beziehung nachgedacht? Nur Sex – anscheinend war das die einzige Sache neben seiner Arbeit, in der er gut war.

Sie blinzelte, wurde wach, verwandelte sich augenblicklich vom siebzehnjährigen, panischen Mädchen in eine reife, erfahrene Frau. Ihre Augen suchten seinen Blick, als sie sich vorsichtig aufsetzte. Obwohl es ungelenk und schmerzhaft aussah, half er ihr nicht.

„Ich hätte es dir schon erzählen müssen, als Helena gefunden wurde." Sie klang heiser.

„Ja."

Sie zuckte zusammen.

Was zur Hölle hatte sie denn erwartet?

„Versprichst du mir nur eine Sache?"

Im Ernst? Sie bat ihn um ein Versprechen?

„Rede für mich mit Kit. Erkläre ihr, dass es nicht ihre Schuld ist."

Frazer verschloss sein Herz. Hatte sie ihn absichtlich verführt? Hatte sie herumgeschnüffelt, um zu erfahren, was die Ermittlungen ergeben hatten? „Du hättest schon vor Jahren zur Polizei gehen müssen."

Sie nickte. „Ich weiß. Stattdessen bin ich davongelaufen." Sie wirkte erstaunlich gefasst. Als ob ihr Geständnis die Last ihrer Schuld von ihren Schultern genommen hätte. Na, herzlichen Glückwunsch auch.

„Du hast einer psychisch labilen Mörderin die

Verantwortung für ein Baby überlassen?"

Isadoras Mund wurde schmal. „Meine Mutter war nicht labil, sie war in dieser Nacht überfordert. Ich habe sie mit Kit beobachtet, nachdem sie geboren war, und sie war eine fantastische Mutter. Ich wäre niemals gegangen, wenn ich geglaubt hätte, sie würde ihrem Kind etwas antun."

Er zog skeptisch die Augenbrauen hoch. „Wie habt ihr die Abwesenheit deines Vaters erklärt?"

„Mom hat erzählt, dass Dad sie verlassen hätte. Nach einem Jahr oder so hat sie gesagt, dass sie erfahren hätte, dass er gestorben sei."

„Und das hat man ihr geglaubt?"

„Sie war von hier. Ja." Izzy rieb sich die Arme. „Man hat ihr geglaubt."

„Weiß Ted davon?"

Er starrte sie an und sah, dass sie zitterte, obwohl sie so ruhig wirkte. Sie versteckte ihre Gefühle sehr gut. Genau wie er.

Sie schüttelte den Kopf. „Ich glaube nicht."

Aber irgendjemand wusste es. Seine Augen wurden schmal.

„Wirst du mich verhaften?", fragte sie fast lautlos.

„Ich weiß noch nicht. Du musst diese Informationen im Moment noch für dich behalten."

„Aber Ferris Denker ist womöglich unschuldig."

„Er war nie unschuldig!" Das war der Augenblick, in dem Frazer die Beherrschung verlor. Das war also das Ass, das Denker die ganze Zeit über im Ärmel gehabt hatte, und er würde nicht zulassen, dass er es ausspielte, um seinen jämmerlichen Arsch zu retten. „Weißt du, dass Denker eine Frau im Kofferraum hatte, als er geschnappt wurde?"

Sie nickte, wahrscheinlich erinnerte sie sich an die Frau im Kofferraum ihres Vaters – Beverley Sandal.

„War die Frau im Wagen deines Vaters auf irgendeine Weise verstümmelt?"

Ihre Augen blitzten überrascht auf. „Was? Nein."

„Dann hast du recht. Denker hat Beverley Sandal vermutlich nicht umgebracht." Frazer atmete tief und lange ein, um sich zu beruhigen. „Als die Autobahnpolizei Denker wegen eines defekten Bremslichts angehalten hatte, bemerkten sie, dass er Blut auf seiner Jacke hatte. Das lag daran, dass Denkers sexuelle Vorlieben auch beinhaltete, den Frauen die Brüste abzuschneiden. Die Frau in seinem Kofferraum… Er hat ihr die Brüste abgeschnitten, als sie noch am Leben war."

Isadoras Magen krampfte heftig, aber Frazer hatte genug davon, das Ausmaß von Denkers innerem Monster weiter zu verheimlichen.

„Er hatte in jeder Jackentasche eine Brust, in Gefriertüten verpackt. Als die Beamten sein Haus durchsuchten, fanden sie eine ganze Gefriertruhe voll. In seinem Geständnis gab er an, dass er gerne an den Titten von Frauen lutscht. Er hat die Brüste seiner Opfer aus der Truhe geholt und daran gelutscht, während er sich einen runterholte und daran dachte, wie er sie gefoltert hatte. Er. War. Niemals. Unschuldig!" Seine Stimme erschütterte das Zimmer, und er erkannte, dass er schrie. Isadora weinte, sie hatte Barney fest an sich gedrückt.

Herrgott nochmal. Er fuhr sich mit den Fingern durch die Haare und holte tief Luft, denn was er jetzt sagen würde, würde noch mehr wehtun. „Aber ich glaube, dein Vater war womöglich unschuldig."

Sie schaute auf. „Was?"

„Falls du es noch nicht bemerkt hast, hier auf den Outer

Banks läuft gerade ein weiterer Serienmörder herum.“

Ihre Augen funkelten ihn an. Intelligente Frauen hassten es, wenn man sie für dumm hielt.

„Der Mörder wusste, wo du Beverley Sandal vergraben hast, weil er dir in dieser Nacht vermutlich gefolgt ist. Er wusste, dass Beverley das Armband trug, weil sie es auch getragen hatte, als er sie umgebracht hat. Und vor ein paar Tagen hat er es ausgegraben und seinem neuen Opfer angelegt.“

Erkenntnis breitete sich auf Isadoras Gesicht aus. Sie hielt sich die Hände vor den Mund. Ihr Blick war nichts als vollkommene, untröstliche Verzweiflung.

Es war ihm egal. „Du hast gesagt, dass dein Vater deiner Mutter erklären wollte, dass das tote Mädchen im Auto nicht das bedeutete, was sie dachte?“

Sie nickte abgehackt.

„Sie hätte auf ihn hören sollen.“

Isadora sagte nichts, schaute ihn nur zerstört an.

„Hatte noch jemand anderer Zugang zu seinem Wagen?“

„Ich habe keine Ahnung.“ Sie blickte ihn fragend an. „Glaubst du wirklich, dass er es vielleicht gar nicht getan hat?“ Ihre Stimme war ein schmerzgeplagtes Flüstern, das ihm direkt ins Herz schnitt. Aber sie weinte nicht. Keine Tränen mehr.

Frazer rieb sich das Kinn. Ihr Leiden berührte ihn, aber er konnte ihr nicht erlauben, ihn noch mehr abzulenken, als er es ohnehin schon war. Er hatte eine Aufgabe. Isadora Campbell hatte ihn aufgehalten.

„Wenn du mich fragst, Dr. Campbell, gibt es viel zu viele Serienmörder auf dieser Welt. Glaub mir, ich weiß, wovon ich rede. Aber zwei direkt hier in Rosetown? Die auf genau die gleiche Art Frauen umbringen? Es ist ein und derselbe Täter. Und das hättest du mir schon vor Tagen bestätigen können, wenn du mir die Wahrheit erzählt hättest."

Sie schien vor seinen Augen zusammenzuschrumpfen, aber er machte sich davon los. Sie musste sich jetzt ganz, ganz weit von ihm entfernen.

Sein Handy klingelte. Er hörte dem Anrufer einen Moment lang zu, dann legte er auf. „Eine weitere Frau wurde als vermisst gemeldet." *Und das ist deine Schuld*, schien ungesagt durch den Raum zu hallen.

Frazer ließ es so stehen.

Er griff nach seiner Jacke und seinen Schuhen und ging, ohne sie daran zu erinnern, die Türen abzuschließen, und ohne sich zu verabschieden.

Für Verabschiedungen war es längst zu spät.

DREIUNDZWANZIGSTES KAPITEL

IZZY SAß VÖLLIG benommen auf ihrer Couch. Ihre Arme und Beine zitterten so heftig, dass sie nicht aufstehen konnte, ohne umzufallen. Ihr Vater war womöglich unschuldig gewesen. Ihr Dad hatte die arme Frau in seinem Kofferraum vielleicht gar nicht umgebracht.

Diese Erkenntnis kam nur langsam bei ihr an. Ihr Vater war unschuldig, und sie und ihre Mutter waren die Kriminellen – zusammen mit dem heimtückischen Mörder, der, wenn Linc recht hatte, noch immer sein teuflisches Spiel spielte. Es war Wahnsinn, und doch war ihr durch dieses Wissen eine Last von den Schultern genommen worden, nur um Trauer und Reue Platz zu machen, die sich in ihr ausbreiteten, als sie daran dachte, wie sie den Namen dieses guten Mannes entweiht hatten.

Das Zittern in ihren Gliedern ließ nach, als sie ein paar Mal tief einatmete. Sie wusste nicht, was als Nächstes passieren würde, aber irgendwann in der nächsten Zeit, wenn Lincoln Frazer die Muße dazu fand, würde er sie verhaften und ins Gefängnis verfrachten. Was gut so war. Sie blinzelte die Tränen zurück, die ihr in die Augen steigen wollten.

Vielleicht war es nicht gut, aber es war in Ordnung. Sie war eine starke Frau, sie würde es überleben. Es hinter sich lassen.

Würde sie ihre Lizenz verlieren? Würde irgendjemand sie

noch anstellen, wenn sie herausfanden, was sie getan hatte? Würde die Armee sie wieder aufnehmen? Sie wusste es nicht. Ihr ganzes Wissen und ihre Ausbildung wären umsonst gewesen. Sie konnte den Menschen helfen, aber vielleicht würde sie nie wieder die Chance dazu bekommen.

Gott, ihr war kalt. Sogar ihre Zähne klapperten. Sie ging ins Schlafzimmer, um sich Socken anzuziehen. Dabei ignorierte sie das zerwühlte Bett, auf dem Frazer lange genug mit ihr geschlafen hatte, um sie zu überzeugen, dass er etwas für sie empfand, bevor er sie mit einem Fußtritt aus seinem Leben befördert hatte.

Sie hatte ihm erzählt, wie sie ihrer Mutter dabei geholfen hatte, zwei Morde zu vertuschen. Was hatte sie denn erwartet?

Genau das, was sie bekommen hatte.

Was sie nicht erwartet hatte, war, dass es so wehtun würde. Dass seine Kälte sich in ihren Körper schneiden und herausreißen würde, was von ihrem Herz noch übrig war. Seine Reaktion hatte bestätigt, warum sie all die Jahre über Stillschweigen bewahrt hatte. Aber sie hatte es aus Feigheit getan. Was sie getan hatte, war falsch gewesen, und Frazer war immer so darauf bedacht, alles richtig zu machen. Sie hoffte, er würde jemand anderen schicken, um sie zu verhaften. Die Vorstellung, dass er sie auf die Polizeistation brachte, dass sie vielleicht zuhören musste, wie er seinen furchtbaren Fehler gestand, sie ein paarmal um den Verstand gevögelt zu haben, bevor er die abscheuliche Wahrheit erfahren hatte, drehte ihr den Magen um.

Was auch immer passierte, sie hoffte, er würde mit Kit sprechen. Ihr die Situation erklären.

Verdammt. Sie musste selbst mit Kit reden und es ihr erzählen.

Das war nicht Frazers Problem – er war hier, um in einem Mordfall zu ermitteln, und sie hatten ein kurzes Abenteuer miteinander gehabt. Das bedeutete nicht, dass er plötzlich für das emotionale Wohlbefinden einer jungen Frau verantwortlich war, die er kaum kannte. So schlimm die Wahrheit auch war, es war besser, wenn Kit sie von ihr selbst erfuhr. Vor allem, wenn man Frazers schwachen Hoffnungsschimmer bedachte, dass ihr Vater womöglich kein Mörder gewesen war.

Verdammter Mist. Diese Erkenntnis hätte ihre Mutter in den Wahnsinn getrieben. Sie hatte ihm nicht geglaubt, als er den Mord abgestritten hatte. Seine Liebe war nicht genug gewesen, um das blinde Vertrauen seiner Mutter zu gewinnen, selbst nach so vielen Jahren der Ehe.

Izzy zog sich mit ihrer gesunden Hand die Wollsocken an und griff nach ihrem Handy. Sie rief Kit an, aber die Mailbox ging ran. Sie schaute auf ihre Uhr. Es war erst viertel vor fünf, also war sie vermutlich noch bei der Arbeit. Izzy kontrollierte die App zur Standortbestimmung von Kits Handy, nur um festzustellen, dass sie Kits Handy nicht finden konnte. *Verdammt.*

Unfähig, sich zu entspannen, rief sie direkt im Diner an. Sal meldete sich.

„Kann ich mit Kit sprechen, Sal? Es ist wichtig.“

„Ich habe sie früher nach Hause geschickt. Hast du schon gehört? Mary Neville wird vermisst, also habe ich früher zugemacht. Ich schwöre bei Gott, wenn Mary was passiert, werde ich…“

Izzy unterbrach ihn. „Hat Kit gesagt, wo sie hinwollte?“ Sal war aus New York, wenn er einmal ins Reden kam, würde er so schnell nicht wieder aufhören, vor allem nicht, wenn es um Beschimpfungen ging.

„Nein. Ist einfach los in ihrem kleinen Auto.“

Izzy verabschiedete sich und legte auf. Sie ließ sich auf die Couch fallen.

Wenn Mary Neville vermisst wurde, konnte Duncan Cromwell nicht der Mörder sein. Sein Angriff auf sie war persönlich gewesen, weil sie Helena nicht hatte retten können. Fühlte es sich deshalb besser an, windelweich geprügelt worden zu sein?

Nicht wirklich.

Izzy war frustriert und wusste nicht, was sie mit sich anfangen sollte. Sie hatte nicht einmal ein Auto zur Verfügung – nicht, dass sie mit ihrem Gips im Moment hätte fahren können. Vielleicht hatte Frazer sie deshalb so zurückgelassen. Er wusste, dass sie festsaß. Zumindest hatte sie ihre Glock. Sie ging ins Schlafzimmer und nahm die Waffe mit zurück ins Wohnzimmer, legte sie auf den Couchtisch neben Frazers Schachtel mit den Fotografien.

Sie musste so schnell wie möglich Kit erreichen. Sie hatte Damien Ridgeways Nummer nicht, aber die von Pastor Rice. Izzy rief ihn an.

„Izzy! Was kann ich für Sie tun?“

„Ich weiß, das ist wahrscheinlich eine seltsame Frage, aber sehen Sie Kits Auto auf der Straße parken?“, fragte sie.

„Augenblick, ich schaue nach.“ Einen Moment später war er zurück. „Nein.“

„Scheiße.“

„Kann ich helfen?“ Der Pastor musste ihre Verzweiflung durch die Leitung hindurch gehört haben.

„Würden Sie mich anrufen, falls sie auftaucht?“

„Natürlich. Ich mag nichts lieber, als die Nachbarn auszuspionieren." Er lachte, und Izzy versuchte, irgendwie darauf zu reagieren.

„Danke, Pastor, ich weiß das sehr zu schätzen." Ein kurzes, kräftiges Klopfen an ihrer Tür erklang. Izzys Mund wurde trocken, ihre Hände feucht. „Entschuldigen Sie. Ich muss los."

FRAZER KONNTE SICH nicht daran erinnern, wann er das letzte Mal so wütend gewesen war. Vielleicht an dem Tag in den Wäldern von West Virginia, als er gelernt hatte, niemandem zu vertrauen, der Befehle gab. Die Wut fühlte sich gut an. Sie fühlte sich gerecht an. Sie verbrannte jedes letzte Quäntchen Sympathie, das er noch für Isadora Campbell empfand.

Eine weitere Frau wurde vermisst, und Isadora hatte Informationen zurückgehalten, die ihm dabei geholfen hätten, ein Profil zu erstellen und den Mörder zu finden.

Das musste er sich immer wieder sagen.

Randall meldete sich nach dem fünften Klingeln.

„Wer wird vermisst?", fragte Frazer.

„Mary Neville. Sie arbeitet als Kellnerin im Diner in Rosetown." Wo auch Kit arbeitete. Eine weitere gottverdammte Verbindung zu den Campbells. „Sie wurde nicht mehr gesehen, seit sie von einem gewissen Carl Kent gestern Abend nach Hause gebracht wurde. Er schwört, dass er gewartet hat, bis sie im Haus war und dann erst gefahren ist."

„Irgendwelche Zeugen?"

„Gibt's die jemals?"

„Woher wissen wir, dass sie vermisst wird?"

„Sie sollte heute ihre Schwester besuchen, ist aber nie

aufgetaucht. Die Schwester ist zu Marys Haus gefahren und hat Anzeichen eines Kampfes entdeckt. Sie hat sofort die Polizei gerufen."

Frazer verzog das Gesicht. Andere Vorgehensweise, aber wie standen die Chancen, dass diese Sache nichts mit der derzeitigen Serie von Entführungen und Morden zu tun hatte?

„Ich glaube, ich habe etwas." Frazer konnte die aufsteigende Aufregung in Randalls Stimme hören. „Ich habe alle Fahrzeuge kontrolliert, bei denen das automatische Erfassungssystem die Nummernschilder nicht lesen konnte. Ich glaube, ich habe unseren Van gefunden."

„Cromwells Van von der Arbeit?"

„Nein. Ein großer, weißer Lieferwagen. Keine Aufschriften oder Logos. Jemand hat das Nummernschild mit einem reflektierenden Material besprüht, damit das Programm die Zahlen nicht vom Hintergrund unterscheiden kann."

„Und?" Frazer wusste, wie das Spray funktionierte.

„Derselbe Van wurde in Greenville und in Maysville erfasst, am Tag von Elaine Pattersons Ermordung."

„Konnte der Fahrer identifiziert werden?"

„Nein. Trug eine dunkle Sonnenbrille und eine Baseballkappe."

„Und wie soll uns das nun bitte weiterhelfen?", fragte Frazer und manövrierte sein Auto um die Übertragungswagen herum, die auf der Hauptstraße von Rosetown geparkt waren.

„Ich habe den Wagen an der kleinen Discokugel wiedererkannt, die am Rückspiegel hängt. Er gehört Ted Brubaker. Izzys und Kits Onkel."

Ein Onkel, der Zugang zum Auto von Isadoras Vater gehabt hatte und sie ohne Weiteres hätte beobachten können, als sie vor all den Jahren die Leichen vergraben hatten. *Scheiße.*

Die Alarmglocke in seinem Kopf klingelte wie verrückt – ding, ding, ding.

„Wir haben einen Durchsuchungsbefehl für sein Grundstück und seine Fahrzeuge. Wo sind Sie?"

„Fahre gerade auf den Parkplatz der Polizeistation."

„Brauchen Sie nicht. Fahren Sie weiter Richtung Norden und biegen Sie die erste Straße links ab, wenn Sie über die Brücke sind. Chief Tyson organisiert gerade eine Pressekonferenz, die in etwa zwanzig Minuten stattfindet, um unsere Freunde von der Presse abzulenken."

Frazer wendete den Wagen und fuhr im Schritttempo an den Reportern vorbei, die ihn mit Adleraugen beobachteten. Er fuhr über die Brücke, wo ihm Seth Grundy in Isadoras Wagen entgegenkam. Der Kerl hob eine Hand, um ihn zu grüßen. Frazer fuhr weiter.

Wellen krachten gegen die Brückenpfeiler, das Wasser spritzte bis auf seine Windschutzscheibe. Er stellte die Scheibenwischer an und verwischte den salzigen Schaum, bis die Scheibe wieder frei war.

Wenn Isadoras Onkel der Mörder war, würde sie das schwer treffen. Er erinnerte sich daran, dass sie ihn nur darum gebeten hatte, ihre Schwester zu beschützen, die jetzt im gleichen Alter war, wie Izzy es gewesen war, als ihre Mutter sie in eine unerträgliche Situation gebracht hatte.

Hatte irgendjemand auf Isadora aufgepasst – jemals? Dieser Gedanke schnürte ihm den Hals zu, aber er konnte jetzt nicht darüber nachdenken. Er bog auf eine holprige Seitenstraße ein und hielt hinter fünf Einsatzwagen, um die Polizeibeamte in schusssicheren Westen herumstanden. Randall winkte ihn herüber. Frazer stieg aus, holte seine Weste aus der Tasche und kontrollierte seine Waffe.

Der Wind heulte durch die Bäume, die vom herannahenden Sturm ganz gekrümmt waren.

„Fühlt sich an wie ein Hurrikan", sagte Frazer zu Tyson – der zu seiner eigenen Pressekonferenz zu spät kommen würde.

„Das ist keineswegs ein Hurrikan. Wir können ja immer noch aufrecht stehen." Er grinste. „Das ist bloß ein Sturm."

Frazer sah ihn mit zusammengezogenen Augenbrauen an. *Sicher.* Sie versammelten sich bei einem der Fahrzeuge. Hank Wright fehlte. „Zwei Kollegen hinterm Haus, einer bewacht den Ausgang des Sturmschutzkellers. Vier zur Scheune, falls er sich dort mit der Frau verschanzt hat."

Ein Beamter blieb bei den Fahrzeugen – für den Fall, dass Brubaker sich an ihnen allen vorbeischlich, und um zu verhindern, dass jemand unbefugter Weise auf das Grundstück kam. Vier von ihnen, er, Randall, Tyson und eine Polizistin, klopften an die Haustür.

Sie hielten ihre Waffen mit beiden Händen, hatten sie auf den Boden gerichtet. Die Polizistin trug die Ramme, falls Brubaker nicht öffnen wollte.

Sie liefen zu den Stufen der Veranda. Ein paar der Bohlen waren lose, und das Haus konnte einen neuen Anstrich gebrauchen, aber es war keinesfalls heruntergekommen. Die Sturmverschläge an allen Fenstern waren geschlossen. Tyson klopfte laut und rief: „Hier ist die Polizei von Rosetown. Öffnen Sie sofort die Tür."

Frazer lauschte angestrengt, ob er über die wild rauschenden Bäume etwas hören konnte, aber es war unmöglich. Er musste an Isadoras grüne Augen denken, als sie ihm ihr Geheimnis verraten hatte.

Sie waren voller Einsamkeit gewesen.

Sein Hals fühlte sich an, als ob er Dornen verschluckt

hätte. Wenn irgendjemand diese alles umfassende Einsamkeit verstand, dann er.

Warum zur Hölle dachte er jetzt, während er sich mitten in einem Zugriff befand, an diese Frau, die ihn so dreist bezüglich eines Mordes angelogen hatte. Er musste Isadora aus seinen Gedanken verbannen und sie vergessen. Sie hatte ihn angelogen. Sie hatte ihm nicht vertraut, denn letzten Endes vertraute sie niemandem.

Und wenn der Begriff „Scheinheiligkeit" in diesem Moment durch seine Gedanken donnerte, dann war das allein sein Problem.

IZZYS LINSTE DURCH das Fenster ihres Arbeitszimmers, um zu sehen, wer an ihre Haustür geklopft hatte. Eine Welle der Erleichterung überkam sie, als sie sah, dass es kein Polizist war, der sie festnehmen wollte. Gott, was würde sie tun, wenn es so weit war? Wegrennen? Sich in die Hose machen?

Sie steckte ihr Handy in die Hosentasche, ging zur Tür und öffnete sie.

„Hi, Seth." Er hielt ihr die Schlüssel ihres Geländewagens hin, und sie nahm sie ihm mit einem dankbaren Lächeln ab. „Du hättest das Auto nicht extra herbringen müssen, aber ich weiß es zu schätzen." Sie biss sich auf die Lippe. „Aber wie kommst du jetzt nach Hause? Ich darf noch nicht fahren." Sie hielt ihren Gips in die Höhe und zog eine Grimasse.

„Ich habe mein Fahrrad im Kofferraum. Hoffe, es hat keine Flecken auf den Polstern gemacht."

Sie winkte ihn hinein. „Wird schon nicht schlimmer sein als dieser stinkende Hund. Vielen Dank. Wirklich. Komm rein, dann schreibe ich dir einen Scheck."

Er stand zögernd auf der Schwelle, dann trat er ein, wischte sich die Schuhe an der Fußmatte ab und beugte sich hinunter, um sie auszuziehen.

„Lass ruhig. Ich muss später sowieso durchwischen." *Vorausgesetzt, ich bin bis dahin nicht verhaftet, weil ich eine polizeiliche Ermittlung behindert und zwei Leichen habe verschwinden lassen.* Im Ernst, wie hatte sie jemals glauben können, das sei in Ordnung? Kein Wunder, dass sie davongelaufen und zur Armee gegangen war.

Sie ignorierte die Tatsache, dass er die gleiche schwarze Jacke trug wie Ted gestern Abend.

„Hast du irgendetwas über Cromwell gehört, diesen Schwanzlutscher?", fragte Seth.

„Nichts." Seine Wortwahl machte ihr nichts aus. Sie war Captain in der Armee gewesen. Sie wühlte in ihrer Handtasche nach ihrem Scheckheft. Dann klickte sie mit dem Kugelschreiber und begann ungelenk, mit ihrer eingegipsten Hand den Scheck auszufüllen. „Was bin ich dir schuldig?"

Er nannte ihr eine sehr vernünftige Summe, und sie füllte den Scheck aus. Sie war immer noch unruhig, weil sie Kit noch nicht erreicht hatte, aber der Kerl hatte ihr heute das Leben gerettet. Sie konnte ihn nicht einfach abfertigen. „Willst du einen Kaffee oder ein Bier oder irgendwas?"

Seth schlenderte durch das Wohnzimmer, schaute sich die gerahmten Fotografien auf dem Kaminsims an. Er nahm das Hochzeitsfoto ihrer Eltern in die Hand und stellte es nach ganz vorne. Izzy zuckte zusammen.

„Er war ein guter Kerl, dein Daddy. Ich habe die Barbecues geliebt, die er und deine Mutter immer veranstaltet haben."

Izzy schlang die Arme um ihre Brust. Ihre jährliche Feier am Unabhängigkeitstag hatte sie ganz vergessen.

Die Hände tief in seinen Taschen vergraben, schlenderte Seth weiter, um einen Blick auf die Schachtel mit den Fotos zu werfen, die noch immer auf dem Tisch stand. „Schaust du durch alte Fotos?" Etwas fiel ihm ins Auge. Er lehnte sich hinunter und hob das Schulfoto hoch. „Wo kommt das her?"

Izzy setzte ihre verwackelte Unterschrift auf den Scheck und mühte sich damit ab, den Zettel an der Perforation abzureißen. „Von einer alten Dame namens Mildred Houch, anscheinend."

„Lebt die alte Schreckschraube immer noch?"

Izzy hielt mitten auf ihrem Weg zur Couch inne. „Du bist auf diese Schule gegangen?" Ihre Stimme krächzte nervös.

Er schaute auf und lächelte, als er seinen Fehler bemerkte. Seine Augen lächelten nicht. Die berechnende Kälte, die sie in seinen Augen sah, versetzte ihren ganzen Körper in Alarmbereitschaft. Ihr Blick schoss zu ihrer Waffe, die weit entfernt auf dem Couchtisch lag.

Auch Seth sah die Pistole. Als er danach griff, rannte Izzy los. Hinter ihr polterten Schritte, aber sie war fit und schnell. Sie konnte aus dem Haus sein, bevor er schießen konnte. Sie rutschte auf ihren Socken, aber erreichte die Haustür und dachte, sie hätte es geschafft, als sie das Gefühl hatte, von einem Rhinozeros gegen die Tür geschmettert und zu Boden gerissen zu werden. Die Luft entwich aus ihren Lungen und ihre geprellten Rippen fühlten sich an, als ob sie in tausend Teile zerbrachen. Der Schmerz war unbeschreiblich. Sie konnte nicht atmen, nicht schreien, nicht denken.

Seth keuchte heftig und drückte sie zu Boden, während er wieder zu Atem kam. Entsetzen breitete sich in ihr aus und drohte, in Hysterie umzuschlagen. Irgendwie schaffte sie es, die Panik abzuwenden. Seth hatte ihr vorhin erst das Leben gerettet. Er konnte unmöglich der Mörder sein… aber er war es. Sie wusste es so sicher, wie sie ihre eigene Augenfarbe wusste.

Sie bewegte sich leicht hin und her, versuchte herauszufinden, wie beweglich sie unter Seth war. Er griff ihren gesunden Arm und drehte ihn auf ihren Rücken. Schmerz schoss ihr vom Ellenbogen bis in die Schulter, und sie schrie auf. Es lief ihr kalt den Rücken herunter als sie spürte, wie er bei ihrem Schrei innehielt. Als ob sein Jagdinstinkt eingeschaltet worden war und ihn vergessen ließ, dass sie doch Freunde waren. Er drehte sie auf den Rücken, seine rauen Finger bohrten sich fest in ihre Haut. Er tat ihr weh, aber sie würde ihm ihre Angst und ihre Schmerzen nicht mehr zeigen. Barney sprang um sie herum, als ob er sich fragte, warum sie auf dem Boden lagen, und ob er mitspielen durfte. Ihr Hund kannte Seth. Er mochte ihn. Er verfügte ganz offensichtlich über eine ebenso schlechte Menschenkenntnis wie sie selbst.

Sie lag still da, wusste, dass sie in ihrer momentanen Lage nur auf eine günstige Gelegenheit warten konnte, um zu fliehen oder an ihre Waffe zu kommen. Die guten Neuigkeiten waren, dass sie ihr Handy in der Hosentasche hatte und Seth nicht darauf aus schien, sie zu durchsuchen.

Ihr kam ein Gedanke. „Wo ist Kit? Was hast du mit ihr gemacht?"

Etwas blitzte im Blick des Kerls auf, aber sie konnte es nicht deuten. *Gottverdammt.*

„Komm ohne Theater mit, und ich bringe dich zu ihr." Das kalte Metall ihrer Pistole drückte gegen ihre Schläfe.

Izzy schluckte, ihr Mund war trocken. Als ob sie eine

Wahl hätte. „Lebt sie noch?“

„Ich würde Kit nie etwas antun, Izzy.“ Seth flüsterte in ihr Ohr und schnalzte tadelnd mit der Zunge. „Ich habe seit dem Tag ihrer Geburt auf sie aufgepasst. Sie ist wie eine Tochter für mich.“

Entsetzen überkam Izzy bei dem Gedanken, dass Seth womöglich ein ganz besonderes Interesse an Kit gefunden haben könnte. „Was ist mit Mary Neville? Du warst eifersüchtig, weil Carl eine Verabredung mit ihr hatte, oder?“

„Mary geht es gut. Sie ist nur gerade ein wenig eingebunden, das ist alles.“

Izzy musste an das Mädchen im Auto ihres Vaters denken, damals, vor all den Jahren. Sie glaubte Seth nicht. Er ließ ihren Arm los und ging ein paar Schritte zurück, sodass sie ihn nicht angreifen konnte, ohne dass er sie zuerst erschoss. Obwohl sie lieber erschossen werden würde, als das durchzumachen, was er mit ihr vorhatte.

„Du hast mich unter meiner Veranda angegriffen.“ Sie nickte in Richtung ihres Schuppens. Sie musste daran denken, was er mit Helena gemacht hatte, diesem lieben Mädchen. Ihr wurde schlecht.

„Du musstest dich ja unbedingt einmischen. Konntest deine Finger nicht davon lassen.“

Als ob alles ihre Schuld wäre. Zur Hölle, im kranken Hirn eines Serienmörders war es das vermutlich auch. Sie kniete sich langsam hin, musste den Schwindel nicht vortäuschen, als sie sich an der Wand abstützte. Sie musste Zeit gewinnen, aber Frazer würde Stunden unterwegs sein. Realistisch betrachtet würde er womöglich nie wieder zurückkommen.

In ihrer verzweifelten Lage erlaubte sie sich endlich dieses Eingeständnis. Die Tatsache, dass er wutentbrannt hier verschwunden war. Sie verstand es – sie war ihm nahegekommen, und er hatte das Gefühl, dass sie ihn hintergangen hatte. Sie bezweifelte, dass er nach seiner Erfahrung mit ihr und seiner Ex-Frau einer anderen Frau jemals wieder erlauben würde, ihm nahe zu kommen. Sie war die Falsche für diesen Vertrauensbeweis gewesen, wie er verdammt schnell herausgefunden hatte. Zumindest würde er kein gebrochenes Herz davontragen. Das ging nur ihr so. Auch wenn sie nicht glaubte, dass Seth sie lange daran würde leiden lassen.

Sie stellte einen Fuß auf, wollte sich hinstellen. „Warum hast du meine Schaufel benutzt? Warum nicht deine eigene?"

„Du weißt, warum ich deine Schaufel benutzt habe." Sein Schnurrbart zuckte, aber der Ausdruck in seinen Augen änderte sich nicht. Waren sie jemals etwas anderes als dunkel und wachsam gewesen? „Ich habe dich seit dem Tag beobachtet, als du deinen alten Herrn aus dem Kofferraum seines Wagens gezerrt und in dem Loch in den Dünen vergraben hast."

Der Knoten in ihrem Bauch wurde immer fester. Er glaubte, sie war wie er.

„Wie hat sich das angefühlt Izzy? Deinen alten Herrn zu begraben, bevor du dir überhaupt sicher warst, dass er wirklich tot war?"

„Er war tot."

„Er hätte noch gerettet werden können – mit deiner Ausbildung muss dir das doch mittlerweile klar sein."

War es ihr klar? Hätte sie ihrem Vater das Leben retten können, wenn sie den Notarzt gerufen hätte, anstatt der Hysterie ihrer Mutter nachzugeben?

Vielleicht. Dieses Wissen war ein weiterer Dorn in ihrem Herzen.

„Ich habe immer vermutet, dass du deshalb Ärztin geworden bist. Um herauszufinden, auf wie viele unterschiedliche Arten du ihn im Stich gelassen hast. Und weißt du, was das Beste ist?"

Ihre Augen füllten sich mit Tränen, aber sie blinzelte sie weg. Sie würde die Tränen nicht fließen lassen.

Seth lachte. „Er hat sie nicht mal umgebracht. Er hatte einen Platten, als er auf seiner Geschäftsreise auf dem Weg aus der Stadt war, und ich habe ihm eines meiner Autos geliehen. Dein Daddy ist einen Tag früher als geplant zurückgekommen, und ich hatte keine Zeit mehr, die Leiche aus dem Kofferraum wegzuschaffen." Er lachte erneut. „Er ist weggefahren, ohne zu wissen, dass sie da war. Bis zu dem Augenblick, als deine Mutter ihn erstochen hat. Der arme Bastard."

Frazer hatte recht gehabt. Ihr Vater war unschuldig.

Gott sei Dank.

Sie stand auf, schwankte etwas von links nach rechts, als die Schmerzen durch ihren Brustkorb schnitten.

„Ich war wegen einem anderen Auftrag unterwegs, und als ich zurück zur Werkstatt kam, sah ich, dass sein Wagen weg war, inklusive Leiche. Ich hätte mir fast in die Hosen gemacht. Bin hierher gerast wie ein Irrer. Ich dachte, ich werde ihn entweder umbringen müssen oder abhauen, je nachdem, ob er schon die Bullen gerufen hatte oder nicht."

„Stattdessen hast du gesehen, wie meine Mom ihren eigenen Mann umgebracht hat, in dem Glauben, sie müsste sich selbst verteidigen."

Er kratzte sich am Kopf. „Das kam ziemlich unerwartet. Allerdings nicht so unerwartet wie die Tatsache, dass du ihr dabei geholfen hast, die Leichen loszuwerden. Da habe ich dich plötzlich in einem ganz anderen Licht gesehen. Ich habe dich immer gemocht, Izzy." Sein Blick schweifte an ihrem Körper hinunter, und ihr Magen drehte sich um.

„Warum hast du aufgehört, zu töten?" Zeit gewinnen, Zeit gewinnen, Zeit gewinnen.

Er zog seine Augenbrauen hoch. „Warum glaubst du, dass ich aufgehört habe? Ich habe mich nur woanders rumgetrieben als hier." Sein Mundwinkel zuckte. „Ich sehe es so. Du hast keine Wahl, außer zu tun, was ich dir sage. Wenn nicht, erzähle ich dem FBI alles über dich."

„Zu spät. Ich habe schon alles gestanden."

Etwas zuckte durch seinen Blick, etwas Dunkles und Verschlagenes. Er griff Barneys Halsband und richtete die Glock auf den seidigen Kopf des Retrievers. „Steig in dein Auto, Izzy, und keine Dummheiten. Oder ich erschieße deinen dämlichen Hund."

VIERUNDZWANZIGSTES KAPITEL

S ETH ZWANG SIE hinter das Steuer ihres Geländewagens, trotz ihres gebrochenen Handgelenks. In dem Moment, als er Barney die Waffe an den Kopf gehalten hatte, war ihr klar geworden, dass sie vermutlich sterben würde. Sie würde tun, was sie konnte, um das Leben ihrer Schwester und ihres Hundes zu retten.

Seth setzte sich auf den Beifahrersitz, Barney fest zwischen seinen Füßen festgeklemmt. Den Lauf der Waffe hatte er auf ihren Oberkörper gerichtet. Izzy versuchte, nicht daran zu denken, welchen Schaden eine Kugel aus nächster Nähe im menschlichen Körper anrichten konnte. Sie hatte es gesehen, und sie wollte es auf keinen Fall am eigenen Körper erfahren.

Sie warf einen Blick in den hinteren Teil ihres Wagens. Einer der Sitze war umgeklappt und ein Fahrrad in den Kofferraum gezwängt, wie Seth gesagt hatte. Immerhin war es keine Leiche. Als sie rückwärts aus ihrer Einfahrt fuhr, fiel ihr Blick auf die Schaufel, die sie und alle anderen Inselbewohner immer im Auto hatten.

„Wohin?", fragte sie.

„Nach Süden."

„Wo fahren wir hin?"

Seth zerrte an Barneys Halsband und riss den Kopf des Hundes in die Höhe. „Ruhe."

Izzy fuhr Richtung Süden. Strandhafer wogte entlang der

Straße im Wind. Die Scheinwerfer ihres Wagens schnitten durch die Dunkelheit und gaben ihr das Gefühl, durch einen Tunnel zu fahren. Sie versuchte zu überlegen, was zur Hölle sie jetzt noch tun konnte. Sie waren in einen sehr verlassenen Teil der Insel unterwegs. „Weiß Ted irgendetwas von all dem?"

Seth lachte grunzend. „Der alte Waschlappen? Seine Vorstellung von Spaß ist es, der Kellnerin auf die Brüste zu starren."

Sie wollte gar nicht wissen, was Seths Vorstellung von Spaß war, aber er erzählte es ihr trotzdem. „Er hat keine Ahnung, wie es sich anfühlt, das Leben eines anderen Menschen in den Händen zu halten. Aber du weißt es." Er beäugte sie abschätzend, dann wandte er sich ab. „Ich bin mir ziemlich sicher, wenn Teddy jemals wieder Sex haben sollte, stirbt er an einem Herzinfarkt."

Izzy musste an die Unterhosen in Teds Van denken. Der Van war am Tag zuvor in Seths Werkstatt gewesen. Sie hatte die schreckliche Vermutung, dass es Teil von Seths Vorgehensweise war, die Fahrzeuge seiner Kunden zu benutzen, um seine Verbrechen zu begehen. Diese Vorstellung ließ sie erschaudern.

„Hast du jemals jemanden absichtlich umgebracht?", fragte er plötzlich.

„Was? Nein."

„Hast du jemals jemanden ins Leben zurückgeholt?"

Sie wusste nicht, worauf er hinauswollte. „Ich habe Patienten wiederbelebt, wenn ihr Herz ausgesetzt hat, ja."

„Haben sie etwas gesehen?"

Der Kerl hatte eindeutig den Verstand verloren. „Was zum Beispiel?"

Er schaute sie verstohlen an, rutschte unruhig auf seinem Sitz hin und her. „Das Licht. Die Frau, die einen abholt."

Izzy ganzer Körper schmerzte. Ihr Kopf dröhnte vor Schmerzen und Angst. Und er wollte über Nahtoderfahrungen sprechen? Sie würde ihm liebend gerne zu einer verhelfen.

Zeit gewinnen.

Sie verzog das Gesicht, versuchte sich zu erinnern, was ihre wiederbelebten Patienten erzählt hatten. „Manche haben behauptet, ein helles Licht gesehen zu haben. Einer hat erzählt, dass er auf einem Feld gestanden und einen riesigen Tiger gestreichelt hat." Sie hatte es auf die starken Medikamente geschoben, auf die er allergisch reagiert hatte.

Seth hing an ihren Lippen.

„Hattest du so eine Erfahrung, Seth?", vermutete sie.

Er nickte. „Als ich vierzehn war, bin ich mit Ferris und einem Jungen namens Sidney in einem Baggersee baden gegangen. Auf dem Grund des Sees gab es ein altes Auto, durch das wir durchschwimmen wollten. Sidney hat sich im Lenkrad verfangen und hat es nicht rechtzeitig an die Oberfläche geschafft. Ich und Ferris haben versucht, ihn zu retten, aber er hat Wasser geschluckt und Panik bekommen. Wir konnten ihn nicht befreien."

Er war so in seiner Erinnerung versunken, dass Izzy ernsthaft überlegte, aus dem fahrenden Wagen zu springen und davonzurennen, aber er hatte immer noch Barney in seiner Gewalt und würde sie vermutlich einholen. Sie müsste nicht nur den Sturz mit ihrem ohnehin schon gebrochenen Handgelenk und den geprellten Rippen überleben, sondern auch noch einem Irren mit einer Waffe davonlaufen.

„Du hast gesagt, du wärst fast gestorben?", bohrte sie nach.

Er nickte kurz, und es schien, als ob Tränen in seine

Augen traten. „Es war wunderschön. Ich habe mich nie in meinem Leben so geliebt und so friedvoll gefühlt, wie in diesen Sekunden.“

„Was ist passiert?“

Er lachte gequält auf. „Irgendeine verdammte Schlampe hat mich ‚gerettet‘. Herrgott. Ich wollte ihr ins Gesicht schlagen und zurück ins Wasser springen, aber sie haben mich festgehalten. Sie haben Sidney auch aus dem Wasser gezogen und versucht, ihn wiederzubeleben. Ich habe ihnen gesagt, sie sollen ihn in Ruhe lassen, aber sie haben nicht auf mich gehört. Wie auch immer. Er hat Glück gehabt.“

„Er ist ertrunken?“

„Genau.“ Er schaute aus dem Fenster. „Fahr rechts ran. Hier.“

Izzy schaute sich um. Furcht breitete sich in ihr aus. Sie blinkte und hielt am Straßenrand an – ganz der regeltreue Verkehrsteilnehmer. Sie entdeckte den Leuchtturm, der vor ihnen lag. Seth zog den Autoschlüssel ab und öffnete die Beifahrertür, zerrte Barney mit sich hinaus. Schnell zog sie ihr Handy aus der Hosentasche, wählte den Notruf und legte das Telefon unter ihren Sitz. Sie betete, dass Seth es nicht bemerkt hatte. Er öffnete den Kofferraum und holte die Schaufel heraus.

Sie waren am Parson's Point. Und sobald sie ihm in die Dünen folgte, war sie eine tote Frau.

TYSON KLOPFTE AN Brubakers Tür, diesmal fester. Es drang immer noch kein Geräusch von drinnen heraus. Er war kurz davor, den Einsatz der Ramme anzuweisen, als die Tür plötzlich aufschwang. Ted Brubaker stand mit offenem Mund da, er war offensichtlich im Begriff, auszugehen, als auch schon zwei Polizisten an ihm vorbeistürmten. Tyson tastete ihn nach versteckten Waffen ab und legte ihm Handschellen an, dann las er ihm seine Rechte vor.

„Was zur Hölle ist hier los?", rief Ted.

Frazer ignorierte die Frage und half mit, die Räume im Erdgeschoss zu sichern. Es war dunkel und unheimlich im Haus, aber auf den ersten Blick war keine andere Person zu erkennen.

„Ich kontrolliere den Van." Frazer zog ein Paar Latexhandschuhe aus einer Box im nächsten Einsatzfahrzeug. Er näherte sich mit Randall dem Fahrzeug, schob die Tür auf und schaute vorsichtig ins Wageninnere. Keine Frau da. *Scheiße.* Ihn beschlich die schreckliche Vermutung, dass für Mary Neville jede Hilfe zu spät kommen würde.

Das Auto sah auf jeden Fall aus wie der Van auf den Fotos von Jessica Tuttles Handy. Frazer entdeckte einen Ball aus zusammengeknülltem Stoff. Er hob ihn vorsichtig hoch. Ein Stringtanga.

„Ich bin mir ziemlich sicher, dass ich nicht sehen will, wie Ted Brubaker sowas trägt", sagte Randall.

Frazer tütete den Slip ein und trug ihn als Beweismittel ein. Brubaker war definitiv ihr Mann.

Er ging zum Polizeichief hinüber, der Ted gerade befragte. Brubaker tischte ihm die üblichen Ausflüchte auf. Frazer hörte auf, ihm zuzuhören. „Wir haben Beweise dafür, dass Sie vorgestern in Maysville waren. Wenn Sie uns sagen, wo Mary Neville ist, informiere ich den Richter darüber, dass Sie kooperiert haben."

„Mary? Woher zur Hölle soll ich wissen, wo Mary ist?"

Frazer versuchte, seine Abscheu zu verstecken, die er nicht nur aufgrund der Lügen des Kerls empfand, sondern auch, weil er die beste Freundin seiner Nichte kaltblütig umgebracht hatte und jemandem, den er angeblich so gerne mochte, extremen Kummer bereitet hatte.

Brubaker schüttelte den Kopf. „Hör zu, Kumpel, ich war vorgestern nicht in Maysville. Ich war hier."

„Wir haben fotografische Beweise, die Ihren Van in Maysville zeigen", erklärte Frazer.

Brubaker grunzte verächtlich. „Was nur beweist, dass Sie totalen Bockmist erzählen. Mein Van war bis gestern Morgen in der Werkstatt, weil ich eine neue Lichtmaschine brauchte. Ich war nirgendwo."

Jeder Muskel in Frazers Körper spannte sich an. „Welche Werkstatt?"

„Seth Grundys."

Frazer stolperte zurück, als wäre er angeschossen worden. Tyson bugsierte Brubaker grob auf die Rückbank eines der Polizeiautos.

Frazer spürte die Uhr tickten, als er daran dachte, wie Seth Grundy ihm in Isadoras Geländewagen entgegengekommen war. Aber er wurde nicht hektisch. Kopflose Hühner waren schlechte Polizisten. Frazer rief Hanrahan an, der in diesem Augenblick in Mildred Houches Wohnzimmer saß. „Fragen Sie sie, ob ihr der Name Ted Brubaker irgendwas sagt."

„Sie sagt Nein."

„Fragen Sie sie nach Seth Grundy."

Hanrahan wiederholte den Namen für die Dame und Frazer konnte ein „Oh, ja! Das ist der Name, an den ich mich nicht erinnern konnte" aus dem Hintergrund hören.

Dann war Hanrahan wieder am Telefon. „Mildred sagt, er

war einer von Denkers besten Freunden. Er ist fast ertrunken, aber eine Lehrerin hat ihn gerettet. Einer seiner Freunde ist allerdings umgekommen. Hilft das?"

„Ich glaube, wir haben gerade Denkers Komplizen gefunden." Frazer legte auf. „Sie können Brubaker laufen lassen. Besorgen Sie einen Durchsuchungsbefehl für Seth Grundys Werkstatt." Er deutete auf den weißen Van. „Der da ist ein Beweismittel. Beschlagnahmen Sie ihn. Grundy ist unser Täter."

Chief Tyson zog sein Handy hervor. „Ich rufe die Funkzentrale an, damit sie sofort eine Fahndung einleiten."

Frazers Herz schlug ihm bis zum Hals, als er den Kopf schüttelte. „Nicht nötig, ich weiß, wo er ist. Ich bin ihm entgegengekommen, als er vor zehn Minuten in südlicher Richtung unterwegs war, in Dr. Campbells Geländewagen." Die Erinnerung an Seth, wie er ihn grüßte, blitze auf, und er schluckte seine Frustration hinunter. Er hatte ein offensichtliches Zeichen übersehen. „Lassen Sie in beide Richtungen des Highways Straßensperren errichten. Schnappen wir uns diesen Bastard."

Er rannte los. Randall folgte ihm, um sich auf die Jagd nach diesem neuen Verdächtigen zu machen. Plötzlich wurde Frazer klar, dass er alles vermasselt hatte. Er sprang in seinen Wagen und wünschte, er hätte eine Sirene. *Egal.* Er trat das Gaspedal durch, fuhr rückwärts aus der Seitenstraße, während Randall mit seinem Gurt kämpfte.

Frazer schoss mit quietschenden Reifen auf den Highway, wo er beinahe ein anderes Auto erwischte, dann trat er wieder aufs Gas und betete, dass sie noch rechtzeitig ankamen oder das Grundy Isadoras Auto nur benutzte, so wie er auch all die anderen Autos benutzt hatte. Um die Polizei abzulenken. Um

Beweise verschwinden zu lassen. Er rief Isadoras Handynummer an, aber es war besetzt.

„Versuchen Sie Kits Handy", sagte er zu Randall und konzentrierte sich darauf, nicht in das Brückengeländer zu rasen.

Das Einzige, was ihm in diesem Augenblick wichtig war, war eine Frau, die mehr Mut gezeigt hatte, als er in seinem ganzen Leben je besessen hatte. Sie hatte ihren Fehler gestanden, und er hatte sie dafür verachtet. Aber Frazer konnte es nicht riskieren, seine eigenen Fehler und Unzulänglichkeiten zu offenbaren. Er musste perfekt sein. Er hatte seit dem Moment perfekt sein müssen, als er aus dieser Absteige eines Motels in Ohio gerettet worden war.

Perfekt. Würdig. Wichtig.

Denn nur deshalb hatte er diese fünf grauenhaften Tage überlebt. Und irgendwo, tief in seinem Inneren, verband er Perfektion mit der Hoffnung, geliebt zu werden, so wie ein Serienmörder den Schmerz anderer Menschen mit seiner eigenen sexuellen Erregung verband. Gleicher Mechanismus. Andere Charakterschwäche.

Isadora Campbell war nicht perfekt. Was zur Hölle sollte er auch mit einer Frau anfangen, die perfekt war? Selbst wenn sie ihn nicht zu Tode langweilen würde, würde sie ihm doch seine eigenen Schwächen und Fehler so eindrucksvoll aufzeigen, dass die Beziehung keine Woche halten würde. Was sollte das überhaupt sein, Perfektion? Mörder zu jagen? Menschen zu retten?

Das war wichtig, aber war es genug?

Und welchen Wert hatte es, *gerettet* zu werden, wenn man danach sein Leben nicht in vollen Zügen lebte? Und was brachte es, wenn man perfekt war und trotzdem ein zu großer

Feigling, um das Einzige zu riskieren, was zählte – sein Herz?

Er erreichte das Haus der Campbells in Rekordzeit. Kein Auto in der Einfahrt. War das eine gute Nachricht? Oder eine schlechte? Mit gezogener Waffe rannte er die Stufen hoch und platzte durch die Tür. Aber das Haus war leer. Nur die Schachtel mit den Fotografien stand noch immer auf dem Couchtisch. Wenn Grundy die Fotos gesehen hatte, dann musste er wissen, dass es nur noch eine Frage der Zeit war, bis sie ihn fassten.

„Haben Sie Kit erreicht?"

Randall nickte. „Ja. Izzy hatte versucht, sie anzurufen, aber ihr Handy war aus gewesen. Sie weiß nicht, wo sie ist."

Ein Stück Papier lag auf dem Fußboden. Frazer beugte sich hinunter und sah, dass es ein Scheck war, der auf Seth Grundy ausgestellt worden war. Er richtete sich auf.

„Grundy war hier", sagte er zu Randall. „Ich lasse Parker Isadoras Handy orten, und wir sperren alle Straßen ab, die von den Inseln herunterführen. Er wird nicht entkommen." Er versuchte, zu schlucken, bevor sein knochentrockener Hals ihm die Luft abschnürte. Er würde Isadora finden. Die Frage war nur, ob sie noch lebte, wenn er sie fand.

Gerade, als er Parker anrufen wollte, klingelte sein Handy.

„Wir haben gerade einen Notruf von Dr. Campbells Handy erhalten." Entsetzen ergriff ihn, als er aus dem Haus trat. Tyson fuhr fort. „Wir können keine Stimmen erkennen, aber wir nehmen alles auf und können es später digital verbessern."

„Konnten Sie das Signal lokalisieren?"

„Das läuft über den Anbieter…"

„Ich rufe Sie gleich zurück." Frazer legte auf und rief Parker an. „Von Isadora Campbells Handy aus ist ein Notruf abgesetzt worden. Ich muss wissen, wo genau das Telefon in diesem Augenblick ist." Frazer wartete eine gefühlte Ewigkeit.

Dreißig Sekunden später, sprach Parker. „Das Handy ist am Parson's Point. Bin nicht ganz sicher, wo dort genau, aber…"

„Das reicht schon. Ich weiß, wo er sein wird." Es gab nur einen Ort, der Sinn ergab. Grundy wusste nicht, dass sie ihm schon auf den Fersen waren. Er glaubte, er hätte unendlich viel Zeit. Frazer stieg ins Auto, Randall sprang auf den Beifahrersitz, als Frazer schon losfuhr. „Rufen Sie Tyson an. Parson's Point. Geben Sie ihm die Details durch."

Wieder klingelte sein Handy, und er schaute auf die Nummer. Patrick Killion – der Spion, der ihm dabei half, die Attentäterin des Vizepräsidenten zu jagen. Er schuldete dem Kerl zu viel, als dass er nicht rangehen konnte.

„Was gibt es?", blaffte er.

„Ich glaube, ich habe sie gefunden."

Scheiße. Sie jagten dieser Frau bereits seit Wochen hinterher. „Ich stecke hier mitten in einer dringenden Sache."

„Sie kann in einer Stunde schon wieder verschwunden sein. Wenn Sie sie festsetzen wollen, dann müssen Sie jetzt ein paar Anrufe erledigen."

Verflucht. Er hatte jetzt keine Zeit dafür, und soweit er wusste, war sie nur eine Gefahr für die bösen Jungs. *Mist.* Er musste aufhören, so verdammt scheinheilig zu sein. Er hatte Entscheidungen getroffen, die ihn eigentlich für den Rest seines Lebens wegen Mordes hinter Gitter bringen müssten. Isadora Campbells Fehltritte wirkten im Vergleich dazu geradezu zahm.

„Lassen Sie sie laufen, Killion."

„Sind Sie sicher?"

„Wir kümmern uns später darum. Ich muss mich jetzt um etwas Wichtigeres kümmern." Viel wichtiger. Er musste versuchen, die einzige Frau zu retten, die ihm jemals wirklich nahegekommen war, und die sich jetzt gerade in den Fängen eines Serienmörders befand, der Jahrzehnte lang ungestört gemordet hatte. Er legte auf. Er konnte nur davon ausgehen, dass Seth Grundy nicht mitbekommen hatte, wie Isadora den Notruf abgesetzt hatte. Der Kerl hatte nicht geplant, sie mitzunehmen. Genau wie er nicht geplant hatte, Helena umzubringen. Aber Grundy konnte verdammt noch mal hervorragend improvisieren.

GELBES POLIZEIBAND WAR um die kompletten Dünen herum aufgespannt, aber der Ort war nicht bewacht. Das Absperrband hatte den Kampf gegen den Wind so gut wie verloren, hatte sich an mehr als einer Stelle losgerissen und tanzte über das Dünengras. Seth hielt Barney an der kurzen Leine, richtete die Waffe ruhig auf den Schädel des Hundes und bedeutete ihr, voranzugehen. Er konnte Kit unmöglich in seiner Gewalt haben – aber wenn er sie hatte, dann bestand keine Möglichkeit mehr, dass ihre Schwester noch lebte.

Vorsichtig kletterte Izzy über den niedrigen Holzzaun, die Schaufel in der Hand. Sie war in die Vergangenheit zurückgezogen worden und musste nun endlich den Preis für ihre Sünden bezahlen. Sand füllte ihre Socken, ihre Füße waren eiskalt. Das kam ihr aus irgendeinem Grund am wenigsten real von allem vor – die pragmatische Izzy Campbell, die mitten im Winter auf Socken durch die Dünen stapfte. Das Gefühl der rauen Sandkörner zwischen ihren

Zehen ließen ihre Zähne klappern. Sie hatte keine Ahnung, ob irgendjemand auf dem Weg war, um ihr zu helfen, oder ob ihr Notruf überhaupt durchgekommen war.

„Wo ist Mary?", fragte sie.

„Da vorne."

„Lebt sie noch?"

„Natürlich lebt sie noch. Ich habe sie bloß gefesselt."

Er hatte Mary gefesselt und dann Izzys Auto zurückgebracht? Ehrlich gesagt, traute sie ihm das sogar zu, aber sie bezweifelte, dass Mary in diesem Fall noch lebte.

Jeder Schritt brachte Izzy ihrem eigenen Ende näher. Sie würde nicht einfach aufgeben, aber wie konnte sie Seth dazu bringen, die Waffe fallen zu lassen? Ihre Finger krallten sich um den Griff der Schaufel.

Der Wind wehte sie fast um, als sie am Gipfel der Vordüne ankam. Eine kräftige Hand schubste sie, und sie stolperte den Hügel auf der anderen Seite hinunter, fiel zu Boden und atmete erschrocken ein, als ein spitzer Schmerz durch ihre Rippen schoss.

Sie stützte sich auf die Schaufel und richtete sich auf.

„Steh auf", rief Seth ihr über den Wind zu. „Weiter geht's." Er wedelte mit der Waffe in ihre Richtung, und Izzy stand taumelnd auf.

Er brachte sie dorthin, wo sie vor all den Jahren ihren Vater vergraben hatte.

Bevor diese Gegend eingezäunt worden war, hatte es eine schmale Zufahrtsstraße gegeben, die sich durch die sandigen Hügel gewunden hatte. Die Umweltbehörde hatte den Asphalt aufgerissen und die Natur hatte ihr Übriges getan. Es war kein Anzeichen der Straße mehr zu erkennen.

Izzy erinnerte sich an den Ausdruck in Frazers Augen, als

sie ihm von dieser grauenhaften Nacht erzählt hatte – Verrat, Verbitterung, Enttäuschung. Sie hatte ihn enttäuscht, hatte vorgegeben, jemand zu sein, der sie nicht war. Und schlimmer noch, sie hatte ihn verletzt. Auch wenn er es nicht zeigte. Sie kannte die Wahrheit. Er hatte sich ihr geöffnet, und sie hatte den schlimmsten aller Fehler begangen – sie hatte seine Ermittlungen behindert.

Sie kletterte die nächste Düne hoch, hielt aber nach ein paar Metern an und drehte sich um. Sie hielt sich die Seite, als ob sie Schmerzen hätte. Wenn sie jemals die Chance dazu bekommen sollte, würde sie Frazer sagen, dass sie ihn liebte. Das Gefühl hatte sich ganz langsam angeschlichen, hatte sie überrascht. Er verdiente es zu wissen, dass ihre Gefühle für ihn aufrichtig waren. Er verdiente es zu wissen, dass er einen Wert hatte, nicht nur als FBI-Agent, sondern als Mann. Das würde nichts ändern – selbst, wenn sie den heutigen Tag überleben sollte, würden sie niemals eine Beziehung haben. Aber es wäre ein sauberer Abschied. Das war die Art brutale Ehrlichkeit, die Frazer würde zu schätzen wissen.

Im Augenblick war ihre einzige Hoffnung, Seth weiter in ein Gespräch zu verwickeln. Ihn vergessen zu lassen, dass sie sein nächstes Opfer sein sollte. „Woher wusstest du nach all den Jahren, wo du die Leichen finden würdest?"

„Ich hatte ein Stück Holz in den Boden gerammt, in der Nähe, wo ich dich in der Nacht beobachtet hatte. Das ging so lange gut, bis dieses Arschloch Cromwell es vor ein paar Jahren herausgerissen hat. Der Pastor hat mich mit seinen albernen Schatzsuchen auf die Idee mit dem Metalldetektor gebracht. Ich wusste ungefähr, wo ich suchen musste." Er zuckte mit den Schultern. „Hat nicht lange gedauert."

„Warum? Warum hast du das Armband der armen Frau

wieder ausgegraben? Hat es dir nicht gereicht, sie umzubringen?"

Es war mittlerweile fast komplett dunkel, aber sie konnte das Weiß seiner Zähne erkennen, als er lächelte. „Ein Freund von mir im Gefängnis brauchte ein bisschen Hilfe. Und ich wollte endlich einfordern, was mir gehört."

Ferris Denker. Frazers Enthüllungen über die Verbrechen des Mannes hatte sie zutiefst schockiert. „Sie gehört dir nicht", widersprach sie ihm. „Menschen werden nicht darüber definiert, wie sie gestorben sind."

Seth kam auf sie zu. „Sie hat in dem Moment mir gehört, als ich meine Hand um ihren Hals gelegt und sie an einen besseren Ort geschickt habe."

Die absolute Überzeugung in seiner Stimme machte sie krank.

Sie erreichten die Stelle, an der sie ihren Vater vergraben hatte, und Seth ließ Barneys Leine los. Glücklicherweise rannte der Hund sofort davon, um im Gras herumzuschnüffeln. *Lauf, Barney. Lauf.* Seth griff grob ihre Schulter und hielt ihr die Pistole ins Gesicht, bevor sie davonrennen konnte.

„Ich wünschte, ich könnte das Gleiche für dich tun, Izzy." Seine Finger krallten sich schmerzhaft in ihren Arm, als ob er sich vorstellte, sie lägen um ihren Hals. „Du wüsstest genau, wie du zurückkommen kannst, und du könntest mir erzählen, ob sie noch immer da sind und auf mich warten."

„Warum hast du dich nicht einfach umgebracht?", fragte sie. Er hätte ihnen allen einen Gefallen getan.

Er schüttelte sie heftig. „Das ist eine Todsünde."

Und Serienmorde und Vergewaltigungen waren das nicht? Sie sprach es nicht laut aus. Der Kerl war nicht mehr zurechnungsfähig. Dann wurde ihr klar, was er gesagt hatte.

„Warum kannst du es nicht für mich tun?" Nicht, dass sie es unbedingt wollte, aber sie wollte verstehen, was zur Hölle er mit ihr vorhatte.

Seine Finger griffen kräftiger zu, mit zerstörerischer Kraft. „Es wird wie ein Selbstmord aussehen. Arme Izzy. Erzählt dem FBI-Agenten ihr schreckliches Geheimnis und kann mit der Schuld nicht mehr leben. Ich werde mich für dich um Kit kümmern." Sein Finger krümmte sich über dem Abzug. *Fuck.* Sie nahm all ihre Kraft zusammen und schlug ihm mit ihrem Gips gegen die Schläfe.

Er ging in die Knie, aber er wurde nicht bewusstlos. Izzy rannte los, ließ die Schaufel fallen, die nur zusätzliches Gewicht war. Es war schon anstrengend genug, mit geprellten Rippen und einem gebrochenen Handgelenk zu rennen. Sie hörte einen Schuss, der die Dunkelheit zerriss, ignorierte ihn aber. Sie würde nicht einfach brav daneben sitzen, wenn Seth ihren Selbstmord vortäuschte. *Arschloch.* Ein weiterer Schuss ertönte, und sie spürte, wie das Blut warm ihren Unterschenkel hinunterlief, wo die Kugel sie gestreift hatte.

Sie bog nach rechts ab und rannte weiter.

FRAZER HATTE DEN Ruf, auch unter Stress cool zu bleiben, aber die Wahrheit war, dass er unter dieser Fassade auch nur ein komplett Irrer mit hervorragenden schauspielerischen Fähigkeiten war.

Sie hielten hinter Isadoras Geländewagen. Im Kofferraum sah er ein Fahrrad liegen.

Seth Grundy wusste nicht, dass sie ihm auf den Fersen waren. Frazer rief Tyson an. „Dr. Campbells Auto steht am

Parson's Point. Ich gehe nicht davon aus, dass Grundy mitbekommen hat, dass sie den Notruf abgesetzt hat, oder dass wir schon hinter ihm her sind. Er weiß, dass Cromwell und Brubaker beide als Täter in Frage gekommen sind und geht vermutlich davon aus, dass uns das lange genug auf Trab hält und er sich davonmachen kann.“

„Einer der Beamten hat Mary Neville im Kofferraum eines Wagens in Grundys Werkstatt gefunden. Ich habe die schreckliche Vermutung, dass sie die ganze Zeit über dort war, während wir ihm heute Morgen auf die Schultern geklopft haben.“

„Tot?“, fragte Frazer.

„Noch nicht.“

Gott sei Dank für solche kleinen Wunder.

„Ich sage allen Einheiten Bescheid, dass sie ohne Sirenen oder Scheinwerfer kommen sollen.“

„Gut. Randall und ich gehen jetzt in die Dünen.“

„Meine Jungs sind in fünf Minuten da. Warten Sie auf die Verstärkung.“

Frazer legte auf. Er würde nicht warten. „Bereit?“

Randall nickte. „Los geht's.“

Sie traten zwischen die Dünen, ihre Taschenlampen konnten sie nicht benutzen, um ihre Position nicht zu verraten. Es war unmöglich, Schreie oder Gesprächsfetzen zu hören, so sehr heulte der Wind. Ein Schuss ertönte, dann ein zweiter. Adrenalin schoss durch Frazers Adern, als er und Randall in die Richtung rannten, aus der die Schüsse gekommen waren.

Der Himmel war bewölkt und der Mond war verdeckt, sodass sie kaum etwas erkennen konnten. „Sie gehen rechtsrum“, sagte er zu Randall und bog nach links ab. Eine

Minute später konnte er einen dunklen Schatten direkt vor sich erkennen. Er verlangsamte seinen Schritt und versuchte zu erkennen, ob es Grundy war.

„FBI. Lassen Sie Ihre Waffe fallen. Hände über den Kopf!", rief er. Aber der Schatten schlug einen Haken und verschwand hinter der Düne. *Verflucht.*

Frazer sprintete hinter dem Kerl her, näherte sich ihm von der Seite. Als er oben auf der Düne angekommen war, zischte eine Kugel an seinem Kopf vorbei. Er warf sich zu Boden und fühlte ein furchtbares Ziehen, als etwas in seinem Fußgelenk zerriss. Er überschlug sich ein paar Mal. *Scheiße.* Seine Achillessehne war entweder angerissen oder komplett durch. Er hörte einen weiteren Schuss, dann ein Stöhnen. Dann hörte er den Schrei einer Frau und erstarrte. Er versuchte, einen Schritt zu machen, aber er konnte mit seinem linken Fuß nicht auftreten.

Das durfte einfach nicht wahr sein. Er war drauf und dran, die einzige Frau zu verlieren, die ihm wirklich etwas bedeutete – scheiße, die er *liebte* – weil er sich den Fuß verletzt hatte. Es war noch zu früh, um zu wissen, ob sie eine Zukunft miteinander hatten, aber er wollte sicher gehen, dass sie lange genug überlebte, um es herauszufinden.

Er ließ sich auf Hände und Knie fallen und begann, zu krabbeln.

IZZY RISS DEN Kopf hoch, als sie Frazers Stimme durch den stürmischen Wind wehen hörte. Dann ertönte ein Schuss, und sie schrie auf. *Verdammt.* Hatten sie Seth erwischt? War sie in Sicherheit? Oder hatte Seth Frazer erschossen?

Diese Vorstellung ließ sie in ihrer Flucht abrupt innehalten. Wo waren sie? Sie drehte sich um, in die Richtung, in der sie Seth zuletzt gesehen hatte, und spähte verstohlen durch das Strandgras. Am unteren Ende der Düne bewegte sich ein Schatten. Sie erstarrte, konnte nicht erkennen, ob es Seth war oder jemand, der ihr helfen wollte.

Sie glaubte, in der Dunkelheit den FBI-Schriftzug auf dem Rücken einer schwarzen Jacke auszumachen und wollte schon um Hilfe rufen, als sich eine kräftige Hand um ihr Fußgelenk schloss und sie den Hügel hinunterzerrte. Sie schrie und trat um sich, erwischte die Waffe und schlug sie ihm aus der Hand. Der Schlag schmerzte, aber das war es wert.

Seth fluchte, aber anstatt nach der Waffe zu suchen, warf er sich auf sie, drückte ihren Gips mit solcher Wucht gegen ihre geprellten Rippen, dass sie vor Schmerzen fast ohnmächtig wurde. Er presste ihr mit einer Hand den Mund zu, um sie um Schweigen zu bringen, seine andere Hand legte sich um ihren Hals und drückte ihr die Luft ab.

Oh, Gott. Sie wurde panisch, bäumte sich auf und wand sich unter ihm. Sie konnte seine Erregung spüren, die sich gegen ihren Bauch presste, und war noch geistesgegenwärtig genug, um dankbar dafür zu sein, dass er sie nicht vergewaltigte.

„Siehst du es, Izzy?", flüsterte Seth ihr eindringlich ins Ohr.

Sie nickte, und er hielt überrascht inne, lockerte den Griff um ihrem Hals lang genug, dass sie einen winzigen Atemzug tun konnte.

„Was? Was siehst du?" Sein heißer Atem strich über ihre Wange und drehte ihr den Magen um.

Er rieb seinen steifen Schwanz gegen ihren Körper, und sie

wollte sich übergeben. Aber er war offensichtlich besessen von Nahtoderfahrungen, also dachte sie sich etwas aus.

„Da ist eine Frau, und sie ruft mich." Das schien wie etwas, das er hören wollte. „Ich habe das Gefühl, als ob ich sie kenne."

Er zog seine Finger wieder fester um ihren Hals zusammen, rieb sich an ihr. Offensichtlich machte ihn so was richtig geil. „Sag ihr, sie soll auf mich warten, Izzy."

„Sag es ihr selbst, Arschloch", dröhnte eine Stimme durch die Nacht. Frazer warf sich auf Seth und riss ihn um. Sie stürzten die Düne hinunter, Sand spritze durch die Luft.

Ihre Waffe. Izzy tastete hastig durch den Sand, suchte panisch nach der Pistole, während sie in hektischen Zügen Luft einsog und hoffte, dass ihr Blick schnell wieder ein scharfes Bild erfassen würde. Ihre Finger berührten kaltes Metall, und sie riss die Glock an sich. *Bitte lass den Abzugsmechanismus nicht verstopft sein.*

Sie versuchte, um Hilfe zu rufen, aber es kam nur ein krächzendes Geräusch aus ihrem Hals. Sie rutschte den steilen Abhang der Düne hinunter. Dann hielt sie inne, als einer der Schatten sich über den anderen beugte und den Mann am Boden immer wieder ins Gesicht schlug – genauso, wie Seth es heute Morgen mit Duncan Cromwell getan hatte.

„Stopp." Das Wort zitterte aus ihrem Mund. War es Frazer, der verprügelt wurde? Ihr Finger bewegte sich zum Abzug, aber sie konnte in der Dunkelheit nichts erkennen. „Stopp!"

„Es ist okay. Ich bin's."

Frazer stand auf, stolperte auf sie zu, und sie erkannte, dass ihm nichts passiert war. Es war Seth, der bewusstlos am Boden lag. Sie rannte auf Frazer zu, wollte die Arme um ihn schlingen, aber er holte Handschellen hervor.

Izzy erstarrte.

Er lachte müde auf. „Hilf mir, ihn auf den Bauch zu drehen, damit ich ihm die Handschellen anlegen und ihn verhaften kann."

Sie ging zögernd auf Seth zu, bemerkte, dass Frazer schwer humpelte. „Was ist mit deinem Bein?"

„Halte die Pistole auf ihn gerichtet, ich drehe ihn um. Wenn er versucht abzuhauen, schießt du. Okay?"

Sie nickte, beeindruckt von dem Vertrauen, dass er in sie hatte. Frazer rollte den bewusstlosen Mann auf den Bauch und drehte ihm die Arme auf den Rücken. Das Klirren des einrastenden Metalls war das beste Geräusch, das sie je gehört hatte. Dann klang das nächstbeste Geräusch durch die Nacht. Der Klang von Polizisten, die eintrafen, und Lucas Randall, der auf sie zu gerannt kam.

„Ist alles in Ordnung mit Ihnen?", fragte Randall.

„Jetzt schon. Aber wir müssen beide ins Krankenhaus." Frazer nahm Izzy die Glock aus ihren tauben Fingern und steckte sie in seine Tasche. Dann nahm er ihre gesunde Hand und küsste ihre Finger. Seine waren rot von Blut.

Sie fing ihn auf, als er zu Boden sank. Ihre Hände suchten seinen Körper nach Wunden ab.

Er hielt ihre Hand fest, küsste sie wieder. „Ich glaube, meine Achillessehne ist gerissen. Ich komme mir vor wie eine lahme Ente."

Izzy verzog das Gesicht.

Er reichte ihr seine Taschenlampe. Sie schaute sich sein Fußgelenk an, kontrollierte den Bewegungsspielraum und vergewisserte sich, dass er nicht blutete oder etwas gebrochen war.

„Seth hat gesagt, er hätte Kit."

Frazer strich ihr eine Haarsträhne aus der Stirn. „Kit geht es gut." Izzy wollte eine weitere Frage stellen, aber er kam ihr zuvor. „Mary Neville ist im Krankenhaus." Er zog sie an sich. „Komm her." Dann küsste er sie auf den Mund.

Sie versank in diesem Kuss, konnte nicht glauben, dass er hier war, ihr das Leben gerettet hatte und sie nicht hasste. Er küsste sie auf eine Weise, die gleichermaßen ergeben und bestimmend war, was sie trotz der Umstände unglaublich anmachte – bis ihr wunderschöner Retriever mitmachen wollte.

Izzy umarmte Barney, grub ihr Gesicht in sein seidiges, weiches Fell. Sie küsste auch ihn. „Ich bin so froh, dass du okay bist, Kumpel."

„Das wird noch Probleme zwischen uns geben, oder?", fragte Frazer den Hund streng und erhielt als Antwort einen nassen Hundekuss. Er lachte, und da begriff Izzy, wie ganz und gar sie sich in diesen Kerl verliebt hatte. „Ich weiß, ich war sauer. Ich war so wütend auf dich, weil du Informationen zurückgehalten hast, die so wichtig für die Ermittlungen waren. Geradezu rasend, weil du mir nicht genug vertraut hast, um dich mir anzuvertrauen, was albern war, denn warum hättest du das tun sollen? Als klar wurde, dass du in Gefahr warst, war das alles plötzlich überhaupt nicht mehr wichtig." Er küsste sie sachte auf den Rand ihrer Lippen. „Ich will eine richtige Beziehung mit dir, Isadora Campbell. Ich habe genug von diesen bescheuerten halben Sachen."

Sie wich zurück, blinzelte die Gefühle zurück, die sie überwältigen wollten. „Du weißt, das ist unmöglich." Trotzdem küsste sie ihn, denn bald würde sie erzählen müssen, was sie getan hatte, und sie wollte ihn noch nicht verlassen. Sie wollte nicht, dass das hier aufhörte.

Er legte seinen Arm um sie. Izzy lehnte sich an ihn, als Randall die Verhaftung eines Mannes durchführte, den sie fast ihr ganzes Leben gekannt hatte.

„Erzähl es ihnen nicht", flüsterte Frazer ihr zu.

Sie schloss die Augen. Es war so verlockend. „Ich muss."

Seine Stimme wurde noch leiser. „Ich habe vor nicht allzu langer Zeit kaltblütig einen Mann wie Seth Grundy erschossen, weil er eine Bedrohung für die gesamte Fallanalyseeinheit war. Sollte ich das gestehen?"

Izzy starrte ihn mit offenem Mund an, überrascht, dass er ihr das gestanden hatte. Überrascht, dass er ihr so sehr vertraute. Sie berührte sein raues Kinn. „Nein, solltest du nicht. Solche Menschen sind nicht wie wir. Wenn du ihn umgebracht hast, dann hatte er es verdient, zu sterben."

Etwas in seinen Augen veränderte sich. Sie schienen sich um einen Bruchteil zu entspannen.

„Aber ich habe dieses Geheimnis so lange mit mir herumgetragen. Ich fürchte, es wird mich zerstören, wenn ich jetzt nicht die Wahrheit erzähle."

Er küsste ihre Stirn. „Ich will trotzdem eine Beziehung mit dir."

Sie ließ ihn los und schüttelte den Kopf. „Das würde deiner Karriere schaden. Ich darf vielleicht nicht mehr länger als Ärztin arbeiten…"

„Das ist mir egal."

Seine Worte waren so einfach, so direkt, sie wollte ihm liebend gerne glauben. „Außerdem trage ich die Verantwortung für ein siebzehnjähriges Mädchen", erinnerte sie ihn.

„Die es in Virginia *lieben* wird."

Sie blinzelte ihn an, berührte seine Stirn. „Hast du eine Kopfverletzung?"

„Ha." Er griff ihre Hand, und ein sehr ernster Ausdruck legte sich über sein Gesicht. „Ich habe Monster gejagt, seit meine Eltern umgekommen sind, Izzy." Sie schluckte, als er sie endlich so nannte. Als ob er sie endlich an sich herankommen ließ. „Aber wonach ich mir nie erlaubt habe zu suchen, war ein Weg, um es hinter mir zu lassen. Ich glaube, ich dachte, wenn ich mir den Schmerz und die Wut bewahre, dann trage ich sie immer bei mir. Aber ich bin es leid, nichts zu tun, außer Mörder zu jagen. Ich bin es leid, allein zu sein. Ich will, was meine Eltern hatten. Und ich glaube, wir haben die Chance darauf. Was meinst du?"

Sanitäter hoben Grundy auf eine Trage und rollten ihn davon, zwei bewaffnete Polizisten zu jeder Seite.

Izzy wischte sich die Tränen aus dem Gesicht, die ihr vom Kinn tropften. „Du willst das wirklich, mit mir? Denn ich bin schon jetzt völlig verliebt in dich…"

Wieder küsste er sie, ohne sich um die Taschenlampen und Polizisten zu scheren, die geschäftig um sie herumliefen. Sie versank in seinem Mund, seinem Geschmack. Seinem geraden Kurs und seiner Direktheit.

„Was ist mit Kit?", fragte sie und löste sich von seinen Lippen.

„Lass uns abwarten, was der Staatsanwalt zu deinem Fall sagt, bevor wir mit ihr sprechen. Ich will nicht drängen, aber ich glaube, Kit würde ein Ortswechsel guttun. Es gibt eine hervorragende Schule in meiner Nachbarschaft."

Izzy konnte nicht glauben, worüber sie gerade sprachen, während um sie herum die Ermittlungen weiterliefen. Er interpretierte ihr Schweigen als ein Zögern. „Und es gibt in der

Nähe Krankenhäuser mit großen Notaufnahmen. Wenn du woanders hinziehen möchtest oder hierbleiben willst, können wir natürlich auch eine Fernbeziehung führen. Oder ich lasse mich versetzen. Ich werde mir schon was überlegen – zum Teufel, ich kann mich auch in ein paar Jahren zur Ruhe setzen, wenn ich will."

Sie runzelte die Stirn und sah ihn an. „Du bist verrückt geworden. Das kann nicht dein Ernst sein."

„Natürlich ist das mein Ernst! Hörst du mir nicht zu?"

„Mörder zu jagen ist dein Leben…"

„Nein. Ein Mörder hat mich dazu gebracht, es zu tun, und für lange Zeit war es das einzige, was ich hatte. Aber zum ersten Mal in meinem Leben möchte ich etwas anderes. Ich möchte mehr."

Wie konnte sie das glauben? „Aber deshalb hast du dich sogar scheiden lassen!"

„Ich habe mich scheiden lassen, weil meine Frau ein Miststück war. Ich werde nicht länger zulassen, dass sie meiner Aussicht auf ein glückliches Leben im Wege steht. Hör mir zu, Isadora Jane Campbell. Ich habe all die Jahre tausende von Verbrechern gejagt. Zum ersten Mal in meinem Leben war das Wichtigste nicht, ihn zu schnappen, sondern sicherzustellen, dass dir nichts passiert. Ich lasse normalerweise keine Menschen an mich ran." Er drückte ihre Hand. „Nie. Du musst doch begreifen, dass es mir ernst ist."

Sie berührte sein Gesicht. „Du lässt niemanden an dich ran, weil die Menschen dich verletzen. Ich habe dich verletzt. Es tut mir so leid."

Sein Lächeln war herrlich arrogant. „Ist das ein Ja? Zu unserer Beziehung?"

Sie schüttelte den Kopf. „Du bist unverbesserlich. Und viel

zu rechthaberisch.“

„Das habe ich schon mal gehört.“ Er küsste ihre Finger. „Ich bin kein unkomplizierter Mann.“

Izzy schluckte. Sie hatte ihr ganzes Leben lang nach einem Mann gesucht, und sie hatte Angst, dass sie es vermasseln würde, weil sie nicht mutig genug war, vorwärtszugehen. Sie legte ihren Kopf auf seine Schulter, wollte vernünftig sein, auch wenn sie eigentlich vor Freude im Kreis springen wollte. „Eines nach dem anderen, okay?“

Er küsste ihre Haare, als die Sanitäter endlich ankamen, um ihre Verletzungen zu untersuchen. „Eines nach dem anderen, solange es dauern wird. Einverstanden.“

ER SETZTE SICH wie vom Blitz getroffen in seinem Stockbett auf, als er den Schlüssel im Schloss der Zwischentür rasseln hörte. Schritte kamen durch den stillen Korridor näher. Ferris‘ Herz schlug gegen seine Rippen. Die Schritte hielten vor seiner Zellentür an. Da stand die Aufseherin.

„Wollen Sie Ihre Chance bekommen, den Leuten zu helfen?“ Die Aufseherin schaute verächtlich auf Denkers fleckigen Trainingsanzug, als ob es seine Schuld war, dass er nichts Ordentliches zum Anziehen hatte. Zehn Minuten allein mit ihr, und er hätte ihr die Kleider vom Leib gerissen und sie würde ihn um Gnade anflehen. „Ich schlage vor, Sie ziehen sich an.“ Sie hielt etwas in ihrer Hand. Landkarten. *Scheiße.*

Sie würden ihm erlauben, ihnen die Orte zu zeigen, wo er die Leichen vergraben hatte. Er zitterte vor Aufregung. Er würde auf Zeit spielen, ihnen bei jedem Ausflug kleine Häppchen an Informationen füttern – ein neuer Name, ein weiteres Grab. Er würde seinen Wert für das System und die Familien seiner Opfer beweisen, seine Hinrichtung verzögern und nach einer Möglichkeit zur Flucht Ausschau halten. Er stand auf und zog seine Hosen aus, stand splitternackt vor ihr. Sie wandte ihren Blick nicht ab, starrte nur in seine Augen, bis ihm klar wurde, dass er sich besser beeilte, bevor sie es sich anders überlegte.

Das Handy. *Mist.* Er brauchte das Handy.

„Würde es Ihnen etwas ausmachen, mir kurz ein wenig Privatsphäre zu gestattet, Ma'am?"

Sie trat einen Schritt zurück, zwischen zwei riesige Wärter. Die anderen Insassen begannen, unruhig zu werden und riefen ihnen aus ihren Zellen Fragen zu.

„Wohin bringt ihr ihn?"

„Mr. Denker will uns dabei helfen, die Leichen einiger seiner Opfer zu finden", erklärte sie.

„Warum denn Mitten in der Nacht, wie einen..." Billy Painter verstummte.

„Wie einen Dieb?" Aufseherin Jones zog ihre dünnen Augenbrauen hoch. Sie war ein wenig barsch im Vergleich zu dem letzten Kerl. Denker wusste, dass Frauen ihren nicht vorhandenen Penis oft durch ein extra großes Maß an Zickigkeit kompensierten. „Wir wollen einen Ansturm der Presse vermeiden."

Mitten in der Nacht passte ihm bestens.

„Ich traue ihr nicht, Ferris", beschwerte sich Billy.

Ferris hielt das Handy in seiner Handfläche, legte eilig den Akku ein und schob es unter seinen Schwanz in die Unterhose. Er zog das typische Gefängnishemd aus Baumwolle über seinen Kopf, schob die SIM-Karte in ein winziges Loch im Bund. Er zog Socken und die elenden

Segeltuchschuhe an, die sie hier tragen mussten. „Alles in Ordnung, Billy. Mein Anwalt hat der Presse erzählt, dass ich den Familien dabei helfen werde, Abschied zu nehmen. Der Gouverneur muss wohl zugestimmt haben.“

„Ich traue ihr aber nicht.“ Billy sah ehrlich verblüfft aus, dass Denker jeden Weg nutzen würde, um hier herauszukommen.

„Hey, mach dir keine Sorgen. Ich komme später zurück. Dann erzähle ich dir, welche Farbe die Blätter haben und wie herrlich das Gras riecht.“ Er hoffte verdammt nochmal, dass er entkommen konnte. Er streckte seine Hände durch den Schlitz zwischen den Gitterstäben und der größte der Wärter, Henry, legte ihm die Ketten an. Er trat zurück, als sie die Tür öffneten. Dann legten sie Ketten an seine Fußgelenke und banden seine Arme fest, damit er sie nicht hoch genug heben konnten, um jemanden mit seinen Ketten zu erwürgen.

Spielverderber.

„Bis später, Jungs.“ *Hoffentlich nicht.* Die Vorstellung, eine Möglichkeit zur Flucht zu finden, nahm völlig von ihm Besitz.

Er lief durch Korridor um Korridor. Endlose Sicherheitstüren und Kontrollen. Wärter in ihren kleinen, elektronisch top ausgerüsteten Kabinen, die mit dem Leben der Männer hier Gott spielten. Die Vorstellung, wie er die Wärterinnen jagte, eine nach er anderen, hatte einen nicht zu leugnenden Reiz. Um dann mit Aufseherin Jones selbst abzuschließen. Er beobachtete sie, wie sie vor ihm lief. Einfarbiges, schwarzes Kostüm mit niedrigen Absatzschuhen. Auf den ersten Blick nicht besonders sexy, aber wenn man in siebzehn Jahren keine einzige Frau zum Schreien gebracht hatte, konnte man die eigenen Ansprüche schon mal anpassen.

Endlich erreichten sie die Tür nach draußen. Die kalte,

feuchte Luft blies ihm über das Gesicht wie eine Segnung. Er hob sein Gesicht dem Himmel entgegen. Sterne schienen silbrig und kühl. Wunderschön.

Ein Wärter öffnete die Hecktür eines weißen Gefängnisvans und trat dann zur Seite, damit er hineinklettern konnte. Denker stieg ein, dann kettete ihn der Wärter an den Streben im Wageninnern fest. So gesichert, hielt Denker die Hand auf, um die Karten entgegen zu nehmen.

Die Aufseherin lächelte ihn an. „Das ist Ihr Transport nach Columbia, Mr. Denker."

Er spürte einen Stich in seinem Herz. „Aber was ist mit dem Gouverneur? Was ist mit den Leichen..."

Die Aufseherin grinste breit und zeigte ihre scharfen Zähne. „Der Gouverneur hat Ihr Gesuch abgelehnt. Die Familien haben sich darauf geeinigt, dass es ihnen lieber ist, dass Sie für die Morde an ihren Liebsten bezahlen, anstatt sie auf einer vergeblichen Suche nach ihren Überresten durch die Gegend zu scheuchen. Die jungen Frauen sind in Gottes Hand, Mr. Denker. Ich bezweifle, dass Sie ihnen in nächster Zeit Gesellschaft leisten werden."

Sie nickte, und der Wärter schloss die Tür, dann fuhr der Van durch das erste Tor. Ihm wurde das ganze schreckliche Ausmaß seiner Lage bewusst. Er begann, wie wahnsinnig an seinen Ketten zu reißen, zog und zerrte daran, versuchte, sich loszumachen. Die beiden Wärter in der Fahrerkabine drehten sich nicht einmal um.

Der Transporter kam an dem Camp der Todesstrafen-Gegner vorbei, und nicht einer der Schwanzlutscher war wach. Nutzlose Bastarde.

Er begann, Namen zu nennen, aber die Wärter reagierten nicht. Er beschrieb ihnen Details über die Gräber einiger seiner Opfer. Er schrie, bis er heiser war und nur noch ein Krächzen herausbrachte. Nichts. Absolut keine Reaktion.

Er erinnerte sich an das Handy und zog es hervor, zusammen mit der SIM-Karte. Das Handy ging an, aber das Bild auf dem Display zeigte Jesus Christus. Das war nicht sein Bildschirmschoner. *Fuck.* Er suchte nach dem Bild, das sein Freund Seth ihm geschickt hatte, aber da war nichts. Er versuchte, den Notruf zu wählen. Schweiß brach ihm aus, als jemand abhob, aber statt einer Stimme hörte er nur AC/DCs Highway to Hell.

Sein Herz schlug dröhnend, als ihm klar wurde, was passierte. All seine Pläne und Vorhaben, und sie waren zu blöd, um darauf hereinzufallen.

Die Fahrt dauerte einige Stunden, aber für ihn fühlte es sich an, als wären nur Minuten vergangen, bevor sie auf das Gefängnis von Columbia zufuhren.

Endlich drehte sich einer der Wärter um. Er wedelte mit einem kleinen, digitalen Aufnahmegerät vor Denkers Gesicht herum. „Bereit, Ihrem Schöpfer entgegenzutreten, Mr. Denker?"

Ferris schüttelte den Kopf, zitternd und schwitzend bei der Vorstellung, dass sie ihm das wirklich antun würden. „Ich will meinen Anwalt sprechen."

Der Wärter nickte langsam. Trotz seiner Angeberei wussten sie, dass er sich vor Angst in die Hose machte.

Sie fuhren durch das Tor des staatlichen Gefängnisses. Hielten an. Warteten, bis sich das Tor hinter ihnen schloss und das nächste sich öffnete. Ferris drehte sich um und warf einen letzten Blick auf die Freiheit, die nun für immer verschwand.

EPILOG

Ein Monat später...

FRAZER STÜTZTE SICH auf seine Krücke und humpelte die Stufen zum Strand hinunter. Seine Achillessehne war noch am selben Tag operiert worden, an dem Grundy gefasst worden war. Während er auf die OP gewartet hatte, hatte er Izzy dazu überredet, Polizeichief Tyson zu erzählen, was sie getan hatte. Er hatte gehofft, dass der Kerl sie nicht ins Gefängnis steckte, bevor er mit dem Staatsanwalt reden konnte. Tyson hatte zugestimmt, und Frazer war mit Vollnarkose weggerollt worden. Er hatte zwei Wochen Urlaub genommen und als Grund seine Verletzung angegeben, aber in Wirklichkeit wollte er mehr Zeit mit der Frau verbringen, in die er sich so unerwartet verliebt hatte.

In diesen zwei Wochen hatte er nichts an ihr entdeckt, das seine Meinung hätte ändern können.

Die letzten beiden Wochen hatte er wieder in der Fallanalyseeinheit verbracht, weil seine Agenten ihn brauchten. Auch wenn er jeden Tag mit Izzy telefonierte, machte es ihn doch wahnsinnig, dass er sie nicht berühren konnte.

„Hallo, Fremder!" Kit kam angerannt und umarmte ihn, als er den Strand erreichte. „Hast du mich vermisst?", sie stellte sich auf die Zehenspitzen und gab ihm einen Kuss auf die Wange.

„Kommt darauf an." Er sah sie mit schmalen Augen an. „Hast du irgendwas angestellt, über das ich in meiner Funktion als ASAC Bescheid wissen sollte?"

Ein Grinsen legte sich auf ihre Lippen und sie schüttelte den Kopf. „Aber ich habe eine Eins in Mathe auf meinem Halbjahreszeugnis."

„Warum keine Eins plus?", fragte er. Innerlich lächelte er. Sie war ein intelligentes Mädchen. Ein intelligentes Mädchen, das gut in der Schule war, wenn sie nur wollte.

Sie boxte gegen seinen Arm. „Dafür verrate ich dir nicht, wo deine einzig wahre Liebe gerade ist."

Er verdrehte die Augen. Sie nannte Izzy so, um sie beide auf die Palme zu bringen, aber in seinem Inneren… da wusste er, dass Kit recht hatte. Isadora Campbell war seine einzige große Liebe, und er hatte Neuigkeiten für sie.

Er zog die Augenbrauen hoch und schaute Kit an, dann holte er sein Handy hervor und öffnete die Standort-App, die er auf Izzys Handy installiert hatte.

Er sah nach Süden, wo der Strand einen Bogen machte, und dort erkannte er sie, wie sie auf ihn zugelaufen kam, Barney an ihrer Seite.

Ihr Ausdruck veränderte sich nicht, aber er erkannte den Moment, als sie ihn bemerkte. Ihre Schritte wurden länger und obwohl sie vor lauter Anstrengung schon ein rotes Gesicht hatte, lief sie noch schneller.

Einen Meter vor ihm hielt sie abrupt an, stemmte heftig atmend die Hände auf ihre Knie. Kit reichte ihr eine Wasserflasche, und Frazer sah zu, wie sie in großen Schlucken trank und kleine Rinnsale aus Wasser und Schweiß ihren Hals hinunterliefen, die er unbedingt ablecken wollte.

Sie wischte sich den Mund ab. „Hallo, du." Sie schien

nervös, unsicher. So war sie immer nach kurzen Abwesenheiten, als ob sie sich Sorgen machte, dass der Abstand seine Meinung über sie und über sie beide verändern würde. Das hatte er nicht. „Du bist zu früh."

„Ich konnte nicht länger warten." Er trat einen Schritt auf sie zu, genervt von der Krücke, die er immer noch brauchte, um sich fortzubewegen. Er warf seinen freien Arm um sie und zog sie an sich. Sie legte ihre Hände auf seine Brust, an ihrem Handgelenk hatte sie nur noch einen leichten Gips. Es war fast geheilt.

Er küsste sie gerade in dem Augenblick, als sie ihm erzählen wollte, dass sie zu verschwitzt war. Als ob ihm das etwas ausmachte. Er hatte sie seit dreizehn Tagen nicht im Arm gehalten, und diese Zeit hatte sich angefühlt wie ein schwarzes Loch in seinem Leben. Sie sank ihm entgegen, schmeckte wie eine Meeresbrise. Hitze stieg in jede seiner Zellen. Nicht nur Lust – auch wenn das definitiv ein großer Teil davon war – sondern auch Liebe. Eine tiefe, andauernde Liebe, die er pflegen und schätzen wollte. Er musste es ihr sagen. Musste die Worte für sie formulieren.

Jemand räusperte sich, und er erinnerte sich, dass sie ein Publikum hatten.

Kit.

Barney sprang an ihnen hoch, und Frazer beugte sich hinunter, um den Hund zu umarmen.

Izzy trat einen Schritt zurück. „Was macht das Fußgelenk?"

„Macht mich völlig wahnsinnig."

„Wahnsinniger", murmelte Kit.

Er ignorierte sie.

„Tut es noch weh?", fragte Izzy.

„Nur wenn der Physiotherapeut mich wieder während der sogenannten Therapie foltert und dabei so glücklich aussieht."

Sie grinste, und ein Funke entzündete diese wundervollen grünen Augen. „Ich kann es später massieren."

„Okay, das reicht. Ich hau ab." Kit hob die Hände in einer abwehrenden, angeekelten Geste. Sie zwinkerte ihnen zu und ging die Stufen zu den Häusern hoch. „Bis später, ASAC Frazer."

„Sie hat gleich eine Schicht im Diner, sie tut nur extra dramatisch."

„Kit und dramatisch? Niemals." Er hatte die Hand des Mädchens gehalten, als ihre beste Freundin begraben worden war. Izzy hatte aus Rücksicht auf Duncan Cromwell die Beerdigung nicht besucht. Kit hatte sich erstaunlich tapfer geschlagen, sie und Jesse Tyson hatten sich gegenseitig durch diesen schlimmen Tag geholfen.

Frazer zog Izzy wieder in seine Arme. Sie würde nicht so einfach davonkommen. Sie war vom Krankenhaus beurlaubt worden, seit Seth Grundy gefasst worden war. Er wusste, dass der Zwangsurlaub sie in den Wahnsinn trieb, aber sie hatte die Zeit genutzt, um Kit wieder auf die richtige Spur zu bringen.

„Ich habe Neuigkeiten für dich", sagte er und hielt sie fest am Arm. Das war es, was sie am meisten befürchtete. Ins Gefängnis zu müssen oder ihre Zulassung als Ärztin zu verlieren. „Die Staatsanwaltschaft hat entschieden, keine Anklage gegen dich zu erheben." Sie ließ ihren Kopf auf seine Brust sinken, und er konnte ihren warmen Atem durch sein Hemd hindurch spüren. „Aber du musst unter Umständen dennoch gegen Seth Grundy aussagen. Es kann also sein, dass deine Geschichte während der Verhandlung herauskommt."

Ihre Finger krallten sich in sein Hemd, „Ich tue alles,

solange dieser Bastard verurteilt wird.“

Frazer streichelte ihr über das Haar. „Ehrlich gesagt glaube ich nicht, dass sie dich als Zeugin aufrufen werden. Die Staatsanwaltschaft hat Mary Neville und den Van von deinem Onkel Ted. Es gibt forensische Beweise von dem Ölkanister, in dem er die Schuhe seiner Opfer verbrennen wollte – manche sind sogar noch identifizierbar. Er hat Fotos auf seinem Handy, und es gibt die Verbindung zum mittlerweile verblichenen Ferris Denker.“

„Ich bin froh, dass Denker tot ist. Diese armen Frauen.“

Frazer nickte. Er hatte ihr nicht erzählt, dass er bei der Hinrichtung anwesend gewesen war. Er, Art Hanrahan und etwa ein Dutzend Familienangehörige von einigen von Denkers Opfern. Es war nicht schön gewesen, aber der Gerechtigkeit war Genüge getan worden.

„Wie geht es Duncan Cromwell?“ Izzy half ihm die Stufen hoch. Sie waren eine wandelnde Krankenstation. Sie mit ihrem eingegipsten Arm, er mit seiner albernen Krücke.

„Er wird eine Bewährungsstrafe bekommen.“ Er sah in ihr Gesicht, um eine Reaktion zu erkennen. Sie verschränkte die Arme und nickte.

„Das ist gut. Ich weiß, er hat mir wehgetan, aber ich glaube, er war zu dem Zeitpunkt nicht wirklich zurechnungsfähig. Er hat mich irgendwie an meine Mutter erinnert, als sie Dad umgebracht hat.“

„Kommt Kit immer noch gut mit diesen Neuigkeiten klar?“ Sie hatten sich darauf geeinigt, bis nach Helenas Beerdigung zu warten, um ihr die Wahrheit zu erzählen. Es war eine Menge zu verarbeiten.

Izzy zuckte mit den Schultern. „Sie hat es erstaunlich gefasst aufgenommen. Sie will vor allem, dass Dad neben

Mom beerdigt wird. Ich finde, das ist angebracht", sie verzog das Gesicht, „unter diesen Umständen." Sie sah auf ihre Uhr, und statt ihn für eine wassersparende Dusche ins Badezimmer zu ziehen, führte sie ihn zur Haustür, die sie weit öffnete.

„Schmeißt du mich raus? Ich bin doch gerade erst angekommen." Er grinste. Dann hörte er ein Hämmern und runzelte irritiert die Stirn. An der Straße sah er einen Mann, der zwei weiße Pfosten aufstellte. „Was ist hier los?"

„Pst." Sie legte ihm zwei Finger auf die Lippen, die er küsste. „Schau."

Der Arbeiter hängte zwei große Zu-Verkaufen-Schilder auf, erst für das Strandhaus, dann für dieses Haus.

Frazer sagte sich, dass es der Wind vom Meer war, der die Tränen in seine Augen trieb. „Wirklich?"

„Ich wollte immer verkaufen. Ich brauche einen Neustart." Sie hielt einen Augenblick inne, schaute ihn aus dem Augenwinkel an. „Interessanterweise habe ich diese Woche einen Anruf von einem Krankenhaus in Aquia bekommen. Dort hat man mir eine Stelle angeboten. Ich schätze, du weißt nicht zufällig, was das zu bedeuten hat, oder?"

Er dachte, dass es vermutlich schlau war, noch nicht direkt alles zuzugeben. Er öffnete den Mund, um sich herauszureden, aber sie lächelte ihn an.

„Ich habe ihnen gesagt, dass ich darüber nachdenke." Sie nahm seine Hand. „Dank der Neuigkeiten vom Staatsanwalt kann ich endlich neu beginnen. Und das will ich mit dir tun. Ich liebe dich, Linc."

Sie hatte es ihm schon mehrere Male gesagt, aber bisher hatte er nie den Mumm gehabt, es auch zu erwidern. Bis jetzt. Er nahm ihr Gesicht in seine Hände. „Ich liebe dich, Dr. Campbell. Danke, dass du mir dein Herz anvertraust."

Ihre Augen strahlten vor Freude. „Ich hatte keine Wahl.“

„Das kenne ich.“ Er grinste sie an, dann verzog er das Gesicht, als ein Schmerz von seinem Fußgelenk bis in seine Hüfte schoss.

Sie betrachtete sein Fußgelenk. „Ich habe dir eine Massage versprochen.“

„Wird das denn wehtun?“, fragte er zögerlich, denn vorhin hätte er dem Physiotherapeuten am liebsten eine Kugel verpasst.

„Nur, wenn du willst.“ Sie lehnte sich an seine Brust und flüsterte heiser: „Aber du wirst dich festhalten müssen, Linc.“

Er lachte und küsste sie. „Ich werde nicht loslassen.“

„Du wirst schon auf deine Kosten kommen.“ Ihre Augen tanzten, und in diesem Augenblick wusste er, dass es egal war, mit wie viel Dunkelheit er sich herumschlagen musste – er würde immer wieder nach Hause ins Licht kommen. Er würde nach Hause zu Izzy kommen.

Danke, dass Sie Kalte Angst gelesen haben. Ich hoffe, Ihnen hat die Geschichte von Lincoln und Izzy gefallen. Möchten Sie das nächste Buch der Kalte Gerechtigkeit Serie lesen, Kalte Schatten? Wenn ja, fahren Sie bitte mit Kapitel eins fort…

DER ALTE TRUCK, den Audrey Lockhart von der Forschungsstation ausgeliehen hatte, polterte laut, als sie den Motor ausschaltete und die tropische Umgebung des kolumbianischen Regenwalds betrachtete. Es war erst fünf Uhr nachmittags, aber so nah am Äquator ging die Sonne früh unter, und es war schon fast dunkel. Sie sprang aus dem Wagen und zog ihren schweren Rollkoffer von der Ladefläche des Trucks, dann hievte sie zwei große Tüten mit Lebensmitteln, ihre Laptoptasche und eine leichte Regenjacke aus dem Wagen.

Das Amazonas-Forschungsinstitut, in dem sie ihre Feldforschungen durchführte, arbeitete mit den örtlichen Universitäten zusammen, die Feldstudien anboten und Unterkünfte an Gastwissenschaftler vermieteten. Audrey kam seit fünf Jahren immer wieder hierher und liebte Kolumbien – den üppigen, grünen Regenwald, die endlose Flora und Fauna, das Salsa-Tanzen und sogar das wahnwitzige Straßensystem und den allgemeinen Mangel an Luxus. Das Leben hier war einfacher. Der Druck ihres akademischen Daseins fiel von ihr ab wie gesprengte Ketten. Der einzige Nachteil war, dass die kleine Hütte, die ihr vom Institut zur Verfügung gestellt worden war, auf dem Gipfel eines steilen Hügels stand und keine Zufahrtsstraße hatte. Sie begann, mit ihrem Gepäck im Schlepptau langsam den Berg hinaufzuwandern.

Nach mehreren Flügen am frühen Morgen – über Miami nach Bogotá und weiter nach Leticia – war sie direkt ins Forschungsinstitut gefahren, um nach ihren Fröschen zu sehen. Ein paar Wochen zuvor war sie überstürzt nach Kentucky abgereist, als ihre Schwester mit dem Tod gerungen hatte. Zum Glück hatte ihre Schwester überlebt. Während

Audreys Abwesenheit hatte sich ihr Doktorand Mario um die Tiere gekümmert und so gute Arbeit geleistet, dass sie ihm als Belohnung ein paar Tage frei gegeben hatte.

Die Plastikgriffe der schweren Einkaufstüten schnitten in ihre Finger und nervten zusätzlich, weil sie ihr bei jedem Schritt gegen die Schienbeine schlugen. Orffs unverkennbare *Carmina Burana* ertönte. Audrey atmete frustriert aus und ließ die Tüten zu Boden sinken, um ihr Telefon aus den Tiefen ihrer Tasche hervorzukramen. Wenn sie nicht dranging, würde ihre Mutter in Panik verfallen.

„Du hast nicht angerufen, um zu sagen, dass du sicher gelandet bist", beschwerte sich Sandra Lockhart quengelig.

„Ich wollte anrufen, sobald ich die Hütte erreicht habe." Audrey schaute sehnsüchtig den Hügel hinauf.

„In Anbetracht all der anderen Dinge, um die ich mich sorgen muss, hätte ich erwartet, dass du wenigstens so viel Anstand hast, mich anzurufen, sobald du gelandet bist."

„Tut mir leid, Mom." Sie rieb sich die Stirn. Zuhause in Kentucky brauchte Audrey ihre Eltern wochenlang nicht zu besuchen, aber sobald sie sich südlich des Äquators befand, drehte ihre Mutter durch und bestand auf tägliche Berichterstattungen. Das fing schnell an, zu nerven. „Bei euch ist alles in Ordnung, oder?" Sie lenkte ab. „Keine Notfälle?"

„Dein Dad bringt gerade Redford ins Bett." Redford war ihr zweijähriger Neffe, sein Vater war unbekannt. „Sienna hat wieder eine Verabredung mit Devon."

Wie unangenehm war *das* denn bitteschön – ihre drogenabhängige Schwester auf einem Date mit ihrem eigenen Ex-Freund?

„Ich glaube, sie hat ihm den Kopf verdreht." Ihre Mutter klang begeistert. Vermutlich, weil Devon der Erbe eines milliardenschweren Pharmakonzerns war. Sie war definitiv nicht begeistert gewesen, als Audrey mit ihm Schluss gemacht hatte.

Audrey hatte kein Interesse mehr an diesem Drama. Aber sie würde sich für die absehbare Zukunft wohl oder übel mit dieser neuen Realität arrangieren müssen.

„Hoffen wir mal, dass sie clean bleibt, nicht wahr?" Sie zuckte bei ihrem eigenen Zynismus innerlich zusammen, aber die Erfahrung hatte sie gelehrt, immer vom Schlimmsten auszugehen. Siennas unbeabsichtigte Überdosis im Dezember war die dritte innerhalb von fünf Jahren gewesen. Audrey hatte sich längst damit abgefunden, dass es nur eine Frage der Zeit war, bevor sie ihre liebe, wunderschöne Schwester beerdigen würden. Solange ihre Schwester es nicht aus eigenem Antrieb schaffte, ihre Sucht ein für alle Mal zu besiegen, würde sich nichts ändern, und Audrey machte es nur noch schlimmer, wenn sie Sienna unter Druck setzte.

Obwohl, wenn man ehrlich war, was war schlimmer, als zu sterben und das eigene Kind als Waisen zurückzulassen?

Aber das war nicht Audreys Problem – jedenfalls nicht in diesem Moment. Ihr Problem war es, nach einmonatiger Abwesenheit mit ihrer Forschungsarbeit hinterherzukommen. „Ich muss aufhören, Mom. Ich muss die Lebensmittel auspacken."

„Pass auf dich auf da unten."

Audrey hielt sich zurück, um ihr nicht an den Kopf zu werfen, dass sie in den Vereinigten Staaten mehr Gewaltverbrechen erlebt hatte als hier. Es würde nichts helfen. Sie verabschiedete sich und legte auf. Dann hob sie die schweren Plastiktüten an und schleppte sie weiter.

Der Lärm der Insekten schwoll immer lauter an, bis es ein

tosendes Crescendo war. Der Schweiß und der Dreck des Tages klebten an ihrer Haut, die kühle Abendbrise umspielte die Härchen in ihrem Nacken. Sie konnte es kaum erwarten, unter die Dusche zu springen, ins Bett zu klettern und acht Stunden durchzuschlafen.

Ein unbehaglicher Schauer durchfuhr sie, als sie bemerkte, wie dunkel es war. In den fünf Minuten, seit sie ihren Truck geparkt hatte, hatte sich die Abenddämmerung in finstere Nacht verwandelt. Das Verandalicht der Hütte war noch nicht angegangen, wie es das eigentlich hätte tun sollen – die Glühbirne musste durchgebrannt sein.

Ein Ast knackte, und sie fuhr erschrocken herum.

Oh, nein, das wirst du nicht tun. Du wirst nicht vor Schatten davonrennen.

Sie schob die Angst fort, die in ihr aufsteigen wollte, und zwang sich, weiterzugehen, einen unsicheren Schritt nach dem nächsten. Eine einzige Tragödie würde nicht ihr gesamtes Leben bestimmen. *Sie* hatte Glück gehabt.

Ein Gewaltverbrechen überlebt zu haben, machte die Lebensentscheidungen ihrer Schwester umso frustrierender, aber das waren eben Fluch und Segen des freien Willens. Nicht jeder traf die richtigen Entscheidungen. Audrey schleifte ihr Gepäck die letzten Meter bis zur Tür, dann suchte sie in ihren Taschen nach dem Schlüssel. Es war mittlerweile so dunkel, dass sie kaum die Hand vor Augen sehen konnte. Hinter ihr zerriss der Schrei eines Brüllaffens die Nacht.

Ihr blieb das Herz stehen. Dann musste sie über sich selbst lachen, und die Anspannung fiel von ihr ab. Sie liebte die Tierwelt des Regenwaldes – bis auf die Kakerlaken. Auf die Kakerlaken konnte sie definitiv verzichten.

Sie tastete mit den Fingern über das Holz der Eingangstür

und fand das kalte Metall des Schlosses. Dann drehte sie den Schlüssel im Schloss, trat ein und drückte auf den Lichtschalter. Nichts passierte. *Mist.* Sie würde den ganzen Hügel wieder hinuntergehen müssen, um mit dem Hausverwalter zu sprechen.

Ein Arm schlang sich plötzlich um ihre Hüfte, zog sie grob gegen einen harten, unnachgiebigen Körper. Todesangst breitete sich augenblicklich in ihrem ganzen Körper aus, als sich eine Hand in einem Handschuh auf ihren Mund presste.

Nein, nein, nein!

Ihr Angreifer riss sie um, und sie ließ die Einkäufe fallen. Eier zerbrachen auf dem Fliesenboden. Der Geruch von Schweiß, die Kraft seiner Arme und die festen Muskeln seiner Brust machten ihr unmissverständlich klar, dass er groß, trainiert und männlich war. Sie trat mit der Ferse nach hinten und erwischte sein Schienbein, aber ihre Sandalen konnten nicht viel ausrichten. Das Adrenalin rauschte durch ihren Körper und erinnerte sie an einen anderen Moment, einen anderen pulsbeschleunigenden Augenblick der puren Angst, als sie geglaubt hatte, sie würde sterben. Sie griff hinter sich und grub ihre Fingernägel in das Fleisch an seinen Hüften. Er zischte auf, als sie ihn kratzte, aber dann schüttelte er ihren Griff ab, als wäre sie nur eine lästige Fliege. Er trug sie zur Küche und riss sie herum, bis sie mit dem Gesicht auf dem harten Fußboden lag.

Kaufen Sie Kalte Schatten!

NÜTZLICHE ABKÜRZUNGEN FÜR TONIS BÜCHER

AG: Attorney General – Generalstaatsanwalt

ASAC: Assistant Special-Agent-in-Charge – Rang beim FBI, eine Stufe über dem Supervisory Special Agent (SSA)

ATF: Alcohol, Tobacco, and Firearms – US-Behörde für Alkohol, Tabak, Schusswaffen und Sprengstoffe

BAU: Behavioral Analysis Unit – Abteilung für Verhaltensanalyse

BOLO: Be on the Lookout – Fahndung

BUCAR: Bureau Car – FBI-Auto

CIRG: Critical Incident Response Group – Zentrale Krisen-Interventions-Abteilung des FBI

CMU: Crisis Management Unit – Unterstützt die CIRG

CN: Crisis Negotiator – Krisenverhandler

CNU: Crisis Negotiation Unit – Krisenverhandlungsabteilung

CODIS: Combined DNA Index System – Nationale DNA-Datenbank der USA

CP: Command Post – Befehlsstelle

DEA: Drug Enforcement Administration – US-Drogenbehörde

DOB: Date of Birth – Geburtsdatum

DOJ: Department of Justice – Justizministerium

EMT: Emergency Medical Technician – Rettungssanitäter

ERT: Evidence Response Team – FBI-Spurensicherungsteam

FOA: First-Office Assignment – Erster Büroeinsatz bei
Strafverfolgungsbehörden

FBI: Federal Bureau of Investigation – Zentrale
Sicherheitsbehörde der USA

FO: Field Office – Außenstelle des FBI

IC: Incident Commander – Einsatzleiter

HRT: Hostage Rescue Team – Geiselrettungsgruppe, FBI-
Spezialeinheit

HT: Hostage-Taker – Geiselnehmer

LAPD: Los Angeles Police Department – Polizei der Stadt Los
Angeles

LEO: Law Enforcement Officer – Strafverfolgungsbeamter

ME: Medical Examiner – Gerichtsmediziner

MO: Modus Operandi

NAT: New Agent Trainee – Neuer Agent in Ausbildung

NCAVC: National Center for Analysis of Violent Crime –
Nationales Zentrum für die Analyse von
Gewaltverbrechen

NCIC: National Crime Information Center – zentrale
Datenbank der USA zur Sammlung von Informationen in
Zusammenhang mit der Kriminalitätsbekämpfung

NYFO: New York Field Office – FBI-Außenstelle New York

OC: Organized Crime – Organisiertes Verbrechen

OCU: Organized Crime Unit – Abteilung zur Bekämpfung
von organisiertem Verbrechen

OPR: Office of Professional Responsibility – Büro zur Untersuchung von Fehlverhalten von beim Justizministerium beschäftigten Juristen

POTUS: President of the United States – Präsident der USA

RA: Resident Agency – Kleine Außenstelle des FBI

SA: Special Agent – FBI-Agent

SAC: Special Agent-in-Charge – Leiter eines FBI-Büros oder Region

SAS: Special Air Squadron (British Special Forces unit) – Spezialeinheit der britischen Armee

SIOC: Strategic Information & Operations – Weltweite Kommando- und Kommunikationsabteilung des FBI

SSA: Supervisory Special Agent – FBI-Teamleiter

SWAT: Special Weapons and Tactics – Besonders ausgebildete taktische Spezialeinheit

TC: Tactical Commander – Befehlshaber einer taktischen Spezialeinheit

TOD: Time of Death – Todeszeitpunkt

UNSUB: Unknown Subject – Unbekanntes Subjekt (im Sinne von unbekannter Täter)

ViCAP: Violent Criminal Apprehension Program – Programm zur Aufdeckung von Gewaltverbrechen

WFO: Washington Field Office – FBI-Außenstelle Washington

DANKSAGUNGEN

Für dieses Buch habe ich viel Zeit damit verbracht, die Outer Banks in North Carolina zu erforschen. Ich nahm mir Freiheiten mit der Landschaft und beschloss, meine eigene fiktive Stadt für die Geschichte zu schaffen. Es ist eine wirklich faszinierende Region mit einer reichen Geschichte, die es zu erkunden gilt – vorzugsweise von einem dieser wunderschönen Strandhäuser aus. :-)

Ich möchte ein extragroßes Dankeschön an Sandra Buckenham richten, die mir bei einigen der medizinischen Aspekte der Geschichte zur Seite gestanden hat. Unnötig zu erwähnen, dass ich mir trotz aller gesammelten Informationen eine gewisse künstlerische Freiheit herausgenommen habe, und alle Fehler in der Geschichte auf meine Kappe gehen.

Der größte Dank geht wie immer an meine großartige Kritikpartnerin Kathy Altman – sie ist einfach unglaublich! Vielen Dank auch an meine Lektorinnen Alicia Dean und Joan von JRT Editing, die mir dabei geholfen haben, das Manuskript in Form zu bringen, und an meine Beta-Leser.

Vielen Dank an meinen fabelhaften Ehemann und meine Kinder, die meinen Wahnsinn ertragen haben. Ohne euch wäre es das alles nicht wert!

Danke an Martin Wick und Stef Mills für ihre harte Arbeit, um meine Bücher ins Deutsche zu übersetzen!

ÜBER DIE AUTORIN

Toni Anderson ist eine Autorin, deren Bücher sich auf den Bestsellerlisten der New York Times und USA Today finden, eine RITA®-Finalistin, ein Wissenschaftsnerd, eine professionelle Touristin, Hundeliebhaberin, Gärtnerin und Mutter. Sie stammt aus einer kleinen Stadt in England, studierte dann Marinebiologie an der University of Liverpool (B.Sc.) und der University of St. Andrews (Ph.D.) in der Absicht, nie weit vom Ozean entfernt zu sein. Nun, dieses Vorhaben schlug fehl und sie wohnt nun in der kanadischen Prärie mit ihrem Ehemann, einem Biologieprofessor, zwei Kindern, einem aus dem Tierheim stammenden Hund und einem entspannten Leopardengecko. Ihre größten Leistungen sind es, die Tokioter U-Bahn gemeistert, Ben Lomond erklommen, am Great Barrier Reef geschnorchelt und vierzehn Winter in Winnipeg überlebt zu haben. Sie liebt es, zu Recherchezwecken zu reisen und hatte das Glück, 2016 das Strategic Information and Operations Center im FBI-Hauptquartier in Washington D.C. besuchen zu können. Zudem gelang es ihr, bei einem Verfolgungstraining an der Writer's Police Academy in Wisconsin ein anderes Auto von der Straße zu drängen. Vorsicht, Welt!

Tragen Sie sich für Toni Andersons englischen Newsletter ein:
www.toniandersonauthor.com/newsletter-signup

Liken Sie Toni Anderson auf Facebook:
facebook.com/toniannanderson

Sehen Sie sich Toni Andersons aktuelle Titelliste an:
www.toniandersonauthor.com/books-2

Folgen Sie Toni Anderson auf Instagram:
instagram.com/toni_anderson_author

www.ingramcontent.com/pod-product-compliance
Lightning Source LLC
Chambersburg PA
CBHW061206190726
48288CB00001B/82